I0724573

POUR LE PIRE ET LE MEILLEUR

Une nouvelle de Déjouer le système

Brenna Aubrey

Traduit par Suzanne Voogd

SILVER GRIFFON ASSOCIATES
ORANGE, CA, USA

Pour toute ma merveilleuse famille et mes amis qui vivent au Pays des Grands Froids. J'espère que Katya sera à la hauteur..

REMERCIEMENTS

Un livre comme celui-ci ne peut pas être créé simplement grâce au travail d'une petite auteure. Particulièrement un livre de cette taille. Je dois beaucoup de remerciements :

Aux professionnels : K Keeton Designs et Sarah Hanson de Okay Creations pour une couverture et un design à couper le souffle. Kate Mckinley, Sabrina Darby et Eliza Dee, les premiers coups d'œil sur le manuscrit. Kelly Allenby pour tous les chapeaux qu'elle porte joyeusement tout en ayant l'air si jolie. Merci Kate et Viv pour un résumé si merveilleux.

Aide canadienne : Vivian Arend. Deborah Geary, Jo Anne Baharie, Kerri Favelle, Sara Castille.

Soutien moral : il y en a trop pour les nommer. Nous avons eu quelques années difficiles et je suis ravie de vous avoir eu, avec les bavardages, les soutiens virtuels, votre compréhension. Pour les amis anciens et nouveaux : mon humble gratitude à vous tous.

Merci pour votre patience, chers lecteurs. Je sais qu'il a fallu un moment pour donner vie à l'histoire de Lucas et Katya, mais j'espère que vous serez d'accord avec moi pour dire que l'attente en valait la peine..

PROLOGUE
KATYA

JE ME SUIS MARIÉE SUR UNE BANQUETTE DE FAST-FOOD, pendant une pause déjeuner prolongée prise au milieu d'une semaine de travail de soixante heures.

Je ne vais pas mentir, ce mariage était loin de faire rêver. Mon futur mari, en revanche ? Il avait sans doute figuré dans plusieurs — voire des dizaines — de fantasmes. Pas les *miens*, bien sûr.

Ce mariage était une transaction strictement professionnelle. *Hum.*

Lucas Walker, mon collègue, anciennement ennemi et maintenant futur marié était assis de l'autre côté de la table en Formica. Il était grand, aux épaules larges, avec des yeux sensuels de la couleur du chocolat fondu. *Et* il avait cette mâchoire carrée mal rasée qui transformait un homme séduisant en quelqu'un de remarquablement beau.

Mon futur mari. En sortant de ce restaurant, Lucas allait être légalement mon époux.

Et moi, sa femme.

— Bon, allons-y.

Heath Bowman, mon ami et colocataire, fit craquer ses articulations. Ensuite, il poussa le reçu de notre commande sur le côté afin d'étaler la paperasse du certificat de mariage sur la table. Il se tourna pour me jeter un coup d'œil.

— Merci d'avoir rempli tout ça, au fait. Tout ira bien plus vite ainsi.

Ses yeux bleus retournèrent sur la page et il se raidit comme s'il se souvenait soudain de quelque chose.

— Oh merde, j'ai oublié que nous avions besoin de quelqu'un d'autre.

Lucas se pencha en avant, fixant Heath de son regard intense en fronçant les sourcils.

— Quelqu'un d'autre ? Pourquoi impliquer une autre personne dans cette folie ?

Heath leva la tête.

— Au moins un témoin. C'est la loi en Californie.

Tout le monde se figea en se regardant. Devions-nous appeler un collègue ? Non, surtout pas. Un de mes amis ou de ceux de Lucas ? Je le regardai et il s'était figé. Je savais qu'il allait rejeter la faute sur moi d'une façon ou d'une autre. Je le vis dans son regard. Il le faisait très souvent au travail.

Cranberry, tu te mets toujours dans ce genre de situations étranges, avait-il entonné quand je lui avais proposé l'arrangement autour d'un café la semaine précédente. *Maintenant, tu veux m'entraîner là-dedans ?*

Je clignai des paupières, mes yeux se focalisant sur les palmiers rouges stylisés ornant les murs couverts de carrelage autour de nous.

Disque rayé. Arrêt sur image.

Oui, c'est moi. Vous vous demandez sans doute comment je me suis retrouvée dans cette situation...

Alors, oui. Tout avait commencé environ trois semaines auparavant. Juste avant le Nouvel An, j'avais quitté les États-Unis pour me rendre au mariage exotique de mon amie dans les Caraïbes. Comme cela se fait. Mais le service de l'immigration m'a accostée à mon retour dans le pays.

Ils ont proféré la folle accusation, que moi, une Canadienne travailleuse et plus ou moins innocente qui se mêlait de ses propres affaires, j'avais travaillé illégalement aux États-Unis. Sans visa spécial ni permis ! Et sans être officiellement résidente !

Le culot.

Ils avaient raison. Il ne s'agissait pas de « faits alternatifs ». Mais bon sang, ils n'étaient pas obligés d'être aussi méchants en menaçant de m'expulser définitivement des États-Unis d'Amérique.

Les fédéraux se moquaient de savoir que j'avais reconstruit ma vie en disant adieu à l'ancienne, et ce pour de nombreuses raisons auxquelles ils ne se sont heureusement pas intéressés. Aux États-Unis, je faisais le métier de mes rêves et j'oubliais les problèmes de mon passé. J'avais ici un nouveau groupe d'amis qui m'aimaient sans doute plus que ma propre famille.

Mais pour eux, rien de tout ça n'avait d'importance.

Dans cette minuscule pièce de l'aéroport, ils m'ont menacée d'expulsion. Et je dois admettre que j'ai paniqué. Dans le feu de l'action, avec tous leurs doigts pointés sur moi, j'avais lâché le premier mensonge qui m'était venu en tête : j'allais me marier. Avec Lucas, membre de mon équipe au travail. Un citoyen américain.

Mon Dieu, ce mensonge s'était multiplié et divisé et reproduit comme un virus fébrile. Depuis que j'avais fait ma demande, ma vie avait pris un tournant encore plus étrange. À ma grande surprise, après avoir terminé d'expliquer ma situation délicate par le menu, Lucas avait accepté de m'aider.

Heath reprit la parole :

— Afin d'être légalement mariés dans l'État de Californie, il vous faut un officiant certifié.

Heath posa une grande main sur son propre torse.

— C'est moi. Ensuite, j'ai besoin que vous déclariez à voix haute, quand je vous le demanderai, si vous vous prenez l'un l'autre pour époux. Et il nous faut un foutu témoin pour signer ce certificat.

Quelqu'un sur la banquette derrière Lucas tourna la tête dans notre direction. Son regard disait… *WTF ?*

Et oui, mon pote, je suis d'accord avec toi.

Lucas semblait prêt à s'enfuir, je devais donc agir vite. À ce moment-là, je reconnus l'uniforme de l'oreille indiscrète. Il portait le tee-shirt à col blanc et le badge blanc avec le logo d'In-N-Out Burger, et les restes de son déjeuner étaient étalés sur le plateau devant lui. Un employé pendant sa pause déjeuner.

En me glissant de la banquette, je demandai à Heath :

— As-tu des espèces sur toi ?

— J'ai quelques billets de vingt, pourquoi ?

— Je reviens tout de suite avec un témoin, fut tout ce que je dis pendant que mon futur mari me fixait d'un air méfiant avec les yeux écarquillés. Comme un lapin ébloui par les phares.

En moins de cinq minutes, je revins avec notre nouveau « témoin » auquel je demandai de se serrer sur la banquette à côté de mon futur époux hébété. Il était écrit *Rob* sur son badge, alors je le présentai aux deux autres.

— Je dois retourner au travail dans quinze minutes, dit Rob d'une voix tendue et un peu aiguë. Vous avez dit que je pouvais gagner quarante dollars ?

— Oui ! Heath vous paiera lors de la signature. Ça ne devrait pas prendre longtemps, n'est-ce pas ?

Je levai un sourcil en direction de Heath en lui demandant silencieusement d'acquiescer.

Heath cligna quelques fois des yeux, sa bouche s'ouvrant au moins trente secondes avant qu'il se mette à parler.

— Euh, oui, bien sûr, bien sûr. Quinze minutes pour la version longue. Vous pouvez partir juste après votre signature.

Rob nous dévisagea tous les trois en faisant passer une mèche assez longue de cheveux châtains sous sa casquette rouge.

— D'accord, alors.

Heath me regarda.

— Katharina Rose Ellis, acceptez-vous de prendre Lucas Walker…

Heath plissa les yeux en regardant le nom que j'avais griffonné sur le formulaire. Jusqu'à hier, je ne savais pas que mon futur mari avait un autre nom de famille et que Walker était son deuxième prénom. Son nom de famille était plutôt surprenant. Je n'avais pas eu la place de tout écrire dans la case nom de famille, les lettres débordant dans la marge.

— Lucas Walker van den Hoehnsboek van Lynden, énuméra Lucas.

— Il y a assez de noms pour quatre personnes, ricana Heath.

Lucas répondit seulement en levant les yeux au ciel et en faisant un signe qui signifiait clairement *poursuivons*.

Heath me regarda à nouveau.

— D'accord, alors Katya, voulez-vous prendre Lucas pour époux ?

Je ne pouvais pas regarder Lucas dans les yeux, même en sachant qu'il avait ses propres bonnes raisons de m'aider. C'était simplement trop bizarre, alors je fixai la table vieillotte en plastique et j'articulai un « oui » rapide. Si j'avais pu m'en sortir simplement en hochant la tête, je l'aurais fait.

Heath passa à la question suivante.

— Et Lucas, voulez-vous prendre Katya pour épouse ?

Il avait les mains sur la table et ses doigts entrecroisés semblèrent se raidir, les articulations devenant blanches. En dehors de ça, il ne fit aucun mouvement. Il hocha une fois la tête et répondit sèchement :

— Oui, je le veux.

Il avait le même ton que pour annoncer qu'il avait attrapé une MST.

Satisfait, Heath hocha la tête.

— D'accord, alors… par le pouvoir qui m'est conféré par l'État de Californie, bla-bla-bla, je vous déclare mari et femme…

— Numéro quatre-vingt-treize, votre commande est prête ! annonça une voix désincarnée par les haut-parleurs au plafond.

— Ooh, c'est nous.

Heath tendit son stylo à Rob.

— Si vous voulez bien signer ici…

Il sortit son portefeuille pour attraper quelques billets.

Rob s'était levé de la banquette, jeta un coup d'œil à sa montre et puis avec un soupir, il griffonna son nom sur la page.

— C'était extrêmement bizarre, mais oui, j'en ai été témoin.

Merde, et si les agents de l'immigration voulaient le témoignage de Rob pour une raison ou pour une autre ? Je couvris la grande main de Lucas avec la mienne et je serrai.

— Je suis désolée. C'est simplement que nous sommes si amoureux que nous devons nous épouser *immédiatement*.

Je jetai un regard d'avertissement à Lucas, qui grogna et acquiesça. Oui, il ne risquait pas de gagner un Oscar, c'était certain.

Rob rendit le stylo à Heath en ramassant les billets, lorsque son téléphone émit le rythme synthétique ringard de *Never Gonna Give You Up* de Rick Astley.

Heath sortit de sa banquette.

— Faut que j'aille chercher le festin du mariage. Vous deux, signez ici pendant ce temps.

Le *rickroll* était la cerise sur le gâteau de cette journée surréaliste. Le futur marié hostile. Le bla-bla-bla de nos vœux de mariage. L'interruption par le haut-parleur. Sans parler du « festin » de mariage imminent fait de hamburgers Double-Double, de milk-shakes et de frites.

Notre témoin, Rob, décrocha son téléphone et s'éloigna sans un mot de félicitations et sans un remerciement pour les quarante dollars facilement gagnés. Je restai là, à regarder mon futur époux d'un air embarrassé.

Merde. C'était mon mari maintenant. Rien ne me semblait très différent, pourtant. Il me jetait toujours un regard noir avec la même irritation nonchalante qu'avant.

Avec des gestes presque robotiques, Lucas se pencha et tira le formulaire devant lui. Il signa de quelques gestes rapides et déterminés, puis il fit glisser le papier vers moi.

Mais au lieu de signer tout de suite, je levai mon gobelet de limonade et je l'inclinai vers lui pour trinquer.

Nos regards se croisèrent. L'air entre nous se mit à crépiter.

Mon regard se posa sur ses mains, sur ses doigts serrés sur la table. Je m'attardais dessus en me rendant compte, et pas pour la première fois, qu'ils me fascinaient. Ils étaient forts, masculins.

De longs doigts, des veines apparentes qui zigzaguaient sur ses mains légèrement poilues. Mon regard remonta le long des bras solides et musclés sous sa chemise en flanelle.

Essaie de ne pas te concentrer là-dessus. Je me forçai à détourner mon attention pour m'empêcher de croiser encore son regard. Il avait de grands yeux marron magnifiques. Ils avaient toujours un air endormi, même quand il était très vigilant. Et ils étaient bordés de cils sombres. Et sa bouche…

Arrête ça, Kat !

Je me raclai la gorge et je tendis le gobelet vers lui.

— Allez, on devrait au moins trinquer, n'est-ce pas ?

Il me regarda à nouveau et sembla lutter contre la tentation de lever les yeux au ciel. Il obéit cependant, posant son gobelet de coca contre ma limonade rose et sucrée.

— Et à quoi trinquons-nous ? Des délais excellents ? Une prime de nos patrons pour avoir sorti la version bêta en avance ?

Je souris.

— À *nous*. Monsieur et Madame, euh, van-van Hoehns…

Il soupira et posa sa boisson en levant les sourcils. En baissant lentement le regard, il s'attarda sur mes cheveux longs tombant sur mes épaules, mes bras, frôlant presque la table.

Son regard réchauffa tous les endroits où il s'attardait. Mais je n'avais certainement pas l'intention de le lui faire savoir.

— *Walker.* C'est plus simple. Et je pensais que tu gardais ton nom de famille ?

Je haussai les épaules en acquiesçant.

— Oui… c'est vrai. Sauf si c'est plus convaincant de le changer. Il faudra que j'en discute avec mon avocat.

— Comme toute l'histoire ne va pas durer longtemps, je dirais que moins tu as de travail pour tout changer quand c'est terminé, mieux c'est.

Je bus les dernières gouttes de ma limonade et je le regardai en écarquillant les yeux.

— Heureusement que je n'ai jamais été très attachée au rêve typique d'un grand mariage. La robe coûteuse et le bouquet de fleurs, une première danse glamour devant une salle remplie de famille d'amis à moitié ivres. La situation présente en est à peu près aussi éloignée que possible.

Cette fois, il leva vraiment les yeux au ciel.

— C'est totalement surfait, de toute façon. Tu ne rates rien. Même si c'était réel.

Je fronçai les sourcils en me demandant ce que voulait dire cette remarque énigmatique. J'allais devoir m'y habituer. Mon mari aimait faire des remarques sèches que personne ne comprenait. Au moins, je savais à peu près à quoi m'attendre en épousant Lucas. Nous travaillions ensemble depuis plus d'un an et nous nous disputions régulièrement.

Il détourna le regard de mes mains agitées, puis il regarda sa montre.

— Nous n'avons pas le temps des pensées poétiques au sujet de ce qui aurait pu avoir lieu. En retournant au travail aujourd'hui, nous devons être à fond. Tu as promis.

Je levai ma main droite pour jurer solennellement… comme si nous n'avions pas encore assez fait *ça* aujourd'hui.

— Toutes mes pauses déjeuner et mes heures supplémentaires et mes nuits de travail sont à toi jusqu'à la fin de notre délai.

Satisfait, il hocha sombrement la tête.

— Bien. Parce que ceci — il nous désigna tour à tour — est une opération commerciale.

J'agitai la tête, acquiesçant d'un air fatigué. Il me l'avait répété souvent au cours de la semaine passée.

— Oui, oui, oui. J'obtiens un mari yankee certifié à inscrire sur les formulaires d'immigration pour obtenir une carte verte. Tu obtiens toute mon aide pour atteindre le délai afin d'impressionner les grands patrons pour cette nouvelle promotion qui t'intéresse. J'ai compris, Lucas, comme la douzième fois que tu me l'as dit.

— Hmm. Eh bien, quelques fois de plus, ça ne peut pas faire de mal.

En tant que testeurs de jeux, notre département de Draco Multimedia Entertainment devait s'assurer que le programme n'avait pas de bugs ou de problèmes. C'était particulièrement important à cause de la sortie prochaine de la nouvelle extension de Dragon Epoch, la *Guerre des Terres Déchirées*. Pour un jeu aussi massif et complexe que Dragon Epoch, la tâche n'était pas simple.

Le patron nous avait donné une date limite presque impossible à tenir. Mais au lieu de la repousser et de demander plus de temps, Lucas, notre chef de projet, avait accepté le défi. Parce qu'il avait quelque chose à prouver.

Il pointa l'index sur la table entre nous.

— *N'est-ce pas ?*

Je grinçai des dents.

— Oui. D'accord. *Pff.* J'ai bien conscience que tu veux ce nouveau travail. Je ferai tout en mon pouvoir pour t'aider. Tu sais ce qu'on dit au sujet des immigrants qui font tout le travail.

Il était énervant et aussi très canon quand il obtenait ce qu'il voulait. Autoritaire et insistant avec une bonne dose de grognon… c'était Lucas en quelques mots. Dommage qu'il soit enveloppé dans un beau paquet que je ne pouvais m'empêcher de remarquer. Encore et encore. Il était bien plus simple d'être irritée par un crétin moche que par un beau.

De plus, son côté autoritaire me poussait toujours à me demander s'il était pareil au lit. *Arrête ça, Kat !*

J'avais de la chance, vraiment. Jusqu'ici, il n'avait pas vraiment demandé pourquoi il était si vital pour moi de rester ici aux États-Unis et de ne pas repartir au Canada. Mon cœur se mettait à battre plus vite et mon estomac se nouait en pensant à cette possibilité. *Non.* Il m'aidait à rester ici et il prenait un risque. Pour cette raison, je pouvais donc oublier son côté désagréable et lui être reconnaissante.

Mon pays natal était un endroit merveilleux. Mais la situation spécifique que j'avais quittée… pas tellement. Je recommençai à m'agiter, poussant et tirant la paille dans mon gobelet vide pour faire un bruit crispant. Au bout d'une minute, il posa la main sur la mienne pour m'arrêter en serrant sa mâchoire merveilleuse.

— *Cranberry,* maugréa-t-il. Calme-toi.

Sa main était chaude et calleuse… apparemment à cause des années d'aviron pratiquées à la fac, avait-il dit un jour. Des picotements chauds remontèrent le long de mon bras depuis l'endroit où nos peaux se touchaient. *Waouh.* Des picotements… des chocs… la chair de poule. Je déglutis bruyamment et je retirai ma main de la sienne. Puis je pris le stylo et j'ajoutai ma signature sur le certificat.

Après avoir relu le formulaire, je m'adossai à la banquette et je levai les yeux à temps pour surprendre son regard intense, fixé quelque part dans mon cou ou sur mes cheveux. Mais dès que je le surpris, tout changea. Lorsqu'il croisa à nouveau mon regard, il avait remis en place son masque de granite.

Il haussa les épaules d'un air nonchalant pas très convaincant et il regarda par la fenêtre.

— Alors, quand est-ce que j'emménage chez toi ? demandai-je joyeusement.

Je connaissais déjà la réponse à cette question. Mais comme d'habitude, je trouvais presque impossible d'éviter la tentation de l'énerver de temps en temps.

Son visage s'assombrit.

— Tu as dit…

Je levai la main.

— Je plaisante, je plaisante. Mais il faut que je donne l'impression de vivre avec toi. Si ça ne t'ennuie pas, je ferai envoyer tout mon courrier là-bas. Mais ne t'inquiète pas, je vais continuer à vivre avec Heath dans son appartement.

Il se tourna vers moi.

— Nous devrions aussi obtenir un compte bancaire joint et j'ajouterai ton nom sur mes factures. Tu ne seras pas obligée de les payer.

Je ricanai.

— Bien, parce que je ne pourrais jamais me permettre le crédit de ta belle maison.

— Bref.

— Je préparerai un album photo. Peux-tu m'envoyer les photos que tu as ? J'en ai quelques-unes des fêtes du travail. Nous devrions aussi prendre la pose pour certaines. J'ai bien peur de devoir te demander quelque chose de rare et de potentiellement douloureux : il te faudra *sourire* sur les photos.

Il soupira.

— Très bien, si c'est obligé.

Je ne pus m'empêcher d'attraper mon téléphone et de le prendre en photo maintenant, avec son air renfrogné. Puis je l'étudiai un instant. Même avec son regard noir, il était bien trop beau… un fait que je me forçai encore une fois à ignorer.

— Bon, ceci ne m'aidera pas à créer un mariage glamour et romantique pour les officiers de l'immigration. Il nous faudra travailler là-dessus.

— Vas-tu tout de suite enregistrer les papiers ?

Je regardai le certificat de mariage posé entre nous et qui portait nos deux signatures.

— Je le dois. Ordre du tribunal. Je ferai tout ça.

— Bien. Il ne devrait pas y avoir de problème dans ce cas. Et bien sûr, nous avons des règles pour tout le reste.

Je levai les sourcils vers lui, comme pour le défier d'avoir le culot de me rappeler encore une fois toutes ces conneries.

— Tu te souviens des règles, n'est-ce pas ?

Eeeeet c'est reparti…

Je secouai la tête et je regardai par la fenêtre. Jedi Boy et ses foutues règles.

— Oui, je m'en souviens. Tu ne vas pas m'obliger à les répéter.

Il fronça les sourcils.

— Tu veux parier ?

Je le regardai à nouveau.

— Tu es énervant.

— Je m'en fous.

Il soutint mon regard.

Je poussai un long soupir.

— Très bien. Mais c'est la dernière fois que je les dis à voix haute, compris ?

Aucune réaction. Je me mordis la lèvre et je poursuivis :

— On n'agit pas comme un couple marié au travail, à la maison, nulle part. Pas de plaisanteries sur le fait d'être mariés. Le secret doit rester entre toi, Heath et moi. On ne sort pas avec d'autres personnes.

J'aspirai bruyamment le fond de ma boisson avec la paille pour l'irriter.

— Et c'est moi qui reçois tous les cadeaux de mariage.

— N'est-il pas plus facile de convaincre les autorités de la réalité de votre mariage en ne le gardant pas secret ?

Heath se tenait à côté de moi avec un plateau chargé de nourriture. Je ne savais pas du tout combien de temps il avait passé là, mais apparemment assez longtemps pour m'entendre réciter les règles ridicules de Lucas.

Je me décalai sur la banquette pour lui faire de la place et il posa le plateau.

— Pardon d'avoir mis si longtemps. J'ai dû renvoyer mon hamburger. Le caissier n'avait pas marqué qu'il devait être complet, avec tous les suppléments et la sauce secrète.

Heath mordit dans son hamburger — il avait des priorités, tout de même — avant de jeter un coup d'œil de Lucas à moi, puis inversement, attendant toujours la réponse à sa question.

— J'ai mes raisons pour que ça reste discret, finit par répondre Lucas, ses yeux sombres évitant mon regard. En effet, j'attends une promotion importante et Kat est la meilleure amie de la femme du PDG.

Heath avala une bouchée énorme et ricana.

— Ne serait-ce pas une bonne raison pour le révéler au grand jour ? À ta place, j'en ferais la publicité à tous ceux qui voudraient bien m'écouter.

Je connaissais déjà la réponse et je sentais que Lucas commençait à s'énerver, alors j'intervins. Je dois dire que c'était plutôt magnanime, car Lucas était tout aussi énervant. Mais il me rendait également un énorme service.

— Lucas ne croit pas au népotisme. Il veut obtenir le travail grâce à son propre mérite.

Heath haussa les épaules.

— D'accord, je garderai donc le secret au travail, mais…

— Côté famille, c'est aussi compliqué, l'interrompit Lucas avant même que Heath termine sa question. Crois-moi, c'est bien plus facile de cette façon.

Je levai un sourcil, curieuse, mais je résistai à l'envie de poser la question évidente. En réalité, je ne connaissais rien de la famille de Lucas, mais si le fait de ne pas poser la question impliquait qu'il n'en pose pas sur la mienne, alors c'était aussi bien. J'attrapai mon hamburger Double-Double et je soulevai le pain pour vérifier qu'il n'y avait pas leur « sauce spéciale » que je n'aimais pas.

— C'est assez facile de rester discrets, dis-je. D'autant plus que j'envoie seulement des documents. Nous devrons ensuite nous rendre à un entretien.

Je supposai que nous devions apprendre les éléments de base de nos familles respectives… mais pas avant des mois.

Une étape à la fois. Un mois plus tôt, Lucas et moi étions dans un chalet à la montagne avec des collègues juste avant Noël. Nous ne savions pas du tout ce que l'avenir nous réservait.

Maintenant, nous étions ici. Mari et femme.

— Je suppose qu'il n'y aura donc pas d'alliances, ce qui faisait partie de ma liste de questions, demanda Heath entre deux bouchées.

Lucas secoua la tête d'un air décidé.

— Pas d'alliances.

Bien sûr. Pas de signes extérieurs montrant que nous étions mariés. Ce n'était pas comme si nous avions beaucoup de temps pour sortir à cause de notre emploi du temps surchargé par le travail. Fréquenter quelqu'un d'autre aurait rendu les choses plus compliquées et faisait paraître le mariage moins réel. Et avec ces conditions exigeant que tout reste secret, nous avions besoin de toute l'aide possible.

Après avoir terminé notre « festin de mariage », il ne perdit pas de temps et se leva de sa banquette en nous encourageant à retourner au travail. Je pris le temps de remercier Heath d'avoir fait le trajet jusqu'à Irvine depuis Orange, où nous vivions, pour faire ça pour nous pendant notre pause déjeuner.

Parce que nous allions encore faire une longue nuit de travail ce soir-là… et probablement pour le restant de la semaine.

Heath essuya soigneusement le gras de ses doigts avant de prendre les papiers et de les signer. Il les rangea dans une enveloppe et assura qu'elle serait envoyée à l'État civil dès que possible.

De sa place, Lucas observa chacun de ses mouvements, comme s'il n'avait pas confiance en ce que faisait Heath. Comme s'il venait de renoncer légalement à sa vie. Car en réalité, pendant l'année qui venait — que je finisse en enfer ou avec une carte verte — c'était le cas.

— Tenez-moi au courant s'il y a des changements ou des rendez-vous auxquels je dois me rendre, grogna Lucas quand nous sortîmes.

Pas même une heure plus tard, de retour au travail, ce fut assez étrange d'essayer de maintenir l'illusion qu'il ne s'était rien passé. Ce n'était pourtant pas vraiment une illusion. Car il ne s'était rien passé, sauf sur le papier.

J'étudiai notre classement de *Mission Accomplie* Il affichait les scores d'un tournoi en cours avec les collègues. Il s'agissait de joueurs qui, se sentant surmenés, sous-payés et sous-estimés, faisaient une pause dans la recherche des bugs de Dragon Epoch pour jouer encore à un autre jeu.

Mission Accomplie était terriblement démodé maintenant, mais Lucas en était fan depuis longtemps. De plus, c'était le tout premier jeu sur lequel notre patron avait travaillé par lui-même quand il était adolescent.

Au cours des dernières vingt-quatre heures, Lucas m'avait dépassé pour devenir le détenteur du high score sur le tableau blanc improvisé que nous avions conçu. J'inclinai la tête en me rongeant l'ongle du pouce. Cela faisait des mois que Lucas et moi étions au coude à coude sur ce tableau. La troisième place était très loin de nous.

— Tu vas laisser passer ça ? Vous êtes tous les deux si obsédés à l'idée de vous battre l'un l'autre que personne n'arrive à rester à la hauteur.

La remarque narquoise de mon collègue Joel me tira de ma rêverie. Je le regardai pointer du doigt le score de Lucas. Il était temporaire et nous le savions tous. J'allais le dépasser la prochaine fois que je m'assoirai pour faire un autre tour dans le jeu.

Sauf que… sauf que je n'allais peut-être pas le faire. Pas tout de suite, en tout cas. Pour le remercier en silence de tout ce qu'il avait fait pour moi, je pouvais laisser passer ça. Même s'il n'avait eu à rater que quelques déjeuners pour le certificat de mariage et la « cérémonie », il avait quand même fait un acte très généreux.

Oui, il avait besoin de mon aide pour l'extension, mais… il aurait sans doute pu avancer sans moi.

Je me rendis compte que je souriais, un moment de tendresse faisant gonfler mon cœur. Il m'avait montré de la gentillesse à sa façon plutôt bourrue.

En haussant les épaules, je laissai la question de Joël sans réponse et je retournai à mon bureau, prenant quelques instants pour m'étirer plusieurs fois avant de m'asseoir. Le temps allait encore passer très lentement jusqu'à la fin de la journée de travail, alors je devais profiter de ce genre d'occasion quand c'était possible.

Quand je levai la tête du guidon, je pivotai pour m'enfoncer dans ma chaise et je remarquai que Lucas était entré dans la salle. Son regard passa du tableau de classement à la longueur de la salle remplie de postes de travail. Il était sans doute en train de voir qui était encore là et qui se préparait à partir.

Quand il croisa mon regard, je lui fis un sourire hésitant et un clin d'œil.

Son expression neutre se transforma en regard noir et il fronça les sourcils. Les épaules raides et une posture encore plus raide, il passa devant mon bureau et grommela brutalement :

— Remets-toi au travail, Cranberry. Si tu as le temps de rêvasser, tu as trop de temps libre.

Je jetai un regard assassin à son dos qui s'éloignait, fronçant à mon tour les sourcils en m'enfonçant dans ma chaise de bureau. *Joyeux mariage à toi aussi, crétin.*

Ouvrant mes dossiers en file d'attente en serrant les dents, je décidai de faire sauter sa position en tête du classement dès que possible.

CHAPITRE UN
LUCAS

Six Mois Plus Tard...

IL Y AVAIT DES CHUCHOTEMENTS TOUT AUTOUR DE MOI. CE fut la première chose que je remarquai en retirant mon casque audio. Je parcourus des yeux notre coin du campus de Draco, surnommé le Repaire sans beaucoup d'affection par ses habitants. C'était un surnom approprié, étant donné que ses occupants venaient du département de tests de jeux pour Draco Multimedia Entertainment. La plupart des employés ici avaient une apparence qui justifiait le fait de traîner dans un endroit appelé le Repaire. Leurs vêtements et leur hygiène correspondaient bien à un endroit éloigné de la lumière du soleil, à un habitat souterrain parsemé de débris d'anciens repas.

En me frottant les yeux pour les aider à se focaliser après de longues heures passées devant l'écran, je scrutai la salle pour voir si tout le monde était à sa place. Des postes de travail vides étaient alignés le long du mur le plus éloigné, au bord de grandes fenêtres en saillie. Le bureau du chef d'équipe, que j'occupais, se trouvait au milieu de la salle. De l'autre côté, il y avait un Scrum Board, un grand tableau du sol au plafond couvert d'une quantité énorme de post-its multicolores. Il était divisé en colonnes montrant à quel stade en étaient les tâches à finir : *préparation, en cours, fini, mis de côté, prioritaire.*

On aurait dit qu'une licorne ivre s'était aventurée dans le Repaire et avait vomi un arc-en-ciel sur le mur. Mon regard se reporta sur le groupe de personnes près de la porte : la source des chuchotements pas très discrets.

Mes collègues jetaient des regards occasionnels dans ma direction pendant que je les observais. Ils s'attendaient peut-être à ce que je mette fin à leur rassemblement improvisé, mais je me sentais d'humeur généreuse. Nous venions tout juste d'atteindre un délai presque impossible à tenir. Il avait fallu travailler longtemps, très dur, et beaucoup d'entre eux avaient fait des nuits complètes ici pour y parvenir.

Ils prenaient donc un peu plus de temps pour leur pause déjeuner aujourd'hui. Ça ne me gênait pas quand nous n'avions pas de date limite urgente.

Dans les moments critiques, ils n'avaient pas de pause déjeuner, de pause dîner, de pause café. Ils n'avaient pas plus de deux minutes pour se précipiter désespérément aux toilettes et expulser tout le Red Bull, le café ou le Mountain Dew. Bien sûr, la liste suivante de bugs vous attendait au retour. Et le cycle pour trouver tout ce qui n'allait pas avec le jeu avant qu'il soit rendu disponible au public allait continuer.

Pendant les périodes plus calmes, comme cette semaine, je n'étais plus aussi strict avec les horaires et tout le monde le savait. Mais leur réunion spontanée autour d'un café m'irritait, maintenant. Ou alors, j'étais simplement paranoïaque en pensant qu'ils parlaient de moi.

Tout changea dès que la porte s'ouvrit à nouveau. Katya entra et se dirigea tout droit vers son poste de travail sans même faire attention à ses collègues.

Eux, en revanche, la dévisagèrent. Puis ils me regardèrent, s'observèrent entre eux, et s'éparpillèrent rapidement comme des chats qui venaient de prendre un seau d'eau glacée sur leurs têtes.

J'observai Kat. J'aperçus la cascade soyeuse de ses longs cheveux roux flamboyants tombant sur sa taille, la façon dont le jean moulait ses fesses. Avant même de pouvoir reprendre ma respiration, une attirance familière menaça de dominer toutes mes pensées. Je déglutis. Mon système de refoulement automatique s'enclencha et je me forçai à détourner le regard avant de passer trop de temps à la dévisager. C'était une de mes règles les plus importantes. J'appelais ça la règle des six secondes.

C'était un peu comme de regarder le soleil. Je ne devais pas la fixer plus de six secondes. Mais au lieu de prendre le risque d'avoir les rétines brûlées, je prenais le risque de voir mon esprit s'aventurer dans des territoires dangereux. Inévitablement, je m'attardais sur le fait qu'elle avait un cul absolument magnifique dans le nouveau jean bleu foncé qu'elle portait aujourd'hui. Ou alors, je devenais obsédé par le tissu de son tee-shirt étiré sur sa poitrine parfaite. Et les pensées pouvaient conduire aux actes.

Une fois que les chuchotements des collègues eurent cessé, je sentis encore de temps en temps un regard inquisiteur venant des autres postes de travail. Chaque fois que j'en surprenais un, je jetais un regard noir et on me laissait tranquille. Lentement, je me retournai vers mon écran et je remis mon casque audio. Il était temps de parcourir les premiers rapports de bugs envoyés ce matin par nos bêta-testeurs.

Ça ne faisait même pas cinq minutes que j'y étais, quand la distraction interdite s'avança vers moi. Il me fallut penser à elle bien plus de six secondes, car elle était juste devant moi. Ses cheveux doux qui sentaient bon frôlèrent ma joue lorsqu'elle se baissa par-dessus mon poste de travail pour me murmurer quelques mots.

— J'ai trouvé quelque chose que tu devrais voir, dit-elle un peu plus fort que d'habitude, comme si elle voulait que tout le monde l'entende.

Je lui jetai un regard interrogateur.

— Section 583-A. Peux-tu l'afficher ?

Quoi ? J'avais validé cette partie plusieurs jours auparavant. En fronçant les sourcils, je fis ce qu'elle demandait et j'affichai les notes sur cette section. Elle se pencha encore plus près de moi et je sentis la chaleur de son corps près du mien. Pour une raison que j'ignorais, cela m'irrita. Probablement parce que sa proximité et son côté canon m'avaient ennuyé au cours de l'année passée. Parce que je ne pouvais pas avoir ce qui était si proche… et que j'avais décidé que je ne l'aurais jamais.

Ses longs cheveux glorieux frôlèrent encore une fois mon visage et… mon Dieu, cette odeur. La senteur était un mélange ensorcelant de noix de coco, de lavande et d'autres épices que je ne savais pas nommer. Peut-être la noix de muscade ? C'était subtil. Et entêtant.

Et cela causait systématiquement une montée de ma pression sanguine. Elle posa une main à côté de mon clavier pour s'appuyer pendant qu'elle pointait sur l'écran. Je me focalisai sur ses mains, ses longs doigts gracieux. Ses ongles étaient coupés court afin de pouvoir taper plus vite au clavier, mais elle avait du vernis bleu écaillé et de petits bijoux d'ongles brillants. Elle était le mélange parfait de la gameuse garçon manqué et de la beauté féminine éblouissante.

Pour ma santé mentale, je m'étais résolu plusieurs mois auparavant d'arrêter de penser à elle ainsi qu'elle soit secrètement ma femme ou pas. Malheureusement, cette résolution n'avait pas été un franc succès jusqu'ici.

Je me reprochai de trouver son odeur irrésistible et je luttai contre les premières vrilles de désir. Cela faisait bien trop longtemps que je n'avais pas eu de sexe. Le brouillard de désir fut si fort que je ne m'étais même pas rendu compte qu'elle me parlait. Je n'avais pas non plus remarqué qu'elle n'avait aucune intention de discuter d'un soi-disant bug dans la section 583-A.

—... prendre rendez-vous avec les services de l'immigration pour notre entretien.

Elle parlait à voix basse. Je clignai des paupières, retombant brusquement sur Terre en écartant mon visage de ses cheveux soyeux. Une pointe soudaine de désir me fit bondir de ma chaise.

Bon sang. C'était typique de ma part de me mettre dans une telle situation, secrètement marié à une gameuse terriblement sexy avec laquelle je travaillais de longues heures tous les jours et parfois les nuits. Qui avait des courbes menaçant de me rendre fou si j'y réfléchissais plus de quelques minutes à la suite. Au sujet de laquelle je me demandais constamment si elle embrassait aussi bien que ses lèvres pulpeuses le promettaient.

Et j'avais conscience qu'elle me faisait bander beaucoup trop souvent, simplement en étant à proximité. Et ça menaçait de recommencer.

Je secouai la tête et je commençai à respirer par la bouche afin de ne pas la sentir.

— Quoi ? aboyai-je.

Elle soupira, apparemment impatiente parce que j'étais lent et que je ne comprenais pas sa ruse.

— J'ai dit que ce n'était pas au sujet d'un bug, mais que je ne voulais pas éveiller les soupçons. On nous regarde bizarrement chaque fois que je t'entraîne hors de la salle pour parler. Aujourd'hui au déjeuner, j'ai dû rappeler mon avocat. Il nous a obtenu un rendez-vous dans deux semaines pour un entretien.

— Très bien. D'accord. Est-ce tout ?

Elle me jeta un regard étonné, jetant ses cheveux par-dessus son épaule… et dans mon visage. Je reculai brusquement. Bien que ce que je voulais vraiment, c'était de passer les mains dedans, tirer sa tête en arrière. J'avais envie de fixer son beau visage et de poser ma bouche sur ses belles lèvres rebondies.

Mais ce n'était pas le sujet.

Elle n'était pas obligée de savoir ça. *Personne* était obligé de le savoir.

Bon sang, j'avais besoin de sexe. Ce mariage secret — ainsi que ce travail intensif, mais parfois terriblement ennuyeux — me laissait les bourses pleines. Peut-être qu'après l'entretien, nous pourrions commencer à fréquenter d'autres personnes.

Je m'adossai à ma chaise pour m'accorder une pause et je surpris trois têtes tournées vers nous. Quand je jetai un regard vers eux, tous les trois se retirèrent et commencèrent à faire semblant de travailler, tapant beaucoup trop vite au clavier et fixant leurs écrans.

Je fronçai les sourcils. Que se passait-il ? Le Repaire de testeurs de jeux puissants, déterminés, robustes, obsédés par les détails venait-il de se transformer en Tanière de Gossip Girl ou en Club des Badauds Curieux ?

Je me retournai vers Katya.

— Quelqu'un t'a entendue au téléphone pendant le déjeuner ?

Elle fronça les sourcils à son tour avant de me lancer un regard narquois de ses yeux bleu vif.

— Me prends-tu pour une espèce d'amatrice, Jedi Boy ? J'étais dans le couloir à l'arrière, celui qui mène au parking sur le côté du bâtiment, là où personne ne se gare. C'était très discret et vide. Personne n'aurait pu m'entendre.

— À ta connaissance.

Elle leva les yeux au ciel.

— Bon sang, je suis désolée d'avoir dit quoi que ce soit. Mais tu m'as quand même demandé de te tenir au courant.

Je serrai la mâchoire.

— Contente-toi de m'envoyer un texto la prochaine fois. Pas besoin d'avoir le rapport complet, Cranberry, ou bien cherches-tu toutes les excuses du monde pour venir me parler ?

En réaction, son visage prit une teinte rouge écarlate satisfaisante. Même si ce n'était pas exactement la sorte de rougeur que j'aurais aimé voir sur elle. J'aurais préféré que cela vienne d'un désir intense plutôt que de la colère. Mais c'était presque aussi agréable.

Elle prit un air sévère en se redressant.

— Dans tes rêves, Bouton d'or.

Oh, elle était si proche de la vérité…

Je me contentai d'un sourire narquois.

— Tu dois arriver tôt demain matin. Jordan veut que toi et moi nous organisions cette visite VIP. Ce n'est pas mon choix.

Elle répondit en me faisant un doigt et elle retourna à son poste de travail, Dieu merci. Je dus pourtant me forcer à détourner les yeux de son derrière incroyable. Bon sang… ses cheveux qui frôlaient ma joue, son odeur de noix de muscade.

Sentir ses seins lourds frôler innocemment mon bras ou mon dos était le seul élément qui manquait pour compléter le tiercé gagnant de l'attirance frustrée.

J'avais des difficultés à penser à autre chose dernièrement, et j'avais décidé que c'était à cause de mes bourses pleines. Même un tronc d'arbre me paraissait séduisant.

Avec un petit sourire, je me remis au travail. Il valait mieux la garder énervée contre moi. Elle maintenait ainsi ses distances et j'en avais besoin pour garder les idées claires.

J'avais une réunion avec les grands patrons plus tard dans l'après-midi et je devais être pleinement concentré.

***

Quand on travaillait dans l'assurance qualité pour une entreprise de jeux vidéo à succès et très populaire, on était toujours en retard sur le planning. Ou bien on n'avait pas le temps de faire les tâches quotidiennes. Ou alors, grâce à nos développeurs si prévenants, on avait une date limite de crise de dernière minute. Et quand nous prenions la peine de nous plaindre du comportement ridicule des développeurs à nos supérieurs, c'était systématique : ils favorisaient toujours leur histoire larmoyante à la nôtre.

Maintenant que la nouvelle extension était achevée, Dragon Epoch : la Guerre des Terres Déchirées était presque prête à être déployée. Et nous étions à la veille de sa sortie. Et me voilà, dans le bureau du patron, à attendre de savoir s'il avait pris la décision que j'attendais depuis six mois. S'il m'avait choisi pour diriger le nouveau département de Réalité Virtuelle que Draco

Multimedia Entertainment allait bientôt englober à partir d'une entreprise séparée.

— Lucas, dit mon patron depuis l'endroit où il était perché sur son grand bureau élégant de PDG. Je vais te dire les choses directement. Je ne te fais pas venir ici à cette heure tardive pour t'écouter râler contre les développeurs.

J'écarquillai les yeux, me redressant sur ma chaise, comme si je n'étais pas déjà assis très droit.

— Et je suis certain que vous les avez entendus râler au sujet de l'assurance qualité.

— Toujours.

Le visage d'Adam Drake se fendit d'un sourire compréhensif.

Ce n'était pas son premier rodéo. Ni même le cinquième. Il n'avait même pas encore trente ans et pourtant il était au sommet de sa forme, PDG de multiples entreprises et membre du conseil d'administration de plusieurs autres.

Il vivait le rêve du self-made-man. Mon rêve.

Pour être franc, je l'idolâtrais un peu. La trajectoire d'Adam Drake était l'exemple parfait des objectifs de l'industrie du travail. J'avais suivi sa carrière depuis l'époque de son premier jeu, *Mission Accomplie*, un jeu qui m'avait obsédé quand j'étais adolescent. Et au fur et à mesure des années, je l'avais utilisé pour modèle de ce que je voulais dans ma propre vie et carrière.

Tout le monde devait avoir un héros, n'est-ce pas ?

Je jetai un coup d'œil à Jordan Fawkes, directeur financier de l'entreprise et un très bon ami. Il agita les sourcils comme pour me dire *bien joué*, puis il reporta son regard sur Adam.

Adam faisait balancer son pied par-dessus le coin de son bureau, les bras croisés. Il regarda la fenêtre comme s'il réfléchissait à une façon de dire la partie suivante. J'essayai de ne pas m'agripper aux accoudoirs en l'encourageant mentalement à continuer.

Dis-le, mon vieux. Dis simplement que j'ai eu le job. Ça ne va pas te tuer...

Adam s'éclaircit la gorge et se retourna vers moi.

— Il ne reste plus que deux candidats en lice pour le poste. Et je dois dire que nous avons eu du mal à réduire autant la liste.

Ce n'était pas exactement la nouvelle que j'espérais entendre, mais ça me convenait pour l'instant. Je m'agitai sur ma chaise.

— Avec un peu de chance, je fais partie des deux.

Adam rit.

— Oui, bien sûr.

Je luttai contre l'envie de relâcher le souffle que j'avais retenu. Il poursuivit :

— Tu as fait un travail incroyable avec l'assurance qualité sur l'extension. Je sais que nous t'avons donné une fenêtre de temps extrêmement courte. Je m'attendais à de la résistance, mais elle n'est jamais venue. Tu as atteint cette date limite comme un as. Bravo.

Je hochai la tête, appréciant cette reconnaissance. Les six derniers mois avaient été épuisants. Des semaines de travail de soixante-dix ou quatre-vingts heures pour ma part, et autant que possible de la part de mon équipe. Et Katya... eh bien, elle avait été mon arme secrète. Elle était plus que qualifiée et elle avait l'œil pour les détails, ce qui la rendait très talentueuse en assurance qualité. Grâce à sa grande compréhension du code backend, elle avait parfois été capable de travailler au triple, voire au quadruple, de la vitesse de mes autres testeurs.

C'était elle qui nous avait porté jusqu'à cette date limite et elle avait encouragé de nombreux autres testeurs à se rallier à elle. Comme je m'y étais attendu.

C'est pourquoi le fait de presque la perdre au début de l'année, quand elle m'avait informé de son expulsion éventuelle, avait failli faire rater tous mes objectifs. Ils n'auraient jamais accordé le budget pour la remplacer par trois nouveaux employés en assurance qualité. Et j'aurais dû passer des semaines coûteuses à former les nouveaux. Beaucoup de temps précieux que j'aurais pu passer à faire avancer mon objectif d'atteindre la première date limite.

Adam fit remarquer avec un sourire :

— Je ne sais pas ce que tu as fait pour convaincre ton équipe, mais c'était impressionnant. Je veux que tu saches que je l'ai remarqué et que ce sera récompensé de façon appropriée.

Je rayonnai. Oui, nous avions tous travaillé très dur. Mais ça n'aurait jamais pu arriver sans Kat. Elle ne le savait pas et je n'avais pas l'intention de le lui dire, mais elle était mon arme secrète. Et elle avait fonctionné à merveille.

— J'apprécie, dis-je en hochant la tête.

Je travaillais avec Adam depuis des années. Et même si nous nous connaissions bien, nous n'avions jamais été très proches. C'était peut-être parce que je l'idolâtrais. De son côté, il n'était pas non plus très abordable… un patron formidable, oui, et un dieu de la programmation. Mais aussi un leader exceptionnel.

Et il avait commencé son empire en créant des jeux quand il était adolescent, programmant tard le soir dans sa chambre quand il faisait nuit. À une époque, j'avais été si obsédé par Mission Accomplie, que je l'avais suivi à une conférence sur les technologies et que j'avais failli me faire arrêter pour harcèlement.

Je n'étais pas fier de tous ces souvenirs. Mais j'étais jeune et ambitieux à l'époque. Maintenant, j'étais plus âgé et encore plus ambitieux.

Adam m'avait donné un emploi dans sa toute jeune entreprise de jeux vidéo quand j'avais contourné quelques-unes de mes propres règles en utilisant mon réseau ici et là. Et je m'étais promis de ne plus jamais le faire. À partir de là, tout ne tenait qu'à moi… et à l'équipe que je menais.

J'avais eu une chance incroyable de trouver Kat et j'étais prêt à faire des choses assez extrêmes pour la garder ici. C'est pourquoi j'avais choisi de bafouer une institution débile en laquelle je ne croyais plus afin de pouvoir l'aider à obtenir sa carte verte.

Je déglutis, entrelaçant mes doigts pour occuper mes mains.

— Puis-je demander qui est l'autre personne envisagée pour le poste ?

Adam jeta un long regard à Jordan, mais Jordan resta silencieux. Il se retourna alors vers moi.

— Bien sûr, je peux te le faire savoir, tant que tu acceptes que je lui dise aussi.

Je hochai la tête.

— Aucun problème.

Pourvu que ce ne soit pas Jeremy. Je le pensai si fort que je dus me forcer à ne pas le dire à voix haute en serrant les poings. Tous les autres candidats étaient inférieurs à moi pour ce poste.

Sauf Jeremy, qui avait été engagé des années après moi, mais qui avait avancé dans les rangs en tant que développeur. Il excellait dans son travail. Il avait également des idées sur la façon d'intégrer la réalité virtuelle dans nos jeux existants.

Et comme il était développeur, je savais qu'Adam le préférait. L'honneur entre les programmateurs... Dans leur monde, les testeurs de jeu étaient des ennemis. J'avais parfois décelé un parti pris dans les décisions d'Adam à cause de cela.

Adam changea de position sur son bureau.

— D'accord, l'autre candidat est Jeremy Holme.

Mon estomac se noua d'un coup. Bon, merde. Ça signifiait que tout ceci était une formalité. Jeremy était depuis longtemps un favori de notre célèbre PDG. Je résistai à l'envie de m'agiter ou de montrer mes émotions. Je luttai aussi contre mon besoin de regarder Jordan.

— Comment allez-vous prendre la décision finale ? demandai-je.

Adam inclina la tête sur le côté comme pour réfléchir.

— Je pourrais te le dire, mais il faudrait ensuite que je te tue.

Je luttai pour réprimer un soupir de frustration.

— D'accord, alors pouvez-vous me dire la suite des événements ?

Jordan prit la parole :

— Il faudra convaincre le conseil d'administration. Faire une présentation claire de ce que tu envisages pour la direction du département de réalité virtuelle.

Je hochai la tête en absorbant l'information. Ça ne devait pas être très difficile d'éclaircir mes idées. Trouver les étapes concrètes pour parvenir à ce que je voulais, c'était plus compliqué. J'allais devoir m'appuyer sur l'aide des autres pour trouver l'inspiration.

Après quelques questions de clarification, la réunion prit fin rapidement. Quelques minutes plus tard, je me levai de ma chaise et je leur serrai la main en les remerciant.

— Tu t'occupes toujours de cette visite VIP demain matin ? demanda Adam juste avant que je me tourne pour partir.

— Les astronautes ? On s'en charge.

Adam leva les sourcils.

— On ?

— J'ai suggéré qu'il prenne Kat avec lui, intervint Jordan. Elle est très drôle et ça ne fera pas de mal de leur donner une jolie fille à regarder.

— Sexiste, le gronda Adam.

Jordan haussa les épaules.

— Vois ça avec ta femme. Elle a déjà une piètre opinion de moi.

J'avais fait de mon mieux pour ne pas prendre cette demande de faire faire la visite pour un signe. Adam voulait que je fasse visiter les lieux aux astronautes qui travaillaient avec Adam sur un autre de ses projets. Ils étaient aussi de grands fans du jeu et ils allaient travailler à la promotion de l'extension, avec quelques publicités pour la télé et Internet.

Jordan et Adam continuaient leur échange de vannes habituel, mais je n'écoutais pas, me concentrant déjà sur ce que je devais accomplir pour aller jusqu'à l'étape finale. J'avais besoin de ce travail. C'était l'aboutissement de plusieurs années de choix stratégiques dans l'éducation et la carrière. C'était la raison principale pour laquelle j'avais accepté le sale boulot de l'assurance qualité et que j'avais gravi les échelons afin de développer un meilleur sens de la conception des jeux et de la jouabilité.

Oui, ce nouveau poste allait me permettre de faire ce dont je rêvais depuis des années : créer mes propres jeux. Et en partenariat avec un homme que j'admirais depuis longtemps.

Comment faire basculer sa décision en ma faveur ?

J'étais chargé de l'assurance qualité. Je faisais très bien mon travail et avec efficacité, mais ce boulot n'était pas tape-à-l'œil. Un développeur pouvait remplir son CV avec un scénario innovant de Dragon Epoch, ou une suite de quêtes dans le jeu. Ou alors il pouvait développer un nouveau mécanisme de jeu pour l'extension suivante.

Moi ? Je m'assurais qu'il n'y avait pas d'erreurs dans la programmation, pas de bugs qui empêchent d'apprécier le jeu. J'étais en quelque sorte le concierge, le type qui nettoyait le bazar des développeurs.

Lorsque je quittai le bureau d'Adam, Jordan me saisit le bras et m'entraîna dans son propre bureau, juste à côté. Je fermai la porte derrière moi et il lança un podcast en montant le volume sur son téléphone qu'il posa sur sa table. Ensuite, il me fit signe d'aller vers le mur le plus éloigné de celui qui était adjacent au bureau du PDG.

— Simple précaution. Il a une ouïe de chauve-souris, expliqua Jordan à voix basse en faisant la grimace.

— Tout ça n'est pas une bonne nouvelle, répondis-je.

Jordan fronça les sourcils.

— Tu ne devrais pas être surpris qu'il veuille mettre quelqu'un du développement à ce poste. Mais j'ai fait campagne pour toi pendant tout ce temps et il admire son travail. Il était particulièrement surpris que tu aies réussi à tenir ce délai. Il n'arrête pas d'en parler.

Je hochai la tête, profitant du sentiment de satisfaction en sachant que mon travail acharné avait été apprécié.

Jordan poursuivit :

— Je pense qu'il était sérieux en disant que le choix allait être difficile pour lui.

Je pinçai les lèvres.

— Si tu le dis.

Jordan leva un sourcil en me regardant.

— Pas la peine d'être hostile avec moi. Il n'a jamais été du genre à faire beaucoup de compliments. Fais-moi confiance. Et la bonne nouvelle, c'est que ça ne dépend pas à cent pour cent de lui. J'ai réfléchi à tout ça d'un point de vue stratégique.

Je levai les sourcils. Cela venait de l'homme qui était presque tout seul responsable de l'entrée en bourse triomphale de l'entreprise, me rendant, parmi d'autres, millionnaire. Je n'avais pas l'intention d'ignorer les stratégies de Jordan.

— J'écoute.

Il me regarda.

— Deux choses, en fait. Tu as besoin d'une idée tape-à-l'œil. D'une nouveauté qui attirera son attention. De préférence quelque chose d'irrésistible dans tes plans pour l'entreprise de réalité virtuelle. Un nouveau jeu qui se propagera dans l'industrie.

J'y réfléchis. En plus de tout le reste… enfin, qui avait besoin de dormir, hein ?

Je hochai la tête.

— D'accord. Je vais y penser. Quelle est l'autre chose ?

Jordan se redressa, ses traits devenant plus sombres.

— Eh bien, tu ne vas pas aimer.

Je levai les yeux au ciel.

— Super. Il me tarde de l'entendre, alors.

— Il y a toujours l'angle de l'influence. Tu as quelques… euh, liens familiaux impressionnants.

Il leva une main pour m'arrêter quand j'ouvris la bouche pour protester.

— Écoute-moi. Un nouvel investissement. Un apport d'argent ou un soutien financier.

J'eus un mouvement de recul.

— De mon père ? As-tu perdu l'esprit ?

J'arrivais à peine à en croire mes oreilles. Si quelqu'un sur terre comprenait le problème des pères envahissants, c'était Jordan.

— Je sais. Je sais. Je t'ai dit que tu n'allais pas aimer.

— Tu me connais assez bien. J'aime ça à peu près autant que toi si on te suggérait d'impliquer *ton* père dans ton travail.

Il hocha la tête et laissa échapper un long soupir.

— Oui, je sais, je sais. Penses-y, c'est tout. J'aimerais vraiment te voir à ce poste, moi aussi. Je t'ai fait monter jusque-là, non ?

Je lâchais un soupir indigné.

— Surveille ton ego, mon vieux. C'est moi qui suis monté jusqu'ici, mais j'apprécie ton soutien.

Le regard de Jordan devint plus intense.

— Réfléchis à tout ça.

Mais oui, j'allais envisager d'acheter Adam par l'intermédiaire de mon père. En deux mots : PAS question.

Je n'avais pas été ravi quand Jordan avait compris qui était mon père. Je ne lui avais jamais demandé comment il le savait. Adam n'était visiblement pas au courant, et je ne voulais pas qu'il le découvre. Le fait que mon père puisse acheter et vendre Adam *et* Jordan, tous les deux milliardaires, plusieurs fois n'était pas un élément que je voulais ajouter sur mon CV.

Mais je fis ce que Jordan demandait et j'y réfléchis... pendant tout le trajet jusqu'au Repaire.

J'avais mon propre travail à faire et il fallait maintenant que je trouve par magie un projet spécial qui émerveille Adam et le conseil d'administration.

Quelque chose du genre.

CHAPITRE DEUX
KATYA

Je n'aurais jamais cru commencer un mardi matin ordinaire entourée par quatre astronautes bien foutus. Mais ils étaient là, marchant ensemble dans les couloirs de Draco Multimedia Entertainment Inc. et parcourant les vitrines montrant des scènes de Dragon Epoch, notre jeu le plus populaire.

— Waouh, dit l'un d'entre eux.

Je me creusai la cervelle pour retrouver son nom. Le colonel Noah Sutton. Un grand homme brun avec des bras comme des troncs à l'endroit où son tee-shirt gris moulant de la NASA les laissait apparaître. Bon sang. Dans une arrière-salle, il s'était arrêté devant une pièce d'exposition pas encore révélée au public qui faisait partie de notre promotion pour la nouvelle extension de Dragon Epoch.

— Je ne reconnais pas cette zone du jeu. Est-elle nouvelle ?

Le diorama montrait un paysage enneigé : un monde glacé qui allait bientôt être découvert par les joueurs dans Yondareth, le nom du monde décrit dans notre jeu. Les Terres Déchirées étaient situées sur le continent polaire du globe, des royaumes réchauffés par la lave existant sous les kilomètres de glace épaisse des calottes polaires. Ça ne pouvait exister que dans la *fantasy*.

J'écarquillai les yeux, impressionnée par la connaissance du jeu de cette astronaute. Qui aurait pu deviner qu'ils avaient assez de temps pour jouer à notre jeu entre tous leurs entraînements ?

Je jetai un coup d'œil à mon guide partenaire. Oh oui, Lucas nous accompagnait également. Il restait étrangement silencieux, sauf quand il se lançait dans de longues explications au sujet de ce que regardaient les astronautes. Il semblait distrait et perturbé, mais je ne savais pas pourquoi. Il ne faisait pas non plus grand-chose pour échanger aimablement avec nos célèbres invités.

Non, il me laissait faire ça. Ce qui n'était pas si terrible, finalement. Je nageais dans un flot de muscles gonflés et de testostérone de mâles alpha. Malgré tout, il me fallait augmenter un peu ma gaieté pour compenser l'attitude encore plus ronchonne que d'habitude de Lucas. Le seul problème était que plus je flirtais avec les astronautes, plus il semblait devenir grognon. Ce qui, évidemment, m'encourageait à continuer.

C'était presque comme un défi. À quel point pouvait-il devenir grognon ? C'était ainsi que nous interagissions en général. Nous aimions apparemment nous provoquer.

Pourquoi ne pas l'irriter à mort en flirtant avec deux ou quatre types extrêmement agréables à regarder ?

— Depuis combien de temps travaillez-vous chez Draco, Mlle Ellis ? demanda un autre des canons… euh… astronautes.

Il avait un accent russe sexy et il était immense. Il faisait au moins deux mètres et quel corps ! J'avais oublié son nom. C'était quelque chose d'inhabituel et de russe.

— Appelez-moi Katya.

— Le diminutif d'Ekaterina ? dit-il en levant les sourcils. C'est un prénom bien russe.

Je souris.

— Katharina. Ma mère aimait simplement le nom.

Il rit et me dévisagea d'un air appréciateur.

— Dommage.

Je lui fis un clin d'œil.

— Je n'ai pas eu de plaintes jusqu'ici.

— Revenons-en à cette vitrine, dit Lucas en serrant les dents et en me jetant un autre regard sombre. Pour répondre à votre question, colonel Sutton, ceci fait partie de la nouvelle extension et nous vous offrons un petit avant-goût.

La seule raison pour laquelle ils en avaient le droit, c'était parce qu'ils avaient laissé leur téléphone à l'accueil, comme exigé. On leur avait également demandé de signer un accord de confidentialité établissant qu'ils ne devaient rien révéler de ce qu'ils voyaient ici aujourd'hui.

Un autre astronaute donna une tape dans le dos de Noah Sutton. Celui-ci, je le reconnus immédiatement, car c'était la véritable célébrité du groupe : le commandant Ryan Tyler. Mais il était célèbre pour une raison triste. Il avait été impliqué dans un terrible accident l'année précédente sur la station spatiale internationale. Qui aurait pu croire qu'il serait ici, à faire une visite que je guidais chez Draco ? À vrai dire, j'étais un peu éblouie par leur célébrité. La nervosité me força à être encore plus pétillante et pleine d'entrain.

J'avais le meilleur travail qui soit. Je jouais à des jeux vidéo, une de mes choses préférées au monde, check. Je travaillais dans les technologies, ce pour quoi j'avais étudié pendant des années, check. J'étais entourée de types canon ? Aujourd'hui, check aussi.

Sur le moment, Lucas ne comptait pas. Son mauvais caractère compensait son côté canon.

Une fille pouvait vite avoir des problèmes avec Lucas. Pas moi. Non. Nous n'étions pas compatibles, de toute façon.

Effectivement, j'avais lâché son nom au service des douanes quand on m'avait menacée d'expulsion. C'était parce qu'il me harcelait au sujet du travail, de toute façon. Son nom était présent dans mon esprit. Il avait été le premier hétéro célibataire auquel j'avais pensé dans l'urgence.

Mais je ne cherchais pas l'amour. Pas maintenant et pas dans un avenir proche. J'étais trop concentrée sur mon travail. J'avais des objectifs. Une nouvelle maison, avec un peu de chance, ici dans la Californie du Sud ensoleillée, et toute une nouvelle vie pour moi qui n'impliquait pas tout le bazar que j'avais laissé derrière moi.

Cela me faisait du bien d'être célibataire pendant un moment.

Ça ne signifiait pas que je ne pouvais pas flirter un peu et profiter de l'effet secondaire qui était de provoquer Lucas, un de mes passe-temps préférés.

Lucas se remit à parler, évitant les questions au sujet de la nouvelle extension.

— Je ne vais pas vous révéler l'histoire. Cela vous gâcherait le plaisir.

— Le jeu n'est-il pas gâché pour vous, un peu, puisque vous devez y jouer encore et encore pour trouver tous les bugs ?

Lucas sourit.

— Je suppose que c'est un peu comme demander si un vol dans l'espace est gâché parce que vous avez passé des années à vous entraîner sur le même équipement avant de pouvoir décoller.

Le quatrième astronaute, celui qu'ils appelaient tous Hammer, éclata de rire.

— Compris.

Pendant qu'il parlait aux hommes, je dévisageais discrètement mon collègue/mari secret. J'avais maîtrisé cet art qu'il n'avait jamais remarqué. Plusieurs des nouvelles stagiaires de l'université avaient le béguin pour lui. L'une d'entre elles avait même laissé des mots d'amour anonymes que j'ai interceptés quand c'était possible : afin d'éviter l'humiliation à l'étudiante, bien sûr, et pour sauver Lucas de l'embarras.

D'accord, je pouvais admettre à moi-même — mais à personne d'autre, jamais — que je trouvais Lucas canon.

Et je n'avais pas l'intention de le faire savoir à mes amis. Après avoir passé plus d'un an à leur dire que Lucas me rendait folle, ils ne me lâcheraient plus la grappe s'ils étaient au courant. Ou s'ils découvraient que nous étions secrètement mariés. *Aaahh.* Ce serait… Bzzzzz. *Game over.*

Nous entrâmes dans l'entrepôt où se trouvait tout un étalage d'équipement pour la réalité virtuelle de notre filiale, PurVizion. Les visages des astronautes s'illuminèrent immédiatement.

— C'est le même équipement que nous utilisons à XVenture, dit le commandant Tyler en retirant un casque de son piédestal. Adam a écrit les programmes sur notre simulateur. Nous pouvons interagir avec toutes sortes de surfaces et dans toutes sortes de conditions en l'utilisant, et même simuler l'apesanteur avec un système de balançoire et de poulie. Allez-vous mettre ça dans le jeu ?

— Nous l'espérons, répondit Lucas en se déridant. Nous en sommes encore aux premiers stades de développement.

Hammer intervint :

— Faites-le-moi savoir si vous avez besoin de conseils d'expert. Particulièrement s'il s'agit d'un jeu de tir en vision subjective.

Pour la toute première fois de la matinée, Lucas esquissa un petit sourire.

— Il se pourrait bien que ça m'intéresse.

Le système de réalité virtuelle avait été un de ses sujets préférés dernièrement. Après tout, il avait demandé le poste pour diriger le nouveau département de réalité virtuelle de Draco Multimedia. Il me l'avait dit hier pendant que nous marchions vers nos voitures.

— Nous cherchons en ce moment des pistes pour l'intégrer dans nos interfaces de jeu tout en nous arrangeant pour que ce soit abordable pour tous nos joueurs.

Je devais admettre que c'était amusant de le voir s'animer quand il s'enthousiasmait sur le sujet. Il était passionné par les jeux vidéo et il proposait toujours une idée ici ou là. Certaines idées étaient nulles — et je n'hésitais jamais à le lui dire —, mais d'autres étaient plutôt très bien. Il avait une belle imagination.

Lucas était tellement du genre cool, qu'il s'animait rarement et ne s'enthousiasmait pas pour grand-chose. Sauf pour les jeux vidéo.

— Pourquoi ne pas nous faire la démonstration, Katya ? demanda le beau russe. J'aimerais voir comment ça fonctionne quand on joue au lieu de s'entraîner.

Il me fit un énorme sourire et je lui souris à mon tour.

Il était beau. Si beau. Bon sang… depuis combien de temps n'avais-je pas eu une passade torride ?

Je ne pouvais pas le fréquenter — même si j'en avais vraiment eu envie — parce que j'étais secrètement mariée avec le grognon de l'autre côté de la salle. Et nous ne pouvions pas fréquenter d'autres gens à cause des *règles.*

J'enfilai le casque léger avec casque audio et lunettes intégrées et je mis les chaussures spéciales avec des capteurs au fond. Lucas m'aida à monter sur le tapis de course circulaire qui simulait le mouvement du sol sous mes pieds pendant que je courais dans le monde imaginaire.

Lucas était attentionné en m'aidant à m'équiper, vérifiant tout deux fois. Mais à un moment, quand il fut placé entre les quatre autres types et moi, il maugréa à voix basse et, de façon effrayante, sans bouger les lèvres :

— Arrête ça.

Quand Lucas regarda mon visage, je levai les yeux au ciel d'un air appuyé et sa peau d'olive s'assombrit à cause de .. l'irritation ? La colère ? Oh la la, cette réaction fonctionnait comme de l'herbe à chats pour mon côté fauteur de troubles qui se sentit très satisfait.

Je gonflai le torse et j'élargis mon sourire. J'agitai les sourcils en soulevant le fusil virtuel. En prenant une pose de guerrière forte et sexy, je visai Lucas, à la Lara Croft.

— Le faux fusil sert pour les jeux de tir en vue subjective, ce qui est en ce moment de loin le type de jeu le plus populaire avec lequel on utilise la réalité virtuelle. Nous appelons ça des FPS, commença Lucas.

— Ils savent ce que sont des FPS... ce sont tous des joueurs et d'ailleurs, ils sont dans l'armée, dis-je.

Hé, peut-être qu'à la fin de cette histoire de faux mariage, je pouvais m'en récupérer un. Mia n'était pas obligée d'être la seule de mes connaissances à remporter un geek canon. Je pouvais surenchérir sur son milliardaire avec un astronaute.

Lucas réagit en démarrant le système du jeu et en montant le volume afin que je n'entende plus que lui quand il parlait au micro. C'était mesquin de sa part, bien sûr, mais j'étais très satisfaite de l'avoir provoqué au point de faire craquer sa maîtrise de lui. C'était devenu comme un jeu pour moi.

J'aurais davantage culpabilisé s'il ne prenait pas un malin plaisir à faire pareil.

J'en fis donc des tonnes pour les astronautes… en montrant le programme sur le jeu simple de démonstration. Le logiciel avait été transposé sur de la réalité virtuelle afin de montrer comment quelqu'un pouvait utiliser cet équipement dans un jeu de rôle massivement multijoueur, ou MMO RPG. Je me donnai à fond, pour les affaires, bien sûr. J'ajoutai même quelques balancements de hanche théâtraux et des mouvements de fesses qui me rendaient particulièrement, euh, frétillante sous mon tee-shirt.

Imaginer le visage de Lucas devenant de plus en plus rouge suffisait à me faire continuer.

Je courus le long de sentiers virtuels dans les bois, je me promenai dans le sable du désert, où il était plus difficile d'avancer sur le tapis de course qui simulait les pas sur un sol instable. J'agitai un bâton dans ma main qui apparaissait dans le jeu comme une épée simulée. Les hommes observaient vraisemblablement tous mes mouvements à l'écran.

— C'est bon, Cranberry.

La voix de Lucas me parvint dans les écouteurs.

— Tu peux arrêter d'en faire des caisses et laisser les autres essayer.

Nous aidâmes tous les deux les astronautes à enfiler l'équipement. Il y avait assez de plates-formes de démonstration pour tous. Disons que ce ne fut pas une épreuve de m'approcher de tous ces muscles durs. Le commandant Ty avait une petite amie qui était une actrice célèbre, Keely Dawson, et leur histoire d'amour avait été détaillée dans tous les journaux. Il était toujours plus chaud que la braise, et même assez sympathique. Un type normal, alors qu'il était mondialement connu pour être un héros international.

Lucas et moi restâmes en arrière en regardant les astronautes s'impliquer dans l'environnement du jeu, l'explorant en hésitant. Avec leurs casques audio, ils ne pouvaient pas entendre, alors je fis claquer mes lèvres de façon énervante, comme si je profitais de la vue de leurs derrières bien fermes. À côté de moi, Lucas semblait de plus en plus irrité. Ah, parfois c'était vraiment trop facile.

— Souviens-toi simplement que tu n'es pas disponible, maugréa-t-il, les bras croisés et la posture tendue.

Je levai les yeux vers lui. Lucas était si grand que ça me faisait mal au cou de le regarder dans les yeux quand il était si près de moi. Je pouvais le sentir… une odeur subtile de daim avec une touche de bergamote.

— Comment pourrais-je oublier, *mon cher mari* ?

Je clignai des paupières en le regardant et il détourna vite les yeux.

On appuyait toujours là où ça faisait mal. Et parfois nous risquions de déclencher une explosion si monstrueuse qu'elle pouvait vous envoyer en orbite. Il y avait cet aller-retour constant entre nous et je ne savais pas mettre le doigt sur le problème… sans jeu de mots.

Je levai un sourcil.

— Tant que tu n'oublies pas que tu n'es pas disponible non plus.

Il ricana en continuant de surveiller la progression des astronautes sur le grand écran près de nous.

— Comment pourrais-je l'oublier ?

Il le marmonna d'une façon qui montrait que cette phrase avait bien plus de sens pour lui que pour moi.

— Eh bien, si tu veux dire que tu en as assez de dormir sur la béquille, tu devrais peut-être contourner tes propres règles et sortir avec quelqu'un.

Je n'ignorais pas l'épreuve qu'il endurait en restant célibataire pendant qu'il m'épousait pour me rendre service. Je veux dire, j'aurais dû être soulagée qu'il couche régulièrement avec des femmes, non ?

Mais pour une raison qui m'échappait, je me sentais encore plus mal à cette idée.

Il grinça des dents en scrutant rapidement la salle.

— Tu ne devrais pas plaisanter à ce sujet. Et si quelqu'un t'entendait ?

J'éclatai de rire.

— Nous sommes si souvent coincés au travail et si tard que les gens parlent déjà de toi comme de mon mari du travail. Pas d'inquiétude de ce côté-là. Ils me prennent simplement pour ce que j'aime et que je fais le mieux : le clown.

Il leva encore les yeux au ciel.

— Ce n'est pas la seule chose que tu fais le mieux.

Avant que je puisse répondre, je vis que comme c'était l'heure du déjeuner, d'autres employés étaient entrés dans l'entrepôt et ils observaient ce qu'il se passait avec intérêt. Certains pointaient les astronautes du doigt et je devais admettre qu'ils étaient assez impressionnants pour quiconque aimait voir une montagne de muscles masculins.

Nous aidâmes bientôt les astronautes à quitter leur équipement et des grappes d'employés se pressaient maintenant autour de nous. Certains étaient très impressionnés par les célébrités. Je me mordis la lèvre et je demandai à mon partenaire-guide :

— Adam et Jordan ont-ils dit quelque chose au sujet de signer des autographes pour les employés ?

Lucas fronça les sourcils, scrutant la salle pendant qu'il entourait un long câble autour d'un casque audio, le préparant à être rangé dans sa boîte.

— Non. Nous devrions sûrement faire sortir les astronautes d'ici et les faire monter à l'atrium. Adam et Jordan devraient bientôt être de retour de leur réunion, s'ils ne sont pas déjà là.

Ce n'était pas une mauvaise idée. Les cacher dans le bureau du PDG ou du directeur financier était une solution pratique. Cependant, avant que nous ayons le temps de faire disparaître les astronautes, ces derniers s'étaient mêlés à la foule. Ils parlaient maintenant à nos collègues, signant gentiment des autographes et prenant la pose pour des selfies. Trop tard.

Cela continua pendant une demi-heure avant qu'Adam et Jordan apparaissent et fassent disparaître la foule comme par magie. Les astronautes remercièrent Lucas et moi pour notre aide et pour la visite agréable. Le russe murmura quelque chose à Lucas qui lui jeta un regard noir, visiblement contrarié.

Hmm. Intéressant. Puis le russe s'approcha de moi et après m'avoir remerciée, il demanda mon numéro.

J'écarquillai les yeux de surprise, le cœur battant très vite, ouvrant et fermant la bouche plusieurs fois avant de parvenir à articuler un :

— Je…

La version plus jeune de moi n'aurait pas hésité à lui sauter dessus, car il était canon. Mais la réalité de sortir pour un rendez-vous avec lui n'était pas aussi attrayante que le fantasme… même s'il était très beau.

— Je, euh, ne connais même pas votre nom… ou je l'ai oublié, bafouillai-je.

L'astronaute russe sourit.

— Je t'apprendrai à le prononcer autour d'un verre. Qu'en dis-tu ?

Je rougis, flattée, mais en réalité, pas très intéressée. Ces types étaient amusants à reluquer, mais ils n'étaient simplement pas mon genre. Ça n'aidait pas que Lucas me lance des poignards avec les yeux à quelques mètres de là, pendant qu'il discutait avec Hammer, sans doute au sujet d'idées de jeux.

— Je, euh. Merci, mais je ne peux pas.

Le russe leva un sourcil et jeta un coup d'œil à Lucas.

— Ah, je vois. Tu n'es pas disponible. Eh bien, peut-être changeras-tu d'avis. Dans ce cas…

Il sortit une carte de visite de sa poche et me la tendit.

Hébétée, je refermai les doigts autour de la carte et je souris en le remerciant. Je suivis les astronautes des yeux quand ils sortirent et quand je me retournai, Lucas se trouva presque nez à nez avec moi.

— Alors ? grogna-t-il.

J'écarquillai les yeux.

— Quoi ?

— Tu vas jeter ça ?

Je répondis en lui lançant un regard noir :

— Tu n'es pas mon patron. Je veux dire, pas dans ma vie personnelle.

Il leva un sourcil sombre au-dessus de ses grands yeux marron.

— Tu ne peux pas fréquenter d'autres hommes.

Je me renfrognai. Bien sûr, je n'avais eu aucune intention de sortir avec ce type, mais Lucas n'était pas obligé de le savoir.

— Il m'a seulement invitée à boire un verre !

— Tu ne peux pas boire. Pas avec d'autres hommes.

Je croisai les bras sur ma poitrine. Il baissa le regard, s'attardant un peu trop longtemps sur mon décolleté avant de détourner la tête avec une difficulté évidente.

— Allons, allons. Ne sois pas sexiste. Je t'ai dit que tu pouvais aller te trouver un rendez-vous. Tu as la permission de ta petite femme.

Je levai la carte de visite comme pour la lire, juste pour l'énerver un peu plus. Il me saisit brusquement le poignet.

Je tirai dessus et il serra plus fort. Nous luttâmes ainsi comme pour un bras de fer maladroit, nos regards enflammés s'affrontant par-dessus nos mains. Il fronça les sourcils. Je fis de même. Il grimaça et je lui montrai mes dents.

— La violence domestique est mal vue, grognai-je.

— Tout comme tromper son époux, rétorqua-t-il aussi vite.

Là-dessus, il leva son autre main et attrapa la carte entre mes doigts. Quand je bondis vers lui pour la récupérer, il la fourra vite dans son pantalon. *Dans son pantalon.* Comme une brute de CM2 essayant de garder l'argent volé loin des mains du gamin maigrichon dans la cour de récréation.

En réponse, je frappai son avant-bras. Il était étonnamment dur. Je savais qu'il avait des bras magnifiques, mais dans son tee-shirt à manches raglan, ses muscles n'étaient pas complètement évidents. Quand il portait des tee-shirts à manches courtes, j'avais remarqué que le tissu moulait ses biceps. Même quand je me suppliais de ne pas le remarquer, je ne pouvais m'en empêcher.

Les choses se passaient simplement mieux quand je refusais de reconnaître que — très à contrecœur — je trouvais Lucas attirant, et irritant, et énervant, et… baisable.

Je lui jetai un regard noir pendant qu'il souriait de satisfaction. Bon sang. Ce crétin avait volé ma technique du soutien-gorge et il avait utilisé la version masculine. Et merde, j'avais très envie d'aller fouiller dans son jean pour trouver la carte et la repêcher. Purement pour avoir le numéro, bien sûr. Et peut-être aussi pour le frustrer.

Il secoua la tête en riant.

— N'y pense même pas. Tu récupéreras ça quand nous signerons les papiers du divorce. C'est pour ton propre bien. Si les services de l'immigration découvrent que tu sors avec quelqu'un d'autre, toute l'affaire sera foutue. Et franchement, je n'ai pas participé à toutes ces conneries et supporté six mois de célibat — et ce n'est pas fini — pour voir échouer cette entreprise.

Je poussai un soupir et je levai les mains en écartant les doigts.

— Très bien. Très bien. J'ai un vibromasseur de toute façon. Pas besoin d'un homme.

Et à ma grande satisfaction, son visage devint écarlate. Le score était d'un point pour Kat. Au lieu de répondre, il fronça les sourcils.

En me tournant pour partir, je lui fis un sourire par-dessus l'épaule.

— Si tu es un gentil garçon, je t'achèterai peut-être une poupée gonflable de mouton pour ton anniversaire.

Il réagit par un geste signifiant qu'il allait se masturber plus tard, le pauvre. Je décochai donc ma dernière remarque avant de partir vers le Repaire.

— N'oublie pas d'utiliser du lubrifiant pour éviter les irritations.

— Attends, Cranberry. J'ai un courrier pour toi dans ma voiture.

Je me retournai vers lui, les sourcils levés. Il venait de me donner une poignée de lettres la veille. Il n'était pas obligé de me déposer le courrier avant la semaine suivante, s'il y en avait. Jusque-là, il n'y avait eu que des publicités, quelques factures, ou un colis occasionnel quand je passais commande en ligne.

— Eh bien, si on considère à quel point tu détestes briser les règles, je doute qu'il s'agisse d'une invitation pour aller voir le siège arrière de ta voiture.

Il leva les yeux au ciel.

— J'aurai attendu la semaine prochaine, mais ça avait l'air important. Ça vient du Canada.

Je serrai involontairement la mâchoire et je sentis le reste de mon corps faire de même. Du courrier du Canada, ça ne pouvait être rien de bon… sauf si un de mes anciens amis m'avait retrouvée et même ça, cela pouvait poser problème.

Je clignai des paupières.

— Quel genre de courrier ? Une lettre ?

Il haussa les épaules.

— Je ne l'ai pas ouverte. C'est juste que ça avait l'air… important. Peut-être quelque chose en rapport avec l'immigration, mais je ne sais pas de quel courrier officiel tu as besoin depuis le Canada pour ça. Cependant, ça vient clairement du bureau d'un avocat.

Mon estomac tomba dans les talons et je luttai pour desserrer les poings parce qu'il observait maintenant ma posture en fronçant lui aussi les sourcils. En inspirant profondément, j'essayai de calmer mon pouls. Le bureau d'un avocat au Canada ne pouvait pas s'expliquer de nombreuses façons... et aucune n'était bonne.

L'estomac en plomb, je me détournai de lui pour l'empêcher de voir ma réaction. Avec un effort, je parvins à hausser les épaules et je m'éclaircis la gorge.

— Je m'arrêterai près de ta voiture après le travail, comme toujours.

Après quelques pas pendant lesquels il me suivit avec gêne, il posa la question :

— Tout va bien ? Tu es soudain devenue très tendue.

Pff. C'était typique de sa part d'être tout gentil après avoir été con pendant la demi-heure qui précédait. J'accélérai le pas, car nous étions sur le point d'arriver à la porte du Repaire. J'avais une excuse pour ne pas répondre une fois la porte ouverte. Je pouvais avoir la paix à mon poste de travail, enveloppée dans le bonheur paisible des écouteurs pendant le reste de l'après-midi.

Je n'arrivai jamais jusque-là. Car dès que j'entrai dans notre espace de travail, je m'arrêtai net, empêchant même Lucas de me suivre. Merde alors. Il y avait une banderole et des serpentins et des ballons. Et... un gâteau posé sur la table du poste de travail central.

Il était blanc, orné de cloches de mariage bleues et argentées. Au-dessus, il était écrit : *Félicitations Kat et Lucas !*

Nos collègues, ayant remarqué notre arrivée, se tournèrent vers nous. Warren attrapa une vuvuzela posée près de lui sur son poste de travail. Il commença à souffler dedans avec tant d'enthousiasme que j'étais certaine qu'il finirait par s'évanouir. Quelques autres moutons l'imitèrent.

Bordel de merde !

— C'est quoi ces conneries ? entendis-je Lucas murmurer derrière moi.

Je fis un pas en arrière et mes omoplates heurtèrent son torse. L'étincelle électrique qui s'ensuivit ne passa pas inaperçue pour moi. Je m'écartai presque aussi vite, le cœur battant.

Joel, un des chefs d'équipe de l'assurance qualité, se leva de son poste de travail à côté du mien.

— C'est une réception de mariage surprise en réaction à un mariage secret surprise !

D'autres s'approchèrent de nous, nous entourant immédiatement. Je n'eus pas le courage de regarder Lucas.

Comment tous ces gens l'avaient-ils découvert ? Et quand ? Et pourquoi ? Et… *comment ?*

Mon regard retourna vers le gâteau. C'était un gâteau blanc géant décoré de grosses lettres bleu vif. Et au milieu, deux mariés en LEGO. Une banderole argentée scintillante avait été fixée à la table au-dessous et il était écrit : *Félicitations Monsieur et Madame !*

Le côté ringard m'aurait fait gémir si leur attention n'avait pas été incroyablement gentille.

Bien sûr, dans ce travail, n'importe quelle excuse pour manger du gâteau pendant les heures de travail était une excuse valable, surtout pendant des délais très stressants et les longues heures que nécessitaient les projets. Nous avions une maxime très souvent répétée dans le Repaire : « *Mmm, du gâteau !* »

Et c'était pour une bonne raison. Nous apportions des gâteaux pour la journée de l'Arbre (couverts d'arbres, évidemment), la fête des grands-parents (afin de nous souvenir de manger des gâteaux en leur honneur) et même pour le jour de la Marmotte.

Je sentais la tension et l'hostilité irradier de l'homme qui se tenait derrière moi, alors je posai une main sur son bras. Le stress que j'avais ressenti à cause de la nouvelle concernant la lettre de l'avocat s'était maintenant évaporé. J'étais passée en mode gestion : il me fallait gérer la soudaine tension de l'homme derrière moi. À en juger d'après les réactions de mes collègues, ce geste fut interprété comme un contact affectueux entre amants… entre époux. Beurk.

Bon, il était évident qu'il n'y avait aucune autre façon de sortir de cette situation, il fallait la traverser. Un peu comme pour sortir de l'enfer.

— Comment… comment l'avez-vous découvert ? soufflai-je.

Mon collègue Joel jeta un regard timide à Warren.

— Euh, eh bien… tu as passé ce coup de fil hier dans le couloir à l'arrière. Je devais partir en livraison et, euh, je t'ai entendue. Je te jure que je n'écoutais pas aux portes !

Warren intervint en grattant sa tête rasée.

— Nous nous sommes dit que c'était une façon agréable de montrer que nous étions au courant. De cette façon, vous n'aurez pas besoin de garder le secret en angoissant et en vous demandant comment nous l'annoncer. J'ai vu beaucoup de comédies romantiques. Je sais comment fonctionnent les mariages secrets. Parfois, ils peuvent être un piège qui engendre encore *plus* de secrets !

— Comme c'est attentionné de votre part, dit sèchement Lucas.

Je serrai mes doigts à l'endroit où ils étaient posés sur son avant-bras, afin de l'avertir. Nous devions faire très attention.

Très attention. Après tout, il y avait l'entretien au service de l'immigration. Nous allions devoir jouer le jeu, mais il n'y avait pas de moyen commode d'expliquer cela à Lucas au milieu de l'attroupement de nos collègues.

Joel sourit, ses fossettes couvertes de barbe de trois jours devenant plus marquées.

— J'ai parié ça l'année dernière. Pas que les choses iraient si vite, mais… vous savez. Nous avons tous pensé qu'il y avait quelque chose entre vous deux.

Plusieurs collègues hochèrent la tête. À notre grande surprise.

Eh ben, merde.

Et, une seconde… *quoi ?*

— Nous avons agi sur un coup de tête, m'entendis-je dire. Nous avons été impulsifs !

Angie, la seule autre femme qui travaillait dans notre département, jeta un regard indéchiffrable à Lucas en mordant son piercing de la lèvre.

— Nous savions plus ou moins que ça allait arriver. Alors, mangeons du gâteau !

Elle dit cette dernière phrase en chantonnant, et c'était une autre de nos expressions du travail.

Pendant que tout le monde se pressait autour du gâteau, je croisai le regard de Luke. Il me le rendit plein de désespoir au fond de ses yeux marron : un lapin pris dans les phares, c'était bien ça. Mais les charbons ardents de sa colère étaient encore plus évidents. *Gloups.*

Hier, il m'avait spécifiquement demandé si quelqu'un m'avait entendue, et j'avais dit que non. Car c'était ce que je pensais.

J'avais pris toutes mes précautions habituelles pour m'assurer d'être seule. Apparemment, ça n'avait pas suffi.

On nous tendit des parts de gâteau blanc servies sur des assiettes en plastique pas écologique en moins de temps qu'il en fallait pour dire « mariage forcé ». Les assiettes étaient décorées de fleurs jaunes et roses et il était écrit *je t'aime* en or sur les bords. Et les gens nous tendirent des gobelets transparents de cidre au lieu du champagne.

— Nous sommes au travail. Même si c'est plus amusant de boire de l'alcool, nous ferons peut-être ça pendant le *happy hour* de vendredi, dit Joel.

Oh oui. Plus amusant que de se faire arracher une dent. *Parbleu.*

Le moment vraiment gênant, cependant, arriva quelques minutes plus tard quand nous étions tous en train d'avaler le gâteau et de nous lancer des regards timides. Lucas ne leva pas une seule fois le regard. Et pour être franche, je ne crois pas avoir déjà vu quelqu'un avaler si vite du gâteau. Il avait l'air de chercher un moyen de l'inhaler. Joel se trouvait à côté de lui et il lui avait posé une question, ce qui poussa Lucas à manger encore plus vite.

Il allait s'étrangler et mourir. Ou s'infliger un diabète sévère.

Ces deux possibilités faisaient de moi une veuve. À l'âge mûr de vingt-six ans.

J'ouvris la bouche pour lui donner une excuse de partir, ne sachant pas vraiment quoi dire. Peut-être pour lui demander d'aller chercher quelque chose dans ma voiture.

Avant que je le puisse, Warren tapota le côté de son gobelet avec sa fourchette en plastique. Je fronçai les sourcils en voyant son comportement étrange, pendant que tout le monde nous regardait avec de grands sourires, la bouche pleine de gâteau.

— Vous savez ce que ça veut dire ! intervint Joel dont le sourire bête s'élargit.

— À vrai dire, je n'en ai aucune… commençai-je avant d'être interrompue par un chant bizarre qui commença tout doucement et gagna en volume.

— Un bisou, un bisou, un bisou. UN BISOU. UN BISOU ! Beurk. Non.

— Il faut le faire pour vous porter chance, dit Joel.

J'étais maintenant certaine que c'était moi qui avais une tête de lapin pris dans les phares d'une voiture lorsque je me tournai vers Lucas.

Il se pencha avec raideur et déposa un baiser sur ma joue. Sa joue mal rasée frôla la mienne et mon cœur se mit à battre plus vite. Il sentait… bon le propre. Le savon et le cuir. Mmm. C'était une bonne odeur.

Mais nos collègues ne furent pas satisfaits.

— Mon vieux, lui dit un autre collègue, embrasse-la avec sincérité.

— Je ne montre jamais mon affection en public, rétorqua Lucas d'un ton sec.

— Moi non plus, dis-je en hochant vigoureusement la tête. Je ne suis pas du genre romantique.

Angie fronça les sourcils.

— Mais vous êtes amoureux, n'est-ce pas ? Pourquoi ne portez-vous pas d'alliances ou… pourquoi n'agissez-vous pas du tout comme si vous étiez mariés ? Je veux dire, tu dis que vous n'êtes pas romantiques, mais vous vous êtes enfuis et vous avez fait quelque chose de vraiment romantique. Je suppose que vous êtes allés à Vegas pour le week-end ?

J'écarquillai les yeux, la bouche grande ouverte.

— Je… nous… oui, bien sûr que nous sommes amoureux ! dis-je en évitant tout le monde du regard. Nous avons juste été un peu impulsifs. Et nous avons commandé des bagues en ligne. Elles ne sont pas encore arrivées.

Merde alors ! Comment faisais-je pour me retrouver dans ce genre de situations délirantes ? Les cheveux roux étaient-ils une malédiction ? Étais-je constamment sur le point de faire une Lucy Ricardo — ou Anne de Green Gables — à cause d'une étrange malédiction des cheveux roux ?

Le visage neutre, Lucas posa son assiette avant de se tourner vers moi.

— Peut-être juste cette fois.

Avant que je puisse comprendre ce qu'il faisait, il fit passer un bras autour de ma taille et se pencha pour m'embrasser.

À la minute où nos lèvres se touchèrent, tout le monde autour de nous se mit à siffler, ou à applaudir et nous encourager. C'était terriblement gênant et je sentis la chaleur dans mes joues, mon cou… mes lèvres. D'accord, la chaleur dans mes lèvres venait peut-être du contact d'une autre paire de lèvres. Je sentis le côté rugueux sur les bords, à l'endroit où sa barbe de trois jours perpétuelle me gratta. Cela ne fit qu'ajouter au mélange de sensations.

C'était comme si je descendais de la partie haute d'un grand huit à vitesse maximale, le souffle coupé, le cœur battant, le grand frisson. Tout me sembla vivant, jusqu'à certaines parties très profondes en moi. Une chaleur s'y forma, bouillonnant et tourbillonnant. Ses lèvres bougèrent sur moi et… *bon sang*. Était-ce sa langue ?

Alors que tout le monde autour de nous l'encourageait, sa langue se trouva soudain sur la mienne. Les pointes se touchèrent et luttèrent l'une contre l'autre, rivalisant pour la place. Son baiser avait un goût de vanille à cause du gâteau et de quelque chose de chaud, d'épicé. Comme de la cannelle. À ma grande honte, je laissai échapper un petit cri de surprise et de plaisir et j'espérais vraiment que personne ne l'avait entendu. Sauf Lucas. Il l'avait entendu. Sa respiration s'était interrompue et sa main sur ma tête avait bougé. Et pendant juste une seconde, il avait glissé sa main plus bas, jusqu'à mon cou, faisant passer ses doigts dans mes cheveux. Il caressa le côté de ma nuque avant de s'écarter brusquement.

Nos regards se croisèrent et... waouh... *torride*. Comme si quelque chose en moi avait fondu et pris une nouvelle forme. Il me regarda profondément dans les yeux, m'évoquant une flamme fraîchement allumée. Sauvage, affamée, léchant l'air autour, cherchant désespérément plus d'oxygène.

Que venait-il de se passer ?

Mon mari depuis six mois venait de m'embrasser pour la première fois depuis que nous avions échangé nos vœux. Et même si ça avait été bref, c'était vraiment chaud, ce qui expliquait la sensation de liquéfaction au fond de mon ventre... et plus bas.

Mince. Lucas venait-il de m'exciter ? Par un seul foutu baiser ?

Nous arrachâmes nos regards l'un à l'autre et il jeta un regard appuyé à l'horloge au mur du Repaire.

— D'accord, la fête est finie. Plus de questions. Kat a lâché le morceau...

— Littéralement ! intervint quelqu'un.

Mon visage devint encore plus brûlant.

— Et vous êtes tous au courant, alors remettons-nous au travail. Nous avons encore besoin de classer tous les rapports de bugs transmis par les bêta-testeurs.

Après les grognements et les plaintes requises, nos collègues obéirent. Lucas et moi échangeâmes un autre regard, dans lequel j'essayai désespérément de lui demander WTF avec les yeux. Je suis certaine d'avoir paru aussi paniquée que je l'étais, mais son visage était calme, toujours neutre comme il le faisait si bien. Il partit d'un pas décidé vers son poste de travail.

J'avais trop d'énergie nerveuse pour m'asseoir. À la place, je ramassai tous les gobelets et les assiettes et je les fourrais dans un grand sac-poubelle que je partis jeter dehors.

Quand je revins, il y avait quelques types du développement rassemblés autour de notre gâteau de mariage comme une bande de vautours. Ils mangeaient du gâteau en bavardant avec les testeurs de jeux. Lucas avait disparu et quand ils me virent, ils parurent tous extrêmement coupables.

Il était évident qu'ils parlaient de nous quand j'étais entrée. Le groupe devint plus silencieux quand je les ignorai et que je retournai à mon poste de travail. Lorsque Lucas revint dans la salle — sûrement après être passé aux toilettes — les développeurs s'éparpillèrent comme des chats trempés par un seau d'eau glacé.

Ben merde. C'était parti. Je prédisais que la nouvelle allait être répandue partout au cours du quart d'heure suivant. J'entendais presque tout le campus de Draco bourdonner autour de moi pendant que je réfléchissais à toute vitesse. Je regardai mon téléphone.

Il n'arrêtait pas de s'illuminer avec toutes sortes de textos.

Et avant qu'il appuie sur le bouton off de son téléphone, celui de Lucas venait presque de tomber de son bureau en vibrant. Nos regards se croisèrent encore et j'écarquillai les yeux. Il secoua la tête et se remit au travail.

Il n'avait clairement pas envie de parler de ce que tout cela signifiait. Je pouvais essayer de lui envoyer un message, mais il ignorait volontairement son téléphone, maintenant. Ce qui était sûrement la meilleure idée.

J'éteignis également le mien. En réfléchissant vite, j'attrapai un stylo et un bloc de post-it pour faire une liste rapide. Elle ne fut pas longue et elle contenait les noms de tous ceux que je devais contacter bientôt, avant que tout me retombe vraiment dessus.

Pendant mon brainstorming — et mes petits dessins en réfléchissant aux ramifications de l'événement récent —, plus de gens entrèrent pour nous observer et attraper un peu de gâteau. Avant qu'ils en aient le temps, Lucas les chassa en grognant d'un air énervé. Puis, en jetant un regard acerbe dans la salle comme pour défier quiconque voulait le contredire, il maugréa qu'il aurait aimé avoir un verrou sur la porte du Repaire. Quelqu'un suggéra de coincer une chaise sous la poignée, mais il ne le fit pas, marmonnant que c'était peut-être l'étape suivante.

Sauf que la personne qui passa alors la porte était quelqu'un dont il ne pouvait empêcher la venue. Car c'était Mia, ma meilleure amie.

Et d'après son visage, elle avait déjà appris la nouvelle. Et elle semblait blessée.

Mince. Mince de mince de merde.

Lucas se leva d'un bond et fonça vers elle avant de se rendre compte qu'elle n'était pas une autre collègue pénible venue interrompre nos recherches de bugs.

Non. Elle était la femme du PDG, elle-même récemment devenue Madame Drake.

Et Lucas n'allait pas pouvoir la chasser comme il l'avait fait avec les autres.

— Mia… bonjour, dit-il avant de se tourner immédiatement vers moi avec un air inquiet.

Le regard de Mia tomba sur le gâteau de mariage à moitié mangé, les mariés en Lego maintenant placés dans la position du missionnaire par un idiot immature et espiègle. Ensuite, ses grands yeux marron se posèrent sur moi.

— Waouh, alors c'est vrai ? Je pensais que c'était une plaisanterie.

Ça l'était… en quelque sorte. Mais ce n'était pas une plaisanterie que je pouvais révéler à la femme de mon patron. Même si elle était mon amie la plus proche au monde.

Mais oui, comment pouvais-je lui dire que lorsque son mari m'avait généreusement offert un emploi, j'avais falsifié mes références pour pouvoir travailler illégalement aux États-Unis ?

Je me sentis poignardée par la culpabilité, et pas pour la première fois, en songeant au risque que j'avais fait courir à l'entreprise avec mes petites escapades louches. Il m'était impossible d'en expliquer toutes les raisons complexes à Mia… pas maintenant. Il avait été plus facile de travailler ici illégalement que de faire une demande de visa pour le travail, étant donné mes circonstances spéciales. La possibilité d'alerter les mauvaises personnes sur l'endroit où je me trouvais était une source d'angoisse constante pour moi.

Si les avocats de la lettre dans la voiture de Lucas étaient ceux que je pensais, il était très possible que la fête soit vraiment finie, de toute façon. C'était bien tenté de me cacher au sud de la frontière, mais inutile. Je déglutis en chassant ces inquiétudes et je levai la tête vers Mia en me préparant au pire.

Mince. Cette histoire était comme une boule de neige qui roulait dans la pente, hors de tout contrôle. Elle devenait plus grande qu'un gratte-ciel, menaçant d'éliminer tout un village en s'écrasant en bas de la montagne.

J'envisageai brièvement de dire la vérité à Mia parce que je savais que je pouvais avoir confiance en elle. Mais lui demander de cacher un secret si énorme à son tout nouveau mari, mon patron, était injuste. Je ne pouvais pas exiger ça d'elle.

Il était donc temps de mentir, encore une fois.

Je bondis de ma chaise en rejetant mes cheveux dans mon dos.

— Salut ma belle ! Comment ça va ? Tes cours de médecine sont terminés pour la journée ?

Comme je ne l'avais pas vue depuis longtemps, je la serrai dans mes bras. Elle ne retourna pas le geste. À la place, elle me fixa comme si j'étais folle.

— Veux-tu venir t'asseoir avec moi pendant une minute dans la Fosse ? demandai-je.

Elle fit une grimace.

— A-t-elle été récemment désinfectée ?

Je la conduisis jusqu'à l'autre bout de notre espace de travail. La Fosse était un tas de canapés dépareillés, de fauteuils trop rembourrés, de deux futons à moitié pliés, de quelques poufs percés rafistolés au chatterton et d'un lit pour chien occupé. Nous utilisions généralement cet endroit pour nous reposer quelques heures pendant les longues semaines de travail. C'était un refuge nécessaire pour les siestes occasionnelles qui nous aidaient à traverser les longues nuits, s'étirant souvent bien au-delà du lever du soleil.

L'aversion qu'avait Mia pour cet endroit venait du décor habituel : des miettes, quelques déchets, des restes d'en-cas, des boîtes à pizza vides et d'autres détritus. Avec tous ses occupants d'une vingtaine d'années, à peine civilisés et essentiellement masculins, les ordures s'accumulaient à une vitesse exponentielle. Heureusement, tout avait été nettoyé depuis que nous avions atteint notre grande date limite.

Je m'installai à côté de Mia sur le canapé en cuir. Max, le chien de Lucas, leva la tête de son lit, mais il se contenta de frapper sa grande queue poilue sur le sol, nous suppliant de le caresser. Il traînait fréquemment avec nous dans le bureau. Les employés de notre département adoraient l'avoir parmi nous. Toute l'équipe lui faisait des caresses, jouait avec lui et l'emmenait promener plusieurs fois par jour. C'était aussi très bon pour nous, car nous avions ainsi des occasions de prendre l'air et de faire de l'exercice dont nous avions bien besoin. Ou même juste le temps de reposer nos yeux après avoir fixé nos écrans pendant de longues heures. Nous aimions dire de lui que c'était l'animal de soutien psychologique de l'assurance qualité et il était heureux de jouer le jeu. Nous étions le seul département de Draco ayant le droit de profiter de notre propre mascotte régulière.

Tous les humains à portée de voix travaillaient dur à leurs postes de travail — ou en tout cas, ils en avaient l'air — avec des casques audio sur les oreilles. Mia se tourna vers moi dès que j'atterris sur le coussin.

— Que se passe-t-il, bon sang ? Je pensais que Lucas et toi…

Elle marqua une pause pour regarder autour d'elle et elle s'assura que ladite personne ne puisse pas nous entendre.

—… Vous vous détestiez.

Je me mordis la lèvre avant de faire un faux sourire.

— Eh bien, tu sais ce qu'ils disent au sujet de la limite ténue entre la haine et l'amour, non ?

Elle leva un sourcil en me regardant, clairement incrédule. Aïe, ça allait être bien plus dur que je le pensais et je n'étais pas prête.

Dans mon monde parfait, je n'avais pas besoin d'expliquer ceci à qui que ce soit, car cela devait se terminer aussi vite que ça avait commencé. Nous n'étions pas obligés d'agir comme si nous étions mariés pour quelqu'un d'autre que les gens du service de l'immigration.

Pas de tromperie. Pas de mensonges. Juste des paperasses discrètes, une carte verte et un décret de divorce en suivant. Et tout ça sans qu'il y ait de conneries personnelles compliquées qui s'en mêlent. Et personne n'avait besoin de souffrir.

C'était un petit arrangement professionnel bien propre. Lucas voulait terriblement ce poste… et j'étais heureuse de l'aider à l'obtenir. C'était normal, vu qu'il m'aidait lui aussi. Jusqu'ici, nous nous étions tenus à notre marché. Il était très proche d'obtenir ce qu'il voulait. Et avec un peu de chance, moi aussi.

Nous étions arrivés trop loin pour merder maintenant. Il fallait que j'aille jusqu'au bout.

— Que se passe-t-il vraiment, Kat ? Te fait-il du chantage ? As-tu perdu un pari ?

Elle fit un petit bruit de reniflement en riant.

Je réprimai une grimace.

— C'était impulsif. On a fait ça pour rigoler.

— Pour… rigoler ?

Si ses sourcils montaient encore, ils allaient disparaître sous ses cheveux.

— Ça, euh, ça n'avait rien à voir avec le bouquet à mon mariage, n'est-ce pas ? Je te promets que je n'ai pas fait exprès. J'essayais de viser Jenna.

Soudain, l'image du bouquet coincé dans mes cheveux longs pendant que je paniquais et que je luttais pour m'en débarrasser me revint à l'esprit. Malgré la panique que j'avais ressentie alors, je ne pus m'empêcher de rire à cause de l'insinuation de Mia.

— Tu veux dire que j'ai été ensorcelée par la magie spéciale du super bouquet de l'amour au mariage du super couple ?

Elle me fixa, stupéfaite.

— Ce n'est pas ce que je voulais dire. Seulement…

Il était temps de passer à l'offensive.

— Tout le monde ne redoute pas le mariage comme tu le redoutais autrefois, Mia. Je suis ravie. Lucas est ravi. Nous sommes tous les deux extrêmement heureux. Nous ne l'avons pas fait comme les gens normaux, avec une grande et belle fête, nous sommes tous les deux des geeks de l'informatique introvertis et nous voulions quelque chose de calme.

Waouh. Qui aurait cru que c'était si facile de raconter un si gros mensonge ? Si j'étais Pinocchio, le bout de mon nez serait déjà à mi-chemin de Toronto.

Mia secoua la tête, ses longs cheveux bruns flottant sur ses épaules.

— Oui. C'est vrai. Bien sûr que les gens font les choses différemment, je voulais juste…

Elle s'arrêta, puis elle hésita un autre long moment pendant qu'elle m'examinait.

— Je suis désolée. Je suis simplement surprise. Mais si tu es heureuse, alors, moi aussi. Félicitations.

Je souris.

— Merci.

Elle se pencha en avant et me serra dans ses bras avec force. Quand elle s'écarta, une grande partie de la tension qui était là quand elle était arrivée au début semblait s'être évaporée... du moins, je l'espérais. Mia était très intelligente, je devais donc faire attention à ne pas être prise sur le fait dans un mensonge. Et comme je mentais très mal, c'était sûrement très facile de me prendre sur le fait.

— Qui l'aurait cru... Cranberry et Jedi Boy.

Puis elle refit le petit bruit de reniflement mignon qu'elle avait en riant.

Je levai les yeux au ciel en voyant sa réaction parce que oui, je n'avais pas de raison logique de l'expliquer. Il fallait mettre ça sur le dos des sentiments bien mièvres qu'une jeune mariée comme elle allait gober. Le mettre sur le dos de « la force de l'amooouuur ». Comme je ne croyais pas en ce genre de pouvoir prenant le contrôle de mon cher sens de la logique, il m'était encore plus facile de mentir à ce sujet.

J'avais appris bien trop longtemps auparavant que les gens qui étaient censés vous aimer le plus étaient ceux qui pouvaient aussi vous faire le plus souffrir. Et je ne voulais pas que quelqu'un ait ce pouvoir sur moi.

Je jetai un coup d'œil à ma montre connectée, en espérant que cela lui rappellerait que j'étais encore officiellement au travail... travail que son mari me payait. Elle comprit l'allusion.

— Tu dois retourner au travail, mais nous devons nous voir bientôt. Ça fait trop longtemps. Depuis qu'Adam et moi nous nous sommes mariés et que j'ai commencé ma troisième année, je ne suis pas restée à jour de ma vie sociale. Fais-tu quelque chose demain soir ?

Je me redressai, enthousiaste.

— Super, nous pourrions rassembler notre groupe tous les quatre et jouer à DE. Ça fait une éternité. Je le proposerai à Heath en rentrant à la maison…

Les mots avaient quitté ma bouche au moment où je me rendis compte de ce que je venais de dire.

Les traits de Mia s'assombrirent.

— Tu vis encore avec Heath ?

Oh. Merde. Meeerde. Arg. Oui, messieurs-dames, Kat est officiellement nulle en mensonges.

— Je n'ai pas eu le temps de déménager mes affaires chez Lucas. Tu sais, j'ai toute mon installation de streaming sur Twitch et tous les équipements. Et nous avons travaillé dur sur l'extension. Je, euh, je passe chez Heath tous les soirs pour dire bonjour et prendre mes affaires pour le lendemain.

Waouh… une fois le robinet des mensonges ouvert, ils s'écoulaient presque sans effort.

Elle secoua la tête.

— Tu ne peux pas continuer à vivre ainsi. Tu as des amis. Si nous nous y mettons ensemble, nous pourrions te faire déménager en une demi-journée. Je ne travaille pas ce week-end. Nous allons déménager tes affaires.

Je ne sus pas si elle me vit pâlir… puisque j'étais née avec la peau très pâle. Être rousse du Grand Nord ne faisait qu'augmenter ma blancheur blanche. Elle ne me vit peut-être pas perdre toutes mes couleurs, mais je sentis le sang quitter mon visage.

— Euh… vous êtes tellement occupés. Ne vous inquiétez pas pour moi…

Elle agita la main.

— N'importe quoi. Ce n'est même pas un gros déménagement. On va s'en occuper pour toi. Tu ne devrais pas devoir vivre comme ça. Et je veux que vous veniez dîner à la maison quand vous serez bien installés et que nous aurons tous plus de temps. Je ne connais pas très bien Lucas et nous devons apprendre à le connaître dès que possible.

Ma mâchoire tomba.

— Je vais devoir vérifier avec le calendrier de Lucas, mais...

Les yeux de Mia virent un mouvement derrière mon épaule et elle hocha la tête, son sourire s'élargissant.

— Demande-lui maintenant. Ou je m'en occupe. Lucas, es-tu libre un soir de la semaine prochaine ?

J'entendis des pas derrière moi et je luttai contre l'envie de me raidir. Max sauta immédiatement de son petit lit et se dirigea vers Lucas, agitant furieusement la queue comme une bannière au vent. Lucas tendit la main pour caresser le chien d'un air absent tout en observant Mia et moi tour à tour.

— Euh, oui, je ne fais rien d'important. Je m'occupe juste des derniers rapports de bug pourquoi ?

— Parce que ta *femme* et toi vous êtes invités à dîner chez Adam et moi dès que vous en aurez le temps.

— Euh, il écarquilla les yeux et me regarda. Eh bien...

Je serrai la mâchoire avant de tendre la main pour prendre la sienne, peut-être avec un peu trop de force. Je sentais le regard de Mia sur nous, observant tous les détails de notre interaction.

— Chéri, ne serait-ce pas amusant de traîner avec un autre couple ? Ne vois pas ça comme un dîner avec le patron.

Mia sourit.

— C'est réglé. Je vous enverrai un texto avec la date et l'heure.

Elle se leva du canapé.

— Je dois partir, mais je vous contacterai aussi pour ce week-end. Je dois voir qui je peux rassembler pour t'aider à déménager.

— T'aider à déménager ? demanda Lucas lorsque je me levai, suivant l'exemple de Mia.

Mia fut momentanément distraite en caressant Max sur la tête et je jetai un regard appuyé à Lucas. Il fronça les sourcils, ne comprenant manifestement pas mes signaux. Un mâle typique.

— Oui, Mia s'est dit que c'était bizarre que toutes mes affaires soient encore chez Heath. J'ai expliqué que nous n'avions pas vraiment eu le temps, avec toutes les dates limites et les objectifs de productivité à atteindre pour l'extension.

Lucas cligna des paupières.

— Oui, oui… c'est… oui.

Il passa une main dans ses cheveux, les épaules encore une fois très raides.

— Bon, je m'en vais.

Elle vérifia l'heure sur son téléphone. L'énorme diamant à sa main gauche m'aveugla presque lorsqu'il réfléchit la lumière de fin d'après-midi. Ce qui me rappela… que nous devions trouver des espèces de bagues pour maintenir l'illusion, maintenant.

— Je vais faire un rapide bisou au mari et partir. Je vous vois très bientôt !

Dès que Mia eut disparu par la porte du Repaire, Lucas posa la main comme un étau autour de mon avant-bras. Pas vraiment avec douceur.

— Pouvons-nous avoir une rapide discussion privée, mon canard en sucre ?

Je levai les sourcils. Malgré le terme affectueux ridicule, son ton n'était pas du tout léger. En fait, il semblait incroyablement énervé. Je ne pouvais pas lui en vouloir. C'était beaucoup d'informations en une seule fois.

Merde. J'étais sûre qu'il allait aussi y avoir des cris. Il me tira assez brusquement dans la direction de la sortie. Max, voyant le manque d'humains à supplier pour des caresses, retourna se coucher sur son lit. En sortant du Repaire, j'entendis un commentaire sur les deux « tourtereaux » qui allaient se « rouler des pelles ».

Bon sang de bonsoir. Certains de ces gosses avaient besoin de perdre leur virginité. Bonne façon de faire perdurer le stéréotype des geeks, les gars.

Lucas ne lâcha pas mon bras avant d'arriver dans le même couloir vide où j'avais eu ma conversation téléphonique — et où j'avais apparemment été entendue — la veille. C'était l'endroit habituel pour avoir de l'intimité par ici. Mais apparemment, ce n'était pas un endroit assez discret.

Ou alors, trop de gens étaient au courant.

Mais Lucas ne s'arrêta pas là, non. Il nous mena jusqu'à la porte en verre qui s'ouvrait sur le côté du parking, également vide à cette heure de la journée, car c'était là que se garaient les gens de l'entretien. Il me fit traverser la porte, attendant qu'elle se referme avant de me lâcher. C'était presque comme s'il pensait que je risquais de m'enfuir en hurlant vers l'horizon.

Pour être honnête, j'avais plus envie de fuir. Particulièrement en voyant la tempête qui faisait rage sur son visage.

— Tu te fous de ma gueule, Kat ? grogna-t-il en serrant les dents.

Je frottai un nœud de tension entre mes sourcils où la douleur sembla soudain s'épanouir. C'était étrange, car je n'avais jamais au grand jamais souffert de maux de tête. En évitant soigneusement son regard, je fixai l'asphalte devant mes pieds.

— Ce n'est pas de ma faute.

— N'importe quoi, putain. Tu n'as pas fait assez attention et maintenant la nouvelle s'est répandue. Partout. Elle ne s'est pas seulement répandue, elle a explosé sur nos vies et tout n'est plus qu'un bazar couvert de merde maintenant.

Malgré son coup de gueule, je souris, incapable de réprimer l'image malodorante évoquée par sa métaphore.

— Comme d'habitude, tu ne prends pas ça au sérieux. Pourquoi ne suis-je pas surpris ? Quand j'ai accepté de faire ça pour toi, nous avons établi des règles.

— *Tu* as dicté des règles et je suis désolée. Je n'ai pas fait exprès. Je devais donner des informations au service de l'immigration pour l'entretien. Je devais passer l'appel pendant les heures de travail parce que leur bureau est fermé pendant les quelques rares heures où je ne travaille pas ou quand je dors. J'ai passé cet appel juste là.

Je désignai l'autre côté de la porte en verre par laquelle nous venions de sortir.

— Comme je vis presque ici, il n'y avait pas d'autre possibilité.

Il secoua la tête.

— Eh bien, tu n'as clairement pas été assez prudente. Maintenant...

Je levai la main pour l'arrêter.

— Est-ce que ceci est productif ? Tu dis tout le temps dans nos réunions qu'il ne faut pas perdre de temps en cherchant qui ou quoi est responsable. Nous devons simplement nous concentrer sur le problème et le régler. Alors, comment va-t-on nettoyer cette merde qui s'est répandue partout ?

Il posa les mains sur ses hanches et se balança d'un pied sur l'autre. D'après l'expression de son visage, il n'était pas très content que j'utilise ses propres paroles pour le faire taire. Mais c'était vrai. Nous avions un énorme problème sur les bras et pas le temps de nous disputer en cherchant à qui attribuer la faute.

Je croisai donc les bras, redressant le dos en attendant sa réponse.

CHAPITRE TROIS
LUCAS

J'ESSAYAI D'IGNORER LA FAÇON DONT SON PULL S'ETIRAIT SUR sa poitrine et mettait en valeur ses seins parfaits quand elle croisait les bras de cette façon. *J'essayai.*

Et j'échouai. Et cela ne fit que m'énerver davantage en me rendant plus exaspéré contre moi-même. Même dans un tel moment, je ne pouvais ignorer comme Kat était canon. Ma femme maintenant pas si secrète.

Une épouse que je ne pouvais pas voir nue ni toucher. Ni prendre dans mon lit.

Une épouse qui était en ce moment en train de crier à l'arrière d'un parking où avec un peu de chance, personne ne pouvait nous entendre.

C'était comme si j'étais coincé dans une espèce de cauchemar insensé sur le mariage. Dans ce cas précis, j'étais forcé à endurer tous les désavantages du mariage sans aucun des avantages… par exemple, le sexe régulier avec une merveilleuse femme nue.

J'avais déjà fait un tour de ce foutu manège du mariage. Au moins, la dernière fois, j'avais eu le sexe. Jusqu'à la fin, bien sûr.

Cette fois, c'était comme le chat qui ne pouvait jamais atteindre le canari chantant sur son perchoir dans sa cage dorée. Je pouvais seulement la regarder de loin et baver. Bon sang. Même dans ma tête, je pensais comme un pervers.

— Très bien, dis-je en serrant les poings et en me forçant à ne plus imaginer à quoi elle ressemblait toute nue. Bon, examinons cet immense bazar que tu viens de créer pour nous : parce que maintenant, apparemment, tu emménages avec moi ?

Elle leva la tête vers moi, avec ses grands yeux bleu clair et elle hocha la tête comme un enfant qui vient de se faire gronder.

— Tu as une grande maison. Tu as quelques chambres que tu n'utilises que pour stocker des affaires. Je pourrais y poser mon matelas… ou simplement dormir sur un matelas gonflable. Tu as une *grande* maison. Tu me remarqueras à peine.

Oh, comme elle avait tort là-dessus. J'allais la remarquer constamment. Même quand elle n'était pas dans mon champ de vision.

— Je te paierai même le loyer ! ajouta-t-elle précipitamment.

Et c'était sans doute le plus drôle de toute l'affaire. Elle ignorait que je n'avais pas besoin de cet argent. Et pas seulement à cause des millions que j'avais gagnés avec les actions de Draco. Mais tout l'argent que j'avais eu avant ça… auquel je refusais d'y toucher.

Ce qui me conduisit à la prochaine facette de tout ce bazar à la con…

Ma famille. Maintenant que tout était révélé au grand jour, j'allais devoir avouer à ma famille que je m'étais encore marié. Cette fois, au moins, le mariage ne leur avait pas coûté des millions de dollars qu'ils avaient à peine remarqués en les dépensant. Et Kat. Elle ne savait pas du tout dans quelle famille elle s'était mariée.

Non pas que j'avais eu l'intention de les lui faire rencontrer. Tout ceci était censé être fini et derrière nous longtemps avant de devoir rencontrer des membres de la famille.

— Nos familles, dis-je enfin à voix haute.

Elle leva un sourcil roux.

— Quoi ? Quel est le rapport ?

Je lui jetai un regard comme si elle était idiote de poser la question.

— Nous allons devoir leur dire, Kat. Et je suis certaine que tes parents vont vouloir me rencontrer.

Elle leva les yeux au ciel.

— N'en sois pas si sûr. Ils ont beaucoup d'autres chats à fouetter.

Ah. Bizarre. Je remarquai alors que Kat ne parlait presque jamais de sa famille et que j'en savais très peu en dehors des faits nécessaires. Et je ne les savais que parce qu'ils allaient servir pour l'entretien du service d'immigration. Son père était assistant de production de documentaires et sa mère était infirmière. Cela faisait un peu plus de trente ans qu'ils étaient mariés et ils vivaient juste à côté de Vancouver, en Colombie-Britannique, dans le quartier résidentiel de Port Coquitlam. Ils me paraissaient agréablement honnêtes et de classe moyenne.

Elle avait aussi un frère, qui avait un peu moins d'un an de plus qu'elle. Je ne savais presque rien de lui sauf qu'il n'avait pas été à la fac et qu'il ne semblait pas occuper un emploi rémunéré, vivant encore à la maison à l'âge de vingt-sept ans.

Je fronçai les sourcils. J'allais devoir enquêter là-dessus plus tard.

Pour l'instant, j'étais trop occupé à m'en vouloir d'être si focalisé sur ma promotion que je n'avais pas envisagé toutes les conséquences. J'avais pris des mesures drastiques pour garder Kat ici à cause de ses talents très particuliers : elle allait m'aider à tenir les délais et par conséquent, à m'obtenir ce poste. Kat était mon arme secrète… même si elle ne le savait pas.

Nous n'aurions pas pu finir dans les temps sans son talent. J'en étais certain. Alors je n'avais pas hésité à tourner en ridicule une certaine institution pour laquelle je n'avais déjà pas de respect afin de la garder ici.

J'aurais peut-être dû hésiter un peu, car il était évident que je n'avais pas réfléchi à la chose comme je l'aurais due.

Je m'éclaircis la gorge.

— Eh bien, je vais devoir le dire à ma famille parce que ça va très certainement leur parvenir aux oreilles… et bientôt. Prépare-toi, car ils vont insister pour te rencontrer immédiatement.

Elle cligna des paupières avant de hausser les épaules.

— D'accord. Très bien. Je peux rencontrer ta famille, aucun souci, sauf… sauf si ce sont des tueurs en série ?

Pire. Ils étaient riches. Vraiment très aisés. Vraiment ridiculement privilégiés au point de rouler sur l'or.

Et jusqu'ici, à l'exception de Jordan, cela avait été mon secret le mieux gardé. Maintenant, qui pouvait prévoir ce qui allait se passer ?

— Écoute, dit-elle quand je ne répondis pas à sa question rhétorique.

Elle baissa la tête, fit passer une mèche de feu brillant derrière son oreille pâle et délicate.

— Je suis désolée que ce soit arrivé. J'ai pris toutes les précautions possibles. Les mêmes précautions qui ont bien fonctionné au cours des six derniers mois. Mais j'ai manqué de chance. Une fois que nous aurons fait l'entretien au service d'immigration, et que j'aurai obtenu ma carte verte, je te promets de déménager dès que possible. D'ailleurs, j'ai fait des économies. Une fois que nous aurons la prime pour l'extension, j'aurais un apport suffisant pour acheter un endroit. Ça ne sera pas une grande maison comme la tienne, mais elle sera à moi. Je ne veux pas vraiment envahir ton espace, mais oui... nous sommes un peu coincés, maintenant.

J'inspirai profondément avant de souffler. Oui. Coincés. Avec son beau visage et son corps sexy qui allait se promener partout dans ma maison... *bon sang*. Apparemment, mes processus de pensée étaient entièrement obscurcis par la privation sexuelle.

Je serrai la mâchoire.

— J'ai un règlement, dans ce cas.

Elle leva un sourcil.

— Pourquoi ne suis-je pas surprise ? Tu as toujours des règles pour tout.

— Arrête avec les remarques sarcastiques.

Elle cligna plusieurs fois des paupières, comme si elle n'en croyait pas ses oreilles.

— Me connais-tu ? Et... est-ce une règle ? Parce que je peux te dire tout de suite...

Je levai la main pour l'arrêter.

— Ce n'est pas une des règles, non. La première règle est que nous dormirons dans des chambres séparées, bien sûr. Nous nous mettons d'accord tous les deux pour être entièrement vêtus dans les zones communes de la maison. La cuisine, le salon et tout le reste.

Elle hocha la tête.

— Oui, facile. Heureusement pour toi, je ne suis pas nudiste. Nous avions des voisins nudistes quand j'étais petite, et c'était vraiment hallucinant. Ils n'étaient pas jeunes et, enfin, beaucoup de choses ont tendance à s'affaisser. Et tu sais, les hivers de Vancouver ne sont pas très chauds.

Elle fit semblant de frissonner.

— Et le jardinage, c'était encore toute une autre histoire. Je ne suis même pas tentée par le nudisme.

Dieu merci. Non pas que je n'aurais pas apprécié de la voir nue, bien sûr, mais rien que l'imaginer n'était pas bon pour le niveau de frustration sexuelle dont je souffrais dernièrement. Et le sexe avec ma main ne parvenait qu'à me calmer de façon superficielle. Je prévoyais que ça n'allait faire qu'empirer une fois qu'elle serait sous mon toit.

— D'accord, alors pas de nudité, sauf sous la douche ou dans nos propres chambres.

Elle hocha la tête d'un air déterminé, comme si je venais de lui donner des instructions pour le travail.

— Très bien… quoi d'autre ?

Je déglutis, puis je me raidis.

— Tu ramasseras ton bazar.

Elle me jeta un regard noir.

— Je ne suis pas si bordélique.

— Tu es la reine du bazar. Si ta chambre ressemble à ton bureau au travail, alors chez moi, tu as intérêt à contenir tes affaires dans ta chambre. Avec la porte fermée en permanence.

Elle fronça les sourcils.

— C'est juste du chaos organisé. Je sais où tout se trouve.

— Et comme je te l'ai dit auparavant…

— Le chaos à l'extérieur reflète l'état d'esprit. Oui, je l'ai entendu au moins dix-huit millions de fois. Très bien, je ferai de mon mieux pour ne pas déclencher tes tendances maniaques et psychorigides de la propreté avec mon bazar.

Au lieu de lever les yeux au ciel, j'inclinai la tête vers elle et je la fixai dans les yeux. Nos regards s'affrontèrent et elle leva le menton d'un air de défi. Puis elle leva ses sourcils auburn comme pour me demander : *C'est tout ce que t'as ?*

Oh, chère Mademoiselle Ellis, tu n'en as pas la moindre idée, n'est-ce pas ?

J'avais soudain un trou de mémoire. La condition principale avait été celle de l'absence de nudité. C'était vraiment la règle la plus importante à laquelle je pouvais penser. Je me raccrochai à n'importe quoi.

— Sors la poubelle quand elle est pleine.

Elle se contenta de lever les yeux au ciel.

— Je ne suis pas une sauvage.

Je soupirai.

— Tu viens pourtant du pays de la toundra, des niaiseux et des habitants d'igloos.

Elle me jeta un regard assassin. Je décidai donc de la provoquer un peu plus. C'était un de mes passe-temps.

— Ce n'est pas grave, Cranberry. Un jour, le Canada régnera sur le monde et puis tout le monde s'en mordra les doigts.

Je fis bien attention à dire la fin avec un accent canadien marqué.

En réalité, j'aimais son accent canadien. Il était subtil. Presque impossible à distinguer de l'accent typique de la côte ouest américaine, en dehors de quelques légères différences sur certains mots que l'on entendait uniquement quand on passait du temps avec elle.

Sur ces mots-là, les voyelles étaient plus douces, plus courtes. Et certains avaient un rythme légèrement différent. Ces petits indices suffisaient à révéler qu'elle n'était pas juste une autre jolie Californienne.

Non, elle était une Canadienne absolument divine.

Une Canadienne absolument divine et *exaspérante*.

Elle fronça les sourcils.

— Au moins, je viens d'un pays qui sait que la bière ne doit pas avoir un goût de pipi de vache.

— La bière et la poutine. Les recettes de base de toute la haute cuisine.

Elle haussa les épaules en posant la main sur la poignée de la porte.

— Tu as oublié les steaks d'orignal et la soupe de pieds de caribou.

La soupe de pieds de caribou ? Je ricanai.

— Ça existe vraiment ?

Elle poussa un soupir et secoua la tête en ouvrant la porte d'un geste brusque.

— Évidemment, tu me poses la question.

Je la suivis dans ce couloir un peu privé, essayant de ne pas me concentrer sur son cul pendant qu'elle marchait devant moi. *Le regard au niveau des yeux, Lucas.*

Cependant, juste au moment où nous étions sur le point de passer un coin, elle s'arrêta et se retourna brusquement. Ce fut si rapide que je faillis la heurter. Quand je m'arrêtai, nous n'étions plus qu'à quelques centimètres de distance. Elle me regarda dans les yeux, puis elle donna une pichenette à un des boutons de ma chemise.

— Une dernière règle. Il n'y aura absolument et en aucune circonstance de sexe, d'accord ?

J'écarquillai les yeux.

— Tu me le demandes ou tu me le dis ?

— Eh bien, je veux dire, nous n'avons déjà pas de sexe avec d'autres gens, mais…

Elle nous indiqua tour à tour.

—… En tant que couple marié. On pourrait s'attendre…

Je secouai la tête et je déglutis.

— Il n'y a aucune attente de la sorte.

Son visage fut indéchiffrable quand elle hocha la tête.

— D'accord, je suppose que nous n'aurons pas besoin d'en faire une règle.

Je léchai mes lèvres et je haussai les épaules.

— Je suppose que non.

Mais je pouvais toujours fantasmer sans enfreindre les règles. Bien sûr, les fantasmes compliquaient toujours le fait de suivre les règles, alors ils étaient exclus.

Note pour moi-même : plus aucun fantasme.

Avais-je lu un peu de déception sur son visage quand elle avait passé le coin du couloir devant moi ? Elle n'avait peut-être pas bien compris, même si j'avais dit la vérité. Il n'y avait en effet aucune attente concernant le sexe. Elle m'avait demandé un service et elle était à ma merci pour pouvoir obtenir une autorisation de résider aux États-Unis de façon permanente. Si je lui demandais — ou pire, si je m'attendais — à du sexe, elle risquait de se sentir obligée. Et ce serait dégoûtant.

Mais cela n'empêchait pas que je m'intéresse à elle. Elle n'était pas obligée de le savoir. Et j'étais doué pour garder les secrets. J'avais eu beaucoup d'entraînement.

Lorsque je passai le coin, je vis Jordan qui quittait le Repaire avec une assiette pleine de gâteau. Il parlait à Kat et quand il me vit, il leva les sourcils d'un air appuyé. *Mon Dieu, c'est parti.*

— Salut, Lucas, j'étais justement en train de féliciter ta jeune épouse ici pour votre mariage surprise.

Il changea le gâteau de main pour me tendre la droite. Je lui fis une rapide poignée de main avant de le relâcher. Kat le remercia et se faufila à l'intérieur après m'avoir jeté un autre regard indéchiffrable. Je ne savais pas si c'était en réaction à ce que j'avais dit dans le couloir ou par rapport à ce nouveau développement.

Je n'allais pas pouvoir m'en sortir avec un simple merci comme Kat, mais j'essayai néanmoins.

— Merci, mon vieux. Je dois aller…

Quand je voulus le contourner, il tendit la main et la posa sur mon torse, m'empêchant de sortir.

— Joli coup. Je ne pensais pas que tu avais anticipé ce que j'allais dire. Ou alors, est-ce que tout cela s'est passé hier soir après avoir parlé avec moi ?

Je fronçai les sourcils en essayant de le cerner. Il avait un sourire espiègle, une lueur dans ses yeux marron-vert. Jordan aimait beaucoup taquiner ainsi que se moquer et il était parfois pénible. Mais il était aussi un bon ami.

Cependant, pas un assez bon ami pour pouvoir lui dire la vérité.

— Quoi, tu penses que je me suis marié pour augmenter mes chances d'avoir la promotion ?

Bien sûr, c'était exactement ce que je redoutais.

Il haussa les épaules d'un air évasif avec un petit sourire narquois semblant demander : *Pourquoi pas ?*

— Ça me semble un peu extrême, poursuivis-je.

Jordan rit.

— Par définition, le mariage est quelque chose d'extrême.

J'écarquillai les yeux.

— As-tu partagé cette opinion avec ta petite amie ?

— April connaît mon avis.

Je poussai un soupir, prêt à le chasser avant qu'il s'enfonce plus profondément dans ce territoire gênant.

— Eh bien, tu sais ce qu'ils disent sur les avis étant comme les trous du cul ? Tout le monde en a un, mais je ne veux pas nécessairement connaître le tien, parce qu'il est sûrement puant.

Il hocha la tête, acceptant ma remarque sans broncher, comme souvent. Jordan aimait critiquer et se moquer, mais il prenait toujours bien les réflexions qui le visaient. En fait, il était le genre de type qui vous respectait parce que vous lui rendiez la pareille, tant que c'était adapté et bien mérité.

Jordan se pencha et baissa la voix :

— Écoute. Nous savons tous les deux que tu es bien trop qualifié pour ton emploi actuel. Même Adam le sait. Toutes les chances supplémentaires que tu te donnes pour lui faire savoir ton engagement recevront mon soutien. Même si ça implique d'épouser la meilleure amie de la femme du patron.

Je serrai la mâchoire, l'irritation se mettant à bouillir en bas de ma colonne. Jordan recula en étudiant ma réaction.

— Je sais que tu détestes le népotisme. Mais parfois… quand on a besoin d'un léger avantage… Parfois ce genre de choses peut nous aider.

— Je n'ai pas besoin et je ne veux pas de ce genre d'aide. Tu devrais le comprendre mieux que les autres.

Un petit sourire, un hochement de tête entendu.

— Compris.

Et quand je voulus attraper la poignée de porte pour entrer dans le Repaire, il m'arrêta encore.

— Ne lui fais pas de mal, sinon je vais devoir te casser les deux jambes.

— Tout à fait. Je tremble déjà de terreur. Profite de ton gâteau.

Je fis une autre note pour moi-même : une fois que tout était terminé, Kat allait devoir raconter à tout le monde que notre « séparation dans le bonheur » n'avait fait souffrir personne.

Aucun cœur n'allait être malmené dans la création et la rupture de ce mariage. C'était garanti.

Ce soir-là, j'ouvris ma porte d'entrée avec un plan pour annoncer soigneusement la nouvelle à tous les autres dans ma vie. J'allais devoir le faire vite, mais j'avais des priorités. C'était presque l'heure du dîner, et je dus nourrir presque immédiatement un chien affamé et plein de bave.

Max attendit patiemment que je lui serve sa nourriture, puis je me fis chauffer un repas surgelé pendant qu'il avalait bruyamment le sien en l'espace de trois secondes. Je composai une liste mentale de toutes les personnes que je devais prévenir au sujet de tout ce bazar. Ma famille allait bientôt apprendre ce mariage soudain, alors j'avais besoin d'une histoire construite à la hâte pour dévier le merdier qui allait me tomber dessus.

Je parcourus divers textos stupéfaits sur mon téléphone, décidant d'y répondre plus tard, lorsqu'un nouveau message apparut.

Michaela : Toujours OK pour la leçon de piano samedi et WTF, merde alors, Kat et toi vous êtes-vous vraiment mariés ou est-ce une rumeur hallucinante avec laquelle on essaie de me faire marcher ?

Michaela, mon ancienne colocataire jusqu'à très récemment. En fait, je n'avais qu'à commencer par là. Je préparai ma réponse.

Lucas : Pas une blague. 100 % sérieux. Nous nous sommes enfuis pour nous marier le week-end dernier.

Je respirai après avoir écrit cela. Vraiment, que représentait un mensonge de plus ? Quand je lui avais donné son courrier, Kat et moi avions passé quelques minutes à inventer une nouvelle chronologie du mariage secret. Je n'avais qu'à essayer cette histoire sur Michaela.

Lucas : Vais devoir annuler samedi parce qu'on déménage ses affaires ici. Voudrais-tu bien garder le chien ce jour-là ? Il va sûrement être trop excité par toute l'agitation.

Le micro-ondes sonna et j'attendis une minute avant de sortir le plat fumant. Encore du steak Salisbury. Un jour j'aurais le temps de me faire un vrai repas. La réponse de Michaela me parvint plus vite que ce dont je la pensais capable.

Michaela : Nous, euh, parlons bien de la même Katya, hein ? Cheveux roux, travaille avec toi à l'assurance qualité ? Vous vous détestez d'habitude ?

Je poussai un soupir. Cela n'annonçait rien de bon pour les autres personnes auxquelles j'allais devoir annoncer la nouvelle.

Lucas : Oui, celle-là même. Pourras-tu prendre le chien ? Je te promets plus de temps sur le piano, je te donnerai tous les cours que tu veux.

Depuis qu'elle avait déménagé, nous échangions des services de garde de chien en échange de cours de piano. J'avais aimé maintenir un semblant de vie sociale en dehors du travail. Michaela ne travaillait pas chez Draco, mais son petit ami, Jeremy — ma concurrence pour le poste — si. Malgré tout, je la comptais quand même comme une amie non liée au travail.

Michaela : Je savais que j'avais raison… quand je t'ai dit que vous aviez besoin de coucher et de passer à autre chose. C'est le secret de l'année ! O_o Je suis encore sous le choc ! Mais, énormes félicitations pour le mariage. Eh oui, je peux garder Max pendant qu'elle emménage.

Je supposai que l'amusement surpris était ce que je pouvais espérer de mieux de la part de mes amis.

De ma famille, en revanche…

Avec un soupir résolu, j'ouvris l'application du téléphone et je cliquai sur le nom de ma mère dans mes contacts. Un poids tomba sur mon estomac lorsque je posai le téléphone contre mon oreille en écoutant les sonneries. J'espérais tomber sur le répondeur.

Max leva son museau trempé du bol d'eau et il se laissa tomber à côté de ma chaise. Comme d'habitude, sa capacité incroyable à percevoir mon humeur fut avérée. Il me témoignait toujours du réconfort quand il estimait que j'en avais besoin.

J'entendis la voix de ma mère après la deuxième sonnerie.

— Lucas. Enfin. Cela fait des jours que j'attends que tu me rappelles.

Je m'éclaircis la gorge et j'étirai ma colonne même si elle ne pouvait pas me voir. Puis je me préparai.

— Mère. J'espère que tu es assise. J'ai, euh, une grande nouvelle…

J'avalai la bile qui était soudain remontée dans ma gorge et je crachai le morceau… enfin, notre propre vérité fabriquée au sujet de la romance, le mariage, tout.

CHAPITRE QUATRE
KATYA

JE RENTRAI ENFIN DU TRAVAIL VERS VINGT HEURES AVEC MON téléphone toujours éteint. Je me garai dans le parking qui s'assombrissait devant l'appartement que je partageais avec Heath à Orange. Pendant que les événements de la journée me tournaient dans la tête, je ressemblai mes affaires, toujours incrédule après ce qui était arrivé.

Je regardai presque distraitement l'unique enveloppe que Lucas m'avait donnée à sa voiture une heure auparavant. Comme je m'y attendais, l'adresse de retour sur l'enveloppe contenait le logo d'un bureau d'avocats familier de Vancouver. Ne souhaitant pas connaître son contenu, je la fourrai dans mon sac en me promettant de la faire passer à la déchiqueteuse dès que possible, et sans la lire.

J'avais d'abord besoin de reprendre mon souffle et je m'affalai dans le siège usé de la vieille Honda Civic des années 90 que j'avais héritée de Mia. En redressant les épaules, je décidai que la meilleure façon de penser à autre chose était d'affronter les messages sur mon téléphone avant de faire face à mon colocataire dans la vraie vie qui était très probablement furieux.

En retenant ma respiration, je rallumai mon téléphone et je commençai à parcourir une quantité effrayante de messages en attente.

Il y avait *tellement* de messages. Certains venant de gens que je connaissais à peine. D'autres de quelques numéros ne faisant même pas partie de mes contacts disant « Félicitations ! » et « Comme c'est merveilleux ! »

Mais je gardai ceux de mes amis les plus proches pour la fin.

Mia m'avait seulement envoyé des informations sur le déménagement du samedi et à quel moment Adam et elle allaient venir chercher mes cartons. Mais le reste… il y avait de tout. La majorité comprenait les lettres WTF, et beaucoup de points d'interrogation et encore plus de points d'exclamation.

Au lieu de me répéter et de copier-coller un message général pour chacun, j'ouvris un texto de groupe pour April, Jenna, Alex et oui, même Mia et Heath.

Katya : Salut, tout le monde, merci pour vos vœux de bonheur. Oui, Lucas et moi nous nous sommes mariés. Je sais que c'est dur à croire, mais… le coup de foudre et tout ça. Et peut-être la malédiction du bouquet de Mia qui s'est emmêlé dans mes cheveux à son mariage.

Mia : Héééé, c'est pas juste. Je ne l'ai pas fait exprès.

Alex : Je n'arrive pas à croire que tu l'as fait. Tu as épousé Jedi Boy ! Est-ce que ça signifie que tu auras ton propre sabre laser ? A-t-il utilisé un truc psychologique de Jedi sur toi ?

Jenna : C'était sûrement plutôt un truc sexuel de Jedi.

April : Bon sang, Mia. J'aurais dû te donner quelques billets de cent pour que tu me vises avec le bouquet. Au moins, j'aurais pu savourer le regard terrifié de Jordan.

Mia : Tu aimes beaucoup trop tourmenter cet homme. Je profite de chaque minute.

Jenna : Kat, tu aurais au moins pu nous avertir pour que l'on t'organise un enterrement de vie de jeune fille et qu'on engage un strip-teaseur canon.

Heath : Quelqu'un a dit strip-teaseur canon ?

Alex : Il me tarde de voir ta bague !!! Envoie-nous une photo ASAP !

Mia : Heath, étais-tu au courant de cette idylle secrète depuis le début ? Me l'as-tu cachée ?

Heath : Ce coffre-fort contient de nombreux secrets, poupée. Veux-tu vraiment en ouvrir la porte ?

Mia : Hmm. Peut-être pas.

Alex : Non vraiment, il me faut une photo de ta bague. MAINTENANT.

Kat : Pas encore disponible. On les a commandées. Je le ferai dès que nous les recevrons. Je suis épuisée, Mesdames et Monsieur. Je vais aller me coucher.

April : Quoi ? Il est encore très tôt.

Jenna : Ce doit être à cause de tout le sexe de jeunes mariés.

Avec un soupir, je rangeai mon téléphone dans mon sac. Avec un peu de chance, j'avais atténué ce désastre pour la soirée. Il y en aurait certainement plus, cependant.

Comme affronter le colocataire. Le fait que le secret soit révélé au grand jour devait sans doute l'amuser aussi peu que Lucas.

J'ouvris doucement la porte d'entrée de notre appartement et je la refermai en marchant sur la pointe des pieds, comme si ça pouvait m'aider. Si seulement je pouvais atteindre ma chambre sans me faire remarquer, je pouvais alors fermer la porte et avoir une forme de protection physique. Par malchance, Heath était assis sur le canapé en train de regarder une espèce de programme de téléréalité sur la survie dans la nature. Il avait le dos tourné vers moi pendant que je me faufilais dans la pièce. J'avais un pied dans ma chambre quand sa voix de baryton me parla d'une voix forte entre ses dents serrées.

— Tu m'es très redevable pour ça, Kat.

Eh bien, il avait raison. Je lui étais redevable. Et pas qu'un peu.

***

— Est-ce moi qui ai acheté ça ou toi ?

Quelques jours plus tard, Heath était dans notre cuisine et il tenait des verres bordés de lignes ondulées bleues et orange, une dans chaque main. Je me tenais face à lui, un dévidoir de ruban adhésif dans la main, prête à fermer un des cartons que je venais de remplir.

— Je les ai achetés, mais tu peux les garder. Je vais m'en procurer d'autres quand j'aurai mon propre appartement.

Sans un mot, mon colocataire baraqué de presque deux mètres reposa les verres dans le placard près de l'évier.

— Oooh, tant que tu es là, j'aurais besoin de ta taille pour attraper une partie du bazar sur l'étagère du haut.

Il ouvrit le placard suivant et inclina la tête.

— Tout là-haut ? Comment as-tu fait pour les mettre là ?

Je haussai les épaules.

— C'est sûrement toi. Le mini robot de cuisine et la centrifugeuse sont à moi.

— Tant pis pour ma résolution de commencer un nouveau régime détox.

Il sortit les appareils rarement utilisés et enroula soigneusement les câbles autour pour les emballer.

— Comme si tu avais besoin d'une excuse, répondis-je sans mentionner que je les avais achetés puis utilisés exactement trois fois dans ce même but.

Je le remerciai et je posai les appareils dans le carton vide suivant.

Heath plissa les yeux en m'observant.

— Mais... euh... quelle proportion de tes affaires vas-tu déménager là-bas ?

Je lui jetai un coup d'œil rapide avant d'attraper le marqueur pour noter de façon très détaillée le contenu du carton que je venais de fermer.

— Tout.

Il fronça les sourcils.

— Mais tu as bientôt l'entretien et si tout se passe bien, il ne faudra que quelques mois pour obtenir ta carte verte. As-tu vraiment besoin de faire tout ça ? Pourquoi ne pas emballer simplement quelques vêtements et affaires de toilette ?

Je me mordis la lèvre en remettant le bouchon sur le marqueur, appuyant fermement jusqu'à entendre le clic satisfaisant.

— En dehors du fait d'éveiller les soupçons de mes déménageurs parce que je ne prends que quelques cartons, tu veux dire ? Je ne peux pas donner l'impression d'être simplement là-bas comme une invitée, ou comme une passade.

— Oui, mais... qui va vérifier ?

— Eh bien, Mia a insisté pour m'aider à déménager toutes mes affaires. Et Adam s'est impliqué et... enfin, tu comprends que je doive donner l'impression que c'est réel.

J'hésitai, puis je m'approchai pour vérifier les autres placards. Pendant ce temps, Heath s'était installé à la table de la cuisine et il passait ses longs doigts dans ses cheveux blonds.

— Es-tu déprimé parce que je pars ? demandai-je. Je pensais que tu aurais sauté de joie de pouvoir retransformer cet endroit en appart de l'amour dévergondé.

Heath me jeta un regard acerbe, pas du tout amusé par ma plaisanterie. En fait, il avait été un véritable ermite ces derniers temps, ne fréquentant pas grand monde. La semaine précédente, je l'avais convaincu de créer un profil sur une nouvelle application pour les rencontres amoureuses, juste pour rire. Cela n'avait encore abouti à rien. Mais ce n'était que le début, comme je le lui rappelais quotidiennement.

Au moins, il avait recommencé à traîner avec ses amis et il n'était pas aussi morose qu'il l'avait été l'année précédente en se remettant d'une rupture difficile.

Heath évalua le petit groupe de cartons.

— Tu sais, après avoir vécu ici pendant quoi, un an et demi, tu n'as vraiment pas beaucoup d'affaires.

Je souris.

— Je suis arrivée du Canada avec seulement une valise de vêtements et je n'y suis pas retournée. J'ai beaucoup plus de bazar à la maison, mais ça ne m'a pas manqué.

Heath inclina la tête vers moi.

— Je ne t'entends jamais parler de chez toi. Ça ne te manque pas du tout ?

J'hésitai en posant une tasse blanche sur laquelle était imprimé le logo d'un logiciel populaire de gestion des bugs. C'était un cadeau gratuit à la dernière formation où je m'étais rendue. Je réfléchis à la question de Heath. *Chez moi.* Cela faisait longtemps que je n'avais pas considéré l'endroit que j'avais quitté comme « chez moi ». Bien sûr, j'avais grandi là-bas et la maison de mes parents y était encore, mais…

Le Canada me manquait, c'était certain. La Colombie-Britannique et la Californie étaient si proches au niveau culturel que les différences étaient minimes… un endroit utilisait le système métrique alors que l'autre faisait ça à l'ancienne. L'un aimait le base-ball et le basket alors que l'autre vénérait la Stanley Cup et tout ce qui avait un rapport avec le hockey. Il pleuvait beaucoup plus dans un endroit que dans l'autre, mais il avait des paysages verts magnifiques et des montagnes. Les deux avaient des embouteillages terribles.

Il y avait aussi tant de choses qui ne me manquaient pas de chez moi. Et il suffisait de quelques lettres juridiques apparaissant de nulle part à ma toute nouvelle adresse pour me le rappeler.

— Une chose est certaine, soupirai-je en évitant sa question. Je serai soulagée quand j'aurai enfin cette carte verte dans la main et que je ne risquerai plus de causer des problèmes à Draco ou à tes amis et toi. Avoir arrangé mes papiers pour que je puisse obtenir ce travail est une énorme faveur pour laquelle je te suis encore redevable.

Heath eut un sourire en coin.

— J'ai des amis louches.

Je souris.

— Effectivement. Mais les choses seront tellement plus faciles quand je serai ici légalement.

Heath haussa les épaules en m'étudiant avec des yeux curieux qui révélaient qu'il n'était pas dupe du contournement de sa question.

— Tu devrais remercier Lucas pour ça, pas moi.

— Oui, eh bien, je verrai ça plus tard.

Il leva ses sourcils blonds en regardant mes cartons déjà prêts.

— Es-tu sûre de vouloir faire tout ça ?

Je levai mes sourcils.

— Quoi, emménager avec lui ? Nous avons déjà fait le plus difficile et nous nous sommes mariés…

Il éclata de rire.

— Se marier, ce n'est *pas* le plus difficile. La partie difficile c'est de vivre ensemble… sans commettre un crime. C'est très différent. Vous deux, vous aurez tout particulièrement des difficultés en vous voyant vingt-quatre heures sur vingt-quatre et sept jours sur sept. À la maison et au travail. C'est juste que je ne veux pas finir par voir ça dans l'émission *20/20* parce que c'est une affaire non résolue avec toi morte et lui en cavale.

Je lui jetai un air interrogateur.

— Qu'est-ce qui te fait croire que ça ne serait pas le contraire ?

Heath me fit un sourire diabolique.

— Oui, en fait, dès que c'est sorti de ma bouche je me suis rendu compte que le scénario le plus probable était l'inverse.

Je lui fis un clin d'œil.

— Tu me connais si bien.

— Comment vas-tu réussir à ne pas le tuer ? Vous ne vous entendez pas très bien.

— Nous nous entendons assez bien au travail pour faire beaucoup de choses. Notre département n'a jamais été plus efficace, à vrai dire.

Je me levai de ma chaise pour aller ranger mes affaires dans le salon.

— De plus, s'il a une trop grande bouche, je pourrais toujours juste lui casser la mâchoire, il faudra la lui recoudre et il ne pourra pas parler. Ce sera alors parfait.

Heath passa les portes battantes pour me suivre dans le salon. Il n'y avait que quelques babioles et bricoles là-dedans, même pas assez pour remplir un carton. Heath, un célibataire typique avec un peu d'argent, avait rempli son appart avec tous les gadgets électroniques dernier cri et toutes les consoles de jeux connues. Mes quelques souvenirs et objets en verre étaient complètement perdus ici, de toute façon. J'attrapai du papier à bulles pour les protéger et envelopper chaque babiole dans beaucoup trop de plastique.

— Tant qu'aucun de vous ne cède à la TSI vous vous en sortirez très bien.

J'hésitai en fronçant les sourcils.

— La TSI ? Qu'est-ce que ça veut dire ?

— La tension sexuelle inexaucée, dit-il d'un ton pragmatique en me tendant le dévidoir de ruban adhésif que j'avais oublié — mais pas lui — dans la cuisine.

J'hésitai en pointant l'objet vers lui comme une arme.

— Et qu'est-ce que ça veut dire, ça ?

Heath leva les yeux au ciel.

— Ça veut dire exactement ce que tu penses que ça veut dire et si tu ne veux pas le reconnaître, je t'obligerai à affronter ton déni.

Je fis un mouvement brusque dans sa direction avec l'objet, comme si je tirais un coup de feu, puis je le penchai pour fermer le carton.

— Je rejette sommairement ton hypothèse très irritante. Lucas est un ami du travail — et parfois un rival — qui fait ça pour nous aider, lui et moi.

— Bien sûr, dit-il d'un air sceptique extrêmement évident.

J'inspectai le ruban adhésif.

— Hmm. Je me demande si on peut utiliser ça pour fermer les humains. Veux-tu être le premier à essayer ? Ou alors je pourrais casser un os ou deux pour faire passer mon message.

Il ricana.

— Garde ça pour ton petit mari. Tu en auras bien besoin. Ou peut-être, garde-le pour toi-même. Si tes lèvres sont scellées, tu ne seras pas tentée de l'embrasser.

Je me raidis en me souvenant du baiser brûlant entre nous cet après-midi, baiser qui m'avait tellement bouleversée. C'était venu si soudainement, quand il m'avait prise dans ses bras pour offrir à nos collègues sceptiques la « preuve » que nous étions maintenant un couple. D'après son air calme et plein de sang-froid quand nous nous étions écartés, ce baiser ne l'avait pas autant affecté que moi.

Si ?

Lucas était toujours très doué pour cacher ses émotions. Pour cacher ce qu'il pensait. Il était presque impossible de savoir ce qu'il se passait sous la surface paisible.

Heath était encore en train de parler, me tirant de mon souvenir.

— Allons, Kat. Tu ne t'es pas demandé pourquoi c'est son nom que tu as lâché quand le service d'immigration t'interrogeait ? Je veux dire, c'était effectivement une bonne idée de ta part que tu as eue très vite. Mais il devait y avoir une raison subconsciente pour laquelle le nom de Lucas a été le premier nom qui te soit venu comme soi-disant futur fiancé.

Je le dévisageai avant de hausser les épaules d'un geste exagéré. Cela montrait sûrement que je n'étais pas du tout décontractée en parlant de cette question. Je me l'étais posée plus d'une douzaine de fois depuis que c'était arrivé.

Dans le feu de l'action, coincée et menacée d'expulsion, j'avais formé ce mensonge si vite, si parfaitement et apparemment de façon si convaincante, que ça m'avait sauvé la peau. Mais pourquoi Lucas ?

Il y avait une réponse quelque part, mais je n'étais pas prête à creuser assez profondément pour la trouver. Pas encore.

Au lieu de jouer le jeu des spéculations de Heath, je retournai à mes fausses menaces pour l'obliger à se taire.

— Si ce ne sont pas des os brisés, je pourrais toujours coller ton derrière sur la lunette des toilettes à la super glue.

Cette fois, il sembla comprendre le message.

— Tu le ferais, en plus. Tu es maléfique.

— Maléfique et chaotique, oui. Alors, fais attention.

Heath inspira longuement avant de souffler en détournant le regard.

— Quoi ?

Je lui jetai un coup d'œil.

— Tu te demandes comment tu vas chier debout à partir de maintenant ?

— Non. Je redoute simplement le calme de cet endroit sans toi.

Je lui fis un sourire triste. Pauvre Heath. Il avait été très seul dernièrement.

— Allez, mon vieux. Pense à tous les types canon que tu ramèneras à la maison sans t'inquiéter de devoir contourner ta colocataire irritante.

Il pinça les lèvres.

— Oui. Eh bien, j'ai peut-être accumulé un peu de TSI moi aussi.

J'agitai les sourcils.

— Je recommande un sex toy ou deux. Ça aide beaucoup.

Nous restâmes tous les deux silencieux pendant que j'étiquetais le dernier carton.

Je me trompai trois fois en écrivant *colifichets* et je rayai chaque tentative avant d'abandonner et de l'écrire phonétiquement.

En me redressant, je m'éclaircis enfin la gorge.

— D'ailleurs, quelle est ton opinion là-dessus ?

Il me regarda avec un sourcil blond levé, la tête posée sur sa main, le bras accoudé au dossier du canapé.

— Au sujet des sex toys ?

— Au sujet du sexe.

Il rit.

— J'ai une opinion assez positive sur le sexe, oui.

Je me balançai d'un pied sur l'autre, essayant de trouver une façon plus prudente de poser la question sans y parvenir, à ma grande frustration.

— Ohhh. Tu veux dire… le sexe entre ton mari et toi ? Dans le sens de « consommer le mariage » ?

J'évitai son regard en essuyant un peu de poussière sur une petite table et en haussant les épaules pour donner l'impression que la question était particulièrement innocente.

— Je veux dire, est-ce que ce serait si terrible ?

— Je ne sais pas. Lucas est un type très beau et tu es attirée par lui. Ça ne serait pas nécessairement terrible… pour du sexe hétéro, en tout cas.

Je lui tournai le dos, « dépoussiérant » toujours. J'hésitai avant de poursuivre.

— Ce n'est pas ce que je voulais dire. Je veux dire… serait-ce nécessairement une mauvaise chose que ça arrive ?

Heath resta songeur et je lui jetai un coup d'œil par-dessus mon épaule. Il sembla contempler la question avant de la rejeter en haussant les épaules.

— Comment veux-tu que je le sache ? Je veux dire… tant qu'aucun de vous ne s'attache émotionnellement. Et que vous êtes tous les deux d'accord pour dire qu'il y a une date d'expiration à la relation. Mais vous travaillez ensemble, alors si ça se termine mal, ça pourrait être difficile pour vous deux, après.

Je réfléchis à cela pendant un moment, résistant à la tentation de pousser un soupir. Ce n'était pas comme si j'avais prévu de coucher avec Lucas. Oui, j'y avais pensé plus d'une fois. Je m'étais peut-être même demandé ce que ça faisait de sentir sa peau contre ma peau, son poids sur moi. J'avais même peut-être eu des frissons brûlants en l'imaginant. Mais ça ne voulait rien dire. Ce n'était que de la biologie.

Cela faisait presque un an que je n'avais pas couché et la période d'abstinence devenait pénible. Mais j'avais de la volonté et j'allais continuer à avancer.

Et une fois que j'allais de nouveau être célibataire, le jeu reprendrait.

La préparation des cartons avait pris une demi-journée. Le déménagement, peut-être une heure. Le samedi après-midi, l'assistant d'Adam, Nate, arriva avec un camion qui faisait plus de deux fois la taille de ce dont j'avais besoin. Environ une demi-heure plus tard, Adam et Mia arrivèrent sur le pas de la porte. En quinze minutes, Heath, Adam et Nate avaient chargé mon matelas et les meubles de ma chambre. Je les avais achetés avec mon premier chèque de Draco après avoir dormi sur le canapé de Heath pendant un mois. Ensuite, il y eut mes quelques cartons de livres, de souvenirs et d'appareils. Quelques valises avec mes vêtements. Et ce fut tout.

En démarrant, le camion fit un bruit de ferraille parce qu'il était à moitié vide. Nous aurions facilement pu tout rentrer dans un pick-up. Je suivis le camion dans ma Honda pendant le trajet de vingt minutes jusqu'à la maison de Lucas, à Irvine. Il fallut encore moins de temps pour décharger et entasser tout ce qui m'appartenait dans une des chambres vides. J'avais vite expliqué qu'elle serait utilisée pour « stocker » mes affaires. Personne n'avait besoin de savoir que j'allais dormir dans la chambre d'amis. J'avais l'intention de demander la permission à Lucas d'organiser cette pièce pour ma chaîne de streaming live sur Twitch.

— Oui, vous pouvez tout mettre là-dedans et puis je déballerai plus tard.

Lucas rentra du travail quand nous avions commencé depuis cinq minutes et il ne sembla pas surpris de nous voir. Cependant, il fut un peu étonné de voir Adam m'aider. Ils faillirent se rentrer dedans avant que Lucas pose son sac en silence pour donner un coup de main, lui aussi.

— Chéri ! dis-je en essayant de paraître sincère de toutes les fibres de mes maigres talents d'actrice.

Je me penchai pour un rapide baiser, mais on foira même ça. Il visa ma bouche alors que je visais une de ses joues mal rasées et nos nez finirent par se heurter.

Adam et Mia se mirent à rire tous les deux.

— Il va vous falloir perfectionner le *Chérie, je suis rentré*, dit Mia.

Ensuite, nous nous sommes rendus dans un restaurant près de là — il n'y avait pas de *pubs* de quartier dans cette partie d'Irvine — pour aller boire un verre au bar.

— Merci à vous tous de l'avoir aidée à emménager. Je paie les boissons, proposa généreusement Lucas.

Je posai la main sur la sienne de façon à ce que les autres puissent facilement voir le geste affectueux. Ce fut… étrange. Pas seulement parce que nous faisions semblant, mais parce que j'avais l'impression de mentir à deux de mes amis les plus proches. Ce que je faisais, à vrai dire, depuis un moment maintenant. Mais ce mensonge semblait plus réel.

Il y eut pourtant quelque chose… une impression que j'eus en mettant ma main sur la sienne qui reposait sur sa cuisse dure. Je courbai les doigts autour des siens — pour faire authentique, bien sûr — et pendant une fraction de seconde, je le sentis répondre. Le muscle de sa cuisse sous son jean se tendit, son pouce s'enroula autour de ma main et très vite, presque automatiquement, il me caressa le doigt.

Oui, il y eut des frissons tout le long de mon bras à cause de ce simple contact. C'était uniquement parce que j'étais en manque. La longue traversée du désert avant d'obtenir les papiers de mon divorce. Puis je pouvais sortir et enfin coucher avec quelqu'un et faire les quatre cents coups. Mes quatre cents coups n'aimaient pas être retenus. Et ils aimaient beaucoup ce simple contact de l'homme qui était, sur le papier seulement, mon mari.

— Alors, pourquoi ne portez-vous pas d'alliances ? plaisanta Mia. Aviez-vous l'intention de rester mariés en secret ?

Lucas se raidit à côté de moi en faisant tourbillonner son whisky avec glaçons.

— J'ai les bagues à la maison. Tout est arrivé si vite que nous n'avons pas décidé de ce que nous faisions.

Mia fronça les sourcils et regarda ma boisson, puis ma taille, puis mes yeux. Merde alors… pensait-elle que j'étais enceinte ? Pour contrer toute question là-dessus je levai ma chope de bière et je bus une longue gorgée. Puis je léchai la mousse de ma lèvre supérieure avec un soupir satisfait.

— Mmm, dis-je en retenant tout juste le rot qui voulait remonter et sortir.

Heureusement qu'ils avaient de la bière pression canadienne dans ce bar et que je n'avais donc pas besoin de boire le pipi de chat qui passait pour de la bière dans ce pays. Je préférais encore boire du vin.

Mia but une gorgée de son cosmo avant de le poser sur le côté et de se pencher vers moi au-dessus de la table, ses longs cheveux bruns tombant de chaque côté de son visage.

— Alors, vas-tu garder ton nom ou seras-tu Madame Walker ?

— À vrai dire, ce n'est pas Walker, c'est…

La main de Lucas monta d'un coup et serra la mienne avec force.

— Non, en fait elle va garder son nom, n'est-ce pas mon adorée ?

J'écarquillai les yeux. Son nom était un sujet sensible… son autre nom. Comme si c'était une sorte de secret. Mince, ce nom néerlandais faisait un kilomètre et il était pratiquement imprononçable, alors je comprenais qu'il préfère utiliser Walker. C'était bien plus simple. Mais si c'était seulement pour la facilité, alors pourquoi éviter de mentionner qu'il avait un autre nom de famille ?

Je haussai les épaules. Adam était aussi son patron. Il était probable qu'il connaissait déjà le nom officiel de Lucas. Adam leva sa chope de bière fraîche.

— D'accord, que diriez-vous de trinquer aux jeunes mariés ?

Mia ricana.

— Lesquels ? Nous aussi, nous sommes jeunes mariés.

— En réalité, cela fait presque huit mois, quatre jours et…

Il marqua une pause.

— Seize heures.

Elle leva les sourcils et se tourna vers moi.

— Tu vois ce qui arrive quand on épouse un génie ? Il n'oublie jamais les dates. Je n'aurais jamais besoin de lui rappeler mon anniversaire ou notre anniversaire de…

J'éclatai de rire.

— Mais devra-t-il te les rappeler à toi ?

Mia s'adossa contre sa chaise, les yeux écarquillés avec un faux air outré pendant qu'Adam riait dans sa chope de bière.

— Elle fait l'innocente, mais tu as totalement raison. Ce sera elle qui sortira faire les courses la veille à minuit pour m'acheter quelque chose.

Mia leva la main et plaça sa paume devant le visage d'Adam, comme pour l'empêcher de parler.

Il lui jeta un regard en coin.

— Vas-tu m'obliger à dormir dans la niche pour chien maintenant ?

— Le risque serait plus grand si vous aviez un chien, ricanai-je.

Lucas regarda tour à tour nos amis avant de rire.

— Ce n'est pas une menace en l'air dans notre maison.

Notre maison. Je regardai Lucas qui continuait à bavarder avec mes amis, s'ouvrant peu à peu. Je m'émerveillai de voir la facilité avec laquelle cette phrase était sortie de sa bouche comme s'il considérait déjà l'endroit comme le nôtre.

Je clignai des paupières. Les mois suivants allaient vraiment être les plus étranges de ma courte vie jusqu'ici, c'était certain.

— On va mettre un moment à s'y habituer, murmura Lucas quand ils nous déposèrent.

Nous étions sur les marches devant la maison pour les saluer, le bras de Lucas autour de mes épaules, le mien autour de sa taille solide et dure. L'image parfaite des nouveaux mariés spontanés.

La maison de Lucas était magnifique, elle avait plus de quatre-vingts ans et avait autrefois servi de ferme pour la zone alentour qui avait fait partie de la Irvine Ranch Company. Les autres maisons du quartier étaient des clones bien plus modernes. Mais cette maison-ci avait un grand porche très large soutenu par des colonnes épaisses et elle était absolument charmante.

À l'intérieur, il y avait de nombreux rangements encastrés, des détails magnifiques, de véritables moulages en plâtre, des cimaises sur les murs. Il y avait même du travail d'artisan : des lampes Tiffany et des parquets exquis. Une telle maison était difficile à trouver en Californie du Sud. J'aurais aimé avoir assez d'argent pour posséder un jour une maison pareille.

Je pouvais cependant me contenter d'un appartement qui me tenait à cœur pour mon premier achat immobilier. Un endroit à moi dont je pouvais être fière en tant que nouvelle résidente légale de ce pays.

Je jetai un regard en coin à Lucas, à côté de moi, qui venait d'ouvrir la porte d'entrée. Pendant un moment gênant, nous restâmes tous les deux figés là, ne sachant pas quoi faire ou dire. C'était la première fois que nous étions seuls en tant que mari et femme dans sa maison. Pour une raison étrange, mon cœur battait comme celui d'une vierge lors de sa nuit de noces. Ce qui, au fond de moi, me semblait hilarant parce que je n'étais vraiment pas vierge.

Lucas prit une inspiration et entra dans la maison sans attendre. Il n'allait pas me porter pour franchir le seuil. Non pas que je me souciais de ce genre de bêtises. Maintenant que nous étions seuls, nous n'avions plus besoin de faire semblant pour quiconque en dehors des mites et des acariens. Oh, et pendant quelques minutes, nous allions jouer le jeu pour Michaela quand elle allait déposer Max qui avait passé la journée chez elle.

Malgré notre jeu de rôle, je devais me rappeler que c'était ridicule de considérer Lucas comme mon *mari*. D'accord, nous avions fait promis à voix haute de nous prendre pour époux. Nous avions aussi signé un bout de papier pour le gouvernement. Et tout le monde que nous connaissions en dehors de Heath pensait ou allait bientôt penser — quand ils l'auraient appris — que nous étions mariés pour de vrai. Et nous allions vivre ensemble dans cette maison et partir travailler ensemble dans la même voiture.

En dehors de tout ça, nous n'étions pas *vraiment* mariés. Si ?

Je me frottai les tempes en suivant Lucas dans la maison. Toutes ces réflexions me faisaient mal à la tête.

Lucas se dirigea d'un pas décidé vers sa chambre… la chambre principale. Comme j'hésitais dans le salon, il m'appela depuis le couloir.

— Viens ici un moment.

Euh… je le suivis lentement. Quand j'entrai dans sa chambre — qui était immaculée, d'ailleurs —, il était en train de sortir une boîte du placard. Une magnifique boîte en bois poli et incrusté de motifs en bois de différentes couleurs et en nacre. Et même si cela sortait de son placard, ce n'était même pas poussiéreux.

Ce type était un maniaque d'un niveau supérieur. Ou alors, sa femme de ménage était extrêmement méticuleuse. Ou les deux.

Lucas posa la boîte sur sa table de chevet avec précaution. J'examinai sa chambre. J'étais déjà venue quelques fois brièvement chez lui, soit pour venir chercher quelque chose, soit pour déposer quelque chose. Une fois, il avait organisé une fête dans son jardin pour tout le département de l'assurance qualité. Mais je n'étais jamais venue dans cette pièce. Les meubles en bois sombre qui semblaient dater du début du vingtième siècle étaient parfaitement à leur place dans cette maison. Soit les meubles étaient anciens, soit il s'agissait de copies bien faites. La personne qui l'avait aidé à décorer avait fait un travail merveilleux. Des parquets immaculés couverts de magnifiques tapis orientaux. La maison était tellement chaleureuse… on s'y sentait bien.

Deux des chambres étaient complètement vides, mais celle-ci avait des meubles sculptés en bois sombre et un lit à baldaquin en cerisier queen size avec un dessus de lit bleu roi et blanc. La télévision à grand écran fixée au mur à côté de la cheminée en pierre semblait complètement déplacée.

Par l'embrasure de la porte de la salle de bains, j'aperçus un magnifique comptoir de marbre avec des lavabos qui ressemblaient à des bols en faïence. Ils étaient posés sur le comptoir et de grands robinets col de cygne en laiton décrivaient des arcs au-dessus. J'aperçus également l'extrémité d'une baignoire élégante à pattes de lion. Waouh. J'avais toujours trouvé que sa maison était magnifique, mais je n'avais pas vraiment eu le temps d'en apprécier tous les détails.

Lucas — ou les gens qui vivaient ici avant lui — avait passé beaucoup de temps et de travail à restaurer cet endroit magnifique.

Lucas ne fit pas attention à mon inspection pendant qu'il fouillait dans la boîte d'un air déterminé.

— Voilà, marmonna-t-il enfin en sortant une boîte à bijoux qui semblait usée et ancienne couverte de velours rouge.

Il l'ouvrit et examina le contenu avant de se tourner et de me regarder, les sourcils levés. Il inclina la tête en me demandant de venir à côté de lui.

— J'espère qu'elle n'aura pas besoin d'être adaptée à ta taille, ajouta-t-il en plongeant la main dedans et en sortant une bague qu'il tendit vers moi.

Je l'observai sans la toucher. Elle était magnifique. Tout simplement extrêmement belle… pas comme des bijoux ayant été fabriqués au cours de ce siècle. Elle était clairement aussi antique que la maison et les meubles autour de nous. Le bijou, sans doute une bague de fiançailles d'autrefois, possédait un diamant au centre. Il n'était pas serti en hauteur comme sur les bagues modernes, il était en retrait. Il y avait de minuscules émeraudes triangulaires de chaque côté et du platine ou de l'or blanc forgé pour former un motif de minuscules grilles et filigranes. Le style ressemblait beaucoup à de l'art déco.

— C'était l'alliance de mon arrière-grand-mère. Elle date des années vingt. Ma grand-mère me l'a donnée il y a un moment. Je sais qu'elle est un peu vieillotte, mais…

Il haussa les épaules.

Ma mâchoire tomba. Le diamant rond au centre prit la lumière du plafonnier et étincela de couleurs magnifiques : rouge, bleu, rose, violet.

— Tu plaisantes ? Elle est à couper le souffle.

C'était en réalité la bague la plus belle que j'avais jamais vue.

Je secouai la tête quand il me la tendit.

— Je ne peux pas… je ne peux pas porter ça. Elle est trop précieuse. C'est un bijou de famille.

Il me regarda dans les yeux et je déglutis. Il était clair qu'il n'allait pas accepter mon refus.

— Tu es ma femme, Kat. Prends-la. C'est logique que tu la portes.

— Nous pourrions juste acheter quelque chose dans une boutique de prêteurs sur gages.

Il poussa un soupir et éclata de rire.

— Ça ne fera pas l'affaire, surtout si nous devons convaincre ma famille. Il te faudra simplement porter ça.

Je la lui pris lentement comme si elle risquait de disparaître, puis je l'examinai de plus près en étudiant le travail en filigrane complexe sur les bords.

— Est-ce que… s'agit-il de gerbes de blé sur les côtés ?

— Des symboles de fertilité, je crois. Ces vieilles bagues étaient toujours pleines de toutes sortes de symboles.

Je grimaçai.

— Eh bien, on ne peut pas vraiment appliquer le symbolisme ici. Nous avons besoin d'une bague avec des billets de trois dollars ou des licornes pour symboliser notre mariage correctement.

— Est-ce qu'elle te va ?

Je levai les yeux vers lui.

— Je ne sais pas.

Avec un profond soupir frustré, il me prit l'objet des doigts et il posa la main autour de mon poignet gauche.

— Tends la main, nous allons voir.

Je me détendis et il tira ma main vers lui, puis il glissa la bague à mon doigt pendant que le diamant scintillait dans la lumière tamisée. Il fit lentement glisser l'alliance jusqu'à mon articulation, comme s'il anticipait le moment où elle allait coincer. Elle était légèrement plus large qu'une bague que je portais normalement — ce qui était rare, car je n'étais pas une grande fan des bijoux, particulièrement sur mes doigts.

En tant que gameuse, j'utilisais beaucoup le clavier et je coupais mes ongles très courts. Ça ne me donnait pas des mains très jolies pour exhiber de beaux bijoux, sans parler de la cicatrice sur mes articulations. C'était un trophée de mon enfance quand j'avais essayé d'assommer mon frère. Je m'étais coupé la main sur la balustrade derrière lui quand il s'était baissé pour éviter mon coup. Vingt points de suture plus tard, j'avais une longue cicatrice épaisse pour la vie. Ça allait bien avec mon image de dure, alors c'était fabuleux.

Mais avec ce bijou délicat et unique à mon doigt, il y avait un décalage. Comme une tiare sur un orang-outan.

Je l'admirai en la tournant d'un côté et de l'autre sous le plafonnier pendant que Lucas, apparemment, faisait de même.

— Waouh, elle te va bien.

— Elle est légèrement trop lâche, mais je peux mettre quelque chose à l'arrière pour ne pas la perdre.

Il secoua la tête.

— Je peux demander au bijoutier de l'ajuster à ta taille.

Je fronçai les sourcils en retirant ma main.

— Euh, non, ce n'est pas nécessaire. Je ne vais pas la porter si longtemps. Tu veux sûrement la garder pour quand tu te marieras réellement.

Ma voix s'étrangla dans ma gorge lorsque son visage s'assombrit. J'avais apparemment fait une gaffe.

— Tu as… tu prévois bien de te marier un jour, n'est-ce pas ?

Je vis ses joues gonfler quand il serra la mâchoire.

— Le mariage est une institution merdique et dépassée que je n'hésite jamais à mépriser. Ce qui te sert bien, d'ailleurs.

Je levai les sourcils. Waouh. Il avait des idées assez, euh, fortes sur la question. J'allais devoir lui tirer les vers du nez un de ces jours. Mais ce n'était clairement pas le moment.

— Entre mépriser le mariage et me donner l'alliance de ton arrière-grand-mère…

Il secoua la tête.

— Ce n'est pas un problème. Elle resterait seulement dans cette boîte à prendre la poussière.

Il montra la grande boîte qui en fait, n'avait pas de poussière du tout.

— Que vas-tu porter ? demandai-je pour chasser la tension qui était sortie de nulle part.

Il retourna vers la boîte en velours et en sortit un anneau de mariage masculin.

— L'alliance de mon grand-père.

Sans attendre que je la regarde, il la glissa à son annulaire gauche.

Je levai les sourcils.

— Waouh, elle te va parfaitement.

Lucas serra la mâchoire en regardant l'anneau en or blanc qui était simple, mais couvert de motifs gravés. Masculin, élégant et sans ornement particulier.

Euh… bon…

— Oh, pose ta main sur le lit pendant une minute, je vais prendre une photo. J'ai rassemblé un album afin de documenter notre relation. Au cas où il nous faudrait montrer des choses à l'entretien. Ce sera un bel ajout.

Lucas fit une tête étrange, mais il obéit, posant sa main sur le dessus de lit magnifique. Je sortis mon téléphone, puis je posai ma main gauche sur la sienne en l'orientant de façon à ce que les deux anneaux puissent être vus sur la photo. Il suffisait de prendre quelques photos sous des angles différents. Je penchai la tête plus près en me concentrant. Je me décalai et… l'arrière de ma tête heurta légèrement son nez. Il inspira brusquement.

— Oh ! Pardon.

Sa main se raidit sous mes doigts et je retirai la mienne.

Il semblait… en colère. Ou en tout cas, tendu. Je savais que toute cette situation s'était transformée en bien plus que ce qu'il avait prévu et il était sans doute encore énervé. Je risquai un coup d'œil vers lui. Il me regardait comme si… comme… s'il voulait soit me donner un coup de poing, soit me dévorer tout entière.

Je m'écartai avec un petit soupir. Nous nous regardâmes dans les yeux pendant quelques longues minutes de tension, mes yeux descendant vers ses lèvres pleines. À ce moment-là et pour aucune raison logique, j'eus vraiment, *vraiment* envie qu'il m'embrasse.

J'avais tellement envie qu'il m'embrasse que je me penchai vers lui et que j'ouvris légèrement la bouche…

Juste au moment où il s'écartait, la sonnette retentit.

Il se raidit et il écarquilla les yeux, comme s'il sortait d'une transe. Puis il arracha son regard à mon visage et il dit :

— Ce doit être Michaela qui ramène le chien.

Je clignai des paupières en sortant de ma propre transe étrange. Quand il tourna les talons et quitta la chambre, je me secouai afin de me rappeler que les choses auraient pu très mal tourner s'il m'avait embrassée. Si je l'avais embrassé à mon tour. Si nos langues s'étaient touchées et avaient dansé et que nos corps s'étaient collés de trop près.

Nous aurions pu perdre nos vêtements et… et tomber sur le lit et… et finir en un méli-mélo plein de sueur et à bout de souffle. Nous aurions pu nous froisser des muscles ou même subir des dommages physiques plus importants. Il aurait même pu y avoir des morsures et des griffures. Certainement quelques gémissements et halètements…

Je supposais donc que c'était une bonne chose de ne pas nous être engagés sur cette voie.

Vraiment dommage.

La porte d'entrée s'ouvrit et j'entendis le bruit des pattes et le cliquetis des ongles sur le parquet ainsi qu'une respiration canine bruyante. Je rejoignis les nouveaux arrivés dans le salon où Michaela parlait avec Lucas. Max, un grand golden retriever exubérant fonça sur moi dès qu'il m'aperçut.

— Salut, Katya ! me salua Michaela avec un sourire hésitant.

Je me penchai pour gratter mon vieux pote derrière les oreilles. Il était doux et il sentait bon, car il venait de prendre un bain. Malheureusement, il souffla aussi son haleine brûlante et humide de chien sur mon visage. Je me redressai vite et je me retournai vers Michaela. Nous nous étions déjà rencontrées quelques fois. Son petit ami, Jeremy, travaillait chez Draco en tant que développeur, alors elle l'avait accompagné à certaines soirées du travail.

De plus, nous avions passé quelques jours ensemble dans un chalet l'hiver dernier, pendant des vacances avec plusieurs autres collègues.

— Hé, Kat ! Félicitations à toi aussi. Quel choc !

Je ne savais pas du tout comment lui répondre, mais ses félicitations semblaient sincères. Nos regards se croisèrent et lorsque j'hésitais, elle écarquilla les yeux.

— Je suis désolée… je voulais juste dire que je ne l'ai pas vu venir. Vous avez été très doués pour rester discrets, mais je suis vraiment heureuse pour vous.

— Oh, dis-je en riant et en jetant un coup d'œil nerveux dans la direction de Lucas qui, comme d'habitude, avait une expression de visage complètement neutre. Oui, eh bien, merci. Et tu le connais.

Je pointai un pouce vers lui.

— Mon mari est du genre secret. Et *étonnamment* romantique. Tout a été son idée.

Il leva un sourcil — stoïque du genre Spock —, mais il ne me contredit pas. Malgré tout, je vis qu'il était irrité par mon récit enjolivé.

Je luttai pour ne pas ricaner. *Tant mieux.*

— En fait… il pensait faire notre lune de miel au Japon afin de commencer notre entraînement de ninjas.

Michaela regarda Lucas, puis moi, avant de revenir vers Lucas, et elle éclata de rire.

— Franchement, je peux l'imaginer…

— *Et…*

Je me penchai en avant d'un air conspirateur.

Lucas intervint.

— Eh bien, il se fait tard. Je te dois un dîner pour avoir gardé Max toute la journée.

Elle secoua la tête.

— Non merci, ce n'est pas nécessaire. J'aime notre arrangement. Tu pourras peut-être me donner un peu plus de temps sur le banc ? Et bien sûr, je suis toujours contente si tu me donnes plus de leçons.

Je fronçai les sourcils en les regardant tour à tour. Sur le banc ? Des leçons ? Qu'est-ce que ça voulait dire ? Lucas était-il une sorte de dominateur secret ? Un banc comme ceux pour donner des fessées ? Des leçons ? Qu'est-ce que *quoi* ?

Était-il sur le point de me montrer sa « salle de jeux » ?

Michaela remarqua immédiatement ma confusion.

— Le piano. Je n'en ai pas chez moi. Juste un petit clavier. Quand Lucas et moi étions colocataires, j'avais pour habitude de l'écouter jouer, et ça m'a donné envie d'apprendre. Je commence tard, mais je suis très déterminée.

Je jetai un rapide coup d'œil à Lucas qui avait un air étrange. C'était presque comme s'il retenait sa respiration, comme s'il avait peur que je nous trahisse. Il jouait du piano ?

Bien sûr, j'avais remarqué l'instrument dans l'alcôve du salon. Je n'avais cependant jamais relié sa présence à d'éventuels talents cachés en dehors de son don pour les jeux vidéo.

— Oh, c'est cool. Je comprends qu'il ait pu t'inspirer.

Je m'éclaircis la gorge et mon cœur accéléra. Je savais beaucoup de choses sur Lucas. Mais manifestement pas *tout*.

Peu de temps après, Michaela s'excusa pour rentrer dîner chez elle avec Jeremy. Elle serra Max dans ses bras avant de partir. Le chien, après m'avoir soigneusement reniflé, sauta sur le canapé. Lucas le chassa vite vers son panier. Apparemment, Max vivait sous le coup des mêmes règles de propreté que moi. Le pauvre. Nous allions pouvoir compatir ensemble plus tard.

— Alors, euh, apparemment tu es une espèce de virtuose du piano ?

Je levai les sourcils en le regardant.

Il leva les yeux au ciel.

— Mes parents m'ont forcé à prendre des leçons depuis mes quatre ans jusqu'à mes dix-sept ans. Je m'en sors. Mais non, je ne suis pas un virtuose.

Je le fixai en fronçant les sourcils et en mâchouillant ma lèvre inférieure.

Au bout d'une minute de silence, il secoua la tête.

— Quoi ?

J'écarquillai les yeux d'irritation.

— Eh bien, je veux dire. C'est sûrement quelque chose que je devrais savoir, non ? Pour l'entretien ?

Il eut un regard assassin et se tourna en se dirigeant vers la cuisine. Je le suivis de près.

— Suis-je au courant de tout le reste ?

Il me jeta un coup d'œil avant de plonger dans le frigo.

— Il est impossible de tout savoir sur quelqu'un, répondit-il.

— Eh bien, vas-tu au moins me jouer quelque chose ? Pour que je puisse en parler si on me pose la question ?

Il fronça les sourcils.

— C'est une audition qui ne contiendra que les questions les plus basiques. Que vont-ils te demander en rapport avec ça ?

Je haussai les épaules.

— Je ne sais pas. Joue-t-il d'un instrument de musique ? Est-il doué ? Des questions assez simples. Je veux dire, comme tu l'as dit, as-tu fait tous ces efforts juste pour foirer l'entretien ?

Il se renfrogna, claqua la porte du frigo et se retourna.

— Très bien.

Une seconde plus tard, j'étais seule dans la cuisine, bouche ouverte. Je le suivis dans le salon où il était maintenant assis au piano à queue. C'était un instrument magnifique en bois sombre qui reposait à l'intérieur d'une alcôve élevée derrière le salon. En soulevant le couvercle du clavier, il posa son pied droit sur une des pédales. Puis il étira les bras et fit rouler ses épaules. Je me mordis la lèvre en regardant ses mains, ses doigts légèrement recourbés frôlant à peine les touches.

Sans faire aucune fioriture ni aucun geste visant à faire l'intéressant, il m'impressionna alors en jouant un morceau de musique classique que je reconnus immédiatement tout en ne connaissant pas son nom. Ses doigts filèrent le long du clavier et son orteil rebondit sur la pédale.

Il ne lut aucune partition et son expression de visage ne changea pas du tout. Enfin, non, ce n'était pas tout à fait exact. Ses traits, bien que toujours neutres, semblèrent se détendre un peu, tout comme le reste de sa posture, à mesure que le morceau progressait.

Et quand j'observai ses mains fortes et ses longs doigts glisser sur les touches, cela… me fit quelque chose. Voir les mains d'un homme filer sur le clavier d'un piano était bien plus sensuel que de regarder des mains sur un clavier d'ordinateur ou une manette de jeu vidéo. *Waouh.* Comment se faisait-il que j'ignore les talents cachés de mon mari ?

Une bouffée de chaleur brûla mes entrailles lorsque je me demandai quels autres talents spéciaux il avait. Peut-être même dans la chambre ? Il jouait magnifiquement bien, et ses mains devaient être douées pour plus que seulement les claviers du piano et de l'ordinateur. Par exemple… que se passait-il si j'étais son clavier ? Je résistai à l'envie de m'éventer de la main en imaginant cela. Qui aurait pu croire que la sensualité d'un homme pouvait être augmentée de façon exponentielle par sa maîtrise du piano ?

Eh ben… ça alors !

Il fut soudain debout, refermant le piano.

— Pas besoin de commentaires du poulailler. Maintenant, tu le sais. Et j'ai faim.

Là-dessus, il quitta la pièce pour retourner chercher de la nourriture pour le dîner. Je traînai derrière lui en le suivant jusqu'au frigo.

— Attends… Comment… quoi… ? Peux-tu m'expliquer ça, s'il te plaît ?

Il posa une main sur la porte du frigo et se retourna vers moi en levant un sourcil sombre.

— Je pensais t'avoir montré tout ce que tu avais besoin de savoir.

— Eh bien, non. Tu as dit avoir suivi des cours pendant la majorité de ton enfance. Tu as joué du Beethoven et puis…

— Mozart, rectifia-t-il. *Eine kleine Nachtmusik.*

— Si tu es une sorte de prodige de la musique, alors pourquoi…

— Je ne le suis pas. J'ai un style technique presque sans défauts, mais sans émotion ni couleur.

Il sembla répéter la critique que quelqu'un d'autre avait faite de son travail.

— Ça m'a paru incroyable.

— Sans vouloir te vexer, tu n'as pas vraiment une oreille raffinée pour entendre ce que je décris. Tu ne savais même pas que c'était Mozart.

Je haussai les épaules.

— Je sais ce qui est beau. Je tuerai pour pouvoir jouer de cette façon.

Son regard s'intensifia sur moi avant qu'il le détourne et revienne vers le frigo, qu'il ouvrit.

— Si tu en as vraiment envie, alors fais comme Michaela et prends des cours.

Je fixai son dos en fronçant les sourcils, brûlant d'irritation. Il pouvait aussi donner des cours pour apprendre aux gens à mériter les coups de pied au cul. Je m'imaginai lui en donner un à ce moment précis.

Il soupira bruyamment et marmonna qu'il devait passer à l'épicerie avant de refermer le frigo, les mains vides.

Je secouai la tête.

— Mais pourquoi…

— Pourquoi ne suis-je pas en tournée avec un smoking, un candélabre, à jouer pour des milliers de spectateurs ?

Il eut un sourire acerbe avant de poursuivre.

— C'est une compétence. J'ai pris des leçons parce que c'était attendu de moi. J'ai arrêté dès que j'ai pu. Oui, je sais jouer. Tu as entendu treize années de leçons et de pratique quotidienne. Rien de plus.

Je haussai les épaules.

— D'accord. Mais… c'était vraiment bon.

Il poussa un soupir et leva les yeux au ciel.

— Eh bien, merci. Je te soupçonne d'avoir aussi des talents cachés que je ne connais pas.

Je ris.

— Eh bien, un ancien petit ami ou deux m'ont dit que je suis extrêmement douée pour les pipes.

Son visage se figea un instant, comme s'il n'arrivait pas à en croire ses oreilles. Je ris en espérant que cela le ferait au moins sourire. À la place, il fronça les sourcils et rougit.

Puis il déglutit visiblement.

— Eh bien, je demanderais bien une démonstration, mais… il y a le règlement.

J'inspirai profondément en le regardant dans les yeux. J'avais la tête qui tournait à cause de la tension qui montait entre nous. Était-il en colère ? Était-il ennuyé ? Comment le savoir ?

— Tes parents t'ont donc forcé à faire du piano, hein ?

Il haussa les épaules.

— Ça faisait bien sur le CV pour la fac, tout comme l'école privée et la participation à l'équipe d'aviron. Ils ont eu ce qu'ils voulaient. Je suis entré à Cambridge. J'ai détesté chaque seconde de ces deux années avant de me faire transférer à Berkeley. Mais bon, au moins je sais jouer du piano.

J'écarquillai les yeux et soudain toute la sympathie que j'avais ressentie pour lui s'était estompée.

— Au moins, les tiens t'ont soutenu pour aller à l'université. Tu devrais leur en être reconnaissant. Les miens ont dépensé mes économies mises de côté pour les frais universitaires, et je n'avais rien. Quand ce fut le moment d'étudier, ils m'ont dit de travailler dans le supermarché local et de suivre une formation professionnelle. Ils ont ajouté que c'était un gaspillage énorme pour une fille de faire de l'informatique, parce que c'est un domaine dominé par les hommes.

Il me regarda comme si une deuxième tête me poussait dans le cou.

— Qu'est-ce qui ne va pas chez tes parents ?

Je retins une remarque cinglante. *Combien de temps as-tu, mon vieux ?* Mais je fus encore plus irritée par la compassion visible sur son visage. Non, je n'avais pas besoin de compassion du Général Grognon en Chef. Pas maintenant.

— Comme tout enfant typique, je les ai ignorés, je me suis rebellée et je suis allée en informatique quand même.

Il cligna des paupières.

— Heureusement. Mais bon sang…

— Quoi qu'il en soit, l'interrompis-je avant que nous abordions des sujets dont je ne voulais pas parler, dont ma famille pourrie. Je ne suis pas un prodige de la musique ou quoi que ce soit, mais… je peux nous faire à manger. Je sais cuisiner un bon repas. Et tu es clairement affamé.

Il montra le frigo.

— Il n'y a rien à manger là-dedans.

Je contournai l'îlot central de la cuisine. C'était une pièce merveilleusement équipée, malgré l'âge de la maison, avec tous les conforts modernes. Je le poussai de mon chemin et il s'écarta de moi comme si je venais de lui donner une décharge électrostatique. En ouvrant le grand frigo, j'évaluai la situation pendant un moment. Il avait raison. Il n'y avait pas grand-chose. Quelques morceaux de fromage de qualité. Une demi-douzaine d'œufs. Quelques légumes qui étaient encore bons : un poivron vert, un demi-oignon, quelques champignons frais. Deux petites tomates. Une demi-brique de lait. Au moins, il achetait des ingrédients, même si je me demandais quand il avait le temps de cuisiner pour lui-même vu qu'il vivait encore plus chez Draco que moi.

Je commençai à rassembler des ingrédients et à former un menu.

— Aimes-tu les omelettes ? Je peux nous en préparer une.

— Euh, oui…

— Des œufs, du poivron, un peu d'oignon. Un peu de ce bon fromage. Je peux même la finir au four pour faire une frittata. As-tu des pommes de terre ? Et une grande poêle à frire ?

Il montra le cellier.

— Je crois qu'il y en a une ou deux là-dedans.

Je lui demandai de les attraper et de commencer à les laver et les peler pendant que je coupais les légumes. Il revint avec quelques pommes de terre qui avaient germé. On pouvait encore les utiliser.

Environ quarante-cinq minutes plus tard, je servis des morceaux épais et aérés de frittata fumante sur nos assiettes. Nous les posâmes sur la table de la cuisine.

Ce n'est qu'à ce moment-là que Lucas remarqua quelques-unes des modifications que j'avais opérées en emménageant. Au centre de la table se trouvait un petit cactus qui se dressait tout droit dans son pot. Je l'avais trouvé sur les marches à l'arrière de la maison avec quelques autres plantes en pot mal soignées.

Celui-ci ayant une signification spéciale, je l'avais ramené à l'intérieur. Je ne voulais pas manquer une occasion de tourmenter Lucas, pour être franche.

Le pot du cactus était encore entouré de rubans de Noël. Le fait que Lucas ait reçu cette plante lors d'un échange de cadeaux tirés au sort était entièrement ma faute. Il avait maintenant son propre « cactus domestique ». Je l'avais taquiné sans relâche au sujet de ce nouveau compère phallique. En fait, j'avais même donné un nom à sa plante grasse, au grand chagrin de Lucas.

Nous ne savions pas, lors de ce court séjour en chalet avec quelques amis du travail, que nous allions finir légalement mariés un mois plus tard. Qui aurait pu un jour prédire un avenir aussi insensé ?

Lucas dévisagea la plante, mais il ne sembla pas trop surpris de la trouver là.

— Ah, je vois que tu l'as trouvé.

— Tu as négligé le pauvre Kiki le Kictus.

Je lui fis un sourire cucul.

— Il ne faut pas ! Kiki est ton meilleur pote.

Il me dévisagea.

— Si tu ne venais pas juste de me faire à dîner, j'aurais été tenté de cacher Kiki dans tes draps pour te faire une jolie surprise piquante.

— N'y pense même pas, Jedi Boy. Maintenant, mange.

Il renifla son assiette.

— Ça sent très bon. Tu ne l'as pas empoisonnée, n'est-ce pas ?

Je me contentai de lui jeter un regard mystérieux. Il mangea une bouchée et s'adossa à sa chaise, apparemment stupéfait.

— Je suppose que je ne suis pas le seul à avoir des talents étonnants.

Je commençai à rire si fort que je faillis m'étouffer avec l'œuf.

— Ce n'est qu'une frittata. C'est très facile, comme tu l'as vu.

Il enfourna des bouchées à toute vitesse en parlant au milieu :

— Ton talent spécial est beaucoup plus pratique que le mien.

Il attendit un instant que je lève la tête, puis il agita les sourcils.

— Oh, et tu cuisines très bien aussi.

Je lui fis un sourire espiègle.

— Dommage que tu ne puisses jamais voir l'autre talent.

Ou bien le verrait-il ?

Bon sang… je devais arrêter de penser qu'il était canon quand il jouait au piano. Que sa vie chez lui semblait beaucoup plus organisée que la mienne. Qu'il était juste un peu plus âgé que moi et pourtant beaucoup plus doué pour être adulte.

Il fallait que j'arrête de penser à lui comme étant sexy. Et qu'il embrassait bien. Avec des mains aux longs doigts qui pouvaient bouger sur n'importe quel clavier comme je voulais qu'il les fasse bouger sur mon corps, sur ma peau.

En plus de ça, il était aussi un joueur de jeux vidéo accompli, comme c'était prouvé par son nom toujours présent en haut du classement de notre département. Alors il était sexy, accompli, un homme véritable qui savait à peu près décemment jouer à l'adulte et en plus de ça, il était tout aussi geek que moi.

Bon sang. Il était temps d'arrêter mes idées et de revenir à la réalité. Ceci était un mariage sans sexe comme nous l'avions décidé tous les deux… et nous allions rester ainsi. Malgré les circonstances nous forçant à vivre sous le même toit.

— Comment as-tu appris à si bien cuisiner ?

Je souris.

— Grâce à la chaîne Food Network. Je devais souvent cuisiner. Mes parents étaient rarement à la maison le soir et j'en ai eu assez de manger des surgelés et des restes.

Il hocha la tête.

— Je suppose que ce sera utile de savoir ce genre de petites choses l'un sur l'autre pour l'audition. Juste au cas où.

— Es-tu nerveux ? Au sujet de l'entretien ?

Il secoua la tête.

— J'ai fait des recherches. Je ne pense pas que les questions sont très dures. La première audition est très large et générale. Les questions du genre quel type de crème de visage utilise-t-elle, ce sont des choses dont on parle seulement dans les films. Je pense que nous nous en sortirons très bien. Nous nous connaissons assez bien et notre relation est documentée.

De mon côté, je commençais à sentir des brèches dans mon assurance au sujet de cet entretien. J'apprenais toutes sortes de nouvelles choses sur lui après avoir passé seulement quelques heures dans sa maison. Et si nous avions raté quelque chose ? J'avais cru bien le connaître avant tout ça. Bon sang, nous étions mariés depuis six mois, maintenant. Et je commençais seulement à découvrir de nouvelles choses.

— En outre, continua-t-il, maintenant que nous devons rencontrer mes parents demain soir, cet entretien sera facile en comparaison.

Ma fourchette claqua bruyamment sur mon assiette quand je la laissai tomber.

— Quand avais-tu l'intention de me l'apprendre ?

Il haussa les épaules.

— Ce soir. Je ne voulais pas te faire stresser. Il n'y a vraiment pas de raison d'angoisser.

Je clignai des paupières. Logiquement, il avait raison. Cela n'empêcha pas les papillons de tournoyer dans mon ventre.

— Je veux dire, dois-je apporter quelque chose ? Sommes-nous prêts pour ça ?

Il haussa les épaules de façon caractéristique.

— Habille-toi bien, c'est tout. Ils sont assez vieux jeu et le dîner de famille est un événement formel.

— Euh… oh. D'accord.

Le temps allait nous dire si nous pouvions être convaincants ou pas. Si cet entretien initial était un échec, ils allaient nous faire revenir pour d'autres questions sûrement plus difficiles.

J'écarquillai les yeux. Avant ça, j'avais beaucoup de révisions à faire au cours des deux semaines à venir. Et la rencontre avec les parents de Lucas allait être mon initiation.

Mon baptême du feu.

CHAPITRE CINQ
LUCAS

— ALORS, QU'EST-CE QUE ÇA VA ETRE, UN SIMULATEUR DE VOL ou un FPS ?

Hammer leva le gobelet en papier de café à ses lèvres, but une gorgée, puis le reposa.

Je le fixai de l'autre côté de la table, ayant levé la tête de mon papier encore vide, sur lequel il devait y avoir mes notes de nos idées de brainstorming. Sauf que jusque-là, il n'y avait pas eu grand-chose. Et pas d'idées pour le jeu qui allait me faire devenir le premier directeur de la toute nouvelle section de réalité virtuelle de Draco.

Je fis tourner le stylo dans ma main et je m'adossai à ma chaise. Les postes de travail alentour dans le Repaire étaient tous vides. Il n'y avait que lui et moi à la table de la mêlée, comme nous l'appelions. Et un stylo et une feuille blanche entre nous.

— Il est vrai que les deux formats sont idéaux pour une interface de réalité virtuelle, répondis-je d'un ton neutre.

Aucune de ces idées ne m'enthousiasmait, même si elles étaient logiques.

Hammer hocha la tête.

— Eh bien, je peux te donner des conseils pour les deux. Je suis entraîné au combat et je suis pilote.

— Ce sont exactement les raisons pour lesquelles je t'ai demandé de l'aide. J'apprécie vraiment, mon vieux.

Je lui jetai un coup d'œil et je m'agitai sur ma chaise.

— Mais je cherche une idée qui va les impressionner. Quelque chose de différent et d'unique.

— Et de faisable, dit-il en hochant la tête. Il te faut vraiment annoncer quelque chose qu'il est possible de produire. Adam Drake un génie de la programmation et des jeux. Si tu vas lui présenter des châteaux en Espagne, il va le voir immédiatement.

Je frottai le nœud de tension qui était soudain apparu dans ma nuque et je regardai le plafond.

— Je sais… c'est pour ça que j'ai du mal.

— Eh bien, il y a Battle Royale, qui est le plus célèbre des FPS en réalité virtuelle. Nous pourrions essayer de jouer avec ce format. Peut-être plus de joueurs en même temps, ou un mode scénario, ou…

Je griffonnai ces suggestions avant de laisser tomber le stylo qui roula sur le bloc-notes.

Hammer fronça les sourcils.

— Veux-tu faire ça une autre fois ? Tu sembles distrait.

Je le regardai à nouveau en me redressant après mon découragement.

— Non, ça va. Merci beaucoup d'être venu m'aider.

Il eut un sourire en coin.

— Je suis un grand fan de jeux vidéo, particulièrement des produits de Draco. J'avais le temps. Et je dois admettre que j'espérais découvrir un peu mieux l'endroit.

Je me levai.

— Je peux faire ça. En fait, une promenade pourrait faire circuler le sang et les idées.

Une fois de plus, j'accompagnais un astronaute à travers les couloirs du campus de Draco. Sauf qu'aujourd'hui, je l'avais pour moi afin de faire appel à ses lumières, pour ce que ça pouvait me servir.

— J'ai appris que tu venais de te marier. Félicitations, dit-il.

Je levai les sourcils de surprise. Ça me semblait étrange d'entendre cela de la part d'une personne que je connaissais à peine. Encore plus étrange que de l'entendre de mes amis les plus proches. Je ne savais pas trop pourquoi. Ça me semblait à peine réel… surtout parce que ce n'était pas le cas. Et je ne m'étais pas mentalement préparé à devoir traverser tout ce jeu de rôle douloureusement gênant.

— Oui, merci. Voici donc la salle des idées.

Je le conduisis devant une pièce qui n'avait pas de fenêtre ouverte sur le monde extérieur en dehors d'une toute petite dans la porte. Je ne pouvais pas le laisser entrer. Pendant les heures de bureau, la salle était utilisée pour le travail de groupe. Mais quand elle n'était pas occupée, les portes étaient ouvertes pour que n'importe quel employé écrive sur les murs ou affiche des notes avec des idées productives pour les jeux ou pour une meilleure gestion de l'entreprise. Une fois par mois, les idées étaient imprimées, rassemblées et présentées aux directeurs sous une forme résumée. À partir de là, je ne savais pas du tout ce qu'ils en faisaient. C'était sans doute archivé dans les poubelles.

En tout cas, aucune de mes idées n'avait vu le jour. Pour l'instant. Il y avait une première fois à tout.

Ce nouvel emploi pouvait être mon occasion de faire enfin la différence.

Hammer jeta un coup d'œil à travers la fenêtre dans la salle des idées.

— Dois-je payer un pot-de-vin pour entrer afin de lire tout ça ? Peut-être ajouter quelques notes de ma part ?

Je ris.

— Les visiteurs peuvent soumettre leurs idées par l'intermédiaire du site Internet de l'entreprise. Il y a une page entière et un formulaire pour ça.

Nous traversâmes vite les zones les plus ennuyeuses : des postes de travail, des boxes, des zones comme les ressources humaines, la gestion des risques, etc. Mais l'entrepôt... c'était là que commençaient les choses intéressantes avec l'équipement expérimental et les prototypes.

— Alors, ta nouvelle femme est la jolie rousse qui a aidé à nous montrer les lieux ? demanda-t-il plus tard, avant d'ajouter en riant : Kirill va être dégoûté.

Le cosmonaute russe qui l'avait draguée ? Eh bien, tant mieux. Ce type était bâti comme un chêne. J'aurais pu être bêtement tenté de le frapper pour avoir flirté de façon si évidente avec Kat pendant la visite. Ce type en avait dans le pantalon, c'était certain.

— Je doute qu'il ait des problèmes pour trouver des femmes célibataires volontaires, fut tout ce que je dis.

Comme d'habitude, je ne fis rien pour révéler les tendances violentes de mes pensées concernant le sujet. Oui, je pouvais m'imaginer lui fracasser la tête comme un melon chaque fois qu'il la reluquait, mais ce n'était pas très productif.

— Et que penses-tu d'opérations secrètes ou des forces spéciales ?

Je changeai le sujet pour revenir à ce dont nous parlions avant : mon nouveau projet.

— Une variante du format FPS. Au lieu de courir partout en tirant sur qui on veut, comme dans Battle Royale, il pourrait s'agir d'agents secrets parmi les alliés. Il faudrait découvrir qui sont les agents ennemis.

Il hocha la tête.

— Ce n'est pas une mauvaise idée. Cependant, je n'y connais pas grand-chose en opérations secrètes. Noah est un grand fan de DE, lui aussi. Et il a été dans le régiment des Rangers de l'armée. Il pourrait t'aider.

Je me grattai le menton et je réfléchis à cela, puis nous sortîmes l'équipement de réalité virtuelle pour un court jeu de FPS. Naturellement, il gagna.

— Je ne sais pas quel pistolet ces armes virtuelles sont censées imiter, mais je tire encore plus mal avec ça qu'avec les vrais, dit-il en riant. Il y a une raison pour laquelle je suis allé directement en école de pilote d'essai en sortant de l'Air Force Academy.

Je ris pendant que nous enlevions nos casques, nos lunettes et nos gants.

Il me jeta un regard en coin.

— C'est pas évident, le mariage. Particulièrement quand on travaille ensemble.

Il soupira.

Mon vieux. Dis-moi quelque chose que je ne sais pas déjà.

— Depuis combien de temps es-tu marié ? demandai-je, essayant surtout de contourner le sujet.

Il semblait assez ouvert à la discussion et il était important de créer du réseau. J'avais intérêt à jouer le jeu tant que les choses ne devenaient pas trop personnelles. Hammer était un type sympa et je voulais sincèrement apprendre à le connaître. Il était peut-être mon atout pour imaginer un nouveau jeu excitant avec cette nouvelle plate-forme.

— J'ai *été* marié. Au passé. Le début, c'est là que c'est sympa. Ce qui vient après…

Il haussa les épaules d'un air triste.

— As-tu des conseils pour un novice ?

Je n'avais pas envie de lui faire savoir que je n'étais pas un véritable novice. Ma première expérience avait été courte et douloureuse et je choisissais en général d'ignorer cette partie de mon passé. Elle m'avait cependant appris une chose. Le mariage — le véritable mariage, pas cette farce — n'était vraiment pas fait pour moi.

Heureusement que Kat et moi nous nous comprenions : nous savions que ceci n'allait pas durer. Nous n'avions même pas le temps de le faire foirer.

Hammer inclina la tête d'un air pensif, le visage très sérieux. Je me sentis presque coupable.

— Il faut se donner de l'espace, particulièrement quand on rentre du travail après une longue journée où on s'est vu dans des circonstances stressantes. Laisse-la simplement respirer.

— Ton ex est aussi astronaute ?

Il secoua la tête.

— C'est une scientifique, mais nous étions dans l'Air Force ensemble avant que j'entre à la NASA. Avant…

Il s'interrompit, plissa les paupières à cause de quelque chose qu'il était le seul à voir, puis il haussa les épaules.

— Avant que nous nous séparions.

Je fronçai les sourcils. Il avait une façon étrange de parler de son ex. Je m'étais attendu à de l'amertume ou de la négativité, mais il n'y en avait pas.

— On dirait que vous êtes en bons termes. Êtes-vous encore amis ?

Il secoua la tête.

— Je ne l'ai pas vue depuis des années. J'entends seulement dire des choses… Le monde militaire n'est vraiment pas très grand.

Nous passâmes une autre demi-heure environ à échanger des idées dans l'entrepôt et j'eus assez de matière pour remplir une demi-page de notes.

On se mit d'accord pour se revoir quand il en aurait le temps. Puis ce fut l'heure de rentrer chez moi et ma p'tite femme et de voir ce qu'elle avait fait de la maison…

Connaissant cette rousse exaspérante, ça ne présageait rien de bon.

Chapitre Six
Katya

Ma chambre d'amis n'était pas si mal : il y avait un lit queen size avec un surmatelas moelleux qui me donnait l'impression de dormir sur un nuage. Il était si confortable que ça ne m'ennuyait pas de délaisser mon matelas double debout contre le mur d'une des chambres vides. Il me fallut une minute pour me souvenir où j'étais quand j'étirai les bras au-dessus de ma tête et que je heurtai la tête de lit en bois sculpté. Je l'examinai jusqu'à ce que ma vue devienne nette et je me raclai la gorge.

Lucas avait vraiment le sens des belles choses. De tout ce qui était joli. Il y avait une véritable esthétique à laquelle je ne m'étais pas attendue dans cette maison. Ce n'était pas tape-à-l'œil ou ridicule. Il ne s'agissait pas de murs blancs vidés de tout en dehors de l'électronique et des canapés en cuir, comme dans l'appartement pour célibataire habituel.

J'avais l'impression qu'il avait mis du temps et de la réflexion pour tout assembler. Il avait bon goût. La maison elle-même était magnifique et son histoire était assez rare dans la région. Et il avait rempli la belle maison d'objets tout aussi beaux.

Peut-être avait-il eu une ancienne petite amie pour l'aider avec la décoration ? Mmm. J'allais devoir lui poser la question.

Mais comment le savoir avec Lucas ? Je n'aurais sans doute pas de réponse franche sans une bonne dose de dédain.

Je tendis le bras pour attraper mon téléphone, comme c'était mon habitude quand je me réveillais, afin de voir les mises à jour, les textos et les nouvelles. La première chose que je remarquais fut un texto de Lucas me disant qu'il était parti pour quelques heures et qu'il revenait dans l'après-midi. Il me souhaitait bonne chance pour déballer mes affaires.

J'aurais pu rester au lit, profitant du confort pendant encore une heure ou plus. Mais je fus interrompue par un chien. Apparemment, Max savait comment ouvrir la porte à coups de tête et il s'approcha du lit. Il posa sa truffe contre moi, insistant pour que je lui témoigne de l'affection.

Je le caressai un moment en lui grattant l'oreille, ce qui le fit grogner d'approbation. Mais chaque fois que j'essayais de retirer ma main, il rapprochait son gros nez de chien noir, le glissant sous ma main avec insistance. Apparemment, j'étais une cible de choix pour lui faire des caresses pendant que j'étais allongée et à portée de truffe. J'avais donc un réveil poilu au cas où les autres formes de réveil ne suffisaient pas. Bon à savoir. Je poussai un grognement et je sortis du lit avant de traverser le couloir vers la salle de bains. Heureusement, Max ne savait pas comment ouvrir cette porte-là à coups de tête. Je n'aurais pas supporté ce niveau d'interférence canine.

Il était temps de me bouger et de déballer mes affaires. C'était dans la cuisine qu'il avait le plus besoin d'aide. Il avait des appareils magnifiques, mais il n'était clairement pas quelqu'un qui cuisinait pour lui-même. Pas beaucoup de casseroles, de poêles, ni même de choses comme des spatules et des cuillères en bois. Comme j'en avais une assez grande quantité, je vidai mes cartons de cuisine pour remplir ses comptoirs en marbre vides.

Après ça, je choisis de sortir mon équipement électronique, quelques affaires personnelles pour ma chambre, quelques souvenirs, et mes vêtements. Je n'allais pas rester longtemps ici, de toute façon. N'est-ce pas ?

Pour le petit-déjeuner, je cherchai vainement des sachets de thé, puis je laissai tomber et je me préparai un de café dans l'appareil chic de Lucas. Pour manger, j'attrapai une banane. Ensuite, toujours en pyjama et robe de chambre, je commençai à trier les cartons en décidant de ce que j'allais stocker dans le placard de la chambre vide et de ce que je pouvais sortir.

J'avais volontairement ignoré les notifications et ma messagerie, ainsi qu'un flot continu de messages demandant pourquoi je n'avais pas fait de streaming en live sur Twitch depuis des jours. J'avais posté des messages partout sur ma chaîne avant de débrancher mon équipement et de l'emballer pour le transport. Malgré tout, mes abonnés réclamaient le Coin de Perséphone, avec dans le rôle principal, moi-même, l'incroyable gameuse.

Parfois, c'était pénible d'être si fabuleuse. Mais seulement parfois.

J'avais un groupe assez restreint d'abonnés, mais ils étaient férocement loyaux et regardaient régulièrement ma chaîne. Ils aimaient mes commentaires sarcastiques et mes ragots et bavardages. La plupart préféraient mes conseils amusants et mes commentaires sur les jeux auxquels je jouais... et je jouais bien. Je ne pouvais pas me plaindre. Sur Twitch, je recevais des dons et des adhésions ainsi qu'un petit supplément pour les publicités qui apparaissaient lors de ma diffusion. Je me faisais un joli complément de salaire grâce au streaming de mes jeux, au grand désarroi de plusieurs collègues jaloux.

Bien sûr, je ne diffusais aucun streaming du jeu Dragon Epoch. Cela aurait mis mon emploi en péril. Aucun de mes abonnés ne savait même que j'étais employée chez Draco, car c'était une information top secrète.

Étant donné que la chaîne avait été coupée depuis plusieurs jours, je me sentis obligée de leur fournir une forme de contenu. J'eus soudain une idée : pourquoi ne pas faire un live pendant que j'installais tout dans la nouvelle pièce ? Si je branchais d'abord mes caméras et le micro, je pouvais alors parler à mes abonnés et filmer la préparation de l'équipement et l'organisation de la pièce. De cette façon, mes abonnés auraient la preuve de mon travail en cours et j'aurais quelque chose à diffuser, même si mon matériel n'était pas encore prêt pour jouer.

Avant ça, je me promis de commencer la journée avec un peu de yoga pour me débarrasser des douleurs musculaires causées par le déménagement. Sans parler du besoin de soulager le stress après les événements de la semaine passée ! J'enfilai mon legging vert et bleu vif avec mon débardeur noir et je fis toute une vidéo d'une heure de ma prof de yoga préférée sur YouTube.

Me sentant dynamisée et pleine d'enthousiasme pour commencer cette nouvelle partie de ma vie, je me rendis dans la pièce vide que Lucas m'avait proposé d'utiliser. L'autre chambre était son repaire avec tout son équipement de musculation : des poids, des haltères et un énorme rameur qui avait l'air très coûteux. J'essayais de ne pas passer trop de temps à imaginer ses bras musclés se gonfler pendant qu'il l'utilisait. *Mmm.*

Pour le streaming d'aujourd'hui, comme j'allais bouger des cartons et de l'équipement, je choisis d'utiliser mon micro sur casque audio. Comme j'étais une pro aguerrie, je parvins à installer mon bureau et mon ordinateur en moins de trente minutes. Puis j'installai mes deux caméras : une sur mon écran et une GoPro en hauteur de l'autre côté de la pièce.

J'entrai les informations de connexion au Wi-Fi de Lucas — qu'il m'avait déjà fournies — et c'était parti. La petite lumière verte s'alluma, indiquant que j'étais à nouveau en streaming live.

En reculant par rapport à l'écran afin de montrer tout mon corps devant la webcam, je souris en saluant de la main.

— Salut tout le monde ! *Surprise !* Votre chef suprême diabolique, Perséphone, est revenue bien plus tôt que prévu. Je commence à m'installer dans ma nouvelle piaule. Vous aimez ?

J'ouvris les bras et je tournai sur moi-même en montrant la pièce spacieuse.

— C'est agréable et grand et plein de possibilités.

Après m'être aperçue à l'écran, j'enlevai une mèche de cheveux de mon visage.

Puis je me mis au travail en ouvrant des cartons et en les vidant. Je branchai des câbles et je connectai les périphériques — les manettes, les lumières, les haut-parleurs — tout en bavardant.

Je parlai de toutes les différentes composantes de mon matériel, qui était exactement le même que ce que j'avais installé dans un coin de ma chambre quand je me filmais chez Heath.

— Alors, de quoi étais-je en train de parler ? papotai-je après avoir été distraite par la réaction surprenante sur le chat. Mes abonnés étaient extrêmement enthousiastes de me revoir en direct ! Je vis arriver de nouveaux dons et le décompte des abonnés grimpa rapidement.

— Ah oui, je parlais de ma dernière obsession, Covert Ops. J'ai pu tester ce jeu d'opérations secrètes au dernier salon E3 et sa sortie me tarde. Plus que dix jours et on pourra le télécharger sur Steam !

Je me retournai et j'ouvris le petit carton sur lequel était écrit « manettes de jeux ». J'en avais de toutes sortes, à vrai dire : Thrustmaster, paddles, volant, joystick à l'ancienne, émulateur de PlayStation, manettes pour Xbox et pour utiliser la réalité virtuelle. Je les gardais toutes organisées sur leur propre support, prêtes à être utilisées quand j'en avais besoin. Je devais également mettre en place ma PlayStation et ma télé à écran plat. Je fis tout cela en parlant à mon public invisible d'Internet et sans jouer à un seul jeu.

Je n'avais pas le temps de lire le chat, mais je voyais depuis l'autre côté de la pièce que c'était une journée exceptionnelle pour les nouvelles inscriptions. J'avais récupéré plusieurs centaines de nouveaux abonnés en cette seule matinée. Qui aurait pu croire que regarder quelqu'un installer son matériel pouvait être aussi intéressant ?

— Certaines de mes suggestions pour l'installation de votre écran ont un rapport avec l'ergonomie, bien sûr. Il faut faire en sorte de ne pas devoir étirer le cou ou causer une inflammation du coude, ou...

Soudain, la porte de la chambre s'ouvrit et Lucas entra si vite que je ne vis qu'un mouvement flou. Il tenait quelque chose dans ses bras. Je me tournai vers lui en posant les mains sur mes hanches.

— Que...

Mais il se plaça entre la caméra et moi et il jeta une couverture sur ma tête en l'enveloppant rapidement autour de moi. *Qu'est-ce que... ?*

Je trébuchai en arrière en poussant un cri et je tombai sur les fesses, la couverture obscurcissant tout. Crétin ! Ce n'était pas une bonne blague.

— Lucas, espèce de débile ! criai-je avant de me rendre compte qu'il parlait.

Et ce n'était pas à moi qu'il s'adressait.

— Vous autres petits cons impolis feriez mieux de vous branler sur PornStop et de laisser *ma femme* tranquille.

Je me débattis sous des couches de couverture pour me libérer de mon oppression soudaine. J'allais lui casser la figure.

Je sortis la tête à temps pour voir qu'il avait jeté un pull sur la caméra. Maintenant, il cherchait le bouton pour couper ma vidéo.

— Lucas ! criai-je encore en me relevant, non sans donner un coup de pied rageur dans sa stupide couverture. Qu'est-ce que tu fabriques ?

— Tout d'abord, je coupe cette connerie. Puis, dès que je le pourrai, j'irai chasser quelques adresses IP et faire payer certains petits crétins excités.

Je m'approchai de lui. Il était penché au-dessus de mon clavier sur lequel il tapait furieusement. Waouh. Le chat défilait à toute vitesse et les commentaires de Lucas étaient écrits en toutes majuscules.

Malgré tout, les abonnements continuaient à arriver… ainsi que les dons. J'en vis apparaître à l'écran pendant que j'étais là à essayer de rassembler mes esprits.

LuvNichons (.)(.) a fait un don de 10,00 $. [S'il te plaît, reviens, jolie dame !]

J'écarquillai les yeux, complètement perdue. Lucas était encore en train de frapper furieusement les touches du clavier, les dents serrées, le visage tendu par la colère. Il ne m'avait toujours pas dit un mot depuis qu'il avait interrompu ma diffusion.

Mais le ton de ce chat était… beurk. Rempli de commentaires sur l'apparence de mon cul et de mes seins dans ma tenue de yoga. Mes abonnés étaient constamment en train d'envoyer des messages à leurs amis pour venir voir la dernière gameuse canon. Des tonnes de gens affirmaient qu'il leur tardait de voir mes vidéos habituelles. Ils étaient nombreux à supposer que j'étais une novice n'ayant encore jamais fait ça et que j'avais eu recours à mes atouts physiques pour obtenir de l'audience.

Oui, c'était dégoûtant. Il y avait des chaînes de ce genre, mais la mienne n'en faisait pas partie.

— Attends, c'était quoi, ça ? dis-je en montrant la vignette d'une photo que quelqu'un avait postée dans les commentaires.

Lucas cliqua dessus pour élargir la capture d'écran. Je me penchai tout près.

— Qu'est-ce que… ?

Je fronçai les sourcils et j'inclinai la tête sur le côté.

— Ce sont tes seins, apparemment, dit-il d'une voix traînante.

Et il avait raison. Dans toute leur gloire, de très près. Une photo parfaite de mon décolleté quand je me penchais devant la caméra pour m'occuper du micro. J'avais été bien trop concentrée sur le fait de parler et d'installer mon matériel. Je n'avais absolument pas pensé que je portais encore ma tenue de yoga ni de l'apparence que j'avais à l'écran.

Il grimaça et cliqua sur une autre image pour l'élargir.

— Et voici plusieurs photos de ton cul. Sur celle-ci, on dirait que tu cherches quelque chose au fond d'un gros carton sur le sol.

La caméra avait capturé mon angle le plus populaire, apparemment, puisque mon derrière était en gros plan et au centre de la photo.

Je me penchai pour lire la légende : *Ce cul !*

Je me sentis rougir dans le cou et j'eus la gorge serrée en déglutissant. Je regardai Lucas.

— Je, euh, je suppose que je n'ai pas réfléchi à ma tenue.

Il cligna des paupières, le visage rougi par une colère à peine contenue.

— Il existe beaucoup d'enfants pubères dégoûtants, à la fois physiquement et émotionnellement. Il vaut mieux que tu ne lises pas le chat.

Alors, mon regard se posa bien sûr immédiatement sur la fenêtre du chat. Avant qu'il puisse poser la main dessus pour m'en empêcher, je vis quelqu'un traitant Perséphone de nouvelle arrivée dans les « Camgirls de Twitch TV ».

Je reculai en fronçant les sourcils de dégoût.

— Quel tas de conneries !

Je n'étais pas obligée de me servir de vêtements moulants et de montrer mon décolleté pour obtenir de l'attention. Si ça fonctionnait pour d'autres, aucun problème, mais ce n'était vraiment pas mon style.

Le visage de Lucas était rouge et sombre de colère évidente quand je m'avançai vers la souris et que je cliquai pour fermer la fenêtre.

Il se raidit avant de se tourner vers moi.

— Ces idiots dégueulasses étaient en train de fantasmer au sujet de parties de ton corps qu'ils voulaient couvrir de leur sperme.

Je fronçai le nez.

— Beurk. Quels petits cons dégoûtants !

Certains des gamins qui jouaient en ligne pouvaient devenir particulièrement cochons quand ils étaient abrités par leur anonymat. Et le sexisme dans la communauté des jeux vidéo était réel. Il était possible que ma performance ait gâché une partie de ma crédibilité en tant que véritable gameuse.

Eh bien, tant pis, au moins le streaming était un à côté et pas mon travail à plein temps.

Lucas se redressa au-dessus du clavier et il se tint face à moi, tout raide. Son déplaisir évident me fit me sentir un peu gênée.

— J'ai fait du yoga juste avant et j'ai eu l'idée de filmer mon installation. C'est pour cette raison que j'étais habillée ainsi.

Il secoua la tête.

— Tu aurais dû avoir plus de jugeote, Kat. Tu devrais également connaître les dangers que doivent affronter ceux qui font du streaming en ligne. Des spectateurs appellent des équipes du SWAT chez les vidéastes juste pour le ou la voir se faire surprendre par une équipe d'intervention en direct sur Internet. C'est dangereux. Et je ne parle même pas des harceleurs.

Je fronçai les sourcils.

— C'est une toute petite erreur que je ne referai plus, mais je ne vais pas diminuer mon streaming par peur. Ce qui est certain, c'est que je ne porterai plus mes affaires de yoga, même si ça a été une journée exceptionnelle pour les nouveaux abonnés.

Je lui tirai la langue et il leva les yeux au ciel en quittant la pièce.

Malgré toute l'irritation en surface, je lui étais reconnaissante qu'il soit venu à toute vitesse et qu'il m'ait arrêtée. Je ne savais pas du tout qu'il me suivait sur Twitch. Il avait sûrement reçu une notification annonçant que je faisais une diffusion pendant son trajet jusqu'à la maison et il s'était rendu compte de ce qu'il se passait. Ça aurait pu continuer pendant encore une heure s'il n'y avait pas mis fin.

Heureusement qu'il était venu.

Une fois dans le salon, je me tournai vers lui.

— Je n'ai pas besoin d'utiliser ma poitrine et mon cul pour obtenir des abonnés et des dons. Je suis moi-même sur ma chaîne : une gameuse drôle et excentrique. Je ne cherche pas à me faire belle et je ne porte pas de soutiens-gorge push-up.

— Dis-moi que tu n'es pas naïve au point de penser que chacun de tes abonnés est là pour ta façon de jouer et non pas pour ton apparence.

Je me tournai vers lui, les mains sur les hanches.

— Et quelle est donc mon apparence, Lucas ?

Je faisais aussi bien de l'affronter sur ce terrain, non ? Il fronça les sourcils et dévisagea lentement ma silhouette. La façon dont il me regardait n'était pas obscène ou lubrique, mais cela me réchauffa néanmoins comme un contact très léger. Je découvris que je voulais qu'il me regarde, qu'il me remarque.

J'agitai une main devant ma poitrine.

— Est-ce tout ce que je vaux ? Mon visage, mes nichons, mon cul ?

Il écarquilla les yeux.

— C'est exactement le contraire. Mais le fait que ces petits merdeux excités ne voient que ça et pas ton véritable — et considérable — talent me met hors de moi.

Je soupirai.

— Tu comprends donc ce que c'est que d'être une femme dans la communauté des jeux vidéo. Nous sommes constamment traitées comme des objets et nos compétences sont remises en question. Les gens supposent que la seule raison pour laquelle nous progressons, c'est parce que nous utilisons volontairement notre corps et notre physique pour remplacer les véritables compétences.

— Eh bien, tu sais que je ne pense pas ça. Cependant, ne pas admettre que ton physique joue un rôle est hypocrite. Tu es bien trop…

Il s'interrompit, rougissant comme si ce qu'il allait dire était trop gênant à admettre.

Je le fixai, dans l'expectative. Il cligna des paupières, puis il retourna mon regard pendant un long moment de tension.

Puis il s'éclaircit la gorge.

— J'ai toujours l'intention de trouver ces petits merdeux et d'infecter leurs appareils avec des virus indétectables.

Malgré tout, un sourire étira les coins de ma bouche. Son côté protecteur envers moi était assez attendrissant. Cela me fit presque — presque — oublier son affirmation selon laquelle mon apparence jouait un rôle dans ma popularité en ligne.

Je supposai qu'il était naïf de penser le contraire. Et il ne cherchait pas à me pointer du doigt ou à trouver un défaut. Il affirmait simplement un fait. Si ses croyances s'alignaient sur celles des stupides petits *incel* misogynes des jeux vidéo, alors je l'aurais su depuis longtemps.

— Tu essaies juste de faire la paix pour que je ne te fasse pas honte devant tes parents ce soir.

Cela le fit sourire.

— Porte simplement une jolie robe et sois aussi polie que possible, et tu t'en sortiras intacte.

Je levai un sourcil en réfléchissant à cela.

— Ils me paraissent très vieux jeu.

— Tu n'imagines même pas.

Je lui jetai un regard suspicieux, profondément consciente qu'il y avait d'autres choses qu'il ne me disait pas à son sujet, sur sa famille et sur la soirée en général.

— À quel point dois-je bien m'habiller ?

Il regarda sa montre.

— Comme pour les grandes occasions.

Ah.

— Eh bien, j'ai la robe que j'ai portée au mariage d'Adam et Mia. Elle est chic pour les îles.

Il leva les sourcils.

— Ce qui signifie ?

Je me redressai.

— Eh bien, elle est très jolie et elle est adaptée au beau temps. Il fait bon aujourd'hui, alors je n'aurai pas froid. Et elle est assez élégante en ce qui me concerne.

Il haussa les épaules.

— Si elle est jolie et qu'elle te plaît, alors porte-la.

Je fis semblant de souffler d'irritation et je commentai d'un ton sarcastique :

— Je suis ravie d'avoir ton approbation.

Soudain, un afflux de nervosité monta en moi. Son côté sceptique et son comportement mystérieux me donnaient l'impression que j'avais intérêt à ne pas merder.

Son sourire s'élargit.

— Ne va pas trop vite. Je ne t'ai pas encore vue avec.

J'avais un peu plus de trois heures avant de devoir partir. Dans des circonstances normales, cela voulait dire que j'avais au moins deux heures de trop pour me préparer. Pourtant, ce qu'il avait dit me rendit si nerveuse que je mis plus longtemps à me préparer que d'habitude. Je passai du temps supplémentaire sur mon maquillage, appliquant mon eye-liner d'une main légèrement tremblante. Allaient-ils voir que je n'achetais pas mon maquillage d'une marque connue dans un magasin chic ?

Je passai également du temps sur mes cheveux, les brossant jusqu'à les faire briller. Ils tombaient bien plus bas que mes épaules, environ à la moitié de mon dos. Il fallait que je les fasse couper depuis un moment et je m'inquiétais soudain qu'ils les regardent de près et qu'ils voient les pointes abîmées. Je choisis de sortir mon fer à friser — que je n'avais pas utilisé depuis le mariage susmentionné — d'un carton étiqueté « salle de bains ».

Enfin, chaque boucle méticuleusement prévue fut stratégiquement mise en place. Après quelques coups de pince à épiler sur les sourcils et le meilleur maquillage que je puisse faire, j'étais prête à enfiler la robe.

Heureusement, je l'avais immédiatement accrochée dans une protection en plastique après l'avoir amenée au pressing. Elle était donc prête à enfiler. La robe avait des bretelles et elle était faite en une sorte de soie brillante d'une couleur bleue glacée délicate. Je l'avais prévue de cette façon : c'était pour me rendre à un mariage d'hiver, même alors que nous étions au milieu de la météo caribéenne de trente degrés. Ça ne m'avait pas tellement donné l'impression d'être l'hiver, mais je voulais marquer le coup de cette magnifique union du Nouvel An de cette façon.

De plus, cette couleur était vraiment belle sur ma peau. Elle me donnait une apparence lumineuse, de porcelaine. J'étais pâle, à la fois à cause de l'ADN et du pays de ma naissance. Et vivre quelques années en Californie n'avait servi qu'à me le rappeler. Le soleil de Californie du Sud pouvait brûler la peau de toute personne qui n'y était pas habituée. L'utilisation de crème solaire était une religion ici. Avec ma peau, je devais faire particulièrement attention.

Je mis plus de deux heures à me préparer, ce qui était une nouveauté pour moi. Une fois prête, je glissai mes pieds dans des sandales brillantes à talons hauts.

Me sentant comme une princesse, je gloussai devant le miroir. M'habiller de cette façon était si rare que c'était presque agréable. Je n'étais pas garçon manqué au point de ne pas aimer être une jolie fille féminine de temps en temps. Mais pas plus que de temps en temps. Faire ça tous les jours était bien trop fatigant. Et d'un ennui mortel aussi, pour être franche. Je passais rarement plus d'une demi-heure en gestes beauté, essentiellement parce que ça ne m'intéressait pas.

Mes talons résonnèrent sur le parquet quand je longeai le couloir jusqu'au salon. J'avais quelques minutes d'avance, espérant battre Lucas qui était très pointilleux sur la ponctualité, ce que je savais grâce au travail. Il avait compté le temps de trajet, l'heure à laquelle il voulait arriver, et il m'avait donné une heure à laquelle je devais être prête.

Et me voilà, avec cinq minutes d'avance en espérant être la première. Mais non, il était déjà là, se tenant près de la porte en regardant son téléphone.

Je ne pouvais pas vraiment être discrète alors que mes chaussures faisaient autant de bruit sur son plancher qu'un chevreau galopant. Je m'arrêtai quand même en entrant, parce que…

Parce qu'il était si terriblement canon que ça me coupa le souffle.

Lucas portait un costume gris anthracite et une chemise gris plus clair. La seule touche de couleur de toute sa tenue venait d'une cravate en soie bleu profond. Mais, waouh ! Je ne l'avais encore jamais vu en costume. Tous les employés du Repaire portaient des vêtements décontractés au travail et à la plupart des événements professionnels.

Ce costume était taillé pour lui aller parfaitement. Il accentuait sa silhouette musclée. Ayant fait de l'aviron à la fac, il avait un buste bien développé tout en gardant un certain poids pour l'équipe. Il se maintenait apparemment en forme avec son rameur, malgré le travail très prenant. C'était impressionnant. Mon regard glissa le long de sa silhouette, de la tête aux pieds. Je m'étais demandé plus d'une fois de quoi il avait l'air sous ses vêtements. Et puis je m'étais reproché de ne pas rester professionnelle à cent pour cent, même dans mes pensées.

Je me raclai la gorge.

— Tu es très beau, dis-je avec un petit sourire.

La façon dont il me regardait m'indiquait que je n'étais pas la seule à ne pas rester à cent pour cent professionnelle…

Chapitre Sept
Lucas

J'ETAIS PRET A CE QU'ELLE SOIT CANON. KAT ETAIT TOUJOURS canon, sans même essayer. Mais je n'étais pas tout à fait prêt à ça. Elle était...

Je fis défiler une myriade de possibilités dans ma tête, depuis la plus basique à la plus lyrique : splendide, radieuse, épatante, ravissante. Belle. Sa robe était courte, arrivant jusqu'à mi-cuisse, et elle moulait ses formes. Un bleu clair scintillant avec des accents argentés. Elle mettait parfaitement en valeur son teint et sa couleur de cheveux. Le haut du bustier était maintenu par des bretelles fines sur ses épaules pâles. Elle avait un décolleté plongeant, montrant à peu près autant que ce qu'elle avait révélé par mégarde à son public de joueurs en manque ce matin-là.

Je repoussai vite cette pensée avant que l'irritation ne reprenne le dessus. Ses magnifiques cheveux roux brillaient contre la couleur de sa robe, se déversant sur ses épaules en boucles épaisses. Je n'avais encore jamais vu cette couleur de cheveux sur une personne et au début, j'avais été convaincu que ce n'était pas sa teinte naturelle. Ce ne fut que quand je remarquai que ses sourcils et ses cils, quand elle ne portait pas de mascara, étaient de l'exacte même couleur, que je me suis dit qu'elle était une rousse naturelle.

Cela lui donnait une apparence fantastique, comme un de ces elfes mystérieux et éthérés de notre jeu de Dragon Epoch. Comme une fée venant des profondeurs d'une forêt obscure et qui maîtrisait la magie de la nature et était aussi sauvage et aussi puissante que la terre et les arbres qui l'entouraient.

Mon regard se posa sur son décolleté. La robe mettait en valeur tous ses superbes atouts.

Et il s'agissait d'atouts incroyables et parfaits. Les courbes rondes de ses seins, l'éclat de sa peau signalaient une douceur crémeuse qui ne demandait qu'à être touchée. Et avec une saveur si douce que j'avais envie de goûter. J'étais obsédé par l'idée de faire courir ma langue à cet endroit, le long de cette vallée soyeuse, de ces crêtes moelleuses. Au-dessous de ma ceinture, les choses devinrent soudain inconfortables, étriquées comme un nœud bien serré. J'étais dur comme un roc à l'idée de la toucher et de goûter. Je serrai mon téléphone avec tant de force que je faillis le faire tomber.

Elle avait cette apparence-là… et je devais la partager avec ma famille ce soir.

Ce qui était sans doute une bonne chose, car j'étais extrêmement tenté de faire quelque chose de très agréable, mais que j'allais regretter plus tard. J'avais déjà supporté la conclusion merdique d'un mariage horrible une fois. Pas besoin d'ajouter le même genre de fin tordue à ce faux mariage.

Ce soir, j'avais une nouvelle femme que je devais présenter à toute la foutue famille. Bien sûr, ils avaient insisté dès que j'avais été forcé à révéler le mariage surprise. Alors, qu'il soit faux ou non, nous allions devoir jouer la comédie et faire semblant d'être nouvellement mari et femme.

Oui, bien sûr, je ne refusais jamais une occasion de me moquer de l'institution du mariage quand je le pouvais. Mais il était impensable que j'envisage de mettre les pieds dans un autre désastre comme le premier, même si ce n'était que légalement et temporairement.

Quoi qu'il en soit, en regardant Kat maintenant, je ne pouvais m'empêcher de regretter qu'il n'y ait pas autre chose entre nous qu'un mariage de pacotille. Parce que… waouh. Il me fallut un moment pour reprendre ma respiration et calmer les battements de mon cœur. J'étais ravi que l'avant de ma veste couvre d'autres réactions plus viscérales.

— Tu es jolie, m'entendis-je prononcer.

C'était l'euphémisme du siècle. Elle était à croquer et bon sang, ma bouche en salivait déjà. J'étais assailli de pointes de désir hurlantes, exigeantes, insistantes. Si bruyantes qu'elles formaient presque un chœur. Un refrain qui menaçait de dominer chaque pensée jusqu'à ce que je puisse enfin la toucher, la déshabiller, la goûter. M'enfouir entre ses cuisses chaudes et galbées.

Putain. Il fallait vraiment que je la touche. N'importe quelle excuse faisait l'affaire.

— On y va ? dis-je après une autre pause où je luttai pour reprendre mes esprits.

Bon sang. J'avais déjà vu une jolie femme auparavant. J'avais vu beaucoup de jolies femmes. J'avais épousé une jolie femme.

Mais… il était difficile de se souvenir de toutes les autres. De toutes celles du passé. Le passé que je voulais oublier. En ce moment précis, Kat rendait cela très facile.

En général, elle me taquinait et se donnait pour mission de m'irriter. Et elle y arrivait très bien. Apparemment, ce soir sa mission était de me rendre fou sans le savoir.

J'ouvris la porte pour elle, comme un gentleman… comme j'avais été entraîné à le faire dans ma vie passée. Les manières d'autrefois persistaient. Elle sortit de la maison et ses talons claquèrent, des lanières brillantes remontant autour de ses chevilles fines et sexy. Je ne pus m'empêcher de poser la main au creux de son dos pour la guider.

Elle n'en avait pas besoin. Elle n'aurait sans doute jamais pensé à le demander.

Non, ce petit contact était pour moi. Comme pour me réaffirmer qu'elle était réelle et qu'elle était en effet si belle, en plus de toutes ses autres qualités admirables, mais pas aussi visibles.

Et que pendant un peu plus longtemps, elle était à *moi*.

Ma collègue. Ma complice. Mon ennemie jurée d'autrefois. Ma femme… que je ne pouvais pas toucher. Et non, pas à cause d'une quelconque loi ou d'un règlement arbitraire. Pas même parce qu'elle l'avait demandé. Non, cette clause stupide venait de moi et je ne pouvais attribuer la faute de mon manque à personne d'autre que moi.

Malheureusement, je n'avais pas le temps de me complaire dans mon malheur. Je m'avançai vers le côté passager de ma Mercedes Benz bleu nuit des années quatre-vingt afin de lui ouvrir la portière.

— Waouh, quel gentleman, dit-elle d'une voix traînante et étonnamment, avec très peu de son sarcasme habituel.

Elle me regarda et me fit un clin d'œil exagéré.

Je n'avais pas eu beaucoup d'occasions de la conduire quelque part. Nous interagissions rarement hors du travail. Bien sûr, nous avions passé de nombreuses nuits l'un sur l'autre — malheureusement pas littéralement — dans le Repaire pendant les coups de bourre. Nous avions fait des apéros occasionnels avec les collègues ou une fête chez l'un ou l'autre. J'avais rarement eu l'opportunité de lui montrer mes talents uniques. Ils avaient cependant été tellement bien imprégnés en moi quand j'étais petit que je n'avais pas vraiment le choix de les montrer ou pas.

Quand je l'aidai à monter dans la voiture, je reçus un merveilleux avantage en nature : une vue complète du dessus. Elle se glissa sur le siège en cuir usé et elle me sourit, ce qui ne fit rien pour améliorer les conditions au-dessous de ma ceinture.

Pas étonnant que tous ces petits parasites merdeux qui la regardaient sur Twitch aient perdu l'esprit aujourd'hui. Merde. Elle était si sexy que c'en était douloureux. Même quand on la voyait simplement porter ses vêtements de yoga.

Le pire, c'est que j'étais également secrètement satisfait à l'idée d'arriver au dîner de famille avec cette femme si canon à mon bras, et de la présenter comme mon épouse.

Mon cousin allait ouvertement flirter avec elle. Père allait sûrement renverser son cognac et mettre le bazar. Ils allaient certainement tous les deux avoir des pensées de vieux pervers tant qu'elle était présente.

Mais elle était *mienne*. Même si ce n'était que sur le papier. Même si ce n'était que temporaire.

— Alors, je n'arrive pas à croire que je ne t'ai jamais demandé ça, mais… où vivent tes parents ?

— Au sud du comté d'Orange. Coto de Caza.

De ma place au volant, je lui jetai un regard furtif pour voir si le nom lui évoquait quelque chose, mais elle ne fit pas mine de le reconnaître. Bien. Ça valait mieux. Son ignorance de la géographie locale allait la rendre moins nerveuse. Cette communauté abritait facilement une partie des gens les plus fortunés de Californie du Sud. Elle allait le comprendre en nous rapprochant de toutes les maisons énormes et des portails de sécurité. Heureusement, il ne lui resterait alors que quelques minutes pour angoisser.

Je mis le contact et je sortis dans l'allée avant d'appuyer sur le bouton pour fermer la porte du garage. Sa triste petite Honda Civic des années quatre-vingt-dix se trouvait dans l'allée, l'air délaissée dans ce quartier parmi toutes les hybrides, les Mercedes et les BMW. Malgré tout, la voiture semblait tenir le coup.

Nous nous engageâmes bientôt sur l'autoroute. Je lui jetai un coup d'œil pendant qu'elle observait les collines sèches de maquis californien passer devant sa vitre. Elle avait les mains calmement pliées sur ses genoux, ne montrant aucun signe d'agitation ou de nervosité.

— Ça ne devrait pas être une grande affaire, ce soir. Mes parents ne le savent que depuis quelques jours, après tout. Mais ils ont insisté pour te rencontrer ce week-end dès que je leur ai dit. Je n'ai pas vraiment pu l'éviter.

Elle hocha la tête en regardant ses mains serrées.

— Pas d'inquiétude. Je comprends.

— Comment ont réagi tes parents ?

Elle hésita à répondre et je lui jetai un nouveau coup d'œil. Elle leur avait sûrement dit… Mais sa situation familiale était encore assez obscure. Elle ne semblait pas du tout proche d'eux. Je fus curieux, une fois de plus. Peut-être n'avait-elle même pas pris la peine de leur dire ?

Elle se racla la gorge avant de préciser :

— Je n'ai pas encore eu leur retour.

Je levai les sourcils de surprise.

— Tu, euh… tu leur as envoyé la nouvelle par mail ?

— Quelque chose de ce genre.

Waouh. Je lui jetai un regard en coin, bien décidé à lui faire avouer la vérité. Mais ce n'était pas le moment. Elle me regarda avant de se tourner vers le paysage derrière sa vitre.

J'ouvris la bouche pour lui répondre, mais elle me prit de vitesse :

— Les arbres me manquent, parfois, dit-elle soudain.

— Pardon ?

Elle se tourna pour me regarder.

— Les seuls gros arbres ici sont des palmiers. Ils sont partout, bien sûr. Et c'est le climat adapté, mais les arbres du nord-ouest de la côte pacifique me manquent. Ils ont quelque chose... les sapins, les érables, les bouleaux. Tout est si brun ici en été. Mais c'est la saison la plus verte, là-haut.

Je gardai le regard sur la route.

— J'ai grandi ici. J'y suis habitué.

— Tes parents vivent-ils toujours dans la maison où tu as grandi ?

L'une d'entre elles, pensai-je en me contentant de hocher la tête. Encore une fois, moins je révélais d'informations là-dessus, mieux c'était, sans doute.

Je sortis de l'autoroute et je serpentai le long des artères et des routes secondaires familières en terminant sur une route à deux voies. Cette route conduisait à un des quartiers résidentiels clos qui constituaient Coto de Caza, niché contre les collines sèches et les canyons de la campagne de Californie du Sud.

On zigzagua en haut de la colline en quittant la route à deux voies, et nous ne traversâmes pas un, mais deux postes de garde. Si elle ne paniquait pas maintenant, tout s'annonçait bien pour le reste de la soirée.

CHAPITRE HUIT
KATYA

IL ETAIT DISCRET, MAIS JE REMARQUAI QU'IL ME LANÇAIT DE temps en temps un regard après avoir quitté l'autoroute. La voiture suivit une route à deux voies sinueuse qui montait très haut dans les collines. Cherchait-il à tester mes réactions ? J'observai tout le paysage en faisant attention à garder mes réactions pour moi.

Cela devint un peu plus difficile lorsque nous arrivâmes au premier portail. Il était automatisé. Lucas sortit une carte métallique cachée derrière le pare-soleil et il la passa devant la machine. Un portail glissa sur le côté pour permettre à la voiture d'entrer.

Nous passâmes devant de grandes et belles maisons avec des jardins soigneusement entretenus et des voitures coûteuses dans les allées. C'était un quartier calme et qui semblait assez snob : il y avait des fontaines, des statues et des topiaires devant presque chaque maison. Il existait des demeures pareilles dans les parties les plus riches de Vancouver, mais je ne m'étais jamais retrouvée à proximité de l'une d'entre elles.

La vraie nervosité — les paumes moites et le cœur qui battait vite — se déclencha quand nous arrivâmes au deuxième portail à l'intérieur du quartier résidentiel fermé. Et celui-ci était surveillé par plusieurs gardes en uniforme. Comme si on était à la foutue Tour de Londres.

Lucas freina et baissa la vitre de son côté.

— Van den Hoehnsboek van Lynden.

Après avoir orienté une caméra vers la voiture et scanné la plaque d'immatriculation, un des gardes hocha la tête. Son chapeau blanc de style militaire monta et descendit dans la lumière du soleil de fin d'après-midi.

— Bien sûr.

Et il nous laissa passer.

Eh bien, c'était juste... merde alors. Où allions-nous *maintenant* ? Nous ne pouvions plus vraiment monter.

Incroyablement, les maisons ici étaient facilement plus impressionnantes que les autres belles maisons devant lesquelles nous venions de passer.

Et elles auraient certainement dû être appelées des villas par tous ceux qui savaient ce qu'était une villa. La demeure d'Adam et Mia n'aurait pas été incongrue ici. Bien sûr, j'étais certaine qu'ils préféraient leur petite plage privée sur une île semi-privée de la baie, mais... *quelle vue !*

Je regardai les plaines abritant les villes du sud du comté s'étaler au-dessous de nous pendant que nous montions encore. À chaque mètre que nous gagnions en altitude, les maisons augmentaient de taille et de volume et de valeur de plusieurs centaines de milliers de dollars... ce fut ce que je supposais, en tout cas.

Waouh. Ils ne voulaient vraiment pas que la populace entre dans leur joli petit paradis, hein ? Deux portails différents... des gardes armés. Comment ces résidents faisaient-ils pour avoir leur dose annuelle de gâteaux vendus par les éclaireuses ? Sans parler des enfants déguisés pour Halloween.

Lucas avait grandi… *ici* ?

— Est-ce que ça va ? demanda-t-il enfin après avoir conduit en silence pendant de longues minutes. Tu ne dis plus rien.

Pour une fois. Je savais qu'il le pensait même s'il ne l'avait pas vraiment dit. Mais oui… il avait enfin trouvé un moyen de me faire taire.

J'avais presque troué ma lèvre à force de la mordre et comme j'avais les bras croisés, mes doigts s'enfonçaient dans ma peau jusqu'à faire des hématomes.

Quand je me dis qu'il ne restait vraiment plus de colline à monter, Lucas s'engagea sur une route privée. Elle menait à ce qui pouvait seulement être décrit comme un domaine, pas une simple villa.

Putaaain. J'hallucinais totalement.

J'aurais pu croire que c'était une plaisanterie s'il n'avait pas agité des cartes devant des machines. Sans parler du fait qu'il avait dit son nom comme s'il était un foutu Rockefeller ou Carnegie.

L'allée était longue, bordée d'une rangée apparemment infinie de palmiers, culminant par une placette décorative circulaire devant la demeure cossue. Un valet se précipita pour ouvrir ma portière lorsque Lucas se gara au bord du trottoir. Je jetai un coup d'œil du côté conducteur où Lucas était en train de descendre en évitant mon regard, ce qui me sembla curieux. Il tendit ses clés au valet qui le salua et éloigna la voiture pour la garer ailleurs.

Je me tournai ensuite, bouche bée, vers la maison devant nous.

— Tu ne m'as pas dit que ta famille vivait dans un complexe hôtelier en haut d'une colline. C'est... c'est bien un hôtel ?

Lucas ne répondit pas, regardant avec indifférence la structure massive qui nous surplombait, toute de pierre, de verre et de lignes et de courbes modernes et élégantes. La maison elle-même était une œuvre d'art.

J'inclinai la tête en continuant à regarder de plus en plus haut. Il y avait au moins une douzaine de cheminées étroites et circulaires qui grattaient le ciel de fin d'après-midi. Euh. Gloups.

J'essuyai mes mains moites sur le tissu qui couvrait mes cuisses. La bague en diamant de l'arrière-grand-mère de Lucas scintilla en reflétant la lumière du soleil. Quand je m'arrêtai pour l'observer, je fis une fixette sur l'état horrible de mes cuticules et mes ongles abîmés. J'arrêtai de respirer. Je n'avais jamais été plus gênée de ma vie. Il était très probable que la famille demande à voir la bague à mon doigt ce soir. Je n'avais pas pensé que ce beau bijou allait avoir l'air affreux sur ma main ordinaire.

— J'aurais dû faire une manucure. Ou au moins, me vernir les ongles.

Lucas ne semblait pas se soucier de l'état de mes mains lorsqu'il me tendit la sienne. Je la pris lentement et ses doigts se refermèrent autour des miens, en les serrant comme pour me rassurer.

— Tu n'as pas le temps d'angoisser. Inspire profondément et prends les choses comme elles viennent.

Prendre les choses comme elles viennent. Mais bien sûr. Je le regardai de travers pour cette remarque. Il vit mon expression et leva les sourcils. Oh, je promettais de me venger pour ces conneries. Et ma vengeance allait être rapide et douloureuse. J'espérais qu'il lisait cela dans mes yeux. Nous allions voir comment il allait prendre les choses comme elles venaient en prenant des coups de pied au cul qui n'avaient rien de figuré.

Au bout de l'allée, nous montâmes par les marches constituées de dalles géométriques séparées par des filets d'eau peu profonde. Elles étaient conçues pour donner l'impression que nous marchions sur des pierres posées dans un ruisseau stylisé coulant depuis une fontaine près de la porte d'entrée. Au lieu de frapper, Lucas tourna la poignée et entra. Je m'attendais presque à un portier en uniforme.

Nous entrâmes et je dus me souvenir de respirer parce que l'endroit était encore plus magnifique à l'intérieur qu'à l'extérieur. Je penchai la tête en arrière pour admirer l'énorme escalier orné de chrome et l'immense chandelier en cristal qui surplombait un bassin-miroir coloré entouré de verre.

Un couple plus âgé — des cinquantenaires — s'approcha du vestibule pour nous saluer. Je ne savais pas du tout comment ils savaient que nous étions là, et je me dis que ce devait être le valet qui avait prévenu la maison par radio. Ou peut-être même les gardes au portail.

Ou alors le majordome invisible.

Je ne savais pas si les Van Den Bla Bla avaient un majordome ou pas. Au point où j'en étais, ç'aurait été la révélation la moins surprenante de la soirée.

Ce fut bien sûr complètement involontaire et entièrement dû à la saturation de mes sens que je laissai échapper un « Putain de merde ». Certains moments nécessitaient cette exclamation universelle, mais grossière. Et ceci en était un. Je l'avais murmuré à voix basse, mais apparemment la femme m'avait entendue, ses sourcils parfaitement crayonnés se levant sur son front plein de Botox.

Sa robe était achromatique et scintillante, sans doute l'œuvre d'un grand couturier. Elle portait aussi un collier qui valait probablement plus que toute la maison de ma famille. Ses cheveux blonds étaient courts, arrivant juste au niveau des oreilles, et incurvés vers le haut. Des boucles assorties horriblement chères étaient posées sur chacune de ses oreilles.

Après m'avoir dévisagée, elle se tourna vers mon mari.

— Lucas, tu es enfin là.

Elle l'embrassa sur les deux joues au lieu de le serrer dans ses bras. C'était une façon de saluer très européenne. Elle me parut extrêmement sophistiquée, même si elle parlait d'une façon américaine assez ordinaire.

— Mère, dit-il d'un ton neutre. Merci pour l'invitation.

L'homme s'avança alors pour lui serrer la main.

— Cela fait trop longtemps, fils.

Il était grand et bien bâti et Lucas lui ressemblait un peu : en tout cas au niveau des cheveux et de la carrure. Leurs traits étaient bien différents.

Et la fraîcheur de leur salutation ne m'échappa pas. Après la poignée de main maladroite, les deux parents me regardèrent, dans l'expectative, sans dire un mot. Lucas était-il censé me présenter ? Pourquoi est-ce que tout était aussi collet monté et formel ? Même la façon dont ils s'appelaient mère, père, fils était étrange.

Eh bien, tant pis. Ça ne me ressemblait pas du tout.

Je plaquai un immense faux sourire sur mon visage et je tendis la main.

— Bonjour, je m'appelle Katya.

Pour leur défense, ils ne prirent pas des airs choqués à cause de ma salutation décontractée. La femme me prit la main et sourit.

— Je m'appelle Elaine et voici mon mari, Arent.

Elle se pencha alors en avant et en posant les mains sur le haut de mes bras, elle appuya sa joue contre la mienne et embrassa l'air. Elle répéta cette action de l'autre côté avant de faire un pas en arrière. Je restai immobile, baignée par son parfum luxueux avant de m'écarter, toute raide.

Le père de Lucas suivit avec une poignée de main. Son regard descendit le long de mon corps de façon presque lubrique avant qu'il fasse un rapide clin d'œil à son fils. Était-ce un clin d'œil d'approbation ? *Beurk.*

— C'est un diminutif de Katharina, non ? demanda Elaine.

Je hochai la tête, le sourire ridicule toujours plaqué sur mon visage.

— Oui. Katharina Ellis.

En gardant l'expression toujours neutre, elle se tourna vers Lucas.

— Elle garde son nom ?

— Nous sommes au vingt et unième siècle. C'est ce que font les femmes maintenant, répondit le père de Lucas avant que nous le puissions. D'autant plus que ton fils préfère ton nom au mien.

Lucas grimaça.

— Ce n'est pas quelque chose dont nous avons vraiment besoin de parler maintenant.

Je fronçai les sourcils. Tiens. Il y avait une histoire là-dessous. Van Den Papa semblait amer que Lucas n'utilise pas le nom néerlandais super long. Mais c'était plus que pour le simple côté pratique. Il était clair que mon nouveau mari n'était pas très doué pour les aveux. Cette villa et toute la propriété révélaient ce que je pensais n'être que le sommet d'un très gros iceberg.

Espérons que nos combines et nos accords soigneusement planifiés ne subissent pas le même sort que le Titanic.

La mère de Lucas se tourna vers moi au milieu de la tension persistante entre son mari et son fils.

— Nous sommes vraiment ravis de vous rencontrer. Quelle merveilleuse surprise. Il nous tarde tous de mieux apprendre à vous connaître, mais pour l'instant, bienvenue dans la famille. Nous servons du champagne au bar extérieur à côté de la piscine. Lucas va vous montrer.

Très soulagés, nous nous détournâmes de l'accueil glacialement formel des parents. Je sentis à nouveau la main de Lucas dans le creux de mon dos, comme quand il m'avait escortée hors de sa maison plus tôt dans la journée. Je la sentais posée là, désespérément et inexplicablement possessive. Le contact me brûlait à travers la soie fraîche de ma robe.

Nous passâmes sous une arcade qui menait à l'arrière de la maison et vers d'énormes portes en verre ouvertes sur une terrasse en pierre. Je murmurai :

— Je vais t'étriper plus tard, mon vieux.

Un souffle d'air rapide, comme s'il cherchait à cacher un éclat de rire surpris, fut sa seule réponse. Sa main dans mon dos bougea, la pression devenant plus forte. J'avais envie de chasser son bras, mais je ne le fis pas. Même si j'étais très irritée par lui, nous devions maintenir les apparences d'un couple nouvellement marié et follement heureux.

Nous passâmes sous le grand porche voûté en pierre pour arriver sur une terrasse très étendue qui surplombait la vallée au-dessous. Si ceci était simplement un dîner de famille, alors Lucas avait la plus grande famille qu'il m'ait été donné de voir. Il y avait au moins cinquante personnes ici avec des verres à la main qui écoutaient de la musique jouée en direct. Ils entouraient la magnifique piscine au carrelage en verre remplie de compositions florales qui flottaient. En fait, il y avait des compositions florales blanches partout, parfumant l'air avec l'odeur des roses et des hortensias. Et même une sculpture de glace complexe et une fontaine à champagne en argent.

Qu'est-ce que... ?

— C'est *ça*, ta petite réunion de famille ? demandai-je en chuchotant férocement pendant qu'il nous guidait jusqu'au bar extérieur avec deux serveurs en uniforme.

Ils nous passèrent à chacun une flûte de champagne en nous informant de ne pas boire avant que soit porté le toast spécial.

Quoi ? C'était quoi, tout ça ? À quel moment avais-je franchi le portail magique pour entrer dans un documentaire sur la vie des gens riches ? Le champagne allait-il être accompagné de caviar, comme à la télé ?

Beurk. Je n'avais encore jamais eu de caviar avant, mais la simple idée de manger des œufs de poisson me retournait l'estomac. Bien sûr, nous autres du Nord nous aimions le poisson, mais je préférais un bon saumon rouge fraîchement préparé à des œufs de poisson prétentieux.

Je jetai un coup d'œil à mon mari. Il ne semblait pas ravi. Bien sûr, avec Lucas, on ne savait jamais vraiment. Il pouvait avoir ce visage stoïque en plein milieu d'un orgasme. Il faisait peut-être exactement cette tête-là quand il jouissait.

Je détournai le regard — et mes pensées de ce à quoi il ressemblait au sommet du plaisir. Ce n'était pas une bonne idée quand on était sexuellement frustré et coincé sous le même toit qu'un bel homme terriblement irritant.

Les parents de Lucas nous suivirent rapidement jusqu'au bar et ils reçurent leur propre verre de champagne de la part des barmans. Je jetai un coup d'œil à une pile de serviettes sur le bar. Elles étaient ornées de félicitations et de motifs de cloches argentées. Je perçus un mouvement du coin de l'œil et je tournai la tête… pour me faire aveugler par de nombreux flashs venant du plus gros appareil photo que j'ai vu de ma vie. Deux photographes professionnels firent une petite danse l'un autour de l'autre pour capturer chaque instant.

Merde alors… les parents de Lucas allaient trinquer en notre honneur devant cette énorme foule. Tout ce décor méticuleux, les boissons, la nourriture et cette fête avaient été préparés à la dernière minute.

Soudain gênée, je baissai le regard. Le père de Lucas leva son verre et fit teinter une cuillère dessus pour attirer l'attention de tout le monde. Les gens se mirent immédiatement à nous regarder. Le chef de la famille Van Den parla d'une voix claire, bien entraînée, presque comme un acteur de Shakespeare.

— Commençons comme il faut. Nous avons peut-être été surpris par cette merveilleuse nouvelle arrivante dans la famille, mais nous allons l'accueillir comme il faut. Tout le monde, voici notre nouvelle belle-fille, Katharina Ellis. Je vous prie de trinquer pour les féliciter et souhaiter nos meilleurs vœux aux jeunes époux. Pour Lucas et Katharina.

Tout le monde autour de nous répéta la dernière phrase, fit teinter les verres et but une gorgée. Des murmures répétèrent les mots de bonheur du nouveau beau-père. Puis quelqu'un appela dans la foule :

— Trinquons au baron et à la baronne van den Hoehnsboek van Lynden.

D'autres murmures et tout le monde but une gorgée. Mon bras se figea avant de boire la deuxième gorgée. C'était une plaisanterie, n'est-ce pas ? Mais si oui… pourquoi personne ne riait-il ? Je jetai un coup d'œil à Lucas pour confirmer que c'était, effectivement, une plaisanterie. Mais il ne riait pas. À la place, il jeta un regard assassin dans la direction de celui qui avait parlé. Et le père de Lucas donnait l'impression que quelqu'un venait de lui écraser le pied. D'un air appuyé, il posa son verre de champagne, ne buvant pas à cette notion de baron et baronne, quoi qu'elle signifie.

Son fils vida alors le reste de son propre verre et refusa de me regarder après ça. Lui aussi avait peut-être besoin qu'on lui écrase le pied. Il avait beaucoup d'explications à me donner.

Quelqu'un fit tinter son propre verre avec une cuillère — et contrairement à la fourchette en plastique contre le gobelet en plastique au Repaire, le bruit résonna fortement. Une femme appela dans la foule :

— C'est l'heure du baiser !

Lucas se tourna vers moi et me jeta un regard interrogateur. Même si j'étais extrêmement énervée contre lui, je me rapprochai, simplement pour les apparences. Je lui jetai cependant un regard fâché quand son visage s'approcha du mien pour le baiser.

Qu'il m'ait vue ou pas, il ne réagit pas. Au moins, il était cohérent. Lucas posa les bras autour de moi et me colla à lui. Je refermai les doigts sur le revers de sa veste. Puis il se pencha et posa sa bouche sur la mienne.

Les gens applaudirent et nous acclamèrent et… enfin, je n'y fis plus tellement attention, ensuite.

Dès que sa langue entra dans ma bouche, je me raidis. Les mains dans mon dos appuyèrent un peu plus fort, tout comme sa bouche, approfondissant le baiser. Pour un type qui ne montrait pas beaucoup d'émotion en surface, il savait vraiment embrasser comme Casanova. Ce n'était pas un petit baiser chaste pour satisfaire la foule. Ce n'était pas un rôle. Il n'était pas assez bon acteur.

Non, c'était bien plus.

Nos langues se mêlèrent et une chaleur monta entre nous depuis ma colère bouillonnante jusqu'à quelque chose de plus brûlant. Son odeur, son goût, la pression chaude de sa bouche sur la mienne. Le désir crépita entre nous, vivant et palpable, menaçant de prendre le relais. Avec le dernier reste de ma colère et mon embarras parce que la foule nous regardait, je le repoussai.

Il résista légèrement et il me fallut donc pousser plus fort. À la seconde où nos bouches s'écartèrent, je vis dans ses yeux qu'il n'était pas prêt à ce que le baiser prenne fin. Nous nous regardâmes et même si le baiser avait été incroyable, je n'avais toujours pas oublié que j'étais fâchée contre lui.

Et franchement, je commençais à être fatiguée de devoir l'embrasser pour le plaisir et la satisfaction des autres. Les jeunes mariés le faisaient tout le temps, et bla et bla et bla. Mais nous n'étions pas de jeunes mariés ordinaires, et contrairement à de jeunes mariés ordinaires, nous ne pouvions jamais nous embrasser, sauf si c'était pour le spectacle ou pour prouver quelque chose au public. C'était frustrant, de bien des façons.

J'avais encore les joues rouges, mais je ne savais pas si c'était à cause de la colère, de la honte ou de ce baiser. Sans doute un joli petit mélange de tout. Je fronçai à nouveau les sourcils en lui jetant un regard bien venimeux. Il s'écarta alors entièrement et je fus immédiatement soulagée par la distance entre nous : physiquement comme émotionnellement. Je pouvais toujours compter sur Lucas pour garder une distance émotionnelle, après tout.

Heureusement qu'il restait cette sécurité.

Ce n'était pas que je n'avais pas assez confiance en moi. Pas du tout. Mais il est toujours bien d'avoir du soutien. La réserve de Lucas, son don pour garder les gens à distance, c'était notre atout. Je n'aurais pas pu choisir une meilleure personne pour un tel plan. Même si je l'avais fait dans le feu de l'action et de façon entièrement subconsciente.

Malgré tout, sa réserve l'avait aidé à me cacher presque tout sur sa vie personnelle. Et ça, c'était irritant.

Il aurait été pratique de savoir que les Van Den Parents étaient plus riches que Crésus. Et apparemment de la royauté étrangère ? J'hallucinais.

Les parents de Lucas — ou, comme je devais commencer à les considérer : ma belle-mère et mon beau-père — commencèrent à se mêler à la foule et le grand groupe se divisa. Bientôt, chaque inconnu du monde entier partageant le plus petit micron d'ADN avec Lucas me souhaita la bienvenue dans la famille Van Den Richou. Je fis semblant d'être comme la princesse Diana, avec un sourire figé et une poignée de main gracieuse. J'espérais au moins cacher mes hurlements intérieurs et le fait que je voulais sortir le plus vite possible de ce fichu endroit.

Une grande femme svelte ayant environ trente-cinq ans s'approcha avec un grand sourire. Elle avait un air familier. À côté d'elle se trouvait un assez bel homme plus jeune qui tenait leurs boissons pendant qu'elle me serrait la main.

Je l'avais déjà vue quelque part, mais je n'arrivais pas à la replacer. Je cherchai d'où je la connaissais et dans quel contexte.

— Bonjour ! Lindsay Walker, la cousine de Lucas du côté de sa mère. Vous me semblez vraiment familière. Vous travaillez chez Draco, non ?

C'est *là* que je l'avais vue ! J'avais envie de dire qu'elle était une amie d'Adam ou… peut-être de Jordan ? Ou des deux ?

Je hochai la tête en faisant passer une mèche de cheveux derrière mon oreille et en regrettant soudain de ne pas les avoir attachés en chignon flou. Cela aurait sans doute eu la désapprobation de toute la royauté étrangère ici présente.

Je me souvins soudain d'où je connaissais Lindsay.

— Oui. Nous nous sommes déjà rencontrées. N'était-ce pas à la démonstration de réalité virtuelle l'année dernière ? Pas très longtemps avant que l'entreprise soit cotée en Bourse. Vous êtes une amie d'Adam, si je m'en souviens correctement.

Elle sourit et jeta un regard énigmatique à Lucas, qui resta évidemment de marbre. Une seconde, Mia n'avait-elle pas dit qu'elle et Adam étaient sortis ensemble longtemps auparavant ? Je n'arrivais pas à les imaginer, même en essayant.

— Lucas ici présent m'en doit une pour cette petite faveur.

Elle lui jeta un regard espiègle. Il poussa un soupir, mais ne sembla pas offensé.

— J'ai mérité ce travail par mes propres moyens.

Elle fit un clin d'œil.

— Bien sûr. Mais c'est moi qui ai fait les présentations. Ne l'oublie pas quand tu seras un concepteur de jeux célèbre dans le monde entier.

Il leva les yeux au ciel.

— L'important n'est pas ce que l'on sait, mais qui on connaît. Je suppose que c'est très vrai, dis-je avec mon propre sourire sarcastique pour Lucas.

Il sembla bien plus irrité par moi que par Lindsay.

En même temps, je n'avais pas tellement mon mot à dire. J'avais eu mon travail parce qu'Adam me l'avait proposé quand j'avais quitté le Canada pour venir en Californie du Sud. J'avais abandonné un bon travail quand j'étais venue passer du temps avec Mia pendant son traitement contre le cancer et sa convalescence.

Ça n'avait pas été la seule raison pour laquelle j'étais partie. C'était un moment bien pratique pour quitter le pays de ma naissance. J'avais besoin d'un nouveau départ où le passé et tout ce stress ne me suivaient pas. Pendant très longtemps, j'avais été très tranquille, que soient loués le Monstre en spaghetti volant, la Grande déesse à tête de chat, Pan et tous les autres panthéons. J'essayai de ne pas penser à la lettre officielle que je n'avais jamais lue. Avec un peu de chance, il n'y en aurait qu'une seule.

Lindsay sourit, ses yeux bleus nous regardant tour à tour.

— Si je comprends bien, j'ai le mérite indirect de cet adorable mariage d'amour, puisque vous vous êtes rencontrés au travail ?

Mariage d'amour, mais bien sûr. Plutôt un mariage où j'aimais le détester. Où j'avais envie de lui écraser le pied en ce moment même alors que c'était impossible. Bon sang de bonsoir. J'avalai le reste de mon champagne d'une seule traite pendant qu'elle bavardait avec son cousin.

Un autre type, plus petit et plus blond que Lucas, apparut de l'autre côté de Lindsay pendant que l'homme à ses côtés, mort d'ennui, était parti se chercher d'autres boissons. Le nouveau venu me fit un clin d'œil détestable et un sourire séducteur. Je le soupçonnai d'avoir commencé à boire longtemps avant notre arrivée.

Le nouveau type donna un coup d'épaule à Lindsay qui lui jeta un regard exaspéré et chassa sa main.

— Ne sois pas pénible, dit-elle.

— Être pénible est le travail prioritaire d'un frère, rétorqua-t-il.

Lucas leva le menton en direction du nouveau, mais il ne sourit pas.

— Bonjour, Henry.

Il se tourna ensuite vers moi et sans me regarder dans les yeux, donna une explication rapide.

— C'est le petit frère de Lindsay, également mon cousin.

Henry se pencha de façon exagérée au-dessus de ma main quand je la lui tendis. Il empira encore son côté ringard en embrassant le dos de ma main et en me faisant un autre clin d'œil. Beurk, un vrai pervers.

— Parce que vous faites partie de la noblesse néerlandaise maintenant, madame la baronne.

Lucas se raidit. Quand il se redressa, Henry fit un sourire entendu à son cousin en agitant les sourcils. Ce devait être un code entre hommes pour indiquer que j'avais le niveau de beauté minimum requis. Bon sang. Ce genre de types me dégoûtaient.

— Au fait, Lucas, je te préviens. Je suis à peu près certain d'avoir vu ton ex-femme ici tout à l'heure, au cas où personne ne t'aurait prévenu.

Les épaules de Lucas se rigidifièrent et il sembla soudain avoir un balai dans le cul qui lui remontait jusqu'aux narines. Ses yeux scrutèrent les alentours de la piscine en évitant soigneusement mon regard.

Qu'est-ce que… ? Il y avait soudain une ex-femme maintenant ? C'était quoi, toutes ces conneries ?

Lucas n'avait encore jamais été marié avant… si ? Henry cherchait-il juste à semer la panique en parlant ainsi d'une ex ? Mon regard se reporta sur Lucas. Il était temps qu'il m'offre des explications. Et je n'allais pas attendre de rentrer à la maison. Il était nul et injuste de sa part de m'obliger à deviner toute la soirée.

Je me forçai à ne pas parler en grinçant des dents, y parvenant tout juste. Mais j'interrompis Lindsay qui racontait une histoire drôle sur un ancien client ayant poursuivi en justice le chien de son voisin parce qu'il avait coupé un tuyau d'arrosage en deux.

Je m'éclaircis bruyamment la gorge.

— C'était très agréable de vous revoir, Lindsay, et ravie de vous rencontrer, Henry. Maintenant, je dois m'excuser pour aller aux toilettes si ça ne vous gêne pas. Lucas ? Peux-tu me montrer le chemin ?

Lucas prit la flûte de champagne vide de ma main et la posa sur un plateau, puis il s'excusa auprès de ses cousins et se fraya un chemin à travers les groupes de personnes jusqu'à la maison. Je le suivis de près et heureusement, il marcha assez vite pour éviter que nous soyons arrêtés par d'autres personnes souhaitant nous féliciter.

Une fois dans la maison, je serrai fermement une main autour de son bras solide. Il se tourna vers moi, légèrement surpris.

— Je dois te parler en privé, *mon chéri*, marmonnai-je en serrant les dents tout en lui jetant des poignards avec les yeux.

Il me jeta un coup d'œil et il eut le culot d'hésiter. Comme s'il avait peur de ce que je risquais de lui faire en privé.

Tu peux avoir peur, mon vieux. Très, très peur.

Dommage que je ne porte pas mes talons aiguille les plus pointus. J'aurais vraiment pu causer de sérieux dégâts à son entrejambe. Contrairement à la plupart des jeunes mariés, cette partie de son anatomie ne me servait à rien. Il avait seulement besoin de pouvoir parler et respirer à l'entretien. Je pouvais le transformer en eunuque et nous serions les seuls à le savoir.

Il nous escortait déjà vers une partie plus calme de la maison. Le long d'un couloir que je ne pouvais décrire que comme étant une aile de « service ». Sans doute une zone dans laquelle les sangs bleus de la maisonnée n'osaient pas s'aventurer.

Il n'y avait pas d'employés ici. Seulement les preuves qu'ils travaillaient depuis cet endroit : des toilettes, des emplois du temps affichés. Un calendrier sur le mur avec des remarques et des messages accrochés. Et une gigantesque buanderie dans laquelle nous entrâmes.

J'avais vu des laveries automatiques plus petites que celle-ci, bon sang de Van Den BlingBling. Lucas ferma presque entièrement la porte et se tourna vers moi avec un regard sérieux.

En réaction, je me raidis et je croisai les bras.

— Putain de merde, Lucas !

Il haussa les épaules.

— Je suis désolé. Ma famille dépasse toujours les bornes. Ils ont dit « dîner de famille » et j'ai bêtement supposé qu'il s'agissait seulement d'un dîner de famille, pas de l'événement de l'année.

J'écarquillai les yeux. Waouh. Il ne comprenait rien.

— Je me moque de la fête, Jedi Boy, mais j'aurais apprécié, vois-tu, un avertissement concernant toutes ces conneries à la Downton Abbey.

Il fronça les sourcils, mais il ne répondit pas.

— Je veux dire… c'est *ça* ta famille ? Les Aristos en Amérique ? Qui es-tu et pourquoi suis-je seulement en train de découvrir tout ça maintenant ?

Il m'énerva en haussant encore les épaules et en détournant la tête comme si je l'ennuyais avec mon hystérie féminine.

— Je ne pensais pas que ça aurait un très gros impact pour les une ou deux fois que tu risquais de les voir avant que tout soit terminé. Je veux dire, si tout s'était passé selon le plan, tu ne les aurais jamais rencontrés.

Je le regardai bouche bée avant d'agiter les bras.

— Une bonne façon de me remettre la faute sur le dos. *Encore une fois.*

Son regard était direct et transperçant, comme une flèche lancée de l'autre côté de la ligne de front.

— J'énonce seulement un fait.

— Un fait *alternatif.*

Il passa une main dans ses cheveux en levant les yeux au ciel.

— Qu'essaies-tu donc d'accomplir en me laissant dans l'ignorance et en ne me préparant pas à tout ça ? Tu voulais m'apprendre une leçon parce que j'ai révélé le secret du mariage ?

Il soupira.

— J'essaie seulement de minimiser l'impact de cette soirée sur de possibles conséquences pour toi ou pour moi.

Qu'est-ce que ça voulait dire ?

— Je dis simplement que tu as presque eu une semaine entière pour m'avertir que je venais d'épouser un membre de la famille royale des Pays-Bas.

— D'accord, alors… ma famille a de l'argent. Est-ce que ça fait une différence ? Ce seront tous des inconnus pour toi l'année prochaine.

— Et cette histoire de baronne ? Qu'est-ce que c'est ? Pourquoi nous ont-ils appelé Baron et Baronne Van Den LucasPue ?

Il serra la mâchoire, montrant que ma dernière version de son nom de famille l'irritait vraiment.

Il pinça l'arête de son nez, la lumière tamisée faisant briller sa bague de mariage et ses boutons de manchettes.

— Tu devrais sans doute apprendre le nom puisque tu fais plus ou moins partie de la famille, maintenant.

— Tu ne l'utilises même pas. Pourquoi ? Afin que tu puisses être la royauté se promenant parmi nous autres les gens ordinaires et la populace ?

— Nous ne faisons pas partie de la royauté.

Il leva la main comme pour desserrer légèrement sa cravate en se raclant la gorge. Déroutée, j'écarquillai les yeux. Il recommença ensuite à parler :

— Mon père est un baron.

— *Quoi ?*

Il poussa un soupir, encore une fois comme si je l'ennuyais.

— Les membres de la famille directe et leurs conjoints reçoivent le titre comme une courtoisie. C'est ainsi que ça fonctionne quand on fait partie d'une famille noble. Mon grand-père a émigré aux États-Unis depuis les Pays-Bas et oui, il avait un titre de noblesse, mais il ne veut plus rien dire. Là-bas, la noblesse est comme tout le monde… et ici encore plus. Ils n'utilisent même pas leurs titres dans la conversation, ce qui fait que mon cousin est encore plus con de nous avoir annoncés de cette façon.

Je clignai des paupières en essayant de traiter ce flot de nouvelles informations.

— Mais il n'avait pas tort, si ? C'est vraiment notre titre ?

Il hésita en agitant les mains. Il était intéressant de voir Lucas normalement si calme, si serein, qui prenait les commandes, dans cette situation. Mais oui, j'étais toujours extrêmement fâchée contre lui.

— Oui.

Mon visage devint tout rouge de colère et... de surprise, je suppose.

— Bordel de merde.

— Oui, tu vas peut-être vouloir surveiller ton langage. La noblesse n'aime pas les jurons excessifs.

Oh, il essayait d'être drôle, hein ? Je serrai le poing et je le levai vers son visage en faisant un pas vers lui, sur le point de lui demander son avis sur les violences conjugales. Il écarquilla les yeux de manière comique.

Si seulement je n'avais pas besoin de lui sans hématomes dans quelques semaines pour notre entretien. Et si ce n'étaient pas techniquement des violences conjugales... je lui aurais cassé la figure tout de suite.

— Ce n'est pas le moment de plaisanter. Et qu'est-ce que c'était que cette histoire d'ex-femme ?

Il secoua la tête.

— Je n'ai même pas le temps de parler de ça maintenant.

Je tendis les mains, paume vers le haut, en indiquant tout ce qui nous entourait.

— Alors tu vas simplement m'ignorer après m'avoir caché ce petit détail ? Bon sang, Lucas...

— Je te dirai tout plus tard, mais si Claire s'approche de toi ce soir, évite-la comme la peste.

Mon visage devint encore plus brûlant. Comment étais-je censée faire *ça* ? Je n'avais aucune information et il était injuste. Nous avions un entretien dans deux courtes semaines. Non seulement je ne savais presque rien sur sa famille, mais il avait une ex-femme. Au sujet de laquelle on pouvait me mettre dans l'embarras !

— Putain de merde. Je vais sérieusement...

Cette fois, j'essayai vraiment de lui en mettre une. Malgré ce que j'avais dit, ce n'était pas un coup sérieux. C'était plus un coup de semonce, parce qu'il ne se rendait clairement pas compte de la profondeur de ma colère.

Il fit facilement un pas de côté pour éviter mon poing, et il me dévisagea comme si j'étais folle.

Il n'eut jamais l'occasion de répondre, car nous fûmes interrompus par une toux polie, mais volontaire près de la porte. Nous tournâmes la tête vers cette interruption.

Une jeune femme faisant à peu près la même taille que moi se trouvait là. Ses cheveux sombres étaient attachés de façon élégante avec une mèche artistique tombant le long de sa mâchoire. Elle était vêtue à la mode, depuis ses Louboutins étincelantes couvertes de cristaux à talons de sept centimètres, jusqu'à sa robe courte orange-rouge aux épaules nues. C'était comme si elle venait de sortir de la page mode d'un magazine people. Ou comme si elle avait été kidnappée lors d'une sortie en famille des Kardashian-Jenner. Si par une sortie de famille, on parlait d'aller en boîte jusqu'à quatre heures du matin.

Était-ce l'ex-femme en personne ? Mon estomac tomba dans mes talons.

Ses grands yeux marron étudièrent attentivement Lucas puis moi, puis lui à nouveau.

— Euh, salut. Ils m'ont envoyée vous chercher tous les deux pour le dîner. Tout le monde s'inquiétait et ils ont pensé que vous vous étiez échappés par l'arrière. Ce qui ne serait pas vraiment surprenant.

Non, à la place elle avait vu notre « querelle d'amoureux » ainsi que mon coup de poing. *Super.*

Lucas se frotta le menton d'un air gêné, comme si je lui avais vraiment mis un coup de poing.

Son visage se fendit alors d'un sourire inhabituellement large.

— Eh bien, je ne vais pas mentir en disant que ça ne nous a pas traversé l'esprit. Salut sœurette. Je suis content de te voir.

Elle leva un sourcil.

— Ça fait longtemps que tu n'as pas donné de nouvelles.

Je fus à la fois soulagée qu'elle ne soit pas l'ex-femme, mais morte de honte que cette nouvelle venue soit ma belle-sœur. *Soupir intérieur.* Le regard de la jeune femme se posa sur moi, puis elle lança un regard appuyé à Lucas, comme pour l'encourager.

Il se tourna vers moi avec un sursaut.

— Oh, voici ma sœur Julia. Julia, voici Katya, ma femme.

Julia sembla lutter pour ne pas lever les yeux au ciel contre son frère lorsqu'elle avança pour me serrer la main.

— Mon frère a toujours eu de mauvaises manières. Je suis très contente de te rencontrer.

Elle fit un sourire pincé et dévisagea ma tenue avant de se retourner vers son frère.

— Un mariage secret ? Comme c'est romantique ! J'aurais été plus fâchée de ne pas avoir pu vous aider avec le mariage si franchement, je n'avais pas eu ma dose avec le premier. J'espère que vous avez eu un mariage merveilleux.

Lucas et moi nous nous regardâmes dans les yeux et j'eus des visions de palmiers rouges sur des carreaux blancs. Et le jingle stupide des publicités In-N-Out : « *That's what a hamburger's all about.* »

— Euh oui, c'était un beau mariage. Simple. Nous avions l'ingrédient le plus important. L'amour. C'est ce qui compte dans un mariage.

Je fus terriblement tentée de chanter cette dernière phrase sur la mélodie du jingle. J'aurais aimé voir la tête de Lucas.

— Bien, dit Julia avec un autre sourire soigneusement contrôlé. Je suis impatiente d'apprendre à mieux te connaître. Et avec un peu de chance, ça signifie que nous te verrons plus souvent, Lucas. Mais pour l'instant, tout le monde vous attend pour entrer s'installer au dîner. Tout est assez formel ici avec ce genre d'événements, expliqua-t-elle.

Julia tourna le dos, sans doute pour lever les yeux au ciel et cacher son mépris pour moi : j'étais certaine qu'elle me détestait déjà. Dès qu'elle fit cela, je lançai à Lucas le regard le plus assassin que j'avais en réserve.

Il me prit néanmoins la main, entrelaça nos doigts et me tira derrière lui.

Une procession pour aller dîner. C'était vraiment Van Den Downton Abbey. Je me demandai presque si Sa Majesté la reine allait être présente.

CHAPITRE NEUF
LUCAS

— CLAIRE EST ICI, CHUCHOTA JULIA A COTE DE MON EPAULE ET à la façon dont Kat tourna la tête, je savais qu'elle avait entendu. Je suis désolée. Je l'ai invitée avant que Mère m'informe qu'il s'agissait de ton mariage surprise.

Évidemment. *Bon sang.* Ma famille semblait avoir d'étranges difficultés à accepter que Claire ne faisait plus partie de la famille. C'était particulièrement surprenant étant donné le peu de temps que nous avions été mariés.

Le dîner était tout aussi formel que Julia nous l'avait dit : assis à table avec plusieurs services, des marques places et tout le tralala. J'étais assis entre ma mère et Kat, pendant que mon père la harcelait de questions de l'autre côté. Il maintint un flot continu pendant tout le dîner... et j'entendis la plupart des questions parce que ma mère me parla à peine. Elle boudait sans doute parce qu'elle n'avait pas été invitée au mariage et n'avait donc pas eu le temps de me faire changer d'avis.

Ou bien elle faisait bonne figure, agissant en hôtesse gracieuse. Sa priorité avait toujours été son image parfaitement construite.

À table, les manières de Kat étaient parfaites, à mon grand soulagement, même si elle ne mangeait pas à la façon des continentaux, comme ma famille. Mais ce n'était pas différent d'un grand nombre de nos invités.

— Alors, vous travaillez directement avec Lucas dans cette entreprise de jeux vidéo ? lui demanda Père.

Kat, qui venait d'enfourner une bouchée de viande, hocha la tête avec enthousiasme pendant qu'elle mâchait.

— Nous travaillons dans le département des tests de jeux.

— Vous restez assis à jouer à des jeux vidéo toute la journée ? Je comprends pourquoi Lucas aime tellement ce travail, dit-il avec un petit rire et ce même ton insultant qu'il avait utilisé toute ma vie.

Sympa, enfoiré.

— À vrai dire, c'est bien plus que cela, répondit-elle une fois qu'elle eut avalé. L'idée n'est pas de jouer à un jeu. C'est un travail très méticuleux. Nous devons tester chaque aspect du jeu. En réalité, notre travail est de *casser* le jeu comme nous le pouvons afin de déterminer sa durabilité et sa jouabilité après la vente. Il faut avoir l'œil, beaucoup de patience et le souci du détail. Et il faut faire très vite, dans un délai court. C'est pour cela que Lucas est si doué. Sa capacité à se focaliser sur des détails est incroyable.

Je levai les sourcils de surprise. Je ne l'avais encore jamais directement entendue complimenter mes compétences. Elle avait exprimé de l'admiration ici et là, surtout dans son rôle de supportrice. Je ne pensais pas que c'était parce qu'elle était l'une des deux seules femmes à travailler dans notre département, non. L'enthousiasme de Kat et son éthique du travail plus élevée que la moyenne imprimaient un dynamisme à notre équipe et la rendaient prête à tout affronter. Elle avait un fabuleux esprit d'équipe et elle nous faisait traverser les difficultés avec son humour et son énergie.

En plus d'être mon arme secrète.

— Il a toujours été ainsi, dit Père en fixant Kat plus attentivement. Et je vois qu'il en a fait bon usage. Ainsi que de son goût impeccable en matière de belles femmes.

Dégoûtant. Je me penchai pour créer une distraction afin que Kat ne soit pas obligée d'écouter davantage de ces conneries, mais ma mère m'interrompit.

— J'espère que tu emmèneras Katharina à la réunion de famille le mois prochain, dit-elle en me donnant un coup de coude.

Je lui jetai un coup d'œil. Ah, voilà la raison pour laquelle elle retenait sans doute sa colère envers moi. Elle voulait quelque chose. Notre présence à la réunion de famille ? *Vraiment* ?

Je préférais subir une chirurgie dentaire sans anesthésie, pour être honnête.

J'avais à peine l'impression de faire encore partie de cette famille et je doutais fortement qu'ils donnent à Katya l'impression qu'elle était bienvenue. Je les connaissais trop bien. Il fallait correspondre à l'image de ce qu'ils voulaient présenter au monde ou bien subir leur courroux.

Ou faire comme moi et disparaître pendant plus d'un an.

— Probablement pas. Nous avons beaucoup de travail cet été. Et puis, Kat a déjà des projets pour les vacances. De plus, il y a ce nouveau poste que je…

— Ce serait vraiment une bonne façon de l'accueillir dans la famille, Lucas. Et nous aimerions beaucoup te voir un peu plus, bien sûr. Veux-tu bien lui en parler ?

Apparemment, elle n'allait pas être dissuadée.

Je grinçai des dents, cherchant encore à maîtriser mon irritation d'avoir été interrompu. Comme d'habitude, elle ne s'intéressait pas le moins du monde à mon travail ou à mes projets. Ou, en dehors de cette nouveauté, à ma vie en général. J'étais stupide d'avoir supposé que les choses pouvaient avoir changé.

— Nous verrons.

Je n'avais pas l'intention de faire subir plusieurs jours de festivités familiales embarrassantes à Kat... ou à moi-même. Sans parler de la relation guindée qui, en dehors de l'ADN que nous partagions, ne nous laissait presque rien en commun.

— Je vois que tu ne bois pas ton vin, Katharina... dit mon père vers la fin du plat principal.

— Oh, euh, je ne suis pas une grande buveuse de vin, à vrai dire. Mais j'adore la bière.

On aurait cru qu'elle venait d'avouer aimer écorcher de petits animaux vivants. Des têtes se tournèrent, des couverts en argent claquèrent contre les assiettes, il y eut des bruits de souffles coupés. Tout le monde la fixa. Les sourcils de Père montèrent sur son front. *Nom de Dieu.*

— Nous allons devoir t'éduquer dans les joies du raisin. Ce verre contient un des meilleurs cabernet sauvignon du vignoble familial. Du 2008, je crois. Une année sèche. Plus la météo est dure, meilleur est le vin.

Kat écarquilla les yeux, visiblement stupéfaite.

— Le vignoble familial... de *votre* famille ?

— Et notre exploitation viticole, oui. À Napa. *Turning Windmill Winery,* fondée en 1986.

Kat prit une teinte écarlate.

— Oh, eh bien oui, je dois vraiment boire, alors.

Elle souleva son verre et en but la moitié en une seule gorgée. Je dus lever le poing devant ma bouche pour cacher un gloussement. Heureusement, Mère ne l'avait pas vu. Elle était plus concentrée sur sa conversation avec ma cousine Lindsay et son nouveau petit ami qu'elle ne l'était sur la tentative peu raffinée de Kat pour goûter la marque familiale.

Kat respira enfin après sa gorgée, ornée d'une moustache violette, et elle hocha vigoureusement la tête.

— Oh oui, c'est un vin incroyable. Délicieux.

Puis elle tamponna sa lèvre avec une serviette à la couleur assortie.

Le reste du dîner suivit le même schéma amusant. Je fus particulièrement diverti quand Père découvrit qu'elle était canadienne. Il écarquilla les yeux et lui demanda presque si elle partait régulièrement chasser l'élan, si elle utilisait des bois d'animaux dans toute la décoration de sa maison et si elle vivait dans une yourte.

Oui. Certaines choses ne changeaient jamais.

Après le dîner, les gens sortirent de la salle à manger et retournèrent sur la terrasse pour regarder le coucher de soleil. Au lieu d'avancer avec eux, Père passa un bras autour de mon coude et me demanda de le rejoindre dans son bureau. Ah, c'était apparemment le moment de la Grande Conversation™. J'avais espéré qu'il décide de l'oublier, mais je n'eus pas cette chance.

Et puisque je parlais de malchance, ma première femme, pas la deuxième, attendait dans le vestibule. À vrai dire, je me flattais en pensant que c'était un hasard malchanceux, car Claire s'était attardée comme si elle m'attendait pendant que d'autres la contournaient vers la terrasse.

— Lucas…

Je la regardai avant de vite détourner la tête, comme si j'étais pressé de me rendre à ma réunion suivante. Contrairement à

Kat, Claire était extrêmement mince avec des cheveux sombres et brillants. Elle tordait théâtralement ses mains parfaitement manucurées. Je l'avais un jour trouvée belle. Elle n'arrivait pas à la cheville de Kat.

Claire était aussi une femme que je n'avais pas pu voir pendant longtemps sans me sentir malade, frustré et en colère. Tout cela était derrière moi depuis plusieurs années.

Maintenant, je ne ressentais plus rien. *Dieu merci.*

Nous avions peut-être été mariés, mais depuis, elle avait été une parfaite inconnue pour moi douze fois plus longtemps que la durée du mariage. Si elle ne s'était pas arrangée pour s'accrocher à ma famille, je n'aurais jamais posé un autre regard sur elle. Mais malheureusement, il se trouvait qu'elle apparaissait presque à chaque événement familial, ce qui m'encourageait d'autant plus à m'en tenir éloigné.

Ce soir, je n'étais pas d'humeur à la saluer ou à lui demander comment elle allait. Je m'arrêtai et j'attendis quand elle se plaça en travers de mon chemin pour entamer sa nouvelle performance mélodramatique.

— Euh…

Elle mordit furieusement sa lèvre inférieure et regarda autour d'elle.

— Je voulais simplement… je voulais vous féliciter et transmettre mes vœux de bonheur. Vous semblez tous les deux très heureux.

Elle cligna plusieurs fois des paupières, comme pour donner l'illusion de lutter contre des larmes fictives. Des larmes inexistantes.

Je hochai la tête.

— Merci. Nous sommes très heureux.

Puis je me tournai pour partir.

Elle me regarda bouche bée.

— N'as-tu rien à me dire ? J'aurais pu être avertie dès le départ, par exemple ? cria-t-elle presque.

Je me retournai, complètement perplexe.

— Être avertie ? À quel sujet ?

Elle haussa les épaules et baissa la tête, clignant toujours furieusement des paupières, ajoutant cette fois des trémolos à sa voix :

— Au sujet de ton nouveau mariage. Afin que je ne doive pas l'entendre par l'intermédiaire de ta famille en arrivant ici ce soir.

Je fronçai les sourcils.

— Je ne savais pas du tout que tu étais invitée. Alors non, je n'ai rien à te dire.

Elle avait certainement dit à tout le monde que j'avais été injuste. Ou alors elle s'était plainte que je ne l'avais pas reprise quand elle l'avait voulu — non, exigé. Ou bien elle avait souhaité à voix haute que ma nouvelle femme et moi nous nous séparions avant le premier anniversaire de mariage.

Je regrettais seulement que Claire voie cette prédiction devenir réalité. À ses yeux, cela confirmait que j'étais effectivement un mari merdique.

Pourtant, je m'en moquais quand même.

Elle plissa les yeux.

— Eh bien, j'espère que tu ne la mettras pas à l'écart, comme…

— Nous en avons terminé ici.

Je l'interrompis avant qu'elle se lance encore dans le jeu des récriminations. Cela faisait plus de six ans que nous étions divorcés. Ce n'était pas simplement de l'eau qui avait coulé sous les ponts, cette eau était partie jusqu'à la mer et elle s'était évaporée en tempête tropicale au-dessus du Pacifique longtemps auparavant.

— Au revoir, Claire.

Quand je lui tournai le dos pour longer le couloir jusqu'au bureau, je sentis qu'elle était restée là, à m'observer.

Malgré tout, je m'arrêtai devant la porte du bureau, remettant inconsciemment ma veste en place avant d'entrer. Père était assis à son immense bureau en chêne qui avait autrefois appartenu à mon grand-père, et avant ça, qui avait orné le grand bureau de la maison de nos ancêtres à Utrecht. Le cuir rouge grinça quand il s'installa dans son fauteuil et indiqua d'un geste exagéré le fauteuil en face de lui, une bergère confortable. En la voyant, des souvenirs de ses discours sévères quand j'étais enfant me revinrent immédiatement. Ou les heures de conseils que je ne voulais pas ou dont je n'avais pas besoin quand j'étais adolescent. Je choisis de ne pas m'asseoir, mais je déboutonnai ma veste pour mettre mes mains dans les poches.

Il leva un sourcil sans dire un mot, sortit une carafe en cristal et deux verres assortis. Un whisky écossais vieilli spécialement, son préféré. Après nous avoir servis, il poussa un verre vers moi et commença immédiatement à boire le sien. Je faillis éclater de rire en imaginant ce qu'évoquait la scène à quelqu'un d'extérieur, comme Kat avec son allusion à Downton Abbey. Il ne manquait que quelques cigares cubains, des vestons de smoking en soie et des accents britanniques chics.

Je ne touchai pas à ma boisson alors qu'il but abondamment. Il reposa son verre et me jeta un regard spéculateur. Père avait cinquante-cinq ans et il aimait beaucoup les maniérismes européens et les airs de sa famille aristocratique de l'ancien monde. Ici en Californie du Sud, il était comme un anachronisme vivant. La discordance n'aurait pas été aussi voyante s'il avait choisi de vivre sur l'autre côte de ce pays. Les attitudes formelles et guindées ne se mêlaient vraiment pas bien à la Californie.

J'attendais qu'il parle. C'était ainsi que j'avais été élevé et les vieilles habitudes avaient la vie dure, même quand on avait vraiment envie de s'en débarrasser.

Il se racla bruyamment la gorge et lâcha brutalement :

— Alors, quelle est l'histoire avec cette femme ? L'as-tu mise enceinte ?

Je me pinçai l'arête du nez pour cacher le fait que je levais les yeux au ciel, pas du tout étonné qu'il ait choisi de commencer par là.

— « Cette femme ». Tu parles de ma *femme* ?

Il balaya littéralement cela de la main avec un geste de mépris.

— Tu sais ce que je veux dire. Je pose seulement la question parce que tout le monde le pense.

Je levai les sourcils.

— Ah bon, vraiment ?

Il haussa un peu les épaules.

— Il y a eu beaucoup de regards appuyés vers son ventre. Tu ne l'as peut-être pas remarqué.

— J'ai seulement remarqué des gens qui aimaient voir une belle femme.

Il était vrai que j'aurais pu simplement lui donner une réponse directe et apaiser ses craintes — et apparemment celles du reste du monde. Mais je prenais un malin plaisir à faire suer un peu cet homme.

La figure paternelle inclina la tête et jeta ce qu'il pensait sûrement être un regard rusé.

— Il est vrai que tes femmes deviennent progressivement plus jolies, je dois te l'accorder. Espérons juste que celle-ci durera.

J'ignorai sa tentative de m'appâter.

— Je suis certain que tu as répondu à ta propre question en nous servant du champagne dès que nous sommes arrivés. Et bien sûr, tu lui as demandé pourquoi elle ne touchait pas à son vin au cours du repas.

Un autre haussement d'épaules énervant.

— Je voulais juste m'assurer de ne pas finir grand-père par surprise.

— Avec un peu de temps, ma sœur pourra vous aider avec ça.

Je croisai les bras et je m'appuyai contre le mur orné de bibliothèques. L'odeur des livres reliés en cuir aux ornements exquis qu'il ne lisait jamais me chatouilla les narines. Au moins, les employés de maison parvenaient à maintenir l'illusion en ne leur permettant jamais de se couvrir de poussière.

Son regard froid soutint longuement le mien avant que je rompe le silence tendu qui s'était installé entre nous.

— À quoi dois-je l'honneur de cette audience ?

Il s'appuya contre le dossier de sa chaise et souffla en fronçant les sourcils.

— Tu ne m'épargnes pas tes sarcasmes ce soir, n'est-ce pas ?

Je fis un sourire en coin.

— Il vaut mieux aller droit au but, n'est-ce pas ?

Quand il bougea pour croiser les jambes, affectant une posture hautaine, le cuir craqua en protestant.

— Tu n'es vraiment pas en bonne place pour ce genre d'attitude. Tu as apporté cette nouvelle personne dans notre famille sans nous avertir. Pas même une présentation en avance. Je pensais que tu en avais fini avec le mariage après le dernier.

Même quand elle t'a supplié d'avoir une autre chance. As-tu vu un visage magnifique et laissé tes hormones te contrôler ? Ou bien… était-ce autre chose ?

Je me grattai le front avec un ongle, juste au-dessus de mon sourcil.

— On dirait que tu remets en question ma santé mentale.

Encore une fois.

— Qu'arrivera-t-il ensuite ? Dois-je m'attendre à des menaces d'internement contre ma volonté ?

Père fronça les sourcils.

— C'était il y a longtemps…

— Et pourtant tu parles encore de Claire et de son numéro quand nous nous sommes séparés. C'était aussi il y a longtemps. Joli coup, d'ailleurs, de l'inviter ce soir. Ça n'a pas été gênant du tout.

Il haussa les épaules.

— Ça vient de ta mère, pas de moi. Elle est l'amie la plus proche de Julia.

Le regard de Père se perdit dans le vide et il sembla absorbé par ses pensées.

— Je vais être franc. Ton comportement nous inquiète.

Ah. La voilà. *L'inquiétude.* Lucas faisait « une autre dépression ». Il était temps de rameuter les troupes et de recommencer à s'arracher les cheveux ! Que vont penser les voisins ?

— La dernière fois que j'ai vérifié, je n'étais pas obligé de soumettre les décisions importantes de ma vie à votre approbation. J'ai vingt-six ans.

Il n'apprécia pas ce petit rappel. Tous mes choix depuis le jour où j'avais quitté mon ancienne vie avaient renforcé cette croyance et cela l'ennuyait encore régulièrement.

— La dernière fois que j'ai vérifié, j'étais toujours ton père et tu faisais encore partie de cette famille. Nous la présenter à l'avance aurait été la chose décente à faire.

Je restai silencieux et je dus faire un gros effort pour empêcher les mots de sortir de ma bouche. *Je vous ai avertis autant que vous le méritiez.* Bon sang. Il s'agissait d'un faux mariage, bien sûr. Les merdes qu'il me jetait au visage — le passé, « l'inquiétude » égoïste — auraient dû me laisser indifférent.

À la place, cela me faisait fulminer de rage, exactement le contraire de ce que j'avais espéré, ramenant le passé au-devant de la scène et me jetant tout au visage.

Ce connard sous-entendait que la seule raison pour laquelle je daignais épouser quelqu'un comme Katya était parce que je l'avais mise enceinte. Ou que je l'avais laissée me manipuler, moi et mes hormones. Ou que j'avais une maladie mentale. Cela m'énervait encore davantage. Il ne savait rien sur elle et il ne semblait rien vouloir savoir sur elle. Sa propre nouvelle belle-fille.

Il porta le verre à ses lèvres pour une autre gorgée, puis il s'appuya contre le dossier de son fauteuil en soupirant longuement.

— Je suppose que tu as signé un arrangement prénuptial.

Encore plus d'huile sur les braises de rage qui menaçaient de s'enflammer. Je me frottai la mâchoire et je luttai pour ne pas sourire avant de lui annoncer ce qui allait faire l'effet d'une bombe.

— Il n'y a pas d'arrangement prénuptial.

Il pâlit visiblement, pinçant les lèvres comme s'il venait de sucer un citron. *Vingt sur vingt pour la théâtralité, cher Père.*

— Ça ne sera pas nécessaire.

Je ne pus m'empêcher de tourner un peu le couteau dans la plaie.

— Je n'ai pas touché au fonds en fidéicommis et je n'en ai pas l'intention.

Il se frotta les tempes.

— Personne à part toi ne peut toucher à cet argent. Je ne peux rien y faire. C'est mon père qui a fait ça.

Et ça te chagrine, je sais.

— Cela peut rester sur le compte et récolter des intérêts. Peut-être que mon héritier, si j'en ai un, en profitera.

L'air de dégoût sur son visage me fit rire. Quelle personne saine d'esprit refusait une somme à neuf chiffres ? Mais comme ils avaient décidé depuis longtemps que j'étais malade, pourquoi ne pas continuer à être mystérieux ?

— Ton comportement ces dernières six années me stupéfait complètement. Je ne te comprends pas.

Je hochai la tête en le regardant froidement.

— C'est évident.

Il secoua la tête avec davantage de cette fausse inquiétude.

— Tu fais comme si c'était un jeu. Même maintenant. Tu dois assumer tes responsabilités. J'espère que cette fille…

— Elle s'appelle Katya. Ta belle-fille, Katya.

—… Est celle qu'il te faut et que ça fonctionnera. Tu as peut-être appris à être un meilleur mari, cette fois. Sinon, ce sera un divorce extrêmement coûteux.

Oh, il ne comprenait rien. *Vraiment.* Une nouvelle idée émergea dans mon esprit. J'allais peut-être tout lui donner lors de notre divorce. *Problème résolu.*

Et ces conneries sur le fait d'être un meilleur mari, même si elles étaient vexantes, étaient assez gonflées de la part d'un homme dont la fidélité était au mieux douteuse.

— Y a-t-il autre chose ou suis-je libre de retourner à la fête et à ma femme ?

Malheureusement, je ne parvins pas à cacher l'irritation de ma voix.

Il se leva, emplit à nouveau son verre et but une autre gorgée avant de me regarder froidement par-dessus le bord.

— Tu es libre de faire ce que tu veux, fils. C'est ainsi que tu agis depuis des années. Dommage que les divorces ne sont que pour les conjoints et pas pour les membres de la famille, hein ?

Il secoua la tête et il me laissa debout dans son propre bureau. Peut-être que la seule façon pour lui d'avoir le dernier mot était de partir juste après avoir parlé.

Je t'emmerde, Arent van den Hoehnsboek van Lynden.

Je m'avançai vers son bureau, j'attrapai le verre de whisky qu'il avait servi pour moi et que je n'avais pas touché et je le vidai d'une traite. Ce fut si brûlant que mes yeux se mirent à larmoyer pendant que le liquide au goût fumé descendait en me grillant l'œsophage.

Pensaient-ils tous la même chose ? Que j'avais perdu l'esprit ? Je débouchai la carafe hors de prix et je me servis un autre verre. Et je répétai autant de fois que nécessaire.

Des souvenirs de cette époque : l'énorme boule d'anxiété bloquant constamment mon estomac et ma gorge. La façon dont tout ce que je mangeais se transformait en sciure dans ma bouche. Les appels téléphoniques incessants.

Le manque de sommeil. La sangle serrée autour de ma poitrine qui m'empêchait de respirer correctement et m'obligeait à lutter chaque fois. Je fermai les yeux comme si cela pouvait faire cesser le kaléidoscope d'images, de sentiments et de mots glissant dans ma mémoire. Un autre verre.

Je ne m'arrêtai pas avant d'avoir terminé le troisième.

La pièce commençait à prendre des contours légèrement flous. Une chaleur s'étala en moi, mais elle ne parvint pas à étouffer ma rage intérieure. D'une certaine façon, j'étais encore endeuillé par la perte du jeune homme naïf que j'avais été autrefois. Il avait été tué la nuit où les gens en qui j'avais le plus confiance au monde m'avaient poignardé dans le dos.

Et je vous emmerde aussi, Claire. Mère. Julia.

Je quittai le bureau, vaguement conscient de ne pas tout à fait marcher droit. Inexplicablement, je voulais être près de Kat. Je pouvais lui faire confiance. De toutes les personnes ici — y compris celles que j'avais connues toute ma vie — elle était la seule personne en qui je pouvais avoir confiance.

Nous avions eu des désaccords, mais nos relations avaient toujours été honnêtes. Toujours sincères. Pas de mensonges.

Cette famille en avait beaucoup trop. Et je voulais quitter ce foutu mausolée avec Katya. *Maintenant.*

J'avais besoin d'elle maintenant et pour une courte durée, elle était encore à moi.

Mienne.

Je la trouvai sur la terrasse à l'arrière en train de discuter avec ma sœur Julia et ses deux amies les plus proches : Claire et la nouvelle saveur du mois dont le nom m'échappait toujours. Une blonde pétillante avec une voix qui donnait l'impression qu'elle venait d'aspirer une tonne d'hélium.

Elles avaient toutes les trois coincé ma pauvre femme, même si Katya ne semblait pas du tout bouleversée. Je serrai les poings. Avec cette collection de harpies, je me serais inquiétée pour n'importe quelle personne se trouvant à sa place.

Julia et Machin-chose hochaient la tête en l'encourageant à continuer. Kat buvait de petites gorgées d'eau entre deux prises de parole tout en scrutant discrètement la zone autour de leur petit groupe. Elle semblait avoir envie de partir, elle aussi.

Eh bien, me voilà, le chevalier blanc venu sauver Kat. J'allais même affronter la nuée de harpies et l'ex redoutée pour la sauver. Allait-elle apprécier le geste ?

Bien sûr, le fait que je veuille décamper d'ici signifiait que mes motivations n'étaient pas entièrement altruistes. J'allais l'éloigner du groupe afin de comploter pour préparer notre fuite. Je reboutonnai ma veste et je m'approchai du cercle, posant une main au creux du dos de Kat et évitant les regards ouvertement curieux des trois autres femmes.

— Lucas ! dit ma sœur en écarquillant les yeux. J'étais en train d'admirer la magnifique robe de Katharina.

Elle leva son téléphone qui montrait une photo flatteuse de Kat qu'elle devait avoir prise quelques minutes auparavant. Elle se tourna vers Kat.

— Avec ta permission, j'aimerais beaucoup la mettre en ligne. Mes abonnés qui suivent ma marque vont adorer.

Julia commença à tapoter sur son téléphone comme si elle rédigeait un post sans avoir obtenu la permission de Kat. Celle-ci écarquilla les yeux, surprise.

— Tu as une marque ?

Sans lever les yeux, Julia hocha la tête.

— Mmm mmm. Tu en as peut-être entendu parler ? Fløe. F-L-O avec une barre et E, comme dans « se laisser porter par le flot ». Je viens de passer deux millions de followers le mois dernier, alors beaucoup de gens vont voir ta photo. Puis-je t'identifier ? Tu as un compte Instagram, n'est-ce pas ?

Kat cligna des paupières comme si elle devait encore absorber toutes ces informations. Julia se targuait d'être influenceuse et ambassadrice de marques depuis plusieurs années. En fait, après avoir eu l'âge d'accéder à son fonds en fidéicommis, elle avait quitté l'université et lancé sa propre marque. Au moins, elle avait envie de faire *quelque chose*, même si ce n'était que voyager, aller en boîte, faire du shopping, faire la fête et tout documenter pour ses abonnés.

— Euh, oui. Bien sûr. C'est @PersephoneGamer. C'est lié à mon compte Twitch.

Un sourcil se leva, Machin-chose chuchota des mots inaudibles à Julia. Claire continua à fixer Kat et moi avec ce mélange étrange de peine et de curiosité. C'était gênant. Bon sang, j'en avais vraiment assez des conneries de ce soir.

— C'est vrai, dit Julia en levant la tête. Je savais que tu étais une gameuse. Il faudra que je jette un coup d'œil à ta chaîne un de ces jours.

En se mordant la lèvre, elle continua à composer son message.

— Pardon, j'ajoute simplement le hashtag, maintenant. C'est du prêt-à-porter, n'est-ce pas ? Pas un couturier ?

— Oui, répondit Kat. Si je ne peux pas prononcer le nom, je ne le porte pas.

Kat rit, je ris. Les trois autres nous regardèrent, apparemment mortifiées.

— Pardon de vous interrompre, mais j'ai besoin de vous voler ma femme.

Elle se tourna pour me regarder et hocha la tête d'un air décidé. Kat était discrète, mais je voyais qu'elle était encore furieuse contre moi. Peu importe. Après trois verres et demi du scotch de mon père, il n'y avait pas grand-chose qui me perturbait, pas même une femme en colère. Et une ex-femme vexée comme un pou, non plus, d'ailleurs.

Je n'avais pas croisé son regard, mais je sentais que Claire observait tous mes gestes. Je passai le bras autour de la taille de Kat en la serrant contre moi. Je sentis toute la longueur de son corps contre le mien, d'une façon nouvelle. Après la raideur initiale de la surprise, elle se détendit contre moi avant de couvrir la main que j'avais posée sur sa hanche avec la sienne. Nos doigts s'enlacèrent et soudain…

Mon sang mêlé d'alcool s'enflamma et se mit à brûler de désir. Pour elle. Sans une autre pensée, je me baissai et je déposai un baiser ferme dans son cou si doux qui sentait bon.

Et puis elle réagit : elle frissonna contre moi. Ce tremblement causa un éclair de désir chez moi et j'eus immédiatement une érection.

Elle me jeta un regard interrogateur. Ses joues étaient légèrement roses, sa bouche ouverte, sa poitrine se levant plus vite qu'avant. Je ne m'étais pas rendu compte que je la tenais avec plus de force, alors je relâchai ma prise à contrecœur. Et pas sans le rappel dans ma tête qui criait avec toute la sophistication d'un homme de Néandertal : *mienne !* Mienne, mienne, mienne.

Entièrement mienne.

— Est-ce que ça va ? chuchota-t-elle quand les autres se mirent à parler entre elles.

Je me penchai pour lui répondre en chuchotant, conscient que le monde autour de nous était toujours un peu flou :

— Rentrons à la maison.

Elle me fixa, ses lèvres roses s'entrouvrant encore. J'avais *vraiment* envie de les embrasser. Dans le brouillard agréable de l'ivresse, je n'arrivais à penser à rien d'autre. Ensuite, je voulus sentir ses lèvres partout sur mon corps.

Elle me tira par le bras et donna un coup de tête en direction de la maison, me demandant silencieusement d'avoir une discussion en privé. Elle voulait peut-être encore crier contre moi, comme elle l'avait fait avant le dîner. Je ne pouvais pas lui en vouloir.

Et je n'allais certainement pas refuser d'être seul et en privé avec elle. Mais pas parce que je voulais parler.

Kat s'éloigna lentement de moi et je la lâchai à contrecœur. Elle me prit la main et tira doucement dessus. En saluant le reste du groupe, elle me conduisit à l'écart.

Une fois à l'intérieur et en privé, elle se tourna vers moi et énonça une évidence à voix basse :

— Tu es ivre et tu sens le whisky.

Je réagis en levant la main vers son visage et en faisant courir le pouce sur sa lèvre inférieure. Cette lèvre pulpeuse et délicieuse devait être goûtée. Son visage s'assombrit et elle chassa ma main.

— Je suis encore très énervée contre toi.

Je souris et je haussai les épaules. Sa colère devait traverser plusieurs couches d'euphorie molle de l'ivresse pour m'atteindre. J'étais dans l'état parfait où j'avais bu juste assez pour me sentir bien sans basculer dans la mélancolie.

— Bienvenue dans le monde des gens mariés, Cranberry.

Je m'avançai pour l'embrasser malgré sa prétendue irritation contre moi. Dans cet état, je découvris que je ne pouvais pas lui résister, alors je choisis de ne pas le faire. Dès l'instant où il y eut le moindre indice d'une réaction de sa part, je posai les mains dans son cou en tenant sa tête contre la mienne.

Mon corps contre son corps. Ma bouche contre sa bouche. Mes doigts dans ses cheveux brillants et épais. Elle monta les mains pour les poser sur le revers de ma veste pendant quelques secondes avant de me repousser durement.

Je le méritais sûrement.

— Quand j'ai dit que j'étais énervée, ce que je voulais vraiment dire c'est que j'étais furieuse, siffla-t-elle à voix basse pour que personne ne puisse nous entendre.

Je déglutis.

— Kat...

Des talons claquèrent dans notre direction sur le sol en pierres importées. Avant que je puisse me retourner pour voir qui c'était, une odeur de parfum de luxe, toujours le Chanel N°5, révéla son identité.

Je tirai maladroitement sur ma veste, afin que mon état d'excitation ne soit pas évident, avant de me tourner pour affronter ma mère.

— Je vous ai cherchés partout tous les deux. N'êtes-vous pas d'adorables tourtereaux ?

Elle utilisait son ton chantant et faussement gentil qui signifiait qu'elle était irritée ou carrément en colère à cause de la situation, mais qu'elle n'allait jamais le montrer. Particulièrement pas à sa nouvelle belle-fille, en tout cas. Je le reconnus instantanément après l'avoir enduré toute une vie.

Kat baissa modestement la tête comme si elle était gênée et elle cacha ses lèvres enflées dans sa bouche.

— C'est de ma faute, dis-je après m'être raclé la gorge. Ma femme est si belle que je ne pouvais pas passer une autre seconde sans l'embrasser.

Mère posa une main sur mon bras et sourit, puis afficha un faux rire et se tourna vers Kat.

— Bien sûr. J'ai été jeune mariée moi aussi, tu sais. Ça ne fait pas longtemps au point de ne plus me souvenir de ce que c'était. Après tout, Lucas était un bébé de lune de miel.

Beurk. Non merci pour cette image mentale.

Ma mère, toujours concentrée sur Kat, lui fit un de ses sourires aristocratiques affreusement mielleux tout en posant sa main libre sur son cœur. *Là, tu exagères un peu, non ?*

— Je veux juste vous redire comme je suis heureuse de vous avoir dans notre famille.

Kat écarquilla les yeux et esquissa un sourire.

— Oh, merci. C'est très gentil. Je suis heureuse d'être ici.

Mère me jeta un regard indéchiffrable avant de se mettre à parler très vite. Une prémonition m'avertit quelques secondes seulement avant que les mots sortent de sa bouche.

— Nous avons une réunion de famille au vignoble le mois prochain. Je dois vous poser la question, puisque nous n'avons pas pu assister au mariage. Nous aimerions beaucoup que vous soyez là…

— Mère, j'ai déjà dit que nous devions travailler…

Elle pivota vers moi.

— Ce n'est que pour un long week-end. Personne — pas même toi — n'a besoin de travailler autant. Et il y aura des membres de la famille que tu n'as pas vus depuis des lustres, de la côte Est et des Pays-Bas.

Mon dos devint tout raide de colère : j'étais frustré par son refus typique d'écouter ce que j'avais à dire. Kat tourna brusquement la tête vers moi. Nos regards se croisèrent et j'y vis quelque chose. La colère d'avant et aussi un peu de sa fougue usuelle.

Je me retournai vers ma mère pour détourner l'attention de Kat.

— Pour la dernière fois…

— Nous aimerions beaucoup, répondit Kat en ne tenant pas compte de moi.

Mère m'ignora complètement et se focalisa sur sa nouvelle belle-fille qu'elle voyait maintenant probablement comme une alliée. *Putaiiiin.*

Je jetai un regard noir à Kat et Mère me prit sur le fait.

— Oh, Lucas, ne réagis pas comme ça. Ce sera amusant. Romantique. Nous vous mettrons dans la Villa des Amoureux juste tous les deux. La réunion sera fantastique avec de la nourriture incroyable, des jeux, et puis il y a le nouveau spa que nous venons de faire construire. Ce sera la lune de miel que tu aurais dû lui offrir quand vous vous êtes mariés.

Super. Encore des reproches. D'autres attentes que je n'avais pas satisfaites. Parce que pourquoi pas ? Je ne les avais pas encore assez déçus, ce qui semblait être le message qui sous-tendait presque chaque phrase prononcée par eux. Et maintenant, ma seule alliée, Kat, venait de retourner sa veste.

— Nous devons partir *maintenant*, grognai-je en serrant les dents.

Apparemment, mon ton fut si dur que Kat sembla surprise et Mère... Mère s'écarta et me jeta ce regard. Ce regard signifiant *Lucas est fou*. Je l'avais aussi vu très souvent au cours des six dernières années.

Sans un mot de plus, je tournai les talons et je sortis à grands pas de la pièce en me dirigeant tout droit vers la porte d'entrée. Peu importe que Kat me suive. J'avais entendu le mot « alcool » derrière moi, comme si Kat excusait mon ivresse.

Ce qui m'énerva encore davantage.

Bordel, j'étais prêt à risquer une amende pour conduite en état d'ivresse si c'était la seule façon de sortir d'ici. Je criais déjà à un des pauvres valets — que je ne connaissais pas non plus — de ramener ma voiture.

Kat se trouva à côté de moi peu de temps après.

— Laisse-moi conduire.

— Bien sûr, maugréai-je. Que veux-tu faire pour améliorer la situation, casser ma voiture ?

Le valet nous regarda tour à tour lorsque son patron, Armando, le chauffeur habituel de la famille s'approcha.

— Madame aimerait que je vous conduise tous deux à la maison en sécurité. Jerry peut nous suivre avec votre voiture, Monsieur Lucas.

Kat écarquilla les yeux et me jeta un regard. Je l'évitai et je me frottai les tempes. Après tout, c'était la suggestion la plus raisonnable.

— Oui, d'accord. Très bien.

Peu de temps après, mes parents nous dirent au revoir devant la maison. Père était toujours renfrogné à cause de notre conversation et Mère faisait bonne figure, sa bouche tremblant seulement un peu. Et moi, dans mon euphorie alcoolisée, je me moquais complètement d'être une source interminable de frustrations, d'angoisses et de chagrin de mes parents. Simplement parce que j'avais choisi de vivre la vie que je voulais au lieu de celle qu'ils avaient prévue pour moi.

Nous échangeâmes des au revoir rapides pendant lesquels Kat mérita apparemment d'être serrée dans les bras de ma mère et d'entendre un « bienvenu dans la famille » sec de la part de Père.

Je serrai la mâchoire en voyant cela. Eh bien, elle n'allait pas autant profiter de sa vengeance une fois que nous serions coincés à Napa, incapables de nous échapper de la maudite « réunion de famille ».

Nous nous installâmes à l'arrière de la berline et elle poussa un long soupir.

— Bon sang, j'ai besoin d'un verre.

Comme moi. Et d'après ce que je savais, Père ne mettait jamais d'alcool dans la voiture. Ceci n'était pas une limousine pour faire la fête, après tout. J'avais beau être agréablement ivre, le dernier mot que j'aurais utilisé pour décrire le trajet du retour aurait été *fête*.

CHAPITRE DIX
KATYA

IL ETAIT EVIDENT QUE QUELQUE CHOSE L'ENNUYAIT. L'ennuyait vraiment. Il était assis à l'arrière de la voiture, les coudes sur les genoux, le front dans les mains, les doigts dans ses cheveux sombres, ne levant jamais la tête. Soit il était sur le point de vomir, soit il traversait des tourments sérieux causés par sa famille. Peut-être les deux.

Mais j'étais ennuyée également… par *lui*, par exemple, et par son comportement toute la soirée. J'avais envie de crier et je luttai pour me retenir, modérant ma propre irritation brûlante.

Il me fallut une minute pour découvrir quel était le bon bouton, puis j'appuyai dessus pour faire remonter l'écran entre le chauffeur et nous. Pas besoin qu'ils connaissent tous les détails croustillants de notre non-mariage. Je n'avais jamais été dans une telle voiture, mais j'avais vu assez de films pour savoir que c'était possible. Je m'éclaircis la gorge et je me tournai vers lui.

Les mains de Lucas, qui soutenaient sa tête, étaient fortes et parcourues de veines gonflées et de quelques poils sombres. Pour une raison étrange, je les trouvais fascinantes, mes yeux s'arrêtant dessus alors que je parlais avec sévérité à leur propriétaire.

— Alors, ce n'est pas comme si tu avais pris la peine de demander mon opinion, mais mon résumé de cette soirée peut être contenu en trois petites lettres : WTF.

Il se massa les tempes avec les pouces, enfonçant les paumes des mains dans ses yeux. Il ne dit toujours rien.

— Et sur une échelle d'un à dix, ton score de mari est très bas, ce soir.

— Super. Claire et toi vous pourrez fonder le club de « Lucas est un mari merdique » quand tout sera fini. Vous pourrez répartir les rôles de présidente et vice-présidente en faisant un bras de fer. Dis-moi quelque chose de nouveau.

Je croisai les bras.

— Alors, quand avais-tu l'intention de me donner cette petite information ? Une fois que j'avais échoué à l'entretien de l'immigration parce que je ne savais rien au sujet de ton mariage précédent ?

Il leva brusquement la tête et me regarda en fronçant les sourcils. Il y avait quelque chose au fond de ses yeux. Une souffrance profonde que je ne pouvais nommer. Je savais qu'elle avait été là bien avant que je mette les pieds dans cette famille dysfonctionnelle. Apparemment, notre venue ici ce soir avait fait remonter des choses en lui.

Je le comprenais — beaucoup trop bien, à vrai dire. Mais même si je me sentais mal pour lui, ça ne lui donnait pas une excuse pour agir en véritable con avec moi.

Il parla en serrant la mâchoire :

— Ce n'est pas comme si tu étais vraiment ouverte au sujet de ta famille, n'est-ce pas ? Ma belle-famille — tes parents, ton frère — je ne sais quasiment rien sur eux. Je ne sais pas non plus pourquoi tu les évites au point de tout laisser tomber et de quitter ton pays. Ni pour quelle raison tu es terrifiée de recevoir du courrier d'un avocat en Colombie-Britannique.

J'écarquillai les yeux en ravalant un peu de culpabilité. Oui, il disait la vérité, dans tous les domaines. Mais ce soir ne concernait pas ma famille.

— Jolie façon de retourner la situation, mais tu n'as pas été obligé d'affronter une ex-épouse dont tu ne connaissais même pas l'existence. Et ça n'arrivera pas, car je n'ai jamais été mariée. Tu aurais pu mentionner cela, au moins.

Bizarrement, c'était surtout cette révélation qui me restait en travers — plus que les parents Van Den RichouRiches et la sœur mondaine et glamour. Plus que ce titre de noblesse européen et l'immense villa et le vignoble de famille. Plus que tout cela... il y avait quelqu'un que Lucas avait épousé des années auparavant. Sans doute par amour. Sans doute avant de devenir quelqu'un de fermé, aigri et blasé par toute l'idée du mariage.

Son regard devint plus intense.

— Et quelle différence est-ce que ça fait pour toi ? Ceci n'est même pas réel. Et tu devrais être reconnaissante que je considère le mariage comme une plaisanterie. D'ailleurs, mon mariage avec Claire a duré un grand total de cinq mois. Je n'aurais sans doute jamais accepté de faire ceci si je prenais le mariage au sérieux.

Waouh... je clignai plusieurs fois des paupières.

— Alors ceci est une plaisanterie pour toi ?

Il haussa les épaules avec raideur.

— Pas le fait que tu aies besoin d'une carte verte, non. Ou que tu gardes ton travail, ce qui m'a beaucoup aidé. Mais je suis entièrement pour me moquer d'une institution démodée et ridicule que je déteste personnellement. C'est ça, la plaisanterie.

Je secouai la tête en fronçant les sourcils.

— Comment se fait-il que tu sois aussi aigri ? Tu n'as même pas trente ans.

Il serra la mâchoire, ce qui fit gonfler ses joues, et il regarda droit devant lui.

— J'ai de foutues bonnes raisons.

Je bougeai pour l'observer plus attentivement.

— Il est peut-être temps que tu m'en révèles quelques-unes, alors. Puisque maintenant je suis impliquée également.

Il maugréa toute une série de gros mots en passant plusieurs fois les mains dans ses cheveux. Ils étaient dressés sur sa tête comme une perruque ébouriffée. J'aurais pu le taquiner s'il n'avait pas déjà été si perturbé.

— Très bien.

Il poussa un long soupir et se redressa, laissant retomber son dos contre le siège, dans une posture toute raide.

— Pourquoi ne pas te donner plus de munitions pour te moquer de moi ? Quand j'étais bien trop jeune, j'ai merdé et j'ai pris quelques mauvaises décisions afin de faire plaisir à d'autres personnes. Découvrir qu'il est presque impossible de réparer certaines de ses erreurs aide à devenir aigri très vite.

Par inquiétude pour lui, je me frottai les tempes en essayant de freiner mon irritation. Son ton de voix était étrange… plat, sans émotion. Et pas de sa façon émotionnellement indisponible typique.

— Pour information, je n'ai pas l'intention de me moquer de toi à ce sujet.

J'attendis un moment avant de lui poser la question suivante.

— Alors, euh, tu t'es marié pour faire plaisir à d'autres au lieu de toi-même ?

Je fronçai encore les sourcils. Ça me paraissait bizarre. Les gens qui disposaient de titres de noblesse et de beaucoup d'argent agissaient peut-être encore de cette façon.

Il leva les yeux au ciel et regarda par la vitre, sans doute afin d'éviter de se tourner vers moi.

— J'avais dix-neuf ans. C'était ma petite amie du lycée. Le mariage a été une fête complètement exagérée et ridiculement coûteuse que tout le monde voulait. Toutes les raisons pour lesquelles je l'ai épousée étaient mauvaises.

Hmm. Je m'appuyai contre le cuir luxueux de la voiture et il craqua quand je me décalai vers lui.

— Quelles étaient les raisons, alors ? demandai-je un peu plus doucement qu'avant.

Plus il semblait agité par cette conversation, plus je me sentais calme. Alors que j'étais toujours stupéfaite par la soirée étrange et irritée par les secrets qu'il m'avait cachés. En tout cas, j'étais prête à l'écouter.

— La stupidité de la jeunesse. Ça m'avait l'air d'être la chose à faire. Nous nous sommes rencontrés pendant la première année de lycée et nous sommes sortis ensemble quelques années. Mais j'étais en route pour Cambridge, une grande inconnue, un pays étranger. Elle voulait vraiment me suivre. Ma famille appréciait sa famille. Elle en avait envie. Ils en avaient envie.

— Tout le monde en avait envie sauf *toi* ?

Il haussa les épaules.

— Je ne savais pas du tout ce que je voulais. J'étais un gamin. Je voulais simplement faire plaisir à tout le monde autour de moi. Être à la hauteur des attentes de ma famille, rentrer dans le rang. Être le bon petit premier-né et faire ce que j'étais censé faire. Jusqu'à ce que je ne puisse plus. Je me suis dit que me rendre totalement malheureux pour faire plaisir à mon entourage n'était pas une bonne idée. En outre, je n'étais pas prêt à être un mari — le sien ou celui de n'importe qui d'autre.

J'attendis pendant qu'il regardait par la vitre. Tout ça me faisait mal à la tête.

Son histoire faisait écho à la mienne. Nous avions tous deux été poussés à nous conformer aux attentes de notre famille et à être l'enfant parfait, même si c'était pour des raisons différentes.

Je le regardai encore. Il était difficile de me débarrasser de l'image de Claire qui l'observait. Elle ne l'avait jamais quitté du regard au point que c'était… gênant. Ils étaient séparés depuis six ans, bon sang.

— Est-il possible que Claire soit encore amoureuse de toi ?

Il couvrit son visage d'une main en riant.

— Oh, ne vois rien de plus dans son comportement de ce soir que de l'apitoiement sur elle-même et un besoin constant d'attention. Elle ne m'a jamais aimé comme je l'ai aimée.

Je secouai la tête. C'était vraiment tordu.

— Eh bien, si c'est le cas, alors tes parents semblent n'avoir pas du tout pensé à ce que tu pouvais ressentir en l'invitant ce soir.

Il haussa les épaules.

— Ils n'ont pas pensé à toi non plus. Imagine si tu étais ma véritable nouvelle épouse qui se souciait de moi ? Ils ne nous ont pas du tout avertis. Je n'aurais pas dû être surpris. Claire a beaucoup traîné dans leur entourage ces six dernières années. Ils aiment maintenir la relation avec ses parents et se donner des airs accueillants et progressistes. Tout tourne autour des apparences.

Je secouai encore la tête.

— Bon sang, ils n'ont vraiment fait preuve d'aucun égard pour toi, quand même.

Il eut un autre rire sec.

— Ce n'est pas surprenant, puisqu'ils n'affirmeront jamais être sensibles aux autres. Elle a réussi à planter ses griffes dans notre famille. C'est la meilleure amie de Julia et sa partenaire pour faire la fête, après tout.

— Vous êtes tous allés au lycée ensemble ?

Il se tourna en me regardant du coin de l'œil d'un air acerbe.

— Tu viens de voir la maison de ma famille, penses-tu que je suis allé dans un lycée normal, même si j'en avais envie ?

Je me mordis la lèvre.

— Laisse-moi deviner, un lycée privé chic quelque part en Nouvelle-Angleterre ?

— Bingo. Dans le New Hampshire pour être exact. Claire venait de l'Upper East Side de New York. L'argent du quartier financier. Mes parents se considèrent comme très ouverts et assez larges d'esprit pour accepter les nouveaux riches dans leur cercle d'intimes.

Je ris et la voiture fit une embardée soudaine, sans doute pour éviter un nid-de-poule. Le chauffeur dit quelque chose que je ne pus pas entendre à cause de l'écran, probablement des excuses. Je perdis l'équilibre, tombant contre Lucas qui m'attrapa dans ses bras aussi vite que je tombai contre lui. Je me tournai pour m'excuser et nos visages furent dangereusement proches. Il y eut des étincelles électriques. Il était impossible de nier la tension qui crépitait entre nous. Et puis il y avait son odeur, cette senteur propre de bergamote et de cuir. Si délicieuse, si masculine.

Peu importe qu'il soit ivre avec une haleine de whisky, il était néanmoins magnifique dans son costume.

Nous nous regardâmes dans les yeux et je dus me forcer à déglutir en m'écartant lentement. Lui aussi semblait retenir sa respiration. Et à ce moment-là, je sus que si je ne m'étais pas écartée, nous nous serions embrassés l'instant suivant et... eh bien, je ne voulais pas ça, n'est-ce pas ?

N'est-ce pas ?

Après une minute gênante où nous regardâmes tous deux par nos vitres respectives, Lucas se remit à parler, sa voix perdant le ton sec d'auparavant. Maintenant, il semblait avoir pris du recul, comme s'il racontait l'histoire de quelqu'un d'autre.

— J'ai cependant pu retirer une chose positive de tout cela. J'ai appris que je n'étais pas fait pour le mariage. J'étais jeune et stupide et je n'avais pas réfléchi. Je vivais la vie de quelqu'un d'autre.

— La vie de qui ? demandai-je.

Il haussa les épaules. La main qui était posée sur le siège à côté de sa cuisse se serra.

— Celle de Lucas van den Hoehnsboek van Lynden.

J'écarquillai les yeux.

— Mais... n'est-ce pas toi ?

Waouh, était-il sur le point de m'avouer qu'il souffrait d'un désordre de la personnalité ? Combien de Lucas vivaient dans cette tête ?

Il secoua la tête et pinça les lèvres.

— Non, je ne le suis plus.

J'ouvris la bouche pour l'interroger davantage, mais je me ravisai, car il semblait vouloir raconter l'histoire à sa façon.

— Je ne m'attends pas à ce que tu comprennes d'après la minuscule parcelle de ma vie que tu connais désormais. Ce que tu as vu ce soir était l'extérieur scintillant, la fortune glamour dans laquelle ils vivent. Mais cette vie est accompagnée de certaines… attentes.

Il secoua la tête en regardant toujours par la vitre.

— J'ai essayé. Toute ma foutue vie, j'ai essayé de rentrer dans ce moule, de faire ce qu'ils attendaient : d'aller à la bonne école, d'étudier les bonnes matières, d'épouser la fille qu'il fallait. Tout.

Sa voix était étranglée maintenant, comme si c'était douloureux de révéler tout cela. Il resta longuement silencieux et nous regardâmes les lumières de la ville passer devant nos vitres.

Soudain, la voiture ralentit et nous sortîmes de l'autoroute en direction de la maison. Cela sembla le tirer de ses pensées.

Il passa une main dans ses cheveux et eut un petit rire embarrassé.

— Pardon de radoter ainsi. Ça fait beaucoup d'informations à digérer en une soirée, alors que tu as déjà dû en digérer beaucoup.

J'imitai son haussement d'épaules.

— Eh bien, c'est moi qui ai posé la question.

Il me jeta un coup d'œil rapide avant de poser la tête en arrière pour fixer le toit sombre de la voiture.

— Je n'ai encore jamais vraiment parlé de tout ça à voix haute. Cela fait longtemps que je n'ai eu personne pour en discuter… jamais, en réalité. Peut-être ai-je simplement trop bu ?

La voiture ralentit soudain et s'engagea dans l'allée devant la maison de Lucas. Avant qu'Armando puisse sortir pour ouvrir la portière de Lucas, celui-ci avait déjà traversé la moitié du jardin. Il appela le chauffeur pour le remercier lorsque celui-ci m'ouvrit gracieusement la portière.

L'autre chauffeur gara la voiture de Lucas à côté de la mienne dans l'allée et je récupérai les clés avant de lui donner un pourboire. Il blanchit alors et refusa catégoriquement de toucher l'argent, le chassant de la main comme si c'était une crotte de chien… ou des dollars canadiens. Encore un de mes faux pas de classe moyenne à ajouter à la liste de la soirée.

Pff.

Quand je rejoignis Lucas à l'intérieur, il se tenait déjà près du petit chariot à vin dans son salon. Il avait retiré sa veste et sa cravate et les avait jetés sur le canapé. Max avait sauté de son lit pour accueillir son humain, collant sa truffe contre la main libre de Lucas et agitant furieusement la queue. Lucas caressa le chien d'un air absent, concentré sur la sélection devant lui.

Le chariot contenait diverses bouteilles d'alcool, mais pas de vin, ironiquement. Apparemment, ils s'en servaient comme une sorte de mini bar. C'était un très joli chariot, élégant avec des miroirs. Il avait peut-être été un cadeau de mariage. J'imaginai soudain Lucas et Claire trier toutes leurs affaires et décider comment les partager. Dans quelle mesure avait-elle aidé à meubler cet endroit ?

Il s'était versé un autre verre et en avait déjà bu la moitié. Merde. Il était évident qu'il souffrait et je ne savais pas du tout comment réagir. Devais-je le laisser boire ainsi et battre en retraite dans ma chambre ? Ou devais-je être la bonne petite épouse et m'assurer qu'il allait bien ?

Il venait de finir son premier verre et déboucha la bouteille pour en servir un autre. Max renifla l'air, puis il se faufila hors de mon chemin quand je m'approchai de Lucas. J'aurais beaucoup aimé quitter ma robe et retirer mon maquillage, mais je ne pouvais pas le laisser ainsi.

Cependant, une fois que je me trouvai à côté de lui, il s'écarta en marchant d'un pas déterminé vers le piano, le verre à la main.

Max et moi, nous le regardâmes tous les deux, puis le chien se tourna et se dirigea vers la cuisine et le jardin à travers sa trappe.

Après une autre grande gorgée, Lucas s'installa sur le banc du piano. J'avais eu envie de l'écouter — et surtout de le *regarder* — jouer encore depuis le premier soir où il m'avait révélé ce talent caché.

J'admirai également sa façon de tenir l'alcool. Il était clairement ivre, mais il marchait normalement. Il avait toujours cette même posture très droite — presque hautaine — qui m'avait toujours poussé à me demander s'il était secrètement danseur ou trapéziste. Je savais maintenant que cette soi-disant allure aristocratique avait une origine, avec un titre de noblesse et tout !

Il commença à jouer un air morose que je ne connaissais pas — il était lent avec beaucoup de notes en bémol — et ce qui semblait être un mode mineur. Je n'y connaissais pas grand-chose en musique, mais assez pour savoir que ceci était une sorte de mélodie mélancolique de l'ivresse. Je vins me placer à côté de lui et il me jeta un regard indéchiffrable tout en continuant.

Je ne pouvais m'en empêcher. Je me sentais mal pour lui. Les familles pouvaient être si merdiques, avec toutes les attentes qu'elles avaient de vous seulement parce que vous partagiez le même ADN. La situation ne m'était pas étrangère, même si ma famille n'avait pas des millions en plus de milliards et de titres aristocratiques. La famille pouvait être pourrie à n'importe quel échelon de la société. Personne ne le savait mieux que moi.

Je fis un demi-sourire d'encouragement et je posai une main sur l'épaule de Lucas.

— Est-ce que ça va ? Mince, t'es super tendu.

D'autant plus qu'il était ivre… Son corps était comme une corde épaisse enroulée autour d'un rocher et attachée par des nœuds rigides.

Il ne réagit pas défavorablement à mon contact et ne répondit pas non plus. Il continua simplement à jouer son air lent, triste et sombre.

— Je… je pourrais te masser le dos. Mon colocataire — enfin, mon ancien colocataire — eh bien, tu sais. Heath aime les massages du dos et apparemment le mien vaut deux pouces levés. C'est un des avantages de m'avoir chez toi… si tu veux.

Ses doigts glissèrent le long des touches. Il ne dit toujours rien, me jetant encore un regard énigmatique de ses yeux sombres et insondables avant de hausser une épaule. Je fronçai les sourcils, mais je pris ce geste comme une permission tacite.

Je me plaçai derrière lui, puis je croisai les doigts, je fis craquer mes articulations et rouler mes épaules et mon cou comme une pro de la lutte prête à entrer sur le ring. Doucement, je posai les mains à la base de son cou.

La mélodie triste continua sans interruption, mais il parla enfin doucement d'une voix rauque.

— Essaie de ne pas m'étrangler.

— C'est tentant, mais non.

Je fis travailler mes mains le long de son cou extrêmement tendu jusqu'à ses épaules. Je le massai en décrivant de petits cercles à travers le tissu doux et glissant de sa chemise.

Il eut la première fausse note quand mes pouces remontèrent le long de son cou, travaillant parallèlement à sa colonne vertébrale. Sa peau était rouge, sans doute à cause de l'alcool. Il rata la deuxième note au moment où le bout de mes doigts frôla la base de sa chevelure. Cette note ratée fut accompagnée par une inspiration brusque.

Et à mesure que je travaillais en redescendant le long de son cou, il me parut évident qu'il se raidissait au lieu de se détendre. Il fit soudain toute une série de fausses notes rapides, puis il s'arrêta de jouer. Ce fut peut-être quand mes doigts glissèrent sous sa mâchoire pendant que je faisais de petits cercles légers autour des lobes de ses oreilles avec mes pouces. Sa peau était chaude et rugueuse à cause de la barbe naissante, même s'il s'était rasé avant que nous partions pour le « dîner de famille » ou quelle que soit la façon appropriée de qualifier ce spectacle.

Lucas était maintenant complètement immobile, les doigts étalés sur les touches sans jouer. J'inspirai avant de souffler, laissant retomber mes mains.

— Je suis désolée. N'as-tu pas aimé ?

Mes mains étaient posées avec légèreté sur ses épaules, mais avant que je puisse bouger, il leva la main droite et saisit mon poignet. Il m'avait attrapée avec fermeté et… de façon possessive.

— J'ai aimé. J'ai trop aimé, marmonna-t-il d'une voix grave.

Puis il se leva et se tourna vers moi. Nous nous regardâmes dans les yeux et j'arrêtai de respirer. Il était visiblement excité. Même en me promettant de garder les yeux fixés sur son visage, c'était visible. Je n'avais pas besoin de jeter un coup d'œil *en bas* pour confirmer cette certitude. Ses yeux sombres me brûlaient jusqu'aux cendres, plongeant profondément en moi. Je soutins son regard et je déglutis en espérant qu'il s'avance vers moi. En espérant qu'il initie quelque chose.

— Veux-tu… veux-tu parler un peu plus de ce qui t'ennuie ?

Ma voix n'était plus qu'un chuchotement rauque.

Je savais très bien qu'il ne voulait pas parler, mais que pouvais-je dire d'autre ? *S'il te plaît, retire mes vêtements et baise-moi enfin ?* Oui, j'avais peut-être envie de le dire. Je bouillonnais peut-être sur place, souhaitant désespérément sentir ses mains fortes et compétentes sur mon corps. Mais je ne le dis pas. Je n'allais pas le lui avouer.

Son regard était intense, avec une vie propre, un contact palpable. Et sa voix, quand il parla, fut rauque de désir.

— Je ne veux pas parler… du tout.

Avec sa main libre qui n'était pas en ce moment serrée autour de mon poignet, il fit courir le pouce le long de ma mâchoire. Puis il passa la main autour de ma nuque et tira doucement ma tête vers lui.

Des lèvres fermes sur les miennes… le feu et la fumée, le goût du whisky, l'insistance. Il écarta vite mes lèvres, sa langue avançant dans ma bouche, me goûtant, me prenant.

Et avec un gémissement surpris, je suivis le mouvement. Ce baiser se répercuta dans mon cou, le long de ma colonne et jusqu'à mon centre où des braises rougeoyantes s'enflammèrent subitement. Je voulus désespérément qu'il touche mes seins et ma peau se couvrit de chair de poule.

Il pouvait me faire ça d'un simple baiser. Je devais admettre qu'aucun autre type n'avait jamais réussi cela si vite. Soit il avait obtenu un doctorat secret sur l'art du baiser, soit il y avait quelque chose qui fonctionnait entre nous. Un crépitement. Une énergie brûlante qui avait toujours été présente entre nous et qui faisait enfin des étincelles.

C'était peut-être comme une réaction chimique qui bouillonnait et fumait dès l'instant où deux substances inertes entraient en contact. Nous étions comme l'ammoniaque et l'acide chlorhydrique : deux réactifs qui s'enflammaient en s'assemblant.

Il écarta seulement ses lèvres pour parler. Sa respiration et la mienne étaient rapides, les bouffées d'air chaud et humide se mélangeant, épaississant l'air entre nous. Ce fut étonnant qu'il parvienne à former des mots.

— Je veux te goûter *partout.*

Sa voix était urgente, pleine de désir, pleine de chaleur et d'envie. Avec un claquement bruyant, il referma le couvercle sur le clavier du piano. D'un mouvement du pied, le banc fut poussé sur le côté. Puis, sans plus de barrière entre nous, il me serra contre lui.

— Tu as bu… marmonnai-je contre ses lèvres quand il les colla contre les miennes.

— Mais pas toi. Et je sais ce que je veux depuis bien plus longtemps que ce soir. Ceci n'est pas une impulsion soudaine qui sort de nulle part. Quel goût as-tu ?

Je déglutis et tout en moi tomba, aspiré vers le sol, le monde se mettant légèrement à tourner. Comme si j'étais soudainement ivre, moi aussi, intoxiquée par sa bouche persistante et ses lèvres. Elles se refermaient maintenant sur le lobe de mon oreille tout à fait consentant.

Saperlipopette ! Avant même que je me rende compte de ce que je faisais, je fis passer les bras autour de son cou en le serrant contre moi. Comme s'il était une bouée de sauvetage et que je m'accrochais de toutes mes forces pour survivre au lieu d'attendre ses préliminaires presque parfaits. D'un baiser, cet homme était capable d'enflammer un iceberg.

Et il était en train de me préparer exactement comme il voulait.

Et ça ne me dérangeait pas le moins du monde. Je laissai le courant de cette rivière m'emporter et me conduire où il voulait. Il voulait me goûter ? Je voulais être goûtée par lui. *Parfait.*

Ses lèvres glissèrent le long de mon cou, y mordillant la peau sensible, et ses mains descendirent dans mon dos pour se poser sur mes fesses. Il dut légèrement se pencher pour cela. Lucas était grand, et j'étais un peu plus petite que la moyenne. J'aurais peut-être dû garder le banc du piano finalement, et l'utiliser comme un rehausseur.

Il sembla avoir une idée similaire quand il me souleva contre lui. Sans réfléchir, je serrai les jambes autour de ses hanches minces, le bas de ma robe remontant d'un coup. Nos bouches furent à nouveau jointes en une féroce bataille de langues. Il laissa échapper un grognement léger et j'eus un petit soupir en réaction.

J'étais en feu et j'espérais que nous irions bientôt éteindre ce feu dans sa chambre.

Mais apparemment, il ne voulait même pas aller si loin. À la place, il me fit remonter encore et me glissa sur son piano à queue. Le tissu soyeux de ma robe glissa sans effort sur le vernis noir de l'instrument et je laissai pendre mes pieds. J'agitai les orteils pour me débarrasser de mes chaussures.

Sexe sur un piano.

— Comme c'est *Pretty Woman* de ta part, chuchotai-je en tremblant presque à l'idée excitante de ce qui allait venir.

Ma culotte était déjà trempée.

Ses yeux sombres fixèrent les miens en posant une main chaude sur ma cuisse.

— Si ça convient au type du film, alors ça me convient, répondit-il.

Sans un moment d'hésitation, Lucas remonta le bord de ma robe jusqu'à mes hanches et retira ma culotte qu'il jeta sur le sol. Je fus soudain ravie d'avoir fait particulièrement attention en me rasant cet après-midi. Il fit glisser les mains sur ma peau lisse jusqu'à les poser sur mes hanches, me positionnant juste au bord de son piano.

Puis il se pencha et il embrassa l'intérieur de ma cuisse. J'eus plus de chair de poule à l'endroit où sa bouche et sa langue touchèrent et appuyèrent sur ma peau tendre. Je laissai échapper un soupir tendu, ne m'étant même pas rendu compte que j'avais retenu ma respiration. La main de Lucas se posa autour de mon genou et le poussa sur le côté, écartant davantage mes jambes.

Oh, la, la. Il allait le faire. Il allait… Je ne pus même pas formuler ma pensée, l'esprit perturbé et le cœur battant d'excitation brûlante, de suspense glacé et peut-être même d'un peu de peur. Qu'allait-il se produire ensuite ?

J'avais eu très envie d'une partie de jambes en l'air. Cela faisait bien trop longtemps. Et puis il n'y avait pas que le travail dans la vie, mais…

est-ce que ça allait tout changer ? Allions-nous franchir une limite sans possibilité de retour en arrière ? Était-ce une erreur ? Et pourquoi angoissais-je à cause de ça alors que sa bouche — et sa mâchoire délicieusement couverte de barbe naissante — s'approchait de plus en plus de mon centre ? Mon Dieu. Je fermai les paupières et je m'allongeai sur le piano en m'appuyant sur les coudes.

Ses mains étaient fermes, sûres d'elles, mais douces, me caressant d'une façon qui révélait son expérience. Il avait déjà fait ça — souvent — et s'il m'embrassait là comme il avait embrassé ma bouche, j'étais partie pour une fin de soirée orgasmique.

— Lucas, dis-je d'une voix rauque, mes jambes se raidissant soudain.

Il s'arrêta, mais ne leva pas la tête. À la place, il attendit. Quand je ne dis rien, il demanda :

— Veux-tu arrêter ?

Je déglutis, étourdie, la gorge serrée et le corps remonté à bloc. J'étais hypersensible à tout ce qui m'entourait, y compris au contact délicat de l'air.

— Non… et toi ?

— Carrément pas. Je veux te goûter jusqu'à ce que tu jouisses sur ma langue. Je veux savoir si ce sera aussi bon que je l'ai imaginé.

Ma mâchoire en tomba.

— Tu… tu l'as imaginé ?

Sa bouche se posa à la jonction de mes cuisses, et il sortit la langue pour me lécher. J'inspirai brusquement.

— Oui. Et chaque fois, tu étais plus torride que la précédente.

Il avait eu des fantasmes à mon sujet ? Plus d'une fois ? Avec sa langue déliée par le whisky, il avouait maintenant toutes sortes de choses. L'alcool lui donnait du courage, apparemment.

Quant à moi, je n'allais pas avouer les mêmes pensées… la myriade de rêves cochons et d'autres, euh, moments intimes où son beau visage était entré sans prévenir dans ma tête. J'oubliai tout cela quand sa bouche traîna au-dessus de mon sexe, son souffle chaud m'inondant de promesses à venir.

Je soupirai.

— Eh bien… c'est un défi de taille. Je ne suis pas certaine d'être à la hauteur du fantasme. J'espère que tu ne t'attends pas…

— Tu l'es déjà, Kat. Tu l'es déjà.

Un doigt entra en moi et je retins mon souffle. Puis un autre. Il leva ses yeux sombres pour me regarder, comme pour analyser ma réaction. Puis, comme s'il était satisfait par ce qu'il voyait, il continua. Son pouce m'ouvrit et sa bouche enveloppa soudain mon centre, suçant mon clitoris en continu. Merde alors.

La main sur mon genou poussa encore afin de m'ouvrir davantage et j'obéis avec les deux genoux, lui offrant un accès total. Ma tête tomba en arrière, pendue à mon cou. Derrière mes paupières fermées, une lumière brillante clignota de concert avec sa bouche sur mon centre sensible. Mon équilibre tourbillonna et je ne perçus plus que les sensations. Chaque mouvement de sa langue était ressenti partout me faisant fondre comme une flaque de plomb en bas de ma colonne vertébrale.

Je jure avoir presque oublié comment respirer. Je suis à peu près certaine d'avoir oublié mon propre nom. Il n'existait que sa main sur ma jambe, ses doigts glissant en rythme en moi, sa langue qui léchait continuellement cette petite boule de nerfs qui crachait des étincelles.

En avant toute… depuis l'excitation jusqu'à la jouissance en moins d'une minute. Hallucinant. C'était comme le Daytona des orgasmes.

— Dis mon nom, dit-il d'une voix rauque alors que je luttais pour respirer.

Bon sang, je ne pouvais rien dire du tout. Et je ne pensais plus savoir parler ma langue.

Il s'arrêta, immobilisant ses doigts, retirant sa bouche. Tout en moi était si tendu, au bord d'un précipice, et il jouait avec moi, me faisait attendre. Je levai le bras pour aller jusqu'au bout par moi-même. Il chassa facilement ma main.

— Dis-le, Kat.

Je fis traîner ma langue sur mes lèvres entrouvertes et le sang bouillonna dans mes veines. J'étais incapable de me concentrer sur autre chose que ce désir envahissant. J'étais si proche de l'orgasme insaisissable. Si proche.

— Lucas, soufflai-je.

Il me lécha encore et je poussai un cri. C'était brûlant et pourtant pas encore assez. Pas assez de pression, pas assez de contact.

— Pas assez, haletai-je.

Il rit. Ce fut un rire sec. Il semblait profiter du contrôle qu'il avait sur moi et si je n'avais pas été si submergée, j'en aurais été irritée. Je bougeai encore la main pour me toucher, et il saisit mon poignet.

— Dis que tu es à moi, grogna-t-il.

J'ouvris les yeux de surprise et mes jambes se raidirent.

— Lucas…

Il baissa la tête pour me sucer une fois de plus et mes yeux roulèrent en arrière dans leurs orbites, mes paupières se mirent à battre de façon incontrôlable. Et voilà. Je surfais sur un tsunami qui allait s'écraser et m'avaler. Mon Dieu. Putain. Oui, *oui*. Je suis à toi, Lucas. À toi. Fais-moi jouir. *Fais-moi jouir.*

Conduit jusqu'au sommet du plaisir, mon corps eut des convulsions. J'avalai de l'air comme si j'avais retenu ma respiration depuis des heures. Une bouffée de plaisir et de bonheur et d'euphorie épuisée tomba sur moi comme les gouttelettes de brouillard lors d'une matinée automnale parfaite dans le Pacifique Nord-Ouest. Toutes les tensions s'évaporèrent.

Je fixai les ornements en plâtre du plafond à l'ancienne. Que. Venait-il. De. Se. Passer ?

Lucas se redressa et me jeta un regard inquisiteur avec une courbure presque arrogante de la lèvre. Comme s'il était très content de lui-même parce qu'il m'avait fait perdre la tête. Et si vite.

Allongée là en ayant l'impression que mes os et mes muscles étaient faits de gelée, j'étais assez d'accord : il avait le droit d'être un peu arrogant. Ce type était doué. De quoi était-il capable avec des parties encore plus intéressantes de son corps ?

Je m'appuyai lentement sur mes coudes pendant qu'il redescendait le bord de ma robe pour me couvrir. Il évita mon regard et avec un grand soupir de fatigue, il se laissa tomber sur le canapé.

J'écarquillai les yeux. Il n'avait rien à dire après ça ? D'où est-ce que ça sortait ? Aux dernières nouvelles, il était fâché contre moi et il buvait du whisky à toute vitesse.

Mais j'avais gagné un orgasme de folie, alors je n'allais pas protester, si ? Et le moins que je puisse faire, c'était d'offrir la même chose parce que… si j'étais vraiment honnête avec moi-même, j'en avais envie. Sans parler du fait qu'après six mois de mariage, j'étais extrêmement curieuse de voir de quel genre d'arme mon mari était muni.

Cette pensée fit accélérer mon cœur lorsqu'une nouvelle vague d'excitation brûlante traversa mon corps léthargique et rassasié. Je déglutis, puis je m'assis et je me glissai avec précaution du piano.

Il était allongé en travers sur le canapé, alors je m'approchai de lui par-derrière et je l'embrassai dans le cou, faisant courir ma langue le long de son oreille.

— C'est à mon tour de goûter cette queue que tu viens d'appuyer contre moi.

Il laissa échapper un gémissement, sa tête tombant sur le côté, et je m'accroupis devant lui sur le canapé. J'ouvris rapidement sa fermeture éclair, luttant un peu pour la tendre afin qu'elle descende : il resta silencieux et malgré mes difficultés, il ne m'aida pas. J'en profitai pour le tâter. Il était toujours dur comme un roc et une bouffée d'excitation monta dans ma gorge.

Il n'allait pas me battre dans le domaine du sexe oral. Voici ma chance de lui montrer que mes talents de fellation étaient considérés comme bien au-dessus de la moyenne. Il allait bientôt se trémousser et gémir grâce au pouvoir de ma puissante langue merveilleuse.

J'essayai de faire passer la main dans sa braguette, mais ce n'était pas pratique, alors je défis le bouton de son pantalon. Et juste au moment où j'allais poser mon regard sur la récompense, un ronflement sortit de sa poitrine. Je levai brusquement la tête. *Qu'est-ce que... ?*

Lucas avait les yeux fermés, la bouche ouverte, la tête inclinée sur le dossier du canapé. D'autres ronflements suivirent le premier. J'écarquillai les yeux, poussant plusieurs fois son torse avec le doigt pour le réveiller, mais il n'y eut pas de réaction.

Eh ben... *merde.*

Les épaules voûtées, je reconnus ma défaite et je refermai soigneusement sa braguette. Ensuite, je retirai ses chaussures et je le fis tourner doucement sur le côté. Je ne pouvais certainement pas le ramener dans son lit. Il devait peser au moins deux fois plus que moi.

Après être allée chercher un oreiller et une couverture dans son lit, je posai un verre d'eau sur la table basse. Puis, je l'installai aussi confortablement que possible. Ensuite, je récupérai mes chaussures sous son piano et je retournai vers ma chambre solitaire pour me laisser tomber sur le lit.

Frustrant ? Oui. Mais j'avais eu le meilleur côté, alors… ça ne me gênait pas trop. Demain était un autre jour pour être quittes… à l'horizontale.

Une image torride de Lucas et moi emmêlant les draps de son lit en bois élégant. C'était agréable à imaginer pendant que je me laissais glisser dans le sommeil en espérant un autre rêve sexuel sympa.

CHAPITRE ONZE
LUCAS

Un Écossais inconnu avait un jour dit que si l'amour faisait tourner le monde, le whisky le faisait tourner deux fois plus vite. Ce matin, j'étais d'accord. Même si ça avait été amusant sur le moment, ce whisky me faisait regretter beaucoup de choses. Et un lundi, en plus.

J'entrouvris les yeux. Mes lèvres étaient collées par la bave séchée parce que j'avais respiré par la bouche toute la nuit. Mon visage allait sûrement porter la marque gaufrée du tissu du canapé pour le restant de la journée.

Et nous n'allions même pas parler du concert de marimbas qui se déroulait en ce moment entre mes tempes douloureuses. Dans des circonstances normales, j'aurais maudit le fait de m'être infligé cela en me frottant les yeux. Mais le souvenir de la fin incroyable d'une soirée merdique m'en empêchait.

J'inspirai brusquement en me souvenant de la peau lisse et douce de Kat. Ses jambes pâles qui se balançaient au bord du piano. La sensation de ses cuisses soyeuses contre mes joues, son goût. La façon dont elle avait réagi à moi. *Putain.* Elle avait joui si violemment que j'en avais été renversé — presque littéralement. J'avais dû m'endormir quelques minutes après. Mais quelle belle façon de partir...

Merde. Maintenant, ma tête n'était pas la seule partie du corps qui pulsait.

Je me frottai les tempes, essayant d'apaiser la douleur tout en me demandant ce qui avait bien pu conduire jusqu'à la ponctuation incroyable de cette journée. J'aurais dû me reprocher d'avoir franchi une limite pour laquelle j'avais travaillé très dur. Mais je n'en avais pas la volonté.

J'avais eu envie de la goûter à peu près dès que je l'avais vue pour la première fois, presque deux ans auparavant. Sa merveilleuse chevelure dorée, ses incroyables yeux bleus et intelligents. Cet esprit, le charme de la dure à cuire sociable. Oui, elle me rendait dingue au quotidien en me taquinant et en cherchant à me provoquer. Mais j'aimais lui rendre la pareille, ou pire.

Tout cela s'était avéré n'être qu'un exercice prolongé et frustrant de préliminaires inassouvis pendant plusieurs mois.

Et enfin, la veille au soir, complètement saoul, j'avais eu l'occasion de l'entendre gémir. De l'entendre dire mon nom et de la regarder pendant qu'elle jouissait tout en sachant que c'était moi qui le lui faisais. Bon sang. J'avais une érection et je cherchais déjà des moyens de reprendre à l'endroit où nous avions inscrit la légende « à suivre ».

Mes pensées très agréables furent soudain interrompues par une sonnerie persistante qui ne m'était pas familière et par une vibration encore plus irritante contre le bois de ma table basse.

Qu'est-ce que... ?

C'était le réveil de mon téléphone. Je l'attrapai, mais je ne vis rien. Puis je me tournais avec un grognement... et le monde tourna avec moi. Alors que l'alarme persistait, je tâtonnai sur la table basse en cherchant l'autre téléphone posé là. Pour une quelconque maudite raison, Kat avait dû mettre le réveil pour ce matin. J'appuyai fébrilement sur tous les boutons disponibles en essayant d'éteindre le foutu appareil. Merde, Kat. N'était-ce pas à ça que servaient les réveils ?

Max sortit de ma chambre, ayant choisi, je suppose, de dormir dans son panier même si je dormais sur le canapé. Il commença à appuyer sa truffe sur mon visage, soufflant sa respiration chaude et humide sur moi.

La nausée monta en même temps que le mal de tête. *Merci beaucoup, mon chien.*

Je clignai des yeux en regardant l'écran quand les vibrations et la sonnerie s'arrêtèrent. Le téléphone de Kat était verrouillé, bien sûr, mais l'écran lumineux me brûlait les yeux. Je songeai à l'heure : six heures trente, le lundi matin. Mes yeux descendirent automatiquement vers le texto non lu juste au-dessous. J'étais curieux, c'est sûr. Mais c'était un acte inconscient venant de l'habitude que j'avais de regarder mon propre écran.

Une fois que je lus le message qui s'y trouvait, je le regrettai immédiatement.

Astro Russe Canon : Salut, la rousse. Toujours d'accord pour boire un café après le travail ? Veux-tu que je te dépose ?

Le nom du contact était *Astro Russe Canon*, suivi de cinq étoiles dorées. Je serrai immédiatement la mâchoire, ce qui ne fit qu'envoyer plus de douleur dans mes tempes. La chaleur remonta dans mon cou et si je ne faisais pas attention, je courais le risque de péter un fusible. Il s'adressait à elle par un surnom, la rousse. Et moi, je vis rouge quand la colère m'étrangla.

Putain.

Bien sûr, cela signifiait que Kat avait appelé le cosmonaute russe qui avait flirté avec elle pendant notre tour du campus de Draco. Alors que j'avais jeté sa carte de visite plusieurs jours auparavant.

Bon sang.

J'écartai la tête de Max, puis je me couvris le visage avec les mains, appuyant mes paumes contre mes paupières fermées, comme si j'allais pouvoir chasser la douleur par ma simple volonté. Mais bien sûr. La douleur physique, peut-être. Mais j'étais secoué et je fulminais à cause de ce qui pouvait très bien être — mais ne l'était sans doute pas — un texto innocent.

Nous nous étions mis d'accord pour ne pas fréquenter d'autres gens, et elle brisait donc les règles. J'avais le droit d'être irrité contre elle pour cette raison. Mais mon estomac retourné et le feu brûlant à la base de ma gorge n'étaient pas simplement de l'irritation. C'était un volcan de jalousie brûlant qui menaçait d'entrer en éruption à n'importe quel moment.

J'imaginai ce foutu russe qui lui faisait de la lèche, qui la charmait, qui lui payait un café avant de poser ses mains sur elle.

Non, putain. *Putain non.*

Avec un grognement agacé, je sautai du canapé et je marchai vers ma chambre où je jetai mon oreiller et la couverture sur mon lit avant de passer dans la salle de bains. Pendant que j'accomplissais ma routine du matin, arrosée d'un grand verre d'eau et de comprimés antidouleur dont j'avais bien besoin, mes articulations étaient toujours raides de colère.

Dans mon cerveau, la jalousie brûla une zone immense dans mes pensées, transformant tout en cendres et poussière. Dans la douche, je mis l'eau chaude presque jusqu'à me brûler. Alors qu'elle était chaude au point d'être inconfortable, je la laissai couler partout sur mon corps jusqu'à ce que le jet devienne glacial. J'avais vidé mon chauffe-eau en une seule foutue douche. Et je n'avais rien obtenu, mis à part une obsession grandissante qui me faisait imaginer Kat avec ce cosmonaute russe.

À quoi pensait-elle en sortant avec lui ?

Si ce n'était que quelque chose d'innocent ou d'amical, elle m'en aurait parlé. Non. Elle me le cachait.

Et elle n'était pas la première femme de ma vie à le faire.

Je fis courir un rasoir sur ma mâchoire et mon menton, évitant tout juste de m'ouvrir la carotide par accident. Frustré, je ne pouvais pas éviter de penser à cette autre fois. Le matin où j'avais trouvé des messages de l'un de mes amis les plus proches de Cambridge sur le téléphone de Claire. J'avais piraté son foutu téléphone — il ne m'avait fallu que trois tentatives pour trouver son mot de passe — et découvert plus de deux mois de textos entre eux. Ce fut d'abord très innocent, puis il y eut le défoulement des frustrations, puis l'inapproprié pour une personne nouvellement mariée, et enfin ce fut carrément l'infidélité.

Le jour où j'avais lu cela, je m'étais senti creux, engourdi et étrangement, inexplicablement, soulagé. Soulagé que ma nouvelle femme aimait quelqu'un d'autre, même si c'était un ami. Je pris une inspiration profonde et douloureuse, étudiant mon visage à moitié rasé dans le miroir. Ces souvenirs arrivèrent sur une vague problématique de souvenirs plus sombres et plus désagréables : le début de la fin de mon ancienne vie. Je n'avais pas tout détesté. Certaines parties de ma jeunesse me manquaient encore.

Mais pas assez pour vouloir les récupérer. Ça, jamais.

Je jetai mon rasoir dans le lavabo après en avoir rincé le sang une deuxième fois. Et m'être rafistolé le visage. J'essayai de ne pas penser à la différence de ce que je ressentais en trouvant ce texto par rapport à la première fois. Il n'y avait pas eu de soulagement en voyant ce message sur le téléphone de Kat. Pas d'engourdissement ou d'indifférence. À vrai dire, c'était totalement le contraire.

Cet unique texto m'avait transformé en une espèce de fournaise de rage dénuée de cerveau et je réfléchissais déjà à des plans pour empêcher que ce rendez-vous autour d'un café ait lieu.

À vrai dire, cet incident avec une fausse épouse m'importait déjà plus que ce que j'avais eu avec Claire. Parce que j'avais merdé.

Parce que j'avais su qu'il ne fallait pas m'impliquer sexuellement avec Katya. Et jusqu'à ce qu'elle emménage chez moi et qu'elle passe vingt-quatre heures sur vingt-quatre avec moi, j'avais réussi à la maintenir à distance.

Mais moins de quarante-huit heures après qu'elle ait emménagé, j'avais la bouche entre ses cuisses exquises. Si je ne m'étais pas endormi, j'étais certain que nous serions allés plus loin. Rien que le fait de penser à ce qui aurait pu être, même dans ma fureur, me faisait mal à la queue.

Je la désirais beaucoup trop.

Et je la désirais depuis bien trop longtemps.

Et ça, c'était la raison majeure pour laquelle je ne devais jamais l'avoir.

J'enfilai vite un jean et un tee-shirt et j'attrapai une paire de tennis. Mes mouvements étaient encore raides et maladroits. Comme il était sept heures passées maintenant, je devais sans doute la réveiller pour qu'elle se prépare. Une partie mesquine de moi ne voulait même pas la regarder.

Bon sang, n'était-ce pas amusant ? On pouvait changer son nom, ses objectifs, on pouvait changer tout ce vers quoi on pensait aller en tant qu'adulte. On pouvait changer notre vision de l'avenir. Mais il fallait quand même dépendre et faire confiance à d'autres gens. Et on ne pouvait pas contrôler ce qu'ils allaient faire. Peu importe les changements que l'on appliquait, l'histoire pouvait quand même se répéter.

Peut-être étais-je simplement un mari merdique qui poussait ses femmes — vraies *et* fausses — à être infidèles. Quel était le terme en psychologie de comptoir ? Émotionnellement indisponible. J'avais entendu cela quelquefois lors de mon premier divorce et des séances de thérapie qui avaient suivi.

Je fourrai les dernières affaires dans mon sac à dos, ayant décidé d'acheter le petit-déjeuner à la cafétéria de Draco et de manger à mon bureau, quand Kat sortit de la cuisine. Elle était entièrement vêtue pour le travail, ses longs cheveux brillants brossés et scintillants sur ses épaules.

— Bon sang. Le voilà.

Elle ramassa son téléphone sur la table basse. Puis elle posa son magnifique grand regard bleu sur moi, ses lèvres voluptueuses faisant un grand sourire.

— Salut, toi ! Comment te sens-tu ? Je peux te faire un César si nous ne partons pas au travail tout de suite.

— Un César ? aboyai-je, un peu plus vite que ce que j'avais voulu.

J'attrapai mon propre téléphone et je le rangeai à l'avant de mon sac.

— Qu'est-ce que c'est ?

— Oh, pardon. Je pense que vous appelez ça un Bloody Mary. C'est bon pour les gueules de bois.

Je grimaçai.

— Non merci.

N'étant pas d'humeur à bavarder, je tournai les talons et j'ouvris la porte pour sortir.

Je jetai un coup d'œil en arrière et je vis que Kat regarder son téléphone. J'hésitai pendant qu'elle le déverrouillait, pris d'une curiosité morbide à l'idée de voir sa réaction au texto. Allait-elle confirmer mes soupçons ? Apparemment, j'aimais me punir.

Elle parcourut le texto et fronça légèrement les sourcils. Puis elle composa rapidement une réponse.

— Merde, j'ai oublié que j'avais un rendez-vous pour boire un café avec ce cosmonaute russe.

— Un rendez-vous torride ?

Je ne pus m'en empêcher. C'était simplement sorti de ma bouche.

Elle me jeta un regard de travers.

— Pas vraiment. Il a obtenu mon numéro de la part de Jordan. Apparemment, son ami veut lancer une chaîne Twitch et il voudrait mes conseils. Je n'ai même pas envie d'y aller. Je viens de reporter à une autre fois et je lui ai dit que j'avais la gueule de bois.

— Tu n'as même pas bu la nuit dernière, dis-je en luttant de toutes mes forces pour ignorer l'immense sentiment de soulagement qui m'inonda.

Elle ne voulait pas y aller. Il n'y avait rien entre le cosmonaute et elle.

Malgré tout, le fait indiscutable que j'avais failli péter les plombs en pensant le contraire me perturbait fortement.

— Veux-tu que nous allions au travail ensemble ?

Elle glissa son téléphone dans sa poche et me regarda. Pas de discussion, ni même une allusion à ce qui s'était passé la veille. Elle faisait vraiment l'indifférente.

Je déglutis en réfléchissant à toute vitesse.

— J'y vais à vélo. À tout à l'heure.

Elle tendit la main vers moi.

— Je peux au moins prendre ton sac à dos dans ma voiture.

— C'est bon. Au revoir.

Elle resta figée, m'observant avec de grands yeux quand je refermai la porte derrière moi. Sur le seuil, je m'arrêtai et je respirai profondément. Bon sang. Cette femme me faisait déjà perdre la boule. *Reprends-toi, Lucas. Concentre-toi sur l'objectif.*

Raide et déterminé, je sortis mon vélo du garage et je montai dessus, filant le long de la rue comme une chauve-souris du Mordor. J'allais mettre plus longtemps et je n'avais pas prévu d'utiliser mon vélo ce matin-là. Mais l'excuse avait été pratique pour éviter d'être assis dans la voiture avec Kat.

Je ne la revis pas avant l'heure du déjeuner, car j'avais eu des réunions d'équipe pendant une grande partie de la matinée. Heureusement, mon mal de tête s'était résorbé. Mais mes pensées — ma rapide obsession — concernant la réaction de ce matin face au texto innocent m'avaient vraiment secouées.

Et je sus, à mesure que la journée s'écoulait, que je ne pouvais pas me remettre dans cette position, quoi qu'il arrive. Et peu importe à quel point j'avais envie de la baiser. Et j'avais très, *très* envie de la baiser.

Je devais arrêter d'y penser et oublier la veille, quand je l'avais étalée devant moi sur le piano, ses jambes douces et soyeuses ouvertes pour moi…

Putaindemerdedebordelarrêteçatoutdesuite.

Je la regardai à peine quand elle s'approcha de mon poste de travail, se laissant tomber sur une chaise vide à côté de moi.

— Comment te sens-tu ? Ton mal de tête a disparu ?

Je regardai fixement mon écran, m'occupant des rapports de bugs à mesure qu'ils arrivaient.

— Je n'en ai jamais eu, mentis-je.

Une pause.

— Est-ce que tout va bien ? Tu n'es pas… tu n'es pas contrarié par ce qui est arrivé hier soir, si ?

Je baissai les yeux vers mon clavier avant de regarder l'écran. J'aurais aimé pouvoir fermer les narines aussi facilement que mes paupières, car elle sentait très bon, comme d'habitude. Cette senteur de noix de coco et de noix de muscade était ensorcelante… multipliant peut-être par quatre l'effet du whisky. Elle se pencha en avant et ses cheveux soyeux chatouillèrent mon bras. Je le retirai vite, comme si elle venait de me brûler. Puis elle s'écarta.

— Ah, d'accord, la réponse est donc oui.

Comme c'était l'heure du déjeuner, il n'y avait presque personne dans le Repaire et ceux qui étaient présents portaient tous des casques audio. Elle parlait d'une voix assez basse pour que même sans casque, les gens autour de nous aient du mal à nous entendre.

Malgré tout, elle marqua un temps d'arrêt et quand je ne dis rien, son ton devint glacial.

— Waouh, Lucas. Je n'aurais jamais cru te dire ça, pas à toi, mais tu es un vrai cliché.

Je me mordis la lèvre inférieure, mais comme un crétin, je ne dis toujours rien. Je ne lui accordai même pas un regard.

En soufflant d'un air indigné, elle recula bruyamment sa chaise et elle se leva avant de sortir du Repaire à grands pas. Une fois la porte refermée, je posai mon visage entre mes mains. Mon Dieu, j'étais vraiment un énorme connard. Je lui devais au moins le minimum d'une explication. Mais finalement, c'était pour le mieux.

Ça allait être pour le mieux. En la gardant à distance, je la protégeais. Oui, et moi-même aussi.

Quand on jouait avec de la lave, on avait de grandes chances de se faire immoler. Et Kat ? Elle était du pur magma en fusion jusqu'à la couleur de ses cheveux.

Après le déjeuner, la journée fut pénible et longue. Je n'avais pas pris le chien au travail à cause du changement de mode de transport de dernière minute. J'avais envoyé un texto à Michaela pour qu'elle jette un coup d'œil à Max. Elle avait répondu qu'elle était déjà en route vers la maison pour s'entraîner au piano, alors tout allait bien. Quand je partis, il était presque l'heure du dîner. Nous n'avions rien de prévu pour le repas du soir et je ne trouvai pas Kat avant de partir. Je supposai qu'elle était déjà rentrée.

Quand j'entrai chez moi, une poignée de courrier à la main, je ne fus donc pas surpris de voir des gens dans le salon. Mais je m'attendais à ce que ces gens soient Michaela et Kat. À la place, Michaela était assise en face de deux types que je n'avais encore jamais vus. En fermant la porte, je posai mon sac à dos. Max arriva en trottinant de l'endroit où il cherchait à attirer l'attention des nouveaux venus. En me penchant pour le caresser, j'en profitai pour examiner ces types.

Il ne s'agissait pas d'amis de Michaela, vu la façon nerveuse dont elle était assise au bord du canapé. L'un d'entre eux avait l'air un peu brutal, comme l'enfant typique ayant abandonné l'école parce qu'il fumait trop de joints le matin. Il portait un tee-shirt noir d'un groupe de métal des années quatre-vingt, un jean déchiré, des chaînes accrochées à ses poches et des bottes de motard.

L'autre type avait l'air plutôt enfantin avec un teint frais. Il n'était quand même pas extrêmement bien vêtu, avec un jean taille basse et un tee-shirt très usé, mais il sauta de sa chaise pour s'approcher de moi avec un sourire.

— Salut mon pote. Tu as un chien très cool ! J'adore les chiens.

Max se retourna vers lui et le type lui fit plaisir en lui grattant encore la tête. Jusqu'ici, l'inconnu avait au moins un nouveau meilleur ami.

Je posai la pile de courrier et mon regard s'attarda sur celui du dessus. L'enveloppe était encore une de ces lettres officielles adressées à Katya.

Je me tournai ensuite vers le visiteur.

— Est-ce que… je vous connais ? Ou bien êtes-vous ici pour distribuer des brochures religieuses ? Parce que… non merci.

L'homme au visage poupin jeta la tête en arrière et rit comme si je venais de dire la chose la plus drôle qu'il ait jamais entendue. Il pensait peut-être que je plaisantais.

— Je m'appelle Derek.

Il leva la main après avoir gratté la tête de Max et me la tendit.

— Tu dois être Luke, hein ? Ravi de te rencontrer.

Il sourit, laissant apparaître une fossette comme s'il savait qu'elle était là et que c'était son principal atout.

Je fronçai les sourcils, mais j'acceptai sa main, à cause de la politesse et tout ça… ses yeux d'un bleu éclatant avaient quelque chose de familier.

— Lucas, rectifiai-je sèchement.

Derek ? Derek qui ? Je ne connaissais pas de Derek.

Il hésita, puis il écarquilla les yeux.

— Oh, pardon.

Le voilà. L'accent canadien était devenu évident.

— Je suppose que Kat ne parle jamais de moi ? Je suis ton beau-frère, Derek Ellis.

— Ah, d'accord.

Je fronçai les sourcils, étonné que Katya ne m'ait pas prévenu de la venue de son frère. C'était peut-être ce dont elle avait essayé de me parler au déjeuner quand je l'avais envoyée balader.

— Pardon, la journée a été longue et je n'arrivais pas à te remettre. À vrai dire, Katya m'a beaucoup parlé de toi.

Ça pouvait être la vérité, si par « beaucoup » je voulais dire « pas du tout ».

Je regardai Michaela qui semblait vraiment vouloir partir.

— Merci d'avoir promené le chien.

— Quand tu veux.

Elle sauta de sa chaise et attrapa son sac, se dirigeant vers la porte d'entrée.

— Merci, comme toujours, pour le temps de pratique au piano.

Michaela ouvrit la porte, mais son départ fut empêché par Kat, qui avait les clés dans la main comme pour la déverrouiller. Avant qu'elle puisse dire quoi que ce soit à Michaela ou moi, son regard atterrit sur son frère.

Son visage s'assombrit tout à coup et elle contourna Michaela sans un mot. Mon amie s'enfuit promptement, ayant clairement vu les signes de la tempête et souhaitant fuir au plus vite. Je regrettai un peu de ne pas partir avec elle. Le sale type qui accompagnait Derek et qui était installé sur le canapé n'avait rien dit, mais il s'anima quand Kat entra. Elle écarquilla les yeux de façon presque comique en les voyant tous les deux.

— Que fais-tu ici ? grogna-t-elle en direction de son frère.

Il fronça ses sourcils sombres sans comprendre.

— Et moi qui étais fier de te faire la surprise. Mais je suppose que ce n'était pas une très bonne idée ? Ça fait plaisir de te voir, en tout cas.

— Salut, chaton, dit l'autre type avec un grand sourire.

Le surnom — et la façon dont il la regardait — me fit immédiatement bouillir.

— Ne m'appelle pas comme ça, putain, Mike.

Elle passa à grands pas devant nous et partit à la cuisine.

Les deux hommes se regardèrent et Mike se mit à rire.

— Elle est folle.

Derek lui jeta un regard d'avertissement avant de se tourner vers moi.

— Bon, c'est gênant.

Avant que je puisse répondre, Kat était revenue dans la pièce, ayant déposé les courses dans la cuisine. Elle se mit debout face à son frère, les bras croisés sur sa poitrine.

— Que fais-tu ici ? répéta-t-elle en ignorant totalement le connard qui jubilait sur le canapé.

Derek sembla étonné, il écarquilla les yeux.

— Je n'arrive pas à croire que tu m'en veuilles encore. Ça fait presque deux ans. Nous avons appris que tu étais mariée…

— Par ton avocat ? Est-ce ton avocat qui te l'a dit ?

Mike s'agita sur le canapé, mal à l'aise, et Derek évita le regard de son ami. La tension de l'air était assez épaisse pour être coupée en tranches avec une épée magique de force plus deux. Je voulus immédiatement prendre mes jambes à mon cou et les laisser régler ça, mais ç'aurait été hypocrite de ma part, en considérant toutes les merdes familiales que je venais de lui faire subir.

— Allez, ne réagis pas de cette façon. Les parents étaient inquiets. Tu es partie dans un autre pays et tu t'es mariée. Puis tu ne nous as rien dit. C'est comme si nous n'existions plus.

Elle leva un sourcil.

— Dans ce cas, pourquoi ne sont-ils pas venus ?

— Maman le voulait, mais elle ne pouvait pas prendre de congés. Elle fait des heures supplémentaires à l'hôpital. Et papa est au milieu d'un gros projet pour une série de documentaires. Je me suis porté volontaire pour venir et maman t'a même préparé tout un colis de provisions.

Il me jeta un coup d'œil.

— De plus, j'aimerais apprendre à connaître mon nouveau beau-frère et voir un peu la Californie ensoleillée.

À chaque nouvelle qu'il donnait à Kat, elle semblait devenir plus tendue. Je fis un pas en avant en voyant leur sac.

— Il est tard pour trouver une chambre d'hôtel quelque part. Vous êtes les bienvenus ici. Je vous avertis cependant, je n'ai pas de chambre d'amis meublée pour l'instant, mais nous avons des matelas gonflables.

Je le fis peut-être pour être agréable et rompre la tension. Peut-être pour me venger de m'avoir forcé à me rendre à cette horrible réunion de famille qui obsédait ma mère. Ou parce qu'avoir d'autres personnes dans la maison était plus sûr. Cela diminuait la possibilité de recommencer nos manigances de la veille. À ce moment-là, je ne savais pas exactement quelle était la vraie raison.

Kat fit des yeux gigantesques et avant que je puisse parler, Derek s'approcha d'elle et glissa un bras autour de ses épaules.

— Allez, sœurette, on fait la paix ? S'il te plaît ? Je viens en paix avec des chocolats Aeros et des caramels Mackintosh. Et aussi des chips assaisonnées, des Smarties et des bonbons du Canada. J'ai appris que tu ne pouvais rien acheter de tout cela aux États-Unis.

Je vis la mâchoire de Kat gonfler quand elle la serra.

— C'est toi qui aimes les caramels, pas moi.

— Alors, je t'aiderai à les manger… ou Lucas les aimera peut-être. Tu peux partager un peu de ta culture avec lui, hein ? Mais tu peux dévorer tous les Aeros et les chips et le reste. Plein de cochonneries agréables. Désolé de ne pas pouvoir apporter des donuts frais de chez Timmy's, mais ils ne se gardent pas.

La peau de Kat parut encore plus pâle et elle fixa le sol devant elle. Je ne l'avais encore jamais vue ainsi, comme si elle ne savait pas quoi dire. Derek avait dû le remarquer, lui aussi, car il plissa le front d'un air inquiet.

Il leva ensuite la tête vers moi.

— Merci pour l'invitation, Lucas. C'est très aimable à toi et nous sommes ravis d'accepter ton hospitalité.

Kat s'extirpa doucement de l'emprise de son frère et il lâcha son bras. Waouh, c'était tellement bizarre. Pas seulement la tension évidente entre eux, mais le changement complet de son comportement.

— Sans vouloir te vexer, je ne comprends pas vraiment comment tu as eu le droit de quitter le pays, dit-elle en serrant les dents.

Tiens, cette référence ainsi que celle sur l'avocat me fit penser aux enveloppes juridiques. Une autre était arrivée aujourd'hui. Avaient-elles un rapport avec son frère ? Ou des problèmes qu'ils avaient tous les deux ? Ou peut-être était-ce un procès ? Les

Canadiens étaient-ils aussi procéduriers que les Américains ? Je n'en avais aucune idée.

— On est monté dans une voiture et on a roulé. Ça n'a pas été difficile.

Il pencha la tête comme pour voir le regard de Katya en lui souriant.

— Allez, sœurette, sans rancune ? Parce que si oui, on m'a demandé de prendre un selfie avec toi dès que je te voyais et de l'envoyer à maman.

Elle poussa un soupir et leva les yeux au ciel pendant que Derek venait se placer à côté d'elle. Il leva la caméra devant leurs visages. Kat fit passer une mèche de cheveux derrière son oreille et elle eut un sourire pincé pour le selfie.

Pendant que Derek tripotait son téléphone, envoyant sans doute la photo à leur mère, Kat se tourna vers moi et indiqua ma chambre.

— Bébé, puis-je te parler en privé une minute ?

Je hochai la tête et je la suivis dans le couloir jusqu'à ma chambre en jetant un regard en arrière vers nos nouveaux invités étranges. Ils étaient tous deux occupés sur leur téléphone et ne faisaient pas attention à nous.

Après avoir fermé la porte, j'attendis.

Les épaules de Kat se voûtèrent immédiatement et elle passa une main dans ses cheveux longs et épais pour les pousser en arrière. Comme un chien suivant sa gourmandise préférée que l'on agitait sous son nez, je suivis ses mouvements. Comme d'habitude, il me vint l'envie puissante de toucher ses cheveux. Je repoussai cette envie et je me concentrai sur la situation.

— À quoi as-tu bien pu penser en les invitant à rester ici ? demanda-t-elle enfin.

J'écarquillai les yeux.

— J'essayais d'être gentil avec un membre de ta famille. De plus, ton frère a l'air assez sympa. Son pote est un peu con, mais…

Je haussai les épaules. Son regard sur moi se durcit et je fronçai les sourcils.

— Quoi ? Tu voulais que je renvoie ton frère ?

Elle secoua la tête d'un air absent et regarda le plafond.

— Je ne sais pas. C'est juste… je pense que c'est une mauvaise idée.

— Pourquoi ne pas le laisser avoir cette courte visite ? Il reste quelques jours et il s'ennuie. Puis nous le faisons sortir d'ici afin de reprendre notre travail et nos vies. Et cela inclut un entretien très important qui arrive. Tout va bien se passer.

Si c'était possible, son regard se durcit encore.

— Tu te rends compte qu'ils pensent que notre mariage est réel, n'est-ce pas ?

Je haussai les épaules.

— Eh bien, comme ma famille.

Elle écarquilla les yeux comme si j'étais un idiot.

— Ce qui signifie que s'ils dorment ici, il nous faudra dormir dans la même chambre. Dans le même lit.

Elle indiqua mon lit comme pour souligner son argument.

Mes yeux suivirent l'endroit qu'elle montrait, mon lit parfaitement fait. Qui, pour être honnête, n'avait pas accueilli de femme depuis très longtemps. La dernière femme avec laquelle j'étais sorti, plus d'un an auparavant, avait seulement voulu que l'on aille chez elle, ce que j'avais rarement fait, car ça ne me plaisait pas. Depuis le divorce, personne n'avait passé la nuit chez moi.

Mais maintenant, Kat allait devoir le faire. À cause de ma propre stupidité, je nous avais fait passer d'un jeu de rôle seulement pour le travail et les occasions spéciales à un jeu de rôle vingt-quatre heures sur vingt-quatre.

Comme il n'y avait absolument rien eu qui puisse être étiqueté comme « faux » entre nous la nuit précédente, sur le piano, cela me conduisait dans une grande zone de danger. J'écarquillai les yeux en fixant le lit, puis je me retournai vers elle et je respirai profondément.

— Je, euh, je pense que nous pouvons faire ça pendant une nuit ou deux.

Elle ricana.

— Jusqu'à ce qu'une nuit ou deux se transforme en une semaine ou un mois. Tu ne connais pas mon frère. Il est comme le chiendent : il est difficile de s'en débarrasser et ça apparaît partout.

Je regardai à nouveau le lit, essayant de chasser de ma tête ce que j'avais senti et goûté d'elle avec mes mains et ma langue la nuit précédente. Le bruit de sa jouissance, des gémissements rauques et le petit cri aigu quand elle avait cambré le dos. *Merde.*

Le lit était grand, mais pas assez grand pour éviter ce que je ne voulais pas vraiment éviter. J'avais terriblement envie de son corps magnifique appuyé contre moi dans le sommeil. Je voulais inhaler l'odeur de noix de coco de ses cheveux étalés sur mon oreiller. Je me demandai soudain si elle dormait avec un négligé révélateur ou de la lingerie sexy. Ça ne lui ressemblait pas… mais une fois que je l'avais imaginé, je ne pouvais plus ne pas l'imaginer.

Bon sang de merde. Dans quelle situation m'étais-je mis ?

Elle tapota sa bouche avec l'index en réfléchissant et sans savoir que j'avais soudain l'esprit mal tourné.

— Nous pouvons peut-être faire venir des fumigateurs dans quelques jours.

J'éclatai de rire.

— Des fumigateurs pour se débarrasser des membres de la famille indésirable. Si ça n'existe pas déjà, ça devrait. Ils feraient fortune.

— Sinon, nous pouvons toujours déménager.

— Hmm.

Je réfléchissais à toute vitesse, essayant de trouver un moyen de ne pas avoir à partager le lit. Je n'avais pas vraiment d'idées. Il n'y avait pas assez de place sur le sol pour y poser un matelas gonflable, et je n'en avais que deux, qui allaient sans doute être attribués à nos invités.

Peut-être un sac de couchage ? Ça risquait d'être affreux sur le parquet. J'allais me promener comme un homme de quatre-vingts ans après une ou deux nuits ainsi.

Je passai une main dans mes cheveux.

— D'accord, tu peux dormir ici, mais… il y a des règles.

Elle poussa un soupir et croisa les bras ce qui, évidemment, étira son tee-shirt autour de ses seins parfaits. Cette poitrine délectable que je n'avais toujours pas eu l'occasion de toucher. Poser mes mains autour de ses seins, la douce… *Merde.*

— Bien sûr que tu as des règles. Pourquoi pas ? Nous avons eu des règles pour le mariage…

— Et tu as rompu la plus importante au sujet du secret…

Elle me jeta un regard noir, mais continua à parler.

— Des règles pour ma vie ici, et je dois ajouter que je les ai toutes respectées. C'est toi qui les as invités à rester ici et qui nous as mis dans cette dernière situation délicate.

Je secouai la tête.

— Nous avons besoin de règles, particulièrement maintenant.

Inutile d'ajouter que nous ne pouvions pas nous permettre une autre erreur comme la nuit précédente. C'était entièrement mon erreur, mais quand même. Les règles étaient plus pour moi que pour elle, c'était évident.

— Nous devons tous les deux être entièrement vêtus dans le lit. En haut et en bas. Pas de négligés sexy.

Elle leva brusquement ses sourcils couleur cannelle.

— Merde, j'espérais que tu allais porter de la dentelle noire avec des bas résille.

Je lui jetai un de mes regards sévères que je réservais normalement pour le travail. Et elle réagit avec son regard habituel de « je me fous complètement de tes regards sévères ».

Elle agita un doigt devant mon visage.

— Écoute, je ne dors pas avec ce genre d'habits, mais je ne porte rien sur mes jambes quand je dors. Ça me rend dingue. Une vieille chemise de nuit en coton, ça ira très bien.

— D'accord. Eh bien, tu peux prendre le côté droit du lit. Je dors en général du côté gauche, de toute façon.

— Le côté droit ? Est-ce celui où dormait Claire ?

J'ignorai sa question sarcastique et je continuai à faire le décompte sur mes doigts.

— Je prends ma douche le soir. Tu peux soit te doucher après moi, soit l'utiliser le matin.

Elle secoua la tête en levant les yeux au ciel.

— Le matin, ça me va très bien. Autre chose ? Ai-je le droit de ronfler ?

— Est-ce que tu ronfles ?

Son regard bleu glacial fut aussi froid que les étendues nordiques.

— Non. Quoi d'autre ? Dois-je porter une capuche comme la Servante Écarlate ? Béni soit le fruit ?

Je poussai un soupir.

— Du calme, je faisais juste… je ne veux pas…

— Tu ne veux pas que je te séduise éhontément comme je l'ai fait hier soir. J'ai compris.

Je me frottai les tempes.

— Je ne pense pas du tout que c'est ce qui est arrivé.

Elle jeta les mains en l'air.

— Eh bien, comme tu as très clairement montré que tu ne voulais pas en parler, comment suis-je censée savoir ce que tu penses ?

— Je sais que j'ai merdé et je culpabilise. C'est ce que je pense. Je suis désolé.

Elle écarquilla les yeux, surprise par mon aveu et mes excuses soudaines. D'habitude, ça n'arrivait pas au milieu de nos échanges de vannes typiques. Mais il n'y avait rien de typique dans ce qui nous était arrivé la veille.

— D'accord, dit-elle lentement, comme si elle attendait une espèce de punchline acerbe de ma part.

Qui n'arriva jamais.

— J'étais ivre et je sais que ce n'est pas une excuse pour rompre les règles. Ça n'arrivera plus.

Elle baissa le regard et fixa le mur opposé, comme si elle était très concentrée ou perdue dans ses pensées. Mais pour une fois, elle ne rétorqua pas. Dieu merci, car je faisais franchement de mon mieux.

— Alors, y a-t-il quelque chose que je dois savoir au sujet de ton frère et de son ami ?

Elle émergea de l'endroit où elle s'était perdue dans son esprit et me regarda en fronçant les sourcils.

— Euh, comme quoi ?

J'agitai vaguement la main en l'air.

— Du genre, quelle est son histoire ? Je veux dire, tu as fait référence à son avocat et parue surprise qu'il puisse quitter le pays. A-t-il des problèmes ? Et Mike ressemble à une espèce de gangster à moto raté. Dois-je cacher les objets de valeur ?

Le visage de Kat redevint sérieux et elle me jeta un coup d'œil avant de détourner la tête.

— Franchement, je ne connais pas le statut légal de Derek en ce moment. Cela fait plus d'un an, mais les choses n'étaient pas fabuleuses quand je suis partie. Je vais essayer ce découvrir les détails puisqu'il reste ici avec nous. Eh oui, je te conseille de cacher les objets de valeur. En parlant de ça, existe-t-il un moyen de fermer la chambre d'amis à clé ? Je préfère qu'ils ne l'ouvrent pas et qu'ils ne se demandent pas pourquoi toutes mes affaires sont là-dedans.

Je me grattai la mâchoire en réfléchissant. Sa réponse évasive avait été subtile, mais c'était bien ça : une façon de contourner le sujet sans répondre véritablement à ma question. Avec un peu de chance, j'allais pouvoir me renseigner plus tard.

— Cette porte a une serrure sur la poignée. Je vais te trouver la clé pour que tu puisses la fermer de l'extérieur

Elle hésita, puis elle fit un pas vers moi.

— Je sais que j'ai été irritée parce que tu les as invités à rester, mais c'était gentil de ta part. Et, enfin, merci de faire tout ça.

En sachant que ce n'était pas une bonne idée, je tendis la main et je touchai son bras.

— Nous allons faire en sorte que ça fonctionne, Kat. Ne t'inquiète pas. Et s'ils voient tes affaires dans la chambre d'amis, il te suffira de dire que j'étais saoul hier soir et que tu es allée dormir là-bas.

Elle se mordit la lèvre.

— Je ne vais pas faire des efforts pour les mettre à l'aise non plus. Juste les matelas gonflables et quelques couvertures sur le sol du salon. Avec un peu de chance, ils ne resteront pas longtemps.

Je hochai la tête.

— Bonne idée. Nous les ferons sortir d'ici dès que possible et tout reviendra à la normale.

Même si je ne savais plus trop ce qui était *normal.*

Partager ce lit avec elle pendant quelques nuits sans pouvoir la toucher allait être un véritable exercice d'insomnie pour moi. Mais j'avais contribué à nous mettre dans cette situation. Autant faire mon possible pour l'aider à en sortir.

Je voulais l'aider. À vrai dire, je ne pouvais m'empêcher de vouloir l'aider. Et j'étais à peu près certain que si elle me le demandait, j'étais prêt à faire bien plus que simplement la laisser partager cette chambre avec moi pendant quelques nuits.

Si ceci était un véritable mariage, j'aurais été dans la merde.

Dieu merci, ce n'était pas le cas.

CHAPITRE DOUZE
KATYA

MERDE DE MERDE. QUE VENAIT-IL DE SE PASSER ? L'univers pensait-il que le combo de la menace d'expulsion, du mariage vite fait pour l'empêcher et d'une révélation surprise du mariage à toutes les personnes que nous connaissions ne suffisait pas vraiment ? Oh, et la famille secrète de nobles européens de mon mari. Maintenant, je devais y ajouter ma famille tordue et dysfonctionnelle. Pour une magnifique soupe à la merde.

Miam, miam. *Pff.*

Mike sembla déçu qu'il n'y ait pas de bière au frigo. J'interrompis Lucas avant qu'il puisse proposer d'aller en acheter un pack à l'épicerie la plus proche. Et à mon grand soulagement, aucun d'entre eux n'insista. Derek n'eut aucune réaction, ce qui me donna une étincelle d'espoir malgré mon grand scepticisme.

— Hé, sympa le cactus, observa mon frère en hochant la tête vers Kictus au milieu de la table.

Voir l'irritation passer sur le visage de Lucas fut l'unique moment agréable de la soirée.

Dire que je n'avais pas d'appétit était un euphémisme… que ce soit pour la soupe à la merde ou pour la pizza que nous avions commandée pour nos hôtes inattendus. Tout tombait comme des pierres au fond de mon estomac et je parlai très peu pendant le dîner.

J'étudiai mon frère pendant qu'il discutait avec les deux autres hommes. On aurait dit le même vieux Derek. Drôle et gentil et bavard. Il pouvait être quelqu'un de très bien quand il n'était pas plombé par ses problèmes — et qu'il n'accablait pas tous ceux qu'il aimait avec.

Personne qui le regardait à ce moment-là, avec son attitude détendue et ses sourires, ne pouvait se douter qu'il savait aussi être la personne la plus égoïste de la planète. Et tout le monde qui l'aimait autour de lui attendait le changement souvent promis, mais jamais effectué.

Je clignai des paupières, toujours vexée que ce soit lui et pas maman ou papa qui soient venus ou m'aient contactée d'une autre façon. S'ils avaient trouvé mon adresse, alors ils auraient aussi facilement pu obtenir mon numéro de téléphone ou mon e-mail. À la place, ils avaient envoyé Derek et un carton de cochonneries.

Et ça, c'était vexant aussi. Ils étaient évidemment rongés par le travail. Et les lettres élégantes estampées que je recevais de la part d'avocats coûteux à Vancouver en étaient sans doute la raison. Une ancienne vague d'amertume au fond de moi me rappela que c'était également la faute de Derek.

Et il n'y avait aucun doute que cette visite avait un lien avec ses problèmes juridiques et toutes les raisons pour lesquelles j'avais laissé tomber ces conneries. Oui, c'était moi, Katya la Courageuse qui fuyait son pays natal au lieu de se défendre.

Mais comme Lucas l'avait dit, cette visite était courte. Je pouvais survivre à tout pendant un petit moment, n'est-ce pas ? Bon sang, j'avais été secrètement mariée au type le plus grognon sur terre depuis presque sept mois. Cela devait prouver que je savais tenir sur la longueur !

J'installai nos invités dans la pièce vide juste à côté de la cuisine ; la salle à manger formelle que Lucas n'avait jamais aménagée. Il y avait un parquet et des murs blancs et vides, qui créaient un écho. Je leur donnai les matelas gonflables de Lucas, mais je fis l'ignorante au sujet d'une pompe manuelle, même si j'en avais vu une dans le placard juste à côté. Tant pis pour eux. Ils allaient devoir les gonfler avec leurs propres poumons.

Mon frère eut la bonne idée de ne rien dire, mais son ami Mike protesta bruyamment. Je me foutais complètement de ce qu'il pensait. Il avait toujours été mon ennemi public numéro un et terrible tourmenteur de la petite sœur de son meilleur ami.

En laissant tomber le tas de draps et de couvertures pliées que Lucas m'avait donnés, je poussai un soupir. Ils levèrent le nez de leurs téléphones lorsque je marmonnai :

— Si vous avez besoin d'autre chose, il y a des serviettes dans l'armoire à linge.

— Tu as une chouette maison, sœurette. L'avez-vous achetée tous les deux ?

Je secouai la tête.

— Lucas a vécu ici pendant quelques années. J'ai simplement emménagé quand nous nous sommes mariés.

Mike posa son téléphone.

— Vous avez fait vite.

Je lui jetai un regard mauvais avant de me détourner. Qui se souciait de ce que ce crétin avait à dire ? Pas moi. Et je ne lui demandai pas de développer. Il continua malgré le regard noir que je lui avais lancé, me scrutant attentivement

— Je veux dire, pour vous marier. Du genre... pourquoi n'avez-vous pas d'abord simplement vécu ensemble pendant un moment ? Pourquoi étiez-vous si pressés de vous marier ?

Espèce de petit con. Il faisait toujours ce genre de choses. Comme pour couronner le tout, Derek n'était pas seulement apparu sur le seuil de ma porte, mais il avait pris Mike avec lui. Derek et lui étaient proches depuis le début du collège. Selon moi, un grand nombre des problèmes de Derek venaient de la mauvaise influence de Mike, mais mes parents m'avaient-ils écoutée ? Étaient-ils intervenus ? Jamais.

— Oh, je suis désolée, Mike, es-tu contrarié que je ne sois plus disponible ? Comment voulais-tu que je sache que tu en pinçais pour moi pendant toutes ces années ?

C'était une référence vague à l'époque où il avait eu le culot de me demander de sortir avec lui. Il avait été assez dégoûtant pour agir comme si tout le temps qu'il passait avec ma famille lui donnait le droit de me fréquenter. Je venais d'avoir seize ans et bien sûr je n'avais jamais pensé à Mike de cette façon. Il m'avait traitée encore plus mal après mon rejet, ce qui était prévisible.

Mike éclata de rire.

— Waouh, ce chaton a des griffes pointues. J'espère que tu ne les utilises que pour gratter le dos de ton petit mari.

Je l'ignorai, je marchai jusqu'au placard et je sortis quelques oreillers. Au lieu de les jeter sur la pile de draps, je les lançai vers Mike. Je visai sa tête stupide. Il grogna un *pute* quand un des oreillers le frappa en plein milieu du visage et je lui fis un grand sourire, très satisfaite de moi-même.

— Laisse-la tranquille, bon sang.

Derek leva enfin la tête de son téléphone pour faire ce reproche à son ami. *Merci de me défendre, grand frère.* Je grinçai des dents.

— Oui, alors demain matin Lucas et moi nous partons d'ici vers sept heures et demie pour aller au travail. Il vous faudra quitter la maison. Vous pouvez aller faire vos trucs de touristes. Je ne vais pas vous mentir, cependant, ça coûte cher d'être un touriste ici. Un seul ticket d'une journée pour Disneyland vous coûte la moitié de votre âme. Et avec le taux de change, c'est encore plus cher en dollars canadiens. Mais je dis ça comme ça.

Je regardai Derek de travers, le soupçonnant fortement d'avoir fait financer son voyage par papa et maman en plus de tout le reste. *Super.* Ils étaient complices en aidant quelqu'un à quitter le pays avec leur argent. En lui faisant rompre sa liberté conditionnelle pour le faire. C'était tellement typique de leur part. De leur part à tous.

Derek sourit.

— Eh bien, tu sais que je n'aime pas me lever tôt, mais ça ira. Dommage que vous ne puissiez pas nous accompagner à Disneyland. Maman m'a donné de l'argent pour vous acheter des tickets. Ne peux-tu pas avoir des jours de congé bientôt ?

Je me contentai de secouer la tête. Je le pouvais sans doute, mais je n'en avais pas envie. Il haussa les épaules.

— Eh bien, je laisserai l'argent pour que vous puissiez y aller tous les deux un de ces jours.

Je secouai encore la tête.

— Merci, mais ça ne fait rien. Je ne pense pas que nous ayons le temps d'y aller bientôt.

Il baissa la tête et acquiesça.

— C'est dommage. Tu devrais prendre le temps de profiter de la vie de temps en temps. Bonne nuit, sœurette. Dors bien.

Je me tournai vers la porte. Mike intervint alors, parlant à Derek tout en souhaitant clairement que je l'entende.

— Nous pourrions aller acheter de l'herbe dans un dispensaire demain. Nous en aurons besoin après avoir passé une nuit à dormir par terre. Si les deux tourtereaux ne nous empêchent pas de dormir toute la nuit en baisant bruyamment.

Je ne me retournai pas et je ne fis aucun signe de l'avoir entendu. Rien qui puisse lui donner la moindre once de satisfaction. C'était dur, parce que j'avais envie de donner un coup de pied au visage de ce crétin. Après tout, sa sale tête était juste à hauteur de chaussures. Il avait toujours été tellement pénible, encourageant continuellement Derek à participer à un nouveau complot pour me terroriser.

Je passai vite dans ma chambre d'amis et j'attrapai ma chemise de nuit et mes vêtements pour le lendemain. En utilisant la clé que Lucas m'avait donnée, je verrouillai la porte afin qu'ils ne puissent pas venir y fouiner et poser des questions. Puis je retirai toutes mes affaires de toilette de la salle de bains à côté pour aller les mettre dans celle de Lucas.

Quand j'arrivai devant la chambre, la porte de Lucas était entrouverte, mais la chambre était vide en dehors de Max qui leva paresseusement la tête pour me regarder depuis son lit. J'entrai en silence et je lui fis plaisir avec quelques grattouilles sur le ventre. En remarquant que la porte de la salle de bains était fermée, je posai mes affaires sur le lit. Puis j'attendis patiemment mon tour, mais il sembla prendre une éternité là-dedans. Il m'avait averti qu'il aimait se doucher le soir.

Qu'est-ce qui pouvait prendre tout ce temps si ce n'était pas la plus longue douche de l'histoire des douches ? S'habillait-il ? Se rasait-il ? S'épilait-il chaque poil de son menton avec une pince à épiler ? Comptait-il le carrelage sur le sol ? Quoi ?

Je l'imaginai soudain ne portant rien d'autre qu'une serviette autour de sa taille, son torse musclé et dur recouvert de vapeur et de quelques gouttes d'eau. Même s'il mettait longtemps là-dedans, j'en profitais mentalement. Allongée sur le lit, je regardai le plafond et je m'accordai une jolie petite visualisation. Ses bras délicieux, ses biceps qui gonflaient quand il leva la main pour se raser. Je me demandai s'il avait des fossettes dans le dos, à la base de sa colonne. Faisait-il encore régulièrement du sport, ou bien était-il aussi musclé simplement parce qu'il avait été sportif plus jeune ?

Malgré cette tournure agréable de mes pensées, je fulminais encore à cause de la remarque merdique de Mike au sujet du sexe bruyant. Il voulait que le sexe bruyant l'empêche de dormir toute la nuit ? Je voulais bien m'en charger, même si c'était uniquement pour l'embêter. Je me levai et je m'approchai de la porte de la chambre. Je l'entrouvris et je commençai à gémir faussement à la Meg Ryan dans *Quand Harry rencontre Sally*.

— Oh, oui, encore, oui ! miaulai-je presque.

J'essayai de secouer la tête de lit, mais elle ne bougea pas : c'était une antiquité en bois véritable et sûrement faite d'anciens séquoias.

J'essayai de frapper le mur. Pas de chance… comme c'était une vieille maison, les murs étaient en plâtre solide. Le bruit ne les traversait pas du tout.

Je retournai donc à la porte pour crier un peu plus.

— Oh, oh, oh ! Oui ! Plus fort !

J'ajoutai un hurlement pour faire bonne mesure avant de fermer la porte.

Tout fut silencieux, en dehors du grincement de vieux gonds. Je me retournai et Lucas se tenait dans l'embrasure de la porte de la salle de bains. Il serrait la poignée comme si c'était le bouclier d'un chevalier qu'il brandissait contre une attaque invisible. Il avait les yeux plus écarquillés que d'habitude.

Je rougis et je clignai des paupières en cherchant à expliquer.

— Je, euh. Eh bien, ils… Mike, euh…

Il leva les sourcils et hocha la tête en attendant que je crache le morceau.

Je soufflai et je fis un geste raide en direction de la salle de bains.

— As-tu fini là-dedans ?

Il entra dans la chambre en portant un pyjama en coton bleu sombre. Il était tout froissé et semblait rigide, comme s'il venait de le sortir d'un paquet. Comme si sa grand-mère lui en avait offert un à Noël et qu'il l'avait vite jeté dans un tiroir parce que… parce qu'en général, il dormait nu, par exemple.

Il était plus canon que je ne m'y étais attendue de la part d'un type en pyjama en coton. Il y avait quelque chose de si… propre et honorable et honnête chez lui, normalement. Ce pyjama confirmait cette image. Mais il n'y avait rien eu de propre et de sain dans ce que sa bouche m'avait fait la nuit précédente quand j'étais allongée sur son piano et que ses yeux étaient comme des braises surchauffées. Je déglutis.

Il montra la salle de bains vide.

— Elle est à toi.

Je n'avais pas grand-chose à y faire en dehors me laver le visage et changer de vêtements. J'avais l'intention de me doucher le matin, comme d'habitude. Mais en retournant dans la chambre, je compris soudain qu'un lit queen size pouvait être très petit. Particulièrement quand on le partageait avec un bel homme qui n'était pas un partenaire sexuel. En plus de tout un tas de tensions sexuelles non assouvies.

J'hésitai au bord du lit et il leva la tête du livre numérique sur sa tablette.

— Euh, comment devons-nous faire ?

Je m'éclaircis la gorge avant de continuer :

— Du genre, tête-bêche ? Ou moi sur la couverture et toi au-dessous ? Ou…

Il cligna des paupières et leva les yeux au ciel.

— Monte. J'essaierai de me contrôler.

Je serrai la mâchoire en me demandant si je pouvais me contrôler.

Comme j'avais fini par m'y attendre de la part de Lucas, la qualité de ses draps de lit était excellente, et tout était fraîchement lavé. C'était sûrement du coton tunisien biologique cueilli à la main et tissé par des vierges. C'était extrêmement agréable contre ma peau. Je me glissai à l'intérieur, puis je roulai sur le côté pour lui faire face. En posant la tête sur ma main, j'examinai son profil pendant qu'il tripotait sa tablette.

Comme s'il avait senti mon regard, il pivota la tête et fixa son regard sombre et inébranlable sur moi.

Nos regards se croisèrent et l'air sembla s'épaissir entre nous. J'étudiai les cils sombres autour de ses yeux pendant que son regard parcourait mon visage, s'arrêtant sur ma bouche.

Je déglutis. Il déglutit. Le silence s'éternisa.

La lumière sur son visage changea quand sa tablette s'éteignit et nous continuâmes à nous fixer, hantés par les fantômes des affaires non terminées de la veille. Même si *affaires* était le dernier mot au monde que j'aurais choisi pour décrire les événements de la veille.

Non... non...

Je l'avais senti partout. Soudain, une pulsation commença entre mes cuisses, dans mon ventre, jusqu'à mon centre. Tout en moi se réchauffa à cause du souvenir de ce qu'il m'avait fait ressentir. Et de l'envie qu'il recommence.

Et de l'envie que j'avais de lui faire la même chose.

Il était évident que je lui avais fait peur, étant donné sa mise à l'écart brutale au travail.

Malgré tout, j'hésitai et je me penchai très légèrement en avant, comme si j'étais poussée par un vent violent. Et ce petit mouvement, à ce moment précis, rompit le sortilège. Il redressa immédiatement le dos et se tourna pour poser sa tablette sur la table de chevet.

Avec un « bonne nuit » brusque, il éteignit la lampe de chevet et me tourna le dos. Je restai allongée là, ne sachant pas trop quoi penser, clignant des paupières dans l'obscurité. Au bout de quelques minutes, il respirait lentement au rythme paisible du sommeil.

Avec un soupir, je me tournai sur le dos et je fixai le plafond pendant des heures. C'était un miracle si je pouvais dormir avec tout ce qu'il s'était passé. Mes pensées filaient à toute vitesse et sautaient d'un sujet à un autre. Toutes mes anxiétés passées s'étaient maintenant mêlées à l'énergie et à la tension existantes dont j'avais espéré que Lucas me délivre.

Je n'arrivais pas à me sortir de la tête l'apparition soudaine de Derek. Après presque deux ans sans nouvelles de mes proches. Soudain lui, parmi tous, était venu à ma porte comme si le temps ne s'était pas écoulé. Comme si je n'avais pas préparé mes bagages au milieu de la nuit et que je n'étais pas partie sans dire au revoir.

Ce voyage n'était pas juste un voyage d'agrément pour visiter Hollywood, les plages célèbres et se balader dans les parcs d'attractions. Il se passait quelque chose. Cela allait certainement inclure une forme de pression pour que je retourne au Canada et à toutes les choses que j'avais laissées derrière moi. C'était évident.

Hors de question.

Rien ne fonctionna… pas en roulant d'un côté à l'autre, pas en ajustant l'oreiller, pas en me levant pour aller aux toilettes… en marchant presque sur le chien endormi dans l'obscurité. Je restai allongée là pendant des heures sans dormir, les pensées filant comme des voitures qui zigzaguaient dans des virages et sur des routes bordées de falaises. J'eus soudain envie de pouvoir abandonner et aller me détendre en jouant à un jeu vidéo. Mais il me fallait marcher jusqu'au salon et allez savoir ce que faisaient ces deux idiots là-dedans. Je devais maintenir l'illusion que nous dormions avec bonheur, serrés l'un contre l'autre après un peu de sexe marital fabuleux.

Mon Dieu, du sexe m'aurait fait du bien, qu'il soit marital, semi-acrobatique, ou même un missionnaire ennuyeux. Je n'étais pas difficile, au point où j'en étais.

À la place, je me calmai en écoutant le rythme régulier de sa respiration et en regardant les ombres que la piscine du voisin créait sur la fenêtre. Je me sentis presque réconfortée. Comme si je n'étais pas seule dans cette situation.

Mais c'était peut-être juste une illusion.

Malgré tout, mes yeux finirent par se fermer juste après quatre heures du matin.

Chapitre Treize
Lucas

IL ETAIT CLAIR QU'ELLE AVAIT A PEINE DORMI. JE NE LUI aurais jamais dit, mais elle m'avait réveillé plusieurs fois au cours de la nuit en s'agitant. Cela faisait un moment que je n'avais pas partagé un lit pour dormir. L'expérience de la nuit avait été un étrange rappel de l'époque où j'étais marié.

Enfin, de l'autre époque où j'étais marié.

Nous fûmes silencieux le matin, parlant à peine. Elle avait eu la présence d'esprit d'attraper ses vêtements, et je la laissai passer la première dans la salle de bains. Je m'habillai pendant qu'elle se douchait, puis je lançai la cafetière.

Nos invités surprise dormaient toujours. Je laissai Kat s'occuper d'eux : ce qu'elle fit en les réveillant avant le petit-déjeuner et en les jetant plus ou moins dehors après les avoir nourris. Ils râlèrent, mais après les avoir motivés un peu, ils finirent par quitter la maison en même temps que nous.

Derek se tenait sur les marches devant la maison pendant que nous fermions à clé.

— On se voit ici ce soir ? Quand rentrez-vous du travail ?

— À cinq heures, en théorie, répondit Kat sèchement. Mais nous ne rentrons jamais à cette heure-là.

— Les embouteillages ?

— De longues heures, des heures supplémentaires. Beaucoup de choses à faire.

Mike ricana.

— Mais pourquoi ? Vous jouez toute la journée à des jeux vidéo pour le travail. Ce n'est pas comme si vous sauviez des vies.

Manquer de respect envers le travail des gens chez qui on logeait, ce n'était pas une bonne idée. Hmm. Ce type, Mike, parvenait toujours à se faire détester un peu plus chaque fois qu'il ouvrait la bouche.

Derek caressa la tête du chien, nous salua avec bonne humeur et jeta un regard étrange à son ami. Le frère de Kat semblait sympa, mais bon sang, il rendait sa sœur plus tendue que les muscles de mes épaules après une heure de travail sur mon rameur.

Ils se dirigèrent vers le trottoir et leur berline cabossée avec laquelle ils avaient roulé plus de mille six cents kilomètres pour venir ici. Je pris Kat par le bras et je la guidai vers ma voiture. Elle leva la tête avec une question dans les yeux, mais elle ne dit rien. Après tout, nous devions maintenir les apparences, et pas seulement pour les deux crétins qui logeaient chez nous, mais aussi pour nos collègues.

Je lui ouvris la portière et elle monta sans un mot. Puis je passai à la portière arrière pour laisser Max monter à sa place habituelle, ce qu'il fit joyeusement. Partir au travail avec moi était une grande aventure pour lui, mais à mon avis, mes collègues étaient bien plus déçus que lui quand je ne le prenais pas.

— Tu es silencieuse ce matin, dis-je enfin après avoir conduit quelques minutes.

Le trajet jusqu'au travail n'était pas très long : environ quinze minutes quand nous partions à cette heure de la journée.

— Je suis désolée pour cette histoire d'invités surprise. Merci d'être si gentil.

Je haussai les épaules.

— S'occuper de la belle-famille est encore une de ces choses que l'on ne peut pas éviter quand on est mariés.

Bon sang, j'avais l'impression d'être un grand conseiller des mariages, une espèce de manuel d'utilisation avec toutes mes remarques stupides. Comme si mon premier tour de ce manège particulier ne m'avait pas complètement dégoûté, alors que c'était vraiment le cas.

Je m'étais juré de ne jamais recommencer. Et pourtant, me voilà.

Je lui jetai un coup d'œil. Elle avait les doigts croisés sur ses genoux, et elle était clairement tendue.

— Est-ce que ça va ? Tu n'as pas beaucoup dormi la nuit dernière.

Elle se tourna vers moi, le teint frais et les cheveux tirés en arrière en une tresse qui partait de sa tête jusqu'à ses omoplates. Elle était aussi très pâle, portant seulement un tout petit peu de maquillage. Mais comme toujours, elle était encore absolument magnifique. Il lui aurait fallu mettre un sac sur sa tête — et sur le reste de son corps — pour cacher cela.

Je serrai un peu plus fort le volant et je me souvenais pour la millionième fois de ne pas m'attarder sur les raisons pour lesquelles elle m'attirait. Suivre ce train de pensée était dangereux… et conduisait presque certainement à un terrible déraillement.

— J'ai beaucoup de choses en tête. Kyle va me demander de valider sa chaîne de quêtes de Classe A. *Encore*.

Je fronçai les sourcils en cherchant les rapports de bugs dans mes souvenirs. Ils avaient été incroyablement problématiques quand elle les avait signalés au départ. Mal ficelés et pleins de bugs et de fautes de frappe, m'avait-elle dit, quand les développeurs ne pouvaient pas nous entendre, bien sûr.

Parce que pour les développeurs, nous étions l'ennemi public numéro un. Nous étions ceux qui leur disaient qu'ils avaient merdé et ça ne leur plaisait pas du tout.

— Et tu ne penses pas qu'ils sont prêts à sortir la nouvelle mise à jour du jeu ?

Elle serra la mâchoire, puis elle regarda ses mains en étalant les doigts.

— Ils en sont loin.

— Alors, tu lui dis.

Elle n'avait jamais eu de problème pour le dire.

— Ces changements ne paraîtront pas tant que tu ne donnes pas ton accord et il le sait.

— Oui, il a été très désagréable à cause de ça et je ne me sens pas de l'affronter aujourd'hui.

Je fronçai les sourcils. Ça ne lui ressemblait pas du tout. Il fallait du cran dans notre domaine de travail. Nous devions affronter les développeurs, les chefs de projet, et même parfois, les directeurs de l'entreprise. Quand nous ne pouvions pas assurer la qualité du produit, nous ne pouvions pas permettre sa sortie. C'était une raison majeure pour laquelle elle était douée. Elle avait un cran à toute épreuve. *Généralement.*

— Rappelle-lui que rien ne sera lancé tant que tu ne l'as pas validé.

Elle laissa échapper un petit rire sec.

— Oh, il le sait. Mais au lieu de jouer les fayots pour m'encourager, il agit un peu…

— Comme un connard ?

— De façon intimidante, conclut-elle en même temps.

Puis elle plissa le front à cause d'une inquiétude qu'elle ne partagea pas et regarda à nouveau par la vitre.

— Est-ce qu'il se comporte mal avec toi ?

Ma question sembla un peu plus insistante à mes oreilles que je ne l'avais voulu. Elle me jeta un regard indéchiffrable, mais si ma réaction la surprit, elle ne le montra pas.

Elle tripota soudain son alliance, la faisant tourner sur son doigt, puis elle frotta son jean qui couvrait ses longues jambes bien faites. Elle posa ensuite une main sur la poignée de la portière, l'autre sur le frein à main, appuyant de façon répétée sur le bouton au bout du frein. Encore et encore.

Sans même penser à le faire, je couvris sa main avec la mienne.

— Ne t'inquiète pas pour ça, Kat. Tu vas y arriver. Et s'il se donne des airs, je viendrai te soutenir. Tu vas y arriver, répétai-je.

Elle se tourna vers moi, le visage toujours pâle, mais avec quelque chose de nouveau dans ses yeux : de la gratitude ? De l'appréciation ?

— Merci, chuchota-t-elle.

Je savais pourtant que ce n'était pas ce qui l'ennuyait vraiment. Non, la source de ce problème allait nous sauter au visage une fois de plus en arrivant à la maison auprès de nos invités indésirables. Il se passait quelque chose entre son frère et elle… et le reste de sa famille, d'ailleurs.

Elle allait peut-être m'en parler bientôt. Ou alors, j'allais être obligé de lui poser directement la question.

Comme d'habitude, nous partîmes dans des directions différentes au travail. Moi vers des réunions, elle a des entretiens individuels avec les développeurs qui dépendaient d'elle pour les tests par boîte blanche. Kat était un atout indispensable de notre département grâce à sa grande connaissance du codage. Elle était capable de regarder le code à côté du produit fini et de prédire les problèmes potentiels. Il se murmurait qu'elle allait bientôt être à la tête de sa propre équipe de testeurs par boîte blanche, voire qu'elle dirigerait tout le département si, avec de la chance, j'obtenais cette promotion tant désirée.

En parlant de ça, mon « mentor » autoproclamé pour le nouvel emploi apparut juste après la dernière réunion de ce matin quand je mangeais un morceau rapide à la cafétéria. Jordan se laissa tomber sur une chaise à ma table, une pomme dans la main, pendant que je finissais quelques notes sur ma tablette. Je ne pris même pas la peine de lever la tête.

— Salut, jeune padawan. Comment se passe la vie maritale ?

— Super.

Je terminai ce que je faisais et je fermai l'application. En poussant la tablette sur le côté, je me tournai vers lui. Jordan avait un coude sur la table, le menton posé sur son poing, et il me fixait en mâchant sa pomme d'un air pensif.

— As-tu travaillé un peu plus sur ton concept pour la nouvelle entreprise ? L'heure tourne et je veux que tu obtiennes ce travail.

Je l'imitai en plissant les yeux et en posant mon propre menton sur ma main.

— Et pourquoi est-ce si important pour toi que je l'obtienne ?

Jordan haussa nonchalamment une épaule, s'appuya contre le dossier de sa chaise et détourna la tête.

— Parce que nous sommes amis ? N'est-ce pas suffisant ?

Il mordit dans sa pomme et mâcha encore en évitant mon regard.

— Je travaille avec des astronautes. Nous avons trouvé quelques idées.

Du coin de l'œil, j'aperçus quelqu'un qui s'approchait de nous. Nous levâmes la tête pour Jeremy. La concurrence. Il hocha la tête vers Jordan avec un sourire nerveux. Jordan lui fit signe de s'asseoir, mais Jeremy secoua la tête et tapota son poignet. Il devait avoir un délai serré à respecter.

— Je suis juste passé chercher quelque chose à manger au bureau pendant que je travaille.

Jeremy se tourna vers moi.

— Je voulais te remercier pour les liens que tu m'as envoyés. L'Unreal Engine est une très bonne idée.

Je hochai la tête.

— Bien sûr, mon vieux. Pas de souci. Bonne chance. Passe le bonjour à Michaela.

Jeremy eut un mouvement involontaire du coin de la bouche et son visage s'assombrit. Tiens. Se passait-il quelque chose ? Je jetai un coup d'œil à Jordan. Si c'était le cas, je n'allais pas lui poser la question maintenant. Jordan et Jeremy n'étaient pas vraiment proches, de toute façon.

— Eh bien, avec toutes les bonnes idées que tu as, je vois que la compétition est difficile, ricana-t-il. Je pensais t'avoir battu jusqu'à ce que tu parviennes à tenir ce délai impossible. Et maintenant, si tu montres ton côté créatif…

Je levai un sourcil en le regardant.

— Ne fais pas comme si tu étais surpris.

Jeremy éclata de rire.

— C'est que j'ai l'habitude que tu cries tout le temps à cause de mes bugs. Je ne te savais pas capable de faire toutes ces autres choses.

Jordan observa notre échange, mordant dans sa pomme en silence et fronçant de plus en plus les sourcils.

— Quoi qu'il en soit, je ne voulais pas vous interrompre. Profitez de votre déjeuner.

Jeremy regarda Jordan, puis moi, comme si ses soupçons de la préférence de Jordan envers moi étaient maintenant confirmés. Il leva une main et partit. Je suivis son dos du regard jusqu'à ce qu'il disparaisse.

C'était très étrange d'être en concurrence avec un ami pour ce travail de haut niveau vers lequel je m'acharnais depuis des années. Le résultat de cette compétition allait changer une de nos vies de façon marquée et potentiellement affecter pour toujours notre amitié.

Quand je regardai à nouveau Jordan, il scrutait mon visage. J'écarquillai les yeux.

— Quoi ?

— Merci pour le conseil ? Qu'est-ce que ça veut dire ?

Son visage était marqué par le soupçon.

— Tu ne lui donnes pas des conseils et des idées, n'est-ce pas ?

Je haussai les épaules.

— Il m'a aidé aussi. Nous ne sommes pas impitoyables.

Jordan posa le trognon de sa pomme sur une serviette et s'essuya les mains. Il se tourna vers moi avec ce qui semblait être une patience forcée, comme s'il expliquait quelque chose à un gamin de dix ans pour la quatrième fois.

— Ce sont les affaires, Lucas. Pour citer un de mes modèles, le président et le cofondateur de Nike, *les affaires sont une guerre sans les balles*. Elles sont impitoyables par nature.

Je secouai la tête.

— Jeremy est mon ami. Je ne vais pas faire la guerre avec lui.

Jordan leva les sourcils.

— Suis-je en train de parier sur le mauvais cheval ?

Je me moquai de lui.

— Je ne suis ni un soldat ni un cheval. Redescends sur terre.

Jordan secoua la tête en retenant un sourire.

— Il est évident que le mariage ramollit. Nous allons devoir travailler à t'endurcir, padawan.

— J'emmerde les références à Star Wars, Obi-Wan.

Il savait, comme toutes les personnes qui me connaissaient, que je ne supportais pas ces allusions. On ne pouvait pas vivre la majorité de sa vie adulte en étant connu sous le nom de Lucas Walker sans entendre ce genre de référence presque tous les jours de la semaine.

Jordan se repoussa de la table avec grand sourire merdeux.

— Sers-toi de la Force, Luke. Je veux dire, Lucas.

— Va te faire, lui dis-je en souriant et il me salua avant de partir.

Quand je retournai au Repaire, Kat n'était pas à son poste de travail. Je supposais qu'elle était occupée par son propre emploi du temps. Soudain, Kyle, un des développeurs, apparut à côté de moi avec sa tablette.

— J'ai besoin que ces bugs résolus soient validés aujourd'hui.

Je lui jetai un coup d'œil avant de regarder la check-list sur sa tablette.

— Tu vas devoir attendre Katya pour ça. Je ne peux pas passer outre son avis.

Il me fixa, apparemment incrédule, avant de me lancer un regard acerbe.

— Tu ne *peux* pas ou tu ne *veux* pas ? Quoi, tu as peur qu'elle te frappe avec une poêle à frire ?

Je continuai à taper sur mon clavier, ne souhaitant même pas honorer ce commentaire d'une réponse.

Il poussa un soupir frustré.

— Elle est impossible. Ne puis-je pas simplement voir ça avec toi ?

Je tournai ma chaise vers lui en gardant un visage de marbre.

— Non, tu ne le peux pas. Et si elle ne valide pas ton assurance qualité, c'est qu'il doit y avoir une sacrée bonne raison. Ce n'est pas sur un coup de tête.

Kyle eut un regard méprisant.

— Oh, bien sûr. Tu dois entretenir la flamme du foyer, n'est-ce pas ? Défendre ta petite femme ?

— As-tu fini ton caprice de préadolescent ?

Il fronça les sourcils.

— Ne peux-tu pas me rendre ce service juste une fois ? Avec elle, je ne peux vraiment pas.

Je tapotai les doigts sur mon bureau, impatient que cet échange se termine et compatissant soudain avec Kat qui devait quotidiennement gérer ce genre de comportement. Je me souvenais de sa résignation épuisée dans la voiture, ce matin. La façon dont elle avait bougé dans tous les sens, redoutant l'insistance de Kyle. En général, elle était une tigresse, se défendant elle-même et les autres quand elle en ressentait le besoin. Mais ce matin, pas tellement…

— Dans ce cas, tu dois peut-être faire un vrai travail sur ton code afin qu'il ne soit pas rempli de bugs. Katya fait son travail et elle le fait bien, et mon jugement de son travail n'a rien à voir avec le fait que nous sommes mariés. Compris ?

Kyle ouvrit la bouche pour m'interrompre, mais je l'ignorai.

— Si ce jeu est mis sur le marché alors que la qualité est mauvaise, nos couilles sont en danger, mon vieux.

Il ricana soudain.

— Eh bien, pas les siennes, car elle n'en a pas.

— Merci pour la leçon d'anatomie.

Espèce d'enfoiré sexiste.

— J'ai une liste de choses à faire d'un kilomètre, chouina-t-il.

— Alors, tu fais comme nous et tu travailles toute la nuit jusqu'à ce que ce soit terminé. Ou tu dis à ton patron que tu en as trop. Mais quand tu consultes l'assurance qualité pour ton travail, tu le fais respectueusement, sinon tu auras affaire à moi. Parce que c'est une collègue très compétente, et pas parce que nous sommes mariés. Compris ?

— Fait chier. OK, c'est bon.

Il leva les mains pour se rendre, puis il récupéra sa tablette.

— C'est comme ça que nous travaillons ici, dis-je dans son dos.

J'aurais pu jurer entendre « couille molle » dans la série de mots qu'il marmonna.

Parce qu'évidemment... c'était un con. Bon sang. Je savais que le sexisme était endémique et toxique dans cette industrie. Je le savais intellectuellement, mais c'était extrêmement irritant de le voir dans la réalité. De le prendre en plein visage, particulièrement quand il s'agissait de quelqu'un qui me tenait à cœur.

J'écarquillai les yeux. Cette pensée m'était venue avant que je puisse la bloquer. Je me rectifiai de force : je ne tenais pas plus à Kat qu'au reste de l'équipe. *Voilà.*

Voilà encore une situation où je voyais que c'était plus dur pour les autres que pour moi. Les femmes et les minorités dans cette industrie devaient vraiment travailler deux fois plus dur ou plus, afin d'obtenir le respect. Je me frottai la mâchoire, puis mes yeux fatigués, en décidant d'en parler à mes supérieurs quand j'aurai un moment de libre.

Et si j'avais assez de chance pour obtenir cette promotion, je me promettais de faire les choses différemment au sein de la nouvelle entreprise.

Je sortis mon téléphone et j'envoyai un texto à Kat. Je voulais être présent quand elle parlait à Kyle de ses bugs. Puis, je me remis au travail.

Une demi-heure plus tard, elle n'avait pas répondu. Je demandai à Warren s'il l'avait vue.

— Oui, elle dort dans la Fosse depuis le déjeuner, elle pionce sur le canapé.

Puis il me fit un sourire rusé.

— Elle doit être épuisée par tout votre sexe de jeunes mariés. Avez-vous essayé les positions sexuelles canadiennes ?

— Les *quoi* ?

Il hocha la tête, complètement sérieux.

— Il existe tout un site Internet là-dessus. Les actes sexuels canadiens. Tu lui as sûrement fait le Full Mountie, hein ? Ou peut-être essayé la Prise de l'Ours Polaire ? La Fonte de l'Igloo ?

Je levai les yeux au ciel et je me repoussai de ma chaise.

— Grandis, Warren.

— Et le Winnipeg dans sa Regina ? appela-t-il dans mon dos.

Je répondis par-dessus mon épaule en lui faisant le doigt.

— Exactement ! s'esclaffa-t-il.

Qu'est-ce que c'était que cette histoire ? Bon sang, est-ce que tout le monde ici avait perdu l'esprit simplement parce que Kat et moi nous nous étions mariés ? Tous les couples qui travaillaient ensemble devaient-ils supporter ce genre de conneries, ou était-ce seulement parce que nous étions entourés par les geeks ?

En général, j'étais fier de mon côté geek, mais pas aujourd'hui.

Je découvris Kat étalée sur le canapé de la Fosse, profondément endormie sur le ventre. Ses cheveux longs couvraient son visage, car la tresse serrée avait été dénouée. Sachant qu'elle avait passé une mauvaise nuit, j'hésitai à la réveiller. Non pas que j'avais beaucoup mieux dormi qu'elle. La simple idée de son corps si près du mien, dans mon lit, m'avait empêché de dormir.

Dans un passé trop récent, j'avais peut-être eu un fantasme ou deux de la voir allongée près de moi. Mais pas avec cette chemise de nuit verte en coton fin qui laissait seulement deviner les courbes au-dessous. Non, dans mon espace mental, elle était dans mon lit, sa peau crémeuse très nue contre mes draps bleu sombre. Ses magnifiques cheveux roux brillants étalés sur mes taies d'oreiller blanches. Et dans chaque fantasme, ce corps nu très tentant se trouvait au-dessous du mien. Et cette peau était tout aussi douce qu'elle en avait l'air.

Mon Dieu, que j'avais envie de la toucher et de voir si la réalité arrivait à la hauteur de mon fantasme !

La nuit dernière, quand elle s'était allongée face à moi pendant que je lisais sur ma tablette, elle avait ouvert ses lèvres et s'était penchée en avant... presque comme si elle voulait me faire un baiser de bonne nuit. C'était trop. Trop près de l'endroit où commençaient toujours mes fantasmes. Et ma réaction très physique à ce moment-là m'avait forcé à me retourner pour éteindre la lumière aussi vite que possible.

Parce que je savais que si je m'étais penché vers elle, j'étais perdu. Sans plus pouvoir revenir en arrière.

Céder à l'attrait de Kat, c'était me permettre d'être entraîné dans un tourbillon vicieux et risquer un destin tragique. J'avais déjà réussi à m'échapper une fois, mais seulement parce que je m'étais endormi, épuisé par mon escapade encouragée par le whiskey.

Je n'allais pas de nouveau avoir une telle chance.

Et pendant les peu importe combien de nuits durant lesquelles nous allions devoir partager un lit, j'allais vivre une torture. Une torture exquise, oui, mais une torture malgré tout.

Je prédisais de nombreuses douches dans un avenir proche. En tout cas, j'allais sortir très propre de cette épreuve.

Je m'assis à côté d'elle sur le canapé, en espérant que cela la réveille, mais elle était profondément endormie. Je retirai alors les cheveux de son visage, lentement, délicatement, comme pour révéler une œuvre d'art délicate et cachée depuis longtemps sous des couches de débris. Et son visage était bien une œuvre d'art. Sa peau éclatante, le petit nez légèrement remonté, les sourcils épais de la même couleur que ses cheveux... ses lèvres. Ses délicieuses lèvres. *Si tentantes.*

En faisant passer les mèches de cheveux derrière son oreille, je fis courir le pouce sur sa pommette haute et marquée. Elle était si jolie. *Si dangereuse.* Je déglutis.

— Kat, dis-je d'une petite voix. Katya, réveille-toi.

Elle cligna des paupières et ouvrit les yeux. Son regard bleu se concentra immédiatement sur moi, puis elle se contorsionna en s'étirant comme un chat, ce qui serra son tee-shirt autour de sa poitrine. Elle étala ses jambes aux belles courbes. Et maintenant, je faisais bien plus que simplement admirer sa beauté… j'y réagissais d'une façon très sexuellement frustrée. En me tournant pour cacher l'érection dans mon pantalon, je serrai la mâchoire, frustré. Bon sang. Même s'ouvrir un tout petit peu était dangereux.

Je me levai.

— Tu t'es endormie, aboyai-je sans la regarder. On ne te paie pas pour dormir au travail.

Elle poussa un soupir.

— Oui chef, d'accord chef.

Puis elle se redressa sur le canapé, clignant des paupières et étirant le cou d'un côté et de l'autre. Elle avait vraiment dormi profondément.

— Kyle est passé et il ne devrait plus être désagréable avec toi. Mais je ne veux pas que tu le rencontres sans moi, juste pour être sûr.

Elle poussa un autre long soupir, puis elle me regarda avec un air indéchiffrable.

— Merci.

— Avec plaisir. Nous rentrons à dix-sept heures.

Et je partis. Oui, j'avais été plus brusque que ce que je voulais, et ce n'était pas de sa faute si j'avais autant de mal à lui résister. Mais j'avais une volonté de fer et j'allais lui résister. J'allais réussir là où j'avais échoué auparavant.

En arrivant à la maison, notre contingent d'invités était assis sur le seuil. Ils buvaient des bières et un pack de vingt-quatre était posé sur le sol entre eux. Ils avaient remonté leurs jeans jusqu'aux mollets et Mike portait une casquette rouge des Angels qu'il avait dû acheter dans une boutique de souvenirs locale.

— Cette bière américaine a un goût de pisse d'élan. Je ne sais pas du tout pourquoi nous en avons acheté un pack entier, dit Mike d'une voix traînante quand nous nous approchâmes.

— Comme si tu savais quel goût a la pisse d'élan, dit le frère de Kat.

— On ne peut même pas boire ça à la plage, de toute façon. Quelle arnaque !

Kat se raidit lorsque nous nous arrêtâmes, et elle fixa son frère avec des yeux hostiles.

— Comment s'est passée votre journée ? demandai-je d'un ton neutre quand le silence de Katya commençait à rendre la situation un peu gênante.

— Nous sommes allés à la plage. Une jolie plage. Un nom espagnol comme la bière. Corona de la...

— Corona del Mar, précisa Katya. Et non, on ne peut pas boire d'alcool sur les plages, ici. Comme à la maison.

— En fait, il y a des moyens, à la maison, dit Mike avec un sourire satisfait. Mais nous n'avons pas osé ici. Les flics américains sont tarés. Ça a gâché tout le plaisir de la plage.

Une autre longue pause gênante avant que Kat se tourne vers son frère.

— Tu ne devrais pas boire ça du tout.

— Nous sommes en vacances, répondit Derek d'un ton légèrement plaintif. C'est ma première fois en Cali. Sois indulgente, sœurette ?

Beurk. Oui, personne qui vivait ici ne disait *Cali*. Jamais. Son sourire sembla un peu provocant quand il croisa le regard de sa sœur et but une autre gorgée de sa bouteille.

Elle croisa les bras sur sa poitrine.

— Et papa et maman ont dépensé des milliers de dollars en cure de désintoxication pour quelle raison, exactement ?

Derek poussa un long soupir, louchant avant de lever les yeux au ciel, mais sans lui répondre. Mike et lui échangèrent un regard et ils éclatèrent de rire, comme s'ils avaient prédit ce qu'elle allait dire et qu'ils se moquaient d'elle.

Je sentis mes bras se raidir et je dus résister à l'envie de prononcer des mots que je risquais de regretter.

Quand Kat continua à le fixer avec son regard de condamnation, il posa sa bouteille vide sur le seuil et il leva les mains, résigné.

— D'accord, d'accord. C'est la seule que j'ai bue. Je promets d'être sage et de ne plus en boire.

Mike inclina sa bouteille vers sa bouche en riant.

— Je ne ferai pas ce genre de promesse.

Ils se levèrent quand je passai à côté d'eux pour déverrouiller la porte d'entrée. J'entrai et je gardai la porte ouverte pour eux. Ils ne dirent pas un mot de plus pendant que Kat restait là, sans changer de posture. Mike attrapa cependant le reste du carton pour rapporter les bières à l'intérieur.

— Je suis mort de faim. Qu'est-ce qu'on mange ?

Avec un long soupir de résignation, Kat se pencha pour ramasser les bouteilles qu'ils avaient laissées derrière eux. Puis ses épaules s'affaissèrent, comme si elle se fanait sous mes yeux. Comme si la fille solide en avait finalement eu assez et qu'elle devait montrer son épuisement. Je fulminai en silence.

Bon sang. Ces quelques jours allaient être très longs. J'allais moi-même sûrement devoir commencer à boire quelque chose de plus fort que la bière pour les supporter. Malheureusement, le whisky me faisait apparemment faire des choses très inappropriées avec ma femme, alors c'était exclu aussi.

CHAPITRE QUATORZE
KATYA

JE LEUR PREPARAI DES SPAGHETTIS VITE FAIT MEME SI J'ETAIS tentée de leur jeter la pizza froide de la veille. Pendant ce temps, je grinçai des dents et je cherchai des moyens de les faire sortir de la maison. Les presque deux ans qui s'étaient écoulés n'avaient pas du tout changé Derek. Et Mike allait toujours être le même trou du cul stupide, même après l'apocalypse.

Quand je me penchai au-dessus de la marmite d'eau bouillante, des larmes brûlèrent le fond de mes yeux, car les vieux ressentiments remontaient. Maman et papa qui me disaient ne pas pouvoir se permettre de m'offrir le nouveau jeu de console pour lequel j'avais attendu patiemment et qui était la seule chose que j'avais demandée pour Noël. J'avais reçu des vêtements, achetés en soldes, à la place. Le jeu était trop cher parce que Derek était dans un nouveau centre de désintoxication qui coûtait une fortune. Ou bien ils avaient des frais d'avocats à payer, ou peu importe de quoi il s'agissait ce mois-là.

Je me souvins soudain du dimanche après-midi où j'étais revenue d'un séjour en camping avec mes amis sur l'île près de Victoria. Je n'avais pas remarqué que ma voiture n'était pas à sa place de parking habituelle. Mais quand j'étais entrée dans la maison, maman m'avait fait dévier en se tordant les mains. Elle m'avait dit en pleurant que Derek avait eu un accident de voiture et qu'il venait d'être relâché de l'hôpital. Il allait bien, n'était-ce pas merveilleux ?

Oh, et au fait, la voiture pour laquelle j'avais économisé pendant des mois et dont je lui avais strictement interdit de s'approcher ? Oui, ils lui avaient donné les clés dès que j'étais partie et ils lui avaient donné la permission de la prendre quand il avait râlé pendant des heures. Ma pauvre petite Ford Focus n'avait pas eu autant de chance que Derek. Elle n'avait pas survécu après avoir percuté un poteau téléphonique à cause de mon frère ivre et/ou défoncé.

Oh et surprise, surprise. Les parents n'avaient pas l'argent pour compléter le chèque de l'assurance pour la voiture détruite. Il me fallut donc travailler encore plus longtemps pour acheter un remplacement. Tout cela en me trimballant pendant des mois dans les transports en public pas très efficaces de Vancouver pour me rendre à mon petit boulot. Ou en me faisant conduire par mes amis quand c'était possible.

Les petites sommes d'argent du baby-sitting et d'autres petits boulots quand j'étais au lycée… je les rangeais là où je pensais que personne ne pouvait les trouver. Derek y parvenait toujours, cependant. Et il prenait tout… absolument *tout*.

Et maintenant le voilà, ayant l'audace de boire de la bière sur le seuil de ma maison et d'agir comme s'il avait le droit de prendre tout ce que j'avais. Encore.

J'inspirai profondément, puis je soufflai en me promettant de trouver un groupe d'Al-Anon local. Ces réunions m'avaient aidé à traverser le pire à l'époque où je le vivais chaque jour. J'avais appris depuis longtemps que peu importe que je l'aime ou le déteste, Derek ne changeait pas.

Pas alors que tout le monde dans son entourage lui permettait d'être le connard égoïste qu'il était.

Et même maintenant alors que je fulminais contre lui, j'avais également la gorge serrée de culpabilité à cause des choses terribles que je pensais au sujet de mon propre frère.

Le gamin avec lequel j'avais partagé tant d'aventures dans notre enfance. Nous étions proches. Nous avions appris à faire du skateboard ensemble. Nous faisions des balades en vélo. Je le battais constamment à tous les jeux vidéo. Nous n'avions que onze mois d'écart. Presque des jumeaux, aimait plaisanter ma mère.

Et même s'il était le plus âgé, j'avais toujours été la plus responsable. Pendant toute notre vie, Derek avait eu l'indulgence de tout le monde.

Et je ne pouvais m'empêcher de ressentir de l'amertume, particulièrement maintenant. Particulièrement depuis que ses conneries m'avaient coûté ma maison, mes amis d'école de toujours, ma ville. Tout mon foutu pays.

Quand les spaghettis furent prêts, je bouillonnais de ressentiment comme cette marmite de pâtes.

— Est-ce que ça va ? demanda Lucas à côté de moi, me faisant presque traverser le plafond de surprise. Pardon, je ne voulais pas te faire sursauter. Je ne suis pas si discret, pourtant.

J'inspirai longuement.

— Non, dis-je en tremblant, consciente du fait que mon cœur battait à mille kilomètres-heure. C'est juste que j'étais perdue dans mes pensées.

Perdue dans mes pensées fulminantes et furieuses.

— Je ne veux pas te vexer, mais... ton frère se comporte-t-il toujours comme ça avec toi ?

Je vérifiai les pâtes pour voir si elles étaient al dente, mais elles étaient encore trop dures.

— Si par « comme ça » tu veux dire qu'il s'attribue tous les droits et que c'est un con, alors oui. Plus ou moins.

Il leva les sourcils et se frotta la mâchoire d'un air pensif.

— D'accord. Puis-je faire quelque chose pour détendre l'atmosphère ?

— Merci de le proposer, mais ce sera ainsi jusqu'à ce qu'ils partent.

Il me regarda travailler pendant que je passais du fourneau au four où grillait le pain à l'ail.

— Nous devrions découvrir quand ils comptent partir. Je préfère que ce soit bientôt.

Je levai les sourcils.

— Je t'avais prévenu. J'espère que l'organisation pour dormir ne te dérange pas trop.

Quand je levai la tête pour le voir, nos regards se croisèrent et nous nous fixâmes longuement sans parler. Il n'y eut aucun bruit en dehors de l'eau bouillante et du frémissement de la sauce sur le feu.

Mais beaucoup de choses furent communiquées. Je la vis, pendant une brève minute, cette même étincelle qui avait illuminé ses yeux le soir de sa fête de famille. Le soir où nous nous étions embrassés si intensément. La nuit où il m'avait fait me sentir si bien sur son piano.

Ce moment-là était tout en haut du meilleur sexe que j'avais eu dans ma vie jusqu'ici. Et de se dire que ce n'avait été qu'une rencontre brève — et une première fois entre nous. J'avais très envie de savoir comment ça pouvait être si nous en faisions plus.

Et bon sang, j'avais envie de plus. Apparemment, lui aussi.

Mais il allait résister de toutes les fibres de son être.

Je le voyais également, dans ses yeux, à la façon distante et froide dont il agissait parfois. Quand il se retenait d'être gentil et ouvert. Comme si c'était dangereux.

Je n'avais pas honte d'admettre que je désirais ce même danger qu'il évitait. En inspirant profondément, je rompis notre échange de regards et je lui demandai doucement de porter le panier de pain à l'ail jusqu'à la table.

Nos invités mangèrent mon dîner avec goût, puis ils laissèrent évidemment leurs assiettes sur la table. Ils étaient apparemment trop distraits d'avoir découvert le système de consoles de Lucas branché à une toute nouvelle télé 4K et sa bibliothèque imposante de jeux vidéo. Lucas, résigné, brancha tout pour eux. Il se dit peut-être que ça allait les occuper et les empêcher de faire des bêtises.

Cependant, il ne les connaissait pas autant que moi.

Et moi, je finis par ranger la table toute seule après avoir fait la cuisine. Cela me donna l'occasion de réfléchir à un moyen de les faire partir.

Appeler les fumigateurs ?

Ou un peintre d'intérieur ?

Ou la fourrière pour les conduire à l'endroit qu'ils méritaient vraiment ?

À sa décharge, Lucas vint m'aider vers la fin. Il termina pour moi, remplissant le lave-vaisselle et me remerciant gentiment pour le dîner délicieux. Nous rejoignîmes les crétins à la salle de jeux pendant qu'ils continuaient à jouer. Ils eurent même le culot de demander des *cheat codes* à Lucas, qui refusa de leur en donner.

Ils étaient tous les deux extrêmement nuls dans à peu près tous les jeux. Quand je leur dis que je voulais me joindre à eux,

Derek lança volontairement la partie sans m'ajouter. Ensuite, il tendit la manette à Lucas et se leva.

— J'ai besoin d'aller aux toilettes et j'aimerais bavarder une minute avec Kat, si ça ne te gêne pas.

Je jetai un coup d'œil à Lucas, qui me lança un regard comme pour demander s'il avait l'autorisation de mettre une déculottée à Mike.

— Je veux juste avoir des nouvelles, c'est tout, m'encouragea Derek.

Je le regardai avant de soupirer.

— Bon, d'accord.

Après son tour aux toilettes, on se rejoignit dans la salle à manger vide où ils dormaient. Lucas leur avait apporté de gros poufs pour leur confort. Derek se laissa tomber sur l'un d'eux pendant que j'attrapais une chaise à la cuisine.

Si je devais sortir de la en trombe, je ne voulais pas devoir lutter pour m'extirper d'un pouf. Quand je revins, il avait son grand sac en toile sur les genoux et il fouillait dedans. Au bout d'un moment, il sortit un carton entouré de scotch et il me le tendit. Je vis que mon nom avait été écrit dessus au marqueur noir avec l'écriture reconnaissable de maman.

— Ton carton de cochonneries canadiennes, comme promis. Maman l'a même bien fermé pour que Mike et moi nous ne nous servions pas. Mais si ça ne te gêne pas de partager un caramel avec moi…

J'arrachai le ruban adhésif sur le carton et je l'ouvris. Mes sens furent assaillis par l'odeur de sucreries : surtout le chocolat au lait léger et floconneux des barres Aero. Cela fit remonter des souvenirs de quand je devais m'arrêter à l'épicerie au bout de la rue pour acheter du lait ou autres choses pour le dîner. Je faisais une folie et j'utilisais la monnaie pour acheter des barres de chocolat de qualité de temps en temps.

Je sortis une des barres de caramel et je la jetai vers Derek qui fit immédiatement le geste traditionnel en frappant la barre sur le sol. En général, on le faisait sur le mur, mais il était hors de sa portée. Il ouvrit ensuite l'emballage intérieur et sortit les morceaux cassés de la taille d'une bouchée.

Il me tendit l'emballage et je secouai la tête.

— Je n'aime pas la façon que ça a de coller aux dents.

Je fouillai encore dans le carton, entre les sacs de chips et les bonbons. Pas de lettre ni de carte. Juste un carton de cochonneries ?

— Tu as vu ? J'ai aussi mis un autocollant des Canucks pour toi là-dedans. Qu'est-ce qui ne va pas ? me demanda Derek quand il eut avalé son morceau de caramel. Avons-nous oublié quelque chose ?

Je lui jetai un regard et je secouai la tête.

— Je pensais juste que maman aurait pu laisser un mot.

Derek hésita, fixant le carton avant de me jeter un regard spéculateur.

— Elle, euh, je crois qu'elle le voulait. Mais... elle se sent mal. Elle ne sait franchement pas où papa et elle en sont avec toi. Tu sais, comme tu ne nous as pas contactés, ils ont voulu te donner de l'espace et ton indépendance. Et...

Il hésita comme s'il réfléchissait à quelque chose, puis il fouilla dans l'emballage pour sortir un autre triangle de caramel et il le mâcha lentement.

— Et... quoi ? insistai-je en levant les sourcils.

— Je pense que maman se sent un peu coupable de la façon dont tout s'est terminé. À cause de la dispute que vous avez eue.

Et tu as été si fâchée. Puis elle n'a jamais vraiment eu le temps d'en parler parce que... tu avais disparu.

Je regardai Derek en clignant des paupières, l'observant pendant qu'il racontait cette version des événements s'étant déroulés lors de mon dernier week-end dans la maison familiale. Il semblait si triste, à la fois pour lui et en communiquant la tristesse de notre mère aussi. S'en voulait-il ? Et pourquoi me sentais-je coupable ? J'avais eu parfaitement raison alors qu'ils me pointaient tous les trois du doigt en me demandant de faire quelque chose de mal, bon sang.

J'inspirai profondément, puis je soufflai, mais je ne répondis pas, la tristesse me rongeant soudain. Pensaient-ils que je voulais laisser les choses ainsi ? Que c'était moi qui détruisais notre famille ? Parce que... parce que... je serrai le carton avec plus de force.

— Maman dit que tu lui manques beaucoup. Papa aussi, bien sûr. Tu as toujours été sa préférée.

Comment pouvais-je avoir été sa préférée — ou celle de maman — alors qu'ils avaient à peine conscience de mon existence ? J'étais l'autre enfant, celle dont ils n'avaient pas besoin de s'occuper parce qu'elle n'avait pas tous ces problèmes. Celle dont on avait complètement oublié le seizième anniversaire parce que Derek avait dû se faire pomper l'estomac à l'hôpital.

Mon frère mit de côté le reste de son caramel, le posant soigneusement sur son matelas gonflable et il se tourna vers moi, les mains sur les genoux.

— N'as-tu jamais pensé à revenir nous rendre visite ? Nous pourrions remettre les choses au clair. Rester en contact. Ce n'est pas obligé d'être ainsi.

Je croisai les bras et pendant qu'il parlait, je sentis mes épaules se voûter de façon protectrice. Ma seule réaction volontaire fut de secouer vigoureusement la tête.

— N'as-tu pas pensé comme ça pourrait être facile ? Je veux dire, comme tu pourrais m'aider…

Je me raidis. Et voilà. Ce qu'il voulait depuis le début. Pourquoi il avait roulé jusqu'ici. C'était obligé. Il n'était pas le grand sauveur de notre famille. La seule chose qu'il sauvait, c'était sa propre peau.

— Allez, Kat, juste cette unique chose et tout disparaît pour nous tous. Et tu pourrais le faire. Toi. Ne veux-tu pas que Lucas rencontre le reste de notre famille ?

Je me levai et je posai le carton sur la chaise. Je n'étais pas obligée d'écouter ça et je n'en avais pas l'intention.

— Assez, Derek, grognai-je en serrant les dents.

Ma pression sanguine commençait à augmenter et je sentais le battement de mon cœur dans une veine de ma tempe.

Derek sauta de son pouf plus vite que je ne l'aurais cru possible et il attrapa mon bras juste au-dessus du coude.

— *Allez*, Kat. Je t'en supplie. J'ai seulement besoin de ton aide. Juste cette fois.

Juste cette fois. Merde. Combien de fois avais-je déjà entendu ça ? Je serrai les poings et je retirai mon bras de son emprise.

— Refais ça et tu prendras un coup de genou entre les jambes qui te fera remonter les couilles dans la gorge.

Derek rougit et il ouvrit la bouche pour me répondre avec fougue quand le plancher du couloir craqua. Lucas émergea de la partie sombre, s'avançant vers la salle de jeux.

Lucas regarda Derek, puis moi et à nouveau Derek.

— Est-ce que tout va bien ?

Je déglutis et Derek se figea en me jetant un coup d'œil.

— Euh, oui, dis-je d'une voix essoufflée. Il essaie de me taxer les Smarties et je lui ai dit d'acheter les siens. Il vient de me donner ce carton de sucreries, et maintenant il veut le piller.

Lucas observa Derek pendant tout le temps que je parlais, et je savais qu'il ne me croyait pas. Lucas était bien trop intelligent pour ça. Et de toute façon, je n'étais pas très bonne menteuse, ce qui rendait toute cette foutue situation encore plus ironique.

Un rire monta comme des bulles dans ma gorge, né de l'ironie et de l'angoisse de toutes les conséquences arrivées dans ma vie à cause d'une seule décision. De fuir et de laisser mes problèmes derrière moi. Ces problèmes vous retrouvaient toujours, un jour ou l'autre. Peu importe la vitesse ou la distance de notre fuite.

Je déglutis, puis je fis un faux bâillement ridicule en levant mes poings toujours serrés au-dessus de ma tête.

— Waouh, je suis épuisée. Je pense que je vais me coucher. Amusez-vous avec les jeux vidéo. Derek est moins nul à Mario Kart qu'aux autres jeux.

— Hé ! Je ne suis pas si nul que ça, protesta-t-il.

La voix de Derek semblait naturelle, comme si rien de négatif ne venait de se passer entre nous.

Lucas ne dit rien et il se poussa sur le côté quand Derek partit vers la salle de jeux. Je fis signe à Lucas de le suivre.

— Vas-y. Je vais bien.

Puis je me tournai dans l'autre sens pour récupérer quelques affaires dans ma chambre pour le matin. Il fallait maintenir les apparences, après tout.

Je ne tins pas compte du poids dans mon ventre à cause de la conversation avec Derek. Je me concentrai sur les affaires dont j'avais besoin à la place, chassant mes pensées aussi loin en arrière-plan que possible. Je n'allais pas laisser Derek me manipuler comme il le faisait toujours.

Bon sang. Il fallait que j'aille à une réunion pour faire sortir tout ça. Je me promis d'en chercher une à proximité sur Google en revenant à la chambre. En attendant, je devais décider quoi porter cette nuit et le lendemain. Je ne devais surtout pas penser que je voulais vraiment être distraite par Lucas avec ses mains et sa bouche divine.

La petite diablesse sur mon épaule me disait d'attraper une chemise de nuit plus moulante pour dormir. Quelque chose de soyeux avec des bretelles fines et de la dentelle. Pouvait-on étiqueter cela comme un négligé qu'il avait spécifiquement interdit ? Les règles existaient pour être brisées, n'est-ce pas ? Je pouvais peut-être obtenir un orgasme pour ça. Ou deux. J'avais beaucoup de tension à évacuer.

À la place, j'écoutai l'ange sur mon épaule et j'attrapai la même chemise de nuit usée en coton que j'avais portée la nuit précédente. Elle était large et me couvrait du cou jusqu'aux genoux. Personne ne risquait d'être tenté en me voyant porter ça.

Malgré tous mes efforts pour arriver dans la chambre avant Lucas, il était déjà à la salle de bains. J'avais peut-être mis plus de temps que je ne le pensais à écouter l'ange et la diablesse se disputer pendant que je me tenais devant ma commode, figée par l'hésitation.

Je m'assis et j'attendis quelques minutes, mais j'étais si énervée par Derek et ses demandes constantes. C'était épuisant rien que d'y penser. J'avais simplement envie de me faufiler dans le lit aussi vite que possible. Mais Lucas n'allait pas sortir avant au moins dix ou quinze minutes.

Frustrée, je me déshabillai là, au beau milieu de la chambre, décidée à me rouler en boule sur le lit et à tomber d'épuisement. Je me rendis alors compte que je devais vraiment m'hydrater. Le temps sec ici en Californie était souvent mortel pour ma peau et il avait fait particulièrement sec ces derniers jours. J'attrapai donc un flacon de crème et je commençai à appliquer le mélange frais et crémeux sur mes coudes, mes bras et mes genoux. En la faisant pénétrer dans ma peau, je profitai de la légère odeur de noix de coco et de jasmin qui chatouillèrent mon nez.

Apparemment, je ne fis pas assez attention au temps que je mettais. Et je n'entendis pas non plus la douche s'éteindre, car j'étais complètement nue quand la porte de la salle de bains s'ouvrit. La petite diablesse avait gagné, finalement. Je l'entendis applaudir quelque part dans le coin de mon esprit.

Lucas s'arrêta dans l'embrasure de la porte. Je me figeai sur place, nue face à lui.

Ses yeux me dévisagèrent de la tête aux pieds et je n'eus même pas la décence de rougir. Je veux dire… je n'avais pas prévu ça, mais je n'allais certainement pas essayer de me couvrir à toute vitesse, crier et demander qu'il ferme les yeux. Au lieu de ça, je le laissai s'en mettre plein la vue.

Ses yeux étaient comme des flammes qui me léchaient et me brûlaient. Partout où son regard passait sur mon corps, cela me faisait roussir comme un incendie violent. Son regard était assoiffé. Sec comme le désert du Mojave. Et il m'excitait comme rien d'autre.

Mes tétons se serrèrent et il détourna lentement le regard… presque comme si c'était physiquement douloureux pour lui… mais il ne dit toujours rien.

J'attrapai ma chemise de nuit et je l'enfilai par-dessus ma tête en marmonnant des excuses.

Il garda les yeux tournés vers le sol et sortit de l'encadrement de la porte.

— La salle de bains est libre, dit-il d'une voix légèrement étranglée.

Était-il fâché ? Pensait-il que j'avais fait cela volontairement parce que je ne poussais pas des cris de fausse pudeur ? Je me lavai vite le visage, je me brossai les dents et les cheveux et cela me suffit.

Les lampes étaient éteintes et Lucas était déjà dans le lit avec le dos tourné vers moi. Je me faufilai avec précaution entre ses draps doux, en prenant soin de ne pas le frôler accidentellement. Bien que la diablesse m'ait encouragée à le faire, la garce.

Puis je m'éclaircis la gorge.

— Je suis désolée. Je n'avais pas prévu que tu me voies ainsi.

Il ne dit rien pendant un moment, puis il roula en se tournant vers moi.

— Pourquoi penses-tu que j'aurais pu le soupçonner ?

— Je ne sais pas. Peut-être parce que je n'ai pas agi comme si j'étais scandalisée et contrariée que tu m'aies vue ?

Il marqua une pause avant de demander :

— Et pourquoi ne l'as-tu pas fait ?

Je haussai les épaules.

— Ça ne m'a pas paru bizarre que tu me voies nue. C'était simplement naturel. Nous sommes mariés, après tout.

— Mais ce n'est pas réel.

— Mmm.

Mon cœur accéléra. Cela me paraissait de plus en plus réel chaque jour, mais je n'osai pas le lui dire. Il m'aurait rejetée comme le matin après la fête. Lucas était un cas typique de mâle émotionnellement indisponible. Sauf quand il ne l'était pas. Et quand il ne l'était pas, il était remarquablement intrigant à mes yeux. Comme un mystère à résoudre pour lequel j'étais prête à sacrifier mon sommeil.

— Un peu de ces choses réelles me feraient du bien maintenant, dis-je enfin à voix basse.

Dans la lumière tamisée, nos regards se croisèrent et restèrent plongés l'un dans l'autre. Était-ce mon imagination, ou bien son regard devint il plus intense, sa langue lécha-t-elle ses lèvres ?

Ce qui ne venait pas de mon imagination, c'est quand il tendit la main pour faire glisser le pouce sur ma lèvre inférieure. C'était peut-être un geste innocent, mais il vibra à travers mon corps comme le contact le plus érotique de ma vie. Ma lèvre trembla et le pouce s'arrêta. Puis il s'avança dans ma bouche. Je refermai les lèvres autour de son doigt et il poussa un grognement rauque, un gémissement grave.

— On ne peut pas, chuchota-t-il.

Ma langue caressa son pouce en serpentant autour. Peut-être pour démontrer quelques-uns des talents cachés dont je m'étais vantée quelques jours auparavant. Je savais faire prendre son pied à un homme tout en lui faisant perdre la tête. Et j'étais sacrément douée.

Et je lui en devais une, de toute façon. Cette nuit, nous allions peut-être être quittes pour le bonheur qu'il m'avait donné sur son piano.

Sa respiration parut soudain un peu plus laborieuse, son excitation plus évidente.

— On devrait, dis-je quand il retira lentement le pouce.

Puis, me sentant courageuse et morte de faim, je pris sa main et je la posai sur mon sein, l'appuyant fort contre mon téton dur.

Le bruit de respiration augmenta — pour être honnête, cela venait aussi de moi — lorsque son pouce frotta mon téton à travers le coton usé de ma chemise de nuit. Je laissai échapper un léger gémissement et il approcha lentement sa tête de la mienne.

Deux fractions de seconde avant que nos bouches se touchent, un bruit de fracas nous parvint de la salle de jeux. Paralysés, nous nous regardâmes avec surprise, nos invités douteux nous revenant soudain à l'esprit à travers le brouillard de désir.

Je sautai du lit en quelques secondes et je courus vers la porte, le long du couloir, en suivant le bruit des rires et l'odeur nauséabonde et familière de la fumée de marijuana.

Bon sang. Ces crétins fumaient au milieu de notre maison. Je passai la porte et je leur jetai un regard assassin. Ils étaient en train de rire et de jouer à la console, ignorant le bazar qu'ils avaient fait avec le verre brisé sur le plancher entre eux.

Ils me regardèrent, puis ils échangèrent un regard et leurs rires augmentèrent. Mike tenait des manettes et Derek avait un pétard allumé dans la main.

— Oh, hé, sœurette, peux-tu nettoyer ça ? C'est tombé.

J'observai le verre brisé avant de le regarder.

— Non, tu peux le faire toi-même quand tu auras éteint ça. Ne fume pas d'herbe au milieu de ma maison.

— C'est légal ici, n'est-ce pas ? Nous sommes à Cali. Tout est légal.

— Ce n'est pas légal dans ma maison. Je ne supporte pas cette puanteur. Éteins ça.

— C'est bon, Kat, pas besoin de t'énerver.

Il ne chercha pourtant pas à éteindre son horrible pétard et Mike continua à jouer comme si je n'avais rien dit. Je ramassai le verre de bière à moitié plein avant qu'il le renverse également, puis j'attrapai le mégot de la main de Derek et je l'éteignis dans la bière.

— Putain ! dit-il en s'asseyant. Je n'avais pas fini avec ça.

— Tu as fini maintenant. Ce n'est pas parce que maman et papa te laissent fumer toute l'herbe que tu veux que tu as le droit de le faire ici. Ceci est *ma* maison. Je ne veux pas que tu la fasses puer avec tes joints.

Lucas entra dans la pièce avec un balai et une pelle, mais avant qu'il puisse se baisser pour tout ramasser, je levai la main vers lui.

— C'est à eux de le faire.

Les deux invités se regardèrent et recommencèrent à rire. Puis Mike se tourna et essaya de se pencher pour regarder l'écran malgré ma présence.

— Pardon. Tu me gênes.

Au lieu de me décaler, je débranchai la console.

— Le jeu est terminé.

— Enfoirée ! maugréa Derek.

L'insulte de Mike fut pire, un mot sympa pour une femme qui commençait par un p. C'était le deuxième en deux jours. Merveilleux.

Lucas laissa tomber le balai et la pelle avec beaucoup de bruit, et les deux garçons faillirent faire dans leur froc de surprise, le fixant en écarquillant les yeux.

— *Non.* Vous ne lui parlez jamais de cette façon. Excusez-vous.

— C'est ma sœur.

Apparemment, ça lui donnait le droit de m'insulter. Derek raidit le dos comme s'il envisageait de confronter Lucas.

Lucas ne céda pas, les yeux brillants de colère.

— Et je suis son mari. Vous êtes dans ma maison. Vous ne la traitez jamais de cette façon, sinon vous aurez affaire à moi et vous n'aimerez pas ce que je ferai.

Il montra le balai et la pelle sur le sol.

— Bouge-toi le cul. Nettoie ça et excuse-toi auprès de ta sœur, putain.

Il scruta Mike.

— Et il va sans dire que toi aussi, sauf si tu veux dormir dans la rue cette nuit. Ne redis jamais ça à ma femme.

Je regardai Lucas, muette de stupéfaction, alors qu'il surplombait mon crétin de frère. Lucas avait l'air prêt à passer à une confrontation physique si nécessaire.

Et cela me fit quelque chose. Une émotion si forte et épaisse qu'elle me bloqua la gorge et que je ne pus même pas parler. En écarquillant les yeux, j'enregistrai à peine les excuses marmonnées par Derek qui commença à nettoyer son bazar à contrecœur.

Évidemment, il ne le fit pas bien, mais ils décampèrent vite de la salle de jeux et retournèrent sur leurs matelas gonflables dans le salon. Je me penchai pour finir, mais Lucas me prit le balai des mains sans un mot et il s'en chargea lui-même.

J'étais si émue que je ne pus même pas le remercier.

Je me pris un verre d'eau à la cuisine et je retournai dans la chambre. Tout en buvant, je triai le tourbillon d'émotions qui m'assaillaient. Étais-je heureuse ? Étais-je triste ? Étais-je angoissée ?

Je n'en avais aucune idée.

C'était une tempête unique et parfaite de sentiments qui tournaient en rond comme une énorme tornade balayant les prairies.

J'étais debout, immobile au milieu de la chambre, quand il revint et ferma la porte derrière lui. Il s'arrêta à côté de moi et scruta mon visage.

— Hé, est-ce que ça va ?

Ridiculement — et ce fut autant une surprise pour moi-même que pour lui —, je fondis en larmes. C'était plus étonnant pour les gens qui m'ont connue toute ma vie, qui savent que je ne pleure jamais. Pas même quand ma tortue domestique est morte quand j'avais treize ans — même si j'avais été si triste et pleine de regrets que j'avais voulu pleurer. Pas quand Derek avait cassé ma Nintendo DS pour laquelle j'avais passé des années à économiser l'argent de mes anniversaires et de Noël.

Non, mon émotion typique était en général la colère et ma motivation venait de ma détermination.

Je ne succombais pas, je surmontais. Et pour moi, pleurer, c'était succomber. C'était une faiblesse.

Mais là, je pleurais toutes les larmes de mon corps, à ma grande humiliation.

— Kat, hé.

Il prit le verre de mes mains et le posa sur sa commode. Puis il passa un bras autour de moi et je collai immédiatement mon visage contre son torse. Je tachai son pyjama avec mes larmes et ma morve. Il n'y avait rien de joli dans ces larmes. Non, ces pleurs furent carrément hideux avec des hoquets, des sanglots et un gémissement guttural ici et là. Il resta immobile et supporta tout.

Au bout de quelques minutes, je me calmai suffisamment pour remarquer certaines choses. La façon dont il me tenait, une main qui caressait doucement mon dos. Aller et retour, d'une omoplate à l'autre, sans un mot. *Tellement patient.*

Je commençai à renifler, et c'est alors que je sus qu'il fallait vite trouver des mouchoirs. Il anticipa, s'écartant de moi pour en attraper une boîte sur la commode. Je me cachai le visage dans plusieurs mouchoirs, soufflant assez de morve pour remettre à flot le Titanic. Sans un mot, je partis à la salle de bains et je me lavai le visage, jetant un coup d'œil dans le miroir au-dessus du lavabo.

Mes yeux étaient bouffis et mon nez gonflé. Je me mouchai plusieurs fois afin de respirer plus facilement. Je me dis que si je m'endormais bientôt, j'allais ronfler comme un grizzli en hibernation. Pas une très belle image à montrer à mon faux mari canon.

Quand je revins dans la chambre, j'eus droit à mon propre aperçu de peau imprévu, car Lucas avait retiré son haut de pyjama mouillé. Torse nu, il s'avança vers la commode pour sortir un haut de rechange. Je m'arrêtai et je l'observai. Il avait un beau corps… pas une beauté sauvage, mais plutôt sportive, le torse bien défini et ferme après des années d'aviron pour le lycée et l'université. Ses bras étaient incroyables, ce qui me fit penser que les haltères dans la salle de jeux n'étaient pas simplement là pour décorer. Et son torse… des épaules larges, des pectoraux fermes.

Oh. Miam.

Son torse était légèrement couvert de poils qui se terminaient en un joli petit chemin sur son ventre plat filant tout droit sous son bas de pyjama. *Miam.* Il me remarqua lorsqu'il enfila le tee-shirt par-dessus sa tête, hésitant avant de passer les bras à travers.

Il m'avait surprise en train de le reluquer et au lieu d'être gênée et d'essayer de le cacher, je lui souris.

Œil pour œil : il s'était rincé l'œil plus tôt. Sauf que moi, je n'avais pas encore eu l'image complète. Lorsque le tee-shirt blanc immaculé couvrit son ventre, il me fit un petit sourire, lui aussi.

— Tu te sens mieux maintenant ? demanda-t-il.

Je hochai la tête.

Nous restâmes dans un silence un peu gêné, ne sachant pas très bien quoi dire ensuite. J'essayai donc de m'expliquer.

— Je suis désolée pour ça.

Il haussa les épaules.

— Tu ne peux pas contrôler ton frère.

Je secouai la tête.

— Non, je veux dire... pour les pleurs horribles. Ils étaient répugnants. Et tu m'as laissé te couvrir de slime.

Il haussa encore les épaules.

— Je suppose que tu avais beaucoup de choses à faire sortir.

Je soupirai et je m'approchai, m'arrêtant quand le sommier appuya contre mes tibias. Nous restâmes face à face avec seulement le lit entre nous.

— Merci.

Il tapota son épaule.

— C'est une assez bonne épaule pour pleurer.

Je secouai la tête, le regardant toujours avec l'émerveillement que je n'avais pas arrêté de ressentir pour lui depuis qu'il avait engueulé mon idiot de frère pour moi.

— Non, pas ça — je veux dire — merci pour ça aussi. Mais je parlais de l'autre... personne ne m'a jamais défendue de cette façon.

Il leva les sourcils.

— Personne ?

Je secouai la tête.

— Non.

— Pas même tes parents ?

J'eus un petit rire sec. Si seulement il savait.

— Surtout pas eux.

Il fronça les sourcils.

— Quoi, ils le laissent simplement te marcher dessus de cette façon ?

Je me frottai les tempes.

— Ils le laissent marcher sur nous tous de cette façon. Tout le monde avait trop peur de le remettre à sa place parce que — je ne sais pas — il ne peut pas le supporter. Il a eu toute l'aide et comme j'étais l'enfant stable, j'ai été ignorée.

Ses yeux sombres parcoururent mon visage comme s'il cherchait quelque chose. Il était si beau que c'était douloureux. Et comme mes yeux étaient déjà douloureux à cause de mon petit festival de larmes, je baissai le regard vers le lit entre nous. J'avais envie de sentir à nouveau ses bras réconfortants autour de moi. Me souvenir pendant quelques courtes minutes que je n'étais pas si seule au monde avait été merveilleux. Pendant quelques instants brefs, en tout cas.

Son visage s'assombrit et il déglutit.

— Ta famille a l'air de ne rien comprendre.

Je m'assis sur le bord du lit en poussant un long soupir.

— Je suppose que ça te rappelle des choses.

— Je, euh…

Il s'assit sur le bord du lit et passa les doigts dans ses cheveux sombres avant de reprendre.

— J'ai entendu une partie de ta conversation avec ton frère. Je ne voulais pas écouter aux portes.

Je soupirai.

— Ce n'est pas grave. Je m'en suis doutée.

Je fixai le mur opposé, car j'étais trop gênée pour le regarder.

— As-tu… as-tu des problèmes ?

Je clignai des paupières en fronçant les sourcils, puis je me tournai vers lui. Il avait dû entendre plus que ce que je pensais.

— Je n'en suis pas certaine, à vrai dire.

— Est-ce l'objet des lettres d'avocat ?

Je pinçai les lèvres.

— Honnêtement, je ne le sais pas. Je les ai détruites sans les lire.

Son visage s'assombrit.

— Comment puis-je t'aider ?

Je fermai un instant les yeux avant de les rouvrir et je sentis soudain une vague de défaite me submerger.

— Tu m'as déjà aidé. Sans doute plus que ce que je mérite.

Et là-dessus, je me laissai tomber en arrière sur le lit et je regardai le plafond, l'émotion remontant à nouveau dans ma gorge. Les larmes menaçaient encore de couler, enfonçant de petites pointes au fond de mes yeux. Je clignai furieusement des paupières.

Lucas me regarda, puis il s'allongea sur le côté et posa une main sur mon épaule.

— Hé, hé. Laisse-moi être le juge de ce que tu mérites, compris ? Nous allons trouver une solution.

Sans même réfléchir à ce que je faisais, je posai la main autour de la sienne. Nos doigts s'entrelacèrent immédiatement. Puis Lucas tendit sa main libre pour éteindre la lampe.

Une fois la lampe éteinte, je n'hésitai pas une autre seconde. Je ne le pouvais pas. Je roulai vers lui en jetant mon bras sur lui, dans une sorte de câlin maladroit sur le côté. Il dégagea lentement son bras et le posa dans mon dos, me tapotant à nouveau de façon rassurante.

Puis il embrassa mes cheveux. Je fermai les yeux. *Ça.* C'était si bon.

Et ce fut tout. J'étais perdue par ce simple geste qui était comme la cerise sur le gâteau merveilleux de cet homme attentionné. J'inclinai la tête vers le haut et quelques secondes plus tard, ma bouche fut sur la sienne pour l'un des baisers les plus torrides auxquels j'ai pu participer. Nos bouches fusionnèrent en une union brûlante, reprenant exactement où nous nous étions arrêtés après avoir été si grossièrement interrompus.

Heureusement. Je pensais qu'il allait me refuser des baisers passionnés et plus si affinités. Sa bouche bougea sur la mienne, possédant mes lèvres à chaque impulsion des siennes, chaque contact de sa langue contre la mienne. Et au fur et à mesure, il prit de plus en plus le contrôle en me l'arrachant doucement comme on récupère un objet inapproprié des mains d'un enfant.

Sa bouche avait de l'assurance, ferme, mais douce. Passionnée, torride, et pourtant il y avait autre chose derrière… presque une perte de contrôle. Même maintenant qu'une chaleur immense crépitait entre nous, je sentais qu'il se retenait.

Et la première chose que je voulais savoir, s'il se retenait *là*, que se passait-il quand il se lâchait ? Et comment pouvais-je le pousser à faire cela… et vite ?

Parce que… waouh.

Il m'enflammait maintenant, juste en m'embrassant. Est-ce que cela pouvait devenir plus torride ? Chaque contact de ses lèvres filait le long de mes terminaisons nerveuses crépitantes pour s'amonceler en mon centre, en un tourbillon de désir en fusion.

Mon équilibre bascula, tout se mit de travers, quand sa main glissa le long de mon bras et couvrit mon sein en le caressant de façon experte. Puis ses doigts avancèrent vers mon téton et le massèrent sans pitié. Je cambrai le dos et je ravalai un petit cri de surprise.

Au bout de quelques minutes il allait être aux commandes de tout : mon corps, mon plaisir, tout. Et j'étais prête à me rendre très volontairement. À vrai dire, je voulais bien agiter ma culotte comme un drapeau blanc… si j'en avais porté une.

Il sembla se souvenir de cette information quand sa main avança, dépassant ma taille pour aller jusqu'à ma cuisse, puis sur mes fesses en une caresse très minutieuse. Avec un grognement du fond de sa gorge, il plongea la langue dans ma bouche et déplaça sa main pour attraper le bord de ma chemise de nuit.

Mon Dieu, *oui*. Prenez les commandes, mon général. Je gémis contre ses lèvres lorsque la pression de son baiser s'intensifia, sa langue me goûtant profondément. Cela me rappela les choses qu'il m'avait faites sur son piano avec cette langue très douée. Ce souvenir ramena un flot de désir brûlant à la jointure de mes cuisses. S'il me poussait sur le dos et grimpait sur moi, j'aurais été prête pour lui sans une seconde de préparation supplémentaire.

J'étais tellement prête pour le sexe. Pour *lui*, tout particulièrement.

Il était grand temps que nous rendions ce mariage réel. En tout cas, cette partie du mariage. Sa main remonta le long de ma cuisse avec une détermination certaine. Pendant ce temps, je décidai qu'il méritait une contre-attaque étudiée. Ma main tomba de ses cheveux pour voyager sur son torse, son ventre plat et dur, jusqu'à se poser sur l'objet de ma curiosité sans bornes.

Je ressentis rarement autant de satisfaction que lorsque Lucas inspira brusquement en réaction à mon contact. Je serrai à travers le coton fin de son bas de pyjama et je pris enfin connaissance, après plus de six mois de mariage, de la grosse queue de mon mari.

Et bon sang, je ne fus pas déçue.

Il était long et large et entièrement rigide. Je fus encore plus satisfaite en comprenant que mon corps, mes baisers et mon contact avaient évoqué cette réaction chez lui. Oui, il m'avait fait mouiller en quelques secondes, mais je l'avais rendu dur comme le granite en aussi peu de temps.

En dehors d'une légère pause quand je l'avais touché au début, il n'avait pas interrompu sa mission. Il glissa la main le long de ma jambe, sous ma chemise de nuit, jusqu'à la poser sur ma hanche. Peau contre peau, la chaleur mêlée à la transpiration collante. Je cambrai encore le dos, appuyant mes seins contre son torse dur. Si je n'étais pas bientôt libérée de ce plaisir, je risquais d'exploser à cause de la pression qui s'accumulait en moi. Partout… derrière mes tétons, au fond de mon ventre, en mon centre. Tout avait terriblement besoin d'être relâché.

Tant pis. Je voulais de la peau sous mes mains, moi aussi. Je glissai la main sous l'élastique de son pyjama, la passai dans son boxer et je réclamai immédiatement mon prix. Il bascula les hanches en avant, une jambe poussant entre les miennes. Sa hanche se posa sur la mienne quand il m'allongea sur le dos. Je ne le lâchai pas. À la place, je glissai la main de haut en bas sur cette peau douce, mes doigts explorant la géographie rigide et lisse de son membre.

Sa taille m'excitait, inutile de mentir. Je m'étais déjà dit qu'il avait une arme conséquente, mais je n'avais eu aucun moyen de m'en assurer. Oui, il paraissait que la taille n'avait pas d'importance et bla, bla, bla. Mais bon sang, il était... impressionnant. C'étaient toujours les types silencieux et grincheux qui réservaient les plus grandes surprises. Et la surprise de Lucas était effectivement énorme et encore meilleure à explorer.

Il respirait vite et son souffle était brûlant, les battements de son cœur sous mes lèvres, à l'endroit où je les avais posées contre sa gorge, donnèrent l'impression qu'ils allaient faire exploser ses veines. Pendant un instant, j'eus l'impression que le général allait me céder les commandes.

Mais ça ne dura qu'un instant.

Ensuite, sa main glissa pour se poser entre mes cuisses, sa bouche descendit sucer mon téton à travers la chemise de nuit et il reprit le contrôle. Je cambrai encore le dos sous ces nouvelles stimulations plus intenses, puis je tirai sur l'élastique de mon col, faisant descendre le tissu pour lui exposer ma poitrine. Avec un grognement rauque, il tira sur le devant de ma chemise de nuit et dévora mon téton en le suçant furieusement.

Cependant, dans son excitation, il avait roulé sur moi, m'empêchant de continuer à le tenir, ce qui était frustrant. Avec ma main libre, je poussai son épaule en le forçant à se remettre sur le côté afin de continuer mon exploration.

Je n'allais pas accepter encore une expérience non réciproque.

Nos bouches se retrouvaient encore, et encore et encore, pour des baisers brûlants et humides accompagnés par la langue, entre des baisers sur les joues et le cou et les paupières et la clavicule. Nous couvrions tous les espaces devant nous.

Ce fut une véritable zone de guerre, complétée par de minuscules explosions de plaisir. Ses doigts glissaient en moi, maintenant, écartant mes jambes pour faire de la place. Pendant ce temps, je commençais à le caresser vraiment. Il respirait vite et fort et ma respiration monta au même rythme.

— Je vais te refaire jouir, déclara-t-il.

— Je vais te faire jouir, moi aussi, fut ma riposte.

— Tu jouiras la première, Kat.

Pour confirmer ses dires, ses doigts firent quelque chose en moi, ils se recourbèrent ou vrillèrent. Là, il atteignit un endroit que peu d'hommes — du moins dans mon expérience — connaissaient. *Merde alors.*

Tout mon corps se raidit à cause de nouvelles vagues de plaisir plus intense. Bon sang, il avait raison. J'allais jouir la première... et très, très bientôt. Puis son pouce entra dans la danse, faisant des mouvements rapides contre mon clitoris, de concert avec ses autres doigts... ses doigts agiles qui étaient forts et compétents grâce au piano.

Ils jouèrent tout aussi bien sur moi.

Je vis des météores brûlants passer devant les cieux obscurs de mes paupières fermées. Ma respiration s'arrêta juste avant qu'une vague après l'autre de plaisir satisfait s'écrase contre moi, un orgasme tout aussi intense que celui qu'il avait évoqué avec sa bouche l'autre soir.

Ah. Qu'est-ce que...

Il ne m'avait même pas encore baisée et pourtant il m'avait donné deux des meilleurs orgasmes de ma vie. J'aurais pu rouler sur le dos et tout oublier en me noyant dans un sentiment de bonheur presque aussi puissant que l'orgasme lui-même. Je l'aurais fait, si ma main n'avait pas été aussi serrée autour de sa queue. C'était presque comme si je m'y accrochais pour survivre… ce qui me rappela ma promesse.

Je voulais le faire jouir. Alors, au lieu de rouler sur le dos, je me penchai en avant et j'attrapai sa bouche avec la mienne, puis je fis glisser mes lèvres sur sa joue rugueuse pour lui chuchoter à l'oreille :

— Maintenant, c'est toi qui vas jouir, Lucas. Viens en moi.

Sa respiration vacilla, comme si la suggestion ne lui était pas venue à l'idée. Comme s'il avait déjà décidé qu'il n'y aurait pas de sexe avec pénétration entre nous. J'étais sur le point de le détromper.

— S'il te plaît, Lucas, je te veux en moi.

— Non, dit-il de façon bourrue, comme si c'était difficile à dire.

Il poussa un soupir rauque.

— On ne peut pas.

Je suçai le lobe de son oreille, préparant des munitions pour mon propre assaut.

— On peut et on *doit*. Il me tarde de te sentir en moi.

Je serrai son membre pour qu'il comprenne bien ce que je voulais dire.

— Merde, grogna-t-il avant de poser sa main sur la mienne, me montrant comment la bouger, ce qu'il aimait. Comme ça, Kat.

— Mais…

— Non. On ne baisera pas ce soir.

Sa voix était tendue et pleine d'urgence. Son ton… carrément définitif.

Je poussai un soupir de frustration et il s'écarta, cherchant mon regard dans l'obscurité.

— Fais-moi jouir de cette façon, dit-il de cette même voix qui n'acceptait aucune objection.

Comme l'ordre d'un général autoritaire.

Je bougeai donc la main, caressant doucement et lentement son membre en essayant volontairement de le rendre fou. Sa respiration était devenue bruyante dans mon cou, sa main en profitait pour explorer ma poitrine.

Mais quand je ne changeai pas ma caresse, il devint plus désespéré, se frottant contre ma hanche.

— Plus vite, murmura-t-il.

Après encore une demi-seconde de protestation, j'obtempérai, accélérant le rythme, appréciant la sensation de sa queue qui gonflait encore davantage dans ma main en approchant de son orgasme.

Mais ça ne lui suffit pas. Les dernières secondes avant le paroxysme, il me poussa sur le dos, s'installa entre mes jambes et se frotta contre moi, fébrile et sauvage. Quand il se raidit et retint sa respiration, il jouit en répandant du sperme chaud sur ma chemise de nuit.

Bon, apparemment j'allais dormir à poil cette nuit. Et si ça ne conduisait pas à plus de sexe, j'allais être profondément étonnée.

Presque immédiatement, Lucas se leva et partit chercher des gants de toilette à la salle de bains pour nous laver. Sans me préoccuper de ce qu'il pouvait voir, je retirai la chemise de nuit.

— Ce n'était pas malin, si tu ne voulais pas me revoir nue, dis-je d'un ton léger avec un sourire diabolique.

La petite diablesse sur mon épaule aurait tout à fait approuvé si elle n'était pas partie se coucher pour la nuit.

Sans me regarder, Lucas s'approcha de sa commode, en sortit un autre bas de pyjama et un grand tee-shirt qu'il jeta vers moi. Puis il disparut dans la salle de bains.

Je soupirai, anticipant la même froideur émotionnelle après le sexe qu'il m'avait déjà manifestée auparavant.

Quand il revint, ce ne fut pas exactement cela. Plutôt une légère gêne. Je le regardai avant qu'il éteigne la lampe et la fatigue était évidente dans ses yeux.

— Pourquoi ne pouvions-nous pas… ? demandai-je.

— Pouvons-nous en parler demain ? Quand je ne serai pas aussi épuisé.

— Bien… bien sûr. Oui, murmurai-je, toujours perplexe.

La lumière s'éteignit et il fut endormi en quelques minutes. Grr. Ce n'était pas vraiment le coup du cul tourné pour s'endormir des mâles d'autrefois, mais pas loin. Je fixai le plafond, savourant toujours ma propre montée de dopamine agréable, tout en désirant déjà recommencer.

Nous n'étions pas quittes, finalement. Je lui devais encore ma bouche. Peut-être demain… Et avec l'excitation du désir renouvelé, je me mis à fantasmer les circonstances pouvant y conduire.

Ce n'était pas propice au sommeil et je finis par ne pas fermer l'œil avant plusieurs heures. Malgré tout, c'était une façon agréable de souffrir d'insomnie.

Chapitre Quinze
Lucas

J'OUVRIS LES YEUX VINGT MINUTES AVANT LE REVEIL ET AU lieu de sauter du lit et de partir à la salle de bains, j'observai son joli visage. Je ne me lassais jamais de la regarder et de cette façon, je pouvais la fixer sans que l'on me pose des questions. Au bout de quelques minutes, je dus lutter contre l'envie de retirer ses cheveux couleur rouille de son visage. J'avais envie de toucher cette joue douce, de faire courir mon pouce sur ses lèvres pleines et roses.

Waouh, elle était magnifique... même ébouriffée et sans maquillage, ses longs cils cannelle posés paisiblement sur ses joues pâles. Sa respiration douce. Et la façon dont elle m'avait touché la nuit précédente. Quelque chose s'éveilla en moi, remplaçant ces sentiments tendres.

Une excitation brûlante. Je la désirais à nouveau. Enfin, à vrai dire — je rectifiai ma pensée — je la désirais *encore*. La libération de la nuit passée n'avait été que le fantôme de ce qu'elle aurait pu être si j'avais cédé à sa demande, si j'avais joui en elle. Cette idée suffit à me faire crépiter d'énergie électrique. Les envies habituelles qui accompagnaient la béquille du matin se nouèrent en quelque chose de plus serré, de plus exigeant, de plus douloureux. Je voulais doucement la faire rouler sur le dos, écarter ses jambes et la goûter encore. Puis je voulais soulager ma soif dans sa chaleur, chevauchant ses cuisses soyeuses jusqu'à l'orgasme.

Bon sang... une autre douche extra longue ce matin allait devoir faire l'affaire. La masturbation allait peut-être me calmer, mais il fallait que cette femme sorte de mon lit aussi vite que possible, sinon j'allais certainement céder à la tentation le soir même.

Et je ne le pouvais pas. Nous ne le pouvions pas. Pour l'instant, elle m'était redevable pour le service que je lui rendais. Je ne pouvais pas laisser quoi que ce soit se produire entre nous parce que le pouvoir était déséquilibré. Elle ne payait pas ma coopération avec son corps.

Mais je n'étais pas un saint, bon sang. Je ne pouvais pas dire non éternellement.

Quand je sortis de la douche, je me souvins un peu tard que dans ma distraction, j'avais oublié d'attraper mes vêtements pour la journée. En général, je me douchais le soir et je n'avais pas vraiment eu besoin de me doucher une nouvelle fois. C'était une décision que j'avais prise sur un coup de tête, parce que j'étais déjà dans la salle de bains. J'avais sauté dans la douche en espérant vainement que ça m'aide à surmonter la situation. C'était soit ça, soit je restais au lit pour initier ce qui aurait certainement été du sexe matinal torride.

Avec une serviette autour de la taille, je me faufilai dans la chambre et je jetai un coup d'œil au réveil. Elle se levait généralement à cette heure-ci, mais j'avais éteint l'alarme. Je comptais la réveiller après m'être habillé, alors je laissai tomber ma serviette et je sortis des vêtements de ma commode.

— Mmm, jolie vue, murmura-t-elle depuis le lit d'où elle voyait entièrement mon cul nu.

J'enfilai vite un boxeur avant de me retourner.

— Je ne savais pas que c'était la pleine lune ce matin, et toi ?

Je m'esclaffai.

Elle sourit en étirant tout son corps avec un mouvement presque félin. C'était sexy à deux cents pour cent.

— Viens là, dit-elle.

Je déglutis. Je n'avais pas l'intention de m'approcher d'elle alors que je n'étais que partiellement vêtu et qu'elle était allongée de cette façon.

— Pouvons-nous parler une minute ? Ou dois-je me lever et partir toute nue vers la salle de bains pour que tu m'accordes ton attention ?

J'inspirai profondément, je posai les pieds dans les jambes de mon jean et je le remontai, puis je marchai jusqu'au lit. Elle tapota mon côté, comme pour me faire asseoir. Pendant ce temps, elle lutta pour se redresser en s'appuyant sur ses coudes. Son tee-shirt — *mon tee-shirt* — était immense sur elle et le col descendait en révélant une grande partie de son sein crémeux, juste au-dessus de son téton. Elle ne sembla pas en avoir conscience et je fis des efforts pour garder les yeux au-dessus de son décolleté.

— Que se passe-t-il ? demandai-je, comme si je ne le savais pas.

— Pouvons-nous parler de la nuit dernière ?

Je jetai un regard au réveil.

— Nous n'avons pas beaucoup de temps.

— Ça ne prendra pas longtemps. Je voulais juste savoir…

— Pourquoi nous ne sommes pas allés jusqu'au bout hier soir ?

Elle rit.

— Tu dis ça comme si nous avions encore seize ans. Mais oui. Je veux dire, je ne vais pas être faussement pudique et dire que c'est parce que tu ne me désirais pas. Parce que je sais que si.

Je me mordis l'intérieur de la lèvre pour m'empêcher de sourire. Ça lui ressemblait tellement. Aussi franche que d'habitude. Sans prétention, sans petits jeux. Pas de manipulation. Elle ne cherchait pas à pêcher les compliments alors qu'elle les méritait presque tous.

— C'est juste que ça ne me semblait pas une bonne idée de nous lancer là-dedans sans...

—... sans en parler avant ?

Elle hocha la tête en terminant ma phrase, écarquillant les yeux avec un espoir évident.

— D'où mon désir d'avoir cette discussion *maintenant.*

Je déglutis.

— J'ai déjà sauté sans réfléchir dans certaines situations par le passé et il s'est agi des plus grandes erreurs de ma vie. Je ne fais plus ça.

Elle fronça légèrement les sourcils avant d'acquiescer.

— D'accord. Alors, de quoi devons-nous discuter ? Je prends la pilule et je suis clean. J'ai fait un examen depuis mon dernier... depuis la dernière fois.

La dernière fois. Ha. Une pointe de jalousie me transperça en pensant qu'un autre type avait eu ce que je m'étais refusé la veille. Ce que je voulais de plus en plus à chaque jour qui passait et que je ne me permettais cependant pas d'avoir.

— Oui, euh. Ce n'est pas vraiment ce dont je voulais parler, même si c'est important. Moi aussi, je suis clean et ça fait un moment.

Elle écarquilla les yeux, comme si elle était surprise.

Je me raclai la gorge.

— Mais il y a plus. Je n'aime pas… je ne pense pas que nous ayons intérêt à commencer quelque chose de physique.

Son visage s'assombrit.

— Eh bien, je vais te donner un scoop. Nous avons déjà fait des choses physiques. Et c'est toi qui as commencé.

Je passai une main dans mes cheveux en grinçant des dents jusqu'à faire gonfler les muscles de ma mâchoire.

— Je veux dire, nous ne devrions pas aller plus loin.

— Parce que… ?

— Parce que nous travaillons ensemble…

— Mais nous sommes mariés.

Je secouai la tête.

— Et bientôt divorcés, tu t'en souviens ? Et crois-moi, travailler ensemble sera gênant si nous avons eu une relation physique et que nous y avons mis fin.

Elle fronça les sourcils.

— Pourquoi s'inquiéter de ce qui est gênant ? Ça ne m'a jamais inquiété. On s'en fout.

— Je me moque de ce que pensent les autres, dis-je en haussant les épaules. Je parle de nos sentiments, de nos…

Je me raclai la gorge en essayant de trouver les mots. Elle fronça les sourcils.

— Nos propres émotions ? Tu penses que je vais m'impliquer émotionnellement ?

Je jetai un coup d'œil vers elle. Ce n'était pas seulement pour elle que je m'inquiétais, mais ça ne me gênait pas qu'elle le pense.

— Je ne veux pas non plus que tu aies l'impression que j'attends d'être payé en nature pour cette histoire de mariage.

Son visage devint encore plus sombre et elle remonta jusqu'à s'asseoir.

— Euh, pourquoi pourrais-je penser cela ?

Je haussai les épaules.

— Parce qu'il y a un déséquilibre du pouvoir. Comme si j'étais ton patron…

— Si tu étais mon patron, il me faudrait te casser la figure quotidiennement. Mais toute cette histoire de *paiement…* cela suppose que je n'aime pas ou que je ne veux pas de sexe, que je ne le fais que pour toi.

Je me figeai. Elle avait raison sur ce point…

Elle se pencha en avant et je profitai d'une belle vue de son délicieux décolleté. Je détournai le regard à contrecœur, frustré par mon propre corps et ma réaction auprès d'elle. Je n'avais aucun contrôle en ce qui la concernait. *Et* je venais d'avoir deux orgasmes dans les dix dernières heures qui n'avaient pas suffi à me faire penser à autre chose que mon désir pour elle. J'étais toujours aussi mort de faim qu'un super prédateur pendant la saison des migrations.

— Attention, flash d'information. Les filles aiment le sexe aussi. Certaines d'entre nous adorent, à vrai dire.

Oh non. Je n'avais vraiment pas besoin d'entendre ça. Je passai une main dans mes cheveux en clignant des paupières. Ma main tremblait beaucoup plus depuis que je venais de me souvenir du son qu'elle faisait en jouissant.

— Oui, ce que j'ai dit était stupide.

Elle secoua la tête.

— N'es-tu pas un peu curieux de savoir comment nous serions ensemble ?

Curieux ? Non. Plutôt obsédé. Je pinçai les lèvres.

— Je pense seulement qu'il y a trop de problèmes potentiels.

— Nous avons une date d'expiration pour laquelle nous sommes d'accord, n'est-ce pas ? Sans aucune rancune.

Elle baissa le regard vers mes lèvres et elle lécha lentement les siennes avec sa langue rose diabolique. Cette langue qui avait fait des ravages à mes sens. Celle qui m'avait donné envie de jeter toutes mes précautions par la fenêtre.

Mais chaque fois, *chaque foutue fois*, que je l'avais fait dans le passé, tout s'était terminé par un désastre. Et essayer de m'extirper de ces désastres resserrait toujours le piège. Ça ne faisait pas si longtemps que j'avais dû jeter mon ancienne vie aux orties pour regagner ma liberté.

Je n'étais pas prêt à le refaire. Car cette fois, j'avais trop à perdre. Trop de choses qui me tenaient à cœur.

Et avec Kat, je savais — j'étais certain — que c'était pire. Elle allait me recouvrir et brûler ma vie comme un incendie soudain, puis disparaître après avoir complètement détruit tout ce qu'elle avait touché. Sans même le vouloir et sans en avoir conscience après les faits.

J'inspirai profondément.

— Je pense qu'il vaut mieux prendre notre temps, quoi que nous décidions.

Sa bouche s'incurva — de façon presque séduisante, pensai-je.

— Six mois de mariage, ce n'est pas assez long pour toi ?

Ce n'est pas réel, faillis-je dire. Je ne voulais pas continuer à le lui répéter. Elle le savait très bien. *Ce n'est pas réel* allait devenir mon foutu mantra pendant que nous vivions ensemble, tant que nous étions un couple marié.

Ce n'est pas réel. *Pas réel.*

— Je dois y réfléchir. Ainsi qu'à beaucoup d'autres choses.

Je me déplaçai afin d'éviter la vue de son décolleté.

— En attendant, je voulais te demander si tu acceptais de me laisser gérer la situation avec ton frère et son pote défoncé.

Elle fronça les sourcils.

— T'en occuper, comment ? Tu veux l'affronter en duel ou quoi ?

— Non, je veux juste dire… les faire sortir d'ici et éviter les mêmes merdes qu'hier soir. Leur façon de te traiter m'énerve sérieusement.

Son visage redevint lisse et ses grands yeux bleus s'agrandirent encore en m'étudiant. Elle ne dit rien pendant un moment, comme si elle se demandait comment répondre. Puis elle hocha lentement la tête.

— Oui, oui, ça me plairait. S'il te plaît.

Je me levai, j'attrapai mon tee-shirt et je l'enfilai.

— Il est temps de partir. Je pense qu'il nous faudra prendre le petit-déjeuner à la cafétéria du travail.

— Beurk, dit-elle tout en sortant du lit.

Je quittai la chambre peu après pour rassembler mes affaires — et pour éviter un autre aperçu de ce magnifique corps nu. Je devais être complètement fou de vouloir éviter la vue de toute cette peau douce et crémeuse. Les courbes de ses hanches, le renflement de ses merveilleux seins fermes. La couleur rose pâle de ses tétons. La fine bande prouvant qu'elle était naturellement rousse à l'endroit où se rejoignaient ses cuisses délicieuses.

Ce souvenir me donna encore une érection. Je venais de me masturber une heure plus tôt. C'était comme si j'avais dix-huit ans et que mon système entier était réinitialisé sur l'excitation permanente.

Je partis réveiller les invités bons à rien et je les poussai à se préparer. Dire qu'ils étaient réticents serait un euphémisme. Je finis par mettre du Queen à fond dans les haut-parleurs du salon. Ils se mirent enfin à bouger vers la moitié de *Bohemian Rhapsody*.

— C'est quoi, un Scaramouche, de toute façon ? entendis-je Mike demander à Derek pendant qu'ils titubaient jusqu'à la salle de bains des invités.

Kat me rejoignit bientôt ; sa magnifique chevelure cuivrée était brossée et brillait sur son sweat à capuche vert. Elle inclina la tête et je les vis : les suçons que j'avais laissés dans son cou la nuit précédente.

Bon sang. Cela m'excita comme rien d'autre .. en dehors de ses mains sur moi, bien sûr. Ces petits souvenirs de ma bouche ayant goûté son cou, de mes mains partout sur ses seins ronds et doux. La façon dont elle avait bougé contre moi, le bruit qu'elle avait fait en jouissant.

Bon. Apparemment, cette érection n'allait plus jamais disparaître. Elle aurait dû porter la même étiquette d'avertissement que sur les flacons de Viagra au sujet d'érections durant plus de quatre heures. J'allais souffrir d'érection perpétuelle dans un avenir proche.

Cherchant désespérément à me débarrasser d'elle, je réfléchis à toute vitesse. La première étape était de la faire retourner dans la chambre d'amis. Et je ne pouvais pas le faire tant que ses invités indésirables n'étaient pas partis.

— Les gars, dis-je pendant qu'ils rassemblaient leurs affaires pour la journée.

J'attrapai mon porte-monnaie et je sortis quelques billets.

— Nous en avons parlé et nous pensons qu'il vaut mieux que vous logiez tous les deux dans un hôtel près d'ici.

Je leur tendis une feuille de papier que je venais d'imprimer.

— Voici cinq endroits qui ont de bonnes notes et qui ne sont pas très loin.

Je leur tendis les billets.

— Et quelque chose pour vous aider à payer la chambre.

Ils échangèrent un regard et quand Derek ouvrit la bouche pour protester, je levai la main.

— Non, vous irez là-bas. Je ne vais pas revivre ce qui est arrivé hier soir. Et je n'aime pas du tout votre façon de parler à ma femme. Sans rancune, d'accord ? Nous passerons du temps avec vous après le travail et le week-end. Nous pouvons vous emmener visiter Hollywood ou Disneyland.

Kat entra dans la pièce avec son sac sur l'épaule à la fin de mon discours. Le regard que lui lança Derek était profondément vexé.

— Ça ne te gêne pas que ton mari nous jette dehors ?

Elle marqua une pause et elle le regarda dans les yeux. Je vis quelque chose dans son regard, elle semblait réagir instinctivement au chagrin de Derek. Puis elle secoua la tête, comme pour reprendre ses esprits.

— Hier soir, c'était trop. Quand vous avez sorti de l'herbe, vous avez pris la décision de ne pas être des invités appropriés.

Il prit la feuille de papier, mais refusa l'argent, disant qu'il en avait plein. Kat n'insista pas, alors je le rangeai dans mon porte-monnaie.

— Je nous ferai à dîner ce soir. Donnez-moi votre numéro et je vous préviendrai quand nous serons rentrés à la maison.

Mike leva les yeux au ciel et Derek haussa une épaule.

— À nous de vous inviter, pour nous rattraper. S'il y a un restaurant chinois pas trop mauvais en ville, je t'apporterai ton préféré. Le poulet aux noix de cajou.

Il fit un sourire tremblant à sa sœur qui tendit la main pour programmer son numéro dans le téléphone de son frère. Je la sentais faiblir.

Il était hors de question que je leur permette de revenir loger ici afin qu'ils puissent continuer à la maltraiter comme la veille. Sinon j'allais envoyer Derek à l'hôpital pour la réflexion merdique qu'il ferait inévitablement à sa sœur. Tout ceci était si étrange. Kat, qui ne laissait aucun des crétins avec lesquels nous devions travailler mal lui parler, semblait avoir un faible pour son frère bon à rien.

Ils finirent par rassembler toutes leurs affaires en maugréant, surtout Mike. Derek sembla plus résigné, mais il serra Kat dans ses bras en partant.

— À bientôt, sœurette.

Puis il partit, la tête basse en fixant le sol d'un air abattu pendant qu'ils marchaient vers la voiture. Kat l'observa avec des yeux bleus indéchiffrables et une expression complexe sur le visage. Comme si quinze pensées différentes filaient dans sa tête en même temps.

Je fis monter le chien et Kat, inhabituellement muette, dans la voiture. En dehors du halètement constant de Max et de quelques bruits de circulation, l'intérieur de la voiture resta silencieux. Nous longeâmes les grands boulevards d'Irvine, tous marqués par d'élégants séparateurs de voies et des arbres soigneusement placés. Irvine était une communauté idéalement planifiée. De nombreuses personnes se lamentaient de son absence d'âme, mais j'aimais son côté ordonné. C'était une ville propre et calme.

Kat n'avait pas bougé, un poing serré, l'autre tenant un téléphone sur lequel elle faisait défiler du texte avec le pouce. Je finis par rompre le silence.

— Que se passe-t-il ?

Elle inspira profondément avant de souffler.

— Je cherche une réunion d'une branche locale.

Je levai un sourcil.

— De… ? Les Canadiens Expatriés Roux Exaspérants ?

Elle me jeta un regard de travers, puis elle hésita en baissant son téléphone.

— D'Al-Anon.

J'écarquillai les yeux.

— N'est-ce pas pour les personnes dépendantes ?

Y avait-il quelque chose qu'elle ne me disait pas ? Peut-être avait-elle les mêmes troubles que son frère ?

— Tu parles des Alcooliques Anonymes, ou des Narcotiques Anonymes, ou des autres organisations nommées selon le type d'addiction. Al-Anon, Nar-Anon, etc. sont pour les membres de la famille et les amis des personnes dépendantes.

Je clignai des paupières, mais je ne la regardai pas.

— Ah.

— Je pense vraiment qu'une réunion me ferait du bien, maintenant.

Je levai un sourcil.

— Tu y allais souvent ? Quand tu vivais au Canada ?

Elle haussa les épaules.

— Oui, pendant un moment. Quand j'ai commencé la fac. Je n'en avais jamais entendu parler et il y avait une branche sur le campus. J'ai commencé à m'y rendre et à parler aux autres. Ça m'aidait à me sentir moins seule.

Je hochai la tête.

— Je suppose que tes parents n'y sont jamais allés.

— Mon père est allé à une réunion, a déclaré que c'était un tas de merde et n'y est jamais retourné. Ma mère a refusé. Ils détestent tout ce qui pourrait ressembler à la méthode ferme de près ou de loin. Ils préfèrent leur approche du dorlotage parce que ça a si bien fonctionné avec lui.

Elle parlait d'une voix acerbe que je n'avais que rarement entendue.

Je repensai à leur conversation que j'avais entendue la veille, la façon dont il s'était avancé vers elle, lui avait attrapé le bras et la suppliait de faire quelque chose pour lui. *Juste cette unique chose*, avait-il dit. *J'ai seulement besoin de ton aide.*

Je déglutis et je décidai de prendre une approche délicate en abordant le sujet qu'elle avait vite mis de côté la veille.

— Derek semble vraiment vouloir que tu retournes au Canada. Est-ce que tout va bien avec tes parents ?

Elle me jeta un regard avant de se remettre à tripoter son téléphone.

— Je suppose qu'ils vont bien. Il ne m'a pas dit grand-chose.

Nous roulâmes encore pendant un pâté de maisons avant que la question suivante se forme dans ma tête et que je découvre comment la tourner de façon non menaçante.

— Y a-t-il quelque chose que je devrais savoir ? Par exemple, pourquoi tu as quitté le Canada ?

Elle tourna la tête et me regarda, puis elle parla d'un ton monotone :

— Je suis partie parce que Mia était malade. Ma meilleure amie avait besoin de moi.

J'avais déjà entendu cela, et je ne fus donc pas surpris quand elle le répéta.

— Est-ce la seule raison ?

Elle cligna des paupières et serra son téléphone.

— Pourquoi me demandes-tu tout cela ?

— Parce que j'ai besoin de le savoir. Tu sais que l'immigration vérifie les antécédents dans ton pays d'origine, n'est-ce pas ? S'il y a quoi que ce soit…

Elle fronça les sourcils.

— J'ai déjà récupéré un extrait de casier judiciaire et je leur ai envoyé. Il est vierge. Je ne suis pas une criminelle en secret, si c'est ce que tu veux savoir.

Je levai les yeux au ciel en appuyant sur le clignotant pour m'engager dans le parking de Draco. Max aboya, enthousiaste. Il adorait venir au travail avec moi, parce que ça signifiait qu'il allait être gâté.

— Je sais que tu n'es pas une criminelle. Je veux juste… je veux juste dire que je suis là pour toi si tu veux parler. Au sujet de ton frère ou quoi que ce soit d'autre.

Elle sourit faiblement.

— Merci.

Je fronçai les sourcils en songeant aux deux derniers jours pendant que je descendais de la voiture, que j'attrapais mon sac et la laisse du chien et que je fermais à clé. Je vis les chevaux éclatants de Kat se balancer dans son dos en la suivant jusqu'à l'entrée principale du bâtiment.

Il y avait quelque chose de bizarre avec sa famille… et pas seulement dans le comportement merdique de Derek avec sa sœur. Il y avait quelque chose en lien avec les parents. C'était comme si Derek faisait la loi, y compris auprès des parents. Ça avait dû être difficile à supporter.

Bien sûr, qui étais-je pour parler ? Mes parents avaient été si occupés par leur propre vie et leur image. Et ils étaient obsédés par la façon dont leurs deux enfants corroboraient cette image générale, comme des accessoires. Je n'étais pas certain qu'ils nous aient un jour considérés comme de vraies personnes.

Oui, le piège dont j'avais réussi à échapper en ayant presque besoin de m'arracher le propre bras pour me libérer n'avait pas commencé par le mariage voué à l'échec avec Claire. J'avais les pieds pris dans les mâchoires en acier du piège longtemps auparavant.

La même morosité oppressante m'accabla et je dus me rappeler que tout cela faisait partie du passé. Avec un peu de chance, c'était bientôt le passé lointain.

Au déjeuner, Warren s'approcha de moi et me donna une tape dans le dos.

— Tu as dû en essayer encore une autre avec elle, hier soir. J'ai vu son cou, mon pote. Bien joué.

Il me tendit la main pour que je la tope. Je me contentai de le regarder avec un rictus grognon et il retira sa main.

— Tu exploites l'érable, hein ? Waouh, pouvoir coucher avec une fille canon quand tu en as envie. Ce doit être merveilleux d'être marié.

Ouais, quand on en a envie. Mais bien sûr. Parce que c'est ça, l'objectif d'un mariage.

— Retourne à tes bugs, Warren, grognai-je, avant que je raccourcisse tes délais.

Je ne croisai Kat que quelques fois. Elle était bizarre aujourd'hui, réservée et un peu distraite. Et elle avait gardé ses distances.

Je ne savais pas si c'était à cause de notre conversation de ce matin, de ce que son frère lui avait dit, ou de mes questions. J'avais l'intention de découvrir toute l'histoire. Mais si je fouillais dans sa vie, et elle dans la mienne, cela risquait de rendre la séparation encore plus compliquée.

Comme je me le rappelais presque quotidiennement, ce mariage avait une date d'expiration. Il valait mieux que je garde mes distances afin d'en sortir indemne. Après tout, je savais que c'était un de mes points forts : être émotionnellement distant. Cela faisait peut-être de moi un mari merdique — et je savais que j'en avais été un la première fois —, mais avec un peu de chance, cela faisait de nous de très bons ex.

Je trouvai une salle de conférence vide pour étaler les notes de mon idée et les dessins rudimentaires du jeu de réalité virtuelle. Je travaillai là pendant environ une heure. Kat vint me trouver aux alentours de dix-sept heures. Elle jeta un coup d'œil à la table, puis elle me regarda en faisant passer une longue mèche de ses merveilleux cheveux derrière son oreille.

— Euh, salut. Tu travailles encore ?

— As-tu des nouvelles de ton frère ? Veut-il toujours que nous dînions ensemble ?

Elle secoua la tête.

— Je n'ai pas de nouvelles et pour être honnête, même s'il a parlé d'acheter un repas chinois, il fait rarement ce qu'il dit. S'il ne m'envoie pas un texto le premier, je le contacterai plus tard ce soir au sujet du week-end.

Elle s'avança plus loin dans la pièce lorsque quelque chose sur la table attira son regard. Elle ramassa une des feuilles couvertes par mon écriture illisible et elle plissa le front en essayant de la lire.

— Est-ce l'idée sur laquelle tu travailles pour la présenter aux directeurs ? Pour un nouveau poste ?

Je m'éclaircis la gorge en souhaitant soudain pouvoir lui arracher les notes des mains. J'étais étrangement complexé sans savoir pourquoi. Sans doute parce que dans tout ce qui concernait le jeu vidéo, j'estimais beaucoup son opinion, et cette idée était bien loin d'être assez développée pour que je lui demande son avis.

Kat appuya sa hanche rebondie contre la table en examinant les notes, puis sans un mot, elle posa la feuille et en attrapa une autre. Je l'observais pendant que ses yeux bleus glissaient jusqu'au bas de la page et qu'elle se rongeait l'ongle du pouce d'un air absent. Elle était époustouflante, même quand elle ne faisait aucun effort pour l'être…

— Mmm, marmonna-t-elle en ramassant une autre feuille. Je vois ce que tu cherches à faire. Un mélange entre un FPS à la Battle Royale et un bac à sable afin de pouvoir concevoir son propre fort. Intéressant.

Je m'appuyai contre le dossier de ma chaise et j'agitai le crayon dans ma main, irrité.

— Tu détestes.

Elle se redressa, surprise.

— Nooon. Je ne dirais pas ça. Je pensais juste que ça pourrait être plus… original. Plus cohérent avec la marque Draco ?

Je fronçai les sourcils.

— Mais c'est justement l'intérêt. Je montre comment Draco peut s'étendre au-delà de son concept original de Dragon Epoch.

Elle haussa les épaules.

— D'accord, mais…

— Mais ?

Elle me regarda dans les yeux, puis elle se pencha en avant, ses cheveux doux me frôlant le visage. Je les avais serrés dans ma main la nuit précédente, quand je l'avais embrassée et touchée et fait gémir. Ça avait été si excitant quand elle avait touché et frotté ma queue, comme si elle l'avait fait une centaine de fois auparavant. Sa volonté de me donner du plaisir après en avoir reçu était assez touchante.

Et très appréciée.

Elle indiqua une de mes feuilles de papier.

— Pourquoi ne pas en faire un jeu de tir médiéval et de sniper ? Il n'existe pas de mode de jeu Joueur contre Joueur dans Dragon Epoch, alors, pourquoi ne pas donner l'occasion aux gens de se battre les uns contre les autres ? Les forts qu'ils construisent peuvent être dans le style médiéval. Il pourrait y avoir une phase pour rassembler des ressources, comme dans Minecraft. Et de la construction. Et la conception du terrain. Le jeu pourrait commencer sur un terrain commun puis s'étendre dans des zones conçues par les joueurs.

— Et avec quoi vont-ils tirer, s'ils n'ont pas les fusils d'assaut modernes ?

— Oh, c'est facile. Les objets de fantasy habituels : l'arc et les flèches, les arbalètes, les baguettes et les bâtons magiques. Tu peux faire tirer des missiles magiques, des pluies de météorites, des boules de feu ou même une version simple d'une grenade ancienne. Ou n'importe quoi... des lances, des shurikens, des boomerangs. Peu importe.

Je me redressai et je la fixai un moment. Puis j'attrapai la feuille de papier vide la plus proche et je commençai à écrire. C'était carrément brillant. Elle se remit à parler.

— Tu pourrais même l'associer à Dragon Epoch. Laisser les gens prendre des choses qu'ils ont construites ou récupérées dans le jeu principal comme une motivation après avoir obtenu un certain nombre de points ou de personnages tués. Et ils pourraient intégrer leur création dans le jeu de Dragon Epoch s'ils en ont envie.

Elle continua à parler et je continuai à prendre des notes.

— Et tu sais, pour l'étape suivante, tu pourrais essayer de développer une application mobile. Comme ta propre version de Pokemon Go. Les gens pourraient parcourir leur quartier et trouver du trésor ou des armes ou des matériaux de construction pour les intégrer dans le jeu. Il faut garder la saveur d'une fantasy médiévale, histoire de pouvoir le relier aux autres jeux. De cette façon, tu peux réutiliser les histoires de Dragon Epoch. Avoir des histoires qui s'entremêlent et des quêtes en cross-over. Cela encourage notre base existante de joueurs à étendre leurs activités vers d'autres produits Draco et non vers quelque chose de complètement nouveau comme un jeu de tir contemporain ou un jeu futuriste. De plus, il y en a déjà des tonnes. Tu n'as pas envie de faire concurrence avec eux.

Je hochai la tête, je griffonnai, puis je hochai encore la tête. Elle m'observa en silence.

— Ou bien tu peux complètement jeter cette idée. Je ne serai pas vexée.

— Pourquoi le ferais-je ? C'est une bonne idée.

Elle rejeta ses cheveux par-dessus son épaule et un délicieux parfum de noix de coco suivit son geste.

— Eh bien, ton idée était bonne pour commencer, je ne fais que la développer.

Je ne dis rien, continuant simplement de prendre des notes.

Je sentis son regard sur mon visage.

— Ça te stresse vraiment, n'est-ce pas ?

Je lui jetai un coup d'œil tout en continuant à écrire.

— Je veux vraiment ce poste, Kat.

Elle hocha la tête.

— Je le sais. Crois un peu en toi. Tu as de très bonnes chances de l'avoir.

Je poussai un soupir. Elle sourit.

— Bon, au moins tu as un *fonds fiduciaire* sur lequel tu peux te rabattre si tu ne l'obtiens pas.

Elle fit une grimace comme pour se baisser ou éviter ma réaction à sa remarque espiègle.

Je plissai les yeux et je secouai la tête.

— Tu as de la chance que je sais que tu plaisantes.

Elle se mordit la lèvre.

— Je suis un peu curieuse. Combien vaut ce petit compte ?

Je la regardai du coin de l'œil.

— Tu ne veux franchement pas le savoir. Je passe très peu de mon temps à y penser, désormais.

Elle s'installa sur la table face à moi, laissant une jambe se balancer pendant que l'autre s'appuyait sur le sol.

— Pourquoi donc ?

— Mon père s'est entièrement appuyé sur sa fortune héritée pour vivre. Je suis meilleur que lui. Et je n'ai vraiment pas besoin de cet héritage pour réussir.

Elle croisa les bras et m'étudia en inclinant la tête.

— Tu cherches donc à faire tes preuves.

J'éclatai de rire.

— Je n'ai rien à lui prouver. Il est dégoûté par le choix que j'ai fait quand j'ai abandonné cette vie et que je me suis sali les mains en travaillant pour quelqu'un d'autre.

Elle secoua la tête en souriant aimablement.

— Non, tu ne fais pas tes preuves pour lui. Mais tu as beaucoup de choses à te prouver à toi-même.

J'écarquillai les yeux, lui retournant son regard inquisiteur.

— Peut-être.

— J'ai un bon pressentiment là-dessus. Je pense que tu auras le poste. Et non, pas parce que je suis une amie de Mia. C'est juste un sentiment.

— Eh bien, j'ai besoin de plus qu'un sentiment pour me sentir mieux en attendant.

— Il te suffit de faire de ton mieux pour transmettre ta vision, parce qu'elle est très bonne. Adam a peut-être commencé dans la programmation, mais en réalité, c'est un visionnaire. Cette entreprise, ce jeu, ont été des produits de sa vision. Et tu peux être le visionnaire qu'il veut voir. Peu importe que tu sois dans l'assurance qualité et que Jeremy soit développeur.

Je souris légèrement, quelque peu rassuré par son discours d'encouragement.

— Merci.

Elle se leva.

— Quand tu auras fini le document du concept de jeu, je serais ravie d'y jeter un coup d'œil, si tu le veux.

Elle posa une main rassurante sur mon épaule, puis elle la laissa glisser le long de mon bras qu'elle serra avant de me lâcher. Son contact me brûla à travers mon tee-shirt et je déglutis vite.

Elle se tourna alors et elle disparut. Je fixai longuement l'embrasure de la porte, me demandant pourquoi j'avais des difficultés à respirer. Comme si l'air frais avait été aspiré de cette pièce et avait suivi sa présence ensoleillée quand elle était partie.

Nos invités indésirables ayant quitté la maison, nous les rejoignîmes afin de les voir. Une fois pour les conduire à Hollywood pour un peu de tourisme. Et une fois à Disneyland, où nous leur réservâmes une demi-journée avant de les laisser profiter du reste.

Peu de temps après, ils disparurent. Mais j'avais remarqué que Kat avait choisi de ne plus jamais être seule avec son frère. Il avait mentionné plusieurs fois avoir très envie qu'elle rentre bientôt au Canada. Elle s'était systématiquement raidie.

Je fus donc soulagé quand ils partirent quelques jours plus tard.

Notre temps ensemble comme mari et femme — après l'époque des invités indésirables — revint à sa nouvelle normalité. Kat disparaissait dans sa chambre le soir, Dieu merci, et je dormais seul. Mais pas très bien. Je restais au lit pendant des heures à la désirer à côté de moi, à désirer son corps à côté du mien, sous mes mains, à vouloir toucher ses cheveux soyeux. Elle n'avait passé que deux nuits dans mon lit, mais je m'y étais vite habitué.

Nous étions polis, mais nous gardions nos distances. Kat n'aborda plus la discussion concernant une relation physique et je n'avais pas l'intention d'en parler non plus. Elle était déjà une bien trop délicieuse tentation alors qu'elle dormait à plusieurs mètres de moi avec un mur entre nous.

Mais certains jours, j'entrais dans le salon. Elle était au milieu d'une séance de yoga, en legging et débardeur, son petit cul ferme en l'air. Ou le week-end, elle se promenait en peignoir à moitié ouvert révélant de la dentelle au-dessous.

Et je ne parle même pas de l'incident où elle avait essayé de réparer un robinet qui fuyait dans la salle de bains des invités et qu'elle avait éclaboussé son tee-shirt fin. Quand elle était innocemment venue me demander des outils, ses tétons durcis étaient aussi visibles que si elle avait été torse nu. Bon sang. J'avais un bon outil très dur que je voulais qu'elle manipule. *Encore.*

Même le bruit de ses mouvements de l'autre côté de ce mur suffisait à m'empêcher de dormir. Je pensais à ce qu'elle faisait, à ce qu'elle portait — si elle avait des vêtements —, à la position dans laquelle elle dormait.

Merde. La frustration sexuelle semblait être mon mode par défaut. Une ou deux ou trois séances de masturbation sous la douche ne suffisaient pas. Je la désirais nuit et jour et c'était en train de me rendre lentement fou. Et les douches froides ne changeaient absolument rien. C'était un énorme mythe ridicule. Un vrai mensonge de la société. Les douches froides ne servaient qu'à vous laisser tremblotant et énervé et toujours aussi sexuellement frustré.

Pour combattre ces tentations, je passais plus de temps au bureau et nous commençâmes à nous rendre au travail séparément. Nous avions établi un schéma détendu, mais distant dans notre mode de vie marital.

***

L'été touchait à sa fin quand nous fûmes convoqués au bureau de l'immigration pour notre entretien inévitable. Si tout se passait bien, c'était notre seul rendez-vous. Et comme nous pouvions facilement prouver une relation de longue durée de plus d'un an avant le mariage, tout se passa bien. Inutile de mémoriser le genre de crème de visage qu'elle utilisait ou quelle marque de dentifrice ou — ne parlons pas de malheur — la fréquence de nos rapports.

L'agent de l'immigration nous assura qu'il ne voyait aucun problème de son côté et qu'il recommanderait l'obtention de la carte verte de Kat. Nous fêtâmes cela en buvant des smoothies après l'entretien, puis nous retournâmes au travail où il nous fallut rester jusqu'à pas d'heure pour compenser notre après-midi de liberté.

Tout se passait bien et notre date d'expiration, quelle qu'elle soit, approchait. J'avais compté sur un sentiment de soulagement. Celui-ci ne vint jamais. À la place, j'avais comme un poids dans l'estomac en attendant l'inéluctable.

Parce que le passé m'avait habitué à cela. Au moment où tout devenait confortable, quelque chose se passait toujours pour le faire foirer… même si cette chose était causée par mes propres décisions stupides.

J'espérais qu'aucune mauvaise surprise ne s'abatte sur l'un de nous.

Chapitre Seize
Katya

Nous avions reçu notre premier courrier en tant que couple marié n'ayant aucun rapport avec le bureau de l'immigration. La grande enveloppe en papier épais était adressée à *M. et Mme Lucas van den Hoehnsboek van Lynden* avec une calligraphie parfaite. L'enveloppe elle-même était encadrée par une ligne dorée et l'invitation à l'intérieur était imprimée en relief et en lettres dorées. Était-ce le mariage de quelqu'un ?

Je levai un sourcil irrité en voyant l'adresse à l'ancienne sur cette enveloppe : seulement le nom de Lucas, pas les deux. Puis mes sourcils grimpèrent sur mon front et restèrent là quand je remarquai à l'intérieur que nous étions désignés comme le baron et la baronne.

Du genre, waouh… ce n'était pas juste une plaisanterie étrange. J'avais vraiment temporairement épousé un membre d'une famille aristocratique européenne. Et ils avaient des titres de noblesse et tout. Et j'avais un titre. Du genre… waouh. Et j'étais sûre qu'aucun d'entre eux ne disait jamais des choses comme *du genre, waouh*.

Lorsque je continuai à lire, je compris qu'il ne s'agissait pas du tout d'une invitation de mariage, mais d'une convocation à la réunion de famille à Napa Valley que j'avais acceptée pour nous.

Les Van Den PlusRichesQueLesDieux envoyaient apparemment des invitations imprimées en relief à leurs propres enfants. Avec les titres de noblesse et tout.

Merde. Dans ma colère, je nous avais engagés dans cette folie. Cela datait de plus d'un mois, quand je m'étais sentie coincée et volontairement maintenue dans l'ignorance au sujet de la situation familiale de Lucas.

Depuis, je m'étais calmée, mais hélas, nous étions encore engagés. Et je devais admettre que je commençais à me sentir un peu paniquée, particulièrement quand je montrai la carte à Lucas à son retour du travail. Il y jeta un coup d'œil, haussa les épaules et partit poser ses affaires dans sa chambre sans un mot.

— Alors… nous pourrions toujours annuler, dit-il en revenant et en se laissant tomber sur le canapé à côté de moi. Je les ai déjà ignorés avant. Ça ne me fait rien.

Ma bouche esquissa un sourire de travers.

— Je serais tout à fait pour, sauf qu'il y a eu ceci, collé à l'intérieur de l'enveloppe.

Je lui donnai le post-it que j'avais trouvé.

Il était écrit : *S'il vous plaît, s'il vous plaît, dites que vous allez venir et ne pas me laisser affronter les loups toute seule. S'il vous plaît ! — J*

Il rit.

— Tiens, on dirait que Mère a fait préparer les courriers par la pauvre Julia.

Je le regardai en écarquillant les yeux.

— Est-ce si terrible ? Je veux dire, elle semble bien s'intégrer à ce style de vie.

Lucas se tourna vers moi et se mordit la lèvre.

— Les apparences peuvent être trompeuses. Personne ne peut vraiment connaître les difficultés affrontées par quelqu'un en ne voyant que la surface. Ma mère et elles ne se sont jamais entendues.

Je réfléchis un moment à cela en pensant à sa sœur. L'unique fois où je l'avais rencontrée, elle avait semblé sortir tout droit de la vieille série télé *Gossip Girl*. Elle avait tout, les vêtements de marque, le fonds fiduciaire, le look d'une célébrité, et même un nom aristocratique européen pour compléter le tout. Je suppose qu'il était facile de penser qu'une personne ayant tout devait être heureuse.

— Eh bien, je suis désolée de nous avoir fourrés là-dedans, mais je suppose que ça signifie que nous devons y aller ? demandai-je en levant les sourcils et en espérant silencieusement qu'il me contredise.

Mais non, apparemment il ne voulait vraiment pas abandonner Julia aux loups. *Soupir.*

Il secoua la tête.

— On ira. Si nous avons de la chance, nous pourrons repartir vite.

Je lus le planning des activités prévues en diagonale et je sentis monter mon niveau d'angoisse. Apparemment, c'était une affaire d'une semaine avec des sorties, du tourisme, des compétitions sportives, des tournois de jeux, des dégustations de vin et… une espèce de bal à thème ? Eh ben, mince. Je suppose que c'était le karma qui me punissait parce que j'avais voulu embêter mon nouveau mari. *Mea culpa.*

À ce moment-là, Max sauta sur le canapé entre nous et poussa la truffe sous ma main en me suppliant de le gratter. Avant que Lucas puisse lui demander de descendre, je passai les bras autour du chien aux poils hirsutes et je le tirai vers moi.

— J'ai une idée. Si tu y allais en portant le flambeau de la famille pendant que je reste à la maison pour garder Max ?

Il me jeta un regard sérieusement de travers.

— Qui sème le vent récolte la tempête. C'est toi qui nous as mis là-dedans. Je n'ai aucune intention d'y aller sans toi. De plus, Max a le droit d'aller en colo pour chiens et il adore ça.

Je ricanai.

— Si tu me laisses échapper à ça, je te promets de ne pas dire aux collègues que tu appelles ça la colo pour chiens.

Il se leva du canapé, sortit son téléphone et se mit à faire défiler du texte.

— Aucune chance, Cranberry. J'ai essayé de te prévenir. Tu nous as mis dans ce bazar, alors tu viens.

Max leva la tête contre moi pour que je lui gratte le menton. J'obtempérai tout en fixant le dos de mon mari qui s'éloigna jusqu'à disparaître par la porte de la cuisine. Je me tournai ensuite vers le chien.

— Eh bien, il est nul, celui-là, maugréai-je.

— J'ai entendu ! appela-t-il depuis la cuisine.

Je fis une grimace de frustration.

Très bien. Mais si je devais subir ça, j'allais devoir le faire bien. J'aurais sans doute dû être plus zen à ce sujet. Après tout, ils n'allaient plus très longtemps être ma belle-famille. Pour une raison que j'ignorais, cela m'importait plus que ça n'aurait dû.

Ce fut lors d'une fête bien moins formelle le week-end suivant que je pus rassembler ma bande et leur demander de l'aide.

Le vendredi, Adam et Mia organisèrent une fête autour de la piscine pour leurs amis les plus proches, ce qui incluait donc aussi mon mari et moi. Lucas semblait un peu nerveux à l'idée de rejoindre le « cercle des intimes ». Mais bon, cela lui donnait une idée de ce que j'allais bientôt vivre pendant les festivités avec *son* cercle intime.

C'était une soirée très chaude de fin de l'été et j'étais franchement ravie de revoir mes amis. Nous en avions rarement le temps, dernièrement. Mia travaillait dur en École de Médecine. Tous les gens de Draco travaillaient très tard dans la nuit pour préparer la nouvelle extension. Et Jenna et April finissaient leurs études.

Jenna nous régalait d'histoires de son expérience en tant que prof, car elle était sur le point d'obtenir sa certification. Dans quelques mois, elle allait pouvoir enseigner les sciences à l'école. Elle rit avec un éclat dans ses yeux bleu clair.

— Oui, c'était bizarre quand on m'a demandé ma permission de sortir à l'école où j'enseigne. Le type a refusé de croire que je n'étais pas une élève, jusqu'à ce qu'un de mes élèves me sauve et m'empêche d'être envoyée au bureau du principal.

Jenna, April et Mia se détendaient toutes dans le jacuzzi, chacune tenant un verre de vin blanc. J'étais assise sur le béton autour de la piscine avec seulement mes jambes dans l'eau chaude bouillonnante. Mia croisa mon regard et elle fronça les sourcils.

— Viens t'asseoir ici avec nous.

Je secouai la tête.

— Je risquerais de fondre. Le sang canadien ne peut pas supporter cette chaleur.

C'était déjà une soirée très chaude du mois d'août et je transpirais depuis que nous étions arrivés. Les garçons avaient eu la bonne idée. Ils étaient dans l'eau plus fraîche et plus agréable de la piscine, soit en train de flotter sur des matelas, soit assis dans la partie peu profonde en buvant des bières.

Alex vint s'asseoir à côté de moi avec son propre verre de sangria fraîche. Elle était bronzée et magnifique dans son bikini turquoise.

— Salut, toi. Je n'ai même pas encore eu l'occasion de reluquer ta pierre, tu le sais ?

Je lui tendis obligeamment la main pour qu'elle puisse voir la magnifique bague antique que Lucas m'avait donnée. Je pouvais la porter encore un peu, tant que je jouais mon rôle de fausse épouse.

— Ooh, elle est magnifique ! Tellement unique. Est-ce une antiquité ?

J'agitai les doigts pour faire briller le diamant.

— Oui. Elle appartenait à l'arrière-grand-mère de Lucas aux Pays-Bas. Ils se sont mariés dans les années vingt.

Alex se pencha pour y jeter un autre coup d'œil.

— Teeellement jolie. Avec tant de détails. J'imagine des fêtes et de magnifiques robes avec des perles et des franges et des tailles basses et des hommes dansant le Charleston.

Je levai la bague afin de la regarder.

— Moi, je suis surtout curieuse au sujet de la femme qui l'a portée avant moi. Quels étaient ses rêves et ses espoirs ? Était-elle heureuse ? Je me pose des questions sur l'homme qui lui a offert la bague. L'aimait-il vraiment et la voulait-il pour toujours et toujours, même quand elle avait vieilli au point de perdre sa beauté ?

Alex sourit.

— Qui aurait cru que tu étais une romantique, Kat ?

Je baissai la tête, gênée.

— Tu me prends sur le fait. Ne l'ébruite surtout pas. J'ai une réputation à tenir.

— Je suis contente que tu sois heureuse. J'avais entendu dire que Lucas et toi ne vous entendiez pas au travail. Mais bon sang, je te comprends d'avoir changé d'avis. Ton mari est *délicieux*.

J'oubliai presque de la remercier pour le compliment, car je fus distraite par un mouvement sur ma gauche. Je tournai la tête, ayant l'impression d'être observée. Effectivement, je surpris le regard de Lucas. Il était assis à côté de Jordan, sur la marche du côté profond de la piscine ; ils buvaient des bières. Il n'était pas si loin que ça de nous. La façon dont il me regarda avant de jeter un coup d'œil à ma bague avec un sourire prouva qu'il avait entendu ce que j'avais dit.

Et pour une raison qui m'échappait, cela me rendit soudain timide. Surtout s'il pensait que je devenais toute romantique et mièvre comme le prétendait Alex. Pff. Ce n'était pas le bon moment pour Kat la dure de montrer son intérieur moelleux de chamallow. J'avais travaillé pour cacher tout cela. Mais récemment, le moelleux semblait vouloir sortir et prendre le contrôle.

Peu de temps après, à mon retour des toilettes extérieures, Heath m'accosta.

— Viens manger quelque chose histoire de parler.

Je le suivis vers une table sur laquelle étaient disposées toutes les sortes de hors-d'œuvre imaginables. Des chips, du guacamole et de la sauce piquante à la tomate, des légumes croquants et différentes sortes de salade. Des viandes froides, des œufs mimosas et des sandwiches élégants.

— Est-ce que tout va bien ? demandai-je à Heath.

Cela faisait longtemps que Heath n'avait pas paru autant en forme. Il avait repris la majorité du poids qu'il avait perdu à cause de sa rupture horrible de l'année précédente et il était clair qu'il avait repris le sport. Son corps était soigneusement musclé sans la moindre trace de gras. Vu son physique, j'étais certaine qu'il ne manquait pas de partenaires au lit.

— Tout va bien. C'est juste que toi et moi, ça fait longtemps que nous n'avons pas parlé.

Plusieurs semaines, à vrai dire. Ce qui était bizarre, car nous avions pour habitude de nous voir tous les jours en tant que colocataires. J'eus des regrets de ne pas lui avoir donné des nouvelles plus régulièrement. Bientôt, il allait en être de même avec Lucas. Qu'est-ce que j'allais ressentir en ne le voyant plus tous les jours… en dehors du travail ? J'eus un choc en y pensant. Des regrets ? De l'appréhension ? Comment savoir ?

— Je suis vraiment désolée. Je suis accablée de travail. Et par tout le reste… l'entretien des services d'immigration et tout ça…

Je hochai la tête en direction du canon qui accompagnait Heath. Un homme hispanique *extrêmement* musclé et beau d'environ vingt-cinq ans avec des cheveux bouclés sombres et de magnifiques dents blanches et droites. Il attirait les regards féminins avec son slip de bain.

— Qui est le canon que tu as amené avec toi ? Tu ne me l'as jamais présenté.

— C'est parce que toi et ton mari vous êtes arrivés tard. C'est Adan.

— Un *autre* Adam ?

— Non, *Adan,* avec un N. Nous sommes ensemble depuis quelques semaines. Il va sûrement traîner dans la piscine toute la soirée. C'est un grand nageur.

J'agitai les sourcils.

— Avec un peu de chance, il a autre chose de grand.

Heath me jeta un regard pour signifier que c'était évident.

— Bien sûr. Il ne serait pas ici, sinon.

On ricana et je posai quelques olives vertes sur son assiette. Heath détestait les olives vertes, alors il poussa un juron et les jeta sur mon assiette.

— En parlant de ça. J'ai besoin que tu craches le morceau sur ton joli mari. Que cache-t-il sous son boxer ? L'as-tu déjà découvert ?

— Très malin, Hank.

Je lui fis un grand sourire en lui donnant le surnom irritant avec lequel nous l'embêtions parfois. Cela venait d'une mauvaise écriture de son nom sur un gobelet à Starbucks. Les gens avaient parfois du mal avec son prénom et c'est pourquoi Hank était resté. J'avais vite entraîné Mia et les autres à l'appeler Hank, et plus ça l'irritait, plus nous l'utilisions.

Il ignora le surnom et revint à son sujet préféré : les pénis.

— Ne me dis pas que tu n'as pas encore fait un tour sur son bâton magique. Je pensais que ça ne vous prendrait qu'une semaine de vie sous le même toit.

Je poussai un long soupir.

— Une dame ne révèle jamais ce genre de secret.

— Heureusement que tu n'es pas une dame, alors.

Je levai les yeux au ciel.

— Je n'ai rien à raconter.

— Allez… même pas quelques caresses intenses ? La tension sexuelle entre vous est aussi musclée que les cuisses de Henry Cavill.

Je lui jetai un regard sceptique.

— Tu as remarqué ça depuis l'autre côté de la piscine ?

— Un chien aidant aveugle et sourd l'aurait remarqué, ma belle.

Je le fis taire quand William nous rejoignit à la table, se servant quelques chips et de la sauce sur une assiette en papier. Il hocha la tête vers nous.

— Comment ça va ?

— Salut, William, j'ai l'argent que je te dois. Tu prends les chèques, n'est-ce pas ? demanda Heath.

William fronça les sourcils.

— Je me souviens pourtant de t'avoir dit que je faisais le travail gratuitement.

Je levai les sourcils. De quoi était-il question ? Heath me jeta un coup d'œil.

— Il a fait quelques illustrations pour un site Internet que je viens de refaire.

Il se tourna vers William.

— Et non, je ne l'accepte pas. Les artistes ne devraient pas travailler gratuitement.

Le cousin d'Adam haussa les épaules.

— Ce n'était pas du travail. C'était un service pour un ami.

— Je t'enverrai le chèque par la poste, dans ce cas, dit Heath dans son dos.

William s'arrêta et dit par-dessus son épaule :

— Je déchirerai le chèque.

Heath maugréa au sujet de l'entêtement de cet homme. Je continuai à regarder William qui s'était assis à côté de sa bien-aimée Jenna, partageant les chips et la sauce avec elle. Elle le récompensa par un baiser dans le cou et il sourit.

Il avait beaucoup changé. Autrefois, c'était lui qui insistait pour toujours suivre les règles. On fait le travail, on reçoit la paye. Mais il s'était beaucoup détendu au cours de l'année passée. L'influence de Jenna, sans aucun doute. Je regardai mon amie blonde en me demandant quelle influence William avait eue sur elle. Était-ce toujours ainsi ?

Mia avait-elle changé Adam ou l'inverse ? Et qu'en était-il d'April et Jordan ?

Lucas allait-il finir par avoir une forme d'effet durable sur moi également ? Ou bien étions-nous destinés à nous éloigner et redevenir des inconnus l'un pour l'autre ? C'était étrange d'y réfléchir, même maintenant. Nous n'avions pas de relations intimes, mais j'avais l'impression de le connaître au moins aussi bien que mes autres amis, et dans certains cas, mieux. Allions-nous rester amis ? Ou allions-nous redevenir des rivaux au bureau ? Ou peut-être, si nous finissions par ne plus nous voir très souvent, allions-nous redevenir des inconnus ?

Je mangeais encore à la table quand Heath m'abandonna pour faire une bombe à côté d'Adan, du côté profond de la piscine. Mia me rejoignit peu de temps après. Elle était très belle avec un bikini noir à fines rayures argentées, ses longs cheveux noirs attachés en une queue de cheval. Son mari ne semblait pas trouver nécessaire de cacher sa façon évidente de la mater où qu'elle se trouve dans le jardin.

Elle le remarqua aussi et tourna le poing vers lui en levant le pouce et le petit doigt à la façon des surfeurs pour lui signifier de se détendre. Il rit et reprit sa conversation avec April.

Soudain, la musique sur la playlist des années quatre-vingt d'Adam passa aux premières notes de *Never Gonna Give You Up*. On pouvait faire confiance à Adam Drake pour faire un rickroll à sa propre fête. Je cherchai le regard de Lucas et je montrai un des haut-parleurs. Il sembla me comprendre, car il se mit à rire. *Ils jouent notre chanson*, avais-je envie de dire. Mais cela aurait révélé notre petite plaisanterie à tout le monde.

En y réfléchissant, tout notre mariage était une blague entre nous. Dommage que ça ne paraisse pas aussi drôle quand j'étais allongée toute seule dans mon lit, le soir. Dans mon souvenir frustré, je revivais ses baisers, ses mains sur mon corps.

Mia sourit à son mari avant de se tourner vers moi en secouant la tête.

— Il n'est vraiment pas sortable.

Je hochai la tête, impressionnée.

— Après huit mois de mariage, vous êtes tous les deux encore morts de faim. J'adore.

Elle me donna un coup de coude.

— Ne me juge pas. Chaque fois que je surprends ton mari en train de te regarder, il me fait penser à un loup affamé fixant un steak sanglant tout juste hors de sa portée.

Je sentis immédiatement la chaleur me griller le visage et je sus que je rougissais comme une tomate. Parfois, c'était un vrai désavantage d'être rousse, particulièrement quand on essayait de cacher certaines émotions.

— Ah bon ?

Je haussai les épaules et je ricanai comme si je savais très bien de quoi elle parlait. Je jetai un coup d'œil dans la direction de Lucas, mais il était maintenant engagé dans une discussion avec Jordan.

— Comment ça se passe ? Comment vous adaptez-vous à la vie de jeunes mariés ? Je veux dire… tout a été si soudain pour toi. J'en suis encore stupéfaite.

— Eh bien, je suppose que j'ai quelques tendances à l'impulsivité… comme quand je suis venue te voir dès que j'ai découvert que tu étais malade, tu te souviens ?

Elle sourit et jeta un bras autour de mes épaules.

— Tu ne sais pas du tout ce que ça a représenté pour moi. C'était un geste incroyable et si altruiste. Tu as tout laissé tomber dans ta vie juste pour moi. Alors que nous ne nous étions rencontrées qu'une seule fois en personne.

Je haussai les épaules et je détournai le regard. J'avais été heureuse de le faire quand j'avais appris que Mia avait un cancer. Mais ce que je ne lui avais jamais dit, c'était que cela correspondait aussi à mes besoins. Il me fallait quitter la ville — le pays, même — et éviter mes propres problèmes à la maison. Éviter la situation impossible vers laquelle ma famille essayait de me pousser.

Ce que Mia considérait comme de l'altruisme était en fait de la lâcheté.

Je serrai Mia dans mes bras.

— Eh bien, tu sais, j'ai été heureuse de le faire. Et maintenant, je suis ici.

— Et c'est ici que tu as rencontré ton véritable amour !

Elle me sourit. Et encore une fois, j'évitai son regard. Mon véritable amour. *Ouais.* Un nouveau filament d'émotion me transperça vivement. Il n'était pas vraiment douloureux, mais il affirmait qu'il était là et qu'il était trop fort pour que je l'ignore.

— Que se passe-t-il ici ? demanda April qui apparut soudain à côté de Mia. Une société d'appréciation mutuelle et je ne suis pas invitée ?

April était magnifique avec un maillot de bain une pièce d'un violet profond couvert de sequins brillants, un vêtement fait pour souligner les courbes de son corps à la plage et pas vraiment pour nager. Étant donné que sa chevelure sombre et brillante était parfaite, il était évident qu'elle avait plus flotté que nagé.

J'étais ravie de trouver l'excuse parfaite pour changer de sujet.

— Dis donc, tu dois goûter le guacamole, dis-je. C'est la mère d'Alex qui l'a fait et il est à se damner.

Elle posa les mains sur son ventre plat.

— Arg. J'ai le ventre tellement plein que je ne peux rien manger pour l'instant. Hé, est-ce que Jordan regarde par ici ? Je peux lui faire peur en admirant ta bague de mariage. Elle est magnifique, d'ailleurs, mais je ne vais pas en faire tout un spectacle, sauf si j'ai un certain public tranquillement terrifié.

Mia ricana.

— Tu es si sournoisement géniale.

April lui fit un clin d'œil.

— Je ne rate pas une occasion de provoquer ma Bête.

— Je te le ferai savoir quand il regardera par ici. Nous pourrons faire le grand show, dis-je en riant moi aussi. Pendant ce temps, pouvons-nous parler du fait étrange que Heath sorte avec un canon aux cheveux bruns et aux yeux sombres qui s'appellent Adan ? Sort-il avec ton mari par procuration ?

Mia fit une grimace qui suggérait que l'idée lui était déjà venue.

— Je ne lui dirai jamais quoi que ce soit sur le sujet, mais c'est un peu gênant.

— Assure-toi qu'Adam et Adan ne se retrouvent jamais seuls dans une même pièce. Leur proximité pourrait causer l'implosion de l'univers, comme l'affrontement de la matière et de l'antimatière, caquetai-je.

— Peut-être est-ce juste Bizarro Adam, comme Bizarro Superman, rétorqua Mia et on rit toutes les deux pendant qu'April nous regardait en fronçant les sourcils.

— Avec un petit bouc élégant sur le menton, il pourrait être Adam de l'univers miroir !

April nous regarda tour à tour.

— Vous êtes toutes les deux beaucoup trop geek pour l'intello des livres que je suis.

Alex et Jenna nous rejoignirent bientôt autour de la table de nourriture pendant que les hommes restaient dans la piscine. Après avoir discrètement attiré l'attention de Jordan, je pris soin de tendre la main pendant qu'April admirait théâtralement ma bague. Quand nous le regardâmes à nouveau, Jordan avait détourné la tête. Nous éclatâmes quand même de rire.

— Alors, que se passe-t-il ici ? demanda Jenna en remplissant son verre de limonade. Êtes-vous toutes les deux en train de comparer vos notes sur la vie maritale ?

Mia et moi échangeâmes des regards et je bus quelques gorgées de mon thé glacé.

— Bien sûr.

— Avez-vous des remarques perspicaces sur « l'espèce mâle » qui pourraient nous être utiles ? demanda Jenna.

Mia fit une grimace.

— Être mariée, c'est un peu comme voir comment on fabrique la saucisse.

Tout le monde ricana pendant que Mia, qui avait apparemment entendu ce qu'elle avait dit avec un peu de retard, rougit aussi profondément que le bikini de Jenna.

— Je ne voulais pas parler de *cette* saucisse-là.

— Et toi, Kat ? Qu'as-tu découvert sur ton nouveau mari ? demanda Jenna.

— Eh bien, la plus grande surprise a été de découvrir qu'il fait partie de la noblesse européenne, dis-je d'un ton pince-sans-rire.

Elles pensèrent toutes que c'était encore une plaisanterie hilarante. Je les détrompai.

Les yeux bleu sombre d'April s'écarquillèrent comme des pièces de deux dollars canadiens.

— Quoi, vraiment ? Quel genre de noblesse ?

— Son père est un baron néerlandais, je crois.

Deux secondes plus tard, April avait un téléphone à la main. Où avait-elle bien pu ranger la chose ? Son maillot de bain avait-il des poches secrètes dans le soutien-gorge ?

— Son nom de famille est Walker, n'est-ce pas ?

Ses doigts manucurés se mirent à voler sur la surface en verre de son téléphone.

— Ça ne sonne pas très néerlandais.

— Euh, non, en réalité c'est son deuxième prénom.

Mia tourna brusquement la tête dans ma direction.

— Quoi, il a une identité secrète ?

Je haussai les épaules en regardant Lucas qui était assis et qui discutait avec les autres hommes dans le côté profond de la piscine. Allait-il être contrarié que je révèle cela ? Il n'avait jamais dit que je devais garder le secret.

— Je suppose qu'il trouve plus facile d'utiliser son deuxième prénom. Et il ne veut pas qu'on en fasse toute une affaire, alors s'il vous plaît, promettez-moi de ne pas le faire.

Les filles hochèrent la tête ou acquiescèrent toutes, puis April me tendit son téléphone.

— Juste pour satisfaire ma curiosité, cependant…

J'entrai le nom de famille de Lucas dans Google après m'être creusé la tête pour me souvenir de son écriture. Je n'avais même pas pensé à chercher sa famille sur Google, c'était ridicule. Une fois qu'elle eut récupéré le téléphone, April appuya sur le bouton de recherche et elle écarquilla les yeux.

— Waouh ! Tu ne plaisantais pas. Une villa de famille ancestrale à Utrecht. C'est un château, pas une villa. C'est magnifique !

Elle passa le téléphone aux autres qui firent dérouler les résultats de la recherche : des pages people, des unes de journaux, la marque personnelle de Julia et des comptes des réseaux sociaux.

Jenna cliqua sur un des liens.

— Ça parle de ton mariage !

Je fronçai les sourcils. C'était très étrange.

— Vraiment ?

Sa famille avait-elle annoncé notre mariage d'une façon ou d'une autre ? Je tendis la main pour récupérer le téléphone quand Jenna eut fait dérouler toute la page d'un air clairement perplexe.

C'était le mariage de Lucas, ça oui. Son premier. Avec Claire. Et apparemment, la famille n'avait pas lésiné sur les moyens. Au moins sept ou huit chiffres de moyens. Waouh. Sa robe semblait sortir tout droit de l'entourage de la duchesse de Cambridge. C'était presque certainement une robe de couturier, sans doute faite spécialement pour elle.

Comme c'était glamour. Et il était superbe. Quel beau couple, debout sous leur arche de fleurs magnifiques près d'un kiosque dans le vignoble de la famille. Quelque chose se pinça dans mon ventre.

Je cliquai sur la croix pour fermer la fenêtre sur le navigateur du téléphone. Je ne voulais pas expliquer tout cela ce soir.

— Ah, ce devait être une cousine.

Je rendis le téléphone à April. Elle le rangea.

Pendant cet aperçu j'avais cependant vu, en plus des photos de l'heureux couple, leur annonce formelle de mariage. Il était évident d'après les détails qu'il s'agissait du mariage ultime de la haute société avec un énorme budget.

Et il avait paru si jeune sur ces photos. Son visage poupin était très éloigné de son apparence cynique d'aujourd'hui. Il était si beau dans son smoking et il *souriait*. J'avais mal pour lui en me disant qu'il était resté stoïquement assis en face de moi pour signer les papiers de notre mariage dans un fast-food. Pas même la lueur d'une étincelle du reflet d'un peu de glamour. Je me demandai comment était ce Lucas plus jeune, moins cynique et stoïque.

Les filles parlaient de vacances en Europe maintenant. Elles se demandaient ce qu'il se passerait si nous « retournions » aux Pays-Bas où vivaient d'autres branches de sa famille aristocratique. Mia intervient en disant qu'elle avait beaucoup aimé son court séjour à Amsterdam, plusieurs années auparavant.

— Sa réunion de famille, murmurai-je presque pour moi seule.

Des têtes se tournèrent.

— Quoi ? demanda Mia. Tu vas aux Pays-Bas ? Rencontrer la famille royale ?

— Non, dis-je en secouant la tête. C'est à Napa Valley. Sa famille possède un vignoble et une cave là-bas.

April et Mia se regardèrent dans les yeux, leurs bouches formant des O parfaits. Puis elles se tournèrent toutes les deux vers moi.

— Quand ça ?

Je grimaçai.

— Dans deux semaines. Ça m'angoisse un peu et je suis certaine de ne pas avoir la garde-robe qu'il faut.

Et c'était encore plus vrai maintenant, après avoir vu son foutu mariage sur Internet et avoir constaté qu'ils étaient tous éblouissants ensemble. Je me jurai soudain d'arriver là-bas en étant au moins deux fois plus éblouissante, si c'était possible.

April intervint, soudain intéressée.

— Le docteur est là et je prescris une cure de shopping.

Je me frottai les tempes.

— Je ne sais pas. J'ai besoin d'une espèce de tenue des années folles.

— Pour une fête costumée ?

Les yeux d'April s'illuminèrent comme les feux d'artifice de Disneyland.

— Une robe art déco... à taille basse avec plein de perles et de sequins et un bibi à plumes assorti. Avec des chaussures de la même teinte... et des gants en soie qui remontent au-dessus de tes coudes ! Oh, tu serais si jolie avec les cheveux remontés comme s'ils étaient coupés court. Il faut des tonnes de pierres précieuses, n'importe quelle couleur sauf le rouge. Avec ta couleur de cheveux, le vert émeraude ou le bleu brillant seraient incroyables. Le noir ne te mettrait pas en valeur avec ta peau pâle.

Je la regardai en écarquillant les yeux.

— Puis-je t'emprunter pour m'accompagner faire du shopping très bientôt ?

Son sourire s'élargit.

— Je pensais que tu ne me poserais jamais la question. Mais je n'irais que si tu me soutiens en disant à Jordan que nous allons regarder des robes de mariage.

Tout le monde éclata de rire et toutes nos têtes se tournèrent vers Jordan qui nous jeta un regard de lapin ébloui par les phares de l'autre côté de la piscine. Cela nous fit rire encore plus fort.

Peu après, on fixa une date pour se rejoindre le week-end suivant afin de faire une horrible tournée shopping. April allait être la conseillère mode et Mia nous accompagnait pour le soutien moral.

Heureusement que j'avais mes amies.

Vers la fin de la fête, les gens commencèrent à dire au revoir. Heath et Adan furent les premiers à partir, sans doute pour aller vers de nouveaux horizons — comme une boîte de nuit à la mode — pour la soirée. Heath me fit un de ses grands câlins typiques.

— Souviens-toi qu'il ne faut pas trop réfléchir, murmura-t-il à mon oreille quand personne n'écoutait. Enfourche son bâton et puis c'est tout.

Je le frappai. Avec force. Puis je ris quand il s'éloigna avec une main sur le cul de son rendez-vous.

***

Le week-end suivant, comme promis, Mia et April me rejoignirent à Fashion Island à Newport Beach... qui était souvent surnommé Fascist Island avec très peu d'affection. Cet endroit était l'antithèse de moi, car j'achetais la plupart de mes vêtements dans des friperies.

Je savais que Mia compatissait. Elle avait été étudiante sans le sou et au fond d'elle, elle était plus en phase avec mon monde que celui de la femme d'un milliardaire de Newport Beach. Elle était là pour être mon soutien moral et me tenir la main. April agissait en tant que conseillère shopping et styliste.

Bon sang, elle avait vraiment l'œil. Elle demanda aux vendeuses d'apporter une sélection de ce que nous cherchions d'après sa description. Puis, elle mit le veto à tout ce qu'elle n'approuvait pas avant même que je puisse le voir. J'étais ravie de la laisser faire, et elle était clairement très habituée à ce monde.

Après quelques heures d'essayage, je donnai ma carte de crédit. Elle poussa peut-être un petit cri en passant dans la machine. Ma limite allait le permettre. Et j'avais bien assez d'argent sur le compte épargne logement. Mais il s'agissait de mes économies pour acheter un appartement... le rêve d'acheter ma propre maison dans un endroit où cela coûtait en général l'équivalent du PIB d'une petite nation insulaire.

— Très bien, déclara April en s'essuyant les mains après un travail bien fait. Maintenant, nous allons au centre-ville d'Orange pour trouver des bijoux dans les magasins d'antiquités et nous pourrons terminer par un passage à la boutique de lingerie.

Inqhiète, je clignai des paupières.

— De lingerie ?

— Agent Provocateur, je pense.

Elle me fit un clin d'œil avant de poursuivre.

— Tu as dit que ta belle-mère voulait vous offrir la lune de miel que vous n'avez pas eue, n'est-ce pas ? Que vas-tu porter d'autre sous cette magnifique robe de garçonne ? Tant qu'à faire, tu fais d'une pierre deux coups et tu en mets plein la vue à ton petit mari...

Je déglutis. Quelques jolis sous-vêtements n'étaient pas de trop. Cela faisait longtemps que je n'avais pas pris autre chose que du coton pratique, solide et confortable pour faire des siestes en travaillant toute la nuit au Repaire. Mais je n'allais pas les acheter pour que Lucas puisse les voir et les apprécier.

Mon mariage était un long désert sexuel. Ce n'était pas mon choix, mais je devais accepter que Lucas ait tapé du poing sur la table et dit non. Et non, ça voulait dire *non*.

J'achetai néanmoins la lingerie. Peu importe si j'étais la seule à savoir que je portais ces jolies choses sous ma robe extravagante. Elles allaient me donner l'impression d'être plus jolie, plus sexy, plus sûre de moi. Ainsi, elles avaient de la valeur pour moi, même si personne ne les voyait jamais.

Ma pauvre carte de crédit avait pris cher. Si cela m'aidait à avoir un aperçu de mon propre côté glamour et ne pas être une honte pour mon mari secrètement aristocratique, alors ça en valait la peine.

En sortant du dernier magasin, April se mordit la lèvre en regardant mes sacs de shopping.

— Aaah, c'est aussi bien que dans un conte de fées. Ça me mettrait presque la larme à l'œil.

CHAPITRE DIX-SEPT
LUCAS

L E WEEK-END SUIVANT LA SOIREE-PISCINE, JORDAN envoya un texto en me demandant de courir avec lui. Nous nous rejoignîmes à sa maison moderne au bord de la plage dans le quartier de Wedge, à Newport Beach. Si ça n'avait pas été si loin, j'aurais peut-être marché, car trouver une place de parking près de sa maison était en général presque impossible.

C'était une journée chaude parfaite pour la plage, et les surfeurs étaient sortis en masse pour en profiter. Je me demandais un peu pourquoi Jordan avait choisi de courir au lieu de faire du surf, son sport préféré. Cette question trouva une réponse dès que nous commençâmes à parler. On ne pouvait pas beaucoup bavarder sur les vagues.

Il m'interrogea en détail sur mes progrès concernant le Grand Projet qui allait Épater les Membres du Conseil D'administration ™. Ce qu'il entendit sembla le satisfaire. Nous étions sur sa terrasse après avoir couru et il but de l'eau en me tendant une serviette pour essuyer mon visage en sueur.

— J'ai entendu dire que tu faisais partie de la royauté ou quelque chose du genre.

Je fronçai les sourcils en secouant la tête, puis je posai ma gourde sur mes lèvres et j'avalai de l'eau avec enthousiasme.

Jordan continua à parler :

— Je savais que ton père était riche, mais je ne savais pas qu'il avait un titre de noblesse.

Juste avant de déglutir, j'inspirai trop tôt et je me mis à cracher et à tousser, ce qui me fit chercher plus d'air, et encouragea Jordan à me taper sur le dos, ce qui ne m'aidait pas du tout.

— Arrête ça ! finis-je par dire quand je pus reprendre mon souffle.

J'essuyai les larmes aux coins de mes yeux à cause de ma quinte de toux, pendant que Jordan m'observait attentivement.

— Tu as un problème avec la boisson.

Je levai les yeux au ciel.

— Très drôle. Qui t'a parlé du titre de mon père ?

Jordan inclina la tête.

— Mon vieux, ta femme a craché le morceau à ses amies lors de la fête de la semaine dernière. Les femmes parlent entre elles. On ne peut rien y faire. Depuis, elles l'ont toutes dit à leurs moitiés.

Je grimaçai. *Bon sang, Kat !*

— Elle l'a dit à Mia ?

Jordan suivit mon train de pensée.

— T'inquiète, Lucas. Ça m'étonnerait qu'Adam s'intéresse à ton sang aristocratique. Cependant, les filles ont été assez impressionnées, vu comme April en parle. Tu as raté une occasion d'utiliser cette petite info sur toi pour coucher avec qui tu veux.

Il haussa les épaules avant d'ajouter :

— Ah, mais ta femme est canon, alors je suppose que ce n'est pas une vraie perte.

Je soupirai.

— Tout le monde n'a pas l'esprit aussi pervers que toi, Jordan.

Je ruminai cette information sur le trajet du retour, irrité contre Kat qui avait vendu la mèche... encore une fois. Cependant, j'avais beau réfléchir, je ne lui avais pas non plus explicitement demandé de garder le secret.

Kat nous prépara à dîner et je décidai de ne pas aborder le sujet à ce moment-là. À quoi cela aurait-il servi ? J'allais lui faire savoir ce que j'en pensais un de ces jours. Mais le pesto Alfredo et la salade César étaient si délicieux que je laissai mon irritation se calmer avant de dire quoi que ce soit. Cela faisait véritablement des années que je n'avais pas aussi bien mangé que depuis que Kat s'était installée chez moi.

— Merci d'avoir fait à manger. Je vais ranger la table, lui dis-je après un dîner assez silencieux.

Depuis la cuisine, j'entendis Kat marcher vers la chambre où elle avait installé son équipement de jeu vidéo et de streaming. Pendant que je nettoyais, je pensai à toutes les choses que je devais préparer pour le projet et le document de conception du jeu.

Une fois de retour à mon bureau, je parcourus une pile de courrier que je n'avais pas regardée depuis le vendredi. Là-dedans, je trouvai encore une autre lettre officielle adressée à Kat, sur l'enveloppe de laquelle il était écrit « urgent » en grosses lettres rouges.

Hmm. Elle avait dit avoir détruit les autres sans les lire, se maintenant volontairement dans l'ignorance. Avait-elle des problèmes ? Cela impliquait son frère, c'était sûr, mais pourquoi en avaient-ils après elle ? Y avait-il un rapport avec la motivation de Derek pour faire rentrer Kat au Canada ? Mes doigts hésitèrent sur la languette de l'enveloppe, car j'étais tenté de l'ouvrir moi-même et d'y jeter un coup d'œil.

Cependant, ma conscience finit par l'emporter. Même si nous avions été véritablement mariés, je n'avais aucun droit de confisquer son courrier et de le lire si mon nom ne se trouvait pas aussi sur l'enveloppe. Et il n'y était pas.

Le mieux que je pouvais faire était de lui donner la lettre en personne et de lui poser directement mes questions. Elle me devait une réponse honnête, après tout, puisqu'elle avait révélé mon secret qui n'en était pas tellement un à son cercle d'amies. Je n'étais pas aussi contrarié maintenant que quelques heures s'étaient écoulées, mais je pouvais au moins l'utiliser comme un levier pour obtenir des réponses.

Je frappai à la porte et elle me dit immédiatement d'entrer. Elle détourna les yeux de son écran et me sourit.

Elle était en mode gameuse, même si elle ne faisait pas de streaming sur sa chaîne à ce moment-là. Son casque Sennheiser tout nouveau et très impressionnant était perché sur sa tête, le micro posé juste au-dessus de ses lèvres pulpeuses. Ses cheveux brillants étaient attachés en une tresse pratique. Et elle portait un short minuscule qui laissait voir des kilomètres de jambes pâles et bien formées au grand bonheur de mes yeux.

Elle ne me facilitait pas ma frustration sexuelle, bon sang. Et maintenant, je regrettai soudain d'être venu ici.

— Es-tu occupée ? dis-je en regardant l'écran et en levant les sourcils.

Elle était connectée à Dragon Epoch. D'après l'arrière-plan, je vis qu'elle utilisait la version en ligne et pas le matériau non publié devant être testé pour l'extension. De plus, utiliser le serveur de test depuis la maison était difficile et nécessitait de demander la permission, à cause de potentielles fuites d'informations. Jouait-elle vraiment à ce jeu pour s'amuser ?

— Que se passe-t-il ? dit-elle en retirant un des écouteurs de son oreille délicate. Non, non, je demande à mon mari ce qu'il se passe, pas à toi, crétin, dit-elle dans le micro. Une seconde. Je suis AFK. De plus, les deux autres ne sont pas encore connectés, alors du calme.

Elle se retourna vers son PC et appuya sur le bouton pour couper le micro.

Je secouai la tête, les yeux rivés sur l'écran.

— Comment fais-tu pour ne pas être dégoûtée par ce jeu sur lequel tu travailles toute la journée ?

Elle haussa les épaules et son sourire s'élargit.

— Mon groupe habituel — celui avec lequel j'ai commencé à jouer il y a des lustres quand c'était la version bêta ouverte — se connecte ce soir pour une rare soirée-jeux. Je ne raterai ça pour rien au monde. Veux-tu te joindre à nous ? As-tu un personnage de niveau supérieur sur le serveur Omni ?

— Je n'en ai aucune idée. Je, euh, il faudrait que je te parle de ton courrier, si tu as une minute.

Elle me jeta un regard interrogateur, puis elle retira son casque et fit pivoter sa chaise vers moi. J'attrapai un tabouret pour m'asseoir à sa hauteur.

— Oui, j'ai environ dix minutes avant que les deux autres se connectent.

Je lui tendis l'enveloppe.

— Tu as reçu une autre lettre de l'avocat et je pense vraiment que tu devrais l'ouvrir.

Elle fronça les sourcils avant de me jeter un coup d'œil. La question silencieuse était : en quoi ça me regarde ?

— S'il te plaît, tu veux bien ? Rassure-moi. Tu as dit ne pas savoir si tu avais des problèmes. J'aimerais le savoir. J'aimerais t'aider.

Ses grands yeux bleus me fixèrent longuement, indéchiffrables, avant qu'elle cligne des paupières et me prenne la lettre en haussant légèrement les épaules. Elle glissa un doigt sous la languette de l'enveloppe et la déchira. L'épaisse feuille de papier tomba sur ses genoux.

Elle déglutit, la ramassant comme si c'était un serpent qui aurait pu la mordre, puis elle déplia la lettre et lut rapidement la page. Quand elle eut terminé, elle froissa la feuille d'une seule main en serrant la mâchoire.

— Est-ce que tout va bien ?

Elle leva un sourcil couleur cannelle avant de jeter la lettre et l'enveloppe.

— Je ne te le dirai que si tu promets de jouer avec mon groupe ce soir.

Je fronçai les sourcils.

— À Dragon Epoch ?

Elle ricana.

— Non, à Donkey Kong. Oui, bien sûr à DE.

Je regardai l'écran derrière elle. L'idée de jouer à DE pour m'amuser ne m'enchantait pas, mais je haussai les épaules.

— Allez, pourquoi pas.

Mon regard revint vers elle.

— Alors maintenant, dis-moi ce qu'il se passe.

— Je n'ai pas de problème. Et tu ne vas pas comprendre, parce que c'est une longue histoire, mais ils veulent que je retourne au Canada pour une affaire dans laquelle est impliqué mon frère. Ils menacent de m'assigner à comparaître, mais je m'en fiche parce que je ne suis plus dans ce pays. Et je n'ai aucune intention d'y retourner après avoir obtenu ma carte verte. Satisfait ?

Je me penchai en avant.

— Tu t'exiles du Canada ? Ça me semble assez extrême.

— J'ai répondu à ta question.

Elle se retourna vers l'écran où son groupe de jeu était en train de se former.

— Reviens ici avec ton ordinateur portable et utilise tes privilèges d'administrateur pour déplacer un personnage vers l'Omni.

Tout à fait conscient qu'elle avait évité de me donner le moindre détail important, mais reconnaissant qu'elle m'ait quelque peu rassuré, je fis ce qu'elle m'avait demandé. Je revins très vite avec mon ordinateur portable et un casque pour m'asseoir à côté d'elle. Il ne fallut que quelques minutes pour avoir un personnage du niveau approprié afin de les rejoindre.

J'étais sur le point de rencontrer le groupe de jeu vidéo habituel de Kat et pour une raison que j'ignorais, ça me rendait nerveux. Après avoir cliqué pour accepter l'invitation de son groupe, j'ajustai mon casque.

Kat dit :

— Salut, tout le monde, mon nouveau mari est en ligne, c'est le spectre assassin Teakwood.

Ah, je n'avais pas fait très attention au nom de mon personnage. J'en avais des dizaines que j'utilisais surtout pour tester le jeu après sa sortie, sur mon temps libre. Mais le bois de teck du nom de ce personnage me sembla très adapté étant donné l'état des choses sous ma ceinture pendant toutes les heures de la journée et parfois de la nuit. Et surtout à cause de la femme sexy assise à côté de moi.

Je m'éclaircis la gorge et je parlai dans le micro :

— Salut, tout le monde.

— Salut Woody, dit une voix d'homme. Je suis content de rencontrer enfin Monsieur Perséphone. Moi, c'est Fragged, le tank. Nous avons Eloisa pour la gestion des foules, c'est notre enchanteresse. Le DPS est ce drôle de petit moine là-bas, FallenOne. Et bien sûr, n'oublions pas la soigneuse de notre groupe, ta chère et tendre.

Je fronçai les sourcils. La voix de ce type me paraissait familière. Kat me jeta un regard en coin avec un étrange sourire, attendant sans doute que je m'humilie.

— Eh bien, j'ai l'esprit d'équipe et je vais me laisser porter. Sur quelles quêtes travaillez-vous ?

À partir de là, on apprit à se connaître pendant le quart d'heure qui suivit. Les deux autres étaient également aimables. Mais bizarrement, l'évidence ne me frappa qu'au cours d'un combat particulièrement difficile.

— Il y a trop d'ennemis additionnels. Mia, occupe-toi d'eux, dit Fragged, le tank.

Je tournai brusquement la tête dans la direction de Kat et elle se mit à rire de façon incontrôlable alors même qu'elle appuyait sur les touches pour distribuer des sorts de soins. Mia, hein ? Pas étonnant que toutes ces personnes me semblaient si familières. Je les connaissais déjà.

— Je suppose donc que FallenOne est Adam ? Et Fragged est Heath, alors, marmonnai-je à Kat qui eut tout juste le temps de soigner Fragged avant qu'il tombe raide mort.

— Bon sang, Kat. Un peu plus tôt la prochaine fois, s'il te plaît ? grommela-t-il.

— J'ai été distraite, dit-elle entre deux éclats de rire pendant que des larmes coulaient sur son visage. La blague est terminée, les gars. Il sait qui vous êtes.

— Tu as mis assez longtemps, dit Mia alias Eloisa. Mais c'est Heath qui a tout fait foirer. Il n'arrête pas de me casser les pieds en utilisant mon vrai nom.

— Si tu avais été capable de contrôler les ADDS, il n'y aurait pas eu de problème, rétorqua Heath. Ils commençaient à agresser Kat.

Je me frottai le front, perplexe.

— Jouez-vous souvent ensemble ?

— Autrefois, dit FallenOne/Adam. C'est assez rare dernièrement, car nos emplois du temps sont compliqués.

J'écarquillai les yeux, surpris. Adam et Kat m'étonnaient particulièrement. Ils retiraient encore ce niveau de plaisir d'un jeu sur lequel nous nous acharnions toute la journée au travail. Particulièrement Adam. Ne connaissait-il pas tous les secrets du jeu ? Les membres de son groupe ne lui tiraient-ils pas les vers du nez ?

— J'ai besoin que tu m'expliques ça, dis-je à Kat quand nous nous fûmes déconnectés.

Je commençai à rassembler mes affaires. Il se faisait tard et nous avions encore une longue journée épuisante à affronter le lendemain.

Elle fronça les sourcils en me regardant, visiblement consternée.

— Ne te connectes-tu jamais juste pour t'amuser ?

Je soupirai et je secouai la tête.

— Je suppose que c'est le risque du métier. J'ai un peu perdu mon amour originel pour DE.

Elle haussa les épaules.

— Eh bien, tu sais, il ne faut pas grand-chose pour l'aimer à nouveau. Particulièrement quand le plus important, ce sont les gens avec lesquels tu joues, plus que le jeu lui-même.

— Est-ce ainsi que vous vous êtes rencontrés tous les quatre ? Dans le jeu ? demandai-je.

Elle hocha la tête, puis son visage s'assombrit et elle haussa les épaules.

— À vrai dire, Heath et Mia se connaissent depuis toujours. Avant l'adolescence. Ils ont commencé à jouer ensemble à DE sur la version bêta. Moi, j'y jouais quand j'avais un travail de nuit très ennuyeux dans un data center. Nous jouions tous à des horaires bizarres.

— Alors… Adam jouait simplement à son propre jeu et il vous a tous croisés ? Saviez-vous qui il était ?

Elle secoua la tête en souriant.

— Non. C'est amusant, hein ? Qu'Adam et Mia tombent amoureux grâce au jeu. Tant d'histoires se sont faites et défaites en jouant à ce jeu.

Je ris.

— Tu connais des gens qui se sont séparés à cause du jeu ?

Elle hocha la tête.

— Oh oui. Même des gens de notre guilde. C'était un gros drame. Il y avait ce couple marié qui jouait ensemble au jeu. Ils étaient à fond, toujours connectés. Le type était notre raid leader. Sa femme a commencé à jouer avec d'autres gens, puis elle est tombée amoureuse d'un des autres types de la guilde. Elle a finalement décidé de quitter son mari à cause de ça. Ils étaient chacun à un autre bout du pays, alors ce n'était pas vraiment une liaison, mais…

Je me raidis.

— Si, c'était une liaison.

Mon estomac se noua à cause du côté familier de cette histoire. Je m'identifiais beaucoup trop au mari raid leader. Occupé, pris par tout ce qu'il se passait, sans doute entre le travail, les exigences de la vraie vie et celles du jeu, qui peut aussi devenir comme un autre travail. Et elle, se sentant négligée, a cherché le réconfort auprès de quelqu'un d'autre.

Oui, je reconnaissais malheureusement cette histoire.

— Tromper c'est tromper. Les liaisons émotionnelles peuvent causer tout autant de dégâts qu'une liaison physique.

Réagissant un peu plus violemment que prévu, j'attrapai mes affaires et je me levai. Kat se leva en même temps, posant si vite son casque audio qu'il tomba avec fracas sur le sol. Elle n'en tint pas compte.

— Hé ! Est-ce que ça va ? demanda-t-elle.

Je tournai la tête vers elle.

— Quoi ? Pourquoi ça n'irait pas ?

Elle écarquilla les yeux avant de cligner des paupières.

— Parce que tu parles *très* fort et il est évident que ta pression sanguine vient de monter d'une centaine de points. Tu es aussi rouge qu'une écrevisse.

Au lieu de répondre, je me penchai pour ramasser son casque coûteux de ma main libre et le poser doucement sur le bureau.

— Est-ce que… euh, ton ex t'a trompé ?

Je serrai la mâchoire avant de la relâcher.

— Ça dépend si tu penses qu'une liaison émotionnelle est une infidélité ou pas.

Elle fronça les sourcils et baissa la tête. Je ne voulais plus en parler. Je sentais un mal de tête monter dans mes tempes et j'étais épuisé après ma longue journée.

— Bonne nuit, dis-je doucement en partant sans un autre mot pour aller poser toutes mes affaires sur mon lit.

Je n'avais même pas eu le temps d'attraper un pyjama dans la commode pour me préparer à dormir quand je remarquai un mouvement dans l'embrasure de la porte. Kat se tenait là, toujours magnifique avec son tee-shirt rose moulant, son short très court. Elle avait le menton baissé, ses yeux bleus étaient immenses et pleins de regret.

— Lucas, je suis vraiment désolée.

Je m'arrêtai et je la regardai s'approcher de moi.

— Tu n'as pas à t'excuser.

Elle secoua la tête.

— Ce que j'ai dit t'a blessé. On ne m'a jamais trompée — que je sache — et je ne sais pas du tout ce que ça fait. Je... je suis désolée.

Je détournai la tête en évitant son regard.

— Ce n'est pas seulement le fait d'être trompé. C'est... en fait, c'était une période pourrie de ma vie dans tous les domaines. Je ne savais toujours pas qui j'étais en tant que personne et j'ai pris bien trop de responsabilités. À la fin, c'était trop à gérer et...

Je secouai la tête.

— Je suppose qu'on pourrait dire que j'ai surestimé mes forces. En tout cas, c'est ce que tout le monde autour de moi m'a dit à l'époque.

Elle fronça les sourcils au point de faire plisser tout son front.

— Quoi... les gens t'en ont voulu parce qu'elle te trompait ? Et ils t'ont traité de faible ? C'est horrible. J'espère que tu ne les as pas crus.

J'inspirai profondément avant de souffler, me souvenant de cette époque et de ses conséquences malheureuses. Mon corps était si lourd que je ne voulais pas bouger, que je n'arrivais pas à sortir du lit pour faire les choses les plus simples. Et cela me faisait me sentir encore plus mal.

Quand je repris la parole, ce fut d'une voix rauque :

— Ce n'était pas une bonne période.

Kat avança d'un autre pas vers moi, ses grands yeux toujours arrondis de compassion. Elle tendit la main vers mon visage, puis elle sembla se raviser et la baissa lentement.

— C'est le passé et tu es merveilleux et tu ne devrais jamais déprimer à cause de ces bêtises. Tu mérites tellement mieux, Lucas.

Quelque chose en moi bougeait, se transformait, fondait. Les murs que j'avais érigés autour de ces sentiments profonds afin de me préserver tremblèrent légèrement. Je déglutis. J'avais terriblement envie de prendre Kat dans mes bras, de la sentir me faire un câlin en retour, de sentir ses cheveux et de les frotter contre ma joue. De me prélasser dans le réconfort de sa présence.

Je devais lui dire de partir, je devais la repousser. Elle se tenait à moins de trente centimètres de mon lit et elle était si belle. Une trace de l'odeur sucrée et chaude de ses cheveux... Je ne pouvais penser qu'à l'envie de la retrouver dans mon lit sans vêtements entre nous. Je voulais simplement oublier...

J'hésitai et elle fit un autre pas vers moi. C'était comme si nous étions reliés... comme si une corde invisible nous rapprochait, serrant lentement mais sûrement les nœuds.

Je clignai des paupières en essayant de rompre le sort.

— Il est tard. Il faudrait se coucher.

Elle se mordit la lèvre et hocha lentement la tête.

— D'accord.

Puis elle poussa un soupir.

— Mais d'abord…

Elle se leva sur la pointe des pieds et passa les bras autour de mon cou, appuyant son corps délicieux contre le mien, ses cheveux embrassant ma joue. L'odeur chaude de noix de coco. *Mon Dieu.*

— Bonne nuit, Lucas. Merci pour tout.

Nos torses se frôlèrent. Ses tétons pointèrent sous le tissu serré de son tee-shirt. Ces deux points durs appuyés contre mon torse m'excitèrent immédiatement. *Bon sang.* Je m'écartai d'elle.

Avec un petit sourire gêné, elle baissa la tête et se tourna pour quitter la chambre. Quelque chose en moi donna l'impression de partir avec elle. Les choses étaient bien plus faciles quand nous pestions l'un contre l'autre ou que nous cherchions à nous provoquer et à nous énerver. Les choses étaient bien plus faciles quand elle était à bonne distance.

Quand je pouvais ouvertement l'admirer, même si ce n'était que pour moi, avec la barrière de nos insultes sarcastiques érigée de façon sûre entre nous.

Mais ces murs, ils étaient en train de tomber. Et vite. Peu importe que je me rappelle tout ce que j'avais traversé la dernière fois. Ce n'était pas seulement la trahison de Claire, mais le fait qu'elle implore théâtralement les membres de ma famille de la reprendre. Puis la pression universelle et les doigts pointés vers moi. Tout ça n'était rien par rapport à la prise de conscience soudaine que j'avais vécu la vie d'un autre homme pendant vingt ans. Que j'avais passé chaque seconde de ces années-là à essayer de faire plaisir à tout le monde autour de moi, en échouant et en recommençant.

Pour découvrir que je m'étais effacé dans le processus.

Les mois de dépression qui me dévorèrent l'âme, la longue route difficile pour m'en sortir. Les liens que j'avais coupés pour que ça arrive.

Je n'allais jamais — je ne *pouvais* jamais — permettre que ça recommence. Eh oui, Kat n'était pas Claire. Mais... elle pouvait beaucoup plus me faire souffrir.

Il m'était chaque jour plus difficile de lui résister. Et ce soir, le fantasme de la gameuse au cœur d'or étant devenu réalité, l'enjeu était énorme.

Un repli tactique. Voilà ce que c'était. La zone de danger était partout quand j'étais trop près de Kat.

Je priai pour qu'elle obtienne bientôt sa carte verte. Car sinon, j'allais finir par céder et tenter le coup avec tout le potentiel que cela avait de faire foirer nos vies.

Ou alors j'allais simplement perdre l'esprit.

Chapitre Dix-huit
Katya

Le vol jusqu'à Sacramento — un aéroport commercial proche de la Napa Valley — ne durait que quatre-vingt-dix minutes. Peu de temps après, nous étions sur la route, dans une voiture de location pour un trajet de douze heures jusqu'au vignoble familial. En route pour rencontrer les parents… une fois de plus.

Avec un peu de chance, les choses allaient mieux se passer, cette fois. J'étais maintenant armée de connaissances. Même si je ne savais pas tout, j'avais une meilleure compréhension de la dynamique que lors de la soirée désastreuse du dîner de famille.

— As-tu eu des nouvelles concernant la promotion ? Je veux dire, je sais que tu me le dirais si tu l'avais obtenue… mais je me demandais juste s'il y avait eu une avancée.

Il avait les yeux rivés sur la route, mais sa bouche se pinça brièvement, ses épaules se raidirent. Cela le rendait clairement tendu. Avait-il entendu quelque chose ?

— J'ai soumis ma proposition à Adam et Jordan ce matin. Toute la présentation avec des diapos, un énoncé de la mission, et des exemples de conception du jeu. Ils ont tout ce qu'ils ont demandé. Jeremy a fait la même chose, alors nous attendons. Je suppose qu'il ne leur faudra pas longtemps pour prendre une décision.

Je hochai la tête.

— Eh bien, pour ce que ça vaut, je vais croiser les doigts pour toi.

Il me jeta un regard du coin de l'œil et me remercia silencieusement.

Comme j'étais sujette au mal des transports, je ne lus pas sur mon téléphone et à la place, je regardai défiler le paysage. Contrairement à l'étendue urbanisée de la Californie du Sud, ceci était bien plus agréable à regarder.

Cependant, l'absence de choses à faire me poussa à réfléchir. Et à m'agiter. D'accord, j'étais peut-être un peu nerveuse. Je bougeais sur mon siège, je croisais mes doigts, je les décroisais. Je m'amusais beaucoup en faisant tourner ma bague de mariage autour de mon doigt.

— Si tu n'arrêtes pas, elle va tomber de ton doigt. Je savais que j'aurais dû la faire réduire à ta taille.

Je levai les sourcils et je regardai Lucas. Je ne savais pas qu'il avait détourné les yeux de la route pendant même une fraction de seconde. C'était un conducteur un peu maniaque, les mains à dix heures dix, la position des pieds comme dans le manuel, des coups d'œil réguliers au rétroviseur, la totale.

— Je te promets de ne pas la perdre. Ce serait horrible. Elle est tellement belle et elle a une si longue histoire. Et puis, elle n'est même pas à moi.

Je tendis à nouveau la main devant moi et j'agitai les doigts pour prendre la lumière avec le diamant. Une pensée me vint soudain.

— Est-ce que... est-ce que Claire portait ça quand vous vous êtes mariés ?

Au lieu de s'énerver parce que j'abordais le sujet, il ricana et leva les yeux au ciel.

— Je lui ai fait ma demande avec cette bague. C'est, je crois, la dernière fois qu'elle l'a vue. Elle l'a rejetée et a insisté pour que je lui en achète une neuve.

Je retirai ma main pour l'examiner de plus près, complètement stupéfaite. Cette bague était exquise et unique et simplement... je secouai la tête.

— Elle voulait un plus gros diamant et apparemment elle n'aime pas les choses anciennes. Celle-là possède la pierre d'origine et je suis content de l'avoir préservée, parce que tu sembles l'apprécier bien plus qu'elle ne l'aurait fait.

Je clignai des paupières en l'examinant encore. Je l'appréciais, oui, mais j'allais sans doute la lui rendre dans peu de temps. Je n'aurais jamais pensé la garder même si elle me plaisait. Je ressentis quelque chose d'étrange, comme la douleur d'une perte. Bizarre de ressentir cela pour une bague.

— Je t'ai entendu parler de la bague à tes amies à la fête. C'était joli ce que tu as dit au sujet de mon arrière-grand-mère et tout. C'est précisément la raison pour laquelle je voulais la garder pour mon futur mariage. Mais pour être honnête, je suis content que Claire ne l'ait pas acceptée, elle n'est ainsi pas entachée par tout ce bazar.

Je continuai à admirer la bague.

— A-t-elle... a-t-elle fini avec le type pour lequel elle t'a trompé ?

— Non, ricana-t-il encore en secouant la tête. Tout ce drame et aucun résultat. Je ne sais pas s'il ne ressentait pas la même chose pour elle ou s'ils ont tous les deux perdu leur intérêt l'un pour l'autre quand je suis sorti du tableau. Elle est toutefois revenue en rampant vers moi, afin de me supplier d'avoir une autre chance.

Je fronçai les sourcils, mais je ne dis rien.

— J'étais déjà revenu aux États-Unis à ce moment-là. Avec tout ce qu'il se passait, j'avais été retiré de mon équipe d'aviron. J'ai aussi fini par rater mon année. Alors, j'ai sauté dans le premier avion et je suis parti. Elle a appelé ma famille et prétendu que je l'avais abandonnée toute seule en Angleterre.

J'écarquillai les yeux.

— Waouh.

— Oui. Et au lieu de retourner chez ses parents à New York, elle a pris un avion pour la Californie, afin de demander à ma famille de me mettre la pression pour la reprendre.

J'étudiai son beau profil, fascinée par cette histoire.

— Qu'as-tu fait ?

Il inspira profondément et il me jeta un regard en coin.

— J'ai eu quelques… problèmes de santé à ce moment-là, et tout ça n'a fait que les empirer. Alors, je suis parti, sans dire à personne où j'allais, je me suis évaporé.

D'accord, ça, c'était incroyablement familier. J'avais fait presque la même chose. Pour une raison complètement différente, mais tout de même. C'était très étrange de voir comme nos vies avaient été parallèles. Nous avions presque le même âge, mais dans des pays différents et des classes sociales très différentes. Pourtant, nos vies avaient tourné et zigzagué comme des lignes parallèles ne se croisant jamais. Jusqu'au point fatidique où elles se sont coupées sur le même plan. Comme le hasard et la géométrie qui se combinaient pour former l'étrange lien entre Lucas et moi. Cette connexion éphémère et temporaire que nous avions créée.

Jusqu'à bientôt reprendre nos spirales éloignées. Peut-être allions-nous reprendre des vies parallèles sans plus aucune intersection ?

J'eus soudain le cœur lourd.

— Qu'est-ce qui ne va pas ? Tu as l'air pâle. As-tu tant détesté mon histoire ?

Je souris faiblement pour le rassurer, mais je choisis de détourner le sujet au lieu de partager ce que je pensais vraiment.

— Alors, quand tu as quitté ta famille et que tu as disparu, c'est là que tu as changé de nom pour prendre celui de Walker ?

Il détourna le regard, presque comme s'il savait que j'éludais sa question.

— Walker a toujours été mon nom. Mon deuxième prénom. J'ai juste laissé tomber le nom de famille.

— Tu veux dire tous les noms de famille. Il y a beaucoup de noms.

Je me raclai la gorge et je pris une voix grave pour imiter le monologue au début de chaque épisode d'*Arrow*.

— Je m'appelle Lucas Walker. Et je suis allé sur cette île parce que je devais devenir quelqu'un d'autre. Devenir *quelque chose* d'autre.

Il sourit, mais ne réagit pas plus.

— Alors, en gros, tu es une identité secrète pour un super héros.

— Bon. Je suppose que c'est un peu mieux que Jedi Boy. Je prends.

Nous continuâmes à rouler en silence pendant cinq ou dix minutes. Nos corps se balancèrent en même temps dans les virages de la route et les monts et les vallées du paysage. Nous traversions des collines maintenant et la route devenait plus sinueuse. Comme c'était la fin de l'été, les collines qui auraient dû être verdoyantes formaient un paysage sec et jauni sous le ciel bleu clair. Comme si toutes les couleurs avaient été délavées.

J'eus besoin d'un peu d'air, alors j'ouvris légèrement la vitre. Les bouts de mes cheveux se mirent à danser autour de mes épaules comme des serpents cuivrés et je ne pus m'empêcher de rire.

Il rit avec moi.

Je lui jetai un petit regard rapide.

— Bon… je t'ai menti tout à l'heure en disant que je pensais à ton changement de nom.

Il leva les sourcils, mais ne manifesta pas plus de surprise.

— Ah ?

— Oui… j'étais intimidée. Parce que j'étais perdue dans mes pensées au sujet de nos similitudes. J'ai fait comme toi, j'ai quitté la maison familiale et j'ai disparu à leurs yeux. Je suis effectivement venue en Californie parce que Mia était malade, mais j'allais partir de toute façon. Les circonstances m'ont seulement indiqué où je devais aller. Mais je savais que je devais partir. Même si ce n'était qu'à cause de ma lâcheté.

Il continua à fixer la route sans ciller.

— Je ne pense pas que tu aies la moindre once de lâcheté en toi, Katya Ellis.

— Si, en ce qui concerne ma famille. Partir était plus facile que dire non.

— À quoi as-tu dit « non » ?

Mon estomac tomba dans mes talons. Oh non. Allait-il me juger ? Allait-il penser que j'étais aussi terrible que ce que pensait ma famille — et certains de mes amis ? Parfois, moi aussi je trouvais que j'étais une personne horrible. Empêcher Derek de subir des conséquences désagréables n'exigeait pas un très grand effort de ma part. Même s'il les méritait.

— Mon frère s'est créé des problèmes et ma famille est contrariée parce que j'ai refusé de l'aider alors que selon eux, je le peux. Au lieu de me défendre, j'ai quitté la maison.

Mon cœur battait très fort. Waouh. Je n'en avais jamais parlé à quiconque dans ma « nouvelle » vie. Pourquoi révélais-je volontairement ces informations, maintenant ?

Peut-être parce qu'il m'avait ouvert son âme ? J'avais tout le temps l'impression qu'il était très important d'être quitte avec lui dans tous les domaines. Pas seulement pour ce qui était sexuel. Même si ce domaine-là était beaucoup plus amusant.

Ce qui me rappela que je lui devais encore un orgasme.

— Attends, quoi ? Comment étais-tu censée l'aider ? Et quel genre de problèmes ?

J'inspirai profondément avant de souffler.

— C'est une longue histoire et je n'en suis pas très fière, répondis-je de façon évasive.

Il me jeta un regard pénétrant, mais je ne savais pas s'il était irrité par moi ou par ma famille, à cause de mon histoire.

— On dirait que ce qu'il se passe n'est vraiment pas de ta faute.

Mon estomac se noua et j'attrapai mon gobelet géant. Même si je savais qu'il était vide, j'aspirai bruyamment les derniers glaçons fondus. Pourquoi avais-je dit tout cela ? Je donnais ainsi l'impression que j'étais ridicule et faible en plus d'être lâche.

— Tu devrais savoir que j'ai un complexe de perfectionniste. Je veux dire, nous avons travaillé ensemble depuis trop longtemps pour que tu puisses nier l'avoir remarqué.

Il hocha légèrement la tête, les yeux toujours rivés sur la route.

— Oh, je l'ai remarqué. J'en ai également grandement profité.

— Je me mets toujours cette immense pression pour être parfaite dans tout ce que j'entreprends : mon travail, même mes jeux. C'est à cause de la famille dans laquelle j'ai grandi. Tout tournait autour de Derek et ses conneries, *tout*. À la fac, j'ai même dû annuler un labo important pour un de mes cours parce que mes parents avaient planifié la thérapie familiale à la même heure et ne voulaient pas changer l'horaire. Et bien sûr, la thérapie familiale était pour Derek. Pour l'aider à aller mieux. Alors, comment pouvais-je dire non ?

— Était-ce juste de leur part de te faire ça ?

Je ricanai.

— Tu devrais comprendre mieux que quiconque que la « justice » n'entre pas en ligne de compte. Et une partie de la pression d'être parfaite venait de l'extérieur, tu vois ? Par exemple, nous n'avions qu'un an d'écart en cours. Nous sommes allés au même lycée et j'avais beaucoup des enseignants qu'il avait déjà eus l'année précédente. Il avait été indiscipliné en classe, raté des cours, s'était endormi ou avait été généralement pénible. Ce n'était pas facile d'entrer dans la classe le premier jour d'école de l'année suivante. Disons simplement que ses professeurs ont souvent eu des préjugés, s'attendant à ce que je sois une ratée comme lui. J'ai dû travailler plus dur pour prouver que je n'étais pas du tout comme lui et pour dépasser leurs préjugés du départ. Certains d'entre eux ne sont jamais passés outre.

Lucas inclina la tête sur le côté d'un air songeur, mais il ne dit rien. Cela m'encouragea à continuer.

— Je suppose que ce que je veux dire, c'est que je comprends quand tu dis avoir voulu essayer de faire plaisir à tout le monde autour de toi sauf à toi-même. Je faisais pareil, même si je n'y ai jamais songé en ces termes. Je pensais devoir être parfaite parce que mon frère était une telle déception. Quoi qu'il en soit, c'était lui qui recevait toute l'attention.

Lucas détourna les yeux de la route pour me jeter un long regard de spéculation. Il y avait quelque chose d'important dans ce regard. Il n'était pas hautain ou critique. Il n'attendait rien, n'était pas défensif. Mais j'y vis quelque chose quand je levai les yeux et que je croisai son regard tranquille. Un déclic si puissant qu'on pouvait presque l'entendre.

L'échange de... compréhension silencieuse avec un peu d'émotion. Une avancée décisive.

Il hocha la tête d'un air songeur et se retourna vers la route. Sur un coup de tête étrange, je posai ma paume sur sa main droite avec laquelle il tenait le levier de vitesse. Son pouce caressa presque immédiatement mon petit doigt. Un geste simple et silencieux de solidarité. De remerciement.

Quand il rompit le silence et qu'il se mit à parler, l'interruption du moment fut presque désagréable. Sa voix parut différente, comme s'il parlait avec émotion.

— Tu es trop dure avec toi-même. Je le reconnais parce que je fais la même chose.

— C'est vrai. Je veux dire, tu m'as dit le soir du dîner de famille de tes parents que tu étais un mari merdique. Tu ne peux pas t'en vouloir parce qu'elle t'a trompé.

Il cligna des paupières.

— J'aimerais penser être assez mûr pour dire que nous avions tous les deux nos torts dans l'échec de ce mariage. Bien sûr, son infidélité y a mis fin, mais il n'a jamais été très bien depuis le début. C'est moi qui ai tout lancé, puis j'ai été trop occupé pour vraiment prendre soin de la relation. Cette partie-là était de ma faute. Elle a été une épouse nulle, d'accord, mais ça ne signifie pas que je n'étais pas un mari merdique. Toute l'affaire m'a appris une chose. Je n'étais pas fait pour être un homme marié… en tout cas, pas dans le vrai sens de ce terme.

Je me mordis la lèvre en ressassant ses mots, irritée par la tournure de cette conversation. Il était temps d'en changer.

— Vu comme nous sommes obsédés par la perfection, ce n'est pas étonnant que nous ayons tous les deux fini comme des testeurs de jeux. Obnubilés par le fait de trouver et de faire disparaître chaque imperfection.

Il acquiesça en souriant.

— Ça m'étonnerait que les développeurs voient les choses de cette façon.

— Oh, je les emmerde. C'est une bande de râleurs.

Pour la première fois de tout notre trajet, Lucas jeta la tête en arrière en éclatant de rire.

— Je te donne la moitié de mon prochain salaire si tu leur dis ça en face, à notre retour.

En quittant les alentours de Sacramento, la radio avait trouvé une station de vieilles chansons. Je n'y avais pas fait attention jusqu'à entendre le rythme synthétique familier de l'une d'entre elles. Oui, c'était Rick Astley qui chantait à son amante qu'il ne la laisserait jamais partir, ne la laisserait pas et ne la quitterait pas.

Je ne pus pas résister. Je montai le volume et je chantai avant de lui donner un coup de coude.

— Hé, ils jouent notre chanson. Ça ne te rend pas tout nostalgique de notre mariage dans un fast-food et de toutes les danses élégantes que nous n'avons pas pu faire ?

Il eut un rictus.

— Je déteste cette chanson.

— Allez, assume, Lucas ! C'est notre chanson de mariage. C'est simplement que tu n'aimes pas que les geeks de l'assurance qualité complotent et te fassent un rickroll chaque fois que tu les ennuies avec ton planning et tes délais. Ils ont besoin d'une forme de vengeance inoffensive quand tu leur renvoies leurs rapports incomplets.

Il haussa les épaules.

— La malédiction de la perfection.

— En parlant de mariage, je dois admettre avoir vu certaines des photos de ton premier sur Internet. Je veux dire… combien de petits villages aurais-tu pu soutenir pendant un an avec le budget de ce mariage ?

— Ce n'était pas mon idée. Et d'ailleurs, le fait que tu aies recherché ça sur Google est plutôt effrayant.

Il redressa les épaules et jeta la tête sur le côté comme une femme hautaine agitant ses cheveux.

— Pourquoi es-tu si obsédée par moi ? demanda-t-il en imitant la voix de Regina de *Lolita malgré moi*.

Je fus pliée de rire, cherchant désespérément à respirer. Il sourit, apparemment satisfait que je le trouve si amusant. Jusqu'à récemment, ce genre de moments avait été rare.

— Cette imitation était remarquable, d'ailleurs.

Après avoir essuyé mes larmes, je baissai le volume de la radio afin d'épargner nos oreilles.

— J'ai quand même un compte à régler avec toi. Tu as parlé du titre de noblesse à tes amies.

Il le dit d'une voix monocorde et avec un visage très sérieux.

Oh, merde. C'était très vite revenu à ses oreilles. Je me mordis la lèvre en me tournant vers lui.

— Je suis vraiment désolée. Es-tu fâché ?

Il me jeta un regard de travers avant d'esquisser un demi-sourire.

— Eh bien, je ne suis pas vraiment ravi. Mais non, pas non plus fâché. Mais ne recommence pas.

Je fronçai les sourcils.

— Qui a cafté ?

— Jordan.

Je poussai un soupir.

— Je ne suis pas du tout surprise. Il va falloir que je me venge.

Il secoua la tête.

— Pas avant que j'obtienne mon nouveau travail, s'il te plaît.

— Et si je me dégage de toute responsabilité ?

— Cranberry, jusqu'ici tu as un très mauvais palmarès concernant les secrets.

Je grimaçai. Bon.

— Tu n'as pas tort.

Il roula sur une bosse et soudain, ma vessie fit de son mieux pour se rappeler à moi et expliquer qu'elle était pleine. Ce foutu gobelet grand format revenait déjà me hanter.

— Alors, euh, ne te fâche pas, mais… j'ai besoin d'une pause pipi.

En levant les yeux au ciel de façon exagérée, il prit en compte ma demande.

— Tu deviens de plus en plus pénible, le sais-tu ?

Je levai la main pour faire la paix.

— Je te revaudrai ça, promis.

Il leva un sourcil sombre et charmant. Mon Dieu, ce qu'il était canon.

— OK. Ça m'intéresse. Comment ?

— Je trouverai. Mais ce sera bien.

À la prochaine sortie, il quitta l'autoroute et trouva très vite une aire de repos propre et presque déserte. Ma vessie lui fut extrêmement reconnaissante.

Nous n'étions plus qu'à environ une demi-heure du vignoble, m'informa Lucas quand il jeta un coup d'œil au GPS. Nous en profitâmes pour étirer un peu nos jambes. Lucas ne semblait pas très pressé d'atteindre notre destination. Il était un peu comme un condamné avant la mort.

En revenant des toilettes, je lui achetai un petit paquet de biscuits Oreos au citron dans un distributeur et je le lui tendis.

— Et voilà, mon dédommagement.

Pour être honnête, je ne savais pas du tout s'il aimait les Oreos au citron, mais j'en étais devenue folle depuis que j'étais arrivée aux États-Unis. Le Canada ne possédait que les goûts d'Oreos les plus ennuyeux. Il s'avérait que mon nouveau pays d'adoption était un paradis d'Oreos et j'avais déjà goûté 17 des 25 saveurs disponibles.

Apparemment, Lucas n'était pas fan. Cela ne me vexa pas. Je pouvais ainsi avoir tout le paquet pour moi.

— Il te faudra trouver une autre façon de te rattraper, dit-il en fronçant les sourcils.

— Oh, j'ai quelques idées. Mais selon toi, elles sont toutes sur la liste noire.

Je lui fis un clin d'œil, puis je léchai ma lèvre supérieure d'un air suggestif. Il méritait de se faire taquiner un peu.

Il se renfrogna en rougissant, puis il remit les lunettes de soleil sur son visage.

Avant de retourner à la voiture, je fis un tour sur moi-même pour admirer la vue. D'après la végétation et le paysage, on n'avait plus l'impression d'être encore en Californie. Je respirai profondément en appréciant l'air frais qui sentait bon. Il y avait de véritables arbres ici, en dehors des palmiers et des cyprès italiens omniprésents dans le sud. Je levai les mains en m'étirant et je profitai de la sensation d'une brise fraîche sur mon visage. L'été était-il plus frais ici également ?

Je surpris le regard de Lucas et je m'arrêtai brusquement, en plein tour sur moi-même. Nos regards se croisèrent et je ressentis... quelque chose.

Mon cœur accéléra un peu. Mon sang monta peut-être vers mon visage, y réchauffant agréablement la peau. Je lui ai peut-être souri. Et la petite diablesse sur mon épaule a peut-être fait une petite danse et chuchoté des choses coquines à mon oreille. Celle-là, c'était de la mauvaise graine.

Je me justifiai, à bout de souffle.

— J'aime qu'il y ait tant d'arbres ici. C'est tellement différent de l'endroit où nous vivons.

— Nous sommes à huit cents kilomètres de chez nous.

Derrière la protection de ses lunettes de soleil, son étrange stoïcisme était revenu. Cette même froideur distante qui n'était pas méchante... mais plutôt réservée.

Je fronçai les sourcils.

— Qu'est-ce qui ne va pas ? Es-tu vraiment contrarié parce que j'ai parlé de ton titre de noblesse ?

Il cligna des paupières et détourna la tête, puis il déverrouilla la voiture et me laissa galamment monter de mon côté avant de prendre place au volant.

Étant donné l'attente, je ne m'attendais plus à ce qu'il réponde à ma question. Mais en sortant de notre place de parking et en se dirigeant vers la voie d'accélération de l'autoroute, c'est ce qu'il fit.

— Non, dit-il enfin. Mais en ce qui concerne le travail, c'est toi qui feras le ménage pour ça, compris ? Peu importe l'histoire que tu leur racontes. C'était une plaisanterie, tu as menti, comme tu veux.

Je hochai la tête en l'observant attentivement.

— D'accord. C'est normal.

On ne parla plus pendant que je grignotais mes biscuits. Lucas sortit de l'autoroute pour descendre le long de la route sinueuse de Pope Valley, en passant devant beaucoup d'autres arbres. Ici, je voyais des vignobles justes à côté de la route. Des buissons d'un vert luxuriant qui semblaient couvrir chaque centimètre de terre disponible. Ils étaient disposés en jolies rangées et couvraient les renflements naturels du paysage. Comme des vagues ondulant sur un immense océan vert et fertile montant jusqu'au ciel.

Malheureusement, j'aperçus de temps en temps une colline éloignée ou un lopin de terre qui portait encore les cicatrices d'un feu dévastateur. La vallée en avait subi beaucoup récemment, laissant des sillons déserts et brûlés sur son passage. Comme je venais de la Colombie-Britannique, je connaissais moi-même les effets dévastateurs des feux de forêt.

Je tournai la tête d'un côté à l'autre, me penchant en avant pour regarder le ciel bleu, si bleu, parsemé de petits nuages cotonneux. L'horizon sur ma gauche comme sur ma droite était découpé par des montagnes bleues.

— C'est très joli, ici.

— Ne sois pas trop attachée au temps agréable que nous avons eu dans la partie sud de la vallée. Le vignoble Groenveld est à l'extrémité nord et en été, il peut y faire plus chaud qu'en enfer.

— Attends, il me semblait que ton père avait dit que son nom était Turning Windmill ?

— Ça, c'est le nom du domaine, l'endroit où ils font le vin. Le vignoble est l'endroit où poussent les vignes.

Nous étions passés devant de nombreux grands vignobles et domaines viticoles sur la grande route. Certains étaient immenses et opulents, l'un d'entre eux ressemblait même à un énorme château toscan médiéval, d'autres à des propriétés européennes romantiques.

Mon regard erra vers ses mains sur le volant. Ses mains sexy, fortes et couvertes de veines qui étaient en train de serrer le volant au point d'avoir les articulations blanches. Il n'était pas du tout ravi de devoir passer une semaine avec ses parents, c'était évident. Je réfléchis à toute vitesse pour le faire penser à autre chose. Une bonne gameuse savait toujours utiliser ses compétences pour obtenir des résultats.

— Alors, comment une famille d'aristocrates néerlandais en vient-elle à posséder un domaine viticole en Californie ? Pourquoi pas au sud de la France, par exemple ?

— Mon grand-père est tombé amoureux de la Californie du Nord quand il a étudié à Stanford. C'est lui qui a acheté le domaine. Son père l'a aidé à le financer, car il était encore jeune et seulement bailleur de fonds. Il est retourné aux Pays-Bas, mais il n'a pas été heureux là-bas, alors il a ramené sa femme et ses enfants en Californie pour vivre ici. Père est né à Utrecht, mais il a grandi ici. Ça ne l'intéressait pas de rester ici à la campagne pour faire pousser des vignes. Il est parti dès qu'il a pu et maintenant il considère cela comme un petit à côté. Juste une petite partie de son grand empire.

— Hmm, un véritable magnat à l'ancienne, hein ?

— C'est très prévisible, n'est-ce pas ?

Je souris.

— Ce n'est pas ce que je pensais, mais tu les connais et pas moi.

Je haussai les épaules et il précisa :

— Je veux dire… qu'est-ce qui n'est pas cliché chez eux ? Père a réussi en prenant cette vieille fortune et en la multipliant comme un homme d'affaires ambitieux. Mère était mannequin de mode pour un magazine. Ils se sont rencontrés à une espèce d'événement de la haute société et ils se sont épousés six mois plus tard. Ils ont eu les deux enfants requis — un de chaque — et ils ont continué à vivre dans la haute société ensemble. Père traite les gens dans sa vie comme des accessoires et des trophées. Personne ne le supporte, mais tout le monde fait semblant.

Aïe. C'était dur. Les lèvres sexy de Lucas étaient retroussées, comme s'il venait de goûter quelque chose d'horrible et qu'il n'arrivait pas à se débarrasser du goût amer dans sa bouche.

Je posai une fois de plus ma main sur la sienne en refermant les doigts.

— Tu sais, la famille n'est pas uniquement les habitants de la maison dans laquelle nous sommes nés. Il y a la famille de naissance, puis il y a la famille que l'on choisit.

Il leva les sourcils, mais ne me regarda pas, les yeux toujours fixés sur la route. Je serrai sa main.

— Je sais que ce qu'il y a entre nous n'est pas réel. Mais pour l'instant, nous sommes réellement mariés. Et tant que nous sommes mariés, nous sommes une famille. Une famille de choix, ce qui est encore plus important. Et tant que je serai dans ta famille, je te soutiendrai.

Il ne dit rien, mais je sus qu'il m'avait très bien entendue quand il serra ses doigts autour des miens. Il inspira profondément, laissa échapper un long soupir, puis il déglutit visiblement, comme s'il était parvenu à une décision. Ensuite il retourna sa main et nos doigts s'entrelacèrent. Il n'eut pas besoin de me remercier, pas besoin de dire qu'il appréciait le geste. Ses doigts autour des miens le disaient tout aussi bien. *Mieux*, en fait.

Avec un peu de chance, cela diluait une partie de la nervosité qu'il avait ressentie ces derniers jours. Je supposai qu'au cours des six dernières années, il n'avait pas passé autant de temps en compagnie de sa famille que ce qui était prévu lors de ce séjour. Depuis qu'il avait abandonné son ancienne vie.

— C'est pareil pour moi... commença-t-il à voix basse.

— Je le sais déjà. Tu m'as soutenue, avec mon frère. Je t'en suis très reconnaissante.

Peu de temps après, Lucas lâcha ma main pour la reposer sur le volant. Puis il ralentit la voiture, s'engageant sur une route pavée qui conduisait vers des bâtiments, au loin. Nous longeâmes l'allée sinueuse bordée de magnifiques chênes de Californie anciens. Leurs troncs étaient vrillés et penchés pour abriter le chemin de leur ombre feuillue. Ce n'était pourtant pas une allée ordinaire. Il nous fallut un moment pour voir au-delà de gros troncs épais et de l'ombre réconfortante et pour émerger dans le soleil éblouissant.

Merde alors. Le bâtiment central était immense et... ressemblait à un palais sorti tout droit de la vallée de la Loire pendant la renaissance française. Je fus soudain ravie de ne plus lui tenir la main. J'aurais eu une belle honte pleine de sueur sur les bras... Quand il me sembla qu'il ne regardait pas, j'essuyai discrètement les paumes sur mon jean.

Eh bien voilà le bâtiment : grand et avec une immense allée circulaire devant, une façade magistrale parsemée de parapets, de frises et de corniches. *Et* une gigantesque fontaine blanche représentant des dieux grecs nus en train de batifoler. C'était une preuve majeure que je m'étais mariée bien au-dessus de ma propre classe sociale et économique. Pas du tout intimidant. Non. *Pas du tout.*

— Est-ce que ça va ?

Lucas avait dû remarquer ma pâleur et la façon dont je serrais le bord de mon siège.

Je me tournai vers lui avec de grands yeux.

— As-tu un sac en papier pour que j'hyperventile un peu ?

Il rit.

— C'est toi qui as initié tout cela, Cranberry. Comme on fait son lit, on se couche tous les deux.

Gloups. Ça, c'était encore autre chose. Nous allions sans doute devoir partager à nouveau le même lit pendant notre séjour. Et, enfin... la dernière fois avait presque conduit à une consommation spontanée de notre mariage.

Il avait cependant été très clair en précisant que ça n'arriverait pas.

Et peu importe l'apparence de son cul dans ce jean ou la façon dont ce tee-shirt moulait ses biceps bien développés. Ou le fait que ses yeux marron cerclés de cils sombres me regardaient comme s'il avait envie de me manger.

Il n'allait rien se passer.

Mais on pouvait avoir des fantasmes, non ?

Un majordome et un chauffeur nous accueillirent sur le chemin. Le chauffeur prit notre voiture pour la garer Dieu sait où dans ce domaine énorme. Eh oui, ce n'était pas une plaisanterie... un *majordome*. Pas simplement le majordome principal, mais *notre majordome personnel*, apparemment.

Je donnai un coup de coude à Lucas en chemin vers la maison pendant que nous suivions notre majordome, M. Deleon, à l'intérieur.

— Pourquoi avons-nous un majordome ?

— Parce que nous logeons dans la dépendance, et elle est accompagnée de son propre majordome.

Comme si c'était simplement ainsi, que ça suffisait à ce que je comprenne. Et je compris alors plus qu'à n'importe quel moment avant ça, que Lucas et moi venions de deux mondes complètement différents.

J'écarquillai les yeux.

— Oh.

À l'intérieur, nous fûmes formellement accueillis — car c'est la seule façon de tourner la chose dans un endroit pareil — par la mère de Lucas et sa sœur, Julia. Son père était sorti faire du golf, apparemment.

J'entendis un appareil photo se déclencher de façon incessante quand nous nous approchâmes du comité d'accueil. Ma belle-mère se pencha et me fit la bise, ses mains couvertes de bagues légèrement posées sur mes épaules, comme si le tissu de mon tee-shirt risquait de les souiller. Son parfum n'était pas écrasant, mais il était bien plus fort que ce dont j'avais l'habitude. Et elle portait une espèce de tailleur-pantalon de grande marque, un maquillage complet et des talons aiguille comme si elle venait de sortir d'une réunion avec le conseil d'administration au lieu d'être en vacances.

— Ah, les voilà enfin !

L'appareil photo se déclencha encore, puis une personne du groupe à côté du photographe s'approcha. Elle demanda si la mère de Lucas voulait bien m'embrasser à nouveau afin de pouvoir prendre la photo depuis l'angle opposé.

Je jetai un coup d'œil à Lucas et il fixait le groupe comme s'il s'agissait de martiens venant d'atterrir avec leur soucoupe volante. Ce n'était donc manifestement pas habituel.

Je veux dire, étaient-ils si enchantés que Lucas soit présent qu'il leur fallait faire venir un professionnel afin de documenter l'occasion pour la postérité ?

Julia serra son frère dans ses bras en souriant.

— Le fils prodigue est arrivé. Il est temps de tuer le veau gras.

Elaine van den Hoehnsboek van Lynden jeta un regard noir à sa fille en levant un sourcil.

— Julia, je t'en prie.

Sa mère lança un regard appuyé vers le photographe et les deux autres personnes qui se tenaient à côté, l'une d'entre elles griffonnant des notes sur une tablette avec un stylet. Elaine se tourna vers la femme qui prenait des notes et plaqua un grand sourire sur son visage.

— C'est notre petite farceuse.

Puis à Lucas et moi, elle murmura :

— Ne faites pas attention à elle.

Elaine inclina la joue en attendant un baiser de son fils, ce qu'il fit consciencieusement.

Bon. Mon regard passa de l'amusement silencieux de Julia à la raideur de Lucas, puis à la formalité froide de leur mère. Le malaise était généralisé dans cette famille.

Elaine leva la voix pour être facilement entendue.

— Je suis tellement ravie de vous mettre tous les deux dans la Villa des Amoureux. J'espère qu'elle te plaira, Katharina.

Ah oui, Lucas m'avait prévenue au sujet des noms complets. Pour sa mère, les surnoms n'existaient pas. Elle fit signe au groupe de trois personnes de s'approcher.

— Voici Georgina Weldon et…

Elaine hésita.

La nouvelle, Georgina, intervint. Elle était petite et trapue, environ quarante-cinq ans avec des cheveux courts bouclés bruns et gris tombants sur son front, mais rasés sur les côtés.

— Mon photographe, Gary Spencer. Mon assistante, Sarah.

Elle indiqua les deux autres, un type d'une vingtaine d'années ressemblant à un hipster avec une barbe et un chignon pour homme. À côté de lui se tenait une fille mince en âge d'être étudiante avec des cheveux raides et bruns, vêtue d'une veste en jean sur sa robe courte.

— Nous sommes tellement ravis de travailler sur un article concernant votre réunion de famille pour le périodique *New American Monthly*. Ce sera un grand article sur la noblesse en Amérique. Et vous êtes les jeunes mariés ! J'aimerais beaucoup avoir le temps de faire une petite interview avec vous deux.

D'accord, que se passait-il maintenant ?

Lucas ne semblait pas moins perplexe qu'avant. Et d'ailleurs, j'étais comme lui. Nous nous tournâmes tous les deux vers Elaine. Pourquoi ne nous avait-elle pas prévenus ? Elle devait le savoir, sûrement depuis plusieurs mois.

Sauf… sauf si la raison qu'elle avait de ne pas nous le dire, c'était parce qu'elle pensait que Lucas ne viendrait pas. Et la raison pour laquelle elle avait tellement besoin que nous soyons là, c'était pour cet article. Je me souvins de ce que m'avait dit Lucas dans la voiture, sur le fait que les apparences étaient très importantes pour eux.

Eh ben, merde.

Nous dûmes avoir des airs de prisonniers évadés surpris par les projecteurs.

Ma belle-mère afficha un énorme sourire très faux.

— Venez, je vais vous faire visiter. Nous pourrons parler de tout ceci plus tard. Nous avons toute la semaine.

Je pris Lucas par la main et nous la suivîmes jusqu'au vestibule du bâtiment principal. Il était tout raide à côté de moi, visiblement contrarié par sa mère. Je jetai un coup d'œil vers lui. Malgré tout, il le cachait bien.

— Je suis sûre que ce sera magnifique. J'aime tout ce que j'ai vu jusqu'ici. C'est incroyable.

Je regardai autour de moi et je vis les fenêtres en verre dépoli au-dessus de la porte. Tout était très lumineux avec du marbre blanc partout, une statue en onyx posée sur un socle en albâtre au centre. De superbes peintures accrochées au mur d'une qualité qui méritait d'être dans un musée. Sans aucun doute authentiques et incroyablement coûteuses.

Et le chandelier ! L'ouverture au sommet, un oculus, permettait à la lumière du soleil de se refléter sur tous les cristaux. Il n'était pas électrique, d'après ce que je voyais. Simplement brillant et scintillant au soleil, créant de minuscules arcs-en-ciel sur le sol et les murs de l'entrée.

La mère de Lucas me surprit alors que j'étais bouche bée.

— Il vient d'Autriche. C'est du cristal Swarovski. Il fonctionne grâce à la lumière du soleil.

— Putain que c'est beau ! Oh, je veux dire, euh. . c'est très cool.

Elaine me regarda, le visage dénué d'expression. L'appareil photo se déclencha depuis l'encadrement de la porte et je ne savais plus où me mettre. Je levai les yeux vers Lucas, le suppliant en silence de me sortir de cette situation bizarre et embarrassante.

— Je veux dire… je n'ai encore jamais rien vu de pareil. C'est incroyable, euh, et…

Lucas serra ma main.

— Nous sommes un peu fatigués et nous aimerions aller nous rafraîchir…

Le visage d'Elaine s'illumina.

— Bien sûr, bien sûr. Deleon a déjà apporté vos affaires à la villa. Tu te souviens de l'endroit où elle se trouve ? Veux-tu une voiturette de golf ?

— Nous allons étirer un peu nos jambes.

Lucas me guida à travers une espèce de petit salon élégant qui ressemblait à un décor de *The Crown* puis par des portes vitrées sur un balcon. Il surplombait un jardin à la française extravagant avec des haies coupées en motifs géométriques et des touches de couleur venant de parterres de fleurs soigneusement conçus.

Je ne pus m'en empêcher. Il me fallut lâcher quelques jurons de plus. Au lieu de me faire taire, Lucas se mit à rire.

— J'aimerais bien voir tout cela avec tes yeux, dit-il à voix basse.

— Pour être honnête, mes yeux sont un peu éblouis.

Il ne dit rien, mais il m'observa avec un sourire grandissant.

Vers le côté gauche du chemin aménagé, j'aperçus une immense piscine scintillante entourée de rochers de couleur claire et ce qui semblait être un système complexe de cascades. Directement devant nous, à l'extrême opposé du long jardin, se trouvaient d'autres bâtiments, et vers la droite je vis ce qui ressemblait à une ancienne remise à calèches. Lucas pointa du doigt dans cette direction.

— La villa se trouve derrière la remise à calèches.

— Ce n'est pas à côté.

Il poussa un soupir.

— Dans quelques jours, tu seras tellement ravie d'avoir un peu d'intimité, que ça te sera égal de devoir marcher jusque là-bas.

Je lui jetai un coup d'œil.

— En parlant d'intimité, que penses-tu de cette histoire de journalistes et de photographes ?

Il secoua la tête et son sourire s'évapora.

— Je pense que c'est la véritable raison pour laquelle elle nous a presque suppliés de venir. Je me suis dit que c'était étrange à l'époque, son insistance était inhabituelle. J'ai cru qu'elle se souciait de l'image que l'on donnait à mes cousins et mes oncles si nous n'étions pas là. Une chose pareille ne m'est jamais venue à l'esprit.

— C'est tellement bizarre…

Il hocha la tête.

— Oui. Avec un peu de chance, ils seront tellement préoccupés par les autres personnes ici qu'ils nous laisseront tranquilles et qu'ils ne feront que très peu attention aux jeunes. De toute façon, il n'y a pas beaucoup de gens de notre âge qui lisent ce magazine. Ou n'importe quel magazine d'ailleurs.

— Tu n'as pas tort. En outre, s'ils nous harcèlent, nous pouvons toujours exiger d'avoir notre intimité, puisque c'est notre « lune de miel ».

La balade fut plus rapide que je ne l'aurais cru et notre majordome, M. Deleon, nous accueillit à la porte. Comme c'était étrange de penser que nous, qui passions régulièrement la nuit entièrement vêtus à dormir sur le canapé miteux du travail, avions un majordome pour la semaine.

M. Deleon nous fit vite faire le tour. La villa était en fait plus grande que la maison dans laquelle j'avais grandi. Une cuisine aménagée, une salle à manger formelle et un salon, un bureau et une salle de sport au rez-de-chaussée. Une chambre et une salle de jeux à l'étage. Et tout en haut, le meilleur endroit de cette maison incroyable : un jardin sur le toit conçu d'après une villa à l'italienne. Je n'en eus qu'un petit aperçu, mais j'étais bien décidée à l'explorer plus tard, quand j'avais le temps.

Nous eûmes tout juste assez de temps pour nous rafraîchir avant un dîner décontracté avec les premiers arrivants. La majorité des invités allaient arriver plus tard dans la soirée ou le lendemain matin. Le dîner sembla assez calme, même si Lucas ne paraissait pas du tout ravi par la présence non seulement de son ex-femme, mais aussi de ses parents.

Et moi qui pensais que ma famille était bizarre.

Heureusement, il y avait assez de personnes pour former une sorte de barrière, mais je ne pus m'empêcher de m'étonner du manque de tact de la famille de Lucas en les invitant ici. En les traitant comme s'ils faisaient encore partie de la famille et en accordant plus de valeur à leurs sentiments qu'à ceux de leur propre fils récemment remarié et de leur nouvelle belle-fille.

Après le dîner, nous fîmes une autre balade avant de retourner à la villa. Je m'effondrai sur le lit ce soir-là pendant que Lucas était toujours sous la douche. Et quand il vint se coucher, je le remarquai à peine. J'étais dans ce pays lucide où ma réalité venait pour l'essentiel de mes propres rêves soyeux. Par exemple... ce délicat contact sur mon visage était très certainement un produit de mon imagination. Peut-être même la sensation évoquant un pouce traçant le contour de ma mâchoire, comme si ce pouce avait caressé cette mâchoire tous les soirs de l'année passée. Alors que clairement, ce n'était pas le cas. Ce qui en faisait presque certainement un rêve.

Presque. Certainement.

Parce que je m'étais couchée très tôt, j'ouvris soudain les yeux juste avant l'aube. J'avais beau essayer de les refermer, c'était impossible. Les pensées s'étaient mises à tourner presque à la seconde où je m'étais réveillée. La respiration de Lucas était toujours calme et régulière comme lors du sommeil profond. Je me glissai hors du lit aussi silencieusement que possible et je sortis un short et un tee-shirt.

Normalement, je préférais faire un peu de yoga pour m'aider à me réveiller. Mais ce matin, j'avais un désir encore plus fort d'être dehors. J'étais enthousiaste à l'idée d'explorer le terrain et les jardins dont je n'avais aperçu que de petites parties la veille. L'air était frais pour l'instant et je commençai à serpenter sur le « sentier forestier » soigneusement conçu au bord du jardin principal. Ça ne ressemblait pas du tout aux forêts de mon enfance, mais ce bois contenait quelques séquoias géants qui poussaient très bien en Californie. Il n'y en avait pas plus loin dans le nord à cause du froid. C'étaient des arbres impressionnants, même pour moi qui avais grandi toute ma vie parmi les arbres.

Le petit bois était bordé sur trois côtés par les vignes disposées avec soin dans leur champ. Sur le quatrième côté, je me mis à marcher sur le sentier de gravier glaiseux d'un jardin à la française. Il y avait même un labyrinthe.

Le soleil s'était levé et il brillait dans le ciel, quelques heures plus tard, quand je me dirigeai vers l'entrée sur le côté de la maison principale. Je faillis m'en éloigner avant de mettre un pied sur le trottoir, lorsque j'entendis un soupir de dépit étouffé et un sanglot étranglé.

Emportée par ma curiosité, je fis demi-tour et je jetai un coup d'œil au coin du bâtiment, près de l'entrée de service. Julia se trouvait là, vêtue d'un jean de marque, de bottes Prada, d'un châle Hermès soigneusement disposé sur ses épaules et d'un sac Louis Vuitton. Elle tenait son téléphone couvert d'une coque brillante dans la main et elle appuyait désespérément dessus avec l'index.

Je m'éclaircis la gorge.

— Hé ! Comme on se retrouve.

Julia tourna brusquement la tête dans ma direction. Elle écarquilla les yeux et perdit un peu de la couleur de ses joues, comme si elle était horrifiée que je sois témoin de je ne savais pas trop quoi. Était-elle sur le point de préparer sa propre évasion ? Ou alors elle agissait simplement comme une personne normale et je la prenais sur le fait. Impossible de le savoir…

Elle sembla reprendre ses esprits et fit un geste sec vers son téléphone.

— Te rends-tu compte qu'Uber ne veut pas envoyer de voiture ici ? On est à Trifouilly-les-Oies, pour eux.

— Où ça ?

Elle soupira.

— Je ne sais pas comment vous dites. Paimpol-les-Olivettes ? Pétaouchnok ?

— Oh, je hochai la tête en comprenant soudain. On dit Saint-Clinclin-des-Meumeux, entre autres.

Je fronçai les sourcils. Pourquoi avait-elle besoin d'un Uber ? N'avait-elle pas sa propre voiture — ou *ses* voitures, plus probablement — ou même un des nombreux chauffeurs sur le domaine pour la conduire où elle voulait ? Sans doute une urgence shopping.

— As-tu besoin d'être déposée quelque part ? Ta mère a dit que le chauffeur pouvait…

Elle leva la main.

— Je n'ai pas besoin que mes parents sachent tout ce que je fais, merci beaucoup.

Elle regarda son téléphone en se mordant la lèvre, comme si elle réfléchissait.

— C'est, euh, quelque chose que je dois vraiment faire sans qu'ils s'en mêlent. Particulièrement avec cette journaliste qui fouine partout.

J'aperçus un éclat de couleur attaché à un des anneaux de son sac. Une espèce de disque rouge. Quelque chose me parut familier.

— Bon, je devrais…

Je fis un pas en arrière.

Au même moment, Julia se raidit en appuyant avec force sur son téléphone.

— Merde, à ce rythme, la réunion sera terminée avant même que cette stupide voiture arrive ici.

Une *réunion* ? J'inclinai la tête, je regardai à nouveau le disque rouge et je vis la forme d'un triangle sur la surface.

Un jeton de sobriété. Julia était en cours de désintoxication. Le rouge voulait dire qu'elle était sobre depuis un mois. Et elle avait une réunion. Je me sentis soudain mal d'avoir dénigré son besoin de partir en le comparant à une urgence shopping. Apparemment, j'étais tout aussi coupable de préjugés que les autres.

— Annule l'Uber, dis-je en lui tendant la main. Lucas et moi avons loué une voiture. Je peux la récupérer et te conduire.

Elle leva la tête en écarquillant les yeux.

— Oh, tu ferais ça ? Merci. Il faudrait juste que…

Je fis semblant de fermer leur bouche avec une fermeture éclair.

— Je n'en parlerai à personne.

Nos regards se croisèrent et elle sourit. Puis elle m'expliqua comment récupérer ma voiture et elle appela un employé de la maison près de là pour m'aider. Nous fûmes bientôt en route et j'étais soulagée que Lucas ait loué la voiture à nos deux noms.

— As-tu une adresse ? Tu peux la mettre dans le GPS.

— Je l'ai ici, sur mon téléphone.

Elle appuya sur un bouton et nous entendîmes soudain des instructions dictées par une voix androgyne et robotique.

Le trajet jusqu'à la ville de Napa depuis cette partie de la vallée allait prendre un peu plus d'une demi-heure et nous roulâmes en silence. Julia passa la plupart du temps sur son téléphone.

Je la déposai en ville, devant une petite église. Elle donna quelques suggestions d'occupations pendant qu'elle participait à sa réunion d'une heure.

Je lui souris.

— Ne t'inquiète pas, je suis douée pour trouver à m'occuper. Bonne réunion.

Elle fronça les sourcils, puis elle me remercia et partit en marchant vite, faisant rebondir ses talons sur le trottoir. Je longeai la rue commerçante de la ville. Les magasins venaient de s'ouvrir et les rues commençaient à se remplir de touristes.

Mon estomac grogna, pourtant je passai devant pas moins de trois cafés. Je n'étais pas une vraie buveuse de café, mais j'aurais aimé une bonne tasse de thé. Malheureusement, les Américains étaient déficients à ce niveau-là. Je n'avais pas bu une bonne tasse depuis que j'avais quitté le Canada.

Pour tuer le temps, je me rendis à l'Office de tourisme et j'attrapai une brochure pour à peu près tout ce qui me semblait intéressant. J'avais besoin d'un plan pour le moment où Lucas allait perdre patience — ou l'esprit — à cause de sa famille. Nous pouvions aller faire de la randonnée, visiter un vignoble, ou même monter dans une montgolfière, ou encore voir une source naturelle à Calistoga.

Je partis avec une grosse poignée de brochures en papier glacé et des excuses envers tous les arbres qui avaient donné leur vie pour leur création. Ensuite, j'entrai dans un magasin de souvenirs ringards, car je souhaitais acheter quelque chose pour Lucas. Près du fond, je trouvai des plantes grasses avec des noms d'endroits locaux peints en lettres colorées sur les petits pots. J'attrapai en ricanant deux cactus en forme de boule et je payai rapidement.

En retournant vers l'église, je me demandai s'il y avait beaucoup de monde à la réunion. Après tout, c'était une réunion des alcooliques anonymes au cœur du pays des vignobles de Californie… C'était peut-être un véritable problème ici ?

Un peu plus d'une heure plus tard, Julia et moi étions à nouveau dans la voiture pour rentrer au domaine familial. Heureusement, elle semblait bien plus à l'aise maintenant, et j'espérais que sa réunion lui avait fait du bien. Mais je ne lui posai pas de questions.

— Si tu, euh, si tu as besoin de revenir ici cette semaine pendant que je suis là, je serai heureuse de te conduire. C'est un très joli trajet et j'ai aimé me promener en ville.

Elle tripota la sangle de son sac en regardant par la vitre. Son téléphone devait être déchargé. Elle se tourna lentement vers moi.

— J'imagine que tu sais quel genre de réunion c'était ?

— J'ai vu le jeton rouge sur ton sac. Je, euh, je me rendais à des réunions d'Al-Anon. Je l'ai reconnu.

Je gardai les yeux rivés sur la route et j'évitai son regard afin de ne pas la mettre mal à l'aise.

Je perçus un mouvement dans ma vision périphérique, car elle avait dû bouger sa main vers le jeton en question.

— Ha, c'est tellement drôle. Je l'ai mis là pour l'exhiber devant les parents. Ils n'auraient pas su ce que ça veut dire, de toute façon. Ils ne voulaient pas que je fasse le programme parce que quelqu'un aurait pu me reconnaître. Puis la rumeur se serait répandue, l'horreur ! Et on aurait pu écrire sur moi là où des yeux curieux auraient pu le lire. Il y a eu beaucoup d'airs choqués. Ils voulaient que je me rende dans un centre de désintoxication privé et bien isolé à la place.

J'écarquillai les yeux.

— Ils ne, euh, te soutiennent pas ?

Elle jeta une mèche de ses cheveux sombres par-dessus son épaule.

— C'est un euphémisme. Particulièrement à cause du « mauvais timing », parce que la journaliste est ici ainsi que tous les membres de notre famille éloignée. Je suis toute seule dans cette histoire. Même mes amies n'approuvent pas. Parce que je ne suis pas *drôle* et que je ne fais plus la *fête* avec elles. Comme si c'était tout ce qu'il y avait dans la vie. Claire et Liz n'ont pas arrêté de râler à ce sujet depuis qu'elles sont arrivées.

Tiens. Encore une autre raison pour ne pas aimer l'ex de Lucas. Les raisons semblaient s'accumuler facilement.

— Je suis désolée. Ce doit être dur. Surtout avec la grande fête qui arrive.

— Oui, exactement. J'ai besoin de tout le soutien que je peux trouver et je n'en reçois aucun. Claire m'a déjà dit de « faire une pause » et d'en profiter.

Je savais que je dépassais les bornes, mais il fallait que je pose la question.

— Est-ce une bonne idée de l'avoir ici à une réunion de famille alors que tu es tout au début de ton rétablissement ?

Julia me jeta un regard spéculateur. Elle pensa sans doute que c'était typique de la part de la deuxième femme de ne pas apprécier la présence de la première. Je me rendis aussi compte qu'elle ne connaissait sans doute pas la même histoire que moi sur ce premier mariage.

— C'est compliqué. C'est mon amie. Sa famille est aussi proche de la mienne. Je veux dire… je pense que mes parents se sentent un peu responsables de la catastrophe qu'a été son mariage avec Lucas.

Ma stupéfaction et mon incrédulité durent se voir sur mon visage, car elle se remit à parler pour répondre à mes questions silencieuses.

— Je veux dire, personne ne blâme Lucas. Il n'était pas au mieux, émotionnellement. Mais c'était difficile pour Claire également. Quand les choses ont mal tourné avec sa dépression, il est parti et il a disparu. Personne d'entre nous ne savait s'il était mort ou en vie pendant presque un an. Particulièrement avec ses problèmes. Il aurait pu se faire du mal, tu sais ?

Je clignai des paupières. Qu'est-ce que… ? J'étais au courant pour sa disparition. Et Lucas avait bien fait référence à des inquiétudes pour sa santé, mais j'avais compris que c'était sa santé physique, pas sa santé mentale. Ceci avait l'air bien plus sérieux que ce qu'il avait dit.

Julia vit clairement la confusion sur mon visage. Elle posa une main sur sa bouche.

— Bon sang, j'ai une si grande bouche. Peut-être ne voulait-il pas que tu le saches ?

Je me forçai à sourire et je haussai les épaules.

— Oh non, nous nous disons tout.

Depuis quand étais-je devenue si bonne menteuse ?

— C'est juste que je me sens triste quand j'entends parler de cette époque de sa vie. Il a dû être si mal.

— La dépression situationnelle n'est pas une plaisanterie.

Je déglutis.

— Non, certainement pas.

En respirant profondément, je me promis de discuter avec Lucas. Je devais m'assurer qu'il allait bien et qu'il n'allait pas retomber là-dedans alors qu'il était exposé à sa famille qui ne faisait preuve d'aucun égard.

Je me retournai vers elle.

— Alors, as-tu une stratégie pour la fête ? Ton sponsor est-il disponible pour que tu puisses le contacter ?

Elle hocha la tête.

— Oui, oui. Elle m'a dit que je pouvais l'appeler quand j'en avais besoin, ce week-end. Même à deux heures du matin. J'ai fait une cure de désintox parce que j'ai perdu mon permis à cause d'une conduite en état d'ivresse. C'est pour cette raison que je ne peux pas me conduire moi-même à ces réunions.

Elle voûta les épaules comme si elle était triste de se souvenir de tout cela.

— Mais tu t'en sors très bien, l'encourageai-je. Plus d'un mois de sobriété, c'est incroyable.

Elle hocha la tête en tripotant à nouveau le jeton.

— Trente-cinq jours, précisément. C'est un travail en cours. Mais en ce qui concerne Mère et Père, c'est fini. C'est tout ce dont j'avais besoin pour me « réparer ». Ils ne comprennent pas. Personne ici ne me comprend.

— Je suis là. Je sais que nous ne nous connaissons pas très bien, mais je peux être ton soutien. Et ton frère...

Elle leva la main vers moi.

— Ne le dis pas à Lucas. S'il te plaît.

— Oh.

Je tournai la tête pour la regarder et elle semblait un peu paniquée.

— Ne t'inquiète pas. Je tiendrai ma promesse. Je ne lui dirai pas. Mais je pense qu'il te soutiendrait. Il serait aussi fier de toi.

Elle poussa un long soupir et se tourna pour regarder par la vitre.

— Oui, eh bien, c'était peut-être le cas autrefois, mais ça fait longtemps que nous ne sommes plus très proches.

Je ne savais pas du tout quoi répondre à ça, alors je reportai mon attention sur la route.

Si elle voulait continuer la conversation, elle allait le faire. Elle ne mit pas longtemps à reprendre :

— Alors, puis-je te demander pour qui tu te rendais à Al-Anon ?

J'hésitai seulement une fraction de seconde. Elle m'avait révélé tant de choses. Je pouvais lui rendre la pareille.

— J'y suis allée à cause de mon frère. Et nos parents n'étaient pas très différents des tiens.

Sans les comptes bancaires pleins d'argent, ne dis-je pas à voix haute.

— Ils veulent que tout ça disparaisse sans avoir besoin de faire des efforts. Mais il n'a participé au programme que pour la forme.

Je ne voulais pas entrer dans les détails des nombreuses fois où il avait commencé et repris. Ainsi que les autres tentatives de guérison… qui étaient toutes des promesses en l'air de sa part.

Il était difficile de guérir. Il fallait se battre pour cela et Derek n'avait jamais eu besoin de se battre pour quoi que ce soit dans sa vie.

— Est-ce que tes parents t'accompagnaient aux réunions ?

Je secouai la tête.

— Je l'ai fait pour moi, à vrai dire. Je commençais à lui en vouloir.

Elle hocha la tête en fouillant dans son sac à la recherche de son téléphone, puis elle le sortit, vérifia l'écran et le reposa.

— Est-ce que ça t'a aidé ?

Je haussai les épaules.

— Oui, un peu. Les relations familiales sont déjà difficiles pour commencer. Si on ajoute une addiction là-dedans…

Elle soupira.

— Oui, c'est exactement la raison pour laquelle je ne veux pas en parler à mon frère.

Je hochai la tête.

— Tu pourrais découvrir qu'il ne te jugera pas comme tu le crois.

Elle haussa les épaules.

— Oui, enfin. En réalité, je suis envieuse de lui. Il a été malin. Tout le monde n'arrête pas de dire que c'est de la faute de son état mental à l'époque, mais il a fait ce qu'il voulait, il est sorti de toute cette merde avant d'y être emprisonné. Il a refait sa vie afin de ne pas avoir besoin de se changer pour s'adapter à celle-ci.

— Il n'est sûrement pas trop tard pour que tu fasses la même chose.

Après une pause, elle répondit :

— Peut-être pas.

Je fulminai pour elle pendant tout le reste du trajet. À cause du manque de soutien à la fois de ses parents et de ses amis. Comment se faisait-il que les dépendances et les dysfonctionnements des personnes fussent bien mieux accueillis que leur combat pour une meilleure vie ?

Cela me rappela que c'était aussi le cas de mes parents. Mais au lieu de faire le travail, ils voulaient que je paie le prix pour protéger Derek. Il fallait toujours choyer et protéger Derek. Organiser toutes nos vies autour du monstre qu'il serait entre ses griffes. Derek était dépendant et tant qu'il n'avait pas lui-même pris la décision de faire le nécessaire, mes parents et moi ne pouvions rien y changer. En attendant, nous gâchions progressivement nos propres vies pour trébucher à sa suite et être là pour le rattraper quand il tombait.

J'avais pris la décision irréversible de changer la destinée que mes parents avaient prévue pour moi. Mais cela signifiait qu'il fallait se débarrasser de tout ce qui était toxique. La nausée, le regret et l'épuisement à cause de toute la situation tournèrent dans mon estomac comme les ingrédients d'une tempête parfaite, créant un nœud de plus en plus serré. Je ne m'étais jamais sentie plus seule dans ma vie que lors de ce voyage en avion pour la

Californie, abandonnant mes amis, ma famille, et même une grande partie de mes biens les plus précieux.

On se gara à côté du garage et non devant la maison, comme Julia me l'avait indiqué, afin d'éviter les regards curieux. Elle sourit et me remercia, puis elle fit quelque chose de surprenant et aussi d'assez touchant.

Elle tendit la main et toucha mon épaule.

— J'adore tes cheveux. Ils ont une si belle couleur. As-tu un costume pour la soirée Gatsby ?

Je hochai la tête.

— J'ai été très concentrée sur le thème et les détails, poursuivit-elle, histoire de ne pas penser à la fête elle-même. Ma maquilleuse et ma coiffeuse vont passer cet après-midi. Puis-je te les envoyer ? J'aimerais faire quelque chose de gentil pour te remercier.

Je souris.

— Julia, tu n'es vraiment pas obligée d'acheter mon silence. Je te promets…

Elle écarquilla les yeux.

— Oh, je sais que tu ne diras rien. C'est juste… je préfère que tu bénéficies de leur expertise plutôt que mes amies peu encourageantes. Elles n'auront qu'à se charger elles-mêmes de leur coiffure et de leur maquillage.

Et là-dessus, elle ouvrit la portière et disparut. Je la regardai partir, perplexe et même un peu émue par elle.

Et par son frère et ce qu'elle avait nonchalamment révélé au sujet de sa santé mentale après le divorce. Il était si difficile de voir ce qu'il se passait sous la surface de l'apparence très calme de mon mari. Il gardait tout en lui… sauf peut-être son côté bourru et grognon.

Bon sang. Pas étonnant qu'il ait été si contrarié quand je l'avais court-circuité et que j'avais accepté de venir à cette réunion. J'avalai une grosse boule de culpabilité. Je lui devais des excuses. Et je lui devais plus de franchise, car ce n'était pas juste d'en attendre de sa part et de ne pas lui en donner en retour.

En revenant à la dépendance où nous logions, j'avais un terrible mal de tête, et j'étais d'une mauvaise humeur effroyable. En outre, j'avais vraiment besoin d'une sieste malgré mes longues heures de sommeil de la nuit précédente.

Et très peu de temps pour faire tout ce que j'avais mentionné au-dessus.

CHAPITRE DIX-NEUF
LUCAS

J E DORMIS TROP LONGTEMPS A LA VILLA ET QUAND JE ME réveillai, elle était partie. Je me levai, je me brossai les dents et je fis ma routine matinale habituelle. Du sport sur le rameur dans la salle au rez-de-chaussée. Un petit-déjeuner à partir d'une sélection de fruits, de pâtisseries et de café laissés là pour nous par le majordome.

Toujours pas de Katya.

Je jetai un coup d'œil à mon téléphone, mais il n'y avait pas de message de sa part. Je lui en envoyai donc un.

Elle arriva par la porte d'entrée environ cinq minutes après l'envoi de mon message auquel elle n'avait pas répondu. Avec un soupir exaspéré, elle se laissa tomber sur le canapé du salon. Je la trouvai là, affalée sur le canapé, ses longs cheveux cuivrés étalés autour de son beau visage.

— Salut, dis-je lorsqu'elle retira ses tennis et posa les pieds sur la table basse en verre. Où étais-tu ?

Elle se frotta les tempes en faisant de petits cercles.

— Il commence déjà à faire chaud dehors. Je suis allée me promener et puis j'ai croisé ta sœur. Elle avait besoin d'être déposée à Napa, alors je l'y ai conduite avec notre voiture de location.

Je levai les yeux au ciel.

— Urgence shopping ou séance photo pour Instagram ?

Elle se redressa et me regarda, paraissant déjà fatiguée, alors qu'il n'était même pas midi.

— Tu pourrais être plus indulgent avec elle.

Je fronçai les sourcils.

— Oh, oh. Vous vous êtes rapprochées ?

Elle soupira et enfonça les paumes de ses mains dans ses yeux comme si elle avait mal à la tête.

— Avons-nous de l'aspirine ?

— Je vais aller voir.

Je fouillai dans les deux salles de bains — celle du rez-de-chaussée et celle de notre chambre — et les deux armoires à pharmacie étaient vides. J'envoyai donc un message à Deleon en lui demandant de nous en apporter. Moins de dix minutes plus tard, elle avait l'aspirine et une bouteille d'eau fraîche dans la main.

— Veux-tu t'allonger un moment ? Je peux annuler notre présence à ce qui est prévu au programme de cet après-midi. Une visite ou une dégustation de vin, je suppose.

Elle hésita un moment. Je me laissai tomber sur le canapé à côté d'elle.

— Je vais envoyer un message à ma mère pour lui faire savoir que tu ne te sens pas bien.

Elle se redressa et se tourna vers moi, le visage à quelques centimètres du mien, comme si elle cherchait quelque chose dans mes yeux. Ou mon nez, mon menton, ou le reste de mes traits. Elle sentait le soleil et la noix de coco chaude.

— Réponds-moi franchement, Lucas. Est-ce que le fait d'être ici avec ta famille pendant une semaine va être un déclencheur pour toi ?

J'écarquillai les yeux.

— Un déclencheur pour faire quoi ? Porter des vêtements noirs et écouter Barry Manilow ?

— Ta dépression, répondit-elle doucement.

Bon. Apparemment, Julia avait eu le temps de faire quelques dégâts. Je laissai échapper un long soupir et je m'adossai contre le canapé.

— Je ne sais pas ce que Julia t'a raconté, mais je vais bien.

— *Maintenant,* dit-elle en soupirant. Mais je me sens responsable de nous avoir mis dans cette situation et de te ramener dans cet environnement. Je ne le savais pas, mais même dans ce cas, j'ai agi de façon mesquine parce que tu m'as irritée, je suis désolée. Pouvons-nous...

— Arrête ça, Kat. Je vais bien.

Elle cligna des paupières.

— J'aurais aimé que tu me le dises. J'aurais...

Je me raidis et je me tournai vers elle.

— Il y a beaucoup de choses que nous ne nous sommes pas dites, n'est-ce pas ?

Elle cligna encore des paupières et elle regarda un de mes yeux, puis l'autre. Je pris une minute pour apprécier la beauté des siens et leur couleur bleue. Il était difficile de distinguer son humeur. Elle semblait remontée, mais triste également.

— Tu as raison, c'est vrai. Par exemple, je ne t'ai pas dit tout ce qu'il se passe de mon côté. Je n'aurais pas dû m'attendre à ce que...

Elle s'interrompit.

J'inclinai la tête en l'examinant. Elle agissait vraiment bizarrement.

— Est-ce que ça va ? Es-tu restée trop longtemps au soleil ?

Elle s'écarta et continua à regarder dans le vide d'un air dénué d'expression qui commençait à m'inquiéter. Peut-être y avait-il vraiment quelque chose qui n'allait pas…

— Je suis presque sûre que si je retourne au Canada, je pourrais avoir des problèmes sérieux.

Elle inspira longuement avant de souffler, comme si cela lui pesait sur les épaules depuis un moment. C'était peut-être le cas ?

— D'accord, qu'as-tu fait ?

Elle se mordit la lèvre.

— Ce n'est pas ce que j'ai fait. C'est ce que je n'ai pas fait.

Je secouai la tête.

— Je ne comprends pas.

Elle contempla le plafond en se frottant un point entre les yeux, comme si son mal de tête l'ennuyait toujours.

— Quelques mois avant que je quitte le Canada, mon frère a été mêlé à quelque chose qui le dépassait de beaucoup. Il avait ce groupe d'amis que nous connaissions à peine. Je les soupçonne d'être ceux qui lui fournissaient les merdes qu'il prenait. Quoi qu'il en soit, je ne connais pas les circonstances exactes, mais il a été impliqué dans un cambriolage et il a été filmé sur la vidéosurveillance avec une partie des autres.

Waouh. Je fronçai les sourcils. Derek ne m'avait pas semblé avoir inventé l'eau chaude, mais il ne ressemblait pas non plus vraiment à un criminel. Je hochai la tête pour l'encourager à poursuivre.

Elle serra les dents un instant, comme si elle se souvenait d'un élément qui la mettait particulièrement en colère. Puis elle se mit à enrouler une longue mèche de ses cheveux cuivrés autour de son index. Je la regardai enrouler et dérouler puis enrouler encore ses cheveux, étrangement fasciné.

— Le fait est que toutes les images de lui étaient floues ou la luminosité était mauvaise. Il n'était pas immédiatement reconnaissable, contrairement à certains des autres. Mais les types qui se sont fait prendre ne se sont pas gênés pour le nommer comme faisant partie du groupe pour une raison qui m'échappe… peut-être ont-ils négocié une diminution de peine ?

Je m'agitai sur place, les yeux toujours rivés sur ses cheveux torsadés.

— En quoi est-ce que ça t'implique ?

Elle pinça les lèvres d'un air sombre.

— J'y viens… alors, les gens qui l'ont nommé n'avaient bien sûr aucune preuve concrète de la présence de Derek avec eux. Il avait été assez malin pour ne pas leur en parler par texto et il n'y avait pas d'autre document montrant qu'il était impliqué. Aucune des formes de preuves habituelles. Mais Derek n'avait pas non plus d'alibi. Il nous avait juré sur tous les membres de sa famille qu'il était innocent, mais j'avais vu à la façon dont il était soudain plein aux as qu'il était probablement impliqué. J'avais des difficultés à croire que ses amis lui passent le butin de leurs crimes sans qu'il ait participé. Bien sûr, mes parents le croient à cent pour cent.

Je poussai un soupir.

— Eh bien, ils feraient mieux de sortir les bouées de sauvetage, car ils ont clairement sombré dans le déni.

Elle ricana et leva la tête. Je fus dépité quand elle laissa tomber la mèche de cheveux et se mit à faire tourner son alliance, à la place.

— Je ne la connaissais pas, celle-là.

Je ne dis rien et elle retourna mon regard. Je me demandai si elle allait continuer avec cette histoire ou si je devais l'y forcer ?

Elle resta silencieuse si longtemps que je crus qu'elle n'allait pas finir.

Elle respira enfin longuement et bruyamment, presque comme si elle luttait contre une émotion.

— Ils sont tellement convaincus qu'il est innocent qu'ils ont engagé un avocat très coûteux pour se charger de son affaire. Ils ont dû faire des emprunts supplémentaires et un deuxième crédit sur la maison, et travailler plus d'heures pour payer tous les frais légaux.

Sa voix devint plus tendue, quelque part entre la colère, la frustration et le chagrin.

— Mais Derek n'avait pas d'alibi ce soir-là. Et il avait besoin d'un argument en béton. Quelque chose de documenté. Les avocats ont donc fait quelques recherches et ils se sont rendu compte que je faisais un streaming en direct sur Twitch cette soirée-là. Exactement quand tout a eu lieu…

Elle inspira une nouvelle fois avec difficulté et je me redressai, inquiet.

— Ils ont donc dit que je pouvais être un témoin important si je prenais parole et que je jurais que Derek était dans la maison avec moi toute la nuit. Nos chambres sont l'une en face de l'autre. En théorie, j'aurais pu le voir — lui ou des preuves de sa présence — pendant que je diffusais mon contenu.

— Mais il n'était pas là… dis-je en serrant les dents et en me doutant de ce qu'elle allait dire.

— Il n'était pas là. En fait, je ne l'avais pas vu de toute la journée depuis le moment où j'avais fini mon travail le matin… je travaillais de nuit à l'époque. En général, je rentrais, je mangeais, puis je dormais jusqu'au milieu de l'après-midi. Ensuite, je me levais, je faisais des corvées dans la maison ou du sport avant de me mettre sur Twitch. Comme j'avais la soirée de libre, ma diffusion a duré plus longtemps. Je n'ai pas vu Derek avant le lendemain.

— Alors bien sûr, les avocats insistent pour que tu te portes garante de lui.

Elle secoua la tête.

— Ils l'ont simplement suggéré de façon détournée. Du genre « si elle disait aux autorités qu'il était avec elle toute la soirée… ». Mes parents se sont raccrochés à ça. Ils ont insisté en disant que c'était ce que je devais faire.

J'écarquillai les yeux.

— Oh oui, bien sûr, ce n'est pas grand-chose, tu ne ferais que te parjurer.

Elle se gratta le menton d'une main tremblante en déglutissant bruyamment. Si je ne la connaissais pas mieux, j'aurais dit qu'elle était sur le point de pleurer et cela me bouleversa. Si son père avait été dans la pièce à ce moment-là, je lui aurais sans doute donné un coup de poing. Ses parents, les personnes dont le travail était de veiller sur elle, s'attendaient à ce qu'elle se mette légalement en danger pour sauver la peau de son frère minable.

— Quand j'ai dit que je refusais, ils ont pété un câble. Ma mère a hurlé et mon père m'a menacé de confisquer ma voiture et mes appareils électroniques, mon ordinateur, tout. Il faut que tu saches que j'ai payé presque tout avec mon travail. La seule raison pour laquelle je vivais à la maison, c'était parce que j'avais dû quitter ma chambre universitaire pas chère quand j'ai eu mon diplôme. Cela coûte une vraie fortune de vivre à Vancouver. J'avais prévu d'économiser pour m'acheter un logement. Revenir vivre à la maison a été la plus grande erreur de ma vie, car tous les problèmes avec Derek étaient toujours là, et même pire.

Je me redressai et je lui pris la main, qui tremblait visiblement.

— Je suis désolé. C'était vraiment dégueulasse de leur part de te mettre cette pression.

— Cela suit le schéma de nos vies depuis qu'il a commencé à se droguer. Ils lui ont toujours donné un endroit sûr pour se poser, peu importe les erreurs qu'il avait faites. Et ça ne faisait que lui permettre de continuer à en faire. J'ai campé sur mes positions. Et parce qu'il avait quelques éléments mineurs sur son casier judiciaire, s'il était reconnu coupable, il allait sans doute devoir faire de la prison. Les parents m'ont culpabilisée avec ça. « Veux-tu que ton frère pourrisse en prison ? Quel genre de personne es-tu ? Il te suffit de leur dire vite fait et tu pourras le sauver. » Et plus je refusais, plus ils paniquaient et me menaçaient. J'ai donc fini par prendre une valise que j'ai remplie pendant la nuit et je suis partie tôt le matin, quand tout le monde dormait encore. Puis j'ai pris un avion pour Los Angeles.

— Alors, les lettres des avocats… c'est eux qui te disent de revenir et de témoigner ?

Elle hocha la tête.

— Oui, ils veulent ma déposition pour lui fournir son alibi. Ils n'ont pas été capables de me trouver pendant un moment. Puis tout d'un coup, les lettres se sont mises à arriver. Je pense qu'ils ont dû utiliser un détective privé pour me retrouver.

J'écarquillai les yeux.

— Je suis prêt à parier que c'est également eux qui ont averti le bureau de l'immigration américaine sur ta situation de travail. Le gouvernement avait un signalement quand tu as montré ton passeport, le jour où tu es revenue ici après le mariage d'Adam et Mia.

Une petite ride apparut entre ses sourcils et elle cligna des paupières.

— Oui, j'y ai pensé aussi. Et dernièrement, les lettres ont empiré. Ils disent que si je ne réponds pas à la citation à comparaître, alors cela deviendra un mandat d'arrêt et je me ferais arrêter ou je serais accusée d'outrage à magistrat.

Elle se mordit la lèvre un instant avant de laisser échapper un petit bruit aigu.

— Je n'arrive pas à croire qu'ils aillent aussi loin. Que mes parents préfèrent que je me fasse arrêter plutôt que Derek. Je n'ai jamais rien fait de mal. Je ne dépasse même pas les limitations de vitesse, putain.

— Viens là, dis-je en m'approchant et en tirant son corps tremblant dans mes bras.

Elle ne pleurait pas, mais elle était visiblement bouleversée. Je serrai son corps frissonnant contre moi et je fermai les yeux. Ses cheveux soyeux frôlèrent ma joue. Un sentiment était en train de remplir ma poitrine : de la compassion, de la compréhension et de la solidarité avec elle. Et quelque chose de plus : je voulais la protéger contre ces connards qui ne méritaient pas d'être sa famille.

Qui ne méritaient pas de l'avoir dans leurs vies.

Qu'ils aillent se faire foutre. Qu'ils aillent *tous* se faire foutre. Je la serrai plus fort dans mes bras par réflexe, et son corps se détendit immédiatement contre moi.

— Je sais ce que ça fait de se sentir trahi par ses propres parents, Kat. C'est horrible. Tu as le droit d'être bouleversée.

— Tu ne me juges pas ?

— Te juger ? Pourquoi donc ? Tu as fait ce qu'il fallait.

— Parce que ça ne me coûterait pas grand-chose de sauver mon frère d'une situation qui pourrait être très mauvaise pour lui.

— Le sauver des conséquences de ses actes… C'est comme mes parents qui hurlaient pour que je reprenne Claire alors qu'elle devait faire face à ses propres actes. Et ils n'avaient pas le moindre égard pour mon bien-être. Ils ont considéré que cette époque-là était une sorte de faiblesse ou de laisser-aller. D'après eux, j'étais un « malade mental » et ils n'ont pas su gérer ça. Alors que c'est quelque chose qui arrive à des milliers — sans doute même des millions — de personnes dans ce pays.

Je m'écartai pour pouvoir la regarder. En dehors de sa pâleur, elle semblait aller bien et elle ne pleurait pas.

Je posai les mains sur ses épaules. Elle leva ses magnifiques yeux bleus vers moi. Je plongeai mon regard dans le sien.

— Quand ils arrêtent de se soucier de notre bien-être et de notre bonheur, ils ne méritent plus que l'on fasse attention à eux.

Quelque chose se transforma en moi ou s'ouvrit. Comme un verrou difficile et rouillé qui faisait cliquer ses goupilles, les gonds gémissant parce qu'on les forçait à bouger après avoir failli rouiller complètement en position fermée. Et la clé qui avait réussi à le faire si vite ? Sa franchise sans filtre. Le fait qu'elle partage sa peur la plus profonde avec moi. Qu'elle me fasse confiance à ce point…

J'inspirai en tremblant et je laissai tomber mes mains, puis je m'écartai complètement. L'avertissement que je m'étais répété quand elle avait emménagé chez moi hurlait dans mon esprit. Elle était dangereuse. J'allais devenir trop proche d'elle et les signaux du danger n'étaient plus uniquement le fruit de la paranoïa dans ma tête.

C'était une réalité, bon sang. Je n'avais pas fait attention à mon propre avertissement.

Elle cligna des paupières et posa une main sur ma joue.

— Nous sommes une famille, Lucas. Au moins pour un peu plus longtemps. Et je te soutiens.

Ma gorge se serra et une émotion étrange et inconnue monta en moi. Toute mon exaspération ancienne contre elle se dissipa. Je me penchai en avant et, sans me rendre compte de ce que j'allais faire, je l'embrassai sur le front.

— Tu es adorable.

Puis je fis la seule chose logique après ça : je m'enfuis à toutes jambes. Enfin, je ne courus pas vraiment. À la place, je me levai lentement et je quittai calmement la salle, comme si une pause aux toilettes était mon excuse pour m'extraire de son emprise sur moi.

Une kyrielle d'émotions tournait dans ma poitrine et il me fallait une minute ou un millier pour faire le tri. Je n'étais pas très doué dans le domaine des émotions et il allait sans doute me falloir un bon moment avant de pouvoir les remettre sous le coude.

Malheureusement, elle se leva et me suivit à l'étage jusque dans la chambre. Mince. J'allais devoir trouver une excuse pour mettre de la distance entre nous, et vite.

La seconde suivante, elle se trouva à côté de moi, les bras autour de ma taille. Elle posa la tête sur mon épaule et je restai là, figé, les bras ballants.

— Merci, Lucas. D'être là pour moi. Et je veux que tu saches que je suis là pour toi.

— Pour le peu de temps qu'il nous reste, n'est-ce pas ?

Il fallait que je le dise. Il fallait que je nous rappelle à tous les deux que ceci ne devait pas durer. Ça n'avait jamais été prévu. Quelque chose au fond de moi voulait contredire cela. Mais là… là, c'était ma tête qui rappelait au reste de mon être que nous nous étions mis d'accord dès le départ.

— Tu sais… puisque notre divorce est pratiquement affiché sur le calendrier dès que tu obtiendras ta carte verte.

Elle s'écarta et scruta mon visage. Elle n'était pas vexée. Elle comprenait visiblement ce que je disais, mais elle ne s'éloigna pas. À la place, elle se leva sur la pointe des pieds et m'embrassa sur la joue.

— Je ne peux pas atteindre ton front, alors il faudra que ça fasse l'affaire. Voilà, maintenant nous sommes quittes.

Je luttai pour ne pas sourire, puis je baissai la tête et je l'embrassai encore sur la joue. Cette douce joue qui sentait bon. Ses magnifiques cheveux frôlèrent mon visage et la chaleur monta d'un coup.

— Non, nous ne le sommes pas.

Son visage s'assombrit et j'aperçus cette lueur dans ses yeux, la même qui apparaissait chaque fois que nous étions en compétition. Qu'est-ce que je racontais ? Nous deux, nous étions toujours en compétition. Avant même de pouvoir réfléchir, elle fut encore une fois sur la pointe des pieds et elle m'embrassa sur les lèvres. Un long baiser qui s'attarda. Chaleureux, accueillant, mais la bouche fermée.

Lorsqu'elle reposa les talons, je la suivis, ma bouche, jamais à plus de deux centimètres de la sienne. J'avais eu envie de recommencer à embrasser ses lèvres… j'en avais besoin comme un homme qui passait trop de temps sous l'eau avait besoin d'oxygène. Comme un enfant, perdu et à la recherche de sa famille, avait besoin de sa maison.

Elle écarta vite les lèvres, facilement, et je poussai ma langue dans sa bouche, agressive, ayant besoin de la goûter. Mes mains se refermèrent solidement autour de ses bras, ne souhaitant pas abandonner ce nouveau trésor. Je la pillai, comme un pirate sans vergogne qui ne voulait pas arrêter avant d'avoir récupéré tout ce qu'il voulait.

Elle me heurta en inclinant la tête pour réagir à mes exigences, répondant avec tout autant d'avidité. Cette inspiration précipitée, ce soupir. Au bout de quelques secondes, j'étais dur comme un roc et je la désirais terriblement.

Elle était bien trop sexy pour son propre bien — *et* le mien.

Elle était aussi attentionnée. Et honnête.

Et adorable.

Et Kat...

Elle était elle et comme je l'avais su depuis que je la connaissais, elle était irrésistible de presque toutes les façons. Et j'avais lutté comme je pouvais.

Mais je n'allais plus me battre. Nous connaissions tous les deux la limite, la date de fin. Je n'allais pas résister à ce que nous voulions tant. Jusque-là, il y avait trop de choses à explorer, trop de choses à savourer.

Je passai les mains sous son tee-shirt, tâtant la peau douce de sa taille et de son dos. Elle s'appuya contre moi, poussa un soupir, enfonça les doigts dans mes cheveux. Lentement, sans retirer ma bouche de la sienne, je nous guidai jusqu'au lit.

Elle comprit vite et elle m'accompagna. Nos baisers s'approfondirent, devinrent plus torrides et fébriles. Je voulais — non, je *devais* — entrer en elle. J'en avais besoin comme j'avais besoin d'eau, de nourriture et d'air. Et je ressentais ce besoin sur toute ma peau qui picotait, enflammée, douloureuse et fiévreuse.

Je n'avais encore jamais désiré une femme comme je la désirais.

Cette direction était dangereuse, comme sur les vieilles cartes antiques dont les bords étaient ornés d'illustrations de monstres mythiques et de l'avertissement *Attention dragons.*

Elle était le danger, juste devant moi sous la forme d'une petite rousse pulpeuse avec le plus grand cœur que j'ai jamais rencontré. L'intelligence, la beauté et la compassion. Une combinaison extrêmement dangereuse. Et toutes mes voiles étaient dehors, j'étais prêt à passer le bord de la carte, avec ou sans dragons.

Et je m'en foutais.

En tirant rapidement sur mon col, j'ôtai mon tee-shirt et je le jetai sur le sol. Je fermai les yeux et je savourai la sensation de ses mains qui exploraient mon corps. Ses paumes parcoururent mon torse, mes tétons, mon ventre, mon dos, mes épaules. Elle toucha tout.

— Je te désire, chuchota-t-elle.

Trois mots simples qui entrèrent en moi comme une drogue directement dans le sang. *Fébrile.* Mon ébullition risquait de déborder si je ne plongeais pas bientôt en elle.

Je levai les mains et mêlai mes doigts à ses cheveux fins et soyeux. Doucement, je fis basculer sa tête en arrière pour regarder son visage.

— Je vais te baiser, Kat.

Ses yeux s'assombrirent, dilatés. Ils étaient d'un bleu si pâle que je pus voir immédiatement sa réaction. Et la façon dont elle se balançait contre moi. Et la façon dont elle retint sa respiration.

Au bout de quelques secondes, elle avait retiré son tee-shirt. Puis elle passa une main dans son dos et son soutien-gorge finit sur le tas grandissant de vêtements par terre.

Ensuite, elle posa les mains sur ma braguette, essayant de l'ouvrir. Tout était très serré là-dessous et ses mains frôlèrent mon érection. Je ne pus réprimer un grognement. Je l'aidai à défaire le pantalon et je le retirai aussi vite que s'il était en feu. J'avais l'impression que ma peau l'était, en tout cas.

Kat me palpa à travers mon boxer et je la serrai à nouveau contre moi. Puis je nous fis basculer vers le lit, atterrissant sur elle aussi doucement que possible. J'étais nu, et elle y était presque, portant toujours son short.

Il allait être enlevé très bientôt, mais j'avais des choses à rattraper. Ma bouche plongea vers ses seins et je pris un téton entre mes lèvres pendant que je tripotais l'autre. Je suçai férocement, ayant l'impression que tout mon corps prenait vie alors qu'elle poussait des soupirs et cambrait le dos, son téton pointant immédiatement.

Merde alors. Comment avais-je réussi à rester loin d'elle si longtemps ? Elle avait été explicite plusieurs semaines auparavant en disant vouloir coucher avec moi. Elle avait dormi dans mon lit avec rien de plus qu'une petite chemise de nuit. Et pourtant, idiot que j'avais été, je ne l'avais presque pas touchée. Je ne savais pas que j'avais ce genre de volonté. Je n'avais jamais eu besoin d'en avoir autant.

Mais j'aurais dû avoir une volonté plus forte que l'armure d'Iron Man et plus puissante que le marteau de Thor, Mjolnir, pour résister à ça. Ses soupirs, sa peau douce, son dos cambré, ses doigts qui s'enfonçaient dans mes épaules.

Combien de temps s'était écoulé depuis que j'étais parti à l'étage afin de me soustraire à sa tentation ? Des heures ? Des minutes ?

J'eus l'impression que le temps s'était arrêté et qu'elle et moi étions dans notre petit univers de poche, ignorant le mouvement des nuages, du soleil et des étoiles, de tout le monde naturel autour de nous. En profitant simplement du corps l'un de l'autre. Aucun mot étant nécessaire.

Son autre téton réagit aussi avidement que le premier et elle frottait maintenant les hanches contre moi en gémissant. Ma main glissa entre ses jambes et je la caressai fermement à travers son short.

Soudain, avec une inspiration brutale, elle s'assit et elle posa une main sur mon épaule.

Et voilà, pensai-je. Cette fois, c'était elle qui agissait raisonnablement en mettant un frein au bus incontrôlable qui dévalait la montagne à cent cinquante kilomètres-heure. Malgré cette pensée rationnelle, je faillis être étouffé par la déception.

Jusqu'à ce que je comprenne qu'elle me faisait rouler sur le dos afin de pouvoir monter sur moi.

Oh, merde. Juste au moment où je pensais que ça ne pouvait pas devenir plus excitant.

Elle se pencha et m'embrassa férocement, ses lèvres exquises enveloppant les miennes, sa langue plongeant dans ma bouche, les mains sur mes épaules, caressant mes bras. Elle se déplaça lentement vers ma mâchoire, m'embrassant partout dans le cou. Ses cheveux tombèrent sur ma peau comme du satin liquide. C'était délicieux. Je plongeai les mains dedans et je les fis glisser entre mes doigts.

Puis elle descendit davantage la tête, sur mon torse, imitant ce que j'avais fait avec elle. Je montai les mains pour les poser autour de ses seins généreux. Ils étaient fermes, si doux, les tétons d'une couleur rose pâle contre sa peau lumineuse. Un festin visuel et sensuel.

Que l'on me laisse me noyer dans cet océan après avoir basculé par-dessus le bord dangereux. Je ne pouvais imaginer de meilleure fin que d'être enfoui dans cette femme.

Puis sa bouche toucha mon ventre, traça le contour de mon nombril, plongea la langue dedans. Et plus bas. Ses doigts se posèrent autour de ma queue et elle me lécha soudain comme un délicieux cône de crème glacée.

Je creusai le ventre, la tension montant brusquement en moi. *Putain.*

Son regard se fixa sur le mien et elle savoura ma réaction en posant lentement ses lèvres gonflées sur mon gland. Puis elle les ouvrit. La chaleur et le plaisir déferlèrent sur mon corps comme une vague de ce même océan qui menaçait de me noyer. Je voulais fermer les yeux et profiter de la sensation de sa bouche et de ses mains sur moi, mais je n'arrivais pas à la quitter des yeux. Son regard était affamé et prédateur, comme s'il appartenait à une louve.

Non seulement elle faisait la pipe la plus incroyable de ma vie, mais elle semblait vraiment aimer le faire. On pouvait ajouter ça à sa liste déjà impressionnante de prouesses.

— Ta queue est incroyable, murmura-t-elle en retirant sa bouche. Je ne m'en lasse pas.

J'inclinai la tête en arrière et je regardai le plafond, reprenant mon souffle pour pouvoir répondre. Sa bouche était bien plus incroyable que mon membre, c'était sûr. Mais avant que je puisse lever la tête hors de l'eau, ses lèvres furent à nouveau sur moi, m'enfonçant profondément, sa langue glissant sur le dessous.

Je la regardai encore, observant cette tête cuivrée monter et descendre sur moi, ses gémissements occasionnels accompagnés par ma respiration haletante. Elle savait quand il fallait ralentir et quand il fallait accélérer. Comme si elle lisait les signes.

Je n'avais pas eu de rapports depuis longtemps, ceci n'allait donc peut-être pas durer. Mais elle sembla également savoir gérer cela. Mes hanches tressaillirent et je voulus prendre le contrôle, j'eus envie de monter et descendre sa tête. J'avais envie de jouir dans sa bouche et c'était sur le point de se produire à n'importe quelle seconde, maintenant. Mes yeux roulèrent en arrière dans ma tête et...

C'est à ce moment-là que quelqu'un se mit à frapper à la porte et à sonner.

Putaiiiiin.

Kat leva brusquement la tête. Ce fut comme si tout mon corps avait été plongé dans de l'eau gelée.

— Qui est-ce ? Devons-nous...

— Oh non, putain ! criai-je de frustration en posant mes mains sur ma tête.

— Mais...

— Nooooon, l'interrompis-je encore.

Bon sang. Ç'avait été si bon.

Puis mon téléphone se mit à sonner. *Vraiment* ce dont j'avais besoin. Je l'ignorai.

Kat ramassa le téléphone et lut le nom du contact.

— C'est Julia.

— Lucas ? appela une voix en bas.

La voix de ma mère.

Katya descendit du lit et enfila ses vêtements aussi vite que possible.

Je restai allongé là, les paumes de main sur mes yeux. Super. Encore une raison de plus d'en vouloir à ma mère. Je pouvais ajouter ça à ma longue liste. Pourquoi pas ?

Apparemment, je n'avais pas bien lu le programme, comme je le découvris après m'être habillé et avoir rejoint Kat au rez-de-chaussée. Ma mère, ma sœur et quelques autres attendaient près de la cuisine. Kat leur avait déjà proposé des boissons fraîches et ils étaient en train de bavarder.

Julia sourit, puis elle rit en me voyant.

— Waouh, quelqu'un vient de sortir du lit.

Son regard se porta vers Kat avant de revenir vers moi, et il était évident qu'elle se posait des questions.

Eh bien, en ce qui les concernait tous, nous étions jeunes mariés. Ils pouvaient se dire que nous étions sur le point de nous baiser comme des bêtes.

Comme j'étais déçu, maintenant que ça n'avait pas eu lieu.

Peu importe, nous devions nous dépêcher et rejoindre le reste du grand groupe familial pour un « chouette » tour du vignoble et du chai. En plus de faire une dégustation avant le dîner.

Je préférais avoir un peu d'intimité dans la culotte de ma femme. Parce que maintenant, l'idée m'obsédait.

Quand elle s'installa à côté de moi dans une des grosses remorques pour transporter le foin qui avaient été louées pour nos déplacements, je n'eus d'yeux que pour son magnifique profil. Elle inclina la tête vers le soleil, fermant les yeux et laissant cette rivière de soie rousse couler sur son dos.

— Les couleurs du paysage sont si belles ici, dit-elle. Vois-tu comme elles se superposent ? Le vert éclatant de l'herbe et de la vigne, les collines jaune et marron, ces montagnes bleu sombre et le ciel bleu pâle. C'est comme une peinture.

— Oui, dis-je en la fixant et en ignorant ce qu'elle montrait. C'est incroyablement beau.

Quand elle me regarda, elle sourit en comprenant visiblement que je ne m'intéressais pas à la beauté du paysage.

— Sois sage, chuchota-t-elle.

— J'ai fait ça pendant trop longtemps… répondis-je lorsque le camion se mit à cahoter sur un des chemins de terre et que son attention fut détournée ailleurs.

La dégustation se passa aussi bien qu'une dégustation pouvait se dérouler. En général, je les trouvais ennuyeuses et trop prétentieuses, même si j'appréciais le vin lui-même.

De l'autre côté de la terrasse où nous nous trouvions, groupés autour de diverses tables hautes, j'aperçus le photographe hipster au chignon. Ce qui signifiait que la journaliste était près de là quelque part, sans doute réquisitionnée par ma mère. Je parcourus la liste des vins sélectionnés, vaguement conscient que l'appareil photo était pointé dans notre direction depuis plusieurs minutes. Quand je levai à nouveau les yeux, je compris que l'objectif n'était pas fixé sur *nous*. Il était évident que le Chignon prenait des photos de Kat. Chaque fois qu'elle se tournait de profil ou dans sa direction, j'entendais un clic – clic – clic distinctif.

Elle ne sembla pas du tout se rendre compte d'être devenue la dernière obsession du photographe. Avec un petit rire, Katya avoua :

— Je ne sais pas du tout ce que je dois faire avec ça.

Elle baissa les yeux vers sa carte pour noter les vins.

Je passai de l'autre côté d'elle, bloquant la vue du photographe avec beaucoup de satisfaction. *N'y pense même pas, Chignon. Elle est à moi.* Ainsi contrecarré, son attention fut détournée ailleurs. Je retournai la feuille de score et je lançai une rapide partie de morpion avec elle.

— Ne t'inquiète pas, dis-je en traçant mon premier X. Presque tout le monde ici est dans le même bateau. Ils font simplement semblant.

Elle leva les sourcils, sceptique. Elle griffonna un O.

— Vraiment ? Montre-moi...

Je laissai tomber le jeu et je saisis un nouveau verre de dégustation de notre cabernet sauvignon 2016 par le pied. Puis je le fis tourner légèrement, en le tenant à la lumière avec un mouvement de poignet très snob.

— Un violet profond. Pas de trace de marron.

Puis je levai un sourcil et le nez en l'air, je reniflai le bord du verre en faisant ma meilleure imitation de gros con. Elle rit, ce qui était exactement ce que je voulais entendre.

— Un bouquet bien développé. Riche avec des notes de baies, de cèdre et de café.

— De café... ? répéta-t-elle en se penchant en avant pour renifler, puis elle fronça son joli petit nez. Je n'ai rien senti de tel.

— Nous faisons semblant, sois attentive.

Elle sourit et hocha encore la tête.

— D'accord et... ?

Je bus une gorgée minuscule que je fis longuement tourner dans ma bouche en cul-de-poule. En faisant volontairement la grimace la plus ridicule possible, je fronçai le nez pendant qu'elle gloussait.

— Et le goût ? Purement… cranberry. Je raffole de ce cranberry.

Elle leva les sourcils de surprise et nos regards se croisèrent. Je la fixai attentivement. Si j'avais eu une excuse pour la prendre par la main et aller chercher un cabanon tranquille quelque part, je l'aurais fait sans réfléchir. Parce que bon sang, la porte entre nous que j'avais gardée fermement verrouillée avait été défoncée. Et la seule chose que je voulais faire maintenant — et pendant les jours qui allaient suivre au moins —, c'était baiser ma femme. *Et* la faire jouir, pendant qu'elle gémissait mon nom. Autant de fois que possible.

— Oui, poursuivis-je. J'aime le goût du cranberry. C'est tout ce que je veux goûter pendant les jours à venir… ou même les semaines.

Son regard sur moi devint plus brûlant et il y eut soudain de la tension dans l'air. Elle déglutit visiblement avant de se mordre la lèvre.

— Tu sembles un peu effrayée, là, fis-je observer.

Elle leva un coin de la bouche.

— Je le suis, un peu… parce que je pense avoir créé un monstre.

Je passai un bras autour de sa taille et je la tirai contre moi, me moquant que les gens puissent nous regarder. Après tout, nous étions mariés depuis peu. Le Chignon allait peut-être lui foutre la paix s'il nous voyait collés l'un à l'autre. Je chuchotai à son oreille :

— C'est possible. Un monstre qui ne veut rien d'autre que t'entendre gémir… et supplier de continuer.

Elle écarquilla les yeux et pendant un court instant, elle fondit contre moi jusqu'à ce que nous soyons interrompus. Julia portait une bouteille d'eau fraîche dans chaque main.

— C'est moi qui distribue l'eau aujourd'hui. Souhaitez-vous vous rafraîchir ou bien laver votre palais ?

Malheureusement, Claire se tenait juste à côté d'elle et elle était entièrement focalisée sur Kat. Oh, *oh*.

— Pourquoi ne bois-tu pas de vin ? demandai-je à ma sœur.

Kat et elle échangèrent un long regard, puis elle haussa les épaules, essuyant la condensation de ses doigts quand nous acceptâmes les bouteilles d'eau.

— Je fais une pause dans la dégustation des vins.

— Pour toujours, maugréa Claire en levant légèrement les yeux au ciel.

Kat posa son verre de vin sur la table et trinqua avec sa bouteille d'eau contre la mienne.

— Je pense que je vais rejoindre Julia en faisant aussi une pause sans vin.

Julia lui fit un grand sourire avant de se pencher pour la serrer dans ses bras. Que se passait-il ? Elles passaient quelques heures ensemble ce matin et elles étaient soudain meilleures amies du monde ? Quelque chose de sombre s'accumula au creux de mon estomac. S'agissait-il de la création de liens innocents ou l'histoire se répétait-elle ?

Claire les observa également. Et elle ne chercha pas à cacher la peur dans ses yeux. Puis elle jeta un regard venimeux à Kat avant d'attraper Julia par le bras et de parler de ragots qu'elle avait vus en ligne.

Kat but sa bouteille d'eau en les regardant partir d'un air perplexe.

— Si j'étais toi, je resterais aussi loin que possible de cette épave.

Elle se retourna vers moi.

— Ta sœur n'est pas une épave. Elle fait ce qu'elle peut pour aller mieux. Elle aimerait sans doute beaucoup ton soutien.

Je levai un sourcil.

— Je parlais de Claire. Je connais le regard qu'elle t'a lancé. Elle ne va pas tarder à sortir ses griffes.

Kat inclina la tête sur le côté avec un petit sourire suffisant sur ses lèvres magnifiques.

— Oh, je n'ai pas du tout peur d'elle. Je l'attends.

Ça, c'est ma Cranberry, pensai-je presque automatiquement avant de me rendre compte que je la considérais comme étant mienne. Qu'en fait, je la considérais ainsi depuis le début.

Rien ne la perturbait. C'était une vraie dure… sauf quand elle ne l'était pas. Le soir où elle avait pleuré dans mes bras avait été la preuve que pas très loin sous cet extérieur dur se trouvait une femme vulnérable et pleine de compassion.

Et sous ce short en jean moulant qu'elle portait se trouvait un corps sexy que je voulais apprendre à connaître intimement au cours des jours à venir. En commençant le soir même, dès notre retour à la villa.

Il ne nous restait pas beaucoup de temps. Pourquoi ne pas profiter de ce que nous avions ?

Sauf que nous rentrâmes très tard. Il y eut une baignade au coucher de soleil, un dîner tardif et un jeu ridicule de charades. Toutes ces activités débiles mettaient des barrières entre elle, moi, quelques orgasmes et tout un tas de plaisir à poil.

Aux alentours de vingt-deux heures, Kat partit, mais ma mère me réquisitionna afin de l'aider à préparer quelque chose pour la fête du lendemain soir.

Il ne me fallut pas longtemps pour comprendre la véritable raison de ma présence. Pendant que j'étais en train de lire des noms pour qu'elle puisse les écrire sur les marques-place, elle posa une main sur mon poignet.

— La journaliste a-t-elle déjà pris rendez-vous pour interviewer Katharina et toi ? Il faut aussi que tu saches qu'après le petit brunch de dimanche pour nous cinq, il y aura une séance photo. Il faut que vous soyez vêtus en fonction.

— Je n'ai pas grand-chose à dire aux journalistes. Je te préviens que je ne vais pas être très bavard.

Elle détourna la tête, visiblement irritée, mais elle n'argumenta pas. À travers mes propres dents serrées, je lui lus quelques noms. Puis elle m'interrompit encore. À cette vitesse, nous n'allions pas finir avant trois heures du matin et je me traînais déjà.

— De plus, j'aimerais que tu fasses plus d'efforts avec Claire et sa famille. Cela donnerait vraiment une meilleure impression, particulièrement avec la présence de nos invités.

Je luttai pour ne pas lever les yeux au ciel… et demander avec sarcasme pourquoi Claire et ses parents étaient présents à notre réunion de famille. D'autant qu'elle ne faisait plus partie de cette famille depuis six ans.

— Vous avez fait le choix de l'inviter. Il y a des conséquences. Elle apporte toujours des drames partout. Et je suis censé faire quelque chose pour diminuer ça ? Eh bien, je l'ai fait il y a six ans. J'ai divorcé. Maintenant, elle est votre problème.

Je posai sa stupide liste sur la table. J'en avais fini.

En hochant la tête pour souhaiter la bonne nuit à une cousine des Pays-Bas qui aidait ma mère, je tournai les talons et je sortis. J'espérais qu'en prenant le temps de respirer l'air frais de la nuit, j'allais pouvoir me calmer.

Ma mère ne manquait jamais de faire monter ma pression sanguine, mais la longue marche me fit un peu de bien.

Quand je rentrai à la dépendance, Kat était profondément endormie dans notre lit.

À vrai dire, je ne fis aucun effort pour ne pas faire de bruit lors de ma routine du soir — douche comprise — en espérant qu'elle se réveille. Mais elle ne bougea pas. Elle devait être épuisée à cause de la journée bien remplie. Mais, bon sang, cette érection persistante et douloureuse n'allait pas me laisser dormir.

Quand je la rejoignis au lit, je lui tournai le dos et je me forçai à penser à tout sauf elle. Cependant, je ne pouvais m'empêcher d'être conscient de son poids à côté de moi. J'écoutais le bruit de chaque inspiration et expiration, je savourais la sensation de son souffle dans mon cou.

Ma dernière pensée fut que si je ne la pénétrais pas très bientôt, j'allais véritablement perdre l'esprit.

Quand je me réveillai, assez tard, une fois de plus, elle n'était pas au lit. *Bon sang.* Allais-je devoir l'attacher ?

Cette pensée n'aidait pas du tout ma béquille matinale. Je m'imaginai attacher ses poignets au-dessus de sa tête pendant que je faisais ce que je voulais de son corps…

Merde. Je passai une main dans mes cheveux, puis je me levai pour m'habiller. Une autre journée de cette réunion familiale à la con, à devoir sourire pendant toute une fête ennuyeuse et ridicule et sans aucun temps libre pour moi, pour séduire ma propre femme.

Aujourd'hui était une journée Spa. Super, vraiment fabuleux. Le massage de couple à moitié à poil et le temps que nous passâmes dans le sauna privé ensemble n'aidèrent pas à soulager la tension. Bien que je parvins à lancer une séance de baisers nus et torrides — littéralement — là-dedans jusqu'à ce qu'elle dise « pouce ».

— Mon pauvre sang canadien ne peut pas supporter cette chaleur, souffla-t-elle en partant, nouant la serviette blanche autour de sa poitrine généreuse et ses hanches et... *bon sang.*

Elle était vraiment trop sexy.

— À suivre, alors ? demandai-je.

Elle me jeta un regard rusé.

— Oh, oui.

Eeeeet... je passai le reste de l'après-midi avec une trique inconfortable.

Quand elle disparut pour se préparer, je me connectai au VPN et je fis un peu de travail. Ma tenue et moi étions relégués dans une autre chambre pour les préparatifs.

J'avais demandé au majordome de nous préparer des cocktails apéritifs au bar — des Sea Breeze : vodka et jus de canneberges — qui m'avaient paru appropriés pour l'occasion. Ensuite, je lui avais donné quelques instructions semi-secrètes pour la soirée après la fête. Il était temps que nous profitions du jardin privé sur le toit. Si — non, *dès que* — je pouvais la faire partir de la fête pour en profiter.

Deleon agit également en tant que valet à l'ancienne, quand il m'aida à mettre mon smoking. En accord avec le thème Gatsby, c'était une queue de pie vintage des années 1920 avec une cravate blanche, aussi authentique que possible jusqu'aux boutons de manchette art-déco à diamants que j'avais loués.

Il était tout juste en train de brosser mon manteau quand Kat descendit l'escalier, suivie par la coiffeuse et maquilleuse que Julia avait envoyée pour l'aider.

Et bon sang, elle était carrément trop belle. Je n'avais pas cru que l'on pouvait améliorer la perfection, mais voilà la preuve.

La robe moulait ses courbes et était coupée juste au-dessus de ses genoux. À chacun de ses pas, le mouvement était accompagné par un balancement de franges noires. La robe elle-même était bleu canard avec des sequins dorés, verts et violets cousus pour former des dessins de plumes de paon. Ses épaules étaient couvertes de petits mancherons ornés de plus de franges. Le bustier descendait très bas, révélant les courbes de son décolleté généreux. Elle portait des gants en satin de couleur assortie qui remontaient plus haut que ses coudes.

La coiffeuse avait attaché les cheveux brillants de Kat pour donner l'impression qu'elle avait une coupe au carré dans le style des années vingt. Et le bandeau sur son front était couvert de strass et de plumes de paon.

Délicieux.

Je fus consterné de constater que les queues de pie ne servaient à rien pour cacher les érections. Comme j'allais passer toute la soirée avec elle, cherchant des moyens de la mettre dans mon lit, j'allais devoir être créatif pour les cacher.

CHAPITRE VINGT
KATYA

ON MARI ETAIT CARREMENT SUBLIME CE SOIR. CE n'était pas une phrase que je pensais dire au tout début de cette année, mais… ceci n'avait pas été une année typique de ma courte vie. Le smoking et la veste blanche au-dessous mettaient parfaitement en valeur sa silhouette sportive, moulant ses larges épaules entraînées à l'aviron et s'effilant vers sa taille mince et ses hanches.

Il ressemblait au gentleman galant parfait : grand, avec des cheveux sombres ondulés. Il avait même mis des gants blancs. *Waouh.*

— Eh bien, M. Baron van den Hoehnsboek van Lynden, dis-je en acceptant le verre qu'il me tendait.

Je portai la boisson à mes lèvres tout en le dévisageant une fois de plus de la tête aux pieds. Il était canon… tellement canon.

Il fronça les sourcils.

Je le regardai.

— Je pensais l'avoir enfin prononcé comme il faut ?

— Oui, c'est vrai. Mais pas besoin de « Monsieur » si tu utilises le titre, et je préfère que tu ne l'utilises pas, de toute façon.

— Je n'utiliserai pas ton titre si ça ne te plaît pas.

Je me plaçai devant lui et j'appuyai mon buste contre le sien.

— Mais ce soir, tu ressembles tout à fait à un aristocrate européen.

Il posa la main sous mon menton et il inclina ma tête vers lui.

— Et toi, tu es parfaitement sublime.

Il le dit avec une telle intensité que ses mots me donnèrent l'impression de me traverser comme des flèches enflammées, allumant un feu au fond de moi. Franchement, il menaçait de faire fondre ma culotte. Mes paupières tombèrent et ma gorge brûla. Pendant une seconde, je fantasmai à l'idée de remonter à l'étage, de retirer ses beaux vêtements et de nous amuser tous les deux pendant un moment.

Mais non, un jeu de rôle des années folles allait être amusant également. Deux testeurs de jeux de Draco Multimedia Entertainment n'avaient pas souvent l'occasion d'être super élégants et de passer dans un autre monde.

— Ne demande surtout pas ce que cette robe m'a coûté.

Ses yeux brûlants parcoururent le chemin entre mon cou et mes genoux.

— Quel que soit le prix, ça en valait chaque centime.

Je souris et il fit un pas en me tendant le bras. Comme il faisait encore très chaud dans cette partie de la vallée ce soir, je n'avais pas besoin du châle que j'avais acheté avec la robe. Tant pis. J'allais arriver avec les épaules nues et le décolleté visible. Étant donné sa réaction, je n'allais pas faire une entrée trop minable.

Je pris son bras et il me guida dehors. Nous fûmes tous les deux amusés de voir que M. Deleon nous attendait au volant d'un chariot de golf pour nous conduire jusqu'à la salle de bal de la maison principale. Cela nous fit rire et on plaisanta pendant qu'il nous conduisit à travers le vignoble.

— J'ai entendu beaucoup de néerlandais autour de nous depuis que nous sommes arrivés.

— Eh bien, j'ai pas mal de famille ici qui vient des Pays-Bas.

Je fronçai les sourcils.

— Tu ne me l'as jamais dit… est-ce que tu le parles ?

Il secoua la tête.

— Je comprends beaucoup, mais je le parle seulement assez pour un minimum de conversation.

— Ah, je ne pense pas du tout connaître de mot en néerlandais. Attends, non. J'ai appris un mot en regardant *Friends*. Gunther a traité Ross de *ezel*.

Il rit.

— Un âne ? Je ne pense pas que tu auras besoin de ce mot ce soir.

Je levai un sourcil.

— On ne sait jamais. D'accord, comment dit-on bonjour ?

— Ce soir, tu peux dire *goedenavond*. Bonsoir.

Je m'entraînai jusqu'à ce qu'il me dise que j'y arrivais.

— Bon, maintenant dis-moi vite comment dire au revoir quand il nous faudra partir.

Il leva les sourcils en feignant la surprise.

— Tu es pressée de partir ?

— Ne fais pas comme si tu ne l'étais pas, toi aussi, Jedi Boy. Maintenant, dis-le-moi.

— D'accord, au revoir c'est *tot ziens*.

Je m'entraînai à nouveau. Ma main était posée sur la cuisse de mon mari… jusqu'à ce qu'il la retire doucement. À en juger par la bosse évidente de son pantalon, il n'était pas difficile de comprendre pourquoi. Je me promis d'être sage ce soir, pour l'essentiel. J'avais donné une soirée de congé à la petite diablesse sur mon épaule. Pas besoin de le tourmenter avant notre retour à la villa.

Et même si je m'attendais à m'amuser à cette fête élégante, j'espérais que l'on rentre bientôt. Il n'existait pas de meilleur moment que le futur proche pour les parties les plus agréables du mariage, n'est-ce pas ?

La grande salle de bal était à couper le souffle. Toutes les lampes étaient allumées, tous les chandeliers brillaient, l'immense étendue de parquet scintillait au-dessous. D'immenses supports de fleurs étaient disposés à des intervalles bien étudiés. D'élégantes bannières portant les couleurs d'un coucher de soleil estival — rouille foncée, doré et prune — pendaient de la mezzanine. Là-haut, les curieux s'étaient regroupés près de la balustrade en fer forgé pour regarder l'étage au-dessous.

Nous fûmes même annoncés par le majordome principal de la maison, avec les titres. La journaliste n'était pas loin et le photographe captura la scène. Même si ce n'était que pour une fois, être annoncée en tant que baronne devant une foule de personnes était profondément excitant. Je ne pensais pas que ce genre de choses pouvait m'intéresser. Les têtes se tournèrent quand nous descendîmes les marches jusqu'à la salle principale. Tout cela évoquait tant Downton Abbey que je m'attendais à voir Carson hocher la tête d'un air approbateur et Mrs Hughes sourire fièrement. Je secouai la tête pour me réveiller de ce rêve.

Ceci était le monde dans lequel Lucas avait été élevé… et qu'il avait sommairement rejeté. Parce que ce monde n'admettait pas que quelqu'un s'échappe et soit une personne à part entière. C'était agréable quand ce n'était que pour une seule fois, mais je ne m'imaginais pas vivre ce genre de vie.

La fête commençait tout juste quand nous arrivâmes. Les cocktails et les hors-d'œuvre furent servis sur la terrasse à l'arrière, pendant que le soleil descendait dans le ciel, nos longues ombres s'étirant en face des couleurs spectaculaires de l'horizon. Un quatuor classique jouait des airs de Vivaldi pour accompagner l'élégance des années folles pendant que tout le monde se mélangeait.

Je pris soin de rester à côté de mon mari et je commandai un autre Sea Breeze en l'honneur de son attention pour moi. Quelques gorgées de celui que j'avais bu à la villa m'avaient donné le début d'une légèreté agréable. Sans parler du boost de courage pour m'aider à surmonter cet événement entourée de dizaines de personnes que je ne connaissais pas.

Julia apparut juste au moment où Lucas allait partir chercher nos boissons. Il hésita, comme pour lui demander ce qu'elle voulait boire, mais je l'interrompis en lui disant que je voulais parler seule à Julia.

Elle prit ma main et la serra.

— Merci.

Elle portait une robe rouge avec des sequins argentés et des tonnes de plumes rouges légères partout.

— *Goedenavond*, dis-je avec un sourire, prête à l'impressionner.

Elle me fit un grand sourire.

— *Goedenavond ! Hoe gaat het me je?*

Mon sourire s'estompa.

— Euh. Tu as dépassé ma limite de néerlandais.

Elle éclata de rire.

— C'est Lucas qui t'a appris ça ? Est-ce qu'il t'a dit que nous avions dû aller à l'école néerlandaise pendant des années quand nous étions plus jeunes ?

Je fronçai les sourcils.

— Il prétend à peine savoir le parler.

Elle rit encore.

— Il ment. Quoi qu'il en soit, je suis venue ici pour te dire que tu es magnifique ! Ces couleurs sur toi sont… le baiser du chef.

Elle rassembla les doigts devant ses lèvres et fit un bruit de baiser en étalant les doigts.

J'aplatis une des plumes sur son épaule.

— Eh bien, toi aussi ! Bon sang, parfois j'aimerais vivre à une époque où les femmes pouvaient s'habiller de cette façon tout le temps. Jusqu'à ce que je me souvienne de détails comme le droit de vote réservé aux hommes, l'absence de contraception et les horreurs de la ségrégation.

Elle ricana.

— Nous devrions lancer un mouvement pour faire revenir la mode des années vingt sans toutes les choses horribles qui accompagnent cette époque.

Elle examina mon visage.

— Violet a fait un travail incroyable avec tes cheveux et ton maquillage. Il va me falloir des photos pour…

Je levai la main.

— Pas de réseaux sociaux pour moi, si ça ne te gêne pas. Mon serveur Discord était plein de gens qui râlaient parce que je n'ai pas fait assez de streaming ces derniers temps. Je préfère ne pas montrer que j'ai une vie en dehors de mon travail et du streaming. Ils pourraient se rebeller.

Elle secoua le doigt vers moi.

— Tu as le droit d'avoir une vie en dehors de ce que tes abonnés pensent que tu dois faire. Je ne peux pas travailler vingt-quatre heures sur vingt-quatre. Regarde-moi… ponctua-t-elle en faisant un petit sourire timide.

Je posai doucement la main sur son avant-bras.

— Nous autres, femmes incroyables, nous devons nous serrer les coudes. Tu t'en sors très bien, Julia. Continue comme ça.

Sa main libre se posa sur la mienne.

— Je te connais à peine et tu es déjà une belle-sœur géniale. Merci.

Oui, ce fut la première fois que je ressentis une pointe de culpabilité. Parce que je savais que c'était temporaire, évidemment, et je n'étais jamais allée jusqu'à penser le contraire. Lucas en avait également conscience, comme il l'avait fait remarquer la veille.

Mais Julia ne le savait pas. Était-ce juste de ma part de former ce genre de relation alors que je n'avais aucune intention de continuer dès lors que j'avais la carte verte dans mes mains ?

De façon presque prévisible, Claire apparut alors juste à côté de Julia, en nous dévisageant tour à tour.

— Oh, que vois-je ? Les belles-sœurs qui créent des liens ?

Elle se tourna vers Julia.

— Tu te souviens de toutes ces fêtes où nous sommes allées quand je me suis fiancée avec Lucas ? Je me rappelle à peine les détails, mais je sais que c'était super.

Je plaquai le sourire le plus faux et le plus ridicule sur mon visage.

— Oui, s'évanouir et se réveiller dans des flaques de vomi qui recouvrent tes vêtements de marque, ce doit être *génial*.

Julia retint un éclat de rire et Claire me fixa en écarquillant les yeux comme si je venais de la planète Blèèèh.

Heureusement, mon mari extrêmement beau et débonnaire apparut avec nos cocktails. Je fis un clin d'œil à Julia et je dis :

— Excusez-nous.

— Que s'est-il passé ? demanda Lucas quand nous fûmes seuls.

Je bus une gorgée de mon cocktail et je levai les yeux vers lui.

— Oh, je ne faisais que chasser la peste.

Le regard de Lucas se tourna dans la direction d'où nous venions.

— Tu l'as peut-être compris maintenant, mais c'est une peste très persistante.

Je levai les sourcils en buvant encore.

— Ne t'inquiète pas. Tu t'es débarrassé de ma peste pour moi, je peux sans doute faire la même chose pour toi.

Il rit.

— Bonne chance avec ça. Elle a les griffes fermement enfoncées dans cette famille.

Ce commentaire me troubla et je le ruminais encore quand il nous fallut passer à table. Il était évident que Claire n'acceptait pas la transformation de Julia et elle agissait comme si son changement la menaçait personnellement. Bien sûr, si Julia arrêtait de faire la fête, quel rôle Claire pouvait-elle remplir dans sa vie ? C'était peut-être tout ce sur quoi était basée leur amitié.

Le dîner fut merveilleux, et j'étais ravie que nous soyons assis l'un à côté de l'autre, cette fois. Je flirtai éhontément avec Lucas en posant la main sur sa cuisse entre deux plats. Il laissa les olives sur son assiette et quand je lui demandai de les avoir, il attrapa sa fourchette.

— Non… donne-les-moi avec tes doigts, murmurai-je pour qu'il soit le seul à l'entendre.

S'il était choqué ou surpris, il ne le montra pas en attrapant une olive entre le pouce et l'index. Je me penchai en avant pour la prendre dans la bouche… ainsi que la moitié de ses doigts. Il baissa les paupières, ses yeux se mettant à brûler quand je reculai lentement. Puis, sans rompre notre échange de regards, je mâchai et j'avalai l'olive.

Sans que je l'encourage, il en attrapa une autre et recommença. Les gens nous virent, j'en étais certaine, mais nous nous en moquions. Nous étions tous les deux trop obsédés par l'idée de ce qui allait se passer dès que nous étions seuls ce soir.

Parce qu'après presque sept mois de mariage, c'était enfin prévu.

Il y eut un moment pour danser après le dîner et même si Lucas avait fermement déclaré qu'il ne dansait pas, je parvins à le convaincre d'essayer quelques slows. C'était un bon danseur, ce qui ne me surprit pas du tout. Il semblait être le genre de type simplement doué pour tout ce qui était exigé de sa part. Ou en tout cas, compétent.

À un moment, plusieurs de ses cousins vinrent discuter. Je me servis de cette excuse pour aller me repoudrer le nez, comme ils disaient dans les années vingt. J'entendis l'un d'entre eux lui dire :

— Mon vieux, ta femme est canon. Quelle chance !

Même si c'était flatteur, je fis semblant de ne pas l'entendre et je partis aux toilettes. Ensuite, je traînai un peu au bar pour lui laisser le temps de prendre des nouvelles de sa famille. Parce que nous allions partir, bientôt. Même si je devais faire semblant de me fouler la cheville ou d'avoir une migraine, nous allions partir d'ici et prendre du temps pour nous.

J'étais en train de fantasmer à l'idée de lui retirer chaque élément de son smoking quand je sentis quelqu'un à côté de moi. Une femme aux cheveux sombres.

Elle portait du rose saumon et de l'argenté. Je me tournai et je vis l'ex de Lucas me dévisager une fois, deux fois, trois fois.

Je bus lentement ma boisson en souriant. Voici enfin ma chance de lutter un peu contre les nuisibles. Mais je n'allais pas être une connasse, sauf si elle commençait la première.

La première règle de la connasse. Ne sois pas une connasse la première. Mais si on joue à la conne avec toi, n'aie pas peur d'être une vraie connasse. Parce que la connasse la plus bruyante et la meilleure est la dernière à faire la connasse.

Mon verre dans les mains, je plaquai un sourire innocent sur mon visage pendant que Claire continuait à m'inspecter très ouvertement.

— Assez dansé ? finit-elle par demander avec ce que je supposai être un sourire ironique.

— Pas encore, mais bientôt.

Elle leva les sourcils.

— Oh. Tu as réussi à le faire danser ?

Elle attrapa sa boisson dès qu'elle fut posée sur le bar devant elle, puis elle fit semblant de trinquer dans ma direction, buvant longuement de son martini.

— Eh bien, félicitations si tu as réussi à faire fondre le grand iceberg que représente Lucas. M. Émotionnellement Indisponible en personne.

Le *si* fut prononcé avec une bonne dose de scepticisme. Je bus encore une gorgée en songeant à cela.

— Je n'ai jamais trouvé que c'était un iceberg. Plutôt des eaux profondes. Il est profond, mais si une personne ne prend pas la peine de s'intéresser à ce qu'il y a sous la surface, elle ne pourra jamais le savoir.

Elle fronça les sourcils et termina son martini avant de poser le verre vide. Puis elle s'approcha, comme pour commencer une longue conversation. *Hors de question*, ce verre était presque vide et j'allais partir à la minute où la dernière goutte touchait ma langue.

Elle leva le menton en parlant comme si elle était une sorte d'experte en relations amoureuses.

— Eh bien, je te souhaite bonne chance avec l'iceberg ou les autres profondes ou ce que tu veux. Plus de chance que j'en ai eue, crois-moi. J'espère sincèrement qu'il prendra mieux soin de toi que de moi.

Elle posa une main sur son cœur comme pour souligner cette « sincérité ».

Je la regardai, incrédule.

— Prendre soin de toi ? Quoi, tu voulais un mari ou un papa ? Merci pour tes vœux, mais je n'ai pas besoin de chance. Je suis folle de lui. *Tot ziens.*

J'avalai le reste de ma boisson avant de poser le verre. Et, parce que je suis une connasse mesquine, j'ajoutai :

— *Ezel.*

Elle sembla complètement perplexe en me regardant partir. *Parfait.*

Waouh, pas étonnant que Lucas ait cru être un mauvais mari pour elle. Qui placerait ce genre d'attentes sur les épaules d'un gosse de dix-neuf ans ? De « prendre soin » d'une autre adulte — en tout cas, *physiquement* adulte ? Je n'arrivais pas à concevoir l'idée de chercher un partenaire qui m'aurait traitée comme un parent. J'avais déjà deux parents, et au mieux, ils étaient médiocres. Quelle étrange idée du mariage. Je secouai la tête. Elle ne méritait même pas que je gaspille une autre pensée pour elle.

Quelques minutes plus tard, je trouvai Lucas et je lui chuchotai à l'oreille que j'étais sur le point de me fouler terriblement la cheville. Je l'encourageai fortement à sortir d'ici avant que cela se produise. Je parvins également à faufiler la main sous sa queue de pie et à faire courir mes ongles le long de son dos.

Il ne perdit pas plus de trente secondes en posant son propre verre, en se penchant vers ses cousins pour leur dire quelque chose, et en passant enfin le bras autour de ma taille.

Il avait la main au creux de mon dos, me guidant précautionneusement pendant que je descendais les marches avec mes chaussures à talons. C'était réconfortant et me faisait légèrement frissonner d'impatience. Le chemin du retour fut assez long et il porta mes chaussures quand nous atteignîmes le petit trottoir, car il m'était impossible de marcher si loin avec ces talons. Malgré tout, on ne se dit presque rien, savourant l'anticipation.

J'avais conscience de sa respiration, de chaque frôlement de nos membres, du dos de nos mains pendant que nous marchions. Chaque contact faisait jaillir un nouveau point de chaleur entre nous. Le seul bruit autre que la nuit autour de nous était ses pas. Et quand nous arrivâmes au bord du gazon devant notre villa, il me souleva et me porta sur ce dernier petit bout de chemin.

Je passai un bras autour de son cou alors qu'il me calait contre son torse et me tenait comme si je ne pesais pas plus qu'un sac de nourriture à emporter.

— Eh bien, M. Walker, dis-je en imitant de mon mieux l'accent traînant d'une Dame du Sud. Je risque de tomber amoureuse si tu continues ainsi.

Il rit en atteignant le seuil et il essaya maladroitement d'ouvrir la porte alors qu'il avait les bras pris par moi. Je finis par appeler de l'aide en frappant bruyamment. Le majordome remplaçant Deleon apparut une minute plus tard pour nous faire entrer. Lucas m'avait alors déjà posée, mais je restai collée très près de lui.

— Tout est prêt pour vous à l'étage, M. Lucas, dit-il en hochant la tête.

Je me tournai vers Lucas qui retirait soigneusement ses boutons de manchettes. Il sourit et hocha la tête vers le majordome.

— Merci. Et vous pouvez prendre congé. Remerciez Deleon pour moi.

Il sourit.

— Certainement. Vous avez mon numéro si vous avez besoin de quoi que ce soit.

J'attendis qu'il soit parti avant de me tourner vers Lucas qui affichait un sourire très satisfait. Il finit de défaire ses boutons de manchettes et les posa bruyamment dans un plat en verre avant de retirer sa veste et d'enrouler ses manches.

Je levai un sourcil vers lui.

— De quoi parlait-il ?

Son sourire s'élargit.

— Tu verras.

Je fronçai les sourcils.

— Je n'ai pas l'habitude de te voir sourire autant. Je crois devoir être effrayée. Très effrayée.

Il retira ses propres chaussures, les posa à côté des miennes et enleva son nœud papillon. Il portait encore le veston et la chemise blanche et son pantalon noir orné de bandes de satins descendant le long de ses jambes. Il avait maintenant enroulé ses manches jusqu'en haut, montrant les muscles solides de ses avant-bras.

Le processus de fonte de la culotte avait officiellement commencé. Je me léchai les lèvres en pensant à ce que nous n'avions pas pu terminer la veille. Il était indubitablement encore plus contrarié que moi à ce sujet.

Il déboutonna les deux boutons supérieurs de son col. Puis il tendit la main vers moi.

— Viens.

Je levai un sourcil vers lui en lui prenant la main.

— Oui, à vrai dire, j'ai très envie de te suivre où que tu ailles.

Il rit et m'entraîna vers l'escalier. Nous montâmes à l'étage des chambres et je retirai mes longs gants en satin que je jetai sur le lit. Ensuite, Lucas me fit monter d'autres marches jusqu'au jardin de toit privé. Un côté était dominé par une petite piscine à débordement au carrelage magnifique jouxtant le bord du toit. Cela permettait à un nageur de regarder par-dessus le bord depuis l'intérieur de la piscine. Et le long des trois autres côtés se trouvaient de grandes pergolas en bois drapées de tissus transparents et décorées de paniers de fleurs suspendus et de vignes. Des murettes assuraient l'intimité des pergolas, bien qu'il n'y ait pas d'autres bâtiments de cette taille à proximité.

Plusieurs fontaines contribuaient à l'effet surnaturel, avec même une déesse grecque vidant une amphore dans la piscine. Une autre était constituée de bols concentriques en acier qui chantaient doucement en se remplissant. Le bruit constant de l'eau qui coulait me détendit presque immédiatement.

Bon sang, j'aurais pu vivre ici. Ça n'était pas difficile du tout.

Des chaises longues bordaient la piscine, mais Lucas nous conduisit dans une zone qui ne pouvait pas être vue de dessous ou autour de nous. Un futon épais avait été disposé sous les étoiles et couvert d'oreillers et de couvertures. Un plateau de nourriture et de boissons, avec un seau à glace et une bouteille de champagne, était installé à côté. Il y avait des morceaux de fromage coupés en cubes et des pâtisseries élégantes, ainsi que des chocolats et des macarons de toutes les couleurs de l'arc-en-ciel. Tout était disposé à la lumière dorée de grosses bougies.

Waouh.

Je veux dire… il avait vraiment sorti le grand jeu.

— C'est magnifique, soufflai-je en regardant autour de moi avec de grands yeux.

Et *carrément romantique.* Aucun de mes petits amis précédents n'avait jamais rien fait de tel pour moi. Le mieux que j'avais eu, c'était un coucher de soleil et des fish and chips sur une couverture à la plage d'English Bay.

J'avais fréquenté des types qui n'avaient pas beaucoup d'imagination. Ou alors, Lucas les éclipsait tous. Et apparemment, sans effort.

Je frissonnai un peu d'anticipation quand il avança vers la couverture. Il tourna la tête pour me regarder, ne ratant rien.

— Tu as froid ? Je peux t'envelopper dans une couverture.

Je lui fis un sourire faussement prude en baissant le menton et en levant les yeux vers lui.

— Je crois que je préfère tes bras à une couverture.

Il me rendit le sourire et ouvrit ses bras. Je n'avais pas vraiment froid, mais la chaleur de son corps fit immédiatement fondre le mien. Il sentait très bon, boisé… comme des copeaux de cèdre. Je collai mon visage contre son épaule couverte par sa chemise.

— Désolée de t'avoir interrompu en pleine conversation tout à l'heure, dis-je.

— Moi, je ne le suis pas, répondit-il avant de bouger la tête.

J'étais presque certaine qu'il venait d'embrasser mes cheveux. Je penchai la tête pour le regarder, le cœur battant dans ma gorge. Je fis un sourire timide et il me retourna ce sourire avant de m'embrasser.

Il s'écarta vite avant que le baiser devienne plus intense.

— J'ai envie de détacher tes cheveux. Mais je ne sais pas du tout comment.

Je ris et je retirai quelques épingles que la coiffeuse avait utilisées. Je n'avais même pas encore fini qu'il faisait déjà passer ses doigts dans mes cheveux avec un long soupir.

— Tu es si belle. Tes cheveux sont magnifiques.

Je lui fis un sourire de travers.

— C'est mon principal attrait.

Il me regarda à nouveau dans les yeux, très sérieux, en immobilisant ses mains.

— C'est loin d'être ton principal attrait, Cranberry.

J'inclinai la tête en arrière et je fermai les yeux, profitant de la sensation de ses mains et savourant la chaleur de ses compliments sincères. Cela faisait plus d'un an que nous faisions des joutes et de l'escrime au lieu de mener une véritable guerre. Pendant tout ce temps, aucun de nous n'aurait admis qu'il s'agissait de préliminaires.

D'un seul coup, sa bouche fut à nouveau sur la mienne, appuyant pour l'ouvrir, d'abord tout doucement. Il avait un goût de whisky et de cannelle. Et quand sa langue entra dans ma bouche, ce baiser devint plus intense, comme une voiture de course s'engageant sur une route dégagée, le conducteur appuyant sur l'accélérateur. Et comme si j'avais été une passagère de cette voiture, mon estomac fit un petit soubresaut. Je n'arrivais pas à reprendre mon souffle et le monde se mit à tournoyer pendant qu'il m'embrassait et m'embrassait et m'embrassait encore.

Nous respirions bruyamment tous les deux quand il s'écarta juste assez pour parler.

— Je veux vraiment, *vraiment*, simplement céder à ce dont j'ai envie depuis des mois, maintenant.

— Alors, fais-le, dis-je en haletant. Parce que c'est exactement ce que je voulais aussi.

— Nous n'avons pas beaucoup de temps, Kat.

— Eh bien, nous savons à l'avance quand tout prendra fin. Ce n'est pas si terrible…

Il inspira encore une fois par le nez, comme s'il sentait mes cheveux.

— Nous devrions établir des règles.

J'éclatai de rire.

— Plus de règles, Jedi Boy. Il est temps de se mettre tout nu.

Ses mains tombèrent sur mes épaules et il les serra urgemment avant de me faire brusquement pivoter de sorte que je lui tourne le dos. Il défit lentement la fermeture éclair de ma robe et l'air frais sur la peau nue de mon dos me donna la chair de poule. Une de ses mains chaudes caressa la courbure de ma colonne et sa bouche plongea dans la vallée entre mon cou et mon épaule. Des picotements électriques violents filèrent le long de mes terminaisons nerveuses avec une telle puissance que je me mis à trembler. J'inclinai le menton afin de lui exposer une plus grande partie de mon cou. Ses mains glissèrent dans ma robe.

— Tu étais la plus belle femme du bal ce soir. Tous les hommes te regardaient et j'étais l'enfoiré suffisant qui savait qu'on reluquait sa femme.

Je ris.

— Quel menteur ! Il y avait plein de femmes magnifiques.

— Je n'en ai pas vu d'autres, rétorqua-t-il pendant que sa bouche remontait le long de mon cou en multipliant la chair de poule par un facteur de quatre, au moins. Les sensations me submergeaient plus vite que je ne pouvais les traiter, envoyant du désir en fusion tout droit vers mon centre.

— Je ne pensais qu'à une seule chose : comme tu étais canon avec ton smoking. Oh, et l'autre chose était qu'il serait encore plus canon de te l'enlever et de te voir nu, enfin.

Il rit.

Je me retournai vers lui et je caressai sa mâchoire.

— Je n'arrivais pas non plus à arrêter de penser que ça allait être incroyable.

Ses yeux marron s'assombrirent de désir.

— Carrément, oui, souffla-t-il avant de faire tomber ma robe en deux gestes déterminés de ses mains sur mes épaules.

Elle tomba en une flaque à mes pieds.

Maintenant, je ne portais plus que ma lingerie sexy inspirée des années vingt : un soutien-gorge en dentelle noire transparente et une culotte assortie qui ne couvrait presque rien. Un porte-jarretelles en dentelle noire autour de ma taille était accroché à mes bas noirs. Et dire que quand je les avais achetés, je ne pensais pas qu'il allait les voir.

Il faisait beaucoup plus que juste les voir. Il me baisait presque avec les yeux. Son regard brûlait d'une faim fébrile et j'aurais pu jurer qu'il venait d'arrêter de respirer.

— Bon sang, gronda-t-il.

Je fis un pas sur le côté, mais avant de pouvoir me pencher pour ramasser la robe sur le sol, il l'avait attrapée et révérencieusement drapée sur son bras. Ensuite, il la porta jusqu'à la chaise longue le plus proche et il la posa doucement. Il déboutonna vite son veston blanc et le rangea également. Ensuite, il poussa les bretelles qui tenaient son pantalon sur le côté et il se tourna vers moi.

— J'étais impatient de te voir nue, mais maintenant, je crois que j'ai envie de profiter un peu de te voir ainsi, dit-il en souriant.

Ma main vola vers le devant de sa chemise et je commençai à la déboutonner, un bouton émaillé après l'autre. Il retira sa chemise et la jeta sur la chaise longue dès que j'eus terminé avec le dernier bouton. Puis il fit passer son maillot de corps par-dessus sa tête et s'en débarrassa de la même manière. Il était enfin torse nu, que les dieux soient loués.

Cela faisait si longtemps que je n'avais pas couché avec un homme que je me demandais si je savais encore m'y prendre. Il avait apprécié la pipe de la veille jusqu'à ce qu'elle se transforme en fellation-interruptus par l'invasion de sa famille.

Je caressai son torse musclé en le lisant du bout des doigts et j'en appris plus sur comment et où il aimait être touché. Il nous conduisit vers la couverture et les oreillers.

Nous nous allongeâmes sur le futon, face à face, mais sans chercher à attraper une couverture malgré l'air frais. Nos bouches se collèrent à nouveau l'une contre l'autre et ses mains voyagèrent sur mes épaules, mon dos, autour de mes fesses et m'attirèrent contre lui. Son érection était très dure, et comme je le savais déjà, plus grande que la normale.

— Il me tarde de te sentir en moi, grognai-je dans son cou.

Sa queue tressaillit, comme si je ne l'avais pas encore remarquée. *Waouh.*

Ses doigts glissèrent dans mon soutien-gorge en dentelle, le poussant sur le côté pour atteindre mon téton qu'il titilla sans merci jusqu'à ce que je pousse un cri en gigotant. Des étincelles crépitèrent le long de chaque nerf.

Sa bouche remplaça bientôt les doigts, ses dents frôlant doucement mes terminaisons nerveuses sensibles.

— J'ai été foutu à la minute où je t'ai dit que nous ne devions pas coucher ensemble, souffla-t-il contre moi. Je n'avais aucun espoir de te résister.

— Mmm, toi, tu sais dire ce qu'il faut, dis-je en ricanant avant de glisser ma main sous la taille de son pantalon pour la poser sur son cul ferme. Bon sang, même les muscles de ses fesses étaient plus fermes que n'importe quel endroit de mon corps. J'aurais pu être gênée et me promettre de faire plus de sport. Mais il me fit bien comprendre qu'il aimait mon corps exactement tel qu'il était.

Lucas passa la main dans mon dos et d'un petit mouvement qui m'indiquait qu'il avait bien plus d'expérience qu'il ne voulait l'avouer, il dégrafa mon soutien-gorge. Je le retirai et pendant plusieurs minutes, il me dit sans mots qu'il aimait mon corps, et spécifiquement, mes seins. Il ne voulut plus les lâcher et je savourai l'instant. Avec un téton dans sa bouche, je profitai des spirales de sa langue et de la morsure de ses dents. Il faisait fermement rouler l'autre téton entre ses doigts.

Je restai allongée là en poussant de petits cris entre mes gémissements, car c'était trop. Ma culotte en dentelle était maintenant trempée et je me frottai contre lui à travers son pantalon.

— Je te jure que si tu n'es pas nu au cours des dix prochaines secondes, je vais arracher ce pantalon de tes jambes, grognai-je en serrant les dents.

Il s'écarta et me sourit.

— Comme tu veux.

Il déboutonna sa braguette et enleva son pantalon. Puis, lorsqu'il se pencha en arrière pour le jeter sur notre pile d'habits, je posai la main autour de son érection à travers son boxer. Ce fut maintenant à son tour de retenir sa respiration.

— Il est temps de passer aux choses sérieuses, Jedi Boy. Dégaine ton sabre laser.

Il jeta la tête en arrière en partant d'un éclat de rire.

— Ça, c'était mauvais, Cranberry. Complètement naze.

— Je suis prête à tout pour que tu sois nu et en moi aussi vite que possible.

Il retira alors son boxer et chercha à défaire mon porte-jarretelles. Je fus amusée de voir qu'il avait bien plus de mal avec ça qu'avec le soutien-gorge. Ce qui n'était pas étonnant. Je ne pensais pas qu'un grand nombre de ses partenaires précédentes portaient souvent des porte-jarretelles et des bas. Je l'aidai afin d'aller plus vite.

Une fois que le porte-jarretelles fut dégrafé et mes bas retirés, je levai les fesses pour enlever ma culotte également.

Enfin, nous étions nus tous les deux. Au même endroit. Et collés l'un contre l'autre. Il était dur et moi mouillée. Et, sauf s'il arrivait une catastrophe naturelle hallucinante comme une attaque d'extraterrestres ou une météorite géante tombant du ciel. Sauf si — Dieu nous en préserve — nous subissions un tremblement de terre majeur ou un tsunami, ça allait enfin avoir lieu.

Enfin.

Je déposai des baisers le long de son torse, comme je l'avais fait la veille, mais il m'arrêta avant que j'arrive à ma destination.

— Non.

Il nous fit rouler sur le côté en posant sa bouche sur la mienne. Il était maintenant sur moi, avec une jambe entre mes genoux. Quand il leva la tête vers moi, il coinça mon regard avec le sien. Ses yeux étaient sombres de désir et ils brillaient à la lumière des bougies.

— On n'attend plus. Je vais enfin faire ce dont je fantasme depuis plus d'un an.

Je déglutis de façon presque comique. Ce fut si bruyant que l'on m'avait sûrement entendue au code postal suivant.

— J'espère que tu as apporté ton arme la plus puissante pour ce raid, dis-je en riant.

Oui, j'étais *ce* genre de personne : la geek ringarde qui faisait des blagues de jeux vidéo pendant le sexe.

— Ah ? dit-il, son visage mêlant l'amusement et la perplexité.

— Oui, parce que tu vas en avoir besoin pour me démolir.

Il rit, puis il déposa d'autres baisers le long de ma mâchoire, sa langue sortant pour ajouter plus de chaleur.

— Je pense que tu as parfaitement conscience de ce dont mon *arme* est capable depuis que tu l'as mise dans ta bouche, hier.

— Mmm. Oui. Ça va être délicieux.

— Tu es sur le point de le découvrir.

Il était maintenant entre mes jambes et il entrait en moi. Si lentement. Comme si j'étais vierge et qu'il avait peur de me faire mal. Je poussai mes hanches vers lui pour le détromper, s'il le pensait vraiment.

Quand il fut à l'intérieur, il me fallut retenir un petit cri de surprise. Il était très grand, comme je le savais déjà, et je ne pouvais nier que cette sensation était satisfaisante. Mais pas encore suffisante. Il resta immobile, à me regarder. Je fus la première à bouger contre lui.

On gémit en chœur et je fermai les yeux. J'ignorai tout ce qui m'entourait pour me concentrer sur le fait de le sentir. Son poids sur moi, sa verge en moi, qui m'étirait et me faisait brûler avec une douce tension. J'avais follement envie de cette décharge d'euphorie.

— C'est si bon d'être en toi, haleta-t-il en accélérant ses mouvements.

De mon côté, j'étais déjà au-delà de toute capacité verbale.

Nous commençâmes cependant bientôt une conversation pleine de sens, de sensations et même d'émotions, mais entièrement dénuée de mots. Les affirmations, les questions et les réponses étaient des gestes désespérés de la main, des mouvements de la bouche, de la langue et la pression accrue de nos hanches qui tournaient à l'unisson.

L'augmentation de la tension commença immédiatement et, comme s'il percevait que je n'étais pas loin, il accéléra le rythme. Il se souleva sur ses bras, se donnant plus d'élan pour entrer en moi avec force. Ses lèvres se collèrent aux miennes, étouffant des gémissements de plaisir.

La tension monta au point que je me mis à dire son nom contre sa bouche. Un nœud tout entortillé se serra de plus en plus, le plaisir couvrant tout mon corps en atteignant un pic puis en s'étalant par vagues de pulsations intenses. Je cambrai le dos, bien que son corps m'appuyait vers le bas, et j'ondulai contre lui pendant que les spasmes se propageaient comme les cercles concentriques autour d'un caillou jeté dans l'eau.

Mes yeux roulèrent en arrière dans ma tête et je le remarquai à peine quand il s'arrêta de bouger et se retira. Je n'étais pas certaine qu'il ait terminé, mais je restai allongée, léthargique, épanouie, inconsciente de ce qui m'entourait. Je constatai soudain que sa tête était entre mes jambes, sa langue trouvant mon clitoris. Tout mon corps se raidit et il poussa ma jambe sur le côté sans un mot, continuant jusqu'à ce que je recommence à jouir au bout de quelques minutes.

Cet orgasme me fit oublier comment parler, même comment respirer. Il vint s'allonger à côté de moi une fois de plus, mais il tendit la main pour me rouler doucement sur le côté, mon dos vers lui. Je remarquai immédiatement qu'il était encore dur. Je n'avais pas été inconsciente au point de rater son orgasme. Il n'était pas encore venu.

Il se glissa à nouveau en moi, se collant contre mon dos. Il chuchota des cochonneries à mon oreille, disant qu'il ne voulait jamais s'arrêter, que c'était excitant pour lui de m'écouter jouir, que c'était si agréable d'être en moi. Je serrai tous les muscles au-dessous de ma taille et il craqua alors, laissant échapper un soupir haletant et s'immobilisant, profitant de son propre orgasme.

Oui, il ne jouit qu'une seule fois par rapport à mes multiples fois, mais je vis que c'était une bonne. Il lui fallut un moment pour redescendre, il était tendu et se tenait au-dessus de moi pendant un long moment jusqu'à ce qu'il retombe contre moi, épuisé, vidé.

On ne dit rien pendant dix bonnes minutes en regardant le ciel noir et les étoiles qui scintillaient faiblement. Il me réveilla quand je commençai à somnoler. On partit chacun son tour à la salle de bains pour se laver avant de courir se remettre sous la couverture. Une fois installés, nous nous blottîmes l'un contre l'autre, entièrement nus sous une couverture chaude, avant de nous endormir.

Ma dernière pensée avant de glisser dans l'obscurité… c'était qu'il me tardait terriblement de recommencer.

CHAPITRE VINGT-ET-UN
LUCAS

L A NUIT S'ETAIT RAFRAICHIE. C'ETAIT LA PREMIERE CHOSE que je remarquai en me réveillant. J'attrapai ma montre et je vis qu'il était en fait assez tôt le matin. Elle était collée à côté de moi, blottie comme si elle avait froid, alors qu'il faisait chaud sous nos couvertures.

Mais ce n'était pas drôle de devoir se lever pour aller aux toilettes en étant toujours complètement nu. Ne souhaitant pas remettre le smoking, les possibilités de me vêtir ici étaient limitées. Quand je retournai à notre petit nid d'amour sur le toit, elle frissonnait dans son sommeil.

Je posai doucement une main sur son épaule et je chuchotai dans ses cheveux :

— Kat, viens, rentrons.

Elle serra la couverture avec plus de force contre elle, secouant la tête d'un air endormi.

— Veux pas.

— Allez, viens. Laisse-moi t'aider. Le lit sera bien plus confortable.

— Mmm, gémit-elle, mais elle passa les bras autour de mon cou, les yeux toujours fermés. Je la rassemblai dans mes bras, je me levai et je marchai vers l'escalier pour descendre vers la chambre. Quand nous y arrivâmes, elle était réveillée et elle me regardait en silence.

Je la posai sur son côté du lit, mais elle ne décrocha pas ses mains de mon cou quand j'essayai de me relever.

— Qu'est-ce qui ne va pas ?

Elle cligna des paupières en me fixant droit dans les yeux.

— As-tu besoin d'eau ?

Elle s'éclaircit la gorge et me tira vers elle.

— Besoin… de plus.

Ma bouche rejoignit la sienne et nous nous embrassâmes. Sa poitrine monta comme si elle cherchait la mienne pour s'y coller. Quand je m'approchai, elle poussa un petit cri de protestation en disant que ma peau était froide contre la sienne.

— C'est pour ça que j'ai essayé de nous faire descendre ici.

Un sourire paresseux s'étala sur son beau visage.

— Laisse-moi te réchauffer, alors.

Quand je m'allongeai à côté d'elle, elle me poussa sur le dos et étala sa peau chaude sur la mienne. C'était délicieux et sans même y réfléchir, je posai les bras autour de sa taille et je la serrai contre moi. Ses longs cheveux soyeux qui sentaient le jardin tropical tombèrent sur mon visage, mon cou, mes épaules. Bon sang. J'étais passé du froid aux flammes en moins d'une minute.

Elle me chevaucha à nouveau, comme elle l'avait fait la veille, mais au lieu de me prendre dans sa bouche, elle fit descendre ses hanches sur les miennes. Puis elle se glissa contre moi jusqu'à ce que je la pénètre. J'étais dur comme si je ne venais pas d'avoir du sexe extrêmement satisfaisant quelques heures auparavant.

Excité comme avant, j'étais un puits sans fond de désir, souhaitant sentir ses hanches sous mes paumes. Elles glissèrent et tournèrent au-dessus de moi. Me frayant un chemin dans sa chaleur humide comme dans une jungle oubliée, l'exploration me rendait grisé et euphorique.

Elle accrocha les mains sur la tête de lit derrière moi en accélérant ses mouvements et je posai les doigts autour de ses seins qui rebondissaient en les taquinant, les frottant, les tenant. Ils étaient doux, généreux, comme elle. Mais à la base, c'était une femme forte et féroce, cherchant son propre plaisir sans en avoir honte.

Elle cambra le dos et ses seins glissèrent de mes mains. Quand elle poussa un cri dans l'orgasme, je guidai ses hanches sur moi, encore et encore, jusqu'à monter jusqu'à mon propre sommet et retomber avec elle.

Chute libre. Incapable de respirer, incapable de penser, je m'accrochai à elle, m'enfonçant jusqu'au bout. Puis, épuisé et profitant de la sensation de bien-être, tous mes sens en alerte, je relâchai tous mes muscles.

Je la regardai descendre de mes jambes, tombant sur le lit à côté de moi en haletant, couverte de sueur. Qui était-elle et que me faisait-elle ?

Que m'avait-elle déjà fait, malgré tous mes raisonnements ?

J'inspirai profondément en ayant l'impression que c'était la première fois que je respirais depuis des années, et je sentis mes paupières devenir lourdes. Elle me disait quelque chose à voix basse, mais j'étais déjà en train de m'échapper du monde et j'étais parti trop loin pour répondre.

— Peut-être que tout le monde au travail avait raison, finalement. Peut-être que nous avions effectivement juste besoin de baiser avant de passer à autre chose.

Le matin arriva bien trop vite. Nous nous réveillâmes avec moins d'une demi-heure pour nous préparer au petit-déjeuner exaspérant qui nous attendait sur la terrasse de la maison principale. Comme j'avais complètement oublié de régler l'alarme, c'était un miracle que nous n'ayons pas simplement continué à dormir. Cette femme m'avait complètement épuisé et chaque muscle était agréablement fatigué et courbaturé.

Je ne pouvais nier la sensation euphorique d'avoir eu du sexe incroyable la nuit précédente. Particulièrement après une longue période d'abstinence.

Après des préparatifs rapides — elle avait mis très peu de temps à paraître très belle –, nous étions en route vers le petit-déjeuner. Kat nous fit arrêter dans le vignoble, ses cheveux détachés s'enroulant autour de ses épaules nues. Elle portait une robe patineuse sans manches bleu sombre et des tennis blanches.

Notre chemin bordait les vignes vertes luxuriantes déjà chargées de raisin. Et elle me sembla rajeunie et fraîche comme un matin de printemps ensoleillé. Quand elle s'arrêta et regarda autour d'elle, la bouche légèrement ouverte d'admiration, elle me jeta un coup d'œil.

— C'est tellement joli, ici.

Avec son sourire diabolique typique, elle leva son téléphone.

— C'est le moment du selfie !

Elle se colla contre moi en tendant le téléphone à bout de bras afin de nous prendre tous les deux. L'odeur de ses cheveux était si ensorcelante que je faillis chanceler.

— Grr, je déteste cet angle, mais je veux avoir le ciel en fond.

Elle fit *cheese* pour la photo.

— Allez, souris, bon sang. C'est une photo, pas ton enterrement.

Elle appuya plusieurs fois sur le bouton en me demandant de sourire davantage.

— Nous allons avoir encore un autre repas avec mes parents, quelle raison y-a-t-il de sourire ? râlai-je en serrant les dents.

— Allez, grognon. On pourrait croire que tu as besoin de baiser, mais je sais que ce n'est plus vrai.

— Je cherche peut-être à obtenir une autre pipe plus tard dans la journée.

Je déposai un baiser dans son cou et elle prit encore une photo.

— Juste quelques-unes de plus. Nous devons faire un *duckface*.

— Un duckface ?

— Oui, ce n'est pas une photo digne des réseaux sociaux si nous ne faisons pas la moue.

Elle grimaça comme si elle était sur le point d'embrasser un porc-épic.

— Allez, duckface.

— On dirait plutôt la tête que tu fais pour une pipe.

Elle leva les yeux au ciel.

— Duckface, sinon tes chances d'avoir une pipe baissent de 100 %.

J'avançai autant que possible mes lèvres en imitant le canard le plus ridicule que je puisse imaginer.

— Tu peux m'appeler Daffy Duck pour le reste de la journée, si c'est le prix à payer pour une pipe.

— La motivation. Elle est si utile, dit-elle joyeusement. Et moi qui veux seulement te revoir avec ton pyjama bleu marine.

— Ce pyjama t'a plu, hein ?

Elle rit en parcourant les photos que nous venions de prendre et en examinant chacune.

— Oui ! Il me manque.

Elle leva ses yeux bleu clair vers moi.

— Juste une chose, était-ce un cadeau ?

Je souris.

— À vrai dire, oui.

— De ta grand-mère ?

Je secouai la tête, perplexe.

— De ma tante.

— Pour Noël ?

— Où veux-tu en venir ?

Elle sourit en rangeant son téléphone.

— J'étais simplement curieuse. Mais je ne plaisantais pas en disant que je voulais que tu le mettes ce soir. Histoire que je puisse l'enlever.

— C'est comme si c'était fait. Tu n'as pas besoin de me le demander deux fois quand tu le demandes de cette façon.

Kat passa devant pour le reste du trajet jusqu'à la grande maison. Je l'observai, ses cheveux étant comme un feu brillant au soleil, ses mains fourrées dans les poches de sa robe aérienne. Je ne l'avais jamais vue porter des robes avant notre mariage. Je ne savais pas ce que j'avais raté avant, alors qu'elle avait un cul magnifique dans les jeans usés qu'elle aimait porter au travail.

Mes yeux glissèrent le long de sa taille fine et se posèrent sur son cul rond et rebondi. Je ne pouvais pas m'arrêter de penser au sexe torride de la nuit précédente. Toutes ces histoires de pipes me faisaient imaginer cette belle tête rousse au-dessus de moi. Cela suffit à me faire bander comme quelqu'un qui n'avait pas couché depuis des semaines.

Tant pis pour le petit-déjeuner, j'avais envie de lui prendre la main et de retourner vers la villa et de passer toute la journée à baiser ma femme dans toutes les positions que je pouvais imaginer. La chaleur et la sueur. L'électricité infatigable. Nue et gigotant sous moi.

J'avais ouvert la boîte de Pandore, la nuit précédente.

Malgré ces souvenirs torrides, d'autres pensées plus sombres émergèrent spontanément. C'était la façon dont fonctionnait mon cerveau maintenant, dans cette version plus âgée et plus cynique de moi-même. Je ne pouvais ignorer l'angoisse au creux de mon estomac. Une alarme tout au fond de moi m'indiquait que ceci pouvait — et si je devais tenir compte du passé — *allait* probablement mal finir. Et alors, ça allait être terrible, vraiment terrible.

C'était pour cette raison que j'avais besoin de ces petits rappels constants — pour moi et pour elle — précisant que notre relation avait une date limite. Et le fait qu'en quittant Napa, nous allions devoir laisser tout cela derrière nous, même s'il fallait encore d'autres mois avant qu'elle obtienne sa carte verte.

Car si les choses explosaient entre nous, elles pouvaient rapidement s'évaporer dans le néant.

Je n'avais pas l'intention de répéter le passé. Je ne voulais pas me remettre dans cette position et devoir refaire de la thérapie et tout cet autre travail difficile. J'avais dû reconstruire ma vie. Une *autre* vie après l'épave laissée par une autre épouse.

Même si je me sentais différent, j'étais encore le même homme qui avait été un mari merdique pour Claire. Et je m'étais juré de ne plus jamais recommencer.

Me revoilà pourtant. J'avais mis toutes ces règles en place pour empêcher cela, mais…

La veille et ce matin, personne n'aurait pu deviner que tout ceci ne devait être qu'un mariage sur le papier. Car nous étions très forts pour agir comme si c'était un vrai mariage.

Nous arrivâmes au jardin supérieur, comme c'était spécifié. Une table ronde en verre et en fer forgé avait été disposée sous un parasol encore plus grand. L'endroit était parfait : en haut des marches près d'une fontaine qui ruisselait et entourée de pots fleuris. La table avait été mise à la perfection, comme si c'était la pièce centrale d'une garden-party parfaite, avec nos noms pour marquer les places. Près de là, une autre table était chargée de nourriture pour un service de style buffet.

Juste pour nous cinq. Eh bien, c'était totalement dans le style de Mère. Elle ne faisait jamais les choses à moitié, et elle avait une raison encore plus importante que d'habitude pour sortir le grand jeu. La journaliste, son assistante et M. Chignon, le photographe, attendaient à côté, bien sûr.

Il n'y avait cependant aucune trace de mes parents.

Julia arriva peu de temps après nous, ses cheveux bruns attachés en une queue de cheval sous une casquette en satin noir. Ses yeux étaient cachés derrière d'immenses lunettes de soleil et elle portait du rouge à lèvres cerise assorti aux cerises imprimées sur son combishort. Dans le passé, les lunettes auraient caché une gueule de bois ou des yeux rouges, mais je constatai soudain que je n'avais pas vu Julia boire une seule goutte d'alcool depuis que nous étions arrivés.

Julia portait un épais magazine *Vogue* sous le bras. Elle posa le magazine à côté de sa place et retira les lunettes de soleil qu'elle déposa également.

— Hé ! Bonjour, les tourtereaux, dit-elle d'une voix très joyeuse.

Waouh. On aurait dit une personne différente de l'adolescente renfrognée et cynique que je connaissais si bien. Ma petite sœur était apparemment en train de grandir.

Julia attrapa alors une des serviettes en tissu coloré qui avaient été soigneusement pliées, et elle la plaça près de ses affaires. Elle inclina la tête d'une façon puis de l'autre, observant sa nature morte avant d'attraper son téléphone pour prendre des photos. Il lui manquait la flûte de champagne requise pour compléter l'image typique de la vie des gens riches et célèbres sur Internet.

Ensuite, Julia visa Kat et moi avec sa caméra.

— Les jeunes mariés au petit-déjeuner, murmura-t-elle pour légende en prenant la photo.

— Tu ne postes pas ça sur Internet. C'est déjà assez irritant d'avoir ces gens-là tout le temps autour de nous.

J'indiquai le groupe de trois personnes qui traînaient près des buissons, attendant apparemment l'arrivée de nos parents. Chignon avait cependant déjà pointé son appareil photo vers ma femme.

J'allais très bientôt échanger quelques mots avec lui.

Julia leva un sourcil.

— Je ne poste pas toutes les photos que je prends. Parfois, j'ai juste envie d'en prendre une, sur le moment. De plus, ta femme est magnifique.

Je jetai un coup d'œil vers Kat. C'était vrai, bien sûr. J'avais toujours pensé qu'elle était belle. Mais ce matin, dans la lumière vive avec cette robe et une légère brise qui faisait danser les longues mèches de ses cheveux, elle n'avait jamais été plus belle.

Malgré tout, ce que j'aimais le plus, c'était qu'elle soit nue et étendue sur une couverture au-dessous de moi.

Julia s'assit et commença immédiatement à parcourir les photos qu'elle venait de prendre. Du coin de l'œil, je vis une des personnes du magazine s'approcher de notre table. Je tournai brusquement la tête, sur le point de dire ce que je pensais au Chignon, lorsque je vis que c'était la journaliste. Comment s'appelait-elle, déjà ?

— Katharina et Lucas ? Je me demandais si nous pouvions prévoir du temps avec vous après le brunch ? Vous logez à la Villa des Amoureux, est-ce exact ? Est-ce que quatorze heures vous convient ? Je promets de ne pas prendre beaucoup de votre temps, juste quelques photos prises sur le vif pendant que vous parlez et quelques questions préparées. Votre mère les a lues et les a approuvées.

Je croisai le regard de Kat en hésitant. Elle semblait presque aussi ravie que moi.

— Eh bien…

— Ils sont libres. Il n'y a rien au programme avant ce soir. Notre tournoi de bridge et les feux d'artifice auront lieu après le dîner, entonna ma mère avec son accent snob.

Elle avait travaillé toute une vie pour éliminer toute trace des prairies du Midwest de son enfance. Apparemment, elle était apparue juste à temps pour nous obliger à participer à ce stupide article.

Je fronçai les sourcils.

— Comment sais-tu que nous n'avons pas nos propres projets ?

Mère m'ignora complètement en scrutant la table de derrière ses lunettes de soleil Bulgari ornées.

— Julia, replie cette serviette et ôte tes affaires de la table ! Ils vont la photographier et j'ai tout fait disposer de cette façon pour une raison, ordonna-t-elle avec *la* voix.

La voix qui poussait ma sœur et moi à redresser instinctivement le dos avant même de réfléchir à ce que nous faisions.

Les grands yeux bleus de Kat passèrent de Julia à moi et inversement. La journaliste prit alors la parole.

— Oh, prenez tranquillement votre petit-déjeuner et les photos seront spontanées jusqu'à ce que vous arriviez au toast. À ce moment-là, nous ferons quelques photos avec des pauses.

Un toast ? Il y eut soudain un membre du personnel en uniforme à côté de Katya qui lui servit du champagne dans un verre pendant qu'un autre se tenait derrière elle avec un pichet de jus d'orange. Des mimosas. Super. Je détestais le champagne.

Julia sauta de sa chaise et fit signe à Kat de l'accompagner jusqu'à la table du buffet pour remplir leurs assiettes. Je les suivis pendant que Mère donnait des instructions à la journaliste et au Chignon.

— Que personne ne touche au champagne, c'est pour trinquer tout à l'heure, ordonna Mère.

Pourquoi voulait-elle trinquer ? Essayait-elle de faire croire que c'était une espèce de tradition de la haute à laquelle nous nous adonnions régulièrement ?

On s'installa en silence pendant que les parents choisissaient soigneusement leur nourriture en prenant le temps. Chignon dansa autour de la table en prenant des photos. Oh, c'était extrêmement irritant. Quand il s'approcha pour un gros plan de Kat qui buvait de l'eau, je déplaçai vite ma chaise, posant délibérément un des quatre pieds sur sa chaussure.

— Ouille ! cria-t-il en sautillant en arrière et en me jetant un regard noir.

— Toutes mes excuses, marmonnai-je en cachant un sourire satisfait derrière ma serviette.

Avec un peu de chance, il avait compris l'avertissement. Sinon, j'allais devoir être plus désagréable. Kat semblait aussi avoir remarqué la fixation du photographe. Était-ce de la gratitude que je perçus dans ses yeux quand elle me regarda en souriant ? Après ça, elle se tourna volontairement hors de son angle de vue. Alors seulement, il passa à autre chose et prit de grandes photos du jardin. Je lui jetai un regard assassin dans le dos. *Quel crétin* !

À côté de moi, Julia semblait nerveuse, s'agitant sur sa chaise et jetant des regards occasionnels vers le dos de nos parents. Nous regardâmes les deux membres les plus âgés de la famille revenir vers la table avec leurs assiettes pleines.

Mère disposa soigneusement son assiette à sa place, avant de réorganiser les couverts.

— Arent, le toast ? dit-elle à mon père avant d'agiter la main vers la journaliste et ses laquais. Nous sommes sur le point de commencer.

Les traits de mon père se durcirent comme s'il n'était pas d'accord avec ce spectacle. Avec cette fausse grandeur aristocratique. Les lèvres pincées, il posa la fourchette qu'il venait tout juste de prendre. En poussant un long soupir, il se leva et s'éclaircit la gorge.

La journaliste intervint :

— D'accord, alors nous allons juste vous demander de coopérer pour cette première partie, le baron qui trinque à sa famille. Nous aimerions avoir des photos de tout le monde qui lève son verre en même temps et nous souhaitons essayer plusieurs angles à cause de la lumière. Alors, si ça ne vous dérange pas de bouger lentement et de vous arrêter quand nous vous le demandons ? Et quand il sera temps de boire, prenez de petites gorgées et gardez votre verre en place. Quand nous aurons fini cette partie, nous vous laisserons passer normalement à votre brunch, mais nous pensons vraiment que le moment de trinquer ferait une très bonne photo pour l'article.

Pff. N'importe quoi. C'était un miracle si je ne levais pas les yeux au ciel sur chaque photo. J'avais cependant été forcé à faire des choses encore plus ineptes que celle-ci et tout serait bientôt terminé.

Et Dieu merci, j'avais Kat auprès de moi pour endurer cela avec elle. Mais elle ne me regardait pas. À la place, elle fronçait les sourcils et elle observait attentivement Julia.

Père souleva sa flûte de champagne et l'inclina vers nous, nous encourageant à faire de même. J'étais certain que le discours qui allait sortir de sa bouche allait être ringard et inauthentique. Sauf s'il daignait me surprendre.

— Est-ce que ça vous ennuie si je trinque avec mon verre d'eau à la place ? lâcha Kat juste au moment où Arent allait lâcher un soupir arrogant avant de commencer à parler.

Mon père fixa Kat. D'après son expression, on aurait dit qu'elle venait de demander si elle pouvait manger de la terre du massif de fleurs au lieu du petit-déjeuner qu'elle avait sur son assiette.

Il cligna des paupières et Mère fit un petit bruit indigné.

— Ce serait mieux si tu tenais la flûte…

Elle se tourna vers Chignon pour confirmer et la journaliste acquiesça qu'il valait mieux que tout le monde tienne une flûte de champagne. Kat fit une grimace et posa le verre d'eau avant de prendre la flûte. Elle semblait troublée, perdue dans ses pensées.

Que se passait-il ? Peut-être détestait-elle simplement les mimosas ?

Père parla d'un ton monotone au sujet de la réunion de famille, du lieu de son enfance et de la connexion de notre famille à la terre, du fait d'honorer notre héritage et bla-bla-bla. Bavasse. Bavasse. Bavasse. Enfin, avec un hochement sec de la tête vers Kat, il dit :

— Et bienvenue à notre nouveau membre de la famille, Katharina. Nous espérons que tu resteras très longtemps.

J'écarquillai les yeux. Ce qu'il ne disait pas c'était l'évidence : *contrairement à la dernière.*

— Très bien, et pouvez-vous commencer à boire quelques gorgées très lentement ? intervint la journaliste. Nous allons faire le tour de la table et prendre des photos, et nous voulons rajouter quelques effets, alors donnez-nous environ cinq minutes ?

Tout le monde porta sa flûte à la bouche sauf Julia. Mais Kat, en voyant Julia hésiter, reposa son verre.

— Y a-t-il un problème ? demanda Mère.

Kat croisa calmement les bras.

— Je ne vais pas boire et je pense qu'il doit y avoir assez de jolies photos parmi celles qu'ils viennent de prendre. Il est donc inutile de faire boire quelqu'un d'autre, particulièrement ceux qui n'en ont pas envie. Ou alors, il faut au moins les laisser remplir leur flûte de jus d'orange.

Mère sembla perdre toute sa couleur en tournant le regard vers Julia. Ma sœur n'avait pas dit un mot, mais elle avait la tête baissée, les épaules voûtées, semblant très mal à l'aise.

Père poussa un soupir.

— Vous savez, j'aimerais vraiment manger mon petit-déjeuner au cours du siècle actuel.

Au même moment, Mère secoua la tête, focalisée sur sa fille.

— Ce n'est pas le moment de faire ton intéressante, Julia. Nous avons une *journaliste* ici. Maintenant, arrête de faire toute une histoire pour quelques gorgées de champagne et fais preuve d'esprit d'équipe.

Je posai également mon verre, mais pas tellement par solidarité, plutôt parce que mon bras fatiguait. Quel était le problème de Julia ? Elle semblait émotive, au bord des larmes.

La journaliste et le photographe se regardaient. Katya rougit profondément et elle eut un regard que je reconnus immédiatement. Souvent dans le passé, ce regard avait été dirigé vers moi. Ceci ne présageait rien de bon pour ma mère. Je fus soudain très curieux de voir ce qu'allaient faire mes parents face à la colère de Kat.

— Pourquoi tout est-il toujours si compliqué ? Tu commences à être aussi pénible que ton frère, grogna Père.

Et d'un geste brusque, il reposa sa flûte sur la table. Elle se renversa et l'orange s'étala sur la nappe blanche immaculée et trempa une partie de son pain grillé. *Bien fait.* Le karma t'a rattrapé.

— Pour une fois, j'aimerais voir ma progéniture réussir dans quelque chose au lieu d'être des enfants pourris gâtés qui se complaisent dans leur malheur. Particulièrement quand on leur a toujours donné tout ce qu'ils auraient pu souhaiter.

Waouh. Cet enfoiré ne ménageait pas ses mots aujourd'hui. Je me mordis la langue. Il ne me servait à rien de perdre mon sang-froid maintenant. Je n'avais rien à prouver et je n'avais pas l'intention de rester à cette table et de continuer à manger après cette remarque. En ce qui me concernait, le petit-déjeuner était terminé. Je retirai la serviette de mes genoux et je la jetai sur la table avant de tendre la main vers Kat. Mais elle ne me regardait pas et elle ne me sembla même pas consciente de ma présence.

Si les regards pouvaient tuer, j'aurais été orphelin à ce moment précis. Les yeux de Kat lançaient presque des flammes bleues.

— Je pense qu'il vous faudrait être complètement ignorant pour ne pas voir que vos enfants réussissent sous vos yeux. *Malgré vous.*

Elle tourna la tête vers ma mère qui était restée muette de stupéfaction et dont la bouche était grande ouverte.

— Et vous.

Père se raidit, il n'avait pas l'habitude qu'on lui tienne tête. Mon premier instinct fut de prévenir Kat qu'il ne méritait pas qu'elle gaspille son souffle et ses efforts pour lui.

— Lucas est en lice pour un travail très prestigieux à la tête d'une nouvelle division de notre compagnie. Il est l'un de nos meilleurs employés. Et l'un des plus intelligents également.

— Ce n'est pas le moment pour ça ! siffla Mère.

Le groupe des employés du magazine avait reculé, mais la journaliste prenait des notes sur sa tablette et Chignon prenait subtilement des photos de la confrontation.

J'étais tenté d'être d'accord avec ma mère, mais davantage pour le bien de Kat que pour celui de mes parents.

Apparemment, Père se moquait d'avoir un public et il voulait seulement battre ma femme verbalement.

— Je suis ravi de savoir que vous avez une si bonne opinion de lui depuis le peu de temps que vous le connaissez. Mais avant ça, il a échoué dans à peu près tous les domaines, y compris un mariage avec une jeune femme très bien. J'espère pour votre bien, Katharina, qu'il ne sabotera pas ce qu'il a maintenant. Il a déjà jeté par la fenêtre tous les avantages qu'il a eus dans la vie pour passer incognito dans un travail inutile et mal rémunéré. Nous ne parlerons même pas des fois où sortir du lit était simplement trop difficile pour lui.

Kat le dévisagea, stupéfaite, ses yeux bleus lançant des éclairs mortels couleur azur. Je refermai les doigts autour de son poignet et je tirai. Je n'allais pas participer à ces conneries et si je pouvais y faire quelque chose, elle non plus.

— Ça n'en vaut pas la peine, maugréai-je.

Julia acquiesça, mais Kat libéra vivement sa main.

— Tu en vaux la peine, dit-elle avant de regarder Julia. Et ta sœur également.

Puis elle fit face à mon père. Mère était figée par l'horreur, elle regardait les journalistes. Je vis qu'elle essayait de trouver un moyen de les faire partir d'ici.

Kat ressemblait à un taureau qui venait d'être défié par une immense bannière écarlate.

— Pourquoi dites-vous des choses si terribles ? C'est de la maltraitance.

— Bien sûr que non, rétorqua le vieil homme.

— Alors, sortez-vous le doigt du cul et arrêtez d'agir ainsi avec vos propres enfants.

Mère laissa tomber sa flûte sur le sol et les éclats volèrent dans tous les sens. Cela ne mit cependant pas un terme à la confrontation. Il y eut seulement plus de monde, car les employés accoururent pour nettoyer. Les journalistes ne bougèrent pas.

— Et je ne connais Julia que depuis quelques semaines, mais je sais aussi que ce que vous avez dit sur elle est faux. Peut-être que si vous preniez le temps de connaître vos enfants comme des personnes, vous comprendriez l'étendue de votre ignorance. Mais vous ne l'admettrez sûrement jamais, parce que vous ne vous souciez pas d'eux.

Père commençait maintenant à perdre son calme et son visage devint rouge. Il fit un geste brusque vers ma sœur et moi.

— Je m'en soucie assez pour être déçue que l'une soit une ivrogne et l'autre un pauvre type geignard. Il n'a pas trouvé la motivation de sortir du lit pendant des semaines et il a dû tout changer chez lui pour pouvoir fonctionner dans la vie. Apparemment, quand on donne à un enfant tout ce dont il ou elle a besoin, ils ne font que le gâcher.

Julia leva brusquement la tête, la bouche entrouverte et des larmes brillant dans ses yeux.

— Je ne peux…

Elle s'interrompit quand sa voix trembla. Puis elle attrapa ses lunettes de soleil et les mit sur sa tête.

Kat était debout et s'il n'y avait pas eu la table entre eux, elle aurait approché sa tête de mon père d'un air menaçant.

— Comment osez-vous, putain ? hurla-t-elle.

Les yeux de Père faillirent sortir de leurs orbites quand il recula la tête. Au moins, cette explosion sembla le rendre temporairement muet. Dommage que ce ne soit pas permanent.

— Julia et Lucas font de leur mieux pour s'améliorer et ils s'en sortent très bien…

— Si on croit en l'utilité des lots de consolation, oui…

— Ce en quoi je crois, ce sont les parents toxiques, et vous en êtes un. Vous vous souciez de la « mauvaise » impression que pourraient faire des enfants qui cherchent à guérir au lieu de les aider à aller mieux. Vous n'envisagez pas votre responsabilité dans leurs problèmes.

Ensuite, elle se tourna vers ma mère dont la honte était inscrite partout sur son visage, dans son langage corporel. Elle ne bougea pas, visiblement terrifiée.

— Vous devriez tous les deux être à genoux en train de sangloter de gratitude parce que Lucas et Julia ont la force d'affronter leurs démons et de les surmonter. Certaines familles n'ont pas cette chance. L'amour vache, ce sont des conneries. Et ce n'est pas de l'*amour*. Alors, si c'est ce que vous essayez de faire, c'est vous qui échouez. Et pas qu'un peu.

J'étais maintenant debout à côté d'elle et je remarquai qu'elle tremblait. Père avait ce regard bizarre, un mélange d'horreur et de satisfaction. Je la pris par le bras.

— Nous en avons terminé ici. Si vous voulez que je revienne à un repas de famille, il vous faudra vous excuser auprès d'elle et arrêter de provoquer ma femme pour m'atteindre.

— Ta femme possède un vocabulaire intéressant.

— Ma femme est intéressante de bien des façons, ce que je ne peux pas dire de toi et de ta prévisibilité monotone. Mais satisfais-toi d'être un homme d'âge mûr médiocre et de n'avoir aucun intérêt en dehors de l'argent que tu as hérité de tes ancêtres travailleurs.

Là-dessus, je posai le bras autour des épaules de Kat et je la guidai, toujours tremblante, loin de la table. Julia jeta sa serviette sur la table sans un mot et elle nous suivit.

Je ne pus résister à l'envie de leur lancer une dernière pique.

— Oh, et mon fonds fiduciaire qui vous inquiète tant ? Il sera reversé aux œuvres caritatives que Kat choisira. Jusqu'au dernier centime. Et je savourerai l'idée de vous voir fulminer sans pouvoir y faire quoi que ce soit.

Julia nous accompagna jusqu'à la villa, et ce fut une promenade silencieuse et pesante. Nous étions tous perdus dans nos propres pensées et peut-être sous le contrecoup de cette confrontation animée et désagréable.

En arrivant à la villa, je me tournai vers Julia. Sous ses lunettes de soleil, ses joues étaient couvertes de larmes. Je la serrai dans mes bras.

— Je suis désolé. Je ne savais pas que tu traversais tout cela. N'écoute pas ce crétin. Je suis très fier de toi.

Je la gardai contre moi pendant qu'elle sanglotait.

Je la fis asseoir sur le canapé du salon, en la tenant toujours jusqu'à ce que les sanglots se calment. Kat devait être sortie discrètement pour nous laisser parler. Quand Julia s'arrêta de pleurer, je partis lui chercher une bouteille d'eau, puis je m'installai à côté d'elle pour parler. Pour parler vraiment. Pour parler comme nous ne l'avions pas fait depuis des années.

Au sujet de… tout.

Des heures plus tard, quand Julia s'était lavé le visage et qu'elle était partie faire ses bagages, je trouvai Katya. Elle était assise sur le lit et elle parlait à Mia sur Skype avec sa tablette. Quand elle me vit entrer, elle tourna la tablette vers moi.

— Dis bonjour à Lucas !

À l'écran, Mia rit et me salua de la main.

— Salut, Lucas. Tu t'amuses bien à boire tout le vin ?

Je grimaçai en la saluant à mon tour.

— Bonjour, Mia. Il n'y a pas assez de vin dans le monde pour améliorer les problèmes familiaux.

Elle rit et détourna la tête. J'angoissai soudain à l'idée qu'Adam pouvait être dans la pièce et qu'il venait de m'entendre. Je ne voulais pas lui donner une mauvaise impression… quelle qu'elle soit. Bon sang. Cela faisait cinq jours maintenant qu'il avait cette présentation sur son bureau et qu'il ne m'avait rien dit. Non pas que je m'attendais à avoir un retour si vite.

Heureusement, j'avais été trop occupé, agréablement en général, pour m'en inquiéter pendant que j'étais ici à Napa. Mais en voyant soudain Mia à l'écran, je m'en étais souvenu et mon estomac s'était noué. J'allais savoir si j'avais obtenu le poste. Et sans doute très bientôt.

— Bon, il faudrait que j'y aille, dit Mia. On se voit un de ces jours pour le déjeuner, Kat ?

Kat tourna l'écran vers elle.

— C'est tout à fait obligatoire. La semaine prochaine.

— C'est noté. Faites bon voyage quand vous reviendrez dans quelques jours.

Kat soupira.

— J'aimerais que nous rentrions plus tôt.

— Euh, pourquoi, pour retourner au travail ? dit-elle en riant.

Kat compatit avec Mia et mit fin à l'appel avant de poser la tablette sur le côté. Elle était allongée sur le lit, pieds nus, et le bas de sa robe était remonté sur sa belle cuisse blanche. Elle semblait un peu froissée, comme si elle avait fait la sieste. Ses cheveux formaient un halo couleur cannelle autour de ses épaules et sa peau était lumineuse, ses joues roses. Elle semblait absolument…

Baisable.

Et c'était exactement ce que je voulais faire. *Encore*. Dès que possible. Rien que le souvenir de ses jambes musclées autour de mes hanches pendant que j'étais en elle me refit bander. Instantanément.

Pour cacher la réaction de mon corps, je m'assis sur mon côté du lit.

— Comment va Julia ? demanda-t-elle en se tournant sur le côté pour me regarder.

Je souris.

— Elle va bien. Elle a beaucoup pleuré. Merci de nous avoir donné le temps de parler. Je... ça faisait longtemps. Je suppose que j'étais aussi coupable que mes parents de ne pas avoir compris qu'elle était bien plus profonde que ce que je croyais. Le changement en elle est visible.

Elle se mordit la lèvre et me regarda avec de grands yeux.

— Aucun de vous deux n'est donc fâché contre moi ?

Je fronçai les sourcils en reculant la tête.

— Fâchés contre toi ? Pourquoi le serions-nous ?

— Parce que je voyais bien que vous vouliez simplement ignorer votre père. Mais je suis quand même montée au créneau. Je n'ai pas pu m'en empêcher. Je suis désolée, mais quand je vois quelqu'un maltraiter une autre personne, il faut que je la défende. J'étais tellement énervée que je n'ai pas pu me retenir.

— Tu défends les autres qui se font maltraiter, mais pas toi-même...

Le pli adorable entre ses sourcils réapparut et elle porta son regard au loin en réfléchissant.

— Tu as raison. Je n'y avais pas pensé de cette façon. Je suppose que parce que mes parents se sont toujours rangés du côté de Derek, je me suis lassée de me battre ? C'est... c'est plus facile de défendre les autres plutôt que moi-même.

— À un moment donné, tu as intégré l'idée que tu ne méritais pas les efforts.

Elle leva la tête vers moi.

— Je suis contente que tu aies été avec moi la dernière fois. Je suppose qu'aujourd'hui nous rend quittes.

Je me mis à rire.

— C'est très important pour toi, n'est-ce pas ? Que nous soyons au moins quittes, ou que tu sois devant moi. Tu ne peux pas le supporter quand c'est moi qui suis devant.

Elle hocha la tête.

— C'est exact.

— Enfin, quoi qu'il en soit, nous ne sommes pas fâchés contre toi et Julia t'est extrêmement reconnaissante que tu l'aies défendue. Elle va prendre un peu de temps pour réfléchir à ce qu'elle va faire par rapport à nos parents et elle va me demander des conseils. Je pense qu'elle va très bien s'en sortir.

Kat garda les yeux rivés sur moi et son regard s'intensifia.

— J'aime beaucoup Julia. Mais je ne l'ai pas fait pour elle.

Je la regardai dans les yeux à mon tour et je vis… *quelque chose* dans les profondeurs bleu ciel de ses yeux. Il y eut soudain une montée de sentiments… comme une chute libre, une sensation grisante qui faisait battre le cœur plus vite et respirer plus fort. Je faillis être submergée.

Elle l'avait fait pour moi.

Je m'éclaircis la gorge après une pause bien trop longue.

— Eh bien… merci.

Elle sourit et couvrit ma main avec la sienne.

— Je te l'ai dit, nous sommes une famille. Même si ce n'est que temporaire. Et les familles se soutiennent. Elles défendent leurs membres. En tout cas, la bonne sorte de famille.

Je levai un sourcil en fixant la main qui couvrait la mienne sans chercher à réagir à son contact. Curieusement, ce fut même difficile de parler.

Elle inclina la tête vers moi.

— Nous avons tous les deux fait mauvaise pioche dans le domaine de la famille. Mais toi et moi, nous sommes des personnes intelligentes et gentilles et bonnes. Nous pouvons être là l'un pour l'autre.

Je sentis une boule dans ma gorge. J'étais étonnamment ému par son sentiment. Je risquai un coup d'œil vers elle et quand nos regards se croisèrent, elle me sourit tendrement.

Sans même me rendre compte de ce que je faisais, je levai la main et je caressai sa joue douce. Mon Dieu, elle était incroyable… et pas seulement à regarder, pas seulement au lit. Je me rendis compte que la raison pour laquelle elle m'énervait tant dans le passé, c'était parce que je l'avais su depuis le début. Elle était incroyable. Trop incroyable pour que je puisse l'ignorer, j'avais donc décidé qu'il me fallait la repousser. Encore et encore.

Afin qu'elle ne contrarie pas l'équilibre que j'avais patiemment établi dans ma vie.

— Je peux faire la même chose pour toi, tu sais. Être là pour toi si, par exemple, tu retournes affronter ta famille au Canada. Je te le dois pour toutes les merdes que tu as dû endurer ce week-end.

Cette fois, son sourire révéla ses dents blanches et régulières.

— Il se pourrait bien que j'accepte ton offre quand je pourrai légalement quitter le pays.

— Je t'accompagnerai. Tu pourras m'acheter un de ces célèbres donuts dont tu parlais tout le temps. Tom machin-chose.

— Tim Hortons.

Son sourire s'élargit et elle se pencha en avant, jetant les bras autour de mon cou avec l'exubérance d'une petite fille. L'odeur fraîche et soyeuse de ses cheveux parvint à mes narines et me frappa, presque comme un choc physique. Quand elle s'écarta, je luttai pour ne montrer aucune réaction.

J'avais des secrets, oui. Des secrets pour elle, et même quelques-uns pour moi. Par exemple, qu'est-ce que je ressentais en ce moment même ? C'était comme si une partie de mon cerveau hurlait de panique alors que le reste était figé, ne sachant pas du tout quoi faire ou penser.

Mon téléphone fit un bruit. Ravi que ce changement interne dérangeant soit interrompu, je me levai du lit pour l'attraper sur la commode. C'était un texto de ma sœur que je lus avant de rire. Je savais qu'il y avait bien une raison pour laquelle j'aimais ma sœur.

Kat fronça les sourcils.

— Que se passe-t-il ?

— Je ne sais pas du tout comment elle a fait, mais Julia vient de réquisitionner le jet privé affrété par mon père. Elle le fait décoller ce soir et veut savoir si elle peut nous déposer.

Le visage de Kat s'illumina.

— Afin que nous ne soyons pas obligés de rester ici trois jours de plus ? Super. Allons-y.

Je levai la main pour l'arrêter pendant que j'envoyais un message au majordome.

— Eh bien, Deleon voudra faire nos bagages, mais à la place, je vais lui demander de ramener la voiture de location. Nous pouvons facilement jeter nos affaires dans des valises. L'avion ne part pas avant minuit, ce qui signifie que nous avons jusqu'à vingt-deux heures avant de partir. Ce qui nous laisse avec le problème...

Je levai le regard avant de continuer.

— Qu'il nous reste presque six heures sans rien à faire.

Un sourire s'étala lentement sur son visage.

— Oh, je suis certaine que nous trouverons quelque chose pour nous occuper.

Oh oui. J'espérais qu'elle dise cela. Tous mes muscles semblèrent se raidir d'anticipation. Je croisai les bras.

— Il me semble que tu aimes être quitte avec moi ou en avance sur moi, mais...

— Mais ?

— Nous ne sommes pas complètement quittes dans le domaine de la fellation. Et je n'ai toujours pas eu l'occasion de découvrir ce talent caché dont tu t'es vantée un jour.

Elle se leva sans hésitation, s'avança vers l'endroit où je me trouvais à côté de la commode et posa une main sur mon torse. À l'endroit où elle me touchait, j'étais comme un brasier. Quand elle inclina la tête vers le haut pour me regarder, son admiration était visible.

— Eh bien, ça ne va pas du tout. Prépare-toi, car je suis sur le point de te faire halluciner, Jedi Boy.

Je ricanai.

— Dirais-tu qu'il s'agit d'un... truc mental de Jedi ?

— Plutôt un truc sexuel de Jedi.

Elle posa soudain les mains sur la boucle de ma ceinture. Tout en continuant à me regarder dans les yeux, elle défit la boucle en léchant ses lèvres sublimes. Elle fit tomber mon pantalon avec facilité, puis baissa mon boxer. Mon corps vibrait d'excitation et j'avais la gorge si serrée que je ne pouvais même pas déglutir.

J'étais presque submergé par l'anticipation de sa bouche sur moi. L'image d'elle à genoux devant moi. Prenant ma longueur dans sa bouche en serrant ses lèvres autour de la base de ma queue.

Elle palpa mon érection et poussa un soupir en me regardant toujours dans les yeux. Puis elle s'agenouilla lentement, comme si elle flottait. Je penchai la tête en arrière et je sentis son souffle chaud sur ma peau sensible. Ma verge était si dure que c'était presque douloureux.

Quand la chaleur et l'humidité de sa bouche se fermèrent autour de moi, je faillis craquer immédiatement.

— Merde, soufflai-je, pas du tout préparé à ces sensations alors que je les avais déjà anticipées.

Comme pour tout, la réalité dépassait de loin tout ce que j'avais fantasmé sur elle. Je posai la main sur la commode à côté de moi pour y appuyer mon poids. Je ne pensais pas me laisser emporter au point de tomber à la renverse, mais on ne savait jamais. Une fois que sa langue allait participer, je ne serais plus responsable de mes actes.

Elle glissa la bouche sur moi en me prenant davantage en elle et je ne pus pas la regarder. Sinon, le moment n'allait pas durer très longtemps. Nous avions baisé deux fois au cours des dernières vingt-quatre heures et ça n'avait même pas détendu un peu mon nœud de désir. En fait, je la désirais encore plus, maintenant que je savais à quel point c'était torride entre nous.

Je passai la main dans ses cheveux doux, profitant de la façon dont les mèches glissaient et s'entortillaient autour de mes doigts. Sa langue fila sur le dessous de ma queue et en moins d'une minute, j'étais à quelques secondes de jouir.

Je refermai les doigts dans ses cheveux. Je l'écartai lentement en inspirant profondément et en essayant de ne pas me détester parce que j'éloignais sa bouche brûlante et délicieuse. Mais il fallait que je réagisse, sinon tout allait finir honteusement vite.

Je la relevai et elle me regarda d'un air presque étonné. Il était évident que personne n'avait jamais fait ça avant, personne n'avait refusé une pipe aussi incroyable.

Mais je voulais plus. Plus de sa peau crémeuse, plus de ses soupirs et de ses gémissements de plaisir, plus de ses cuisses soyeuses autour de moi. Je voulais son clitoris dans ma bouche, sentir la pulsation de l'anticipation. Son orgasme sous mes ordres.

— Je veux te goûter, dis-je en répondant à la question visible sur son visage.

Elle passa de la surprise étonnée à l'excitation rêveuse. Je passai les mains à l'arrière de sa robe et je descendis la fermeture éclair jusqu'au bout. Elle glissa le vêtement de ses épaules avant de se retourner vers le lit en m'entraînant avec elle. En arrivant sur le lit, je retirai ses sous-vêtements et j'enlevai vite mon propre tee-shirt.

Puis, avec une main sur son épaule, je la poussai pour la faire asseoir sur le lit et je m'agenouillai devant elle, entre ses cuisses. En la poussant encore, je la fis s'allonger devant moi, ses longues jambes pendant par-dessus le bord. Elle eut un petit souffle de surprise, mais elle écarta les jambes, apparemment prête à jouer le jeu. Je ne perdis pas de temps en me positionnant entre ses cuisses douces et pâles. Je me penchai et je couvris son clitoris avec ma bouche, puis je suçai. Le petit cri étouffé de surprise, le souffle coupé, le long gémissement quand je fis glisser ma langue sur elle sans pitié. C'étaient les seules récompenses que je cherchais.

Mon corps était douloureux de désir à chaque respiration fébrile qu'elle prenait, à chaque déclaration de mon nom.

Mon excitation monta d'un cran, tendue et douloureuse, tout mon corps en alerte. Les muscles de ses cuisses se raidirent avant de se détendre. Elle referma les mains autour des draps, les entortillant dans ses poings. Sa respiration était bruyante, difficile, ponctuée par des gémissements presque bestiaux de plaisir. Tout cela venait de moi. Et c'était aussi ma perte.

À ce moment-là, je qualifiai sa réaction exquise comme une de mes plus grandes réussites.

— Lucas, je vais jouir ! dit-elle environ une demi-seconde avant de cambrer le dos, se raidissant partout, le souffle coupé.

Je suçai encore et elle cria. Avec force.

— Oh mon Dieu. Oh, bordel de merde, répéta-t-elle comme un mantra.

Oui. Elle aurait dû savoir que je n'avais aucune intention de la laisser passer devant moi à ce petit jeu.

Quand je m'écartai et que je la regardai, épuisée, en sueur et tout emmêlée dans les draps, je sentis une faim, un désir véritablement intense dont je n'avais encore jamais fait l'expérience. J'avais encore besoin d'elle à un degré qui m'aurait effrayé si j'avais accepté d'y réfléchir.

Mais tout ce que je voulais maintenant, c'était plonger dans sa chaleur et la sentir, brûler et s'agiter au-desscus de moi. Elle était à peine remise, ouvrant enfin les yeux pour me regarder avec un sourire adorable et béat.

J'attrapai son épaule et sans un mot, je la fis brutalement tourner sur le ventre, cherchant à assouvir mon propre besoin. En me penchant, je passai un bras autour de sa taille et je tirai ses hanches vers moi. Puis je m'inclinai pour entrer brusquement en elle.

J'avais fantasmé plus d'une fois à l'idée de la prendre ainsi. Je m'enfonçai en elle avec toute l'énergie de la frustration brûlante et insatisfaite accumulée pendant un an.

Kat souffla brusquement. Je lui avais littéralement coupé le souffle. Bien, parce que nous étions deux. Avec des va-et-vient durs et violents, je reculais et je revenais en elle. Encore. Encore. Vite, sauvagement, brusquement. Et quand elle tomba en avant, je la fis une fois de plus remonter contre moi, pour la clouer à nouveau contre le lit. Broyer. Pousser. S'enfoncer.

Mon esprit s'évada, je me perdis dans les sensations de sa chaleur qui m'enveloppait, de sa peau en sueur sous mes mains. Je fermai les yeux, heureux de me perdre en elle.

CHAPITRE VINGT-DEUX
KATYA

PUTAIN. BORDEL DE MERDE. C'ETAIT… JE N'ARRIVAIS PAS A reprendre mes esprits. Je me noyai dans le plaisir si peu de temps après l'orgasme hallucinant qu'il m'avait donné. Maintenant, il m'avait fait rouler sur le ventre, tenant un rythme impitoyable. Les sensations étaient si intenses que je n'arrivais pas à reprendre mon souffle.

Qui aurait cru que Lucas si calme, froid et distant pouvait être un tel animal au lit ?

Je ne m'y étais pas du tout attendue, même si j'avais fantasmé plus d'une fois à cette idée. Il était largement assez en forme pour maintenir ce rythme effréné et je me raccrochai à lui, profitant pour ainsi dire de l'occasion.

Mes bras me faisaient mal à force de me repousser contre lui pour chaque va-et-vient féroce. Malgré tout, je sentis la tension s'accumuler encore. Je fus surprise de constater qu'encore une fois, je n'étais pas loin de jouir.

Et comme s'il l'avait perçu, il s'arrêta si brutalement que je poussai un soupir. Tout doucement, il fit passer une main autour de ma gorge et me releva. J'étais à genoux maintenant, le dos collé contre son torse qui se soulevait. Il était essouflé. Nos peaux étaient couvertes de sueur qui nous collait ensemble. Et même s'il ne bougeait pas, il était toujours en moi. Je m'agitai contre lui et il passa l'autre bras autour de ma taille pour m'immobiliser.

Il approcha sa bouche de mon oreille.

— Tu es si canon, Kat. Tu me rends dingue.

Au lieu de répondre par des mots, j'essayai encore de bouger contre lui. Je n'avais pas été loin, bon sang, et je voulais mon orgasme suivant. La façon dont il me tenait, son pouce qui longeait ma gorge sans serrer trop fort… d'une certaine façon, je trouvais cela terriblement excitant.

— Dis-moi ce que tu veux, souffla-t-il.

— Fais-moi jouir, bon sang.

— Tu veux jouir ? Encore ? Quelle avidité ?

Je fis passer la main au-dessus de mon épaule pour saisir sa tête. En inclinant ma propre tête en arrière, je l'embrassai fiévreusement, ma langue plongeant dans sa bouche. Pendant tout ce temps, nos torses bougèrent en même temps, cherchant désespérément à respirer. Au moment de rompre le baiser, j'enfonçai mes dents dans sa lèvre. Cela lui plut… je le perçus à la façon dont il se dressa en moi.

— Putain, murmura-t-il.

— Maintenant, baise-moi fort.

Il s'avança à nouveau en moi, mais il s'arrêta en restant au fond.

— Tu aimes ça ? Tu en veux plus ?

Je me cambrai contre lui.

— Ne fais pas trop le malin.

Sans plus d'hésitation, la main qui me tenait à la taille me relâcha et se posa sur mon clitoris à la place, en me frottant pendant que ses hanches décrivaient de petits cercles. Mon Dieu, encore plus de plaisir me traversa en ondoyant. Il fallut moins d'une minute pour que la montée vers l'orgasme ressemble à une tornade, un vortex hurlant se formant de nulle part pour m'aspirer. Le dos arqué, je criai son nom. Il s'éleva encore en moi et jeta la tête en arrière pour savourer la sensation de mon orgasme en marmonnant « Oui » d'une voix rauque.

Je me laissai tomber en avant sur le lit et il me soutint pendant qu'il continuait vers son propre orgasme. Il jouit en se raidissant et en retenant son souffle d'un seul coup. Et je le sentis… partout. À l'endroit où nous étions unis, sur chaque centimètre carré de ma peau, en mon centre.

Quand il s'installa à côté de moi, il ne dit pas un mot… il se colla simplement contre moi, de toute la longueur de son corps. Nous restâmes allongés là, profitant de la brise fraîche de l'après-midi qui entrait par une fenêtre ouverte. Je m'endormis en pensant que ce devait être ce à quoi ressemblait le véritable contentement. Je n'avais encore jamais eu ça et je devais admettre que j'en voulais bien plus.

Je somnolai pendant peut-être une demi-heure avant d'émerger vraiment. J'étais morte de faim, n'ayant pas touché à ce foutu brunch et n'ayant pas mangé depuis notre retour.

Lucas n'était pas dans le lit avec moi. La porte de la salle de bains était fermée, et la douche coulait. Je me levai et je pillai le frigo, trouvant avec bonheur des restes soigneusement emballés de notre escapade sur le toit de la nuit précédente. Que soient bénis les anges invisibles autrement connus sous le nom de majordomes personnels.

Waouh, était-ce réel ? Était-ce ma vie, même pendant un court moment ? Des fêtes chics à thème, du sexe romantique au bord de la piscine et des voyages en avion privé ?

Je menais la grande vie ! Qui l'aurait cru ? La petite Kat Ellis de PoCo, la banlieue de Vancouver, une baronne volant dans des jets privés.

Peu après avoir grignoté quelque chose, enfilé des vêtements et fait nos valises, nous étions prêts à prendre une voiture pour l'aéroport. Mais j'avais presque oublié le souvenir très spécial que j'avais acheté à Napa.

— Hé, mon *mari*, roucoulai-je. Je t'ai acheté un cadeau spécial.

Il leva un sourcil.

— Pourquoi ai-je l'impression de devoir craindre le pire ?

Je lui fis un sourire idiot et je sortis les mains de derrière mon dos, chacune tenant un cactus en forme de boule miniature.

— Regarde, des copains pour Kiki ! Nous pouvons les disposer d'une façon très… suggestive, si tu veux.

Il fronça les sourcils en regardant mon cadeau, mais je vis qu'il luttait pour ne pas rire. Il ne voulait pas m'en donner la satisfaction, mais je voyais qu'il était très amusé.

— On pourrait croire que tu fais une fixation sur les pénis.

Je lui fis une grimace.

— C'est la chose la plus stupide que j'ai jamais entendue. *Évidemment* que je fais une fixation sur les pénis. Bon sang. Tu es bien placé pour le savoir.

Il eut alors un regard particulier. Je ne parvins pas exactement à le déchiffrer : encore de l'amusement, oui, mais aussi quelque chose qui ressemblait à de l'admiration. Je pris soin de bien envelopper ces nouveaux trésors afin qu'ils survivent au vol et qu'ils puissent rejoindre leur ami Kiki le Kictus au centre de la table.

Rentrer à la maison fut aussi simple que de réquisitionner un Gulf Stream privé avec pilote et hôtesse de l'air personnels. Il n'y avait qu'un vol de quatre-vingt-dix minutes depuis l'aéroport exclusif de Napa, suivi par un rapide trajet sur l'autoroute pour rentrer.

Une fois à la maison, nous partîmes nous coucher, épuisés, à presque trois heures du matin.

Malheureusement, on ne fit pas la grasse matinée. Le lendemain matin, on se déplaça donc dans la maison comme des zombies. Lucas s'était levé plus tôt que moi, partant faire quelques courses pour avoir au moins du pain et du lait pour le petit-déjeuner. J'étais en train de ranger la maison quand la sonnette retentit.

Michaela appela de l'autre côté de la porte et je courus lui ouvrir. Max faillit me renverser dans son enthousiasme, agitant la queue, la bouche ouverte et pleine de bave. Je m'agenouillai et je serrai le chien dans mes bras.

— Salut mon chiot ! Est-ce que tu t'es amusé à la colo pour chiens ?

Michaela rit.

— Il a adoré. Il a même quelques nouvelles amies féminines.

Michaela me tendit la laisse et je la détachai du collier de Max.

— Max, tu n'as pas honte ?

— Je pense qu'il était déçu de partir si vite, mais Lucas m'a envoyé un texto hier en me disant que vous rentriez plus tôt que prévu. Je savais que le chien allait vraiment lui manquer, alors j'ai décidé de lui rendre service en le ramenant maintenant.

Je caressai la tête du chien.

— Entre. Lucas revient dans une minute avec le petit-déjeuner.

Michaela secoua la tête.

— Je commence un nouveau travail à l'université et je dois m'y rendre, alors je ne peux pas rester. Mais je me suis dit que vous aimeriez récupérer votre courrier.

Elle me tendit un sac plastique qu'elle avait porté sur son épaule.

Je la remerciai et je lui souhaitai bonne chance. Lucas remontait l'allée quand elle se tourna pour partir. Ils discutèrent quelques minutes et je posai le sac de courrier sur la table. Lucas entra dans la cuisine peu de temps après avec les courses. Et une boîte de donuts.

Ils étaient plutôt bons. Je compris après avoir lu l'adresse sur le carton que Lucas avait fait un détour pour aller les chercher. Après notre discussion au sujet des donuts de Timmy de la veille, son attention me toucha.

Pourtant, quand je lui fis remarquer, il haussa les épaules d'un air bourru, sans montrer aucune émotion. Il refusait d'admettre qu'il avait fait quelque chose de gentil. Je l'examinai en le regardant de travers. Il semblait retomber dans son mode grognon par défaut. Comme si le week-end n'avait jamais eu lieu.

Mais je n'allais pas me faire avoir. Je savais qu'il avait eu lieu.

Lucas se mit à trier le courrier que Michaela avait rassemblé pendant notre absence. Il les disposa en piles. Les publicités d'un côté. Les factures. Puis, sans un mot, il prit une enveloppe blanche épaisse qu'il fit tomber sur la table devant moi pendant que je terminais mon dernier donut.

Je la lus, je clignai des paupières, et je la relus.

— Le service d'immigration ? Oh merde, et s'ils disent que ton pays ne me veut pas ?

Il me regarda en levant les sourcils.

— As-tu fait quelque chose en particulier pour qu'ils n'aient pas envie de t'accueillir ?

Je me mordis nerveusement la lèvre et je lui jetai un regard craintif. Mon cœur battait comme si je venais de dévaliser un magasin et que je fuyais à pied. Je le sentais dans ma gorge.

— Et s'ils veulent un autre entretien ? S'ils pensent que nous mentons au sujet du mariage ?

Il grimaça.

— Je suppose que nous pouvons leur envoyer une sex tape.

Je secouai la tête.

— Ce n'est pas drôle. De plus, ils ne méritent pas de me voir nue.

— C'est vrai.

Il indiqua l'enveloppe.

— Arrête de spéculer et ouvre cette foutue lettre.

Je ne le pouvais pas. J'avais si peur que j'eus soudain besoin de faire pipi. Mais si je me levais, mes genoux étaient trop faibles. Et… sans un mot, je poussai l'enveloppe vers lui.

— Fais-le vite, avant que je vomisse partout.

Il me fixa longuement avant de froncer les sourcils.

— Est-ce que la nouvelle — quelle qu'elle soit — sera meilleure si elle vient de moi plutôt que d'un bout de papier ?

— Lucaaaaaasssss, s'il te plaît !

Il poussa un long soupir et ramassa l'enveloppe.

— Très bien, très bien.

Il déchira l'enveloppe, déplia la lettre et commença à la lire en silence. Franchement, je n'avais jamais vu quelqu'un lire aussi lentement. Et avec si peu de réaction. Il était comme une statue en train de lire. On aurait pu croire que c'était imprimé sur une bande de téléscripteur. Comme s'il attendait que ça défile sous ses yeux, un mot après l'autre. Il lut. Et lut. Ses yeux glissèrent jusqu'au fond sans qu'il dise quoi que ce soit.

Je ne pus pas me retenir plus longtemps.

— Lucas !

Il posa la feuille, croisa les doigts et me regarda d'un air très sérieux. Mon estomac tomba dans les talons.

— Eh bien, ils ont décidé… de te permettre de rester dans le pays.

Je n'en crus pas mes oreilles.

— Quoi ?

— Ta carte verte arrive par lettre recommandée dans les quarante-huit prochaines heures.

J'ouvris la bouche, mais aucun son ne sortit. J'étais figée. Alors… c'était fait ?

Il sembla maintenant vraiment inquiet. Il se pencha vers moi et parla d'une voix très forte.

— Tu peux rester, Kat. Tu es ici en toute légalité.

Je saisis la lettre et je la relus plusieurs fois. Non, il ne me faisait pas marcher. Tous les muscles de mon corps s'affaissèrent de soulagement. Mais au fond de moi, en plus de la reconnaissance et du bonheur, je me sentais un peu coupable. Je reposai la feuille et je réfléchis.

— Même s'il a fallu plusieurs mois, j'ai l'impression que ç'aurait dû être tellement plus dur. Quand on regarde le journal…

Je m'interrompis, soudain étranglée par l'émotion, en me souvenant des images que j'avais vues au journal. Des gens retenus à la frontière alors qu'ils cherchaient l'asile après avoir voyagé pendant des milliers de kilomètres. Séparés de leur famille, de leurs jeunes enfants.

Des larmes me brûlaient les yeux. J'aurais dû être heureuse pour moi-même, n'est-ce pas ? Mais pourquoi ? Avais-je plus de mérite que ces gens-là, pour que l'on me confère relativement facilement la carte verte ? Cette carte pour laquelle ils se battaient de toutes leurs forces afin de simplement survivre ? Je serrai la mâchoire.

Lucas parut perplexe.

— Tu as l'air triste.

Je secouai la tête.

— Il y a tant de monde qui essaie d'entrer dans ce pays. Tant de personnes qui affrontent des épreuves et ont besoin d'asile. Pourquoi cela a-t-il été aussi facile pour moi ?

Il me prit la main.

— Je ne dirais quand même pas que c'était facile.

Je repoussai la lettre en ayant soudain le ventre retourné.

— Je veux dire, comparativement. J'avais des avantages… parce que je suis blanche et que je parle anglais en première langue. J'ai reçu une éducation et j'ai pu me permettre de payer un très bon avocat.

Il hocha la tête.

— Oui, tu avais beaucoup d'avantages pour commencer. Je comprends pourquoi tu es bouleversée.

Je haussai les épaules.

— J'aimerais simplement pouvoir faire quelque chose. Je me sens inutile.

— Ah. Oui, eh bien, une carte verte signifie que tu peux rester ici, mais pas que tu as le droit de vote. Il y a peut-être d'autres bonnes choses que tu peux faire.

J'entortillai un doigt dans mes cheveux, les idées filant dans ma tête. Je savais que j'aurais dû être heureuse. Et cela me donnait l'impression d'être ingrate. Aaah !

— Je me sens mal. Je veux aider les autres.

Il poussa un soupir avec un sourire de travers.

— Eh bien, tu ne peux épouser personne d'autre tant que nous n'avons pas encore divorcé.

Je savais qu'il plaisantait pour essayer de me remonter le moral. Ou peut-être pensait-il que je ne lui étais pas reconnaissante de ce qu'il avait fait pour moi… alors que si, bien sûr. Je lui pris la main.

— Merci, j'apprécie énormément ce que tu as fait pour moi. Mais je dois maintenant trouver un moyen de rendre la pareille à quelqu'un d'autre. Je songe à faire du bénévolat. Et puis quand j'obtiendrai ma prime pour l'année, je la donnerai à une association d'aide légale ou à un syndicat pour les libertés civiles.

Il inclina la tête vers moi.

— Ou tu peux m'aider à décider à quels organismes caritatifs tu veux envoyer l'argent de mon fonds fiduciaire. Ce n'était pas simplement une remarque pour provoquer mon père. J'étais sérieux. Je ne veux pas cet argent.

Il me coupa presque le souffle. Il me fallut un moment pour m'en remettre.

— Tu ferais ça ?

— Oui. Je suis d'accord avec toi. Nous devons aider quand nous le pouvons. Pourquoi ne pas demander son opinion à Jenna ? Ne travaille-t-elle pas dans un centre pour réfugiés ? Je parie qu'elle saurait nous dire dans quel domaine ils ont besoin d'aide monétaire.

Je me levai puis je me penchai pour le serrer dans mes bras.

— Ce sont des idées formidables. Merci.

Il tapota mon bras avec raideur pendant que je le serrais contre moi. Il était visiblement mal à l'aise. J'hésitai. Il était évident qu'être de retour à la maison après notre escapade du week-end lui faisait tout drôle.

Nous avions passé tout notre temps ensemble au cours des quatre derniers jours. Peut-être avait-il besoin d'espace. Je m'écartai, prête à m'éloigner et à m'enfermer dans ma salle de jeux vidéo pendant un moment pour dépasser l'étrange cafard que je ressentais.

Il saisit cependant mon poignet et me maintint en place.

— Tu n'as pas regardé tout ton courrier.

Je baissai les yeux vers la table pour voir pas moins de trois enveloppes identiques en papier élégant couleur crème. Je les reconnus immédiatement. Elles venaient de l'avocat de mon frère. Waouh, leur envoi de courrier devenait plus prolifique.

— Je vais les passer à la déchiqueteuse, soupirai-je.

— Je pense que tu devrais d'abord les lire. Ça m'inquiète, maintenant que je sais ce à quoi tu dois faire face là-bas… je ne pense pas que ce soit une bonne idée de simplement l'ignorer. Et s'ils décidaient de contacter le gouvernement des États-Unis et de menacer ta carte verte ?

J'écarquillai les yeux, sentant un autre poids tomber sur mes épaules. L'idée de Lucas selon laquelle ces mêmes personnes pouvaient avoir causé mes problèmes avec les services d'immigration m'avait fait réfléchir. Si c'était le cas, ça ne les gênait pas non plus de faire révoquer ma toute nouvelle carte verte.

Je me laissai immédiatement retomber sur ma chaise, me sentant comme un pneu qui venait de se dégonfler. Il avait raison.

Je me penchai en avant en me frottant les tempes. L'idée de devoir faire quoi que ce soit en lien avec cette histoire m'épuisait.

— Quand tu auras ta carte verte, tu pourras quitter le pays et y retourner son problème.

Il affirmait une évidence.

— Quel est ton plan, Kat ? As-tu pour intention de ne jamais retourner au Canada ?

Sans un mot de plus, je fis glisser les lettres en une pile devant moi et je commençai à les ouvrir systématiquement pour les lire. Quand j'en avais lu une, je la faisais passer à Lucas, puis je lisais la suivante. Après la troisième, je m'adossai à ma chaise, me sentant plus épuisée qu'auparavant. Chaque lettre était plus insistante. La dernière affirmait que le Conseil de la Couronne avait reçu mon adresse et d'autres informations. J'allais bientôt recevoir une assignation à comparaître pour un interrogatoire préliminaire, si je ne l'avais pas encore reçue.

Lucas secoua la tête en lisant la dernière lettre, puis il attrapa la précédente qu'il relut rapidement.

— Je ne comprends pas ces termes légaux canadiens. Le Conseil de la Couronne ? Un interrogatoire préliminaire ?

J'humectai mes lèvres.

— Eh bien, je ne suis pas experte au sujet du système américain, mais j'ai regardé la série *The Good Wife* l'année dernière. Le Conseil de la Couronne est simplement ce que vous appelez un procureur aux États-Unis. Et l'interrogatoire préliminaire s'appelle une déposition ici.

— Alors…

— Le procureur veut savoir si je suis un témoin viable pour la défense. Si c'est le cas, ils voudront entendre ce que je sais pour le contre-interrogatoire au procès.

Il me fixa.

— Mais nous savons tous les deux que tu n'es pas un témoin pour la défense. Tu ne sais pas du tout où il était.

Je me mordis la lèvre supérieure et je croisai les bras avec force.

— Exact.

— Alors si tu vas là-bas, et que tu le leur dis, ils te lâcheront.

Je croisai son regard et nous nous fixâmes pendant que mon cœur se serrait et qu'il battait plus fort. Oui, il essayait de montrer comme ça pouvait être facile. Comment pouvais-je me débarrasser pour toujours de ce poids sur mon dos ?

Mais il y avait un autre poids et malgré ma frustration, ma colère et ma douleur, je ne savais pas comment le gérer. C'était quand même fou de considérer sa propre famille comme un boulet. Si je faisais ce qu'il fallait, j'allais rompre tout lien avec eux, peut-être pour toujours.

Je serrai la mâchoire et des larmes brûlèrent le fond de mes yeux. Je clignai des paupières avec force.

— Ne fais pas ça, dis-je d'une voix tremblante. Je sais ce que tu vas dire.

Il avança sa main sur la table, la paume ouverte pour prendre la mienne, mais quand je ne lui donnai pas la main, il recula lentement.

— Je m'inquiète pour toi. Je veux que tu sois libérée de cette histoire. Je sais que tu le veux...

— Ce n'est pas si simple, murmurai-je.

Je fus surprise qu'il reste silencieux pendant un long moment avant de continuer.

— Je le sais également. Ta situation est différente de ce qu'était la mienne, mais il y a des similitudes. La différence importante, c'est que tu n'es pas seule. Je serai là avec toi à chaque étape.

J'eus des difficultés à déglutir et j'étais sur le point de devenir très émotive. Et bon sang, j'avais déjà craqué une fois devant lui. Il n'allait pas encore être témoin de ça. Cette crise de larmes hideuse suffisait pour toute la vie de n'importe quel homme.

— Je dois aller réfléchir à tout ça pendant un moment. Je pense que je vais me connecter et tuer quelques ennemis dans le jeu. Ça m'aide toujours à réfléchir.

Il sourit en se redressant. Seul un vrai gameur pouvait comprendre ce sentiment et Lucas était un vrai gameur.

Des heures passèrent et je regardai l'horloge, traversant deux quêtes de donjons difficiles en solo en utilisant ce temps pour réfléchir à tous les scénarios de la situation avec ma famille. Tout semblait si facile et logique quand Lucas le résumait. C'était impossible à nier.

Et Lucas lui-même. N'était-il pas incroyable ? Oui, il agissait un peu bizarrement aujourd'hui, mais j'attribuai cela à notre retour dans le monde réel. Sans parler de la confrontation difficile avec ses parents. N'importe qui pouvait être distrait après ça.

Mais sa gentillesse, l'aveu qu'il s'inquiétait pour moi, sa proposition de m'accompagner pour affronter mes démons du passé… je ne pouvais m'arrêter de penser à toutes ces choses.

Les émotions tourbillonnaient et je me questionnais, je songeais et je faisais des théories. Non seulement mes pensées tournaient en rond comme un stock-car sur une piste serrée, mais en plus, mes sentiments étaient en train de déborder et de se mélanger. Les vieux et les nouveaux. Le fait de devoir couper les liens avec mon ancienne vie et faire face aux choses étranges et palpitantes que me réservait cette nouvelle vie.

Étais-je prête ?

J'étais forte. J'avais fait beaucoup de choses par moi-même. Mais je ne voulais pas faire ça toute seule.

Des heures plus tard, c'était le début de l'après-midi. Nous avions promené le chien en silence avant de déjeuner. Mon regard se posa sur l'horloge, je savais que je pouvais régler tout cela d'un seul coup de fil. Le numéro de téléphone était inscrit sur chaque lettre des avocats posée sur la table de la cuisine.

Je me mordis la lèvre et je jetai un coup d'œil à Lucas qui n'avait pas insisté depuis que je lui avais dit avoir besoin de temps pour réfléchir.

— Donc… si je passe ce coup de téléphone. Il me faudrait aller au Canada. Très bientôt. Dans la semaine qui vient ou la suivante.

Il hocha la tête.

— Oui.

— Mais nous avons le travail, dis-je en essayant de me dérober.

— Eh bien, nous avons demandé une semaine de congés et nous sommes rentrés trois jours plus tôt. Nous pourrions choisir de travailler demain et expliquer qu'il nous faudra quelques jours la semaine prochaine. Le vol est assez court, n'est-ce pas ?

— Environ trois heures.

Il hocha la tête en réfléchissant.

— En prenant un vol le matin, tu pourrais te rendre tout de suite chez le pro… euh… le Conseil de la Couronne. Tu y vas, tu réponds à leurs questions…

— Pour l'interrogatoire préliminaire, les avocats de mon frère doivent également être impliqués. Ils seront là pour le contre-interrogatoire. Et Derek aura le droit d'être présent s'il le souhaite.

— Mais pas vos parents, si cela se fait comme ici. Ni d'autres personnes, n'est-ce pas ?

Je hochai la tête.

— Et tu ne seras en aucun cas obligée de parler aux avocats de Derek avant de faire ta déposition.

Je poussai un long soupir.

— D'accord, je vais les appeler et voir à quel moment ils peuvent me voir avant que je me dégonfle.

Je fus perturbée de voir que mon téléphone était complètement déchargé, alors Lucas déverrouilla le sien et me le tendit.

— Tu vas y arriver, Kat. Souviens-toi que tu es une vraie dure.

Je composai le numéro, je posai le téléphone contre mon oreille et sans me rendre compte de ce que je faisais, je tendis la main et j'attrapai la sienne. Il la serra en me rassurant silencieusement par sa présence. Il me soutenait. Nous étions une famille, et c'était ainsi entre nous.

Je serrai sa main avec plus de force quand quelqu'un décrocha et que je demandai à parler à la personne nommée dans la lettre. L'appel téléphonique fut étonnamment court, mais ils étaient tout à fait prêts à être arrangeants. J'avais un rendez-vous pour l'interrogatoire préliminaire le jeudi suivant à treize heures.

Les avocats de Derek allaient être prévenus, tout comme Derek, et ils allaient envoyer quelqu'un pour le contre-interrogatoire après ma déposition et les questions du procureur.

Lucas m'observa attentivement pendant toute ma conversation, puis il me posa quelques questions afin de clarifier certains éléments dès que j'eus raccroché.

Au bout d'un moment, nous restâmes assis en silence, puis… puis il poussa un soupir et me fixa à nouveau avec cet air admiratif. Celui qui m'avait fait quelque chose la dernière fois qu'il m'avait regardée ainsi.

— Tu es incroyable, le sais-tu ? dit-il doucement.

Et soudain cette émotion était à nouveau sur le point de déborder. Les yeux qui brûlaient, une lourdeur dans ma gorge. Tout se tordait et s'emmêlait en moi. Je sautai de ma chaise et je jetai mes bras autour de son cou. Il m'attrapa et me serra contre lui quand j'atterris sur ses genoux.

Je m'accrochai avec tant de force que je ne voulus plus jamais le lâcher, enfonçant mon nez dans son tee-shirt fraîchement lavé, dans cette odeur savonneuse de lui. La sensation de ses bras forts autour de moi, cette confiance en ma force. Les choses pour lesquelles on m'avait critiquée sans relâche en grandissant, Lucas me montrait qu'elles étaient des qualités admirables, désirables. Appréciées.

Je tournai la tête et je l'embrassai soudain dans le cou, sur sa joue rugueuse. Le grattement masculin de ses poils contre ma peau déclencha une nouvelle passion en moi. J'avais besoin de lui. Besoin d'être dans ses bras, de sentir ses mains et sa bouche et son corps sur le mien. Je voulais le vénérer et être vénérée par lui.

Nous nous embrassâmes longuement, torridement. Ce n'était pas seulement motivé par le désir. Non, il y avait quelque chose de plus qui n'était pas présent auparavant. Je sus à ce moment-là de quoi il s'agissait.

Mon Dieu. J'étais tombée amoureuse de cet homme. Avec force. Et pourtant, c'était arrivé si lentement et progressivement que c'était presque comme si cela avait commencé au moment de notre rencontre, bien plus d'un an auparavant.

Mais ce qu'il y avait entre lui et moi depuis longtemps, sans que mon cœur idiot le reconnaisse, n'était plus un mystère pour moi.

L'amour. Une admiration simple et pure pour cet homme et tout ce qu'il était et tout ce qu'il avait fait pour moi, que ses raisons soient altruistes ou pas.

J'ouvris ma bouche pour lui, approfondissant le baiser jusqu'à ce que ses mains repoussent doucement mes épaules, nous forçant à nous écarter. Nous étions tous les deux à bout de souffle et il semblait… stupéfait, partagé, et complètement perdu.

Il fronça les sourcils en secouant lentement la tête.

— On ne peut pas. C'est…

Son regard sombre plongea dans le mien.

— Nous n'allons pas rester ensemble pendant beaucoup plus longtemps.

Je déglutis en observant l'expression de son visage.

— Oui, c'est ce pour quoi nous étions d'accord depuis le départ, n'est-ce pas ? On reste marié jusqu'à ce que j'obtienne la carte verte. Mais…

Mon regard tomba sur son torse qui se soulevait pendant que je réfléchissais aux mots qui allaient suivre.

Il retint sa respiration au « mais », pourtant il ne dit rien.

Mon regard revint vers le sien, l'examinant avec une détermination féroce. *Souviens-toi que tu es une vraie dure.* Ses paroles me revinrent alors. Et il avait raison. J'avais effectivement le courage de dire cela, bon sang. Oui.

Je respirai profondément, bien décidée à faire mon aveu.

— Lucas… je suis amoureuse de toi.

CHAPITRE VINGT-TROIS
LUCAS

S'IL Y EUT BIEN UN MOMENT DANS MA VIE OÙ JE NE SUS PAS du tout ce que j'allais dire, c'était celui-là. Merde alors. C'était la dernière chose que je m'attendais à entendre de la bouche de Katya. *Je suis amoureuse de toi.* Ces cinq mots traînèrent dans l'air entre nous comme des barrières, comme des bombes fumigènes, obscurcissant tout.

J'expirai lentement, faisant comme un bruit de ballon qu'on avait relâché avant de le nouer. J'écarquillai les yeux.

— Je, euh. Je ne sais pas du tout quoi répondre à ça.

Elle cligna des paupières et s'écarta en me regardant attentivement avec des yeux ronds.

Waouh, bien joué... Ezel.

— Tu n'es pas obligé de dire quoi que ce soit. J'ai juste... sur le moment, j'ai eu l'impression qu'il fallait que je le dise.

Ma poitrine se serra, mon cœur se mit à battre plus vite, les paumes de mes mains devinrent moites. Des réactions classiques de fuite ou combat.

Elle écarquilla les yeux.

— Lucas ?

Je déglutis. Était-ce soudain plus difficile de respirer ici, ou cela venait-il de moi ?

— Lucas ? Tu es toujours là ? Tout va bien ?

Je levai les yeux vers elle.

— Je, euh, je pense que je vais aller promener Max. J'ai besoin de réfléchir.

Elle rentra les lèvres dans sa bouche en les mordillant, puis elle hocha la tête.

— D'accord, il sera ravi.

En fait, le chien, ayant entendu le mot en P, trotta vers moi en agitant la queue avec impatience. Nous venions de sortir, mais il en voulait toujours plus.

J'attrapai sa laisse et je l'accrochai à son collier. Katya me suivit jusqu'à l'entrée.

— Avant que tu partes…

Je m'arrêtai et je me tournai vers elle, attendant la suite.

— Je veux dire qu'il n'y a pas de pression pour toi. Bref… prends tout le temps qu'il te faut. Nous pouvons attendre que tu sois prêt pour en parler.

Merde. Allais-je un jour être prêt à avoir cette conversation avec elle ?

Je lui grognai quelque chose et je partis avec le chien, avançant beaucoup plus vite que d'habitude sur le trottoir. Max fut un peu irrité de ne pas pouvoir s'arrêter et renifler chaque arbre, mais il trottina quand même derrière moi.

Si seulement je m'en étais tenu aux règles établies avec elle — ces règles soigneusement énumérées —, tout irait bien entre nous maintenant. Rien de tout cela n'aurait eu lieu.

Mais oui, bien sûr. Parce que c'était ainsi que fonctionnait le cœur. Bon sang.

Je ne savais pas du tout comment fonctionnaient les cœurs, mais ce que je savais, c'était que je ne pouvais pas recommencer. Je ne pouvais pas la décevoir et c'était inévitablement ce que j'allais faire, car j'avais prouvé dans le passé que j'étais un mari qui ne valait rien.

En outre, il m'était impossible de supporter le fait d'être déçu par elle, si l'occasion devait se présenter. Je ne pensais pas qu'elle risquait de faire ce que Claire m'avait fait. Mais — et c'était un gros, *mais* — une fois que cette chose entre elle et moi allait échouer, ce qui allait inévitablement se produire, je ne pouvais pas imaginer ce que ça risquait de me faire.

Les morceaux que j'avais dû ramasser après l'histoire avec Claire et les conséquences du drame familial… tout cela n'était rien par rapport à ce que je risquais de vivre en perdant Kat de cette façon. J'étais presque en train de courir maintenant, et je jetai un coup d'œil à Max qui restait joyeusement à ma hauteur.

Max avait fait partie de ma thérapie, il avait contribué à ma guérison. J'étais allé voir un psy pendant les premiers mois après avoir quitté la maison familiale et m'être installé dans une nouvelle université. Il m'avait fallu du temps pour guérir et par certains aspects, je ne l'étais pas encore. Prendre soin du chiot m'avait aidé. Et j'étais reconnaissant envers Max d'avoir été là pour moi et de l'être toujours.

Pourquoi ne m'étais-je pas tenu au plan d'origine ? Le plan qui devait nous maintenir à distance, qui nous aurait permis de nous séparer amicalement.

Oui, j'avais tout foiré au niveau des règles, mais il était temps de les reprendre. Nous avions toujours eu une date d'expiration, Kat et moi. Afin d'éviter une grosse catastrophe.

Afin d'être capable de garder une certaine amitié après tout ceci. Afin de pouvoir être des collègues de travail productifs. Afin que je ne lui fasse pas de mal comme j'allais inévitablement le faire. Ceci devait se terminer comme prévu.

Tout en pensant cela, mes tennis frappant le trottoir avec régularité, je savais que c'était un mensonge. Quand je me disais que je ne ressentais pas de sentiments réciproques, c'était un mensonge. Quand je disais que Katya n'était pas plus pour moi qu'une collègue en qui j'avais confiance et que je respectais... c'était un mensonge.

Était-ce de l'amour ? Allez savoir. Je ne pensais pas en être capable. L'amour n'était pas pour moi. Le mariage n'était *vraiment* pas pour moi.

Elle resta dans sa salle de jeux vidéo pendant la majorité de la soirée. Je dînai tout seul et je ne savais pas du tout si elle avait mangé ou ce qui lui passait par la tête. Mais comme un lâche, j'hésitais à m'approcher d'elle et je la laissai faire les choses de son côté. Pendant que je faisais pareil.

Comme cela aurait dû se faire depuis le début.

Le matin, après nous être préparés pour nous rendre ensemble au travail, comme prévu, elle fut aimable et cordiale. C'était presque comme si nous n'avions pas eu la conversation inachevée. Presque. Quelque chose était un tout petit peu étrange. Elle était plus silencieuse que d'habitude, ou elle ne me regardait pas autant... ou de la même façon. Ou merde, peut-être était-ce mon imagination.

Nous parlâmes d'autre chose pendant que je nous conduisais au travail avec le chien. Au moins, nous avions la journée de travail pour nous occuper et je n'allais donc pas penser sans relâche à ce que j'allais dire quand elle aborderait à nouveau le sujet.

Mon esprit fut vite occupé ailleurs.

La nouvelle que nous étions rentrés en avance de vacances s'était vite répandue. Je reçus un texto de Jordan qui voulait me voir dans son bureau dès que possible. Je me rendis dans la zone de l'atrium intérieur où se trouvaient les bureaux élégants des cadres dirigeants et des directeurs. Son assistante n'était pas à son bureau, alors je frappai directement à sa porte.

Jordan l'ouvrit brusquement, mais il ne me fit pas signe d'entrer.

— Nous allons à côté.

Je jetai immédiatement un coup d'œil au bureau d'Adam.

— Tu n'as rien dit au sujet d'une réunion avec Adam.

J'étais vêtu de façon ordinaire pour le travail : un jean et le tee-shirt du concert d'un groupe peu connu qui s'était séparé plus de dix ans auparavant. Je le lissai avec les mains, me sentant soudain gêné. Ce n'était pas ainsi que je voulais apparaître devant le grand patron qui devait encore décider si j'allais obtenir le poste que je convoitais tant.

Jordan m'attrapa par l'épaule pour me pousser vers le bureau du PDG.

— Tout ira bien. Allez, vas-y.

— S'il dit quoi que ce soit au sujet de ma tenue, je vais te battre au bras de fer devant ta petite amie. Ensuite, je verserai de la bière glacée dans ton short, grognai-je.

— Ça me va. April ne me garde pas auprès d'elle pour mes biceps, si tu vois ce que je veux dire.

Il fit un clin d'œil irritant. Sans frapper, il ouvrit le bureau d'Adam.

Je grinçai des dents et je lui jetai un regard noir en passant devant lui pour entrer dans le bureau.

— Tout le monde sait toujours ce que tu veux dire, Jordan.

Adam était en train de terminer un appel téléphonique quand nous entrâmes, mais il ne sembla pas surpris ou choqué que

Jordan débarque de cette façon. En fait, il agissait comme si Jordan le faisait tous les jours.

Adam se tourna vers la fenêtre, mit fin à son appel, puis rangea le téléphone dans sa poche. Je fus soulagé de voir qu'il portait lui aussi une tenue décontractée aujourd'hui : un jean et un polo.

— Alors, Lucas, comment vas-tu ? Tu as l'air d'avoir besoin d'un café.

Je passai une main dans mes cheveux d'un air gêné et je fis de mon mieux pour ignorer le ricanement de Jordan à côté de moi. Je pouvais me venger plus tard, même si ça impliquait de couvrir l'urinoir de son bureau avec du cellophane. Je savais avoir recours aux blagues potaches si nécessaire.

— Je vais bien.

Quand ma voix se brisa, je me raclai la gorge et j'ajoutai :

— Tout va bien. C'est juste que je me suis couché tard, hier soir.

Adam sourit.

— Ta nouvelle femme te fait veiller trop tard ?

C'était le cas, oui, mais pas de la façon sous-entendue par Adam, malheureusement. Non, j'avais réfléchi toute la nuit à la façon de nous sortir de cette situation sans souffrir et sans lui briser le cœur.

Toutes les solutions pointaient vers l'impossible.

Malgré tout, je cherchai une réponse appropriée. Adam et Jordan échangèrent un regard et se mirent à rire.

— Tout va bien, Lucas. Je cherchais juste à t'embêter, dit Adam en souriant.

J'espérais que ce ne soit pas un petit avant-goût de la mauvaise nouvelle qu'il allait me servir en plat principal. Je m'éclaircis la gorge et je m'agitai nerveusement pendant qu'Adam semblait me scruter.

— Jeudi prochain a lieu la réunion trimestrielle du conseil d'administration…

Je hochai la tête.

— J'aimerais que Jeremy et toi vous leur présentiez vos projets et vos diapos.

— Ce qui signifie que tu devras porter un costume ce jour-là, intervint Jordan.

— D'accord, je peux faire ça. Y a-t-il un délai, euh…

J'hésitai à poser la question directement. Adam sourit.

— Eh bien, ça reste entre nous, et je te demande expressément de ne pas en parler, mais les cadres sont d'accord avec ta vision et ton projet. Le CA veut voir les deux meilleurs candidats au poste pour faire une recommandation à leur tour. Jeremy va avoir une bonne nouvelle lui aussi, mais pas celle qu'il prévoyait au sujet de ce travail. Mais n'en parle pas non plus, je vais la lui annoncer très prochainement.

Je secouai la tête en ne comprenant pas.

— Vous voulez dire…

— Tu as obtenu le poste, padawan…, dit Jordan.

—… Si tu as l'approbation du CA et si la réunion se passe bien. Oui, tu l'as. Tu seras le nouveau directeur de Draco RV, acquiesça Adam.

Quelque chose monta en moi avant que je parvienne à traiter consciemment ce qu'il venait de dire. La victoire ? L'incrédulité ? Le soulagement ou une excitation grisante ?

Une partie ou tout ce que je venais de citer se mêla en une décoction enivrante. Je secouai la tête et je faillis lui demander de répéter. De leur côté, Jordan et Adam semblèrent observer ma réaction de près. Jordan posa une main sur mon épaule.

— Tu, euh, veux qu'on te laisse une minute ?

Je retirai sa main pour la lui serrer et je fis également une poignée de main à Adam.

— Bienvenue à bord, Lucas. Ça va être une sacrée aventure, mais j'espère qu'elle sera bonne.

Soudain, je ne pus pas retenir mon sourire. Mes joues me faisaient mal. Waouh. *Waouh.* C'était… waouh.

J'avais la tête pleine de toutes les choses que je devais faire avant d'accepter le nouveau poste… et toutes les personnes à qui je devais l'annoncer.

Je m'arrêtai au milieu de cette pensée.

— Au sujet de ne le dire à personne…

— Tu dois jurer de garder le secret, répondit Adam en comprenant immédiatement à qui je faisais référence. Dans des circonstances normales, ça ne me gêne pas du tout que l'épouse soit prévenue, mais elle travaille ici. Et elle va également recevoir une bonne nouvelle. Je vais attendre de la lui annoncer directement, si ça ne te dérange pas.

Je hochai la tête.

— Bien sûr, bien sûr.

Avec un peu de chance, ça voulait dire qu'elle allait obtenir le tout nouveau travail de test white box qu'ils avaient envisagé de créer juste pour elle. Elle allait être si douée là-dedans.

Jordan me raccompagna jusqu'au Repaire, énumérant des « conseils précieux » pour la présentation du conseil d'administration. Je ne pouvais pas le lui reprocher. Jusqu'ici ,ses conseils avaient été assez bons pour m'aider à obtenir le poste… ou peut-être était-ce mon propre travail acharné.

Il me donna une tape sur le dos juste avant que j'ouvre la porte.

— Encore félicitations, Lucas. Adam s'est illuminé grâce à toutes tes idées. Particulièrement la notion d'une version de Pokemon GO dans Draco.

Une chose était certaine, je n'aurais jamais pu obtenir ce poste sans Katya. À la fois parce qu'elle m'avait aidé à atteindre la date limite : la raison pour laquelle je l'avais épousée afin de la garder ici. Et ensuite, avec son avis sur mon projet. Ses suggestions avaient été parfaites et je les avais toutes utilisées, les embellissant parfois ici et là. Je me demandai si j'avais un moyen de la remercier. Si je pouvais lui acheter quelque chose de spécial ou…

peut-être qu'une fois au Canada, je pouvais l'emmener dîner dans un endroit sympa.

C'était à supposer qu'elle veuille encore de ma présence après ma réaction à son aveu d'amour. Elle devait se tromper. Elle devait être perdue. Je ne voyais pas d'autre explication. L'amour n'était jamais censé naître de la situation actuelle.

Je décidai d'attendre et de cracher le morceau sur le trajet du retour à la maison. Il valait mieux que ça reste privé. Particulièrement parce que le couloir secret était maintenant compromis, comme elle l'avait prouvé par inadvertance plusieurs mois auparavant, quand la nouvelle de notre mariage avait été révélée.

Comme il faisait sombre, c'était un peu difficile de déchiffrer ses expressions de visage. Elle semblait agir normalement, en dehors de son absence d'exubérance.

— Cet après-midi, Jordan m'a demandé de venir le voir, commençai-je.

Elle leva la tête de son téléphone et se tourna vers moi.

— Ah oui ? Avait-il des nouvelles ?

— Eh bien, quand je suis arrivé à son bureau, il m'a fait entrer dans celui d'Adam et...

— Oh mon Dieu ! Je le savais. Je savais que tu allais l'obtenir.

Je fronçai les sourcils.

— Quoi ? Je veux dire, comment...

— Si tu me racontais cette histoire parce que tu n'avais pas eu le poste, tu aurais grommelé comme l'enfant caché de Scrooge et du Grinch. Avant, tu étais toujours comme ça, à vrai dire.

Je poussai un soupir.

— C'est exact... je suppose.

— Oh, je suis désolée, est-ce que je t'ai volé le moment où tu m'annonçais la bonne nouvelle ?

Je secouai la tête.

— Non, ça va.

— Eh bien, tu conduis, alors je vais garder le câlin de félicitations pour le moment où nous serons sortis de la voiture.

Je souris.

— Merci.

— De plus, pendant ma pause, je nous ai acheté des billets d'avion pour la semaine prochaine et une chambre d'hôtel raisonnable qui n'est pas dans une partie louche de la ville. Bon sang, quand est-ce que les prix des chambres de Vancouver sont montés à ce point ? Je suppose que j'aurais pu regarder à PoCo, mais je n'ai pas envie de croiser des gens que je connais.

— PoCo ?

— Port Coquitlam. C'est le surnom de ma ville natale.

Je hochai la tête.

On descendit de la voiture et je libérai Max du siège arrière, pendant qu'elle fit le tour devant la voiture avec les bras grands ouverts.

— Je suis tellement enthousiaste pour toi. Tu le mérites. Cette semaine a été bonne pour nous jusqu'ici !

Elle referma les bras autour de moi. Son bonheur était sincère et contagieux et il fit grimper ma joie du moment. Je la serrai contre moi, fermant brièvement les yeux, profitant de l'odeur de ses cheveux contre mon nez, de la sensation de ses courbes délicieuses appuyées contre moi.

Quelque chose s'éveilla en moi et les mots traînèrent sur mes lèvres. L'expression de ma gratitude, le sentiment que nous avions fait tout cela ensemble. Le travail d'équipe que j'avais ressenti avec elle, et bien davantage.

Mais son aveu de la veille se tenait entre nous comme une immense barrière. Avec des panneaux de couleurs vives et des lumières jaunes clignotantes. Mais j'arrivais toujours à nous voir, de l'autre côté de cette barrière. *Ensemble.* Heureux. Capables de durer.

Une pointe de douleur presque physique me serra la poitrine quand j'imaginai rentrer seul à la maison après une longue journée de travail. Pendant qu'elle vivait ailleurs. J'allais devoir vivre entre ces quatre murs tout seul. Ma gorge se noua et je maudis ma stupidité de ne pas l'avoir tenue à distance. De m'avoir permis de ressentir des choses.

Parce que maintenant, je voulais lui demander de faire un essai avec moi. De rester. De voir ce que nous pouvions construire. C'était comme une minuscule étincelle du début de quelque chose de grandiose. Était-ce possible ?

Ou devions-nous nous en tenir au plan A et abandonner tant que nous étions encore en bonne position ?

Je la suivis dans la maison pendant qu'elle bavardait à toute allure, demandant des détails sur le poste… que je n'avais pas moi-même.

— En fait, ce n'est pas encore officiel et… en parlant de ça, Adam m'a spécifiquement demandé de te faire jurer de garder le secret.

Elle fit un signe de fermeture éclair sur sa bouche.

— Je resterai muette.

Elle se laissa tomber sur le canapé et se mit à gratter le chien qui cherchait de l'affection, comme d'habitude.

— Quand est-ce que ce sera officiel, au fait ? On devrait faire une fête.

Je soupirai.

— Eh bien, ils me font faire une espèce de stupide présentation au conseil d'administration jeudi matin. Je ne suis pas ravi à ce sujet, mais…

Je m'arrêtai. Son visage venait de s'assombrir d'un seul coup. Avais-je dit quelque chose de mal ?

— Jeudi matin comme dans… jeudi matin prochain ?

Oh, merde. Mon estomac se noua quand je me souvins de ce que j'aurais dû comprendre bien avant. Je me frottai les tempes.

— Kat, je suis vraiment désolé. Je ne m'en suis même pas rendu compte.

Elle cligna des paupières et son langage corporel se renferma immédiatement. Elle écarta la main du chien qui n'arrêtait pas de la pousser avec sa truffe.

— Max, va te coucher, aboyai-je.

Le chien fit ce que je lui dis en me jetant un regard en passant. Kat sauta du canapé et suivit Max, avant de passer tout droit dans la cuisine. Quand j'arrivai là, elle était en train de sortir une bouteille d'eau du frigo. Elle la déboucha et elle en but la moitié pendant que je la regardais.

— Je suis désolé. Nous pouvons appeler demain et déplacer ta déposition…

Elle secoua la tête.

— Non, je ne peux pas faire ça. Les avocats de Derek ont confirmé leur présence. Ils ont commandé un greffier indépendant de la cour et une équipe vidéo pour documenter l'échange. J'ai également les billets d'avion et la réservation de l'hôtel. Ne peux-tu pas demander à Adam de changer la date du conseil d'administration ?

J'écarquillai les yeux. Non seulement je ne pouvais pas lui demander, mais je n'en avais pas l'intention.

— Ces réunions sont établies des mois à l'avance. Les membres du conseil sont des PDG et des cadres d'autres entreprises. Ça donnerait une impression horrible que je…

Elle cligna des paupières.

— Que tu quoi ? Que tu quittes le pays pour une affaire familiale urgente ? Ils ne le comprendraient pas ?

Je soupirai profondément et je passai les doigts dans mes cheveux. Eh ben merde. Je lui avais promis d'être là pour elle et maintenant… maintenant, je ne le pouvais pas.

— Je ne sais pas quoi faire, je suis désolé.

À ce moment-là, je me sentis vraiment comme un ami pourri. Et le mari le plus merdique qui soit. Pourquoi rompre les habitudes, hein ?

Un seul coup d'œil vers son visage pâle me tordit les entrailles : elle avait les yeux écarquillés en envisageant de faire tout cela toute seule.

Et voilà. C'était la raison pour laquelle je ne devais jamais être un homme marié. Je décevais les femmes dans ma vie. Et j'avais déçu Kat après l'avoir forcée à faire quelque chose qu'elle craignait tant qu'elle avait prévu de ne plus jamais retourner au Canada plutôt que de le faire.

Et voilà que je la lâchais.

Mais je ne voyais franchement pas d'autre moyen, en dehors de me cloner.

Je secouai la tête.

— Kat, je suis désolé.

Quand elle cligna des paupières, il y avait des larmes dans ses yeux.

— Eh bien, tu m'as avertie, n'est-ce pas ? Tu m'as dit que tu n'étais pas doué pour être un époux. Dommage que tu n'aies pas saisi l'occasion de t'améliorer.

Un coup de poing invisible dans le ventre. J'en eus le souffle coupé. Ce n'était rien d'autre que ce que j'avais déjà dit à moi-même — et à elle — plusieurs fois. Mais pour une raison que j'ignorais, l'entendre me le dire de cette voix tremblante et blessée me transperça comme une flèche.

Si elle m'avait juste attaqué et donné un coup de pied dans l'entrejambe, elle n'aurait pas pu me faire plus mal.

CHAPITRE VINGT-QUATRE
KATYA

L UCAS ME REGARDA COMME SI JE VENAIS DE LUI DONNER un coup de poing au visage. Je devais admettre que j'en avais plutôt envie, même si une partie de moi me reprochait d'être en colère. C'était une erreur sincère. Mais c'était nul qu'il n'envisage même pas de trouver une solution.

Non pas que j'en avais une à ce moment-là, mais bon sang. Ça ne me semblait pas si déraisonnable de m'attendre à ce qu'il essaie, au moins. Il ne voulait visiblement pas essayer.

Et d'accord, il y avait sûrement un rapport avec le fait que je lui ai avoué l'aimer. Que m'avait-il pris de lâcher ça de cette façon ? Il hurlait peut-être intérieurement depuis hier en comptant les jours jusqu'à mon déménagement. *Merde.*

Je ne vais pas pleurer. Pas pleurer. Je ne vais pas pleurer.

Lucas cligna des paupières et détourna le regard en reprenant son souffle, puis il sembla parvenir à une sorte de décision.

— Je te l'ai dit dès le départ. Je te l'ai rappelé à Napa. Il y avait toujours une…

— Une date d'expiration, oui, je sais. On dirait que ce mariage a mal vieilli comme du lait.

Sa pomme d'Adam bougea quand il déglutit.

— Au sujet d'hier…

Je secouai la tête.

— Je ne veux pas parler d'hier et toi non plus. Tu es trop occupé à vivre une prophétie autoréalisatrice et je ne veux pas en faire partie.

Il sembla complètement perplexe, alors j'expliquai :

— Tu t'es convaincu que tu étais un mauvais mari pour Claire et donc un mauvais mari pour n'importe qui. Ça implique que tu ne veux même pas essayer.

— Je ne vais pas nier cela. Je te l'ai également dit depuis le début.

Je levai les mains de frustration.

— Lucas ! Tu avais dix-neuf ans, tu n'étais qu'un gamin. Elle s'attendait à ce que tu t'occupes d'elle, comme une enfant. Tu n'étais pas son père et tu ne méritais pas ce genre d'attente. Tu cherchais encore à savoir comment être un adulte, tu te lançais dans la vie étudiante et tout le reste.

Je respirai profondément pour me calmer. Ma voix devenait plus forte et je ne voulais pas que ça se termine par une dispute. Mais bon sang, cet homme et son entêtement me rendaient dingue.

— Tu es un adulte maintenant. Tu as réussi et tu sais ce que tu veux. Tu as rejeté toutes les compensations et les avantages de ta famille et de ton enfance. Tu as choisi de tracer ta propre voie, de construire ta carrière et avec succès. Tu n'es pas la même personne qui a abandonné son premier mariage. Et je ne suis pas ta première femme. Je suis une adulte qui n'a pas besoin et qui ne veut pas qu'un homme prenne soin d'elle. Je sais prendre soin de moi-même.

Il ouvrit la bouche pour protester, mais je levai la main pour l'arrêter. Je n'avais pas encore terminé.

— Tu es un testeur de jeux, tu sais ce qu'est une erreur logique dans la programmation. Eh bien, les cerveaux humains en subissent aussi. Et tu as eu une grosse erreur logique quelque part dans ton cerveau quand tu as divorcé de Claire. Tu as inventé une croyance parce que tu n'as pas pu le faire à ce moment-là avec cette femme-là. Ou tu n'as pas voulu.

Il secoua la tête.

— Je t'ai déjà dit ce que ça m'a fait, que cet échec, parmi tous les autres échecs, m'avait mis à terre. Il m'a fallu donner tout ce que j'avais pour me reconstruire. Je ne peux pas prendre le risque de recommencer.

Je secouai tristement la tête.

— Cependant, il n'y a pas de garantie dans la vie. Tu connais ce vieil adage que le seul moyen de ne jamais gagner un jeu est de ne jamais jouer ? Là, tu es en train de reprendre ta balle et de rentrer chez toi parce que tu as peur.

Il serra les dents pour parler :

— Il n'y a pas de mal à avoir peur. Il n'y a pas de mal à ne pas vouloir décevoir les gens que j'aime. Je ne veux pas te décevoir, et pourtant c'est inévitable. Toute cette situation, c'est moi qui te déçois. Tu vois ? La prophétie s'est réalisée.

— Eh bien, moi j'ai peur de me rendre au Canada et d'affronter ma famille. Mais tu sais quoi ? Je vais le faire. Et maintenant, on dirait bien que je vais devoir le faire seule. Tant pis. Je vais le faire. Je suis terrifiée, mais je le fais.

Il secoua la tête en me regardant, une émotion sincère passant sur son visage pour la première fois. Je crus même voir quelque chose dans ses yeux, mais je l'avais peut-être imaginé. Ou alors, je souhaitais juste les voir : des larmes qu'il retenait.

Il serra le poing et frappa le comptoir à côté de lui.

— Je ne peux pas être responsable du bonheur d'une autre personne, Kat. C'est ce qui m'a fait sombrer la première fois. Décevoir toutes ces personnes. Je ne peux pas et je ne serai pas responsable de ton bonheur.

J'essayai de cligner des paupières pour chasser mes larmes, mais elles glissèrent quand même sur mes joues.

— Bien sûr que tu n'es pas responsable de mon bonheur. Mais tu es tout à fait responsable du tien. Et dans ton cœur, tu es le seul à savoir comment l'atteindre.

J'inspirai profondément et à ma grande horreur, cela fit un bruit de sanglot. En appuyant le dos de ma main contre ma bouche, je tournai les talons et je quittai la cuisine pour aller dans ma chambre. Il ne chercha pas à m'arrêter.

Dès que j'entrai dans ma chambre, je sus qu'il m'était impossible de passer une nuit de plus dans cette maison. Je ne le pouvais pas. C'était trop douloureux. C'était déjà assez difficile de devoir nous croiser au travail tous les jours. Quand il allait commencer à s'occuper du nouveau département, il ne serait peut-être plus aussi présent. En attendant…

Non, je devais partir d'ici. Je sortis mon téléphone et j'envoyai un texto à Heath, puis sans attendre de réponse, je sortis mon grand sac en toile dans lequel je mis mes affaires essentielles. Mes vêtements pour les jours suivants, tout ce dont j'allais avoir besoin. Si Heath ne pouvait pas m'accueillir, j'allais contacter mes autres amis. Ou alors, j'allais piocher dans mes économies pour une maison et prendre une chambre à l'hôtel pendant une semaine jusqu'à mon départ pour le Canada.

Je me rendis à la salle de bains et j'y rassemblai d'autres affaires. Une grande partie était encore emballée après le voyage à Napa, ce qui me facilita les préparatifs. J'allais essayer de revenir ici et de prendre d'autres vêtements avant mon voyage. Il me fallait un manteau plus chaud, car l'automne était très certainement déjà arrivé dans le nord-ouest, alors qu'il faisait encore très bon ici.

J'eus presque fini quand une ombre passa dans ma vision périphérique. Lucas se tenait dans l'embrasure de la porte, les mains posées de chaque côté.

Je fermai le sac et je me redressai en retirant une mèche de cheveux de mes yeux.

Son regard tomba sur le sac et il fronça les sourcils.

— Tu pars ?

— Je me suis dit qu'il valait mieux, dis-je doucement. Tu sais, puisque de toute façon notre relation va expirer.

Il écarquilla les yeux, les mâchoires serrées. Il sembla vouloir protester.

— Tu n'es pas obligée de partir.

— Si. Nous ne sommes plus obligés de faire semblant. Ce qui est bien, c'est que nous avons tous les deux obtenu ce que nous voulions, n'est-ce pas ? J'ai ma carte verte. Tu as le travail. Nous devons juste retourner à nos vies réelles maintenant.

Il fronça encore les sourcils.

— Nos vies réelles ?

— Nos anciennes vies, oui.

Mon téléphone annonça un texto et je l'attrapai. La réponse de Heath exprimait une certaine confusion parce que je lui avais demandé de loger chez lui pendant quelques jours, mais il était heureux de m'accueillir. Ce fut tout ce dont j'avais besoin. Je composai une réponse et j'appuyai sur envoyer.

Lucas n'avait pas bougé.

— Où vas-tu ?

— Je retourne chez Heath jusqu'à ce que je doive partir pour le Canada. Et après ça…

Je haussai les épaules. J'attendis et il ne bougea toujours pas, m'observant avec ses yeux sombres et intenses. Je baissai les yeux pour vérifier que j'avais tout et j'aperçus la lueur du diamant à ma main gauche.

Ah oui. Tant pis. J'allais devoir lui rendre maintenant, n'est-ce pas ? Merde.

Je glissai la bague de mon doigt puis je la levai afin qu'il me voie la poser soigneusement sur la table de chevet vide.

— N'oublie pas de la ranger afin de ne pas la perdre.

Pas de réponse. Il était comme une statue. Le moment était pesant et gênant. Je fis passer les sangles de mon sac sur l'épaule, j'attrapai mon sac à main et mon sac à dos et je marchai vers la porte.

Et vers lui.

Et il ne bougea pas. Je m'arrêtai en levant la tête vers lui.

— Peux-tu te pousser, s'il te plaît ?

Ses yeux étaient pleins d'émotion et de non-dits. Tout cela bouillonnait en lui comme dans un ragoût… comme une cocotte-minute sans soupape.

— Reste, dit-il doucement.

Je fronçai les sourcils.

— Mais pourquoi ?

— Parce que je ne veux pas être le type qui a jeté sa femme dans la rue. Tu peux rester ici jusqu'à ce que le divorce soit finalisé.

Mauvaise réponse, mon gars.

— Je n'ai aucune raison de rester. Je veux partir. Et tu ne me jettes pas dehors. Et je ne serai pas dans la rue.

J'hésitai, puis je déglutis. Il n'avait toujours pas bougé.

— Laisse-moi partir, Lucas, dis-je enfin.

Il serra la mâchoire et il fit un pas de côté avant de me regarder passer. Je soulevai les affaires qui m'encombraient et je les laissai tomber devant la porte d'entrée pendant que je cherchais mes clés.

Je me retournai vers lui.

— Je vais, euh. Puis-je laisser le reste de mes affaires ici pendant un moment ? Jusqu'à ce que je sache où les mettre ?

Son visage était dénué d'expression, ses yeux toujours brûlants, son corps tout raide, défensif, les épaules tendues et les poings serrés.

— Aucun problème.

— C'est mieux ainsi. Maintenant, tu peux retourner à ta vie de célibataire aussi vite que tu le veux.

Il cligna des yeux.

— Je ferai préparer les papiers du divorce et ils seront prêts à être signés à ton retour du Canada.

J'aurais sûrement dû le remercier pour ça. Après tout, c'était une grosse corvée de s'occuper de toute la paperasse juridique. J'aurais dû le remercier, oui. Mais je ne le pouvais pas.

— Au revoir.

Je partis.

Une demi-heure plus tard, je sortis de la voiture dans le parking de l'appartement de Heath.

Je poussai un soupir, puis je sortis les sacs de mon coffre. C'était mieux ainsi, comme je l'avais dit à Lucas. Cette séparation nette allait me donner du temps. Pourquoi, je ne le savais pas, mais… le temps guérissait les blessures, non ?

Heath m'accueillit en me serrant dans ses bras et il me prépara un de mes thés préférés. On échangea les dernières nouvelles et je lui expliquai pourquoi j'étais là.

— Qu'est-ce que tout cela veut signifie ? Je veux dire... tu as ta carte verte, il a obtenu le travail. Tout se passe exactement comme tu le voulais, n'est-ce pas ? Pourquoi sembles-tu si triste ?

Je l'examinai par-dessus le bord de ma tasse en buvant une longue gorgée du liquide chaud et odorant. Bon sang, le thé me manquait. Le *vrai* thé, pas l'imitation américaine habituelle.

— Waouh, celui-ci est importé, n'est-ce pas ? Il est tellement bon.

C'était un bon moyen d'éviter la question.

Il fronça les sourcils.

— Tu es tombée amoureuse de lui, hein ?

J'écarquillai les yeux. Waouh, sans préambule, sans avertissement. L'accusation venait d'être lancée et elle résonnait contre les murs et les surfaces planes de son appartement.

Je secouai la tête.

— Je ne...

Il sourit.

— Oh que si ! Que s'est-il passé quand tu le lui as dit ?

Je respirai profondément avant de souffler.

— Il est parti promener le chien pendant une heure. Puis nous n'en avons plus parlé.

Heath se gratta le bouc.

— Hmm. Un cas classique de déni.

— Déni de quoi ? Il n'a rien à nier.

Il me regarda comme si j'étais stupide.

— Ah bon ? Chaque fois que nous avons été tous ensemble, je l'ai observé. Ce type est fou de toi. Il l'était bien avant toute cette histoire de mariage. Sinon, pourquoi aurait-il accepté ?

Je secouai la tête.

— Il avait besoin que je reste dans le pays pour l'aider à obtenir son poste. Je veux dire, c'est vraiment gentil de ta part de dire ça, Heath. Mais je ne peux pas être une espèce d'étudiante qui se languit d'amour avec des pétales de pâquerettes dans la main à dire « il m'aime un peu, beaucoup… pas du tout ». Je ne peux pas jouer à ce jeu. Pas avec tout ce qu'il se passe.

Heath me regarda, complètement perdu.

— Je crois que tu me dois quelques explications.

Je mis donc une heure — et une autre tasse de thé bien remplie — pour le mettre à jour. La visite de mon frère. La raison pour laquelle je devais partir au Canada. Tout.

— Merde, marmonna-t-il quand j'eus terminé. C'est…

Il secoua la tête.

— Si la date était plus éloignée, j'aurais pris des jours de congé pour t'accompagner. Tu pourrais me faire visiter. Je n'y suis jamais allé.

Je me penchai pour le serrer dans mes bras.

— J'aimerais beaucoup. Mais tu sais quoi ? Je crois que je m'habitue à l'idée. Ce n'est pas ce que je préfère, mais je vais aller là-bas, le faire et arrêter d'avoir peur. Et arrêter de devoir fuir. Je vais être forte.

Il me serra dans ses bras.

— Je suis désolée pour les conseils amoureux indésirables. Je ne sais pas pourquoi je finis toujours dans la position du conseiller romantique ces derniers temps, mais voilà. C'est sûrement de la faute de Mia.

Je ris.

— Pauvre Mia.

Il fit une grimace.

— Non, pauvre de moi. Mia va très bien. Sérieusement, un de ces jours c'est moi que vous allez devoir conseiller quand je rencontrerai le canon musclé de mes rêves.

— Je t'assure que tu ne voudras pas de mes conseils !

Peu après, je partis me coucher dans mon ancienne chambre sur un matelas gonflable dans la maison de Heath.

Au travail, je restai discrète. Nous ne pouvions pas vraiment nous éviter, mais nous ne faisions vraiment aucun effort pour discuter non plus. Deux jours après mon départ, il me tendit une enveloppe en me disant qu'il avait signé le recommandé de ma carte verte quand elle était arrivée.

Voilà donc mon ticket de retour au pays. C'était un poids qui tombait de mes épaules et je me sentis un peu étourdie par le soulagement. C'était une inquiétude de moins à gérer par rapport à mon voyage au Canada.

À la fin de la semaine, je décidai de prendre quelques jours de maladie et de ne pas retourner au travail avant mon départ. C'était trop difficile de le voir là-bas en sachant qu'il était en train de revenir à la situation d'avant. Qu'il faisait préparer les papiers du divorce. Qu'il avançait vers autre chose dans sa vie.

Avec un peu de chance, il allait travailler à son nouveau poste dans l'autre bâtiment à mon retour, diminuant ainsi les occasions de nous croiser.

Je pris le temps de trouver une réunion Al-Anon dans la région et je m'y rendis. Pour une fois, je racontai une version abrégée de mon histoire au groupe. Ils m'encouragèrent et cela me donna des forces. Je faisais ce qu'il fallait.

Les jours passèrent et j'étais de plus en plus pressée de partir et de me débarrasser de cette corvée. Que tout cela soit derrière moi. J'espérais que d'autres choses suivent vite le même trajet et fassent partie d'un passé lointain et inoffensif.

CHAPITRE VINGT-CINQ
LUCAS

KAT NE VINT PLUS AU TRAVAIL. QUAND J'EN PARLAI discrètement aux relations humaines, ils m'informèrent qu'elle était en congé maladie. Comme c'était le lundi avant son départ pour le Canada, je supposai qu'elle se donnait la semaine.

Malgré tout… ne pas savoir où elle était me fit lentement sombrer dans la folie. Kat n'utilisait pas les réseaux sociaux personnels, cela faisait partie de toute sa paranoïa. Comme tout son équipement était chez moi, son profil de gameuse et sa chaîne Twitch restèrent inactifs.

J'étais dans l'ignorance la plus totale et je perdais la tête.

Je travaillais sur ma présentation pour le conseil d'administration, oui. Mais je ne dormais pas et je ne mangeais pas non plus comme j'aurais dû.

Et cette maison vide et silencieuse en dehors des griffes du chien sur les parquets et des autres bruits normaux d'une maison, me rendait fou. Tout était fade, gris et vide.

Elle était partie. Elle avait laissé un trou en forme de Katya dans presque tous les aspects de ma vie.

C'était ce que j'avais voulu, n'est-ce pas ?

Parce que j'étais un énorme crétin. Parce que même maintenant, après tout cela, je n'avais pas de réponse à son aveu candide. *Je suis amoureuse de toi.*

Pour la millième fois, ces mots résonnèrent dans ma mémoire avec sa voix claire et courageuse. Ils étaient aussi indélébiles que les sentiments qu'ils invoquaient. La peur, la panique, une montée de... soulagement ? De satisfaction ? Le déni.

J'étais sur le canapé en train de parcourir une nouvelle fois mes diapos la veille de la grande réunion. J'avais acheté du fast-food pour le dîner, puis j'avais promené le chien. Maintenant, j'étais mou et épuisé, à plat. Je fis défiler les pages sur la tablette, l'esprit vide, me forçant à me concentrer quand quelqu'un frappa à la porte.

Pendant une fraction de seconde d'adrénaline mal placée mélangée à l'espoir, je pensai que ça pouvait être Kat. Je savais qu'elle prenait son avion tôt le lendemain matin, mais elle était peut-être passée récupérer quelques-unes de ses affaires ?

Cependant, quand je regardai à travers le judas, ce n'était pas elle. C'était Julia. Après avoir mis un moment à contrôler ma déception profonde, j'ouvris la porte.

Ma sœur entra dans la maison pour la première fois depuis des mois... depuis avant que Kat emménage, en tout cas. Était-ce moins de deux mois auparavant ? Tant de choses avaient changé depuis.

Et je mesurais maintenant ma vie par rapport à Avant Kat et Après Kat. Qu'est-ce que ça voulait dire ?

Julia regarda nerveusement autour d'elle avant que je l'invite à s'asseoir. Elle essuya les paumes de ses mains sur son pantalon, comme pour les sécher, et elle s'installa sur le bord du canapé.

— Salut, comment vas-tu ? demanda-t-elle enfin quand je pris un fauteuil en diagonale par rapport à elle. Je suis désolée de venir ainsi. C'était… enfin, j'essaie de rassembler le courage depuis un moment et je me suis dit que monter dans la voiture et venir serait la façon la plus simple de le faire. Alors, je suis désolée de débarquer ici sans te prévenir. Je… je ne te dérange pas ?

Je haussai les épaules. La présence de Julia pouvait m'aider à sortir de mes idées noires et chasser ce sentiment de vide de la maison.

— Non, ça va. Que puis-je faire pour toi ?

Julia jeta un coup d'œil vers la cuisine avant de revenir vers moi.

— Katya est-elle à la maison ? J'aimerais beaucoup discuter avec vous deux, à vrai dire. En fait, elle fait partie de la raison pour laquelle je suis ici.

Je fronçai les sourcils en m'agitant, un mensonge venant vite sur mes lèvres.

— Elle n'est pas ici, non. Elle se prépare à rendre visite à sa famille à Vancouver, demain.

Elle fronça les sourcils.

— Tu ne l'accompagnes pas ? Tu n'as pas encore rencontré tes beaux-parents, si ?

Je balayai sa remarque de la main.

— J'ai une présentation importante demain. Une grosse réunion que je ne peux pas rater. Le nouveau poste que je veux tellement en dépend. Elle le comprend.

Et même si j'étais un très mauvais menteur, Julia goba tout. En général, elle percevait tout de suite mes mensonges, mais elle semblait préoccupée ce soir. Et je ne l'avais encore jamais vue aussi nerveuse.

Je lui aurais bien offert un verre de vin, mais maintenant, grâce à Kat, je savais que ce n'était pas une bonne idée.

— Eh bien, je peux aussi te parler juste à toi. Je voulais… me faire pardonner.

Je levai un sourcil.

— Quoi ? Je croyais que nous en avions déjà parlé à la villa du vignoble. Tout va bien. Tu n'es pas obligée de demander mon pardon pour tes problèmes avec l'alcool.

Elle secoua vivement la tête et ses cheveux sombres fouettèrent ses épaules.

— Non, c'est plus spécifique. Je voulais m'excuser au sujet de Claire.

Je me renfonçai dans mon fauteuil.

— Qu'a-t-elle fait, cette fois ?

Julia faillit rire.

— Non. Je veux dire… je me sens mal. Pendant toutes ces années, je l'ai gardée comme une amie proche. Mère et Père ont encouragé tout cela au début, mais ensuite elle est devenue quelqu'un sur qui je pouvais compter pour passer du bon temps. Quelqu'un avec qui je pouvais faire la fête.

Je haussai les épaules.

— Une incitatrice ?

Elle hocha la tête.

— Oui. Et pendant tout ce temps, alors même que je savais comme tu souffrais, que ton mariage se brisait et que tu souffrais de dépression, j'ai été égoïste et je l'ai gardée près de moi pour mes propres raisons. Bien sûr, j'aidais la famille à sauver la face en donnant l'impression que votre séparation était amicale alors que ce n'était pas le cas. Je suis certaine que les parents espéraient qu'elle et toi vous finissiez par vous remettre ensemble. Ils t'ont rendu responsable de tout cela. Et Claire a laissé filtrer suffisamment d'informations au fil des années pour que je sache que ce n'était pas le cas. Mais les parents, ils ne se soucient que des apparences. Et le fait que vous vous sépariez cinq mois après un mariage à douze millions de dollars fortement médiatisé, c'était l'insulte suprême.

Je levai les yeux au ciel.

— Ce n'est pas nouveau.

Elle se mordit la lèvre et leva de grands yeux vers moi.

— J'ai grandement participé à te blesser. Je suis désolée.

J'inspirai profondément avant de pousser un soupir, ne souhaitant pas faire le tri du mélange d'émotions en moi.

— Excuses acceptées.

Elle frotta les mains sur ses genoux.

— Tu es trop indulgent avec moi.

— Tu es ma sœur. Je t'aime. Et je veux que tu ailles mieux.

Son visage s'assombrit soudain.

— Merci, mais… c'est difficile de ne pas me sentir coupable de la façon dont je ne t'ai pas soutenu quand tu en avais besoin.

Je serrai la mâchoire.

— Je n'ai jamais eu de problème avec toi et ta façon de gérer les choses. Nous avons fait du mieux que nous pouvions. Nous étions trop occupés à essayer d'être à la hauteur de ce que nous devions être selon eux pour découvrir ce que nous voulions vraiment pour nous.

Un sourire hésitant tira sur les coins de sa bouche.

— Mais tu l'as compris il y a un moment. Tu t'en sors tellement mieux et je suis fière de toi. Je suis aussi tellement contente que tu aies trouvé quelqu'un qui te rend aussi heureux que Katya le fait. Même si je l'apprécie vraiment beaucoup, je suis aussi un peu jalouse de ce que vous avez.

Un coup de poing dans le ventre. Voilà. Son nom. Son essence. Même cette conversation avec ma sœur était rendue possible par la présence de Katya dans ma vie. Pendant les quelques mois que nous avions vécus ensemble en tant que couple, elle avait laissé une marque indélébile.

Je n'avais pas dû cacher mes pensées aussi bien que je l'avais cru, car Julia inclina la tête et fronça les sourcils.

— Est-ce que tout va bien ? Avec elle ?

Je regardai Julia et… j'envisageai de maintenir le mensonge. J'en avais envie. Mais devant sa sincérité la plus complète avec moi, je ne pouvais pas faire ça tout en me sentant digne d'être un humain.

J'hésitai en me mordant la lèvre et Julia tendit la main.

— Tu n'es pas obligé de me raconter tes affaires privées… quoi qu'il en soit, j'espère que ça se réglera vite parce que vous deux, vous êtes si bien ensemble et…

— Tout était faux, révélai-je d'un ton monocorde.

Elle ferma la bouche, puis elle la rouvrit en plissant le front.

— Attends, quoi ?

J'inspirai profondément pour me donner du courage, puis je déballai tout. Une fois les vannes rompues, tout se déversa en un déluge.

— Nous nous sommes mariés pour… des raisons pratiques. Cela nous aidait tous les deux au travail.

Elle n'était pas obligée de connaître les détails.

— Ce n'était que pour les apparences.

Elle cligna des paupières, alors je continuai mon monologue.

— Au départ, c'était son idée. J'étais heureux de jouer le jeu, car nous y trouvions tous les deux notre compte. Cela devait rester secret, mais… en fait, tu n'as pas besoin de savoir tout cela. Et s'il te plaît, garde ça entre nous…

Le visage de Julia s'était assombri pendant mon monologue, mais elle explosa soudain au milieu :

— N'importe quoi.

Je fronçai les sourcils.

— Pardon ?

— Non, je ne te pardonne pas. Il est impossible que tout ait été faux.

Je me frottai le front avec la paume en passant mes mains dans les cheveux, mais je ne dis rien, malgré ma frustration. La dernière chose que je voulais maintenant, c'était une dispute avec ma sœur. Surtout quand une part de moi était d'accord avec elle, à contrecœur.

— Écoute, je ne vais pas fouiller dans ta vie privée. La raison pour laquelle vous vous êtes mariés ne me regarde pas. Mais si vous vous séparez maintenant en croyant que tout était faux, alors c'est stupide.

— Waouh, merci, soufflai-je.

Elle gesticula avant de développer :

— Je n'essaie pas d'être désagréable, Lucas. Je dis juste que si tu la laisses partir, alors tu jettes quelque chose de bien. C'était horrible avec Claire et c'était encore pire quand tout le monde a essayé de te mettre la pression pour rester avec elle. Alors je ne veux surtout pas franchir les limites maintenant. Mais… tu l'aimes. Et il est très clair qu'elle t'aime également.

Je détournai le regard, incapable de nier le fait que mon cœur s'était serré. Et le pincement que j'avais ressenti quand Kat m'avait avoué ses sentiments. Je passai une main sur mon visage pour gagner du temps.

J'aurais aimé pouvoir jeter Julia dehors. Ou peut-être, lui faire comprendre qu'elle devait partir.

Elle se leva comme si elle lisait dans mes pensées.

— Je ne dois pas et je ne peux pas te dire comment vivre ta vie. Je suis désolée. Tu as toujours été gentil avec moi sur ce point.

Je me levai pour lui montrer la porte et je me trouvai soudain dans les bras de ma sœur.

— Tu as été un bon frère pour moi, murmura-t-elle contre mon épaule.

— J'ai été moyen, au mieux, répondis-je.

Elle fit un pas en arrière et me regarda.

— Ne te sous-estime pas, Lucas. Tu mérites d'être heureux. Tu mérites de vivre ta vie et d'ignorer les conneries que nous ont fait subir nos parents. Tu mérites Kat. Elle est la meilleure chose qui te soit jamais arrivée.

Je déglutis, mais je ne dis rien et elle détourna les yeux, jetant ses cheveux bruns en arrière.

Après une pause gênante, je poussai un soupir.

— Déménage, Julia. Éloigne-toi d'eux et trouve un groupe qui te soutiendra. Fais ce qui te rend heureuse, pas ce qui les rend heureux.

Elle sourit.

— Je suis déjà sur le coup, grand frère. Des projets sont en cours.

Je souris et je lui donnai une tape sur l'épaule.

— Alors, ne t'inquiète pas pour moi. Tout ira bien. Concentre-toi sur ta guérison.

Elle me fixa encore un instant et je vis qu'elle avait encore des tonnes de choses à dire. Heureusement, elle garda la bouche fermée et on se serra dans les bras en prévoyant de se revoir pour un déjeuner la semaine suivante.

Avec un peu de chance, elle allait laisser tomber l'idée que je poursuive Kat pour sauver un faux mariage dont elle n'aurait jamais dû connaître l'existence.

Ce sentiment douloureux, ce manque de Kat était de l'amitié. Rien de plus. Certainement pas cette licorne mythique que l'on appelait l'*amour*.

Je n'étais pas prêt à examiner cela de plus près. Même maintenant. Les blessures du passé, le potentiel d'un autre plongeon dans la dépression étaient bien trop réels. Je ne pouvais pas me laisser y penser. Je ne pouvais pas me laisser le ressentir. Pas maintenant. Plus jamais.

Je résistai à l'envie d'envoyer un texto à Kat avant son vol le jeudi matin. À la place, je me préparai, enfilant mon meilleur costume tout en repassant les points importants que je voulais souligner lors de la réunion du conseil d'administration.

Chaque fois que je pensais être bien concentré, quelque chose me faisait penser à elle. Quelque chose qu'elle avait laissé dans la maison, la tasse du *Seigneur des Anneaux* qu'elle aimait utiliser pour boire son thé posée à côté de l'évier. Ou de longs cheveux roux tombés sur un coussin.

Mais je me forçai à ne pas penser à elle ni à me demander où elle était ou ce qu'elle faisait. J'avais bien trop de mal à me concentrer.

Et le sommeil ne valait pas beaucoup mieux.

Tout était nul sans elle, mais je refusais cette vérité, insistant pour penser que ce sentiment n'était que temporaire. Elle allait revenir bientôt, et nous allions pouvoir établir une sorte de relation différente... un couple volontairement défait. Ouais, *volontairement*. Ouais, *défait*.

Pff, cette pensée ne me réconfortait pas du tout.

Je partis très tôt au travail, attendant la réunion du conseil. J'étais en train de parcourir les diaporamas à mon bureau quand Warren s'approcha. Bon sang, je n'étais pas d'humeur pour d'autres blagues sur les positions sexuelles canadiennes.

Je levai une main sans le regarder.

— Ça a intérêt à être important, sinon je double ta charge de travail dans cinq minutes.

Il s'arrêta en tenant son téléphone.

— Eh bien, euh, c'est bizarre. C'est un texto de ta femme, mais je ne sais pas du tout pourquoi elle me l'a envoyé. Je ne sais pas non plus ce que ça signifie.

Je lui pris le téléphone des mains sans un mot de plus. Puis, bien sûr, il fallut le déverrouiller. Je positionnai l'écran devant son visage et le message apparut immédiatement.

Kat : Salut, Warren, peux-tu stp informer quiconque est maintenant à la tête de l'Assurance Qualité que je vais avoir besoin d'une semaine de congés supplémentaires ? J'ai déjà prévenu les relations humaines, mais il faudra que je délègue quelques projets ou que je les repousse.

— Que veut-elle dire par « quiconque est maintenant à la tête de l'Assurance Qualité »... c'est toi, n'est-ce pas ? As-tu perdu ton poste ?

Je vérifiai l'heure de l'envoi du texto : il datait d'un peu plus d'une demi-heure. Je lui rendis alors son téléphone en marmonnant quelque chose pour le faire partir. J'avais l'estomac retourné et je sentis le sang quitter mon visage.

Que se passait-il ? Et pourquoi envoyait-elle un message à Warren au lieu de moi ? Enfin, c'était une question stupide, parce qu'elle ne voulait évidemment pas communiquer avec moi. Ou bien elle pensait que j'étais déjà en réunion, ou...

Si mes souvenirs étaient bons, elle était dans les airs maintenant, ou bientôt. Je sortis mon téléphone et je cherchai son numéro pour l'appeler.

Je passai directement sur le répondeur. En inspirant profondément et aussi calmement que je le pouvais, je lui demandai de me rappeler dès que possible. Elle n'allait sans doute pas le faire avant un bon moment. Elle avait d'autres choses en tête aujourd'hui.

J'eus soudain une image mentale d'elle dans cet avion, toute seule, sans doute serrée entre des hommes d'affaires bourrus ou une famille bruyante pendant que son angoisse la rongeait. Je me souvins de ses tremblements quand elle m'avait raconté toute l'histoire des mauvais choix de Derek. Et comment toute sa famille — les personnes en qui elle avait sans doute le plus confiance au monde — s'était attendue à ce qu'elle commette un crime pour aider son frère.

Aucun de ses amis ici en Californie ne savait ce qu'elle devait affronter. J'étais le seul. Et j'avais promis d'être à ses côtés. C'était moi qui l'avais encouragée à le faire.

Qu'est-ce que tu fous encore ici alors qu'elle est à bord de l'avion, Lucas ?

Et pourquoi avait-elle besoin de plus de congés ? Qu'allait-elle faire ? Envisageait-elle de rester au Canada, maintenant qu'elle avait économisé de l'argent et qu'elle pouvait se payer un logement ?

Elle allait peut-être se trouver un nouveau travail dans la programmation ou… Je réfléchis à toute vitesse, oubliant mes diapos. Elle n'allait pas rester là-bas. J'allais la chercher et la ramener.

Avant même de me rendre compte de ce que je faisais, j'avais rassemblé mes affaires et je marchai tout droit vers le bureau de Jordan. En général, il arrivait tôt et même si la réunion n'avait pas lieu avant encore une heure, je devais le prévenir.

Son assistante, cependant, n'était pas encore arrivée, alors je me retrouvai encore une fois à frapper directement à sa porte. Il me dit d'entrer. Il se tenait dans l'ouverture de ses toilettes, devant un miroir, et il attachait sa cravate.

— Padawan ! C'est bon de te voir si bien habillé pour ton grand jour.

Il ramena son attention à sa cravate.

— Je n'avais pas envie de porter toutes ces merdes en venant au bureau, alors je suis arrivé en tenue décontractée.

Il fit la dernière boucle de sa cravate bleu sarcelle. Puis il l'examina dans le miroir, l'ajusta et remit son col en place.

Je déglutis.

— Je dois y aller, dis-je d'une voix rauque.

Il fronça les sourcils et s'écarta du miroir en m'indiquant les toilettes.

— Je ne sais pas du tout pourquoi tu as marché jusqu'ici pour aller aux toilettes, mais très bien, tu peux y aller. Tu sauras bientôt ce que ça fait d'avoir tes propres toilettes privées.

J'écarquillai les yeux et je changeai de position.

— Non, je veux dire que je dois partir. Je dois me rendre à l'aéroport. S'il te plaît, peux-tu... veux-tu simplement dire à Adam que je suis désolé ? Et... je dois partir.

Jordan me fixait maintenant comme si je venais spontanément de prendre feu.

— Je ne sais pas du tout ce qui vient de sortir de ta bouche, mais tu n'iras nulle part.

J'inspirai profondément en essayant de trouver un moyen de lui expliquer tout cela sans violer la confiance de Kat.

— Si, j'y vais. Je pars maintenant. Kat a dû quitter le pays ce matin pour une affaire familiale urgente. Je dois être là pour elle. J'y vais. Fais ce que tu as à faire.

Je tournai les talons et je sortis.

Jordan passa à l'action en ouvrant le tiroir de son bureau. Il prit ses clés et son téléphone et me suivit.

— Raconte-moi ça en route vers l'aéroport. Et tu vas m'aider à trouver comment j'empêche Adam d'exploser et de donner le poste à Jeremy.

En sortant, l'assistante de Jordan arriva dans le bureau et posa ses affaires.

— Jordan, je voulais te faire savoir que je suis un peu en avance afin de tout préparer pour la réunion du conseil...

Il leva la main.

— Susan, attrape un bloc-notes et un stylo. Tout d'abord, retarde la réunion d'au moins trente minutes, plus, si possible.

Elle ouvrit la bouche, mais il ne lui laissa pas le temps de parler.

— Ensuite, j'ai besoin que tu me trouves le prochain vol pour... ?

Il se tourna vers moi. Je m'adressai à Susan :

— Vancouver, en Colombie-Britannique.

Jordan serra la mâchoire.

— Merde, un vol international. J'ai oublié qu'elle était canadienne. Je vais devoir le conduire jusqu'à LAX. Il n'y a sans doute qu'un seul vol par jour pour le Canada depuis l'aéroport John Wayne.

Il regarda sa montre.

— Nous devons partir *maintenant*. Nous pouvons utiliser la voie réservée au covoiturage et il est encore tôt alors, ça ne sera peut-être pas la merde noire. Trouve-lui le premier vol en nous laissant deux heures pour arriver.

Il se tourna vers moi.

— Tu as besoin de ton passeport, mon vieux.

Je poussai un juron. Il était chez moi.

— Nous allons devoir faire un détour.

Jordan se tourna vers la sortie et il me suivit tout en criant à Susan :

— Ne quitte pas ton téléphone ! J'ai d'autres choses à te faire faire.

On émergea du bâtiment à toute vitesse pour aller dans le parking. Jordan refusa de conduire mon « vieux tas de merde ». Qu'il aille se faire voir, c'était une Mercedes 500 SL parfaitement bien entretenue.

Nous montâmes dans son énorme SUV à la place. Il aurait été parfait si nous avions dû nous engager sur des routes de montagne ou traverser des rivières. En l'occurrence, la chose agissait comme un tank sur l'autoroute et dès qu'il mettait le clignotant, les voitures se poussaient hors de son chemin. C'était plutôt pas mal.

— Maintenant, dis-moi ce qu'il se passe, demanda Jordan.

Il venait de finir d'aboyer d'autres ordres à Susan sur son téléphone mis en haut-parleur et il dit à sa voiture d'envoyer un texto à Adam pour qu'il retarde la réunion. L'estomac noué, je fixai l'écran de son tableau de bord en attendant la réponse d'une minute à l'autre.

— Je l'ai laissée tomber. Elle… elle affronte des choses difficiles dont elle doit s'occuper chez elle et je lui ai promis de l'accompagner. Nous nous sommes arrangés la semaine dernière, le jour avant que je revienne au bureau…

— Ce qui était le jour avant que tu apprennes la tenue de cette réunion et la présentation. D'accord, mais ne veux-tu pas prendre un vol ce soir et la rejoindre à ce moment-là ? Pourquoi maintenant ?

Je passai une main dans mes cheveux.

— Parce que je suis un idiot et que j'aurais simplement dû être dans l'avion avec elle pour commencer. Ce sont des choses juridiques, elle s'en occupe cet après-midi et j'ai promis d'être là pour elle.

Il secoua la tête, visiblement mécontent.

— J'aurais vraiment aimé que tu me dises ça dès le départ. Je ne suis pas sûr de ce que nous aurions pu faire, mais ç'aurait été mieux que ça. Franchement, je ne sais pas vraiment si je pourrai sauver ton travail quand Adam apprendra la situation. Il ne va pas bien le prendre. J'espère que tu aimais ton ancien travail à l'assurance qualité.

Je détournai le regard du tableau de bord pour regarder Jordan. Son visage était très sérieux maintenant, ce n'était pas son air espiègle et je-m'en-foutiste habituel. J'étais certain de la véracité de ce qu'il disait. Pourtant, en imaginant mon avenir de retour à l'assurance qualité par rapport à l'avenir que j'avais imaginé au cours des derniers jours, je savais que je faisais le bon choix. Ma gorge se noua d'émotion et je dus la racler avant de pouvoir parler.

— Tu sais quoi ? Je choisirais même d'être chasseur de bugs jusqu'à l'âge de la retraite plutôt que de vivre le reste de ma vie sans elle.

Jordan leva les sourcils avant de hocher la tête.

— Tu m'as l'air sincère. Ça me rappelle un vol de nuit de dernière minute que j'ai un jour pris de New York à Los Angeles pour des raisons similaires. Très bien, en avant toute, alors.

Il posa le pied au plancher et il enfreignit quelques règles de la circulation.

— Je vais essayer de voir ce que je peux faire avec Adam, mais ne t'attends pas à des miracles, d'accord ?

J'acquiesçai.

— Je comprends. Je suis prêt à l'accepter.

Puis, quand je voulus le remercier, une sonnerie sur le tableau de bord m'interrompit. De nombreux messages défilèrent d'un seul coup : de la part d'Adam, de Susan, et même d'April.

Peu de temps après, il me déposa au terminal de la compagnie auprès de laquelle Susan avait réservé mon billet. J'avais mon passeport, mon portefeuille et ma mallette de travail avec un ordinateur portable et une tablette. Et à peu près rien d'autre.

J'eus de la chance de me retrouver dans un avion quarante-cinq minutes après mon enregistrement. Mais Katya avait maintenant trois heures d'avance sur moi et elle atterrissait sans doute au moment où je décollais. Elle allait se rendre directement au bureau du procureur de la Couronne à Port Coquitlam.

Heureusement, j'avais pu obtenir cette adresse sur Google. Je savais donc où il fallait que je me rende juste après l'atterrissage.

Il était certain que j'allais arriver trop tard pour sa déposition. J'espérais cependant ne pas arriver trop tard pour *nous*.

CHAPITRE VINGT-SIX
KATYA

AVEC UNE DETERMINATION D'ACIER, JE DEBARQUAI DE cet avion, je passai les douanes avec ma valise à roulettes et je me rendis dehors pour appeler un taxi. J'étais de retour dans ma ville après quelques années d'absence. Mon regard se porta vers le nord, comme souvent lors de matinées claires comme celle-ci. Le long de l'horizon, mes yeux tracèrent la silhouette familière des Lions veillant au-dessus de la ville étalée à leurs pieds. Ces deux sommets des montagnes North Shore étaient le seul signe dont j'avais besoin pour savoir que j'étais rentrée à la maison.

Les sentiments que j'aurais pu avoir en les regardant dans n'importe quelle autre circonstance étaient actuellement diminués par cet étrange engourdissement en moi. Je me rappelai que je ne pouvais pas flancher tant que cette dernière tâche n'était pas effectuée. Tant que je n'avais pas éclairci ce dernier élément que j'avais fui presque deux ans auparavant.

J'avais peut-être quitté cette ville en petite fille effrayée, mais j'y revenais en femme adulte. Une vraie dure.

Souviens-toi que tu es une vraie dure. Et même si c'était douloureux de penser à Lucas, ses mots m'aidèrent à poursuivre et je les fis tourner en boucle comme un mantra.

Comme prévu, je parvins au bureau du conseil de la Couronne à PoCo avec plus d'une heure d'avance. Ils mirent mes bagages de côté pour moi. On me montra la salle d'interrogatoire, où j'avais demandé à être installée en avance. Ma famille allait certainement venir. Même si Derek avait le droit d'être dans la salle pendant que l'on me posait des questions, ce n'était pas le cas de mes parents. Je ne voulais pas entendre ce qu'ils allaient dire pour me culpabiliser. Je ne voulais pas être soumise à la pression qu'ils allaient certainement me mettre. Je ne voulais pas être encore une fois aussi profondément déçue par eux.

Il fallait juste que je fasse sortir tout cela. La vérité. Ma vérité. Et c'était tout.

Les gens entrèrent et sortirent, une greffière installa une machine, un vidéaste fit de même, s'assurant que la lumière et le son étaient bons. Le procureur et l'équipe des avocats de la défense arrivèrent bientôt. Je gardai les yeux baissés et je restai assise en faisant ce qu'on me disait jusqu'à ce que vienne le temps de répondre aux questions.

Derek avait essayé de s'approcher de moi avant les questions, mais j'avais gardé la tête basse et je ne lui avais pas parlé, je ne l'avais même pas regardé. Je ne le pouvais pas. Parce que je savais que je risquais de faiblir et d'avoir mal au cœur. Et j'allais vouloir faire mon possible pour l'aider. Comme je l'avais fait, encore et encore, tout au long de ma vie.

Me compromettre légalement n'était pas une solution. Et ça n'allait certainement pas l'aider. Après avoir prêté serment, je dis donc ma vérité. Ensuite, j'osai enfin jeter un coup d'œil à Derek. Nos regards se croisèrent une brève seconde avant qu'il se cache le visage dans les mains. C'était fini, enfin. Et il le savait.

Je clignai des paupières pour chasser les larmes de mes yeux, consciente de mes tremblements, mais sans savoir s'ils venaient des nerfs ou du fait que je n'avais pas mangé depuis la veille au soir. L'interrogatoire fut bientôt officiellement terminé et les gens se mirent à ranger leurs affaires et à discuter entre eux pendant que j'étais au milieu de tout cela, seule.

— Est-ce que tout va bien ? Puis-je appeler quelqu'un pour vous ?

Je levai les yeux et je vis une femme d'âge moyen au visage aimable qui faisait partie de l'équipe du procureur.

Je secouai la tête.

— Je suis seule, mais ça va.

Malgré tout, elle partit me chercher un verre d'eau froide que je bus lentement. Derek avait quitté la pièce et il ne me restait plus qu'à appeler un taxi pour me conduire à l'hôtel. Ensuite ? Je ne le savais pas. J'avais pris une semaine de congés.

J'allais peut-être revoir quelques vieux amis, rendre visite à ma tante.

Il était tout à fait possible que je ne remette plus jamais les pieds dans cette belle ville.

Hors de la salle de conférence, je jetai discrètement un coup d'œil autour de moi tout en gardant le visage orienté vers mon téléphone. Je cherchai le numéro de téléphone d'un service de taxi sur Internet tout en essayant d'éviter de croiser mes parents.

À ma grande surprise, ils n'étaient pas là et mon frère était lui aussi déjà parti. Il était tout à fait possible que Derek ait demandé à un ami de le conduire ici. Les parents n'étaient peut-être même pas au courant. Bien que cela me paraisse étrange. Je me sentis soudain légère, étourdie par le soulagement.

Je n'étais qu'à quelques kilomètres de la maison. Ç'aurait été agréable de pouvoir aller chercher quelques cartons de mes affaires. Mais voulais-je risquer la confrontation inévitable qui aurait lieu ?

Je marchai à grands pas décidés vers la sortie et l'après-midi ensoleillé en décidant que ça n'en valait pas la peine. Si j'avais vécu sans ces affaires jusqu'ici, je pouvais tenir plus longtemps, peut-être toujours. Cependant, cet étrange mélange de soulagement et de solitude me faisait quelque chose. Pendant que je descendais le trop grand nombre de marches en béton jusqu'au trottoir, des larmes me brûlèrent le fond des yeux.

Ça aussi, ça allait finir par passer.

Souviens-toi que tu es une vraie dure.

La minute où je pensai à cette phrase fut la même minute où je les vis. Trois silhouettes sur un banc en béton. En me voyant arriver en bas des marches, ils se levèrent tous les trois.

Maman, papa et entre eux, Derek.

Je me figeai et les aiguilles poussant derrière mes yeux explosèrent brusquement. Ma vue se brouilla et ma gorge se serra. Bon sang. Ce n'était pas le meilleur moment pour fondre en larmes comme une petite fille.

Pas alors que j'essayais d'être une vraie dure.

Je m'immobilisai et ils marchèrent lentement vers moi, Derek traînant derrière les deux autres. Je reniflai bruyamment et je clignai des paupières, puis je dus me rendre à l'évidence : il me fallait essuyer ma joue avec la main.

Papa se tenait juste devant moi. Maman sur le côté, légèrement en retrait.

— Katya, dit-il. Comment ça va ?

Avec un autre reniflement gêné, je détournai les yeux du regard insistant de ma mère et je regardai mon père.

— J'ai connu mieux.

— Tu m'as manqué, fillette. Pourquoi n'as-tu jamais appelé ?

Je déglutis et je fourrai les mains dans mes poches.

— J'avais l'impression que le *Tu restes fidèle à cette famille ou tu pars pour de bon* signifiait, oui, que j'étais partie pour de bon.

Il grimaça, n'appréciant visiblement pas que ses propres mots lui soient répétés après presque deux ans. Ma mère intervint à côté de lui.

— Derek était justement en train de nous dire que tu es revenue jusqu'ici seulement pour dire à tout le monde que tu ne pouvais pas l'aider.

Je m'éclaircis la gorge et je me tournai vers elle.

— Je suis revenue dire la vérité. Je ne sais pas où il était ce soir-là. Et il a fallu que je me débarrasse de cette corvée, parce que votre avocat très coûteux m'a pistée et a fait de son mieux pour me faire expulser des États-Unis. Je n'ai pas apprécié cette combine non plus. Vous avez peut-être appris maintenant que je n'étais plus une petite fille que vous pouviez intimider. Je ne vous ai peut-être pas manqué du tout. Particulièrement si la première chose que vous avez à me dire, c'est que vous êtes contrariés parce que je n'ai pas commis un crime juste pour protéger Derek.

Ma mère essaya de me faire taire, ce qui m'énerva davantage.

— Non, je ne vais pas me calmer. Même maintenant, vous n'avez absolument pas compris que ce que vous m'avez demandé de faire était odieux et injuste. Je suis votre fille, merde !

— Kat, ne parle pas de cette façon à ta mère, aboya mon père.

— Dans ce cas, elle ne doit pas me parler comme elle le fait. Elle semble oublier qu'elle a deux enfants, pas juste un.

Derrière eux, je vis Derek se mettre à faire les cent pas en se tordant les mains. Je détournai le regard.

— Aviez-vous quelque chose d'important à me dire ? Je vais partir, dis-je enfin.

— Ne pars pas. Viens à la maison. Je promets que nous serons courtois.

— Il n'y a plus rien que je veuille là-bas. Je suis encore vraiment blessée par la façon dont vous m'avez tous traitée, alors je ne pense pas pouvoir y retourner.

Ma mère secoua la tête avec un rictus de dégoût.

— Tout a toujours tourné autour de toi et toi seule, n'est-ce pas, Katya ? Pourquoi, oh, pourquoi, ai-je élevé une fille aussi égoïste ? Ton frère est malade. N'as-tu pas écouté un seul instant de toutes ces thérapies familiales ? Il est malade !

De nouvelles larmes me montèrent aux yeux et Derek s'était maintenant arrêté de marcher et il nous regardait parler de lui comme s'il n'était pas là.

— Oui, il est malade. Et ça me brise le cœur…

Ma voix fut interrompue par un sanglot.

— Et ça m'a brisé le cœur de nombreuses fois. Et chaque fois qu'il promettait de faire ce qu'il fallait pour aller mieux, j'espérais contre toute attente que cette fois, cette fois enfin serait la bonne. Et encore et encore, il rechutait. Et au lieu d'apprendre ce que vous deviez faire pour être le soutien dont il avait besoin, vous l'avez incité à continuer sur la même voie. Derek a peut-être une addiction, mais c'est toute cette famille qui est malade. Vous deux, vous êtes dépendants du fait de l'inciter.

Maintenant, c'était mon père qui essayait de me faire taire parce que je levais la voix et qu'il y avait des gens sur le trottoir à côté. Une mère qui poussait son bébé dans une poussette avait les yeux rivés sur nous et elle faillit heurter un poteau. Un homme en costume noir que je vis du coin de l'œil fit une embardée sur le trottoir et se dirigea tout droit vers nous. C'était peut-être un officier de la cour qui allait nous menacer de trouble à l'ordre public.

Nous étions au Canada, après tout, n'étions nous pas connus pour notre politesse et notre amabilité joyeuse ? Il n'y avait rien de joyeux ou d'amical sur ce trottoir en cet instant.

— Je vous ai dit que je n'allais pas me taire. Si vous avez l'intention de m'accuser d'être égoïste…

Soudain, l'homme en costume sombre se trouva à côté de moi, me tenant le bras. Mon père tourna brusquement la tête vers le nouveau venu, l'air fâché.

Je levai la tête vers l'homme à côté de moi et je faillis tomber à la renverse quand je vis qui c'était. *Lucas.* Tant d'émotions m'assaillirent : la confusion, la joie, le soulagement, la trahison. Je clignai des yeux.

J'imaginais peut-être des choses et je venais d'halluciner sa présence.

— Bonjour, dit-il après s'être raclé la gorge. Je suis Lucas Walker, votre gendre.

Et il serra la main de mon père stupéfait, puis celle de ma mère.

Lucas salua ensuite Derek qui le fixait.

— Salut Derek.

Mon frère baissa les yeux vers le trottoir.

— Salut Lucas.

— Je suis venu éloigner ma femme de ce que vous êtes en train de faire. Elle ne mérite pas ce genre de traitement. C'est elle qui a bien agi. Et vous aviez tort de lui demander de faire autre chose.

Papa regarda Lucas comme s'il ne savait pas du tout quoi dire et maman pleurait maintenant. Super. Cette famille… nous aurions été une affaire intéressante pour l'émission de Jerry Springer si elle existait dans ce pays. Et j'aurais été gênée que Lucas ait pu être témoin de la situation si je ne venais pas de voir un comportement tout aussi mauvais de la part de ses propres parents.

Lucas me tira doucement le bras, essayant de m'éloigner, mais je ne pouvais rien faire d'autre que les regarder tous avec des sentiments mitigés. Devais-je encore repartir sans un mot… comme je l'avais déjà fait ?

Ne rien dire ne me convenait pas.

— Vous êtes ma famille. Vous serez toujours ma famille. Mais ça ne signifie pas que vous pouvez encore me dire comment je dois vivre ma vie. Je vais prendre les décisions qu'il faut pour être heureuse. Et si vous ne pouvez plus m'aimer, alors je suis désolée pour vous et je trouverai des gens qui m'aimeront vraiment.

Mes parents me regardèrent comme si je venais de faire exploser quelque chose devant eux. Ils étaient visiblement en état de choc. Le seul qui ne l'était pas était mon frère, qui se redressa enfin pour me regarder.

Et le plus stupéfiant de tout fut que des larmes coulaient sur ses joues. Il s'approcha lentement et je sentis Lucas se raidir à côté de moi, prêt à tout. Mais je connaissais Derek. Mon frère était perturbé et égoïste la plupart du temps, mais il n'était pas violent. Il ne m'avait jamais frappée, même quand il était défoncé.

Il s'arrêta juste devant moi, pleurant sans honte et ne cherchant pas à s'essuyer le visage.

— Kat, dit-il d'une voix rauque qui se brisa. Je suis désolé. Je suis désolé de t'avoir fait subir tout ça. Je suis désolé d'avoir brisé cette famille. Je suis simplement désolé.

Mince. Je craquai encore une fois. Cette impression d'avoir avalé une poignée de clous. Je n'avais pas pleuré autant depuis… eh bien, depuis cet incident dans la salle de jeux de Lucas, le mois précédent. J'avais mal aux yeux et mes joues brûlaient à cause des larmes salées.

Pff. Ç'aurait été tellement plus simple si je pouvais simplement haïr Derek.

Mais je l'aimais.

C'était mon frère. C'était un raté. C'était un malade. Mais c'était Derek. *Et je l'aimais.*

Je tendis la main pour attraper la sienne et je la serrai en le regardant droit dans les yeux à travers mes larmes. Je fis appel aux leçons que j'avais apprises dans toutes les doctrines des réunions Al-Anon, dans mes propres séances de thérapie et dans mes lectures.

— Si tu m'aimes… si tu nous aimes tous, donne-nous le meilleur cadeau qui soit. *Guéris.* Mais ne le fais pas juste pour nous. Fais-le pour toi-même.

J'avais appris qu'il pouvait recevoir jusqu'à deux ans de prison s'il était jugé coupable. Et même si l'idée de mon frère en prison me rendait malade, je savais que rien de ce que je pouvais faire, même si j'avais menti, ne l'aurait aidé à guérir. Il devait lui-même décider de se battre et personne ne pouvait le faire à sa place.

Derek enfouit son visage dans ses mains et maman le réconforta. Et pour une fois, je ne lui en voulus pas. Nous ne pouvions peut-être jamais nous comprendre, mais ce n'était plus important. J'étais une adulte et je devais vivre ma vie pour moi, maintenant.

— Au revoir, maman. Au revoir papa.

Je m'écartai et Lucas me guida, un bras autour de mon épaule. Il nous fit pivoter de façon à nous éloigner d'eux. Ils ne m'appelèrent pas.

Et je n'eus pas un regard en arrière.

À la place, je continuai à marcher. Sans m'en rendre compte, je m'étais appuyée contre Lucas, posant la tête contre son épaule. Son bras me serra davantage et nous continuâmes à marcher.

Je savais qu'il y avait un parc pas loin avec un sentier. J'allais prendre un taxi pour mon hôtel très bientôt, mais pour l'instant, je devais simplement m'éloigner.

Et je voulais savoir pourquoi il était ici.

Une fois en sécurité sur le chemin bordé d'arbres touffus, je m'arrêtai. Tous les cinquante mètres environ, il y avait des bancs en bois, des poubelles fermées et de petits distributeurs de sacs pour les crottes de chien. Mais à midi en semaine, il y avait très peu de monde.

Je me tournai vers lui et il s'arrêta en me regardant, me laissant quitter son bras.

Il avait le sac de son ordinateur portable sur l'épaule et il se mit à fouiller la poche avant jusqu'à en sortir une serviette froissée, mais propre d'In-n-Out.

Je le remerciai et je m'essuyai le visage et je me mouchai en faisant assez de bruit pour faire accourir de petits animaux.

— Waouh, cette serviette me donne des flash-back de notre glorieux mariage.

— J'en ai une autre. Tiens.

Il essaya de me reprendre celle que j'avais couverte de morve, mais je ne le laissai pas faire. Dégoûtant. Pourquoi voulait-il ça ?

— Laisse-moi le jeter pour toi.

À la place, je le fourrai dans ma poche.

— Pourquoi es-tu là ? Qu'est-il arrivé à ta présentation ?

Il hésita et il me fixa en inspirant profondément.

— Ce qu'il s'est passé avec la présentation n'est pas important. Ce qui est important, c'est que j'ai vraiment merdé en te laissant venir ici toute seule après t'avoir promis d'être là pour toi.

Je frottai mes yeux irrités.

— Eh bien, comme tu le vois, j'ai réussi à le faire par moi-même.

J'avalai une grosse bouffée d'air.

— Mais je suis contente que tu sois arrivé au moment où tu l'as fait. Je me sentais très seule là-bas, sur ce trottoir.

Il poussa un soupir et secoua la tête.

— Je suis vraiment désolé, Kat. J'aurais aimé pouvoir être là pour toi.

Je fronçai les sourcils.

— D'une certaine façon, tu l'étais, ou en tout cas ce que tu m'avais dit en me rappelant que j'étais une dure. Et que je pouvais le faire seule.

Il hésita et je levai les yeux vers lui. Il semblait hyper nerveux. Il me regardait dans les yeux. J'étais sûre que c'était un spectacle intéressant : le mascara qui avait coulé partout, les yeux tout gonflés. Je n'avais pas vraiment de gros bagages, seulement le bagage à main que j'avais traîné à côté de moi tout ce temps.

— Je devrais y aller. Il est assez tard pour que je puisse prendre ma chambre à l'hôtel et j'aimerais beaucoup faire une sieste…

— Pouvons-nous… pouvons-nous aller nous asseoir sur ce banc là-bas ? Juste une minute.

— Je pense avoir eu mon lot de confrontations émotionnelles excessives pour la journée.

Il prit un air abattu.

— Je ne suis pas venu pour une confrontation quelconque. Je veux juste…

Je soupirai.

— D'accord, très bien. Je vais m'asseoir là-bas et écouter ce que tu as à dire. Tu as fait un long voyage et on dirait que tu n'as même pas apporté de bagages… avais-tu un plan ?

Il se tourna et marcha vers le banc sans répondre à ma question. Je le suivis en faisant rouler mon sac derrière moi. Il s'assit et je lui laissai de l'espace en m'installant tout au bout du banc.

Il le remarqua et je vis un renflement au niveau de sa mâchoire quand il serra les dents. Évidemment, j'étais toujours énervée contre lui. Il était là et c'était très bien, et je lui en étais reconnaissante, mais est-ce que cela changeait vraiment quoi que ce soit ?

— Je dois t'avouer certaines choses.

Je croisai les bras et j'inclinai la tête vers lui.

— D'accord.

— Je ne suis pas en train de tomber amoureux de toi.

J'écarquillai les yeux en prenant note de la pointe de douleur qui me traversa, mais avant que je puisse dire quelque chose, il continua à parler.

— Parce que je suis déjà tombé amoureux de toi il y a longtemps.

Je fronçai les sourcils avec tant de force qu'ils menacèrent de rester sous la forme d'un monosourcil permanent.

— Euh, quoi ?

— Kat, je pense être tombé amoureux de toi la première semaine où je t'ai rencontrée. Je ne le savais pas alors. Je ne l'ai pas accepté parce que je n'étais absolument pas prêt à refaire confiance à mes sentiments. Ils m'avaient déjà lâché une fois. L'erreur avait été critique et elle m'a coûté cher.

J'ouvris la bouche pour l'interrompre, mais il leva la main.

— S'il te plaît, laisse-moi juste avouer tout ça. Ensuite, tu pourras dire ce que tu veux.

Je refermai la bouche et je lui fis signe de continuer.

— Depuis tout le temps que nous nous connaissons, je t'ai repoussée. De temps en temps, j'ai été un gros con détestable, mais j'étais en mode d'autopréservation. Je savais que tu risquais de me détruire si je te laissais m'approcher.

Ce fut très dur de ne pas l'interrompre et de ne pas rétorquer, mais je fis ce qu'il me demandait.

Je repensai aux moments dont il parlait, à son comportement bourru et parfois mesquin. Au jeu de ping-pong des insultes auquel nous jouions constamment. Je lui avais toujours rendu la pareille, et parfois plus. Mais tout ce temps, j'avais été si certaine qu'il me détestait… ou qu'il me tolérait tout juste par nécessité.

Sauf quand je le surprenais en train de me regarder avec autre chose que de la haine. Ce n'était pas du désir, même si je l'avais parfois vu aussi. Il lui arrivait de me regarder avec cette même expression que j'avais si souvent vue sur son visage dernièrement. L'admiration, le respect et parfois même de la fierté.

Je secouai la tête.

— Je sais que c'est dur à croire. Crois-moi, je suis le modèle typique de la personne qui se ment à elle-même. Et c'était exactement ça. J'ai… érigé ces énormes murs autour de moi et j'étais en sécurité dedans. Mais il fallait que je te garde à distance, parce que tu risquais de les abattre comme s'ils n'avaient jamais été là. Pas un boulet de démolition, pas un bulldozer, mais une putain de bombe de cent mégatonnes entourée d'une supernova.

J'écarquillai les yeux. Tous les sentiments tendres que j'avais ressentis au milieu du mélange d'émotions des derniers jours étaient douloureux. Et comme tout ce qui était douloureux, ces sentiments ne voulaient pas être touchés ou remués.

J'eus un mouvement de recul en serrant les bras autour de moi. Il voulait parler de murs ? Eh bien, j'avais besoin de protection maintenant, car je me sentais nue et vulnérable et…

Sans un mot de plus, il se leva du banc, s'écarta d'un pas, passa la main dans ses cheveux et pivota juste devant moi. Il s'agenouilla devant le banc sur lequel j'étais assise.

— Tu es, sans le moindre doute, la meilleure chose qui me soit jamais arrivée. Et j'ai été un idiot stupide et je t'ai repoussée violemment parce que j'avais si peur de ce que tu me faisais sans même le savoir.

Sur ce banc, je le fixai, les yeux écarquillés, stupéfaite. J'ouvris la bouche. Que pouvais-je dire ? J'humectai mes lèvres.

Il prit mes mains dans les siennes.

— Merci de m'avoir laissé dire tout ça. Je ne te mérite pas, pas après t'avoir laissée tomber comme je l'ai fait. Pas après t'avoir fait du mal. Mais je vais être le crétin peu méritant et te poser quand même la question… Acceptes-tu de nous donner une autre chance ?

J'ouvris la bouche et je la refermai, hébétée. Nos regards se croisèrent et nous restâmes ainsi. Je ne pouvais plus respirer et j'étais certaine qu'il retenait sa respiration, lui aussi. Nous allions peut-être mourir ici à cause de l'absence d'oxygène, et un jour au printemps, un jogger innocent tomberait sur nous, givrés puis décongelés dans cette position exacte. Et ils allaient lancer une enquête pour découvrir pourquoi nous étions morts.

Et la cause serait la simple stupidité. De notre part à tous les deux.

Je clignai des paupières et je me mordis la lèvre.

— Il faudrait qu'il y ait des règles… commençai-je.

Il prit un air sérieux et hocha lentement la tête.

— Tu sais, parce que tu aimes tellement les règles… poursuivis-je. Et je peux en créer de bien meilleures que toi.

Il cligna des paupières, l'inquiétude disparaissant de son visage. Il avait compris que je plaisantais.

— Avant que tu me dises de quoi il s'agit, je les accepte toutes.

— Est-ce bien sage ?

Il passa la main dans sa poche, en sortit quelque chose, puis tira ma main vers lui. Sans un mot de plus, il glissa une bague à mon doigt.

— La bague de ton arrière-grand-mère ! soufflai-je, surprise.

— Non. C'est ta bague. Nous la ferons mettre à ta taille dès que tu le veux. Je ne peux pas te demander de m'épouser, parce que nous sommes déjà mariés. Et te demander de ne pas divorcer me semble pire.

J'examinai le diamant étincelant pendant un moment.

— Maintenant, parle-moi de ton travail, parce que j'ai comme l'impression que tu étais au bureau pour faire ta présentation, et puis que tu es parti pour prendre un avion.

Il hocha la tête.

— C'est exact.

Je levai les sourcils en attendant qu'il développe. Il n'en fit rien.

— Eh bien ? Qu'est-il arrivé ? As-tu perdu ton travail ?

Il n'hésita même pas.

— Je ne sais pas. Probablement.

— Tu n'as pas l'air de t'en soucier beaucoup.

Ses yeux plongèrent dans les miens et il me regarda, me regarda vraiment comme si c'était la toute première fois. Comme s'il posait les yeux sur une œuvre d'art sublime. Ses yeux tracèrent le contour de mon visage, mes cheveux, mon cou, mes oreilles. Comme s'il absorbait tout.

Quelque chose dans la façon dont il me regardait me rendit muette, me noua la gorge. Et il y avait cette pression dans ma poitrine, comme si mon cœur faisait soudain mal à chaque battement.

— C'était une histoire de priorités, Kat. Je voulais ce travail, oui. Je le voulais *vraiment*. Mais je me foutais complètement de l'avoir ou pas une fois que tu étais partie. C'était comme…

Il secoua la tête.

— Comme si rien de bon ne valait la peine si tu n'étais pas là pour le partager avec moi.

Eh bien, là, il me faisait fondre. Mes épaules s'affaissèrent et ma colonne se ramollit et je fondis contre lui, en me penchant en avant et en posant les mains autour de son cou pour le tirer vers moi afin qu'il m'embrasse.

Nous nous embrassâmes et nous nous embrassâmes encore, ma bouche s'ouvrant à la sienne et nos lèvres en fusion, parlant le langage de l'amour qu'il nous avait été si difficile d'exprimer avec nos mots.

Je serrai sa tête contre la mienne et ses mains tenaient ma taille, me tirant contre lui. Nous fûmes bientôt collés l'un contre l'autre et à bout de souffle. Nos lèvres s'entrouvrirent et il y avait des larmes sur mes joues. Il poussa un soupir de surprise et tendit la main pour les sécher.

— S'il te plaît, ne pleure plus, ma belle Katya. Je vais passer le reste de ma vie à faire en sorte que tu n'aies plus jamais de raison de pleurer.

— Même si tu es coincé avec moi à chercher des bugs dans le Repaire pendant le reste de ta vie ?

— Cranberry, si c'est avec toi, ce sera dix fois plus amusant que n'importe quoi d'autre.

Je caressai sa joue avec le pouce et je souris.

— Tu as complètement ruiné les genoux de ton pantalon de costume.

Il sourit.

— Ça valait le coup.

Il souleva ma main gauche, celle qui portait la bague qu'il m'avait donnée, et il y déposa un baiser. Je remarquai alors qu'il portait encore sa bague. Il ne l'avait jamais retirée.

— Alors, si tu as juste quitté la réunion du CA et que tu t'es rendu à l'aéroport, comment se fait-il que tu aies la bague avec toi ?

Il sourit.

— J'ai dû passer à la maison pour récupérer mon passeport pour le voyage. J'ai attrapé la bague en même temps.

Soudain, quand je l'imaginai courir partout et attraper ses affaires à la maison, une autre pensée me vint.

— Et le chien ? Tu n'as pas laissé Max tout seul, n'est-ce pas ?

Il secoua la tête et sourit.

— Jordan et April s'occupent de lui ce soir. Demain, Michaela va le ramener à la colo pour chiens où il reverra ses petites amies. J'ai entendu dire que l'une d'entre elles est un caniche.

Je ris.

— Tu sais, quand nous nous sommes rencontrés pour la première fois, j'ai pensé que tu étais tellement canon… puis tu as ouvert la bouche et tu m'as fait une vraie remarque de trou du cul.

— Tu te souviens de ce que j'ai dit ?

Je hochai la tête.

— Oui, tu as dit : « Il n'y a aucune raison de sourire autant. Nous sommes sérieux dans l'assurance qualité, et tu ferais mieux d'être sérieuse aussi ».

— Waouh, quel crétin, acquiesça-t-il.

— N'est-ce pas ?

Je secouai la tête et j'ajoutai :

— Jedi Boy.

— Cranberry.

Il caressa encore ma main avec le pouce, puis il se releva et s'assit sur le banc à côté de moi. Il porta encore ma main à sa bouche, l'embrassant comme un gentleman d'autrefois faisait la cour en galante compagnie.

— Il est trop tard pour que je te donne le mariage de tes rêves, mais nous pouvons faire une belle grande fête pour célébrer ça… peut-être renouveler nos vœux, si tu le souhaites.

Je ricanai.

— Tu me connais assez bien maintenant pour savoir ce que je pense d'une telle chose.

— Ça t'évoque l'enfer ?

— Exactement. Faisons juste une agréable petite fête avec notre cercle d'amis proches et en ce qui concerne nos vœux… renouvelons-les entre nous. Pendant notre véritable lune de miel.

Il leva les sourcils, intrigué.

— Hmm, l'idée me semble intéressante. Sais-tu quand… et où ?

— J'ai la semaine qui vient de libre. Allons-y maintenant.

Il hocha la tête.

— C'est tout à fait possible. Où devons-nous aller ?

Mon sourire s'élargit, j'étais encouragé par l'idée.

— Testons notre esprit d'aventure. Je n'ai presque pas de bagages et tu n'en as pas du tout. Allons simplement à l'aéroport et choisissons une destination quand nous arriverons là-bas.

Il partit d'un grand éclat de rire.

— Tu es complètement folle.

Puis il cria au ciel :

— Ma femme est folle ! Je l'aime plus que tout.

— Mon mari n'est pas du tout fou. Je l'aime plus que les donuts. Et la bière.

Il m'enveloppa dans ses bras.

— Mais pas le thé ?

Je souris.

— Il y a des limites. Mais il reste de la marge pour évoluer.

Il m'embrassa encore et nous restâmes collés, nous balançant au rythme des battements de nos cœurs. Il me serra avec force et j'appuyai mon visage contre son épaule solide.

Il déposa un baiser dans mes cheveux.

— Je n'abandonnerai jamais cette relation. Et je jure que je ne te laisserai plus jamais tomber. Et je ne te ferai jamais pleurer. Et…

Je m'écartai soudain et je le regardai, incrédule.

Je levai une main entre nous.

— Wôw, wôw, wôw ! N'essaie même pas !

Il eut une lueur diabolique dans les yeux qui me donna ma réponse.

— Est-ce que tu viens juste de… me faire un coup de rickroll ?

— Tu connais les règles…

Je lui donnai un coup de poing dans le bras.

— Espèce d'enfoiré ! Je vais tellement me venger !

Il grimaça et se frotta le bras.

— Mais pas tout de suite parce que nous allons prendre un taxi et nous rendre à l'aéroport.

Il prit ma main et me tira du banc. Puis il attrapa ma valise. J'essayai de l'obliger à sauter à cloche-pied jusqu'au parking, mais il refusa. Il chanta avec moi, cependant, même si c'était la chanson que Lucas aimait le moins au monde.

C'était maintenant ma préférée.

ÉPILOGUE
KATYA

Quarante-huit heures plus tard...

JE ME REVEILLAI TOT LE LENDEMAIN MATIN, BRULANTE DE désir. Il faisait encore nuit, et je n'avais dormi que quelques heures, mais tout mon corps était éveillé et affamé. Quand je sentis sa respiration chaude glisser sur ma peau nue, je compris qu'il avait remonté mon tee-shirt pendant que je dormais. Il avait maintenant la bouche fermée autour d'un téton, son pouce et son index tirant fermement sur l'autre en même temps.

C'était une sensation incroyable. Sans un mot, j'écartai les jambes et je le laissai retirer ma culotte et me baiser lentement, tendrement. Ses hanches se balancèrent contre les miennes et il monta en moi pendant que nos souffles se mêlaient et s'enlaçaient comme nos corps. Je savourai son poids qui roulait sur moi et je le laissai diriger, heureuse de le suivre.

C'était une des nombreuses fois à venir. Et quand on jouit tous les deux, ce fut à couper le souffle et aussi naturel que les vagues qui déferlaient sur la plage. Tout cela aux premiers instants de réveil, notre transpiration collant nos deux corps ensemble. Il se laissa tomber contre moi et je savourai le contrecoup en souhaitant de nombreux réveils similaires.

Et c'était ce qui nous attendait...

Sa main caressa mon ventre, ma hanche, pendant qu'il mordillait mon oreille. Je tournai la tête vers lui.

— Mmm, bonjour à toi aussi, mon mari.

— Je pense que c'est ma façon préférée de te réveiller, ma femme.

— C'était aussi ta façon préférée de me mettre au lit le soir. Et d'exprimer ton enthousiasme pendant l'après-midi. Je suis certaine que tu vas découvrir que c'est aussi ta façon préférée de faire d'autres choses dans la maison.

— On dirait qu'il va me falloir devenir encore plus créatif pour ajouter ça à la liste.

J'entrelaçai nos jambes et ma main descendit le long de son ventre pour se poser sur sa cuisse.

— Et si tu me montrais ta deuxième façon préférée de me faire sortir du lit le matin ?

— Mmm.

Il roula vers moi, sa bouche descendant vers mon oreille quand…

Soudain, son téléphone émit une sonnerie bizarre. Je la reconnus immédiatement. C'était un appel de visioconférence.

Quoi ?

Je regardai le réveil sur la table de chevet. Il n'était même pas encore six heures du matin. Qui nous appelait à cette heure-là ?

Je me souvins alors du décalage horaire. C'était la fin de l'après-midi à la maison.

Lucas enfila tant bien que mal un tee-shirt.

— Merde, c'est Adam.

— Oui, ne répond surtout pas tout nu. Il n'apprécierait pas.

— Je peux être nu de la tête à la taille.

Il se tourna vers moi, me demandant de remettre ses cheveux en place, ce que je fis. Puis j'allumai la lampe et je sortis à toute vitesse de devant la caméra. Parce que si le mari de ma meilleure amie voyait mes seins, c'était plus que gênant.

Lucas cliqua pour répondre au téléphone.

— Euh, allô ?

— Bonjour Lucas. Je ne te dérange pas ?

— Salut, Lucas, je suis là également. C'est un plan à trois, mais pas du genre sympa, dit Jordan.

Ça ne m'étonnait pas de lui.

— Salut Adam, Jordan.

Par-dessus le téléphone, Lucas me jeta un regard légèrement terrifié.

— Écoute, avant d'en venir à la raison pour laquelle je t'appelle, j'ai ordre de ma femme de demander si Katya va bien. Elle a été très inquiète en apprenant que Kat avait dû quitter le pays pour une affaire familiale urgente.

— Elle va bien. Elle est ici avec moi. Nous avons eu deux jours un peu fous.

Il passa à nouveau une main dans ses cheveux.

— En fait, euh, je faisais une sieste ce qui est probablement la raison pour laquelle j'ai une mine affreuse.

— Je n'allais rien dire, mais… dit Jordan.

— Je suis content de savoir qu'elle va bien. Je passerai le message à Mia, intervint Adam.

— Je dirais également à Kat de donner des nouvelles à Mia.

— Pour ce qui est de la raison de mon appel. Tu nous as laissés dans le pétrin, jeudi. Le conseil avait très envie d'entendre ta présentation. Jeremy a fait la sienne et ils ont aimé, et j'ai dû présenter tes diapos et tes idées avec seulement mes explications. Je ne l'ai vraiment pas bien fait, mais sans toi ni Jordan…

— Oui, Jordan a été assez aimable pour me conduire à l'aéroport. J'apprécie, mon vieux.

— Content que tu sois arrivé à temps, répondit Jordan.

Adam s'éclaircit la gorge, sans doute pour remettre la conversation sur la bonne voie.

— Quoi qu'il en soit, le conseil d'administration a été perturbé que tu ne sois pas là, et disons simplement que je n'étais pas non plus de très bonne humeur. Et Jeremy a vraiment fait du bon travail pour sa présentation.

Très pâle, mais en restant de marbre, Lucas croisa mon regard par-dessus son téléphone. Je retins mon souffle et je croisai les doigts. Merde. Merde. Merde. Même si j'avais voulu qu'il soit avec moi pour affronter ma famille, je ne voulais quand même pas être la raison pour laquelle il perdait le travail de ses rêves. Allait-il m'en vouloir ? Cela risquait-il d'être un problème plus tard ?

— J'ai offert le poste de chef de projet à Jeremy et il est ravi d'accepter. Et si tu es toujours partant pour la direction du département de réalité virtuelle, le conseil l'a approuvé. Je suppose que je n'ai pas si mal fait ta présentation.

Oui. Oui. Oui ! Je sautai sur place en levant les pouces. Je vis que Lucas était très concentré, car il ne jeta même pas un coup d'œil dans ma direction pour voir rebondir mes seins.

— Euh, oh, oui, oui bien sûr. Je suis désolé que tu aies dû t'en charger, mais merci beaucoup. Merci.

— Content de l'entendre. Vous rentrez de Vancouver le… ?

Je dus coller une main sur ma bouche pour ne pas éclater de rire. C'était vrai. Ils pensaient encore que nous étions à Vancouver alors que nous étions de l'autre côté du monde.

— Mercredi soir, alors je serai de retour le jeudi. Kat aussi.

— Super, est-elle par là ? J'ai aussi une bonne nouvelle pour elle.

J'écarquillai les yeux et je secouai la tête. Puis je pris vite un drap sur le lit et je me couvris.

— Je suis là, dis-je en agitant la main devant la caméra tout en gardant le visage très loin.

— J'ai une mine affreuse, mais oui, je suis là. Tu peux me dire la nouvelle sans me regarder, n'est-ce pas ?

Les trois hommes se mirent à rire.

— Oui, bien sûr. J'imaginerai ta joie quand je t'offrirai le nouveau poste de chef d'équipe pour les tests white-box. Tu pourras engager ta propre équipe et les former selon tes vœux.

Je laissai tomber le drap, ma mâchoire et je poussai un cri. Cette fois, Lucas se concentra sur ma poitrine quand je sautai sur place. Bon garçon… c'était mieux ainsi.

— Voulez-vous que je décrive la scène ? Elle jette les bras en l'air, crie et semble très contente.

— Merci, Adam ! Je suis super enthousiaste.

— Bien. Nous vous reverrons tous les deux la semaine prochaine. J'espère que tout va bien avec toi et ta famille, Kat.

— Maintenant oui, merci.

— Très bien, je vous laisse retourner à votre sieste.

Adam, en patron toujours professionnel, ne fit pas de guillemets avec les doigts autour du mot sieste. Jordan l'aurait fait.

Lucas mit fin à la conversation et je courus vers lui pour sauter dans ses bras avant même qu'il puisse poser le téléphone. Il me serra contre lui et me souleva. Je montai en battant des pieds.

— Tu peux courir, mais tu ne pourras pas m'échapper ! Je serai encore dans le Repaire et tu seras dans l'autre bâtiment, mais je te trouverai.

— Bien, nous pourrons tirer un petit coup rapide dans les toilettes de l'atelier.

— Gros dégueu ! Ça ressemble à ce que ferait Jordan.

Je lui fis un gros baiser.

— C'est tout ?

— Je vais à la douche. Le reste plus tard. Garanti.

Je courus vers la salle de bains.

— J'attends toujours l'expérience complète d'une de ces *pipes incroyables* !

LUCAS

Cinq minutes plus tard.

ELLE ETAIT SOUS LA DOUCHE DEPUIS MOINS DE TROIS minutes quand le téléphone sonna encore. Cette fois, c'était Jordan, et juste Jordan.

— Salut Jordan. Je ne sais pas ce que tu as fait pour le convaincre, mais tu as réussi.

Jordan fit la grimace.

— Ne me remercie pas, remercie ta femme.

Je jetai un regard involontaire vers la salle de bains.

— Est-elle là ?

— Elle est sous la douche. Pourquoi, qu'a-t-elle fait ?

— Eh bien, comme prévu, Adam était furieux. Que tu partes, que je parte. Il m'a copieusement engueulé. Tu m'es redevable, junior.

— Je te revaudrai ça. Mais… qu'est-ce qui a fait changer Adam d'avis s'il était si énervé contre moi ?

— Mia… qu'est-ce que tu crois ? C'est sans doute la seule personne sur cette planète qui peut le faire changer d'avis sur quoi que ce soit.

Je secouai la tête.

— Et comment… Ah.

— Oui, tu as suivi le raisonnement logique. Hier, Kat a appelé Mia et lui a demandé d'exercer son pouvoir sur son Incroyable Hulk enragé.

— « Salut, mon grand, le soleil va bientôt se coucher », citai-je.

Il éclata de rire.

— Quelque chose du genre. Quoi qu'il en soit, j'espérais qu'elle serait là pour féliciter son ingéniosité. Mais comme elle est mouillée et nue en ce moment même, je ferais mieux de te laisser partir en profiter.

— Merci, j'apprécie que tu me le dises. Je te tiens au courant de tout et je serai vraiment de retour au travail jeudi.

— Compris. À bientôt.

Je laissai tomber le téléphone sur le lit et je fixai la porte de la salle de bains, émerveillé. Waouh, quand avait-elle réussi à faire ça ? Comment ? Le seul moment où nous avions été séparés au cours des deux derniers jours, c'était pendant une escale de trois heures. Nous nous étions séparés pour que je règle le problème de mon absence de bagages. Elle m'avait envoyé dans quelques magasins de vêtements et de souvenirs pour que j'achète des vêtements et des sous-vêtements de remplacement. Pendant ce temps, elle était partie chercher des affaires de toilette basiques comme une brosse à dents, du dentifrice et un rasoir. C'est à ce moment-là qu'elle avait dû passer son coup de fil.

Elle était sournoise, en somme. Et il était temps de lui rendre la monnaie de sa pièce. Il se trouvait que le sexe sous la douche était maintenant ma façon préférée de me laver avec ma femme.

Quelques heures plus tard, nous étions entièrement vêtus et prêts à faire les touristes en nous faufilant parmi la foule. Nous étions à la recherche de souvenirs au marché Asan. Kat et moi mangions tour à tour de petits morceaux de la friandise *lapsi titaura*, dont nous savourions le goût sucré salé inhabituel.

— Mmm, tu veux savoir ce qui est le mieux en lune de miel secrète ? demanda Kat entre deux bouchées.

— Quoi donc ?

— Nous ne sommes pas obligés de ramener une tonne de souvenirs pour tout le monde.

Je montrai quelques boutiques qui semblaient intéressantes de l'autre côté de la rue et on traversa. Elle demanda :

— Pourquoi as-tu choisi de venir ici, d'ailleurs ? Tu ne m'as jamais dit la raison.

Je souris en attrapant un autre morceau de friandise dans sa main.

— Cela a peut-être un rapport avec les trois premières lettres du nom de la ville.

— K-A-T. Oooh, vraiment ? C'est pour ça ?

— Évidemment.

— Pff, tu essaies de me surpasser dans le domaine créatif. C'est moi qui ai suggéré une lune de miel secrète et spontanée, et maintenant tu te sens obligé de faire ton malin en choisissant Katmandou, au Népal. Tu sais ce que ça signifie, n'est-ce pas ?

— Que tu acceptes humblement et poliment ta défaite ?

— Eeeet... tu ne me connais pas du tout ! Je vais trouver un moyen de te surpasser.

Elle s'arrêta soudain de marcher et sortit le téléphone de sa poche.

— Attends, quelqu'un vient de m'envoyer un texto.

Elle le lut, éclata de rire, puis le relut.

— Qui est-ce ? demandai-je.

Elle me tendit le téléphone afin que je puisse lire le message.

Mia : Adam vient de me faire savoir qu'il vous a parlé à tous les deux de vos nouveaux postes ! FÉLICITATIONS !!! Copine, tu m'en dois une ! C'est pourquoi ton petit mari et toi vous êtes maintenant obligés de venir à notre chalet au ski en décembre. J'ai prévu que tous nos amis soient là et ce sera ÉPIQUE. On a un endroit fabuleux... Alors, vous venez, n'est-ce pas ? Oui. Oui, vous serez là.

Kat et moi échangeâmes un regard avant de rire encore. Et après avoir partagé une autre bouchée de friandise et un baiser collant, je me demandai sincèrement si ça pouvait devenir plus épique que ça.

Brenna Aubrey est une auteure Best sellers USA TODAY d'histoires d'amour contemporaines qui se concentrent sur la culture geek.

Elle a depuis toujours cherché le réconfort dans de bons livres et les longues histoires compliquées qu'elle tisse dans sa tête. Brenna est une fille de la ville avec le cœur d'une amoureuse de la nature. Elle se retrouve donc dans des espaces verts dès qu'elle le peut. Elle est aussi une maman, professeur, fille geek, francophile, une joueuse de jeux vidéo décomplexée et une lectrice compulsive.

Elle réside actuellement sur la côte ouest avec son mari, deux enfants, deux adorables chiots golden retriever, un oiseau et quelques poissons.